복거일 대하 전기 소설

『물로 씌어진 이름』

제16장

사이판

1944년 6월 11일. 태평양에서는 미군의 마리아나 열도 확보 작전의 첫 단계인 사이판 공격작전이 시작되었다. 예비 공습과 함포 사격에 이어 6월 15일 상륙 명령이 내렸다. (55쪽)

통신 보안을 위해 미 해병은 아메리카 선주민인 나바호족 출신 병사들을 '암호 대화자'로 활용해 성과를 거두었다. (58쪽)

6월 19일. 일본군 지휘부는 함대 결전으로 맞섰다. 그러나 함재기들끼리의 공중전은 미군의 일방적 승리로 끝났다. (73쪽)

미국 잠수함들의 역할도 두드러졌다. 펄 하버 기습에 참가했던 항공모함 쇼가쿠호도 이 싸움에서 잠수함의 어뢰에 맞아 가라앉았다. (76쪽)

사이판의 일본군 병사들은 '옥쇄 작전'으로 모두 전사했다. 옥쇄 작전을 예측하지 못한 미군의 희생도 컸다. (97쪽)

사이판 싸움은 공식적으로 1944년 7월 9일에 끝났으나, 모든 일본군이 소탕된 것은 아니었다. 대표적으로 '오바 중대'는 일본 항복 후인 1945년 12월 1일에야 산을 내려와 항복했다. (111쪽)

1936년 2월 26일. '천황 친정親政'을 기치로 내건 황도파 젊은 장교들의 쿠데타가 실패로 돌아갔다. 황도파를 숙청하고 군을 장악한 통제파가 태평양전쟁을 이끈 도조 히데키 내각의 뿌리 중 하나였다. (115쪽)

1944년 7월 18일. 필리핀과 사이판에서의 패전 책임을 지고 도조는 사임을 상주上奏하고, 라디오 연설로 "사이판에서 일본군 전원이 옥쇄했다"고 발표했다. (126쪽)

제17장

국치일 행사

이승만의 정신적 스승은 서재필이었다. 서재필의 개화파는 1884년 12월 4일 우정국 낙성식에서 정변을 일으켜 사대당을 제거하고 개화파 정권을 세웠다. (150쪽)

갑신정변은 그러나 청군의 발빠른 개입으로 삼일천하로 끝나고, 서재필 일행은 일본으로 망명했다. (153쪽)

갑신정변 10년 만인 1894년 1월 10일. 전라도의 작은 고을 고부에서 일어난 작은 농민 봉기는 단숨에 전국적 반란으로 커졌다. (168쪽)

동학교도들의 '교조 신원伸冤 운동'을 고종이 심하게 탄압해서 동학교도들의 응집력이 커진 상황에서 고부민란이 일어났다. (179쪽)

동학란은 지배계급과 피지배계급 사이의 격차라는 '단층선'을 따라 일어난 조선 사회의 지진이었다. 비슷하게 중국은 1851~1864년 태평천국의 난을 겪으며 2천만 명 이상이 죽었다. (206쪽)

일본은 막부와 토막討幕파 신정부군 사이의 '무진전쟁'(1868)에서 토막파가 승리함으로써 봉건제 국가에서 천황 중심의 중앙집권적 근대국가로 단숨에 바뀌었다. (216쪽)

서양은 과학과 기술의 우세를 앞세워 다른 문명을 정복해 나갔다. 문예부흥(르네상스)과 종교개혁이 '과학혁명'의 길을 닦았다. 과학혁명 기간에 나온 기술들 가운데 증기기관이 산업혁명에 가장 결정적인 기여를 했다. (224쪽)

동학란을 진압하기 위해 조선이 청에 파병을 요청하자 일본도 조선에 군대를 보내 청일전쟁(1894~95)이 벌어졌다. (238쪽)

승전국 일본은 시모노세키 조약으로 청의 요동반도와 팽호열도를 차지했으나, 러시아가 주동한 '삼국 간섭'으로 요동반도를 내놓아야 했다. (252쪽)

1895년 민비 시해(을미사변)로 의병 운동이 일어난 틈을 타 친러파는 고종을 러시아 공사관으로 피신시켜 일본군의 통제를 벗어나게 할 계획을 세웠다.
1896년 2월 11일. 고종은 몰래 궁녀 교자를 타고 경복궁을 빠져나와 러시아 공사관으로 들어갔다(아관파천). (265쪽)

1895년 12월. 서재필이 11년 만에 돌아왔다.
1896년 4월 7일. 서재필의 주도로 〈독닙신문〉이라는 순한글과 영문 신문이 나왔다. 조선 인민들의 지식을 근대국가의 시민들이 지녀야 할 수준으로 높이려는 것이었다.
이어 서재필은 7월에 독립협회를 출범시키고, 1898년 3월에는 만민공동회를 시작했다. 만민공동회를 현장에서 이끈 것은 이승만을 비롯한 신세대였다. (271쪽)

1898년 2월 23일. 흥선대원군 이하응이 서거했다.
흥선대원군 집권 초의 천주교 박해로 프랑스인 선교사 9명이 처형되자 프랑스 정부는 강화도를 점령했다가 큰 손실을 입고 물러났다(1866). 병인양요는 조선이 쇄국을 더욱 확고히 하는 계기가 되었다. (293쪽)

1898년 5월. 서재필은 고종에게 떠밀려 미국으로 돌아갔다. 그러나 조선인들은 의회 설립을 위해 '관민공동회'를 개최할 정도로 각성되어 있었다. (298쪽)

고종과 수구파가 반격에 나섰다. 이승만은 1899년 1월 9일 체포되어 감옥에 갇혔다가 탈옥했으나 곧 다시 체포되어 종신형을 받았다. (320쪽)

1903년 5월. 조선 정부에 대한 영향력을 키워 나가던 러시아는 압록강 연안 삼림의 벌채권을 얻은 데 이어 압록강 어귀 용암포에 병력을 진주시켰다. 러시아의 남하는 일본을 긴장시켰다. (336쪽)

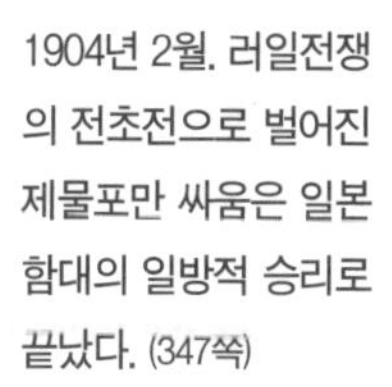

1904년 2월. 러일전쟁의 전초전으로 벌어진 제물포만 싸움은 일본 함대의 일방적 승리로 끝났다. (347쪽)

러일전쟁이 시작되었다. 일본군이 러시아 함대의 모항인 여순을 공격하자 러시아 함대는 황해로 나가 일본 해군과 싸움을 벌였다. 대규모 강철 전함 함대들이 처음으로 맞붙은 '황해 싸움'에서 일본 함대가 이겼다. (368쪽)

여순항을 장악한 일본군은 육상 공략에 나서 1905년 1월 5일 여순을 함락했다. (373쪽)

1904년 말. 경부선 철도가 완공되었다. 철도는 조선의 근대화에서 가장 중요한 이정표들 가운데 하나이고 조선의 발전에 크게 공헌했다.
그러나 철도는 근처 조선 인민들의 삶이 무너진 폐허 위에 세워졌다. (382쪽)

출옥한 이승만에게 민영환은 미국행을 제안했다. 이승만은 이를 미국 유학 기회로 삼기로 하고 선교사들을 찾아다니며 19통의 소개장을 받았다.
1904년 11월 5일. 이승만은 제물포에서 여객선 오하이오호를 타고 미국으로 떠났다. 트렁크 속엔 민영환과 한규설이 휴 딘스모어 하원의원에게 보내는 밀서가 들어 있었다. (402쪽)

1905년 5월 27일. 쓰시마 싸움에서 일본 함대가 압승했다. 38척의 러시아 함선 가운데 3척만이 블라디보스토크에 도착했다.
러일 양국은 전쟁을 끝내기 위한 교섭을 시작했다. 미국이 중재에 나섰다. (414쪽)

러시아 인민들은 먼 극동에서 벌이는 전쟁을 지지하지 않았다. 1905년 1월 22일 '피의 일요일' 사건이 혁명으로 번지자, 정권을 지키는 데 급급한 니콜라이 2세는 결국 전쟁을 끝내는 데 동의했다. 9월 5일, 미국 뉴햄프셔주 포츠머스에서 맺은 평화조약으로 조선에서 일본의 우월적 지위가 더욱 공고해졌다. (416쪽)

1907년 7월 20일. 헤이그 밀사사건으로 고종이 강제 퇴위하고 순종이 즉위했다.
8월 1일. 통감 이토와 이완용 내각이 한국군 무장 해제를 시작했다. 부당한 해산으로 솟구친 분노와 갑자기 생계를 잃은 절망이 겹쳐서, 한국군 병사들의 상당수가 의병 활동에 가담했다. 제대로 군사 훈련을 받은 이들이 가세하면서 의병 운동은 이전보다 훨씬 조직적이고 효과적이 되었다.
(436쪽)

1909년 10월 26일. 일본의 조선 병합에 러시아의 양해를 얻는 임무를 맡은 이토 히로부미가 러시아 재무상 블라디미르 코콥초프와 회담하려고 하얼빈역에 내렸다. 일본인으로 위장해서 접근한 안중근이 쏜 권총 탄환 7발 가운데 3발이 이토를 맞혔다. (442쪽)

제18장

레이티

1944년 9월 15일. 미 해병1사단이 펠렐리우 해변에 상륙했다. 해변의 일본군 진지들에서 화기들이 불을 뿜었다. (481쪽)

미군은 산줄기 양편 동굴 진지들에 숨어 사격하는 일본군에 고전했다. 일본군 병사들은 진지가 파괴될 때마다 "천황 폐하 만세"를 부르고 죽었다. (484쪽)

10월 25일. 레이티 해전에서는 일본 함대가 우세였으나, 달아나는 미국 함대의 연막과 폭우를 뚫을 수 있는 레이더 설비를 갖추지 못했다. (502쪽)

미국 구축함은 탄착점들을 쫓아가는 회피 기동으로 포격을 피하면서 일본 군함들에 다가갔다. 레이더에 의한 자동 사격 통제 체계 덕에 사격은 정확했다. (505쪽)

일본 항공기 편대가 두 차례에 걸쳐 자살 공격을 감행했다. '가미카제'라는 악명을 떨친 이 자살 공격은 일본군이 오랫동안 준비해 온 것이었다. (514쪽)

1945년 2월. 일본군이 점령한 필리핀에 미군이 상륙하기 시작했다. 일본 육전대 병사들은 마닐라 시가로 흩어져서 조직적 살육과 강간에 나섰다. 10만에서 24만의 마닐라 시민들이 죽었다. (535쪽)

제19장

활기를 되찾은 중경임시정부

1945년 1월 31일. 두 달 전에 일본군에서 탈출한 50여 명의 조선인 청년들이 몇천 리 길을 걸어 해질녘에 중경임시정부 청사를 찾아왔다. 장준하와 김준엽이 이끈 '젊은 피'들은 임시정부에 생기를 불어넣었다. 한국광복군의 역량도 크게 향상되었다. (549쪽)

1945년 2월. 미국은 한국에 비밀 첩보요원을 침투시키는 '독수리 사업'을 입안했다. 광복군 50여 명이 5월 21일부터 훈련을 받았다. 훈련을 마치고 최종 선발된 38명은 8월 20일 안에 국내에 침투하기로 결정되었다. 연합군의 일원으로 국내로 진공하는 모습을 그리면서 모두 꿈에 부풀었다. (565쪽)

제1부

광복

물로 씌어진 이름 _ 제1부 광복

제 3 권 차례

제 1 권 차례

제 2 권 차례

제 4 권 차례

제 5 권 차례

제16장

사이판

연합군이 노르망디에 상륙했다는 소식을 라디오에서 들었을 때, 이승만은 한순간 마음이 흔들렸다. 오래 예상된 작전이 드디어 시작되었다는 잔잔한 생각에, 상륙 지역이 모두 예상했던 파드칼레가 아니라 노르망디라는 사실이 물속의 바위처럼 생각의 물길을 거슬렀다.

'노르망디라….”

혼잣소리를 하면서 그는 책상으로 다가가 지도를 살폈다. 한참 들여다보아도, 연합군이 노르망디를 상륙 지역으로 고른 까닭이 이해가 되지 않았다. 공격의 방향이 독일을 향해야 자연스러운데, 반대쪽을 향하고 있었다. 합리적 설명은 방어 준비가 잘된 파드칼레를 피해 아무래도 방어 준비가 덜되었을 노르망디로 향했다는 것이었다.

'기습의 효과가 다소간에 있겠지.'

천천히 고개를 끄덕이면서, 그는 지도책을 덮었다.

'그런데 태평양에선 왜….'

그의 가슴에 조바심이 일었다. 근자에 태평양에선 큰 작전이 없었다. 미군이 공세에 나서서 일본군이 점령했던 태평양의 섬들을 하나씩 되찾고 있었다. 싸움이 치열하다고 했지만, 전세를 크게 바꿀 싸움들은 아니었다.

남태평양 솔로몬 군도에서 길고 힘든 싸움들을 치른 미국 해군은 1943년 후반에야 중태평양으로 전선을 밀어올렸다. 그리고 여전히 힘든 싸움들을 치르면서 길버트 군도와 마셜 군도를 점령했다. 이미 전세가 기울어서 미국 해군은 일본 해군에 싸움마다 이기고 있었지만, 아직도 전선은 일본 본토에서 먼 곳에 형성되었다. 맥아더가 이끄는 육군도 아직 뉴기니에서 싸우고 있었다.

'프랑스에 연합군이 상륙했으니, 이제 독일은….'

답답한 마음으로 그는 창밖 여름 풍경에 무거운 눈길을 보냈다. 일본이 독일보다 먼저 항복하는 상황은 이제 나올 수 없었다. 전쟁을 치르면서 오히려 강대해진 공산주의 러시아가 한반도를 차지한다는 악몽이 현실이 되어 가고 있었다.

마리아나 열도

워싱턴에서 이승만이 느리게 전개되는 태평양의 전황을 답답해 하던 시각, 태평양에선 미군 태평양함대가 또 하나의 대규모 공격작전에 나서고 있었다. 작전의 목표는 서태평양 마리아나 열도의 사이판섬이었다. 태평양함대의 모항인 펄 하버에서 몇천 킬로미터나 되는 마리아나 열도까지 3개 전투사단을 싣고 가는 터라, 지금까지 태평양에서 동원된 어떤 함대보다 컸다.

마리아나 열도는 미크로네시아의 가장 북쪽 섬들이다. 일본의 남남

동쪽, 하와이의 서남서쪽, 뉴기니의 북쪽, 그리고 필리핀의 동쪽 바다에 남북으로 늘어선 15개의 섬들로 이루어졌다. 중요한 섬들은 맨 남쪽의 괌과 열도 중앙에 가까운 사이판이었고, 둘 사이에 로타와 티니안이 자리잡았다. 작은 섬들이어서 총 면적은 1천 평방킬로미터 남짓하다.

마리아나 열도의 원주민은 차모로(Chamorro) 사람들인데, 기원전 1500년경에 당시엔 가장 긴 항해 끝에 이곳에 도착했다. 16세기에 스페인 함대를 이끌고 세계 일주 항해에 나선 포르투갈 탐험가 페르디난드 마젤란(Ferdinand Magellan)은 1523년에 마리아나 열도를 발견했다. 항해자들은 물자를 얻으려고 원주민과 접촉했지만, 원주민들이 배와 물건들을 훔치자 두 집단 사이에 싸움이 벌어졌다. 스페인은 1667년에 이 열도를 공식적으로 영토로 삼고 식민지를 건설한 다음 섭정인 태후 오스트리아의 마리아나(Mariana de Austria)의 이름을 따서 '라스 마리아나스'라는 공식 명칭을 붙였다.

미국과의 전쟁에서 패배한 스페인은 1898년 괌을 미국에 양도했다. 그 뒤로 괌은 다른 섬들과 다른 길을 걸었고, 나머지 섬들은 행정적으로는 북마리아나 열도로 불리게 되었다. 국력이 소진된 스페인은 미크로네시아의 6천 가까이 되는 섬들을 관리할 수 없어서 독일에 그 섬들을 매각했다.

제1차 세계대전에서 연합국에 가담한 일본은 동아시아와 미크로네시아의 독일 식민지들을 점령했다. 전쟁이 끝난 뒤 독일의 해외 식민지를 국제연맹이 신탁통치하게 되자, 일본이 점령한 미크로네시아의 섬들은 일본이 관리하게 되었다. 1941년 2월 8일 일본 연합함대가 펄 하버를 기습할 때 북마리아나 열도에 주둔한 일본군은 괌을 공격해서 점령했다. 그리고 마리아나 열도를 일본 본토 방위의 중심으로 삼았다.

1941년 12월 갑작스럽게 제2차 세계대전에 휘말려 태평양과 유럽에서 동시에 싸우게 되었을 때, 미국은 곧바로 독일을 격파하는 데 주력하고 일본에 대해선 최소한의 자원을 들인다는 전략을 세웠다. 그리고 전쟁이 끝날 때까지 그런 전략을 바꾸지 않았다. 독일군의 전력이 워낙 우세해서 유럽 전체가 독일에 점령될 상황이었으므로 그것은 합리적 전략이었다. 이런 전략에 따라 전략 물자의 85퍼센트가량이 유럽 전선에 배정되었고 나머지 15퍼센트가 태평양 전선에 배정되었다.

그런 전략을 수행하는 방안에 관해서도 미국 지도자들은 합의를 이루었다. 조심스러운 미군 지휘관들은 먼저 북아프리카에 상륙해서 독일군과 싸우면서, 전투 경험이 없는 미군을 싸움에 단련된 군대로 만들었다. 이어 지중해에서 작전하면서 유럽에 파견된 전력을 증강했다. 그러나 미국의 정치 지도자들과 군사 지휘관들은 베를린으로 가는 길이 프랑스를 통한다는 것을 잘 알았다. 지리적 조건이 그렇게 만들었다. 그래서 영국에 집결한 연합국 병력이 노르망디에 상륙하는 '대왕 작전'은 필연적이었다.

태평양에선 사정이 달랐다. 태평양이 워낙 너르고 일본군이 오스트레일리아 가까이 이르렀으므로, 반격작전에서 미군 지휘관들이 고려할 요소들은 많았다. 게다가 작전이 육군 위주로 진행될 수밖에 없는 유럽 전선과 달리 태평양 전선에선 해군이 역할이 큰 데다가 태평양 전선에 배정된 전략 물자가 워낙 적어서, 고질적인 육군과 해군 사이의 대립이 더욱 심해졌다. 그렇게 해군과 육군이 서로 주도권을 쥐려고 다투는 바람에, 전황이 미국 쪽으로 확연히 기운 뒤에도 '도쿄로 가는 길'을 놓고 해군과 육군은 의견이 근본적으로 달랐다. 육군은 오스트레일리아에 집결한 병력을 주력으로 삼아 뉴기니를 거쳐 필리핀을 점령하는 육로 작전을 주장했다. 해군은 하와이를 발진 기지로 삼아 적도 바로 북쪽의 중태평양을 가로질러 일본으로 향하는 수로 작전을 주장했다.

객관적으로 살피면 해군의 주장이 보다 합리적이었다. 중태평양을 가로질러 진공해서 궁극적으로 대만까지 장악하면, 동남아시아와 남태평양으로 진출한 일본군은 본토와의 연결이 끊어져서 잘린 넝쿨에 달린 열매처럼 시들어 갈 터였다. 그리고 미군은 일본 본토를 곧바로 공격할 수 있었다. 특히 마리아나 열도를 장악하면 일본 본토를 폭격할 수 있었다. 그 대신, 해군의 주장대로 수로 작전을 채택하면 오스트레일리아에 집결한 육군 병력을 그대로 묵혀야 했다. 애써 모은 육군 병력을 묵히는 작전은 정치적으로 불가능했다.

결국 1943년 8월 캐나다 퀘벡에서 열린 '사분원 회담(Quadrant Conference)'에서 루스벨트 대통령, 처칠 수상, 그리고 미국과 영국의 군사 지휘관들은 해군과 육군의 주장을 함께 받아들인 타협안을 공식적으로 채택했다. 해군은 중태평양으로 진공하는 수로 작전을 수행하고 육군은 뉴기니를 거쳐 필리핀으로 향하는 육로 작전을 수행하는 '양방면 전략(two-pronged strategy)'이 확정된 것이었다.

미국 함대가 중태평양을 가로질러 반격에 나선다는 전략을 구상하고 실행한 사람은 해군을 실질적으로 지휘한 미국 함대 사령관 어니스트 킹 대장이었다. 성격이 거칠고 질기다는 명성에 걸맞게, 그는 중요한 일에 관해서 자신의 생각이 옳다고 확신하면 모두 반대해도 소신을 굽히지 않았다. 그는 유럽 전선에 너무 많은 전략 물자들이 배정되어 태평양 전선에서 일본을 효과적으로 공격하지 못한다는 것을 기회가 나올 때마다 지적했다. 심지어 처칠과 영국 지휘관들에게도 그런 얘기를 서슴지 않았다. 육군과의 대립에서도, 엄청난 권위와 제왕적 성격을 지녔고 필리핀에서 패배한 치욕을 꼭 씻고 싶어 하는 맥아더 대장에 맞섰다.

킹은 중태평양을 가로질러 반격한다는 자신의 전략에서 가장 중요한 목표로 마리아나 열도를 꼽으면서 그 섬들을 '서태평양의 열쇠(the key to the western Pacific)'라 불렀다. 마젤란이 발견했고 뒤에 필리핀과 멕시코를 연결하는 항로의 거점이었다는 역사적 사실들이 가리키는 것처럼, 마리아나 열도는 지리적으로 전략적 가치를 지녔다. 게다가 마리아나 열도는 일본에 가장 가까운 섬들이어서, 그곳 비행장들을 이용하면 2,300킬로미터 떨어진 일본 본토를 폭격할 수 있었다. 막 생산되기 시작한 장거리폭격기 'B-29 Superfortress'가 4톤의 폭탄을 싣고 5,600킬로미터를 날 수 있었으므로, 사이판을 기지로 삼으면 미국 육군 항공대는 곧바로 일본 본토 폭격에 나설 수 있었다. 그래서 항공대 사령관 헨리 아널드(Henry Arnold) 대장은 킹의 주장을 지지했고, 덕분에 그의 주장에 회의적이었던 합동참모본부의 분위기가 바뀌었다.

1943년 9월 킹은 펄 하버에서 태평양함대 사령관 체스터 니미츠 대장과 함대들을 실제로 지휘하는 제독들인 윌리엄 홀지 대장과 레이먼드 스프루언스 중장을 만나 이제 공식적으로 채택된 자신의 전략을 실행할 길을 협의했다. 그들은 길버트 군도를 먼저 공격하고 이어 마셜 군도를 공격하기로 결정했다.

그런 결정에 따라 1943년 11월에 길버트 군도에서 벌어진 싸움은 치열했다. 특히 2해병사단이 공격한 타라와섬은 '피의 타라와(Bloody Tarawa)'라 불릴 만큼 미군의 손실이 컸다. 미국 해병대는 늘 적군을 가장 빠르게 정면에서 공격하는 전술을 썼으므로 병력 손실이 클 수밖에 없었다. 육군 27보병사단이 공격한 매킨섬에서도 싸움이 치열해서 완전히 점령하는 데 사흘이나 걸렸다.

1944년 2월 미군은 마셜 군도를 점령했다. 로이나무르섬은 4해병사단이 공격했고 콰절레인섬은 육군 7보병사단이 공격했다. 길버트 군도 작전에서 얻은 교훈들을 충실히 따라서 준비를 철저히 한 덕분에, 마셜 군도 작전은 쉽게 성공했다. 미군은 곧바로 랄리크 열도의 작은 섬인 에니위토크의 일본 해군 기지를 공격해서 점령했다. 마침내 중태평양에서 서쪽으로 진출할 기지들이 마련된 것이다.

미군의 혁신

태평양 전선에서 미군이 이렇게 빠르게 그리고 연속적으로 일본군을 격파할 수 있었던 까닭은 물론 미군의 군사력이 일본군을 압도했다는 사실이었다. 미국의 거대한 경제가 군수 물자들의 생산에 동원되자, 미군의 전력은 급속히 늘어났다. 비록 미군의 무기들과 군수 물자들은 대부분 유럽 전선에 배정되었지만, 태평양 전선에 배정된 것들만으로도 미군은 일본군을 압도할 수 있었다. 너른 태평양에서 작전하는 터라 결정적 요소는 배들과 항공기들이었는데, 이런 무기들에서 미군은 이내 우위를 확보했다.

특히 무기들의 성능 향상에서 미군은 일본을 크게 앞질렀다. 1941년 12월 전쟁이 시작된 때부터 1945년 8월 전쟁이 끝날 때까지 일본군의 주요 무기들은 거의 바뀌지 않았다. 기본 소화기인 소총의 경우, 미군은 반자동식 M1으로 선환했는데 일본은 여전히 수동식인 '38식'과 그것의 개량형인 '99식'을 함께 쓰고 있었다. 일본군의 '38식'은 메이지明治

38년(1905년)에 나온 소총이었다.

무기 체계의 진화가 빠른 해군과 공군에서도 사정은 비슷했다. 일본군 주력 전투기인 '영식(Zero)' 전투기는 개전부터 종전까지 그대로 쓰였다. 미군 함재 전투기들 가운데 '영식'에 대응할 수 있었던 기종은 '살쾡이(Wildcat)'뿐이었는데, 미군은 이 기종을 향상시킨 '마녀(Hellcat)'를 1943년 9월부터 투입했다. 덕분에 미군 함재기들의 일본군 함재기들과의 '비교격추율(kill to loss)'은 6 대 1에서 13 대 1로 높아졌다. 미군이 원래 우위를 누린 장거리폭격기에선 B-29가 절대적 우위를 누렸다.

축적된 전투 경험과 성능이 향상된 무기들은 당연히 육해공군의 전술들을 빠르고 지속적으로 진화시켰다. 그리고 그런 전술의 변화는 자연스럽게 군대의 조직과 운용에서 변화들을 불렀다. 이런 혁신에서 미군은 일본군보다 훨씬 창의적이고 과감했다. 원래 미국은 자유롭고 창의적인 문화적 전통을 지닌 사회였고, 미군도 그런 문화적 풍토에 힘입어서 빠르게 변모했다. 당시 미국 기업들은 프레더릭 테일러(Frederick W. Taylor)의 '과학적 관리(scientific management)' 이론을 도입해서 인력관리와 공정의 합리화에 성과를 얻고 있었다. 특히 표준화를 통한 기계화와 자동화에 많이 투자하고 있었다. 미군은 그런 기업들의 발전된 경영 지식을 흡수해서 자신을 합리화했다.

이런 혁신은 '고속항공모함 임무부대(Fast Carrier Task Force)'에서 특히 인상적 모습으로 나왔다. 미국 태평양함대는 펄 하버 피습으로 전함들을 많이 잃어서 어쩔 수 없이 화를 면한 항공모함들에 의존하게 되었다. 미군 지휘관들은 항공모함의 결정적 중요성을 깨닫고 항공모함 위주의 전술을 개발했다. '고속항공모항 임무부대'는 이런 전술을 구현한 조직이었다. 이 임무부대는 몇 개의 독립적 '임무단(task group)'들로 이루어졌는데, 각 임무단은 3 내지 4척의 항공모함들을 중심으로 구축함, 순양함, 고속전함들과 같은 지원 함정들을 포함했다. 임무단은 항공모함들의 함재기들과 지원 함정들의 방공 무기들로 적군 항공기들로부터 자신을 지킬 수 있었다. 가장 느린 전함들까지 신형들로 교체해서 30노트를 낼 수 있었으므로, 이 임무부대는 기동력이 뛰어났다.

1944년 1월에 창설된 '고속항공모함 임무부대'는 지휘관에 따라 명칭이 바뀌었다. 스프루언스 대장이 지휘하는 5함대 소속일 때는 '58임무부대(Task Force 58)'라는 명칭을 쓰고 마크 미처(Marc Mitscher) 중장이 지휘했다. 그러나 홀지 대장이 지휘하는 3함대 소속일 때는 '38임무부대(Task Force 38)'라는 명칭을 쓰면서 존 매케인(John S. McCain) 소장이 지휘했다. [매케인 소장의 아들 존(John S. McCain Jr.)도 소령으로 서태평양에서 잠수함을 지휘하고 있었다. 그는 뒷날 베트남 전쟁에서 태평양 사령부 사령관으로 복무했다. 부자가 해군 대장으로 복무한 것이다. 그의 손자 존(John S. McCain III)은 베트남 전쟁에서 함재기 조종사로 활약했고, 포로가 된 뒤의 영웅적 행동으로 존경을 받았다. 뒤에 상원의원으로 활약했고 2008년 공화당 후보로 대통령 선거에 나섰다가 민주당 후보 버락 오바마에게 졌다.] 즉, 스프루언스와 미처가 한 조가 되고 홀지와 매케인이 다른 조가 되어, 두 조가 번갈아 지휘했다.

여기서 주목할 점은 홀지의 3함대와 스프루언스의 5함대가 실은 같은 함대였다는 사실이다. 지휘관이 바뀌면 함대와 '고속항공모함 임무부대'가 명칭만 바뀌었다. 그래서 함대사령관, 임무부대 사령관, 그리고 그들의 참모들이 한 조를 이루어, 새로 들어선 조는 물러나는 조가 세운 작전계획에 따라 작전들을 수행하고, 물러난 조는 육상 근무를 하면서 휴식을 취하고 다음 작전들을 구상하는 것이었다. 전시의 함대는 끊임없이 기동하므로, 어려운 결정들을 계속 내려야 하는 지휘관들과 참모들은 심리적 압박이 클 수밖에 없었다. 그들이 휴식하면서 경험들을 성찰하고 앞날의 작전들을 미리 구상하도록 하는 것은 효과가 컸다. 이런 혁신적 관행 덕분에 함대와 임무부대는 중단 없이 원활하게 작전할 수 있었다. 이것은 실은 테일러의 이론을 따른 방안이었으니, 테일러는 생산에 투입된 노동자들이 충분히 휴식해야 생산성이 오른다고 역설했다. 이런 관행은 효율적이었을 뿐 아니라, 함대의 명칭이 주기적으로 바뀌는 상황은 일본군을 혼란스럽게 만들었다.

반면에, 일본 해군은 아직도 항공모함 중심으로 함대를 개편하지 못했다. '미드웨이 싸움' 이전에 야마구치 다몬山口多聞 소장이 항공모함 위주로 함대를 개편하자는 주장을 폈지만 해군 수뇌부의 동의를 얻지 못했다. 야마구치는 미드웨이 해전에서 전사했고, 그런 개혁을 추진할 수 있는 유일한 인물인 야마모토 이소로쿠山本五十六 대장은 1943년 4월에 남태평양 작전에서 전사했다. 그래서 일본 함대는 여전히 항공모함들과 전함들이 별도의 부대들로 나뉘어 작전하고 있었다. 원래 항공모함을 바탕으로 한 전술을 발전시킨 것이 일본이라는 사실을 생각하면, 일본 해군이 혁신에 실패한 것이 명확해진다.

'고속항공모함 임무부대'의 첫 작전은 캐럴라인 군도의 트루크를 공격하는 '우박 작전(Operation Hailstone)'이었다. 캐럴라인 군도는 마리아나 열도의 남쪽에 동서로 길게 흩어진 섬들이었는데, 일본 연합함대는 트루크섬에 전방 작전 기지를 건설했다. 산호초로 둘러싸인 항구와 비행장 5개에 수상기 비행장까지 갖춘 트루크는 공격을 막아 내기에 좋아서, 미국 언론은 '태평양의 지브롤터'라고 불렀다.

1944년 2월 17일 해병대와 육군이 에니위토크 점령작전에 나서자,

스프루언스 대장이 지휘하는 5함대에 소속된 58임무부대는 일본 항공기들의 간섭을 막고자 트루크 공격에 나섰다. 항공모함 5척, 경항공모함 4척, 전함 7척, 순양함 10척, 구축함 28척, 잠수함 10척에 함재기 560대로 이루어진 이 강력한 부대는 당시 세계에서 가장 강력한 함대였다. 스프루언스의 명령을 받자, 미처 중장은 58임무부대의 4개 임무단 가운데 3개 임무단을 트루크 공습에 투입했다. 당시 트루크에 있던 일본군은 순양함 5척, 구축함 8척, 기타 함정 5척에 항공기 350대로 이루어졌으므로 싸움은 일방적이 될 수밖에 없었다. 게다가 트루크의 레이더는 저공비행을 하는 항공기들을 탐지하지 못했다. 일본군에겐 불운하게도, 몇 주 동안 미군의 공습을 경계하면서 초계비행을 했던 일본군 항공부대들은 모처럼 휴가를 즐기고 있었다.

그래서 2월 17일 새벽 동 트기 90분 전에 트루크에 닥친 미군 항공기들은 완벽한 기습에 성공했다. 일본 조종사들의 필사적 노력으로 80대의 일본 전투기들이 이륙에 성공했으나, 속도, 고도 그리고 기습의 이점을 지닌 미군 '헬캣' 전투기들은 낡은 '영식' 전투기들을 쉽게 압도했다. 이륙한 80대의 '영식' 전투기들 가운데 30대가 격추되었고, 오후엔 일본군 항공기들은 저항을 포기했다. 미군의 손실은 4대였다.

제공권을 잃고 방공포만으로 미군 항공기들을 막아 내야 하게 되자, 산호초로 둘러싸인 항구에 정박한 일본군 함정들은 미군 항공기들의 공격을 피할 길이 없었다. 북쪽 해로로 빠져나간 함정들은 스프루언스 자신이 지휘한 수상함들의 공격을 받고 모두 격침되었다.

그래도 일본군은 야간에 남은 폭격기들로 반격을 시도했다. 한 대에서 세 대로 이루어진 편대들이 미군 호위함들의 방어망을 뚫고 항공모함을 공격하려 시도했다. 마침내 일본 폭격기 한 대가 겹겹이 둘러친 방어망을 뚫고 미군 58.2임무단의 인트레피드호를 어뢰로 공격하는 데 성공했다. 이 어뢰로 11명이 죽고, 조종 체계가 손상된 항공모함은 수리를 위해 미국으로 물러났다.

트루크에서 일본군은 큰 손실을 입었다. 순양함 2척, 구축함 4척, 보조순양함 3척, 보조함 6척에다 상선 32척이 파괴되었다. 250대가 넘는 항공기들이 파괴된 것과 1만 7천 톤이 넘는 저장 연료가 사라진 것은 일본군으로선 특히 뼈저린 손실이었다. 인명 피해는 4,500이 넘었다.

빠르게 기동하는 58임무부대는 일본군이 예상치 못한 방식으로 작전해서 일본군에 큰 손실을 입혔다. 트루크를 공격한 '우박 작전'에서 보듯, 기습을 당한 일본군 항공기들은 미처 이륙하기 전에 대부분 격파되었다. 미군 임무부대의 의도와 소재를 알 길이 없었으므로 일본군은 대비할 길이 없었다.

트루크 공격을 마치자, 미처는 58임무부대를 이끌고 다가오는 사이판 공격작전을 준비하는 작전에 들어갔다. 2월 22일 마리아나 열도 서쪽 160킬로미터 해상에 이르자 그는 사이판, 티니안 및 괌에 있는 일본군 시설들을 폭격했다. 이 작전으로 150대가량의 일본군 항공기들이 파괴되었다. 그리고 임무부대의 잠수함들은 폭격을 피해 이동하는 일본군 함정 6척을 격침시켰다.

이어 58임무부대는 뉴기니에서 북쪽으로 진격하는 맥아더 휘하의 육군을 지원했다. 캐럴라인 군도의 서쪽 끝에 있는 팔라우는 일본 해군의 주요 거점이었는데, 임무부대 항공기들은 이곳을 공격해서 항공기 150대를 파괴하고 10만 톤 이상의 선박들을 격침시켰다. 이어 트루크를 두 차례 더 공격해서 항공기들을 파괴했다. 일본군 지휘부가 큰 기대를 겨었던 중태평양의 육상 기지 해군 항공기들이 거의 다 사라진 것이었다.

58임무부대의 이런 활발한 기동은 일본군 지휘부가 미군의 작전계획을 짐작하는 것을 어렵게 만들었다. 그들은 미군의 주 공격 목표가 팔라우이다라고 판단했고 그것을 지키는 방어작전을 준비했다. 그래서 사이판 방어에 투입될 병력과 자원이 남쪽 팔라우의 방어로 전환되었다. 그렇게 중태평양의 일본군 공군력을 무력화시키자, 스프루언스는 사이판 공격작전에 힘을 쏟기 시작했다.

식량 징발자 작전

사이판은 마리아나 열도에서 괌 다음으로 큰 섬이다. 길이는 19킬로미터에 폭이 9킬로미터로 면적은 115평방킬로미터다. 괌에서 북쪽으로 190킬로미터고, 10킬로미터가 채 못 되는 사이판 해협을 두고 남쪽의 티니안과 마주 본다. 서쪽엔 모래 해변이 있고 산호초가 해안을 둘러싸서 커다란 석호(lagoon)를 이루었다. 동쪽 해안은 지형이 험준해서 절벽이 많다. 자연히 도시들은 서해안에 몰려 있다.

마리아나 열도의 다른 섬들과 마찬가지로 사이판의 원주민도 차모로 사람들이었다. 1914년에 독일 영토였던 마리아나 열도를 점령하고 1918년 국제연맹의 위임을 받아 공식적으로 통치하게 되자, 일본은 사이판으로의 이민을 장려했다. 그래서 1920년대에 일본인, 조선인, 대만인 및 류큐(오키나와)인들이 많이 정착했고 사탕수수 농장들을 일구었다. 여기서 생산된 설탕과 주류는 일본 시장으로 수출되었다. 아울러 일본 정부는 사회간접자본에 투자해서 항구, 도로, 상수도와 같은 시설들을 건설했다. 1943년 사이판엔 3만 가까운 이주민들과 4천 가까운 원주민들이 살았다.

1944년 6월 11일 미처 중장이 이끄는 58임무부대의 항공기 225대가 사이판을 공습했다. 300킬로미터 넘게 떨어진 해상에서 발진한 터라, 일본군은 미군 항공기들의 공습에 전혀 대응하지 못했다. 이틀 동안 이어진 폭격으로 147대의 일본군 항공기들이 파괴되거나 손상되었다. 미군의 항공기 손실은 11대였다. 6월 13엔 5함대 전함들과 순양함들이 일본군 방어 진지들에 대한 함포 사격을 시작했다. 마리아나 열도를 침공하는 '식량 징발자 작전(Operation Forager)'이 마침내 시작된 것이었다.

이 작전에서 첫 단계인 사이판 침공은 '돌입자 작전(Tearaway Operation)'이라 불렸다. 너른 태평양에서 여러 부대들이 협력해서 수행하는 작전인지라, '식량 징발자 작전'은 지휘 체계가 복잡했다. 갓 대장으로 승진한 5함대 사령관 스프루언스가 작전 전체를 지휘했다. 5함대는 58임무부대와 합동원정부대(Joint Expeditionary Force)로 나뉘었다. 58임무부대는 일본 함대의 반격을 막아 내고 사이판의 제공권을 유지하면서 상륙 부대들을 근접 지원할 터였다. 실제로 상륙해서 싸울 합동원정부대는 다시 사이판과 티니안을 공격할 북방공격부대(Northern Attack Force)와 괌을 공격할 남방공격부대(Southern Attack Force)로 나뉘었다. 합동원정부대를 지휘한 리치먼드 터너(Richmond K. Turner) 중장은 북방공격부대를 직접 이끌고 사이판 공격에 나서기로 했다. 해병대와 육군으로 이루어진 지상 병력이 상륙하면, 이들 병력의 지휘는 홀랜드 스미스 해병 중장이 말을 터였다. 지상 병력은 5상륙군단(V Amphibious Corps)으로 통합되었는데, 2해병사단, 4해병사단, 육군 27보병사단 및 24군단포병대로 이루어졌다. 총병력은 7만 1천이었다.

당시 사이판을 지킨 일본군은 오바타 히데요시小畑英良 중장이 지휘하는 31군이었다. 1944년 일본군 대본영은 미크로네시아의 위임통치 지역을 방어하기 위해 31군을 창설했다(일본군의 '군'은 미군의 군단과 규모가 비슷했다). 일본 본토를 지키는 '마지막 방어선'으로 규정된 이 지역은 북마리아나 열도, 남마리아나 열도 및 캐럴라인 군도의 3개 구역으로 나뉘었다. 북마리아나 열도는 43보병사단과 47독립혼성여단이 맡았다. 남마리아나 열도는 28보병사단과 48독립혼성여단이 맡았다. 캐럴라인 군도는 52보병사단과 50, 51, 52의 3개 독립혼성여단이 맡았다. 8만의 병력을 갖춘 이 부대의 첫 사령부는 캐럴라인 군도의 트루크에 설치되었다.

1944년 2월의 '우박 작전'으로 함정들과 항공기들이 괴멸되자, 트루크를 지키던 일본군은 보급을 받지 못해서 서서히 시들어 갔다. 애초에 트루크를 점령할 의도가 없었던 미군은 섬에 갇힌 일본군을 내버려 두고 곧바로 마리아나 열도로 향했다.

사이판 주둔군에서 육군은 43보병사단, 47독립혼성여단 및 9기갑여단이 주요 부대들이었고, 해군은 55해군경비부대와 요코스카横須賀 1특별육전대가 주요 부대들이었다. 총병력은 3만 2천이었는데 육군이 2만 6천가량 되었고 해군이 6천가량 되었다. 전차는 48대였다. 묘하게도 당시 사이판에는 펄 하버 기습과 미드웨이 해전에서 연합함대의 기동부대를 이끈 나구모 주이치南雲忠一 중장이 '중태평양지역함대' 사령관으로 복무하고 있었다. 일본 해군에서 가장 경험이 많은 제독이 실제로는 초계함 몇 척과 평저화물선(barge)들로 이루어진 '지역함대'와 6천 남짓한 지상 근무 해군 병력을 거느린 것이었다. 그의 초라한 처지는 개인적 불행만이 아니라 일본 해군 전체의 몰락을 상징했다.

일본군은 육군과 해군 사이의 알력이 무척 심각했으므로, 오바타와 나구모는 사이판 방어에서 협력을 처음부터 포기했다. 설령 두 지휘관들이 협력할 마음이 있었다 하더라도, 서로 공을 다투는 육군과 해군의 지휘부에서 허락하지 않았을 터였다. 그래서 그들은 각기 자신의 부대들을 지휘해서 자신의 임무만을 수행하기로 합의했고, 자연히 사이판을 방어하는 작업은 효율적으로 이루어지지 못했다.

게다가 일본군 지휘부는 미군 함대가 기동력이 뛰어나다는 점을 간과했다. 그래서 그들은 미군이 11월 이전엔 마리아나 열도에 도달하지 못하리라고 예측했다. 방어를 맡은 일본군 지휘관들도 이런 안이한 판단을 그대로 받아들여서 방어 시설을 구축하는 데 소홀했다. 미군이 공격에 나섰을 때 사이판엔 방어 시설을 구축할 자재들이 그대로 쌓여 있었고 많은 무기들이 채 조립되지 않거나 제 위치에 거치되지 않은 상태였다. 이런 일본군 지휘관들의 모습은 프랑스 방어를 맡았던 롬멜 원수가 노르망디에서 '시간과의 싸움'을 벌인 것과 대조적이다.

미군이 마리아나 열도에 이르기 직전에 31군 사령관 오바타 중장은 캐럴라인 군도의 맨 서쪽 섬인 팔라우의 방어 상태를 점검하러 나섰다. 그는 결국 사이판으로 돌아오지 못하고 사이판 싸움 내내 괌에 머물러야 했다. 그래서 사이판의 방어를 실제로 지휘한 것은 '북마리아나 방어부대' 사령관 사이토 요시쓰구齋藤義次 중장이었다.

사이토 중장은 사이판섬을 4개 구역으로 나누어 부대를 배치했다. 중부 구역은 43사단의 136혼성연대가 맡았다. 바로 북쪽 구역은 수도인 가라판을 포함했는데, 해군 병력이 주둔한 구역인지라 해군이 맡았다. 북부 구역은 43사단의 135혼성연대가 맡았다. 남부 구역은 또 하나의 주요 도시인 차란카노아를 포함했는데, 이 구역은 47독립혼성여단이 맡았다.

1944년 6월 15일 0542시 합동원정부대 사령관 터너 중장은 명령을 내렸다.

"상륙군을 상륙시켜라(Land the Landing Force)."

곧바로 그의 기함 로키마운트호의 돛가름대 끝(yardarm)에 그의 명령을 알리는 신호 깃발이 내걸렸다. '태평양의 D데이'라 불리게 된 사이판 침공작전이 마침내 시작된 것이었다.

터너는 곁에 선 5상륙군단장 홀랜드 스미스 해병 중장을 돌아보면서 고개를 끄덕였다. 스미스도 기대에 찬 얼굴에 웃음을 올렸다. 그들은 이번 싸움을 낙관하고 있었다. '피의 타라와'에서 얻은 값비싼 교훈들에 따라, 미국 해군은 상륙작전을 보다 효율적으로 수행할 준비를 갖춘 터였다. 먼저 항공사진과 지도들을 면밀히 검토해서 지형을 판독하고 상륙 이후에 나올 상황들을 보다 정확하게 예측했다. 그리고 함포 사격과 함재기 폭격을 충분히 해서 적군의 방어력을 약화시켰다. 상륙함의 부족으로 상륙 과정에서 큰 피해를 입었던 경험을 새겨서, 이번엔 상륙함을 몇 곱절로 늘렸다. 무엇보다도 병력에서 미군은 일본군을 압도했다. 이틀 전에 나온 최종 정보 판단은 사이판에 주둔한 일본군을 1만 5천에서 1만 7천 사이로 판단했다. 솔로몬 군도에서 시작해서 길버트 군도와 마셜 군도에서 일본군을 격파하면서 전투 경험을 쌓은 부대들인지라,

해병사단 둘이 작은 병력의 일본군을 격파하는 데는 사흘이면 족하리라고 미군 지휘부는 판단했다.

미군이 상륙하려는 지역은 섬의 서남쪽 해안이었다. 수도 가라판 다음으로 큰 도시인 차란카노아를 중심으로 북쪽엔 2해병사단이, 남쪽엔 4해병사단이 상륙하기로 되었다. 차란카노아의 북쪽 끝에 있는 부두가 두 부대의 경계 표지 역할을 했다. 27보병사단은 해상 예비대(floating reserve)여서 당분간은 상륙하지 않을 터였다.

해병들은 이번 작전에서도 그들의 전통적 공격 대형인 '삼각공격 대형(triangular assault formation)'을 썼다. 2개 부대가 나란히 전방에서 공격하고 1개 부대가 후방에 예비대로 남는 것이었다. 상륙한 뒤에는 2사단은 왼쪽으로 돌아 섬의 서쪽 해안을 따라 북쪽으로 진출하고, 4사단은 곧장 동쪽으로 진출해서 섬의 남부를 장악한 다음 섬의 동쪽 해안을 따라 북쪽으로 향하도록 되었다.

상륙 부대 병사들은 이미 한 시간 전에 아침을 끝낸 터였다. '사형을 선고 받은 자의 조반(a condemned man's breakfast)'이어서 모처럼 식단이 풍성했지만, 위험한 상륙작전을 앞둔 터라 역전의 용사들인 해병들도 식욕이 나지 않았다.

0700시까지 모함에서 내린 상륙함들은 모함 둘레에 자리 잡고서 해병들을 해안으로 싣고 갈 준비를 끝냈다. 그때까지 지속되던 함포 사격은 함재기들의 폭격을 위해 30분 동안 중단되었다. 곧바로 58임무부대의 함재기 160대가 일본군 진지들을 공습하기 시작했다. 함재기들의 공습은 적군의 방어를 약화시키기 위한 것이었지만, 혹시 남아 있는 적군 항공기들이 상륙작전을 방해할 가능성을 아예 없애려는 목적도 있었다.

0730시 함재기들이 모함들로 돌아가자 전함들이 다시 함포 사격을 시작했다. 이 전함들 가운데엔 상륙 지역의 북부를 포격하는 캘리포니아호와 남부를 포격하는 테네시호가 있었다. 이 두 전함은 1941년 12월 펄 하버가 일본군 함재기들의 기습을 받았을 때 피해를 입었는데, 곧바로 인양되어 수리를 받은 다음 전선에 복귀한 것이었다. 당시 펄 하버에 복무했던 해군 노병들에겐 이번 함포 사격은 가슴 벅찬 일이었다. 만일 그들이 지금 사이판에 펄 하버 공격을 지휘했던 나구모 중장이 있다는 것을 알았더라면 그들의 감개는 더욱 깊었을 터이다.

두 해병사단의 병사들이 마지막으로 개인 군장을 점검하는 사이, 함정들의 확성기들에선 군목의 기도가 흘러나왔다.

"하느님의 가호 아래 우리는 이길 것입니다. … 여러분들은 대부분 돌아올 것입니다. 그러나 여러분들 가운데 몇은 여러분들을 만드신 하느님과 만날 것입니다. … 여러분들의 죄들을 회개하십시오…."

병사들이 따르는 종교들이 여럿인지라, 군목은 각 종교에 적절한 참회 기도를 인도했다.

"유대교 신앙을 지닌 분들은 나를 따라 복창하십시오. … 이제 기독교 신앙을 지닌 분들은, 개신교도들과 천주교도들은, 나를 따라 복창하십시오…."

해병들은 선창에서 나와 차례로 그물 사다리를 내려가 상륙함들에 탔다. 병사들을 싣고 온 전차 운반용 상륙함(landing ship, tank, LST)은 17대의 상륙용 장궤차(landing vehicle, tracked, LVT)들과 300명의 병사들을 실었다. 흔히 수륙 양용 트랙터(amphibious tractor, amtrac)라 불린 LVT는 산호초들을 넘어 해두보의 상륙 지점까지 병사들을 안전하게 싣고 갈 터였다. 4킬로미터가량 되는 해변에 닿는 데는 27분이 걸릴 것으로 예상되었다.

상륙이 시작되기 전에, 미군은 섬 서북쪽 타나팍 항구 해안에서 속임수 시위를 했다. 4해병사단 예하 24해병연대와 2해병사단 예하 29해병연대 1대대는 함포 사격의 지원을 받으면서 해안 5킬로미터 밖까지 진출했다 돌아갔다. 일본군 지휘부는 이런 시위에 속지 않았지만, 그래도 섬 북부를 지키던 135보병연대를 미군의 상륙 지점이 확실해진 뒤에야 남부로 이동시켰다.

사이판 상륙작전

0813시 병사들을 태운 LVT들은 공격파들을 이루어 5분 간격으로 해안을 향했다. 이들을 보호하기 위해 장갑수륙양용전차대대(Armored Amphibian Tank Battalion)가 1분 먼저 출발했다. 상륙작전에서 가장 위험한 임무를 맡은 부대였다. 2해병사단을 이끈 것은 2장갑수륙양용전차대대였고, 4해병사단을 이끈 것은 육군 708장갑수륙양용전차대대였다.

맨 앞에 선 함정들은 4.5인치 로켓과 20밀리미터 및 40밀리미터 기관포들을 갖춘 LCIG(landing craft, infantry, gunboat)였다. 그 뒤를 75밀리미터 박격포를 갖춘 장갑수륙양용전차인 LVTA(landing vehicle, tracked, armored)들이 따랐다. 사람들과 탄약들을 다 싣고도 물에 떠야 했으므로, 이들 장갑전차들의 장갑은 그리 견고하지 못했다. 이들 전차들은 해안에 대한 함포 사격이 끝나면 해안에서 해병들을 지원할 터였다.

LVTA들이 먼저 부딪친 장애는 산호초였다. 파도가 해안으로 밀려가서 산호초가 드러났을 때 산호초를 올라가서, 다음 파도가 밀려오기 전

"상륙시켜라." 사이판 침공작전이 시작되었다.

에 넘어야 했다. 산호초를 넘다가 파도에 덮이면 엔진이 꺼질 수 있었다. 가까스로 산호초를 넘은 전차들도 물속으로 빠져 전기 계통이 고장이 난 경우들도 있었다.

상륙 부대가 해안에 가까워지자 일본군의 폭탄들이 떨어지기 시작했다. 함재기들의 폭격과 함포 사격이 워낙 치열했으므로, 미군들은 상륙 지역의 일본군이 크게 약화되었으리라고 생각했다. 그러나 수많은 동굴들이 있는 지형을 이용해서 깊이 파고 들어간 일본군 진지들은 미군의 엄청난 공격준비사격을 잘 견디 냈다.

일본군의 포격이 시작되자 상륙군 대열은 이내 아수라장이 되었다.

날카로운 소리를 내며 떨어지는 폭탄들, 말로 나타내기 어려울 만큼 끔찍한 폭발들, 폭발과 파편으로 솟구치는 물기둥들, 폭발의 화염과 연기, 직격탄을 맞은 LVTA들과 LVT들의 처참한 모습에 병사들은 모두 고개를 숙이고 간절한 기도를 올렸다. 일본군 포탄을 피하려고 LVT들이 회피 기동을 하자 상륙군의 대열은 이내 흐트러졌다. 동시에 나란히 상륙해야 할 부대들이 흩어져서 예정된 지점으로부터 멀리 떨어져 소속 부대를 찾지 못한 병사들이 많았다. 4해병사단 병력은 예정 상륙 지점들에 상륙해서 혼란이 비교적 덜했지만, 2해병사단은 부대들이 한데로 몰려서 무척 혼란스러웠다.

이런 혼란 속에서도 상륙작전은 꾸준히 진행되어 해병들이 해안에 닿았다. 일본군의 저항이 비교적 작았고 덕분에 혼란이 덜했던 4해병사단은 예정대로 해안에 닿았다. 상황이 어려웠던 2해병사단은 예정 시간보다 3분 늦은 0843시에 제1파가 해안에 상륙했다.

그러나 몸을 숨길 곳이 없는 해안은 병사들에겐 상륙함들 속에 있을 때보다 오히려 더 위험했다. LVT들은 육상에서도 달릴 수 있으므로, 원래 계획엔 병사들을 싣고서 내륙 깊숙이 전진하도록 되어 있었다. 그러나 일본군의 저항이 워낙 거센 터라, 해안에 닿지 못하고 병사들을 물속에 하선시킨 경우들도 많았다.

공격파들이 상륙해서 해안이 미군 해병들로 덮이자 일본군은 야포들과 박격포들을 그들에게 집중했다. 2해병사단의 선두 부대였던 6해병연대와 8해병연대가 특히 큰 손실을 입었다. 혼란 속에서 부하들을 결집시키려 애쓴 지휘관들이 많이 쓰러져서, 먼저 상륙한 7개 대대들 가운데 5개 대대의 대대장들이 죽거나 다쳤다.

그래도 후속 부대들의 상륙은 착실히 진행되었다. 특히 포병연대인

10해병연대가 상륙해서 75밀리 곡사포들과 105밀리 평사포들로 보병들을 지원하자, 2사단 보병들은 내륙으로 진출하기 시작했다. 1800시엔 2해병사단장 토머스 왓슨(Thomas E. Watson) 소장이 상륙해서 지휘소를 가동했다.

4해병사단은 적잖은 LVT들이 병력을 싣고 내륙 깊숙이 진출할 수 있었다. 오후엔 M4 셔먼(Sherman) 전차들이 상륙했다. 장갑이 약한 LVTA와 달리 셔먼 전차는 견고해서 해병들의 전진에 큰 도움을 주었다. 그래서 내내 고전한 2해병사단과 달리, 4해병사단은 작전 첫날의 목표선까지 진출할 수 있었다. 1930시엔 사단장 해리 시미트(Harry Schmidt) 소장이 상륙해서 지휘소를 가동했다.

사단 지휘소들이 가동되자 부대들 사이의 통신이 급격히 늘어났고, 자연히 통신 보안이 중요해졌다. 해병 사령부가 마련한 대책은 아메리카 선주민 나바호(Navajo)족 출신 병사들 가운에 영어와 원주민 언어를 함께 잘하는 이중 언어 사용자(bilingual)들로 하여금 전언들을 자기 부족의 언어로 유선이나 무선으로 교신하도록 하는 방안이었다. 그들은 군사작전에서 많이 쓰이는 낱말들을 다른 낱말들로 바꾼 간단한 암호를 썼다. 일본군이 나바호 언어를 알 길이 없는 데다가 암호까지 썼으니 안전성에서 단연 뛰어났다. 게다가 전문을 암호로 바꾸고 다시 해독하는 데 아주 빨랐으므로, 이런 방식은 미군으로선 완벽한 암호 통신이었다. 그래서 사단과 연대 수준에선 무선병과 나바호족 병사가 한 조를 이루어 극비 전문들을 무선으로 교신했다.

'암호 대화자들(code talkers)'이라 불린 이들 나바호족 병사들은 400명이 넘었는데, 기초 해병 훈련을 받았고 병사의 자질에서도 다른 해병들

적이 알아듣지 못하는 나바호족 언어로 교신하는 '암호 대화자들'은 400명이 넘었다.

에 뒤지지 않았다. 그러나 용모가 일본군 병사들과 비슷해서, 상황을 모르는 다른 부대 해병들에 의해 일본군으로 오인되는 경우가 많았다. 그래서 우군의 총격을 받기도 하고 포로가 되기도 했다. 포로가 되어 일본군 포로들과 함께 수용소에 갇힌 이들을 해병 지휘관이 설명하고 데려오는 경우도 있었다.

첫 암호 대화자들은 실은 나바호족이 아니었다. 제1차 세계대전에서 체로키(Cherokee)족과 촉토(Choctaw)족이 이런 방식을 처음 썼다. 미국 육군도 제2차 세계대전에서 아메리카 선주민 암호 대화자들을 썼고 이들은 태평양, 북아프리카 및 유럽에서 활약했다. 스페인 바스크(Basque)어를 쓰는 병사들도 육군에서 많이 활약했다. 그래서 '암호 대화자들'은

'전쟁 중에 잘 알려지지 않은 언어들로 비밀 교신을 하는 사람들'이란 뜻으로 일반화되었다.

작전 첫날 2만의 해병 병력이 상륙했다. 2해병사단은 2개 연대가 상륙했고, 4해병사단은 3개 연대 모두 상륙했다. 아울러 포병과 전차부대들도 보병들을 충분히 지원할 수 있는 규모가 되었다. 상륙 부대들은 해군 함대의 지원을 받을 수 있었고, 전황이 어려워지면 해상 예비대인 육군 27보병사단이 투입될 수 있었다. 게다가 미군은 해상으로 보급을 받을 수 있었지만, 일본군은 외부로부터 병력도 물자도 지원받을 수 없었다. 비록 2해병사단은 목표선에 이르지 못했고 두 사단 사이엔 상당한 틈새가 있어서 단일 전선을 형성하지 못했지만, 미군 지휘관들은 대체로 만족했다. 그리고 작전이 예정대로 사흘 안에 끝나리라고 전망했다.

일본군 지휘관들의 생각은 달랐다. 비록 많은 미군들이 상륙했지만, 해안에서 미군들이 입은 손실은 상당했다. 해안엔 미군들의 시체가 쌓였고 파괴된 상륙함들이 널려 있었다. 상황이 어려웠던 2해병사단이 상륙한 지역에선 D데이가 끝났을 때 배속된 70대의 LVTA들 가운데 13대만이 움직일 수 있었다. 인명 손실도 끔찍해서 238명이 죽고 1,022명이 부상을 입었다. 비교적 수월하게 상륙작전을 수행한 4해병사단도 800명의 사상자가 났다. 반면에 지형의 이점을 누린 일본군의 손실은 가벼웠다.

이제 일본군이 야간 공격으로 미군들을 바다로 되밀어 넣을 차례라고 일본군 지휘관들은 생각했다. 야간엔 미군 함재기들의 폭격도 전함들의 함포 사격도 불가능할 터이니 상황이 일본군에게 유리했다. 그래서 그들은 전통적으로 써 온 야간 공격으로 아직 진지를 제대로 구축하지 못한 미군들에 심대한 손실을 줄 수 있다고 판단했다.

D데이 자정부터 D+1 새벽까지 일본군은 곳곳에서 공격에 나섰다. 사령관 사이토 중장의 "적군을 해변에서 격멸하라"라는 지시를 따른 것이었다. 특히 둘째날 0300시엔 나팔 소리와 함께 일본군이 크고 작은 집단들을 이루어 미군 진지들을 공격했다. 함성을 지르고 깃발들과 칼들을 휘두르면서 밀어닥쳤다.

미군들은 우세한 병력과 화력으로 일본군들을 막아 냈다. 칼을 휘두르고 소총을 쏘면서 돌격하는 일본군이 잘 훈련되고 전투 경험이 많고 화력이 우세한 미군 해병들의 진지를 돌파할 수는 없었다. 공격에 나선 보병들을 지원한 일본군 전차들은 미군 해병들의 대전차포에 이내 파괴되었다. 게다가 일본군의 예상과 달리 전함 캘리포니아가 근접 지원 사격에 나서서, 공격하는 일본군에 큰 손실을 입혔다.

일본군의 야간 공격은 결국 참담한 실패로 끝났다. 험난한 지형을 이용해서 튼튼하게 방어선을 구축한 일본군이 스스로 그런 이점을 버렸다는 점에서, 그리고 외부로부터 보급을 받을 수 없는 처지에서 공격에 탄약을 많이 쓰고 전차들을 위험에 노출시켰다는 점에서 그것은 좋은 전술이 못 되었다.

6월 16일 31군 사령부는 도쿄에 상황을 비관적으로 보고했다.

"15일 오후부터 수행된 반격은 적군의 전차들과 화력으로 실패했음."

대본영 작전참모부의 답신은 간단했다.

"대일본제국의 운명이 귀부대의 작전에 달렸으니, 장교들과 병사들의 정신을 고취해서 최후까지 적군을 용감하고 끈질기게 격멸하는 과업을 수행해서 천황 폐하의 걱정을 덜어 주기 바란다."

태평양의 외로운 섬에 고립되어 절망적 상황에 놓인 군대의 답신도 간결했다.

"영예로운 천황 폐하의 말씀을 잘 받았습니다. 천황 폐하의 무한한 너그러움에 감격할 따름입니다. 모든 병사들의 죽음으로 태평양의 간성干城이 되어 천황 폐하의 은혜에 보답하겠습니다."

해상 예비대의 투입

2해병사단과 4해병사단이 사이판에 상륙해서 싸우는 동안, 육군 27보병사단 병력은 그들을 하와이에서 싣고 온 배들에 머물고 있었다. 그들은 '해상 예비대'인 자신들에게 부여될 임무가 무엇인지 아직 모르고 있었다. 미군 지휘관들은 사이판을 점령하는 데 3일이면 충분하다고 판단했으므로, 27보병사단의 지휘관과 참모들은 사이판에서 싸우는 상황만이 아니라 티니안이나 괌에서 작전할 가능성도 고려해야 했다. 그래서 그들은 무려 19개의 작전계획들을 검토하고 있었다. 이런 상황은 병사들에게도 곤혹스러웠다. 자신들이 어느 곳에 상륙한다는 것을 확실히 알고서 그곳의 지형과 적군에 대해 교육을 받아야 하는데, 그것이 불가능하니 혼란과 불안이 클 수밖에 없었다.

이런 상황은 D+1인 6월 16일 오전에도 지속되었다. 그러다가 정오가 지나자, 합동원정부대 사령부는 27보병사단을 사이판에 투입하기로 결정했다. 이처럼 갑작스러운 결정을 부른 요인들은 둘이었다. 하나는 해병들이 잘 싸웠고 상륙작전이 예정대로 진행되었지만, 일본군의 완강한 저항으로 해병들이 입은 손실이 예상보다 훨씬 컸고 목표선에 도달하지 못했다는 사정이었다. 그래서 새로운 병력을 투입해서 전투력을 강화할 필요가 있었다. 다른 하나는 미국 잠수함들이 일본 함대가 필리핀에서 사이판으로 이동하는 것을 발견한 것이었다. 이번 작전을 총지휘하는 스프루언스는 미국 함대와 일본 함대 사이에 곧 큰 싸움이 벌어지리라는 것을 깨달았다. 병력을 실은 배들이 일본군의 공격에 노출될 가능성을 걱정한 그는 병력을 즉시 상륙시키도록 지시했다.

결국 27보병사단의 포병부대들은 즉시 상륙해서 해병들을 지원하고, 이어 165보병연대와 105보병연대가 차례로 상륙해서 4해병사단을 돕기로 결정되었다. 106보병연대는 괌 상륙에 대비해서 당분간 '해상 예비대'로 남기로 되었다.

워낙 갑작스럽게 내려지긴 했지만, 이 결정은 27보병사단의 임무를 명확하게 규정하지 않았다는 중대한 문제를 안았다. 한 부대가 다른 부대를 돕는 것은 말처럼 쉬운 일이 아니었다. 대등한 사단장 두 사람 가운데 돕는 부대의 사단장이 도움을 받는 부대의 사단장에 예속되는 것이었다. 명확한 임무와 지휘 계통을 수립해도 어려운 일인데, 아무런 지침도 없이 그저 도우라고 한 것이었다.

게다가 27보병사단은 육군이고 4해병사단은 해병이었다. 구성과 작전 방식이 판연히 다른 부대들이 갑작스럽게 협력해서 작전하는 것이니, 크고 작은 문제가 잇따라 나올 수밖에 없었다. 실은 마리아나 열도를 침공하는 '식량 징발자 작전'에 참가한 부대의 구성 자체가 복잡했다. 최고 지휘관인 5함대 사령관 스프루언스, 58임무부대 사령관 미처, 그리고 합동원정부대 사령관 터너는 해군 제독들이었다. 지상 병력인 5상륙군단을 지휘하는 홀랜드 스미스는 해병이었다. 27보병사단장 랠프 스미스(Ralph Smith) 소장은 육군이었다. 해군, 해병대 그리고 육군이 함께 작전하니 당장 통신이 제대로 되지 않았다.

이처럼 준비가 부족했으므로, 사단 지휘소를 설치하고 4해병사단 사령부를 찾아 작전을 협의하려고 해안으로 향한 27보병사단 부사단장 오그던 로스(Ogden Ross) 준장은 해병들이 육군이 상륙한다는 사실을 모른다는 것을 발견했다. 무장한 초계정들의 검문을 여러 차례 받아서, 그가 해안에 닿는 데는 5시간 가까이 걸렸다. 상륙한 뒤엔 4해병사단 사령부를 찾는데 다시 몇 시간이 걸렸다.

부사단장 일행이 해안에서 헤매는 사이, 27보병사단 병사들은 갑작스러운 상륙 임무에 당황했다. 함내 방송이 모든 것들이 잘되어 간다고 알려 주었으므로, 그들은 상륙한 해병들이 고전한다는 것을 몰랐다. 그래도 그들은 혼란 속에서도 바삐 움직이면서 상륙 준비를 했다. 맨 먼저 상륙하는 165연대에 하선 명령이 내려온 것은 1711시였다. 병사들은 30분 안에 사다리들을 타고 내려와서 LVT들에 탔다. LVT가 부족해서 1대대와 2대대가 먼저 상륙하고 3대대는 뒤에 상륙하기로 되었다.

미리 철저히 준비하고도 뜻대로 안 되는 것이 상륙작전인데, 갑작스럽게 시도되었으니 혼란은 필연적이었다. 무엇보다도, 오후 늦게 상륙작전이 시작된 터라 병사들을 실은 LVT들이 공격파를 이루었을 때는 한밤이었다. 전함들의 함포 사격 불빛이 밝히는 어두운 바다를 건너 LVT들은 천천히 해안으로 향했다. 그러나 해안엔 이미 정박한 함정들이 많아서, 그 함정들 사이로 운항하느라 공격파 대열은 흐트러졌고 적잖은 LVT들이 길을 잃었다. 게다가 어둠 속에서 LVT 조종사들은 산호초를 지날 길을 찾지 못했고, 밤새 산호초 앞에서 맴돌다 포기하고 산호초 앞에 배를 대 놓고 병사들에게 산호초를 기어 올라가라고 지시한 조종사들이 적지 않았다. 그렇게 LVT에서 내린 병사들은 무거운 무기들과 장비들을 지닌 채 산호초를 넘어 물속을 걸어 해안으로 향했다.

상륙한 병사들은 널리 흩어졌고, 어둠 속에서 지기 부대들을 찾는 데는 여러 시간이 걸렸다. 그래도 6월 17일 0530시까지 165연대 1대대와 2대대는 상륙을 완료하고 다음 임무를 기다릴 수 있었다. 0730시에 그들에게 주어진 임무는 4해병사단의 우익 오른쪽에서, 즉 가장 남쪽에서 내륙으로 진출하는 것이었다. 섬 남부에 있는 아슬리토 비행장을 장악하고 이어 섬의 남단 나푸탄곶을 점령하는 것이 첫 목표였다. 힘든 상륙작전으로 지치고 잠을 자지 못했지만, 165연대 병사들은 곧바로 목표를 향해 나아갔다.

아슬리토 비행장을 지키는 일본군은 1,500명가량 되었고 나푸탄엔 500명가량이 있었다. 그리고 비행장을 굽어보는 나푸탄산의 방어 진지들엔 각종 야포들이 설치되어서, 일본군은 미군이 비행장을 이용하는 것을 쉽게 방해할 수 있었다. 미군이 공격하자 일본군은 곧바로 비행장에서 물러났다. 그리고 산줄기 너머에 구축된 방어 진지에서 비행장을 포격하기 시작했다.

정오경에 165연대는 비행장 남동쪽의 일본군을 공격했다. 그러나 일본군의 화력이 강력해서 앞으로 나아갈 수 없었다. 그들은 포병의 지원을 요청했고 2시간 동안 포탄들이 일본군 방어 진지들이 있는 산줄기를 때렸다. 그러나 공격준비사격의 함포 사격과 마찬가지로, 포병 사격도 산줄기 후사면에 구축된 일본군 진지들에 별다른 피해를 주지 못했다.

그러나 늘 공격을 강조하는 일본군은 이번에도 진지에서 나와 미군을 공격했다. 방어 진지의 결정적 이점을 버린 이런 선택으로 일본군은 큰 손실을 입었다. 미군도 적잖은 손실을 입었고, 야간 방어선을 구축하기 위해 뒤로 물러났다. 다음 날 아침 다시 공격을 시작한 165연대는 쉽사리 산줄기를 점령했다. 일본군이 나푸탄곶에 새로 방어 진지를 구축하기 위해 물러난 것이었다. 그래서 6월 18일부터 미군은 아슬리토 비행장을 사용할 수 있었고, 6월 24일까지 육군 전투기 74대가 도착해서 지상군의 작전을 도왔다.

이사이에 27보병사단의 나머지 부대들이 상륙했다. LVT가 부족해서 함께 상륙하지 못한 165연대 3대대와 105연대가 6월 17일에 별다른 어려움 없이 상륙했다. 그러나 해안이 배들로 너무 혼잡해서 병력과 장비가 따로 상륙하게 되었다. 게다가 필리핀 동쪽 바다에서 벌어질 해전에 대비해서 6월 17일 밤 마리아나 열도 근해의 모든 보급선들과 수송선들이 갑작스럽게 떠났다. 105연대의 장비들을 실은 수송선도 장비들을 그대로 싣고, 심지어 통신병들까지 싣고 떠났다. 그래서 105연대는 1주일 동안 통신 장비를 비롯한 필수적 장비들 없이 작전해야 했다.

필리핀해 싸움

마리아나 열도에서 작전하는 부대들에겐 뜻밖이었지만, 필리핀 동쪽에서 벌어진 미군과 일본군의 해전은 양국 해군 사령부로선 오래 예견된 것이었다. 양국 해군 지휘관들은 태평양에서 양국 함대들이 최후의 결전을 벌이리라 예측했고, 적극적으로 그런 결전의 기회를 찾아 온 터였다.

전통적으로 일본 해군은 적군 함대와의 결전을 통해서 승리를 얻는다는 교리를 충실히 따랐다. 일본을 침공하는 적군 함대가 일본의 외곽 방어선을 돌파하느라 약해진 상황에서, 우세한 함대로 적군 함대를 공격해서 단숨에 결정적 승리를 얻는다는 얘기였다. 이런 '함대 결전'은 19세기 후반에 큰 영향력을 지녔던 미국 해군 전략가 앨프리드 머핸(Alfred T. Mahan)의 이론을 따른 것이었다. 1904년 일본 함대가 '쓰시마對馬 싸움'에서 러시아 함대를 격파해서 러일전쟁에 이기는 계기를 마련한 것으로 이런 교리가 증명되었다고 일본 해군 지휘부는 믿었다. 함대 결전에서 주력은 전함이었으므로, 일본 해군은 거대한 전함들을 건조하는 데 자원을 쏟았다.

함대 결전은 미국과의 전쟁에서 더욱 적절한 전략으로 여겨졌다. 일본군 지휘부는 미국이 일본보다 월등한 경제력을 갖추었지만 정신적으로는 나약하다고 판단했다. 그래서 대규모 싸움에서 일본군이 미군에 큰 인명 손실을 입히면, 정신력이 약한 미국 시민들이 전쟁에 염증을 내서 미국이 먼저 휴전을 요청하리라고 여겼다. 그러나 결정적 싸움이 되리라고 기대했던 '미드웨이 싸움'에서 일본 함대는 참패했다. 그래도 일본 해군 지휘부는 함대 결전 전략을 버리지 않았다. 오히려 미국 해군의 전력이 월등해진 상황에선 하루라도 빨리 함대 결전을 벌이는 것이 낫다고 여겼다. 그런 판단에 따라, 1944년 3월까지 일본 해군은 서태평양에서 미국 함대와 최후 결전을 벌인다는 '신Z 작전' 계획을 완성했다.

전쟁이 일어나기 전부터 미국은 일본의 외교 및 군사 암호들을 모조리 해독했던 터라, 일본 해군이 계획한 결정적 해전에 대해 미국 해군 지휘부는 소상히 알고 있었다. 그리고 그런 결전은 미군이 바라는 것이었다. 이미 '고속항공모함 임무부대'로 큰 성과들을 거둔 터라 킹, 니미츠, 홀지, 스프루언스 같은 해군 최고 지휘관들은 단숨에 일본 해군을 격파할 기회에 대비해 왔다. 이처럼 양쪽이 바라고 준비해 온 최후의 결전을 미군의 마리아나 침공작전이 촉발한 것이었다.

이번 작전에 동원된 미국 함대는 스프루언스가 지휘하는 5함대였고, 주력은 미처가 지휘하는 58임무부대였다. 58임무부대는 5개 임무단으로 이루어졌다. 맨 앞쪽엔 방공포 막을 쳐서 항공모함들을 보호할 임무를 띤 58.7임무단의 고속전함 7척과 중순양함 8척이 항진했다. 바로 북쪽엔 항공모함 1척과 경항공모함 2척으로 이루어진 58.4임무단이 항진했다. 그 뒤를 각기 항공모함 2척과 경항공모함 2척으로 이루어진 58.1임무단, 58.2임무단 및 58.3임무단이 따랐다. 이들 주력함들을 경순양함 13척, 구축함 68척 및 잠수함 28척이 지원했다. 결정적 중요성을 지닌 항공기는 956대였다.

마리아나를 침공한 미국 함대를 격파하러 나선 일본 함대는 오자와 지사부로小澤治三郎 중장이 이끄는 1기동함대였다. 이 함대의 주력함은 항공모함 3척, 여객선을 전환한 저속항공모함 2척, 경항공모함 4척, 전함 5척, 중순양함 11척이었다. 경순양함 2척, 구축함 31척 및 잠수함 24척이 이들을 지원했다. 항공기는 473대였다.

'신Z 작전' 계획에 따라 오자와는 함대를 둘로 나누었다. 구리타 다케오栗田健男 중장이 이끄는 3척의 항공모함들은 미군 함대를 유인하는 역할을 맡았다. 미군이 구리타의 항공모함들을 공격하면, 오자와 자신이 이끄는 주력이 미군 함대를 공격해서 괴멸시킨다는 얘기였다. 함대의 전력에선 크게 열세였지만 오자와는 승산이 있다고 보았다. 그가 믿는 것은 '불침의 항공모함'들인 육상 기지들에 있는 항공기들이었다. 그는 마리아나 열도의 비행장들에 500대가량의 항공기들이 있다고 믿었다. 그러나 이 항공기들은 이미 58임무부대의 공습으로 거의 다 사라진 터였다. 현지 항공대 사령관들은 문책이 두려워서 그런 사정을 제대로 보고하지 않았던 것이다.

1944년 6월 11일 미군 58임무부대의 함재기들이 마리아나 열도를 폭격하기 시작했을 때, 연합함대 사령관 도요다 소에무豊田副武 대장은 그것이 마리아나에 상륙하기 위한 준비 폭격이라고 판단했다. 미군의 이런 작전은 그를 비롯한 일본 해군 지휘관들의 예상과 달랐다. 그들은 미군의 다음 목표가 보다 남쪽인 캐럴라인 군도이리라 여겼다. 그래서 마리아나의 방위엔 상대적으로 소홀했었다. 새로운 상황에 대응하기 위해, 도요다는 오자와에게 모든 가능한 함정들을 동원해서 함대 결전에 나서라고 지시했다.

일본 함대는 6월 16일 필리핀해의 서부에 집결해서 17일까지 급유를 마쳤다. 오자와는 이 함대를 기함인 항공모함 다이호大鳳호에서 지휘했다. 새로 취역한 다이호는 성능이 뛰어났으니, 폭격의 피해를 최소화하기 위해 장갑 철판으로 비행갑판을 씌웠고, 확장된 지휘 설비와 강화된 어뢰 방지 장치(torpedo blisters)를 갖추었고 많은 함재기들을 실었다.

일본 함정들의 움직임은 곧바로 미군 잠수함들에 의해 탐지되었다. 6월 15일 오후 잠수함들의 보고를 받은 스프루언스는 대규모 해전이 닥친다고 판단했다. 그는 니미츠와 상의한 다음 미처에게 58임무부대를 이끌고 필리핀해로 진출해서 일본 함대를 막으라고 지시했다.

6월 18일 자정 직전에 니미츠는 일본 함정 한 척이 무선 침묵을 깨트렸다고 스프루언스에게 무선으로 알렸다. 해독된 무선 전문은 오자와가 괌의 지상 기지에 있는 항공부대에게 내리는 지시였다. 그 함정의 위치는 58임무부대의 서남서 방향 560킬로미터였다.

스프루언스로부터 이 정보를 받은 미처는 그것이 일본 함대의 기만 전술일 가능성을 생각해 보았다. 일본 함대는 자신의 위치를 숨기려고 함정 한 척을 주력으로부터 떨어진 곳으로 보내서 무선 침묵을 깨는 전술을 쓰곤 했다. 어쨌든 미처는 58임무부대가 그대로 항진하면 일본 함대와 야간 수상 전투를 할 수도 있다는 것을 깨달았다. 야간 수상 전투에선 공중 공격이 불가능하고 우연이 크게 작용하므로, 미국 함대와 일본 함대 사이의 전력의 격차가 크게 줄어들 터였다. 그래도 그는 야간 전투에서도 쉽게 이길 수 있다고 판단했다. 그는 적군 함대에 대한 공중 공격 능력을 최대화할 수 있는 곳에 새벽에 도달할 수 있도록 임무부대가 야간에 서쪽으로 이동하는 것을 허가해 달라고 스프루언스에게 요청했다.

한 시간 동안 자신의 참모들과 숙의한 뒤, 스프루언스는 미처의 요청을 거부했다. "만일 우리가 하는 일이 정말로 중요해서 우리가 적군을 끌어당기고 있다면, 우리는 그들이 오도록 한 다음 그들을 처리할 여유가 있다"고 그는 말했다.

이런 태도는 1942년의 '미드웨이 싸움'에서 그가 보인 태도와 선연하게 대조적이었다. 미드웨이에서 그는 자신의 공격 항공기들이 제대로 편성되지 않은 상황에서 따로 출발하도록 했다. 그런 결정은 교리에 어긋났고, 일이 잘못되면 그의 경력이 끝날 만큼 위험했지만, 일본군 함대보다 먼저 공격에 나서는 것이 워낙 중요했으므로 그는 결행한 것이었다. 그는 이번엔 사정이 다르다고 생각했다. 이제 미국 함대는 발전된 레이더를 바탕으로 향상된 항공 관제 체계를 갖추어서 전투항공정찰(combat air patrol)을 하는 항공기들로 함대에 접근하는 적군 항공기들을 요격할 수 있었다. 전투항공정찰 항공기들을 피하고 함대에 도달한 적군 항공기들은 새로운 무기인 근접 유발 신관(proximity fuze)을 장착한 대공 포화 탄막을 뚫어야 했다. 처음에 붙여진 이름인 '가변 시한 신관(variable time fuze, VT fuze)'이란 이름으로 흔히 불리는 근접 유발 신관은 물체에 가까이 가면 폭발하는 신관으로, 각종 포탄의 성능을 크게 높이고 특히 대공포탄의 성능을 혁명적으로 높인 기술이었다. 근접 유발 신관은 워낙 어렵고 중요한 기술이어서, 그것에 관한 정보는 원자탄 기술이나 노르망디 상륙작전만큼 엄중한 보안 조치를 받았다.

유일한 위험은 일본군 함재기들이 미군 함재기들보다 운항 거리가 길다는 점이었다. 그래서 일본 함대가 먼 데서 먼저 공격에 나서면 일본 함재기들은 미군 함대를 공격할 수 있지만, 미군 함재기들은 일본군 함대를 공격할 수 없는 상황이 나올 수 있었다. 스프루언스 자신이 누구보다도 그런 위험을 잘 알고 있었고 그것의 크기를 가늠할 수 있었다. 그래서 "그들이 오도록 한 다음 그들을 처리할 여유가 있다"고 말한 것이다.

스프루언스가 먼저 공격받을 위험까지 안으면서 타당해 보이는 미처의 요청을 거부한 데엔 강력한 이유가 있었다. 니미츠는 "58임무부대의 일차적 임무는 마리아나를 침공하는 합동원정부대의 보호"라고 스프루언스에게 명확하게 지시한 것이었다. 다가오는 일본 함대가 아무리 매혹적인 표적이라 하더라도, 스프루언스는 일본 함대의 격파가 58임무부대의 일차적 임무가 아니라는 점을 잊지 않았다. 그는 자신의 함대의 주력이 일본 함대의 견제 부대를 공격하는 사이에 일본 함대의 주력이 싸움터를 우회해서 사이판 상륙작전을 수행하는 함대를 공격할 가능성을 경계했다. 그래서 그는 임무부대가 사이판에서 너무 멀리 떨어지는 것을 허용하지 않았다.

적군 함대의 수색에 먼저 나선 것은 일본군이었다. 6월 19일 괌섬의 비행장에서 이륙한 50대의 항공기들 가운데 하나인 '영식' 전투기가 0550시에 미군 58임무부대를 발견했다. 미군 함대의 위치를 무선으로 보고한 다음, 일본 조종사는 폭탄을 실은 전투기를 몰고 혼자서 미국 함대를 호위하는 구축함의 공격에 나섰다. 그러나 옆에 있던 다른 미국 구축함의 대공 포화를 맞고 격추되었다.

일본군은 괌과 남쪽 섬들에 있던 항공기들로 공격에 나섰다. 일본 항공기들이 날아오는 것을 레이더로 관측한 미국 함대는 30대의 '헬캣' 전투기들을 보내서 맞섰다. 0730시경에 벌어진 공중전에서 일본 항공기 35대와 미군 항공기 1대가 격추되었다.

괌에서 입은 항공기 손실을 모른 채, 오자와는 0830시에 미국 함대에 대한 첫 공격파를 발진시켰다. 68대의 항공기들로 이루어진 일본군 1차 공격파는 0957시 미군 레이더에 탐지되었다. 미처는 먼저 괌섬의 공중전에 투입된 전투기들을 불러들였다. 그리고 함대의 모든 전투기들을 이륙시켜서 몇 층으로 된 전투항공정찰 임무를 맡겼다. 이어 모든 폭격기들을 이륙시켜서 일본군 폭탄이 격납고에서 터질 경우에 대비했다.

일본 항공기들은 곧장 미국 함대를 공격하지 않고 새로 대오를 맞췄다. 그렇게 10분을 허비한 것이 미군 전투기들에 시간을 벌어 주어, 두 나라 항공기들은 미국 함대의 서쪽 110킬로미터에서 부딪쳤다. 양국 함재기들의 첫 싸움에서 일본 항공기 25대와 미국 항공기 1대가 격추되었다. 이 공중전에서 살아남은 일본 항공기들은 미국 함대로 향하는 과정에서 다시 미국 항공기들의 요격을 받아 16대가 격추되었다. 남은 27대의 항공기들 가운데 몇 대가 방공 포화를 뚫고 전함들을 공격했다. 그리고 한 대가 전함 사우스다코타호의 주갑판을 명중시켜서 50여 명의 사상자를 냈다. 그러나 그 전함에 큰 피해를 주지는 못했다. 함대 안쪽의 항공모함들에 도달한 일본 항공기는 없었다.

0900시에 오자와는 107대의 항공기로 이루어진 2차 공격파를 발진시켰다. 1107시에 이 공격파를 레이더로 탐지한 미군은 함대의 서쪽 100킬로미터에서 요격해서 70대가량을 격추시켰다. 일본군 항공기들은 항공모함들을 어뢰로 공격했으나 명중시키지 못했다. 결국 2차 공격파 107대 가운데 97대가 격추되었다.

1000시에 오자와는 47대의 항공기로 이루어진 3차 공격파를 발진시켰다. 1300시에 이 공격파를 탐지한 미군은 40대의 전투기들로 함대의 북쪽 80킬로미터에서 요격했다. 일본 항공기 7대가 격추되었다. 이 공격파는 끝까지 미군 함대를 공격하지 않았고, 덕분에 40대가 모함들로 돌아갈 수 있었다.

1100시에 오자와는 82대의 항공기들로 이루어진 4차 공격파를 발진시켰다. 그러나 조종사들은 미국 함대의 위치에 관해서 잘못된 정보를 전달받아서 미국 함대를 발견하지 못했다. 이들은 두 패로 나뉘어 괌과 로타에서 재급유를 받기로 했다. 로타로 향하던 항공기들은 미국 58.2임무단과 조우했다. 미국 전투기들과 싸우던 18대의 일본 항공기들은 반을 잃었다. 이사이에 미국 전투기들을 피한 일본 폭격기 9대가 미국 항공모함 왜스프호와 벙커힐호를 공격했다. 그들은 미국 항공모함들에 손상을 입히지 못한 채 9대 가운데 8대가 격추되었다. 괌으로 향한 일본 항공기들은 오로테 비행장에 내리려 시도하다가 미국 전투기 27대의 요격을 받았다. 일본 항공기 49대 가운데 30대가 격추되었고 나머지는 수리가 불가능할 정도로 파손되었다. 결국 4차 공격파는 미국 함대에 별다른 피해를 주지 못한 채 73대가 격추되었다.

6월 19일 새벽부터 오후까지 이어진 공중전은 미군의 일방적 승리로 끝났다. 일본 항공기들은 350대 넘게 파괴되었지만, 미국 항공기들

공중전은 미군의 일방적 승리로 끝났다. 항공모함들을 중심으로 이루어진 함대들의 대결은 미국의 승리로 굳어졌다.

은 30대가량이 파괴되었다. 공중전이 끝난 뒤, 항공모함 렉싱턴호에서 조종사 하나가 "제기랄, 이것은 옛적 칠면조 사냥과 같네!(Hell, this is like an old-time turkey shoot!)"라고 외쳤다. [원 렉싱턴호는 '산호해 싸움'에서 격침되었다. 이 배는 새로 건조되어 그 이름을 이어받은 것이다.] 그래서 미군 조종사들 사이에서 이 공중전은 "엄청난 마리아나 칠면조 사냥(Great Marianas Turkey Shoot)"이라 불리게 되었다. 공식 명칭은 '1차 필리핀해 싸움(First Battle of the Philippine Sea)'이다.

항공모함들을 중심으로 이루어진 함대들의 대결이었으므로, 1차 필리핀해 싸움의 핵심적 싸움은 함재기들 사이의 공중전이었다. 그 싸움에서 미국 함대가 크게 이겼으므로 두 함대들의 대결은 미국의 승리로 굳어졌다. 이제 공중전에서 일방적으로 패배한 일본 함대는 미국 함재기들의 공격에 시달릴 터였다.

그러나 일본 함대를 위협한 것은 미국 함재기들만이 아니었다. 실은 싸움의 초기 단계에서 두드러진 역할을 한 것은 미국 잠수함들이었다. 미국 잠수함들은 일본 함대의 움직임을 파악해서 하와이의 태평양함대 사령부에 알렸고, 덕분에 5함대와 58임무부대가 제때에 대응할 수 있었다. 그리고 58임무부대의 함재기들이 일본 함재기들을 요격하느라 바쁜 사이에 잠수함들은 일본 항공모함들을 공격했다.

0816시에 제임스 블랜셔드(James W. Blanchard) 소령이 지휘하는 잠수함 앨버코어호는 오자와의 항공모함함대를 발견했다. 블랜셔드는 공격하기 좋은 위치를 찾고서 가장 가까운 항공모함을 겨냥했는데, 그 배가 바로 오자와의 기함인 다이호호였다. 앨버코어가 어뢰를 발사하려는데, 배의 사격 통제 컴퓨터(fire-control computer)가 제대로 작동하지 않았다. 그래서 블랜셔드는 수동으로 발사하기로 하고, 명중률을 높이려 6발을 한꺼번에 발사했다.

다이호는 막 2차 공격파를 발진시킨 참이었다. 6발의 어뢰들 가운데 4발은 빗나갔다. 막 이륙한 항공기를 몰던 조종사 고마쓰 사키오小松幸男 병조장兵曹長[준사관]은 항공모함으로 향하는 어뢰를 보자, 어뢰의 항로에 자신의 비행기를 강하시켜 어뢰를 미리 폭발시켰다. 그의 영웅적 희생에도 불구하고 나머지 한 발이 끝내 다이호를 맞혔다. 어뢰에 맞았어도 거대한 항공모함은 응급조치를 받고 항행할 수 있었다. 그러나 어뢰의 폭발로 항공 연료 저장소 두 개가 파손되었고, 밀폐된 격납고 갑판에 연료 증기가 고이고 있었다. 공교롭게도 피해통제장교는 경험이 없었다. 그는 폭발성이 큰 증기를 빼내려고 환기 장치를 최대한으로 돌렸고, 이런 조치는 증기를 항공모함 전체로 확산시켰다. 마침내 1430시경에 발전기의 불꽃으로 폭발이 일어났고 이어 폭발들이 잇달았다. 오자와와 참모들은 바로 옆에 있던 주이가쿠瑞鶴호로 옮겨 갔다. 그 뒤 다시 연쇄 폭발들이 일어나, 다이호는 침몰했다. 2,150명의 승무원들 가운데 1,650명이 죽었다.

1052시엔 허먼 코슬러(Herman J. Kossler) 중령이 지휘하는 잠수함 커밸러호가 일본 항공모함 쇼가쿠翔鶴호를 발견했다. 1122시 이 잠수함이 발사한 어뢰 6발 가운데 3발이 항공모함을 맞혔다. 한 발은 뱃머리의 항공 연료 저장소를 파괴해서 증기가 갑판에 차기 시작했다. 마침 착륙해서 연료와 무기를 공급받던 항공기가 새어 나온 증기로 불에 타면서 뱃머리에서 연쇄 폭발이 일어났다. 결국 배는 뒤집혀서 바닷속으로 가라앉았다. 1,263명의 승무원들과 조종사들이 죽었고 570명이 살았다. 쇼가쿠는 1941년 12월의 펄 하버 기습작전에 참가했던 항공모함이었다. 이어 '산호해 싸움'에서 공을 세우고 거기서 입은 손상을 수리하려고 본국으로 돌아가는 바람에 '미드웨이 싸움'에서 빠졌었다.

미국 58임무부대를 공격한 일본 함재기들이 괴멸되어 일본 함대의 패배가 확연해지자, 스프루언스는 일본 함대가 사이판 침공작전을 지원하는 미군 함정들을 공격할 여력이 없다고 판단했다. 이제 반격에 나설 때라 판단하고서, 그는 미처에게 전문을 보냈다.

"만일 우리가 적군의 위치를 충분히 정확하게 알 수 있나면, 내일 적

미군 잠수함이 발사한 어뢰가 쇼가쿠를 맞혔다. 1941년 12월의 펄 하버 기습작전에 참가했던 항공모함이 바닷속으로 가라앉았다.

군을 공격하고 싶소."

협의 끝에 5함대 사령관과 58임무부대 사령관은 6월 20일 오후 늦게 공중 공격에 나서기로 결정했다.

58임무부대는 일본 함대를 찾아 밤새 서쪽으로 움직였다. 그리고 동이 트자 정찰기들을 띄웠다. 그러나 이 정찰기들은 적 함대를 발견하지 못했다. 그래서 정오경에 다시 정찰기들을 띄웠지만, 역시 일본 함대를 찾지 못했다.

일본 함대가 이동한 것은 아니었다. 기함 다이호가 미군 잠수함에 의해 격침되자, 오자와는 구축함 와카쓰키호로 옮겨 탔다. 그러나 그 구축함의 통신 장비는 기동부대 사령부의 방대한 양의 통신을 제대로 처리할 수 없었다. 그래서 오자와는 6월 20일 1300시에 항공모함 주이가쿠로 다시 옮겨 탔다. 그때에야 그는 비로소 전날 일본군이 입은 괴멸적 손실을 알게 되었다. 이제 그에게 남은 함재기들을 150대에 지나지 않았다. 그러나 그는 괌과 로타의 지상 항공기들이 아직 그대로 남아 있다고 믿었으므로, 싸움을 계속할 수 있다고 판단했다. 그래서 21일에 다시 미국 함대를 공격할 계획을 세우라고 참모들에게 지시했다.

1540시 마침내 엔터프라이즈호의 정찰기가 일본 함대의 정확한 위치를 알려 왔다. 일본 기동부대는 440킬로미터 밖에서 20노트로 서쪽으로 움직이고 있었다. 일본 함대는 58임무부대 함재기들의 공격권의 한계 수역에 있었다. 그리고 날은 이미 저물고 있었다.

그래도 미처는 모든 항공기들을 동원해서 공격하기로 결정했다. 첫 공격파가 발진한 뒤, 정찰기가 새로운 정보를 알려 왔다. 일본 함대의 위치가 전번 전문으로 알린 것보다 100킬로미터 밖에 있다고. 그런 위치라면 1차 공격파 함재기들은 연료가 한계에 도달할 터이고, 더구나 야간 착륙을 해야 했다. 미처는 2차 공격파의 발진을 취소했다. 그러나 그는 1차 공격파를 불러들이지 않았다. 일본 기동부대가 그대로 도망치도록 할 수 없다는 데 스프루언스와 미처는 합의했고 도박에 가까운 모험을 감행한 것이다. 임무를 마친 함재기들의 비행 거리를 줄이기 위해, 임무부대는 전속력으로 1차 공격파의 뒤를 따르기 시작했다.

1차 공격파를 이룬 240대의 함재기들 가운데 14대가 여러 이유들로 임무를 포기하고 모함들로 귀환했다. 계속 날아간 226대는 전투기 95대, 어뢰폭격기 54대, 급강하폭격기 77대였다. 이들은 막 해가 질 무렵에 일본 함대 위에 이르렀다.

이 대규모 공격파에 맞서 오자와가 띄울 수 있는 함재기들은 모두

80대였고 전투기들은 35대에 지나지 않았다. 전투기들을 모는 조종사들은 하나같이 남태평양에서 많은 전투 임무들을 수행한 노병들이었다. 그런 경험과 능력 덕분에 우세한 미국 함대를 공격하고도 살아남은 것이었다. 그러나 미군 공격파에 비해 그들은 수가 너무 적었고, 그들이 모는 전투기들은 이제 성능이 크게 향상된 미군 전투기들에 맞서기 어려웠다. 일본 함재기들은 용감하고 능숙하게 싸웠지만, 우세한 미군 함재기들에 이내 압도되었다.

미군 함재기들이 먼저 발견한 것은 급유선들이었다. 그들의 주요 공격 목표는 항공모함들과 전함들이었지만, 연료의 부족을 걱정한 조종사들은 급유선들을 공격했고 2대를 항해 불능 상태로 만들었다.

일본 함대의 주력도 작지 않은 피해를 입었다. 항공모함들 가운데 히요飛鷹호는 폭탄과 어뢰를 맞고 침몰했다. 250명이 죽었고 1천 명가량이 구축함들에 의해 구조되었다. 주이가쿠호, 준요隼鷹호 및 지요다千代田호는 폭탄들로 손상을 입었으나 살아남았다. 전함 하루나榛名호도 폭탄들을 맞고 큰 손상을 입었으나, 함장의 뛰어난 피해 통제로 침몰을 피할 수 있었다. 80대의 일본 함재기들 가운데 65대가 파괴되었다.

미국 함재기들 가운데 20대가 일본 전투기들과 대공 포화에 격추되었다. 무사히 임무를 마친 함재기들도 모함들로 귀환하는 일이 남았다. 연료는 부족했고 이제 깜깜한 밤이었다.

2045시에 첫 함재기가 돌아왔다. 돌아오는 조종사들을 먼저 맞은 것은 호위함들이 쏘아 올린 조명탄들이었다. 이어 비행갑판을 환히 밝힌 조명이 그들을 안내했다. 수직으로 솟구치는 탐조등 불빛들은 함재기들이 내릴 항공모함들의 위치를 선명하게 가리켰다. 일본 잠수함들의 공격의 표적이 될 위험을 무릅쓰고, 미처는 돌아오는 함재기들을 위해 해군의 엄격한 등화 관제 규칙을 어기고 함대를 불빛 속에 노출시킨 것이었다. 그는 함재기들이 자기 모함이 아닌 항공모함에 내리는 것을 허용했다.

항공모함들에 남아 있던 함재기 승무원들에겐 이런 광경은 가슴 벅찬 감동을 주었다. 일본 잠수함들에게 "공격할 테면 해 보라"고 하면서 모든 불들을 환하게 켠 대담함과 함재기 승무원들은 결코 소모품이 아니라는 지휘관의 태도에 감격해서, 함정마다 승무원들의 자발적 환호성이 올랐다. 다행히 일본 잠수함은 근처에 없었다. 그래도 연료 부족으로 항공모함에 내리지 못하고 바다에 내린 항공기들이 많아서 80여 대가 사라졌다.

그날 밤 도요다 연합함대 사령관은 오자와에게 필리핀해에서 철수하라고 지시했다. 일본 1기동함대는 곧바로 싸움터에서 벗어나기 시작했다. 6월 21일 일본 함대가 멀리 철수한 것을 보자, 스프루언스는 58임무부대에 사이판으로 복귀하라고 지시했다.

필리핀해 싸움은 역사상 가장 큰 '항공모함 대결(carrier-to-carrier battle)'이었다. 이 중요한 해전에서 일본 함대는 복구할 수 없는 손실을 입었다. 1기동함대와 마리아나 열도의 기지들에 있던 항공기들 가운데 항공모함 3척, 급유선 2척과 항공기 600대가량이 사라졌다. 인명 손실은 3천이나 되었다. 이처럼 큰 인명 손실 가운데 가장 아픈 것은 경험 많은 조종사들의 죽음이었다. 미드웨이 싸움에서 잘 훈련된 조종사들과 항공모함 승무원들의 태반을 잃은 뒤, 가까스로 항공모함 함대를 재건했던 터였다. 이제 일본 해군은 이들의 죽음을 보충할 조종사들을 양성할 시간도 능력도 없었다. 결국 일본 해군 지휘부는 남은 조종사들로 경항공모함 1척의 항공대를 구성했다. 나머지 항공모함들은 함재기들을 갖추지 못한 채 대기하다가, 4개월 뒤 필리핀에서 벌어진 '레이티만 싸움(Battle of Leyte Gulf)'에서 미군 함대를 유인하는 미끼로 쓰였다.

오자와는 패전의 책임을 지고 1기동함대 사령관에서 물러날 뜻을 상부에 알렸다. 그러나 도요다 연합함대 사령관은 그의 사의를 받아들이지 않았다. 오자와가 잘못한 것은 없었다. 필리핀해 싸움의 승패는 싸움이 시작되기 전에 이미 결정된 셈이었다. 일본 함대와 미국 함대 사이의 전력의 차이가 워낙 커서 이변이 일어날 가능성이 아예 없었다. 게다가 오자와는 작전 기간 내내 로타와 괌의 항공기들이 오래전에 사라졌다는 사실을 보고받지 못했고, 그런 부정확한 정보에 바탕을 두고 상황을 낙관적으로 보았다.

함대를 거의 다 잃은 패장 오자와를 비판하는 목소리가 없었던 것과는 대조적으로, 함대를 잘 지키면서 싸움에 이긴 승장 스프루언스는 작전이 끝나기도 전에 비판에 시달려야 했다. 전력이 우세하고 정보를 많이 지닌 미국 함대가 보다 공격적 작전을 수행했다면 일본 함대를 궤멸시킬 수 있었다는 얘기였다. 공격적 작전을 주장했던 미처는 공개적으로 불만을 드러냈고, 많은 조종사들이 그의 의견에 동조했다. "비조종사를 항공모함 지휘관으로 임명한 데서 이런 일이 벌어진다"는 주장이 그들이 터뜨리는 불만의 후렴이 되었다. 조심스러운 작전을 편 스프루언스는 원래 전함들을 지휘했고, 공격적 작전을 펴자고 주장한 미처는 해군 항공의 선구자들 가운데 하나였다는 사실이 그런 불만의 근거가 되었다. 해군 항공의 선구자로 태평양함대 부사령관으로 근무하는 존 타우어스(John H. Towers) 대장은 스프루언스의 해임을 요구하기까지 했다.

그러나 이런 주장은 해군 지휘부의 지지를 받지 못했다. 사이판 침공 작전을 지원한 52임무부대 사령관 터너 중장, 니미츠 그리고 킹은 처음부터 끝까지 스프루언스의 판단을 지지했다. 58임무부대에 주어진 임무는 사이판 상륙작전을 돕는 것이었고, 스프루언스는 그 임무에 맞춰 작전계획을 세웠다. 그는 일본 함대가 우회해서 사이판의 미군 함대를 공격할 가능성을 고려해서 사이판에서 멀리 떨어지는 것을 거부했고, 임무부대의 주력인 항공모함들을 위험에 노출시키지 않는 기동을 했고, 결과적으로 임무를 훌륭하게 수행했다. 그리고 곧 역사는 스프루언스의 균형 잡힌 판단이 옳았음을 보여 주게 된다.

미국 해병대와 육군의 알력

서쪽 필리핀해에서 결정적 해전이 벌어지는 사이, 사이판에선 치열한 싸움이 이어졌다. 미군이 섬의 남서부 해안에 상륙해서 북쪽과 동쪽으로 향했으므로, 해안 북쪽에 상륙한 2해병사단은 자연스럽게 좌익이 되어 곧바로 북쪽으로 진출했다. 해안 남쪽에 상륙한 4해병사단은 동쪽으로 진출하면서 자연스럽게 우익이 되었다. '해상 예비대'로 남았다가 갑작스럽게 상륙한 27보병사단은 두 해병사단들 사이에서 작전하게 되어 섬의 중앙부를 향하게 되었다.

사이판에서 작전하는 미군은 예상보다 훨씬 큰 어려움을 겪었다. 해병들은 상륙 과정에서 큰 손실을 입었고, 4해병사단의 손실은 특히 컸다. 게다가 필리핀해 싸움으로 보급을 받지 못해서 탄약이 부족했다. 보급 사정은 6월 25일에야 나아졌다. 이제 사흘 안에 사이판을 점령하겠다는 애초의 계획이 백일몽임이 드러났다. 그래도 미군은 온 전선에서 꾸준히 공격에 나서서 일본군을 격파하고 목표들을 얻었다.

상륙 과정에서 손실을 비교적 적게 본 2해병사단은 상당히 빠르게 진출했다. 사단의 좌익인 2해병연대는 해안을 따라 올라가서 6월 24일 수도 가라판을 점령했다. 함포 사격으로 폐허가 된 수도에서 해병들은 모처럼 쉬면서 기념품들을 수집했다. 몇몇 해병들은 일본군 '위안소'에서 찾아낸 기모노를 걸치고서 거리를 행진했다. 조선, 필리핀 및 다른 일본 식민지들에서 징집된 '위안부'들이 입었던 옷들이었다. '위안소'는 붉은 건물이었는데, 긴 복도가 있었고 복도 양쪽에 늘어선 좁은 방들은 문 대신 천을 내리고 있었다. 그 방들엔 남녀가 교합하는 모습을 새긴 금속 증표(coin)들이 있었다. '위안소'를 이용하는 일본군 병사들에게 지급된 이 금속 증표들은 미군 해병들의 기념품이 되었다.

6해병연대는 섬의 중앙에 솟은 티포페일산을 목표로 삼아 동북쪽으로 진출했다. 8해병연대는 배속된 29해병연대 1대대와 함께 수수페호를 향해 동쪽으로 진출했다. 내륙으로 진출한 이 두 해병연대들은 험준한 지형을 이용해서 튼튼한 방어 진지들을 구축한 일본군과 싸워야 했다. 그래도 6월 22일 밤 8해병연대는 이번 사이판 침공작전에서 가장 중요한 목표들 가운데 하나인 타포트차우산을 점령했다. 섬의 최고봉을 점령한 것은 전술적으로도 중요했지만 미군 병사들의 사기를 높여 주었다.

동쪽으로 진출한 4해병사단은 6월 21일까지 섬 남동부의 마지시엔만을 장악했다. 그리고 곧바로 만 북쪽의 카그만반도로 향했다. 이 구역은

2해병사단 구역보다 평탄했지만, 나름으로 위험했다. 너른 사탕수수밭들은 위장한 일본군 저격병들에게 좋은 활동 무대여서 미군의 손실이 컸다. 해병이 저격병의 총탄에 맞아 쓰러지면, 동료 해병들은 흘긋 살피고 슬픔을 감춘 채 멈추지 않고 나아갔다. 그들은 쓰러진 동료를 구하러 가지 않도록 훈련을 받았다. 일본군 저격병은 미군 병사가 자기 총에 맞아 쓰러지면 동료가 구원하러 달려오리라 기대하고 있다는 얘기였다.

게다가 해변을 따라 난 동굴들은 일본군이 숨기 좋았다. 동굴 진지는 출구가 여럿이고 서로 보호했으므로 공격하기가 어려웠다. 미군 해병들은 일본군 동굴 진지를 폭약으로 공격했다. 엄호 사격 속에 특수훈련을 받은 해병이 휴대 장약(satchel charge)을 동굴 속으로 던져서 폭파시켰다. 휴대 장약이 없으면 수류탄을 집어넣었다. 훨씬 조직적인 대응은 화염방사기를 쓰는 것이었다. 화염방사기 공격을 받은 일본군들은 동굴 안에서 죽거나 불이 붙은 몸으로 비명을 지르면서 밖으로 나와 죽었다. 경험 많은 해병들은 그렇게 죽어 가는 일본군 병사들을 소총으로 쏴 죽였다. 적군이었지만 극심한 고통에서 벗어나게 해 주려는 '자비로운 살해(mercy killing)'였다. 동굴 속엔 일본군 병사들만이 아니라 민간인들도 있다는 것을 알게 되자, 해병들은 먼저 음식과 물을 주겠다고 약속하면서 투항하라고 권유했다. 이것은 목숨을 건 일이었고, 그렇게 해서 구한 민간인들이 적지 않았다. 그러나 일본군이 항복한 경우는 없었다.

27보병사단은 처음부터 아주 어려운 처지에서 작전을 수행해야 했다. '해상 예비대'에서 갑작스럽게 작전에 투입되어서 준비가 부족한 채 상륙했고, 통신 장비를 비롯한 필수적 장비들을 실은 수송선이 필리핀해 싸움 때문에 장비들을 실은 채 떠나 버려서, 거의 일주일 동안 통신 장비를 제대로 갖추지 못한 채 싸워야 했다.

그러나 가장 근본적인 문제는 사이판의 지상군을 지휘하는 5상륙군단장 홀랜드 스미스 해병 중장이 해병의 우수성을 내세우고 육군을 얕보는 지휘관이었다는 사실이었다. 군인은 누구나 자기 병과를 높이게 마련이었지만, 홀랜드 스미스의 편견은 병적이었다. 그리고 '울부짖는 미친 개(Howlin' Mad)'라는 별명이 가리키듯 성품이 급하고 난폭했다. 그는 해병과 육군은 다른 교리에 따라 다른 방식으로 임무를 수행한다는 사실을 제대로 깨닫지 못했다. 그리고 낯선 땅에서 치르는 싸움이고 지형이 아주 험난하다는 점을 고려하지 않은 채, 그저 지도만 보고 명령을 내렸다. 지형을 이용해 구축한 요새들에서 결사적으로 저항하는 일본군을 제압하기가 무척 어려운데도, 육군은 전투력이 약해서 진격 속도가 느리다고 믿고 사단장과 연대장들을 다그쳤다.

27보병사단의 3개 보병연대 가운데 맨 먼저 상륙한 165연대는 동쪽으로 진출해서 아슬리토 비행장을 확보했다. 이어 남쪽에 남은 일본군을 소탕하는 작전에 들어갔다. 미군 정보부대들은 이곳에 남은 일본군이 300 내지 500이리라고 판단했다. 실제로는 2천 가까운 병력이 나푸탄산 일대를 지켰다. 이처럼 많은 병력이 잘 구축된 진지들에서 지키니, 1개 대대의 미군은 큰 손실을 입으면서도 목표를 얻을 수 없었다. 27보병사단장 랠프 스미스 소장이 165연대의 1개 대대를 추가로 투입하겠다고 하자, 홀랜드 스미스 중장은 거부하면서 연대장의 무능을 질책했다. 6월 26일 나푸탄 지역에 고립된 일본군이 북쪽으로 옮겨 가다 미군의 공격으로 괴멸되면서, 남부 지역은 평정되었다.

마지막까지 예비대로 남았던 106연대는 6월 20일 상륙했다. 그리고

165연대와 함께 북쪽으로 진출했다. 이 두 보병연대는 6월 23일 4해병사단의 24해병연대와 25해병연대가 맡았던 전선을 인수했다. 그리고 곧바로 북쪽에 있는 계곡으로 나아갔다. 106연대는 좌익을 맡아 서쪽의 2해병사단과 연결했고, 165연대는 우익을 맡아 동쪽의 4해병사단과 연결했다.

이들이 진출한 계곡은 타포트차우산에서 뻗어 온 높은 산줄기들로 둘러싸였고, 계곡은 평평해서 병사들이 몸을 숨길 곳이 전혀 없었다. 미군 지휘부는 몰랐지만, 이 지역은 일본군의 주요 방어 거점들 가운데 하나였다. 그래서 이 계곡의 북쪽엔 31군 사령관 사이토 중장의 지휘소가 있었고, 2개 보병연대와 1개 전차연대가 계곡을 지키고 있었다. 일본군 병력은 4천 명가량 되었다. 그래서 이 계곡은 실질적으로 일본군이 준비한 함정이었다.

이 함정으로 홀랜드 스미스 중장은 27보병사단의 2개 연대를 몰아넣었다. 그는 정면 공격이 무모하다는 사단장 랠프 스미스 소장의 의견을 무시하고 곧바로 진격하라고 다그쳤다. 동굴들에 마련된 일본군 방어 진지들의 기관총들과 박격포들은 숨을 곳이 없는 미군들에게 큰 손실을 입혔다. 그날 밤 일본군은 보병 2개 중대와 전차 6대로 반격에 나섰다. 미군은 가까스로 전차들을 파괴하고 전선을 지켰다. 어느 사이엔가 미군 병사들은 이 계곡을 '죽음의 계곡(Death Valley)'이라 부르고 있었다.

6월 24일 0800시 홀랜드 스미스는 27보병사단에 다시 공격하라는 명령을 내렸다. 그러나 상황은 나아지지 않았고 미군은 큰 손실을 보았다. 고지들로 둘러싸인 터라, '죽음의 계곡' 깊숙이 진격한 미군 병사들은 후방에서도 일본군의 공격을 받게 되었다. 좌익을 맡은 106연대의 형편이 보다 어려웠다. 랠프 스미스 소장은 맨 앞에서 싸우는 병사들과 함께 좌익의 상황을 살핀 뒤, 새로운 작전계획을 마련했다. 106연대의 1개 대대가 뒤에 남아서 일본군을 견제하는 사이에, 나머지 2개 대대가 동북쪽으로 우회해서 적군의 주진지를 포위하는 것이었다.

그러나 랠프 스미스 사단장은 그 계획을 실행할 기회가 없었다. 27보병사단의 진격이 늦어져서 왼쪽의 2해병여단의 우익이 노출되었다고 판단한 홀랜드 스미스 중장은 랠프 스미스 소장을 사단장에서 해임하고 샌더포드 자먼(Sanderford Jarman) 소장을 후임으로 삼았다.

27보병사단이 어려운 여건에서 싸우는데 사단장을 해임한 것은 어느 모로 보나 지나친 조치였다. 홀랜드 스미스가 육군에 대해 편견을 품었다는 것이 널리 알려졌으므로, 그의 해임 조치는 육군 지휘부의 분노를 불러서 '군간 알력(interservice rivalry)'의 모습을 띨 수밖에 없었다. 결국 그 사건은 걷잡을 수 없는 추문으로 커졌고 미국 시민들도 알게 되어, 사이판 싸움에서 미군이 거둔 성과들에 그늘을 드리우게 되었다.

미군의 악전고투

일본군의 거세고 효과적인 저항으로 작전이 오래 끌면서 미군의 손실은 빠르게 늘어났다. 섬에 상륙한 지 1주일 만에 미군은 4천 명 가까운 사상자들을 냈다. 2해병사단이 1,016명, 4해병사단이 1,506명, 그리고 27보병사단이 1,465명이었다.

이런 엄청난 인명 손실을 불러온 싸움터의 조건들은 줄곧 미군들의 형편을 어렵게 만들었다. 병사들은 상륙할 때 걸친 옷을 싸움이 끝났을 때까지 그대로 입었다. 작전이 끝났을 때, 병사들의 군복들은 땀과 비로 해어져서 날긋날긋했다. 싸움이 치열할 때는 군복을 입은 채 소변을 보아야 했으니, 병사마다 냄새가 지독할 수밖에 없었다. 평지의 사탕수수밭들은 농부들이 뿌린 인분으로 덮였는데, 적의 총격이나 포격을 받으면 병사들은 그 인분 덮인 땅에 얼굴을 파묻어야 했다. 열대에서 싸우는 터라 땀 찬 발을 씻고 양말을 빨아 신는 것이 긴요했지만, 바닷가에서 작전하는 병사들을 빼놓고는 대부분의 병사들은 그렇게 할 수 없었다. 면도하거나 몸을 씻는 것은 물론 누릴 수 없는 사치였다. 땀을 많이 흘리니 먹을 물을 구하는 것이 당장 급한 판이었다.

뜻밖으로 미군 병사들을 괴롭힌 것은 섬을 덮은 파리 떼였다. 미군이 상륙하기 전부터 함재기들의 폭격과 함포 사격으로 적잖은 일본군들이 죽었다. 열대에선 시체들이 빨리 썩으니, 시체마다 구더기들로 덮였다. 일본군 시체들을 파묻을 여유가 없었으므로, 곧 싸움터마다 구더기들의 천국이 되었다. 뒷날 사이판 싸움을 회고하면서 많은 미군 병사들이 "구더기들로 덮인 시체들"을 가장 끔찍한 기억으로 꼽았다. 미군 위생 담당 요원들이 파리를 없애려고 살충제 DDT를 뿌리자, 해안을 덮은 파리 떼들은 미군들을 따라 이동했다. 그래서 미군들은 식사할 때마다 몰려든 파리들과 싸워야 했다. 병사들이 배식을 받으면 식판을 파리들이 덮어서 음식이 보이지 않았다. 병사들은 개인 위장망을 이용해서 파리들을 물리쳤다. 통조림과 숟가락을 위장망 안에 넣고 위장망을 목 아래로 조인 다음, 한 손으로 통조림을 잡고 다른 손으로 숟가락을 집고서 식사했다. 그렇게 했어도 결국 많은 병사들이 파리가 옮긴 이질을 앓았다.

미군들이 겪은 이런 어려움들은 불행한 부작용 하나를 더 낳았다. 미군이 상륙하기 전에 일본군 당국은 주민들에게, 특히 원주민인 차모로 사람들에게, 미군이 괴물들이어서 여인들을 겁탈하고 죽인다고 선전했다. 그런 선전을 믿고 겁에 질린 여인들에게 용모가 다르고 몸집이 크고 수염으로 뒤덮인 얼굴을 한 채 지독한 냄새를 풍기는 미군 병사들은 괴물들로 다가올 수밖에 없었다. 그래서 미군 병사들이 나타나면 미군이 미처 말리기도 전에 자결하는 여인들이 적지 않았다.

게다가 일본군은 민간인들과 심지어 어린이들까지 미군을 유인해서 죽이는 데 이용했다. 동굴에서 어린이가 나와서 동굴 안에 다친 아이들이나 여인들이 있다고 미군에게 얘기해서 미군이 동굴로 다가가면, 숨어 있던 일본군이 저격하는 것이었다. 일본군의 이런 행태는 어쩔 수 없이 많은 민간인들의 희생을 불렀다.

그런 위험에도 불구하고 미군들은 민간인들을 살리기 위해 자기 목숨을 걸고 동굴 안으로 들어가곤 했다. 4해병사단 25해병연대 3대대장 저스티스 체임버스(Justice M. Chambers) 중령은 뒷날 자기 부하들의 그런 행동을 자랑스럽게 회고했다.

"내 마음을 정말로 움직인 것은 그런 '내 아이들'을 보는 것이었습니다. 그들은 온갖 위험들을 무릅쓰곤 했습니다. 민간인들을 구출하려고, 그들은 동굴 안에 일본군이 있는지 알지 못하는 상황에서 동굴로 들어가곤 했습니다. 민간인들을 데리고 나오면 그들은 곧바로 민간인들을 먹이기 시작해서 자기 휴대 음식을 나누어 주고, 사내들에겐 담배를 건넸습니다. 이런 일들을 하는 '내 아이들'이 그리도 자랑스러웠죠."

일본군은 계략을 잘 쓰는 군대였다. 오랜 세월에 걸쳐 영주들이 세력 다툼을 한 나라여서, 군대들의 계략이 어느 나라보다 발전한 터였다. 그리고 만주사변 이후 중국에서 싸우면서, 그런 계략들을 현대전에 맞게 바꾸었다. 항복하는 척하면서 공격하는 계략부터 죽은 척하다가 공격하는 계략에 이르기까지, 미군들로선 상상도 하지 못한 계략들을 썼다. 그래서 미군들은 나아가다가 죽은 일본군 병사들을 만나면 그들을 향해 총을 쏘곤 했다. 지나치게 잔인한 행태로 보일 만했지만, 실제로는 죽은 척하다 저격하는 일본군의 행대에서 나온 대응이었다. 25해병연대 3대대장 체임버스 중령은 아예 부하들에게 지시했다.

"냄새 나지 않으면 쏴라."

포로에 대한 태도에서도 미군과 일본군은 근본적으로 달랐다. 미군은 일본군을 생포하면 곧바로 수수페호 근처의 포로수용소로 보냈다. 수용소에선 포로의 대우에 관한 국제 기준을 충실히 지키면서 일본군 포로들을 대우했다. 일본군은 미군을 생포하면 곧바로 죽였다. 미군 병사들은 일본군 장교가 칼로 미군 포로를 동강 내는 것을 여러 번 목격했다.

이런 어려움 속에서도 미군은 꾸준히 북쪽으로 밀고 올라갔다. 군인들은 훈련받은 대로 행동하게 마련이다. 모두 몸은 지쳤고 속으로는 겁에 질렸지만, 그들은 그저 앞만 바라보고 나아갔다. 그들에겐 해야 할 일이 있었고, 그것을 하는 유일한 길은 그것을 끝내는 길뿐이었다.

사단장이 해임되는 충격을 겪은 27보병사단도 새 사단장 자먼 소장의 지휘 아래 6월 25일 다시 공격에 나섰다. 그러나 일본군의 저항이 워낙 거세고 효과적이어서, 많은 사상자들을 내고도 제대로 나아가지 못했다.

육군 사단장을 해병 군단장이 해임하고 후임을 임명한 것을 육군 지휘부가 그대로 받아들이기는 어려웠다. 육군 지휘부는 6월 28일 조지 그라이너(George Griner) 소장을 27보병사단장에 임명했다. 자먼으로부터 업무를 인수하자, 그라이너는 많은 손실을 입은 부대들을 예비부대들로 교체하고 계속 일본군을 압박했다. 마침내 6월 30일 미군은 '죽음의 계곡'을 장악하고 양쪽의 해병사단들과 긴밀하게 연결하는 데 성공했다.

'죽음의 계곡 싸움'은 사이판 작전에서 가장 힘든 싸움이었다. 27보병사단의 중대장들 가운데 무려 22명이 죽거나 다쳤고, 대대장들 가운데 1명이 죽고 1명이 다쳤다. 그리고 '군간 알력'의 추문까지 남겼다. 그래도 이 싸움은 사이판 작전의 분수령이 되었다.

일본군의 처절한 저항

사이판을 3일 동안에 실질적으로 장악하겠다고 나선 미군의 계획을 우스꽝스럽게 만들었지만, 일본군의 처지는 물론 훨씬 어려웠다. 험난한 지형을 이용해서 만든 방어 진지에서 물러나지도 항복하지도 않고 끝까지 저항하는 터라, 일본군은 인명 손실에서 미군보다 훨씬 컸다. 무기와 탄약과 물자가 점점 줄어들어서, 살아남은 병력도 미군에 제대로 맞서기 어려웠다.

유일한 희망은 일본 해군이 미국 해군에 이겨 지원군이 섬에 상륙하는 것이었는데, 필리핀해 싸움에서 일본 함대가 궤멸되면서 그 희망도 사라졌다. 지원군도 기대할 수 없고 보급도 되지 않는 병력이 좁은 섬에서 버티는 데는 한계가 있을 수밖에 없다는 사정을 도쿄의 일본군 대본영은 필리핀해 싸움의 결과가 알려진 6월 20일에 깨달았다.

D+10인 6월 25일 31군 사령관 사이토 중장은 사이판의 일본군이 병

력과 물자의 부족으로 남은 북부 지역을 지키기 어렵다고 도쿄에 보고했다. 그는 자신에게 남은 병력이 애초의 병력의 20퍼센트가량 된다고 추산했다. 그러나 그는 휘하 병사들에게 늘 내리던 명령을 다시 내렸다.

"자기 위치를 끝까지 지키고, 다른 명령이 없으면, 모든 병사들은 자기 위치를 이탈해선 안 된다."

일본군 병사들은 이 명령을 충실히 따랐다. 보급도 병력 보충도 없는 극한적 상황에서도 그들은 초인적 의지로 전선을 지켰다. 마실 물이 없어서 나뭇잎들을 씹어 갈증을 달래고 달팽이들을 잡아먹으면서, 그들은 불평하지 않고 공격해 오는 미군과 싸웠다.

상황이 이처럼 절망적이 되자, 일본 정부는 사이판에서의 패배가 몰고 올 정치적 영향을 걱정하기 시작했다. 지금까지 일본 정부는 전황의 보도를 완전히 통제하면서, 일본군이 미군에게 일방적으로 밀리고 있다는 사실을 감추고 거짓 정보들을 유통시켰다. 그래서 대부분의 일본 시민들은 일본이 전쟁에서 이기고 있다고 믿었다. 일본군이 밀리고 있다는 사실을 아는 사람들도 궁극적으로는 일본이 미국에 이기리라고 믿었다. 적어도 일본이 패배하지는 않으리라 믿었다.

그러나 사이판에서의 패배가 확실해지자, 그 소식을 시민들에게 감추기 어렵다는 것을 일본군 지휘부와 위정자들은 깨달았다. 사이판은 일본에 가깝고 일본 본토를 지키는 요충이었다. 일본 본토를 지키기 위해 마련된 절대국방선絶對國防線에서 마리아나 열도는 핵심이었다. 그곳에서 8만의 병력이 사라지면 충격은 당연히 클 터였다. 게다가 사이판엔 일본인들이 많이 살았고, 경제적으로 본토와 긴밀히 연결되었다. 사이판에서 패배했다는 사실을 시민들에게 감출 수 없다는 것을 깨닫자, 일본군 지휘부와 위정자들은 그런 패배의 소식을 들은 시민들의 반응을 걱정하게 되었다.

사이판에서의 패배가 몰고 올 정치적 영향을 가장 크게 걱정한 사람은 히로히토 천황이었다. 전쟁이 일어난 뒤, 일본 정부는 적국들인 미국과 영국을 '악마화'하는 데 주력했다. 그래서 일본 국민들은 미국의 지배를 받게 되면 일본 사람들이 사람답게 살 수 없다고 믿게 되었다. 그런 믿음은 일본 사회의 정치적 구조를 떠받치는 바탕이었다. 그런 믿음이 흔들리면 천황 체제가 흔들리게 된다는 것을 히로히토는 잘 알았다. 거의 모든 일본 사람들이, 지식인들과 정치가들과 군대 지휘관들이, 천황을 신의 현신으로 여겼으므로, 그런 사실을 깊이 인식하고 늘 걱정한 사람은 어쩌면 히로히토 자신뿐이었을 수도 있다. 미국 사람들이 괴물들이 아니라는 것을, 그리고 그들이 실은 아주 개명된 사람들이라는 것을 한번 깨닫게 되면, 일본 사람들은 천황제를 새로운 눈길로 살피게 될 터였다.

그래서 히로히토가 사이판에서 가장 마음을 쓴 것은 미군이 운영하는 민간인 포로수용소였다. 미군은 6월 23일에 민간인들을 수용하는 시설을 설치했고, 1천 명이 넘는 민간인들이 그곳에서 살게 되었다. 미군을 두려워해서 숨어 있는 민간인들을 모으려고 미군은 절대적 안전과 '하루에 따뜻한 식사 세 끼'를 약속했다. 그리고 밤마다 전등을 환하게 켜 두어서 수용소 내부가 잘 보이도록 했다. 이런 수용소의 존재를 알게 되자, 히로히토는 사이판의 일본 민간인들이 미군의 통치를 환영하게 될 가능성을 걱정하게 되었다. 만일 미군의 통치를 환영하게 된 일본 민간인들이 라디오 방송에 나와서 미군 수용소에서 겪은 일들을 상세히 설명하면, 일본의 전쟁 수행 체제를 흔드는 것은 물론이고 일본 사회에서 천황제에 대한 회의를 불러올 수도 있었다.

그런 위험을 막으려고, 히로히토는 사이판의 일본 민간인들에게 자살하는 것을 권장하는 칙령을 작성했다. 그는 사이판에서 죽은 민간인들이 내세에서 전투를 하다 죽은 군인들과 동등한 신분을 지니도록 한다는 약속을 사이판의 일본군 지휘관들이 민간인들에게 할 수 있는 권한을 부여했다. 너무 비인간적인 이 칙령에 경악한 도조 수상은 그것을 가로채서 사이판으로 나가는 것을 막았다. 그러나 그도 천황의 뜻을 오래 막을 수는 없어서, 그 칙령은 7월 1일 사이판의 일본군 사령부에 전달되었다. 사이토 중장은 천황의 명령에 따라 모든 일본 민간인들이 미군에 항복하는 대신 자결하도록 하는 조치를 시작했다.

미국 독립기념일인 7월 4일 미군 2해병사단은 함포 사격으로 폐허가 된 가라판에서 일본군을 몰아냈다. 동쪽 내륙에선 27보병사단이 힘든 싸움들을 치르면서 주요 목표들을 차례로 얻고 있었고, 동쪽 해안을 따라 진격한 4해병사단은 섬의 북쪽을 평정하고 서쪽으로 향하면서 일본군을 압박하고 있었다.

그동안 사령부를 여섯 차례나 옮긴 사이토는 고쿠라쿠 타니의 동굴에 자리 잡은 사령부에서 마지막 작전을 준비했다. 그는 자신과 자신의 병사들에게 열린 항복의 길을 단 한 번도 고려해본 적이 없었다. 그는 자신이 거느린 7천 병사들을 모두 투입한 최후의 공격으로 미군에 최대한의 손실을 주고서 싸움을 끝내기로 결심했다.

7월 5일 자신의 사령부가 자리 잡은 동굴에서 사이토는 나구모를 맞았다. 사이판의 육군과 해군을 지휘하는 두 사령관들은 마지막 반격으로 사이판 방어 임무를 끝내는 데 합의한 터였다. 그들은 통조림 게살과 사케로 공식 만찬을 들었다. 그리고 각기 자신의 죽음을 준비했다.

사이토와 나구모는 각기 휘하 장병들에게 항복하지 않고 끝까지 싸워 대일본제국 군대의 영예를 지키고 태평양을 수호하는 요새가 되라는 마지막 명령을 내렸다.

> 「전진훈戰陣訓」에 나온 대로, "나는 살아서 포로가 되는 수치를 결코 받아들이지 아니한다. 나는 용감하게 뛰어나가 힘이 다할 때까지 싸워서 유구한 대의에 살기를 기뻐한다."
>
> 나는 귀관들과 함께 천황 폐하의 만수무강과 나라의 안녕을 기원하고 적군을 찾아 나서겠다. 나를 따르라!

「전진훈」은 1941년에 당시 육군대신이었던 도조 히데키의 주도로 만들어진 군인들의 행동 강령이었다. 사이토와 나구모의 비장한 명령은 7월 6일 0800시부터 전령들에 의해 아직 남아 있는 부대들로 전달되었다. 사령관들의 명령을 받은 육군과 해군의 장병들은 모두 최후의 결전을 준비하기 시작했다.

그들은 이번 싸움을 천황 자신이 명령한 '옥쇄玉碎 작전'으로 받아들였다. '옥쇄'라는 말은 고대 중국의 격언인 "대장부가 차라리 구슬처럼 깨어질 수 있지만 어찌 벽돌처럼 온전할 수 있겠는가大丈夫寧可玉碎, 何能瓦全?"에서 나왔다. 그래서 모두 미군에 항복하기보다는 힘이 다할 때까지 싸우다 죽겠다고 결심한 것이었다.

사이토 자신은 너무 노약해서 반격에 도움이 되지 않으리라고 판단했다. 그는 천황이 있는 북쪽을 향해 바위 위에 자리 잡았다. "천황 폐하 만세!" 하고 외친 다음 자기 칼로 동맥을 끊었다. 그 순간 곁에 선 부관이 그의 머리에 총을 쏘았다.

근처 동굴에서 나구모도 참모장 야노 히데오矢野英雄 소장과 함께 자결했다. 3년 전 세계 최강의 일본 연합함대의 기동부대를 이끌고 펄 하버의 미국 태평양함대를 기습했던 지휘관의 최후로선 너무 비참한 모습이었다. 나구모의 그러한 최후는 일본의 몰락을 상징했다.

사이토와 나구모가 명예로운 죽음을 준비하던 때, 아직 살아남은 일본군 장병들은 숨었던 동굴 진지들에서 나와 집결지인 마쿤샤 마을로 모이고 있었다. 마쿤샤 마을은 타나팍 항구 북쪽의 해안 마을이었다. 일본군 병사들 가운데 걸을 수 없는 병사들은 총살되거나 자결하도록 허용되었다. 병사들은 소총이나 권총으로 무장했다. 무기가 없는 병사들은 수류탄이나 칼을 들었다. 이 대열엔 민간인들도 죽창으로 무장하고 합류했다. 사이토가 "이제 군인과 민간인의 구분은 무의미하다. 민간인들은 적군의 포로가 되는 것보다는 죽창을 들고 공격 대열에 합류하는 것이 낫다"고 지시한 것이었다. 이들 군인들과 민간인들은 전력의 핵심인 전차 2대를 앞세우고 남서쪽으로 뻗은 해안을 따라 나아갔다.

몰려오는 일본군을 맞은 미군 부대는 27보병사단 105연대의 1대대와 2대대였다. 에드워드 매카시(Edward McCarthy) 소령이 이끈 2대대는 해안에서 50미터가량 떨어진 도로를 점령하고 방어 진지를 마련했다. 다시 50미터 안쪽으로 달리는 철길이 윌리엄 오브라이언(William J. O'Brien) 중령이 이끄는 1대대와의 경계였다. 1대대의 동쪽은 3대대가 맡았는데, 두 대대 사이엔 400미터가 넘는 틈이 있어서 이어진 전선을 이루지 못했다. 이들 3개 대대의 위치는 마쿤샤 마을에서 남쪽으로 대략 1,100미터고 타나팍에서 북쪽으로 대략 1,300미터인 지역이었다.

미군은 일본군의 '옥쇄 작전'을 전혀 예측하지 못했다. 그동안의 싸움들로 일본군은 전력이 와해되어 미군에 대한 공격에 나설 수 없고 이제 '소탕작전들(mop-up operations)'만 남았다고 여겼다. 그래서 105연대 전방에 배치된 두 대대들은 평상시와 같은 탄약을 받았다.

7월 6일 저녁 1대대는 막 붙잡은 일본군 포로로부터 일본군이 그날 밤에 대규모 공격을 계획하고 있다는 정보를 얻었다. 이미 대대 전방에선 일본군이 집결하면서 내는 소리들이 점점 커지고 있었다. 전방 대대장들은 그런 상황을 연대본부에 보고했고 연대본부에선 사단본부에 보고했다. 그래서 27보병사단과 두 해병사단들도 경계에 들어갔다. 그러나 예비 병력을 동원해서 지원해 달라는 전방 대대장들의 요청은 병력이 없다는 이유로 거부되었다.

2150시에 내려진 사단 사령부의 이런 결정은 치명적 오류였음이 드러났다. 105연대의 1대대와 3대대 사이의 틈새로 일본군이 쉽게 뚫고 들어와서 오른쪽으로 돌아 해안 쪽의 2대대와 1대대를 포위했고, 그 두 대대 병력은 거의 다 죽었다. 만일 예비 병력이 400미터가 넘은 그 틈새를 메워 대대들 사이에 연결된 전선이 이루어졌다면, 그날 밤 싸움은 전혀 다른 모습으로 펼쳐졌을 것이다. 근처에 동원할 병력이 없었고 야간에 부대를 전방으로 배치하는 일이 쉽지 않았을 터였지만, 미군 지휘부가 상황을 지나치게 낙관한 것이 비극을 불렀다.

미군 105연대 북쪽에 모인 일본군은 3천가량 되었다. 7월 7일 0400시 이들은 미군 진지를 향해 움직이기 시작했다. 커다란 깃발을 든 12명을 따라 병사들이 돌격했다. 그 뒤를 부상한 병사들이 머리에 붕대를 감고 목발을 짚으면서 따랐다.

일본군 병사들은 이미 희망이 없다는 것을 잘 알았다. 옥쇄 작전에 참가한 일본군은 모두 전사했다.

일본군 병사들은 잘 알았다. 그들에겐 이미 희망이 없다는 것을. 그들은 동굴에 숨어 있다가 미군에게 죽는 것보다는 마지막 공격에서 미군들을 되도록 많이 죽이고 죽는 길이 최선이라고 믿었다. 항복은 누구도 생각해 본 적이 없었다.

105연대의 1대대와 2대대는 곧 일본군에게 압도되었다. 일본군은 병력에서 훨씬 우세했을 뿐 아니라 병사들은 모두 자신의 죽음을 마다하지 않는 터였다. 일본군 병사 하나가 쓰러지면 이내 다른 병사들이 대신했다. 미군 병사들은 진지로 돌입한 일본군 병사들과 백병전을 하다가 쓰러졌다. 3대대는 비교적 높은 곳에 자리 잡아서 일본군을 비교적 쉽게 물리칠 수 있었다.

0800시경에 2대대장 매카시 소령을 중심으로 2대대와 1대대의 생존 병력이 타나팍 근처에 모여 새로운 방어 진지를 마련했다. 부상병들까지 합쳐도 겨우 몇백에 이르는 작은 병력으로 그들은 끊임없이 밀려오는 일본군을 막아 내며 4시간 동안 방어선을 지켰다.

이곳 싸움은 멀리 떨어진 미군들에 의해 관측되었다. 그들은 움직이는 병사들은 모두 일본군이리라 판단하고서, 타나팍 진지에 대해 포병 사격을 시작했다. 아군의 오폭을 맞은 미군 병사들은 공포에 질려 흩어졌다. 앞쪽은 일본군에 막혔으므로 그들은 바다로 뛰어들었다. 결국 70여 명의 미군들이 산호초까지 헤엄쳐 가서 뒤에 구조되었다. 물에 뛰어들었다가 돌아선 25명의 미군 병사들은 작은 시내에 진지를 마련했다. 다른 생존자들이 모여들어 75명 가까운 병력이 '피의 시내(Bloody Run)'라 불린 이 진지에서 일본군을 막아 냈다.

해안 쪽을 지키던 2대대가 물러나서 매카시 소령의 지휘 아래 타나팍 근처에 방어 진지를 마련하던 때, 1대대장 오브라이언 중령은 대대의 방어선을 지키려고 애썼다. 일본군이 1대대와 3대대 사이의 빈틈으로 몰려와서 1대대를 포위하고 뒤쪽에서 공격했으므로, 1대대는 조직적으로 물러날 수 없었다. 권총으로 몰려오는 일본군들을 사격하면서, 오브라이언은 방어선의 병사들을 격려했다. 그는 지프에 올라 거기 장착된 기관총으로 일본군들에 맞섰다. 탄환이 떨어지자 그는 일본군 병사에게서 빼앗은 칼로 포위한 일본군들과 싸웠다. 미군이 현장을 다시 찾았을 때, 갈갈이 찢긴 그의 몸 둘레엔 일본군 시체 30여 구가 있었다.

1대대의 토머스 베이커(Thomas Baker) 중사는 수류탄에 발을 다쳤어도 진지를 떠나지 않고 싸웠다. 탄환이 떨어지자 그는 소총을 몽둥이 삼아 일본군과 싸웠다. 동료 병사가 그를 뒤쪽으로 날랐다. 그 병사가 다치자 다른 병사가 그를 다시 뒤쪽으로 날랐다. 그 병사도 다치자 베이커는 더 후방으로 물러나기를 거부했다. 몸을 전주에 기대고 앉은 채 그는 담배와 권총을 달라고 했다. 동료들은 그에게 탄환 8발이 든 권총을 건넸다. 미군이 다시 찾았을 때, 그는 여전히 전주에 기대고 앉아 있었다. 한 손엔 빈 권총을, 다른 손엔 타다 남은 담배를 든 채. 그의 둘레엔 일본군 시체 8구가 있었다.

벤 샐로먼(Ben Salomon) 대위는 원래 치과의사였는데, 일본군이 옥쇄작전을 전개했을 때는 2대대에 배속된 군의관이었다. 일본군이 공격해오자 샐로먼의 천막 구호소는 부상병들로 가득 찼다. 방어선이 뚫리자, 후방에 있던 구호소도 일본군의 공격을 받았다. 일본군 병사가 구호소 밖에 누워 있던 미군 부상병을 총검으로 찔러 죽이는 것을 보고, 그는 쪼그려 앉은 채 그 일본군 병사를 사살했다. 그가 다시 부상병들을 치료하기 시작하자, 일본군 병사 둘이 천막 문을 열었다. 샐로먼은 두 일본군 병사들을 처치했다. 그사이에 일본군 병사 넷이 천막 아래로 기어들어 왔다. 그는 한 병사의 손에 든 칼을 발길로 쳐내고, 다른 병사를 총으로 쏘고, 셋째 병사는 총검으로 죽였다. 그가 넷째 병사를 소총 개머리판으로 복부를 가격하자, 부상한 미군 병사가 총으로 그 일본군 병사를 사살했다. 상황이 심각하다는 것을 깨닫자, 샐로먼은 부상병들에게 연대 구호소를 찾아가라고 일렀다. 그리고 부상병들이 무사히 후퇴할 수 있도록 총을 잡고 구호소 밖에서 일본군과 싸우기 시작했다. 기관총을 쏘던 병사들 넷이 차례로 전사하자 샐로먼이 기관총을 맡았다. 그가 기관총을 빠르게 쏘자 일본군 시체들이 쌓여 시야를 가로막았다. 그래서 그는 기관총을 네 번이나 옮겼다. 미군이 다시 찾았을 때 그의 앞엔

98구의 일본군 시체들이 있었다.

압도적으로 우세한 일본군 병력과 맞서면서, 미군 병사들은 모두 영웅적으로 싸웠다. 105연대에서 세 사람이 명예훈장(Medal of Honor)을 받았다는 사실이 이런 사정을 유창하게 말해 준다. 명예훈장은 최고 개인 무공훈장으로, 미국 의회의 이름으로 미국 대통령이 수여한다. 1개 연대가 치른 단일 전투에서 명예훈장을 받은 사람들이 셋이나 나온 것은 아주 드물었다.

이내 명예훈장이 추서된 오브라이언 중령과 베이커 중사와는 달리, 샐로먼 대위는 그의 용감한 행적을 제대로 인정받지 못했다. 그의 동료들은 미국 정부가 그의 공적을 인정하도록 끈질기게 노력했고, 마침내 2002년 그는 명예훈장을 받았다.

105연대의 1대대와 2대대는 2,300명으로 추산되는 일본군을 죽였다. 이 과정에서 1,107명의 부대원들 가운데 400명 이상이 죽었고 500명 가량이 다쳤다. 80퍼센트가 넘는 사상자율이었다.

105연대의 1대대와 2대대를 압도한 일본군은 전선에서 2킬로미터 떨어진 연대본부를 공격했다. 105연대 본부중대는 일본군이 만들어 놓은 참호들을 이용해서 방어선을 친 다음, 평지를 지나 다가오는 일본군을 효과적으로 막아 냈다. 7월 7일 1400시 105연대 본부중대는 106연대 일부 병력과 함께 반격에 나섰다. 일본군과 3시간 동안 싸우면서 500미터가량 전진한 뒤, 105연대 본부중대는 106연대에 전선을 인계하고 뒤로 물러났다. 본부중대가 죽인 일본군은 650명으로 추산되었다.

105연대가 옥쇄 작전에 나선 일본군과 처절한 싸움을 벌이는 사이, 1대대와 3대대 사이의 틈새로 진출한 일본군은 바로 앞에 자리 잡은

10해병연대 3대대를 공격했다. 10해병연대는 2해병사단의 포병연대였다. 3대대는 3개 곡사포포대들과 1개 본부포대로 이루어졌다. 곡사포포대는 105밀리 곡사포 4문을 보유했다.

이틀 전 2해병사단은 전투 임무를 27보병사단에 넘기고 휴식에 들어갔었다. 10해병연대는 타나팍 근처 일본군 수상비행장으로 이동해서 휴식에 들어갔다. 그러나 7월 6일 10해병연대 3대대는 북쪽으로 추진하라는 명령을 받았다. 그들은 105보병연대 바로 뒤에 자리 잡았다. 27보병사단은 군단본부와 해병사단들에 상황을 알렸지만, 무슨 이유에선지 해병사단들은 예하 부대들에 그 정보를 정확히 알리지 않았다. 일본군의 동향도 제대로 알지 못하고 너무 늦게 도착한 터라, 3대대는 곡사포 진지를 제대로 마련하지 못하고 수풀 속에 포들을 숨겼다. 7월 7일 동이 틀 무렵 일본군이 닥쳤을 때, 그들은 싸울 준비가 되어 있지 않았다.

일본군은 5열 종대를 이루어 두 갈래로 다가왔는데, 종대의 중심엔 전차가 한 대씩 있었다. 해병 3대대에서 일본군의 공격을 바로 받은 것은 H포대였다. H포대의 1번 포가 쏜 첫 발이 전차를 맞혔다. 그 뒤로는 돌격해 오는 일본군들을 향해 포들이 직접 사격을 했다. 사거리가 워낙 짧아서, 시한 신관에 장입된 시간은 0.4초였고, 파편들이 포병들에게도 날아왔다. 그래서 포병 사수들은 포구를 낮추어 포탄이 땅에 맞고 튀어 오르는 도탄 사격(ricochet fire)을 했다. 그러나 일본군이 워낙 수가 많고 미군 사상자들이 늘어나서, H포대는 포들을 버려 둔 채 뒤로 물러났다.

살아남은 H포대 병사들은 수풀 속에 임시 방어 진지를 마련하고 일본군과 싸웠다. 연락병이 가까스로 연대본부에 상황을 알려서, 트럭들과 구급차들로 구성된 구원 부대가 북쪽으로 진출해서 포대 진지에 버려진 곡사포들과 부상병들을 실어 내왔나. 15시간에 걸친 이 싸움에서

3대대는 75명의 전사자들과 65명의 부상자들을 냈다. H포대의 사상자율은 75퍼센트나 되었다.

이 싸움에서도 영웅적으로 행동해서 명예훈장을 받은 병사가 나왔는데, 특이하게도 그는 앞에서 처절하게 싸운 10해병연대 3대개가 아니라 뒤에 있던 4대대 소속이었다. 일본군이 3대대를 공격했을 때, 앞쪽에 자리 잡은 포대들에 막혀 자기 포대가 3대대를 지원할 수 없게 되자, 해럴드 애저홈(Harold Agerholm)은 부상병 구조에 지원했다. 그는 버려진 구급차를 타고 총탄들과 포탄들을 무릅쓰고 거듭 전방으로 나아가서 혼자 부상병들을 실어 내왔다. 3시간에 걸친 위험하기 짝이 없는 구조 활동으로 그는 45명의 부상병들을 구출했다. 그리고 전방에 부상병 2명이 누워 있는 것을 보자, 그는 다시 전방으로 향했다. 그는 일본군 저격병의 표적이 되어 끝내 전사했다. "거의 확실한 죽음 앞에서 발휘된 빛나는 자발성, 큰 개인적 용기 그리고 자기 희생적 노력"을 기려 미국 대통령은 애저홈에게 명예훈장을 추서했다.

주력이 사라진 뒤에도 일본군은 소규모 공격을 시도했다. 그래서 7월 7일 내내 치열한 싸움들이 이어졌다. 결국 옥쇄 작전에 참가한 일본군은 모두 전사했다. 포로는 거의 없었다.

싸움이 끝났음을 확인하자 미군은 싸움터를 정리하기 시작했다. 기온이 높아서 시체들은 빨리 썩었다. 여러 날 된 시체들은 파리 떼에 덮이고 입과 눈과 귀에선 구더기들이 들락거렸다. 섬 전체가 시체들 썩는 냄새로 덮였다. 옥쇄 작전에서 죽은 시체들이 한데 모이자, 미군은 구덩이들을 깊게 판 다음 일본군 시체들을 함께 묻었다. 미군 전사자들은 개별 묘를 마련해서 묻었다.

소탕작전

일본군의 마지막 공격을 물리치자, 미군에선 해병대와 육군 사이의 알력이 다시 시작되었다. 일본군의 옥쇄 작전으로 입은 손실이 컸으므로, 미군을 지휘한 홀랜드 스미스 중장으로선 먼저 싸움터를 살피고 조사를 통해 상황을 자세히 파악한 뒤 이번 싸움에 대한 자신의 견해를 밝혀야 했다. 그러나 그는 상황을 제대로 파악하지도 않은 채 27보병사단을 "내가 본 최악의 사단"이라고 비난했다. '죽음의 계곡 싸움'에선 장교들만을 비난했었지만, 이번엔 병사들까지 비난했다.

"[27보병사단] 병사들은 겁쟁이들이다. 그들은 공격적이지 않다. 그들은 그저 싸움을 지체시켰고 나의 해병들이 사상자들을 내도록 했다."

육군 병사들을 "그들"이라 부르고 해병들은 "나의 해병들"이라고 부른 데서 자기 휘하의 육군 장병들에 대한 그의 태도가 잘 드러났다. 그리고 공격해 온 일본군은 "2 내지 3대의 전차들의 지원을 받은 300명"이었다고 스프루언스에게 보고했다.

엄격히 따지면, 일본군의 대규모 기습으로 미군이 피해를 본 것에 대한 가장 큰 그리고 궁극적인 책임은 사이판의 최고사령관인 홀랜드 스미스 자신이 져야 했다. 그는 7월 5일 사이판의 일본군이 궤멸되어 점령작전이 실질적으로 끝났다고 판단했다. 그런 판단에 바탕을 두고 2해병사단을 후방으로 돌려 휴식을 취하게 한 것이었다. 일본군이 마지막 결전을 준비할 가능성을 고려하는 것과, 일본군에 관한 정보들을 수집하고 전파하는 것도 사이판의 최고사령관인 그의 몫이었다. 그러나 육군이 전황을 알려 왔어도, 해병사단들은 예하 부대들에 자세한 정보들을 내려 보내지 않았었다.

27보병사단장 그라이너 소장은 일본군이 300명이었다는 홀랜드 스미스의 보고에 이의를 제기했다. 그리고 다음 날 일본군 시체들을 다시 파내서 일본군 전사자들을 정확히 세도록 했다. 재조사는 옥쇄 작전에서 일본군 4천 명 이상이 죽었음을 확인했다.

그래도 홀랜드 스미스는 일본군 시체들이 너무 부패해서 옥쇄 작전에서 죽었을 리 없다고 지적하면서 자신의 견해를 바꾸지 않았다. 그는 열대의 전장에서 시체가 얼마나 빨리 부패하는지 몰랐거나 그냥 억지를 부린 것이었다. 결국 그는 27보병사단이 많은 일본군들을 죽였을 가능성을 끝내 부인했고, 이런 태도는 27보병사단의 사기에 부정적 영향을 미쳤다.

그라이너는 홀랜드 스미스의 견해에 대해 계속 항의했다. 보병대대들과 해병대대들이 아울러 용감하게 싸웠음을 밝히면서, 그는 그들의 영웅적 행적들에 관한 잘못된 기록들은 바로잡혀야 한다고 강조했다. 105보병연대가 가장 멀리 진출했던 지점부터 일본군이 가장 멀리 진출했던 지점 사이에서 4,311구의 일본군 시체가 발견되었는데, 그 시체들이 함포 사격과 항공 폭격으로 죽었다는 견해는 근거가 전혀 없다고 그는 지적했다. 자신이 싸움터를 실제로 시찰한 유일한 장군임을 밝히면서, 그는 자신이 본 일본군 시체들 가운데 36 내지 48시간 이상 지난 시체들은 없었다고 말했다. 그리고 "화씨 85도의 기온에서 대략 48시간이면 시체에 구더기들이 나타난다"는 '군대 공중위생 및 개인위생'에 관한 육군 야전 교범의 내용을 언급했다.

문제가 커지자 니미츠는 스프루언스에게 상황을 조사하라고 지시했다. 7월 19일에 작성된 보고서에서 스프루언스는 공격해 온 일본군의 수를 수백 명이 아니라 수천 명이라고 명시했다. 홀랜드 스미스의 견해

대신 육군의 견해를 지지한 것이었다. 그의 보고서는 105보병연대와 10해병연대의 분전을 특별히 칭찬하면서 균형이 잡힌 결론을 내렸다. 덕분에 육군과 해병 사이의 알력은 다시 수면 아래로 가라앉았다.

27보병사단에 대해 편견을 지닌 홀랜드 스미스는 휴식한 2해병사단에 섬 북쪽에 아직 남은 일본군의 소탕 임무를 맡겼다. 이제 조직적으로 저항할 능력은 잃었지만, 미군을 한 사람이라도 더 죽이고 죽겠다고 나서는 일본군을 소탕하는 일은 무척 위험했다. 미군 해병들은 일본군들이 숨은 동굴을 하나씩 파괴하면서 북쪽으로 나아갔다. 죽음을 두려워하지 않는 일본군 병사들의 저항이 워낙 거세어서, 이 소탕작전에서도 미군은 적잖은 손실을 입었다.

규모가 가장 컸던 싸움은 카라베라 고개에서 벌어졌다. 7월 8일 밤 일본군은 또 한 차례의 옥쇄 작전을 시도하려고 이 고개를 올라왔다. 이 고개를 지키던 2해병연대 1대대 A중대는 300 내지 500으로 추산되는 일본군과 싸웠다. 일본군 병사들은 "베이브 루스 별수 없다(Babe Ruth no good)", "일본군 병사들은 미국 해병대 피를 마신다(Japanese drink Marine blood)", "루스벨트 개새끼(Roosevelt son of bitch)" 따위 구호들을 외치면서 다가왔다. 미군 병사들은 "히로히토는 똥 먹어라(Hirohito eats shit)"나 "도조는 똥 먹어라(Tojo eats shit)"라고 응수했다.

일본군의 공격을 A중대는 잘 막아 냈다. 그러나 일본군에 포위될 위험이 있었다. 랠프 브라우너(Ralph Browner) 일등병은 일본군이 카라베라 고개 서쪽의 해안도로를 이용하는 것을 막기 위해 해변으로 내려가겠다고 자원했다. 겨우 17세였지만, 그는 '피의 타라와'에서 싸운 노병이었다. 경기관총, 소총에다 수류탄 몇 발을 들고 그는 해변으로 내려가서 개인 참호를 마련했다. 그가 앞쪽을 경계하는데, 뒤쪽에서 물방울 떨어지는 소리가 났다. 돌아보니 바다로 침투한 일본군 병사 하나가 칼을 들고 그를 공격하려는 참이었다. 그 일본군 병사는 '훈도시'라 불리는 허리감개만을 걸쳤는데, 거기서 떨어진 물방울들이 소리를 낸 것이었다. 그 뒤로 일본군 셋이 바다에서 나오고 있었다. 브라우너는 소총으로 그들을 차례로 처치했다. 그때 일본군 주력이 밀려왔다. 그는 한 손으로 경기관총을 쏘면서 다른 손으로는 수류탄을 던졌다. 경기관총이 고장 나자 그는 그것을 분해했다가 조립한 다음 다시 사격했다. 뎅기열 때문에 고열로 고통을 받았지만, 그는 끝내 자기 진지를 지켰다. 새벽이 되자, 그는 웅웅거리는 소리를 들었다. 그 이상한 소리의 출처를 찾다가, 그는 죽은 일본군 병사들을 뒤덮은 파리 떼들을 보았다. 그가 혼자 사살한 일본군은 40여 명이었다.

이런 영웅적 행동으로 브라우너는 명예훈장 다음으로 높은 해군 십자훈장(Navy Cross)을 받았다(전쟁이 끝날 때까지 그는 해군 십자훈장을 두 개나 더 받게 된다). 결국 A중대는 밤새 이어진 싸움에서 요충인 카라베라 고개를 지켜 냈고, 일본군은 또 한 차례의 옥쇄 작전을 발진시키는 데 실패했다.

7월 9일 2해병사단 병사들은 섬의 북쪽 끝인 마르피곶에 이르렀다. D+24였다. 원래 미군 지휘부는 3일 안에 일본군 주력을 격파하고 9일 만에 섬 전체를 장악하기로 계획했었다. 그날 1625시에 합동원정부대 사령관 터너 중장과 5상륙군단 사령관 홀랜드 스미스 중장은 사이판 전체를 미군이 확보했다고 발표했다.

터너와 홀랜드 스미스의 공식 발표에도 불구하고, 아직 살아남은 일본군들을 소탕하는 작전은 일주일 넘게 이어졌다. 일본군은 항복하는 경우가 아주 드물었으므로, 동굴들 속에 숨은 일본군들을 말끔히 처리하는 데는 시간이 걸렸다. 이런 소탕작전 과정에서 사이토와 나구모의 유해가 발견되었다. 용감히 싸운 적군에 대한 경의를 표하면서, 홀랜드 스미스는 두 일본군 지휘관들을 정식 군대 의식 속에 차란카노아에 안장했다.

민간인 집단 자살

군사작전이 끝난 뒤에도 미군 장병들은 끔찍한 일을 겪어야 했다.

섬 남쪽에 상륙한 미군이 섬 전체를 장악해 가자, 일본 민간인들은 북쪽으로 밀려 갔다. 더 갈 데가 없어지자 이들 민간인들이 집단적으로 자살하기 시작했다. 미군은 악마들이어서 민간인들을 강간하고 고문하고 죽인다는 일본군의 선전을 믿은 민간인들은 미군에 붙잡히는 것을 두려워했다. 싸움터에서 자살한 민간인들은 저세상에서 싸우다 죽은 군인들과 같은 대우를 받는다면서 민간인들의 자살을 권유한 히로히토 천황의 칙령은 그런 믿음을 강화했다.

곳곳에서 민간인들의 집단 자살이 벌어졌다. 미군 2해병사단은 민간인들의 집단 자살을 막으려 애썼다. 확성기로 지상과 배에서 안전을 약속하면서 항복을 권유하는 일본어 방송을 했다. 그러나 그런 노력은 성과를 내지 못했다. 섬의 북쪽 끝에 있는 절벽 두 곳에서 특히 많은 민간인들이 자살했다. 미군들이 '자살 절벽(Suicide Cliff)'이라 부른 곳은 높이가 240미터가량 되었고, '만세 절벽(Banzai Cliff)'라 부른 곳은 80미터가량 되었다.

2해병사단엔 격전들을 치른 노병들이 많았다. 그리고 25일 동안 최악의 조건 속에서 쉬지 않고 싸워서 모두 어지간한 일들엔 놀라지 않게 단련된 터였다. 그런 노병들도 일본 민간인들이 절벽에서 몸을 던져 집단적으로 자살하는 광경에선 깊은 충격을 받았다.

당시엔 물론 '외상후스트레스장애(post-traumatic stress disorder, PTSD)'라는 병명은 없었다. 싸움터에서 겪은 끔찍한 경험들이 마음에 깊은 충격을 주어 병을 일으킨다는 것은 베트남 전쟁 때야 비로소 사실로 인정되었다. 연구 결과에 따르면, 전투 병력의 19퍼센트 가량이 PTSD를 경험하고 9퍼센트는 심각한 장애를 앓는다. 그들은 자신의 끔찍한 경험들을 누구에게도 얘기할 수 없었고, 가족을 보호하려는 본능에서 특히 가족에겐 그 경험들을 비밀로 했다. 그들은 혼자서 잊을 수 없는 기억들을 잊으려 애썼고 악몽, 알코올 중독, 우울증과 같은 병들에 시달렸다. 그들은 싸움터의 경험을 공유한 전우들에게만 자신의 경험을 얘기할 수 있었다.

더할 나위 없이 처참했던 사이판 싸움을 겪은 미군 병사들 가운데 적잖은 이들이 뒷날 가장 끔찍한 경험이었다고 술회한 것은 일본 민간인들의 집단 자살이었다. 사람이 스스로 목숨을 끊는 것은 둘레 사람들에게 깊은 충격을 준다. 일본 민간인들의 집단 자살은 말이 자살이지, 실제로는 군인들이 민간인들을 죽음으로 내몰고 부모들이 어린 자식들을 죽이는 일이었다. 이보다 더 생명의 논리와 윤리에 어긋나는 일은 있을 수 없다. 군인들은 민간인들을 지키려고 싸우고 부모는 자식을 낳아서 키우기 위해 존재한다. 그런 반생명적 행위들이 벌어지는 광경을 그저 바라볼 수밖에 없었던 경험은 당연히 미군 노병들이 평생 지니고 씨름한 처절한 기억들 가운데서도 가장 끔찍한 기억일 수밖에 없었을 터이다.

4해병사단 24해병연대의 프레더릭 스토트(Frederic Stott) 대위는 집단 자살이 끝난 뒤 그 과정을 간추려서 기록했다.

> 갑자기 욱일기旭日旗가 펼쳐져서 나부꼈다. 사람들의 움직임이 더 욱 혼란스러워졌다. 남자들은 바다로 뛰어내리고, 노랫소리는 놀란 비명들로 바뀌고, 수류탄 터지는 소리가 났다. 사기 친족들이 항복하거나 도망하는 것을 막겠다고 결심한 소수의 군인들이 남자들, 여인들, 그리고 아이들이 몰려 있는 곳에 수류탄들을 던지고 탈출이 불가능한 바다로 몸을 던진 것이었다. 터지는 수류탄들은 군중들을 죽었거나 죽어 가거나 다친 사람들의 무더기들로 만들었다. 그리고 우리는 사람들의 피로 붉게 물든 바닷물을 처음으로 목격했다.

4해병여단 정보참모부의 빌 모어(Bill More) 중사는 군인들과 민간인들 수백 명이 자살하는 것을 목격했다.

"우리는 100 내지 200야드 떨어진 곳에 몰려 있는 그들을 볼 수 있었다. 남자 둘레에 여자들과 아이들이 몰려 있었다. 수류탄이 터지면, 온 가족이 사라졌다."

모어는 남자들이 여자들과 아이들을 먼저 절벽 아래로 던지고 자신들이 뒤를 따라 몸을 던지는 것도 여러 번 목격했다.

4해병여단 24해병연대의 조 오제다(Joe Ojeda) 하사는 최일선에서 싸웠고, 집단 자살이 이루어질 때 마르피곶에 있어서 그 끔찍한 일을 목격했다. 그리고 집단 자살이 끝난 뒤 바다로 내려가서 확인하는 임무를 받았다. 바닷가엔 수백 명의 시신들이 파도에 씻기고 있었다. 싸움터에서 단련된 해병들도 그 광경을 보고 모두 구도했다.

사이판 싸움은 7월 9일에 공식적으로 끝났다. 그러나 섬의 북부엔 아직도 동굴들에 숨어서 저항하는 일본군 부대들이 남아 있었다. 사이판섬을 일본 본토를 공략하는 기지로 삼으려는 미군의 계획에 따라 비행장들을 건설할 노동자들에게 이들 일본군은 큰 위협이 될 터였다. 그래서 7월 9일 뒤에도 남은 일본군들을 수색해서 소탕하는 작전은 이어졌다. 처음엔 모든 부대들이 동원되었으나, 티니안섬 침공작전을 준비하기 위해 해병사단들은 남쪽으로 물러나고 27보병사단이 이 임무를 맡았다.

절망적 상황에서도 일본군의 저항은 이어졌다. 사이판 싸움이 공식적으로 끝난 7월 9일부터 27보병사단이 사이판에서 철수한 10월 4일까지, 미군은 2천 명 가까운 일본군을 죽였고 3천 명이 넘는 민간인들을 죽이거나 붙잡았다. 실은 그 뒤에도 일본군의 저항은 이어졌다. 대표적인 것은 오바 사카에大場榮 대위가 이끈 중대의 저항이었다.

오바 대위를 태운 수송선은 1944년 2월 29일 사이판 근해에서 미군 잠수함의 어뢰를 맞아 침몰했다. 오바는 가까스로 살아남았고, 절반으로 줄어든 병력이 재편성되는 과정에서 그는 225명의 병사들로 이루어진 의무중대를 지휘하게 되었다. 1944년 9월 30일 일본군 대본영이 사이판에서 행방이 알려지지 않은 장병들을 모두 전사한 것으로 처리했을 때, 오바도 전사자로 분류되어 소좌로 추서되었다. 그러나 그는 자신의 중대원 46명과 민간인 160명을 이끌고 타포트차우산 둘레에서 유격전을 폈다. 그는 휘하 장병들에게 살아남아서 기회가 올 때 미군과 다시 싸우는 것이 조국 대일본제국을 위하는 길이라고 설득했다. 그래서 그들은 '만세 공격'을 통한 자살도 거부하고 굶주림에서 벗어나기 위한 항복도 거부하면서 생존을 위해 노력했다. 살아남는 데 필요한 물자들

1945년 12월 1일 오바 중대는 군가를 부르면서 산을 내려와, 미군 중령에게 군도를 바침으로써 항복했다.

은 미군 부대들에 몰래 침투해서 얻었다. 그 과정에서 그는 미군 병사들을 해치지 않도록 부하들에게 일렀다.

그렇게 잡히지 않고 미군 부대들에 침투하는 일본군 유격대를 미군으로선 그냥 놓아둘 수 없었다. 그래서 미군들은 여러 번 오바의 부대를 잡으려 시도했으나, 오바는 부대원들을 이끌고 빠져나가곤 했다. 그래서 미군들은 오바를 '여우'라 불렀다.

오바 중대의 저항은 일본이 항복한 뒤에도 이어졌다. 마침내 1945년 11월 27일 아모 우마하치天羽馬八 소장이 오바 중대의 귀순을 돕기 위해 사이판에 파견되었다. 9독립혼성연대장으로 오바의 직속상관이었던 아모 소장은 오바 중대의 근거지에 가서 일본세국 보병가를 불렀다. 오바가 나타나자, 그는 이제는 사라진 일본제국 대본영의 문서를 오바에게 전달했다. 그 문서엔 오바에게 미군에 항복하라는 명령이 들어 있었다. 1945년 12월 1일 오바는 미군이 점령한 작은 섬에서 16개월 동안 붙잡히지 않고 살아남은 중대원들과 민간인들을 이끌고 군가를 부르면서 산을 내려왔다. 그는 18방공포병중대장 하워드 커기스(Howard G. Kirgis) 중령에게 자신의 군도를 바침으로써 항복했다.

사이판 점령작전은 미군의 예상보다 훨씬 힘들고 오래 끌었다. 미군 전상자들은 1만 4,111명이나 되었다. 일본군 전상자들은 2만 9천 명으로 추산되는데, 그 가운데 5천가량은 자살이었다. 민간인 피해는 2만 2천 명으로 추산된다.

도조 내각의 성격

'필리핀해 싸움'과 '사이판 싸움'에서의 패배는 일본군에 결정적 타격이 되었다. 항공모함함대가 궤멸된 일본 해군은 미국 해군에 맞설 길이 없었다. 그래서 자신을 보호하기 급급했고, 태평양의 여러 섬들에 분산된 일본군 부대들을 연결해 주는 임무를 수행할 능력이 없었다. 제해권과 제공권을 완벽하게 장악한 미군은 자신이 원하는 곳에 때를 골라 전력을 집중시켜 작전할 수 있어서, 싸울 때마다 상대적으로 작은 손실을 입으면서 완벽한 승리를 거둘 수 있었다. 반면에 일본 육군은 필요한 곳에 때맞춰 병력을 보낼 수 없었으므로, 요충들에 큰 부대들을 주둔해도 조만간 병력과 보급의 부족으로 패배하게 마련이었다.

사이판의 전략적 중요성은 패배의 영향을 크게 증폭시켰다. 사이판을 잃어 남태평양의 기지들과 본토를 연결할 길이 사라지면서, 그 기지들에 주둔한 병력들과 무기들이 전쟁 수행에 아무런 도움도 되지 않는 상황이 되었다. 그리고 '절대국방선'의 핵심인 사이판이 미군에 함락되자 본토까지 미군의 직접적 공격에 노출되었다. 이제 일본이 미국과의 전쟁에서 이길 가능성은 완전히 사라졌다.

그런 군사적 재앙에 대해선 누군가 책임을 져야 했다. 일반적으로 전선에서 일어난 문제들에 대해선 군 지휘부가 책임을 지게 된다. 아무리 중대한 군사적 재앙이라 하더라도 정치 지도자가 직접 책임을 지는 경우는 드물다. 그러나 도조 히데키 수상은 내각 총리대신(수상)의 직위만이 아니라 육군대신과 육군참모총장을 겸직해서 전쟁 수행을 직접 지휘해 왔다. 그런 사정은 도조로 하여금 필리핀해 싸움과 사이판 싸움의 결과에 대해 직접 책임을 지도록 만들었다.

도조 자신은 처음엔 그런 책임을 지는 대신 그냥 버티려는 생각을 품었다. 그는 자신이 크게 잘못한 것이 없다고 여겼다. 실제로 지금까지 그의 내각이 추구한 정책들은 모두 천황과 군부 주류의 뜻을 따라 수립되고 집행되었다. 정확하게 말하면 그는 일본 지도층을 이끌었다기보다 그 지도층의 뜻을 따른 것이었다.

원래 도조는 수상감으로 여겨진 인물이 아니었다. 군인으로서 그는 뛰어난 야전 지휘관이 아니었다. 그는 관동군에서 오래 근무했지만, 일본이 아시아 대륙을 침략하는 과정에서 야전군을 지휘한 경험이 없었다. 1937년 7월 관동군 참모장으로 일할 때 '차하르 작전'에서 1개 여단을 지휘한 것이 그의 유일한 전투 경험이었다. 대신 그는 군사 관료로서 유능했고, 늘 주류에 속해서 빠르게 승진했다.

일본군은 모든 장병들이 군국주의를 지향하는 일체적 조직이었다. 모든 일본군 장병들이 군부 독재와 해외 팽창을 열렬히 지지했다. 그렇다고 일본군이 분열이 없는 집단이었던 것은 아니었다. 실은 주요 국가들 가운데 가장 분열이 심한 군대였다.

잘 알려진 대로, 일본군 안에서 육군과 해군 사이의 분열과 대립은 극단적이었다. 그런 분열과 대립이 구조적이어서, 누구도 둘 사이의 틈을 메울 엄두를 내지 못했다. 사이판에서 우세한 미군을 맞아 싸울 때도, 육군 지휘관인 사이토와 해군 지휘관인 나구모는 통합사령부를 운영할 생각을 처음부터 품지 않았다. 설령 두 사람이 합의하더라도 대본영이 그런 합의를 승인하지 않으리라고 판단했던 것이다.

육군과 해군 사이의 구조적 대립만큼 심각했던 것은 이념적 분열이었다. 대부분의 장교들은 보다 급진적인 황도파皇道派와 보다 현실적인 통제파統制派로 나뉘어 극단적으로 대립했다. 황도파는 '군인 정신'을 전쟁에서 이기는 근본적 요소로 앞세웠다. 그리고 천황의 친정親政을 통해서 사회주의 질서를 실현하려 시도했으며, 그런 목적을 이루기 위해 군부 정변을 일으키려 했다. 통제파는 '군인 정신'을 기본으로 삼았지만 현실적으로 발전된 무기의 중요성도 인식했다. 그들은 이미 자리 잡은 체제를 통해서 군부가 사회 개혁과 해외 팽창을 주도하는 '국방국가國防國家'를 세우려 했다.

마침내 1930년대 중엽에 두 세력 사이에 폭력 투쟁이 일었다. 1935년 8월 황도파에 속한 아이자와 사부로相澤三郎 중좌가 통제파를 실질적으로 이끌면서 '국방국가'를 지향하던 육군성 군무국장 나가다 데쓰잔永田鐵山 소장을 칼로 베어 죽였다. 아이자와는 '국방국가'가 재벌들의 이익에 봉사하는 방안이라고 여겼다. 이어 1936년 2월 26일 황도파

1936년 2월 26일 황도파의 젊은 장교들이 군부 정변을 일으켰으나(2·26사건), 히로히토 천황이 단호하게 반대하면서 가까스로 진압되었다.

의 젊은 장교들이 군부 정변을 일으켰다. '2·26사건'이라 불린 이 정변은 육군 지휘부의 지지를 받았으나, 히로히토 천황이 단호하게 반대하면서 해군 함대를 동원함으로써 가까스로 진압되었다.

황도파가 시도한 정변이 실패하자, 통제파가 황도파 장교들을 대대적으로 숙청하고 일본군을 장악했다. 당시 관동군 헌병대를 지휘했던 도조는 '2·26사건'을 일으킨 세력을 비난하고, 정변이 실패로 끝나자 관동군 안에서 동조한 장교들을 체포했다. 이 과정에서 도조는 암살된 나가다 데쓰잔의 뒤를 이어 통제파의 실질적 지도자가 되었다. 그는 관동군 참모장, 육군차관, 육군 항공총감을 거쳐 1940년 7월 제2차 고노에 후미마로近衛文麿 내각의 육군대신이 되었다.

고노에 후미마로 수상은 원래 1937년 6월부터 1939년 1월까지 수상을 지냈었다. 그는 일본의 가장 고귀한 혈통의 후예로서 어릴 적에 공작 작위를 물려받았다. 덕분에 그는 일찍부터 중요한 직책을 맡았고, 1919년의 파리평화회의에 일본 대표단의 일원으로 참가했다. 그는 제1차 세계대전 뒤 백인종이 주도하는 세계 질서에 대해 반감을 품게 되었고 일본의 해외 팽창 정책을 적극적으로 지지했다.

고노에의 전임자는 하야시 센주로林銑十郎였다. 만주사변이 일어났을 때 그는 조선군 사령관으로서 내각이나 천황의 사전 허락 없이 휘하 부대 일부를 39혼성여단으로 편성해서 만주로 보냈다. 이런 조치는 대역죄로 몰릴 수도 있는 월권적 행위로 큰 논란을 불렀지만, 내각의 힘이 약했다는 사정 덕분에 그는 불이익을 보지 않았다. 1937년 2월 수상이 되자, 하야시는 군국주의를 지향하는 정당이 정치를 전담하는 '일당국가'를 목표로 삼았다. 그래서 의회를 해산하고 총선거를 실시했다. 그의 기대와 달리 선거는 그의 지지자들이 소수임을 드러냈고, 그는 넉 달 만에 물러났다.

군부의 군국주의에 이론적 바탕을 제공한 터라, 고노에는 군부의 지지를 받았다. 취임 다음 달인 1937년 7월에 관동군이 '노구교사건'을 일으켜 중국을 침략하기 시작하자, 그는 관동군의 독자적 행위를 추인했다. 일본군이 내각이 아니라 천황에게 직접 보고하는 체제에서 수상이 군대를 통제하는 데는 한계가 있었다. 이어 8월에 일본군이 '상해사변'을 일으키자, 그는 2개 사단을 증파해서 국민당 정부군과의 전쟁을 확대시켰다. 일본군은 중국군에 이겼지만, 국민당 정부를 이끈 장개석은 항복하지 않고 항전을 이어 갔다. 자신의 예상과 달리 중국 전선의 상황이 악화되어 장기전으로 바뀌고 일본군을 자신이 통제할 수 없게 되자, 1939년 1월 고노에는 '군부의 로봇' 노릇에 지쳤다고 토로하고 사임했다.

고노에의 후임은 우익 정치가 히라누마 기이치로平沼騏一郎였다. 그는 엄격한 판결과 반부패 운동을 통해서 강직한 법률가의 명성을 얻었고 정치계에서 큰 영향력을 지녔었다. 그가 집권했을 때, 일본의 정치 및 군사 지도자들은 독일과의 관계를 설정하는 일을 놓고 분열되었다. 러시아의 위협에 대응하려면 독일과의 협력이 바람직했지만, 독일과 군사적 동맹을 맺으면 미국과 영국과 사이가 벌어져 두 나라와 전쟁을 하게 될 가능성이 컸다. 1939년 여름에 만주와 몽골의 국경 지대인 노몬한(갈킨고르)에서 러시아군과 일본군 사이에 대규모 충돌이 일어났다. 이 '노몬한사건'에서 러시아군 전차부대의 양익 포위에 일본군이 전멸하자, 히라누마 내각은 독일과의 동맹으로 기울었다. 그러나 1939년 8월 5일 독일과 러시아가 불가침조약을 맺자, 일본은 독일에 배신당했다고 느끼게 되었다. 이런 군사적 참패와 외교적 실패가 겹치면서 8월 30일 히라누마는 물러났다.

히라누마의 후임은 예비역 육군 대장인 아베 노부유키阿部信行였다. 당시 가장 유력한 수상 후보는 육군의 원로인 우가키 가즈시게宇垣一成였는데, 그가 병에 걸리자 육군대신 대행이었던 아베가 여러 세력들의 타협으로 수상이 되었다. 아베는 통제파나 황도파에 속하지 않았고 자신의 파벌을 형성한 적도 없어서 육군 안에서 적이 없었다. 그의 견해는 비교적 온건해서 해군으로서도 받아들일 만했다. 수상으로 조각을 마치자 그는 외교에서 중립적 정책을 폈고 중국과의 전쟁을 끝내려 애썼다. 그러나 야전군을 지휘한 적이 없어서 육군 장교들의 존경을 받지 못했고, 자연히 자신의 정책을 적극적으로 추진할 정치적 역량이 부족했다. 결국 아베 내각은 채 5개월을 넘기지 못하고 무너졌다.

민간 정치가와 육군 출신이 실패하자 자연스럽게 해군 출신이 정권을 맡게 되었다. 해군 안에서 신망이 두터운 해군대신 요나이 미쓰마사 米内光政 대장이 히로히토 천황의 지지를 받아 수상이 되었다. 수상으로 취임하면서 그는 스스로 예편했다. 해군의 힘을 바탕으로 삼아 내각을 이끌지 않겠다는 뜻이었다. 그리고 각료들의 뜻을 존중하면서 정책을 결정했다.

그러나 요나이가 추구한 온건한 외교 정책은 육군 강경파의 거센 반발을 불렀다. 원래 그는 미국과 영국과의 관계를 중시하고 독일과 동맹을 맺는 것을 어리석은 일이라고 반대했다. 해군 지휘부엔 그런 견해를 지닌 제독들이 많았으니, 연합함대 사령관으로 펄 하버 기습작전을 지휘하게 될 야마모토 이소로쿠가 대표적이었다. 그래서 요나이와 야마모토는 국수주의에 심취한 젊은 해군 장교들의 암살의 표적이 되었다.

1940년 여름 독일이 프랑스에 이겨 서유럽을 호령하게 되자, 독일과의 동맹을 지향하는 육군의 입장이 크게 강화되었다. 육군은 육군대신 하타 슌로쿠畑俊六를 통해 요나이의 정책을 공개적으로 공격하기 시작했다. 하타가 사임하고 육군이 후임 육군대신의 추천을 거부하자, "육군대신과 해군대신은 각기 육군과 해군의 추천을 받은 현역 장군만이 될 수 있다"는 '현역 장관제'에 따라 요나이 내각이 무너졌다.

결국 육군의 강력한 지지를 받은 고노에가 다시 조각하게 되어, 1940년 7월에 '제2차 고노에 내각'이 들어섰다. 육군의 지지에 힘입어 수상이 된 터라서 고노에는 육군이 제시한 외교 노선을 충실히 따랐다.

1940년 9월 일본은 독일과 이탈리아와 함께 '삼국동맹'을 맺었다. 이어 1941년 4월엔 공산주의 러시아와 불가침조약을 맺었다. 이런 외교 정책을 실제로 주도한 것은 외상인 마쓰오카 요스케松岡洋右였다. 1933년 제네바의 국제연맹 회의에서 일본 대표단을 이끈 바로 그 마쓰오카였다. 회의에 참석하지 못한 이승만이 외국 언론들에 만주의 실상을 알리는 활동으로 큰 성과를 거두었을 때, 마쓰오카는 그의 적수였다. 회의의 상황이 불리해지자 마쓰오카는 국제연맹을 비난하고 일본의 국제연맹 탈퇴를 선언한 다음 대표단을 이끌고 퇴장했었다.

고노에 내각이 들어서고 마쓰오카가 외상이 되었다는 기사를 읽었을 때, 이승만은 그리움에 젖어 옛일들을 추억했었다. 국제연맹과 관련된 일들은 뿌듯한 성취감을 불러왔고, 프란체스카와 처음 만난 일은 그리움과 고마움으로 가슴을 채웠다. 마쓰오카의 얘기를 듣자 프란체스카도 오텔 뤼시의 기억들을 깊은 그리움으로 회상했다.

그러나 일본이 러시아와 불가침조약을 맺은 지 두 달 뒤, 독일은 러시아를 공격했다. 독일과는 동맹을 맺었고 러시아와는 불가침조약을 맺었으니 일본으로선 곤란한 처지가 되었다. 마쓰오카는 서슴없이 독일 편에 서서 러시아를 공격하자고 나섰다. 고노에로선 당혹스러울 수밖에 없었다. 두 해 전 '노몬한사건'에서 드러났듯이 러시아군은 강력한 전차부대들을 보유하고 있었고 기동력이 뛰어났다. 기계화가 덜 된 일본군으로선 겨루기 벅찬 상대였다. 게다가 일본군은 중일전쟁의 늪에서 헤어나지 못한 채 오히려 전선을 확대하고 있었다. 중일전쟁이 어떤 형태로든지 매듭이 지어져야 다른 나라와 싸울 수 있었다.

고노에는 마쓰오카를 제어하지 못했다. 외교 경력이 화려하고 '남만

철도'의 경영에 오래 참여해서 나름으로 확고한 지지 세력을 지닌 데다가 대중적 명성과 인기를 누리는 마쓰오카를 제어할 사람은 없었다. 고노에는 궁여지책으로 내각을 해산하는 길을 골랐다. 1941년 7월 고노에는 사임해서 내각을 무너뜨렸다. 그리고 곧바로 천황의 신임을 다시 얻어 '제3차 고노에 내각'을 짰다. 그는 마쓰오카만을 빼고 나머지 각료들을 그대로 기용했다.

그러나 새 내각을 구성했어도 고노에는 자신의 뜻에 맞는 외교 정책을 펼 수 없었다. 1937년 자신이 수상이 되었을 때 중일전쟁이 일어났지만, 그는 그 뒤로 생각이 바뀌어 일본이 무력으로 중국을 굴복시킬 수 없다고 판단했다. 그래서 그는 중일전쟁을 외교로 풀어 보려는 생각을 품었다. 그로선 그런 외교적 해결에 군부가 거세게 반대하지 않도록 엄호해 줄 인물이 필요했다. 정통 군국주의자라서 유화주의자라는 비난을 받을 염려가 없고 육군에서 가장 영향력이 큰 도조는 그런 목적에 가장 적합한 인물이었다. 천황의 측근들도 천황에 절대적으로 충성하는 도조를 육군대신의 적임자로 보았다.

그러나 도조는 고노에 수상의 기대를 저버렸다. 그는 '중국 문제'는 외교로 풀릴 수 없고 군사적 승리가 유일한 해결책이라 강조하면서, 중국 전선의 확대를 추구했다. 그는 나치 독일과 파시스트 이탈리아와의 삼국동맹을 지지하면서 미국과의 관계 악화를 마다하지 않았다. 마침내 미국이 일본의 해외 팽창 정책에 거세게 반발해서 경제 봉쇄를 단행하자, 그는 미국의 압력에 물러나선 안 된다고 주장했다. 한번 미국에 양보하게 되면 결국 국가 체계가 훼손된다는 논리였다. 내각과 군부 사이의 인터페이스인 육군대신의 직위를 수행하면서, 도조는 내각의 뜻을 군부에 전달하는 기능을 버리고 군부의 뜻을 내각에 강요하는 기능만을 수행한 것이었다.

고노에는 해군의 지지를 기대했다. 그러나 해군도 미국과의 전쟁이 불가피하다면 일찍 개전하는 것이 낫다고 보았다. 군부에 대한 영향력을 완전히 잃은 고노에는 내각에서도 소수파가 되었다. 수상의 정치적 영향력의 원천은 천황의 신임이었는네, 고노에는 그것마저 잃었다. 이미 히로히토도 전쟁이 불가피하다고 판단한 터였다. 만일 히로히토가 미국에 양보해서 중국에서 물러나는 방안을 지지하면, 군부의 젊은 장교들이 반란을 일으켜서 천황 자신이 위험해진다고 생각한 것이었다. 미국과의 협상은 나아가지 못하고 천황마저 미국과의 전쟁으로 점점 기우는 것을 깨닫자, 1941년 10월 16일 고노에는 사임했다.

고노에는 후임 수상으로 히가시쿠니노미야東久邇宮 나루히코왕稔彦王을 히로히토에게 추천했다. 황족의 일원이면서 직업군인으로 육군 대장에 오른 나루히코는 육군과 해군을 아울러 통제할 수 있는 유일한 인물로 여겨지는 터였다. 그러나 히로히토는 전쟁의 위험이 큰 상황에서 황족의 일원이 수상이 되는 것은 적절치 못하다고 판단했다. 패전했을 경우 책임이 황실에 미칠 수 있다는 점을 걱정한 것이었다. 이틀 뒤, 히로히토는 도조를 수상으로 뽑았다.

도조 내각은 그동안 일본 정치에 작용해 온 여러 힘들이 궁극적으로 만들어낸 산물이었다. 그것은 식물 군락의 천이(succession)에서 마지막으로 나오는 극상(climax)의 성격을 지녔다. 어떤 지역의 식물 군락이 사라져서 헐벗으면, 지의류가 먼저 나타나고 이어 풀들, 관목들, 교목들이 차례로 들어섰다가 마지막에 그 지역의 기후 조건들에 맞는 음수림蔭樹林이 극상으로 들어선다. 도조 내각은 일본 사회의 여러 힘들이 서로 작용해서 마지막으로 나온 극상이었다.

근대 일본 사회가 발전하면서 드러낸 근본적 행태는 '해외 팽창'이었다. 1854년 미국의 강압으로 개항한 뒤, 일본은 전통을 고수하려는 세력과 새로운 체제를 세우려는 세력이 다투었다. 결국 후자가 이겨, 1867년 봉건적 중세 체제인 막부 체제가 무너지고 천황 중심의 근대국가로 극적인 변신에 성공했다. 그리고 강대국들이 식민지들을 획득하는 데 힘을 쏟는 국제적 조류를 타고 해외 팽창에 나섰다. 1894년엔 청일전쟁을 일으켜 조선을 장악했다. 1904년엔 러일전쟁을 일으켜 백인종 강대국 러시아에 이겨서 조선에 대한 지배를 확고히 하고 만주를 자신의 영향권으로 만들었다. 제1차 세계대전에선 연합국 쪽에 가담해서 동아시아와 서태평양에 있던 독일의 식민지들을 점령했다. 러시아 혁명이 일어나자, 1918년엔 시베리아에 출병해서 세력을 확대하려 시도했다. 1931년엔 만주사변을 일으켜 만주를 장악하고 만주국을 세웠다. 마침내 1937년엔 중국 본토를 침공해서 중일전쟁을 일으켰다.

이 과정에서 일본 사회는 모든 면들에서 해외 팽창에 맞게 바뀌었다. 해외 팽창은 다른 나라들을 무력으로 점령하고 통치하는 일이었으므로, 다른 나라들의 필사적 저항을 부를 수밖에 없었다. 그래서 해외 팽창은 일본의 모든 자원들이 동원되어야 가능한 일이었고, 그런 동원은 일본 사회를 필연적으로 군국주의 사회로 만들었다.

먼저, 사회의 자원이 군사 분야로 집중되었다. 군대는 빠르게 커졌고 근대식 군비의 확충은 가장 중요한 국가적 과제가 되었다. 자연히 애초에 그리 크지 않았던 민간 부문이 더욱 위축되었다.

군사 분야에 자원이 집중되고, 해외에서 군사적 충돌과 전쟁이 이어지자, 군부의 세력이 커지고 군인들의 신분이 빠르게 높아졌다. 일본은 전통적으로 무사 계급이 통치한 사회였다. 나라의 최고 지도자인 천황은 상징적 존재로 실권이 없었고, 권력은 막부를 장악한 정이대장군征夷大將軍(쇼군)이 장악했었다. 쇼군將軍은 무사 계급의 정점이었고, 인구의 10퍼센트가 채 못 되는 무사 계급의 이익을 대변함으로써 권력을 유지했다.

군부의 득세와 지속적인 군사적 긴장은 문화적 풍토를 척박하게 만들었다. 그래서 자유롭고 풍요롭고 실험적인 시민 사회가 자라나기 어려웠다. 헌법 위에 군림하는 천황을 중심으로 짜인 정치 체제에서 자유민주주의는 한계가 있을 수밖에 없었지만, 그래도 다이쇼大正 천황 치세엔 서양 문물의 활발한 유입으로 자유민주주의가 상당히 발전했다. 1918년 입헌정우회立憲政友會 총재 하라 다카시原敬가 의회의 제1당 당수로 내각을 꾸민 것은 일본의 민주주의가 나름으로 뿌리를 내렸음을 보여 주었다. 그러나 1920년대 말엽에 닥친 경제적 위기를 해소하는 방안으로 보다 적극적인 해외 팽창 정책이 추구되자, 군국주의가 점점 거세어졌다. 1932년 입헌정우회 내각을 이끌던 이누가이 쓰요시犬養毅 수상이 해군 장교들에 의해 암살된 사건은 자유민주주의가 시들고 있음을 충격적으로 보여 주었다. 그 뒤로 자유민주주의는 빠르게 쇠퇴하고 전체주의가 일본을 이끄는 정치 원리가 되었다.

군부 자체도 격심한 변화들을 겪었다. 급진적 황도파가 성급하게 암살과 정변으로 권력을 장악하려다 오히려 통제파에 의해 숙청되면서, 통제파가 군부를 장악했다. 통제파의 득세는 내각에 대한 군부의 우위를 강화하는 결과를 낳았고, 해외 팽창을 군부가 주도하도록 만들었다.

보다 중요한 변화는 해군에 대한 육군의 상대적 우세가 거의 절대적인 우세로 바뀌었다는 점이다. 섬나라라는 지리적 조건 덕분에, 다른 나라들에 비해 일본에선 해군이 상대적으로 컸다. 그래도 병력에서 육군은 해군을 압도했다. 일본의 해외 팽창 과정에서도 육군은 주도적 역할을 했고 해군은 육군을 보조하는 역할만을 했다. 게다가 군부가 권력을 장악하고 군부 정변이 상시적 위협인 사회에선 지상 병력을 보유한 육군이 해군보다 훨씬 큰 권력을 쥐게 마련이었다. 자연히, 근본적 정책을 결정하는 일에선 육군 수뇌부의 뜻이 관철되는 경향이 점점 심해졌다.

1930년대 말엽과 1940년대 초엽은 육군과 해군이 근본적 정책을 놓고 대립한 시기였다. 그런 대립을 촉발한 것은 나치 독일의 놀랄 만큼 빠른 흥기였다. 육군 수뇌부는 독일과 연합해서 미국과 영국에 대항하는 전략을 선호했다. 반면에, 해군 수뇌부는 국력이 약한 일본이 강대국들인 미국과 영국에 맞서는 것은 무모한 일이라고 생각했다. 그들은 해군다운 해군이 없는 독일과의 동맹이 불러올 재앙을 잘 알았다. 그래서 되도록 미국과 영국과의 협상을 통해서 위기를 해소해야 한다고 주장했다. 그러나 해군 장교들이 점점 군국주의에 물들고 그들이 암살을 자신들의 뜻을 관철시키는 방도로 쓰기 시작하자, 해군 수뇌부의 힘은 점점 줄어들었다.

이처럼 도조 내각은 일본의 해외 팽창이 불러온 여러 경향들이 궁극적으로 불러온 권력 구조였다. 그리고 도조는 그런 경향들을 거스르지 않았다. 자연히 그의 지도력은 전임자들보다 훨씬 강력했고, 그는 자신이 바라는 정책들을 과감하게 추진할 수 있었다. 게다가 집권 초기엔 연합함대의 펄 하버 기습이 성공해서 일본군은 모든 전선들에서 승승장구했다. 2년 9개월 동안 집권한 그의 내각은 1910년대 말엽 3년 2개월 동안 집권한 하라 내각 이후 가장 오래간 내각이었다.

도조 내각의 붕괴

사정이 그러했으므로, 육군대신과 육군참모총장까지 겸직한 처지였지만 도조 수상은 '필리핀해 싸움'과 '사이판 싸움'에서의 참패에 자신이 개인적으로 질 책임은 거의 없다고 판단했다. 그리고 지도자의 굳은 의지가 더욱 중요해진 터라, 자신이 계속 나라를 이끌어야 한다고 생각했다. 그는 히로히토 천황도 생각이 같으리라고 여겼다. 그래서 천황이 자신에 대한 신임을 공개적으로 표해 주기를 기대했다.

천황의 생각은 달랐다. 8만의 병력이 옥쇄했으면 책임이 무거웠다. 적어도 육군참모총장이나 육군대신이 책임을 져야 했다. 도조가 육군참모총장과 육군대신을 겸직했으므로, 도조 자신이 책임을 피할 길이 없었다. 천황은 도조가 책임을 져야 한다고 생각했다. 그렇게 책임을 털어 내야 천황 자신에게 책임과 비판이 미치는 것을 막을 수 있었다.

천황의 공개적 지지를 얻지 못하리라는 것을 깨닫자, 도조는 내각을 일부 개편하겠다는 뜻을 천황에게 상주했다. 그러나 도조에 반대하는 원로들은 히로히토에게 부분 개각을 허용하지 말라고 건의했다.

부분 개각에 천황이 부정적 반응을 보이자, 도조는 새로 내각을 구성하겠다고 천황에게 상주했다. 도조에게서 마음이 떠난 히로히토는 그 방안에도 부정적 반응을 보였다. 그리고 히로히토의 최측근으로 영향력이 큰 내대신内大臣 기도 고이치木戸幸一는 천황이 도조에 대한 신임을 거두었다는 것을 원로들에게 알렸다. 원래 도조의 지지자였던 기도가 도조의 유임에 반대한다는 뜻을 밝히자, 도조에 적대적이었던 사람들은 그의 계속 집권에 집단적으로 반대하기 시작했다.

자신의 정치적 기반이 사라졌다는 것을 깨달은 도조는 천황에게 사

도조 히데키는 천황에게 수상 사임의 뜻을 상주하고, 1944년 7월 18일 라디오 연설을 통해서 '사이판 싸움'에서 일본군 전원이 옥쇄했다고 발표했다.

임의 뜻을 상주했다. 그리고 1944년 7월 18일 라디오 연설을 통해서 '사이판 싸움'에서 일본군 전원이 옥쇄했다고 발표했다.

'사이판 싸움'에서 일본군이 옥쇄했다는 도조 수상의 발표는 일본 사회에 큰 충격을 주었다. 그동안 일본 정부는 전황에 대한 정보를 철저하게 통제하면서 왜곡된 정보들을 일본 시민들에게 제공했다. 그래서 일본 시민들의 다수는 일본이 전쟁에서 이기고 있다고 여겼다. 지식인들까지도, 비록 전황이 불리해졌지만 아직은 승리의 가능성이 남아 있다고 여겼다. 사이판에서 일본군이 옥쇄했다는 소식은 큰 충격을 줄 수밖에 없었다.

그래도 민간인들은 사이판 싸움에서의 패배가 지닌 뜻을 제대로 알 수 없었으므로 충격이 덜했다. 그 패배의 뜻을 상대적으로 잘 가늠할 수 있는 군인들에겐 패배의 충격이 한결 컸다. 제해권과 제공권을 미군에 빼앗겨서 일본군이 겪는 손실은 어쩔 수 없이 군인들 사이에선 상식이 된 터였다. 이세 '절대국방선'의 요충인 사이판이 적군에게 함락되었으므로 일본 본토가 위협을 받게 되었다는 것을 그들은 깨달았다.

도조 수상의 발표가 나온 날, 나고야名古屋 주둔 수송연대인 13부대에서도 모두 충격을 받았다. 운전병인 한운사韓雲史 일등병은 조선인이었다. 사이판 싸움에서 일본군이 옥쇄했다는 소식은 전쟁이 멀지 않아 끝난다는 것을 확인한 셈이어서, 그로선 물론 반가웠다. 그러나 일본인 장병들 틈에서 혼자 조선인인 터라 그는 자신의 속마음을 얼굴에 드러내지 않으려 애썼다.

그날 저녁 선임병인 모리森 일등병이 그를 불러냈다.

"너 오늘 방송 들었지?"

"예."

모리의 얼굴이 분노로 일그러졌다.

"너 이 자식! 기쁘겠지?"

대답할 수 없어서 입을 다문 한운사에게 모리의 주먹이 날아들었다. 모리로부터 날마다 맞아 왔지만, 오늘은 모리의 주먹질과 발길이 유난히 거칠었다.

모리의 기합이 끝나자 한운사는 막사 밖으로 나갔다. 그리고 하늘을 우러르면서 생각했다.

'그래, 네 말대로 기쁘다. 일본이 패망할 날이 멀지 않았다.'

나카무라中村 일등병과 스즈키鈴木 일등병이 다가왔다. 그에게 친절한 일본인 병사들이었다.

"미안하다." 스즈키가 말했다.

"정말로 미안하다. 모리는 우리를 부끄럽게 만든다. 우리가 대신 사과한다." 나카무라가 사과하면서, 그의 손을 꼭 쥐었다.

갑자기 치민 눈물을 참으려 애쓰면서, 한운사는 고개를 끄덕였다. "고맙다. 괜찮다."

실제로 한운사는 날마다 때리고 못살게 구는 모리를 깊이 증오하지는 않았다. 그는 자신의 행적에 대해 부대의 장교들이 알고 있으리라고 짐작했다. 그가 속한 3중대의 살림을 도맡은 준위는 물론 그의 행적을 잘 알고 있을 터였고, 아마도 그를 감시하라는 임무를 모리에게 주었을 것이라고 그는 짐작했다.

한운사는 학병學兵이었다. 1942년 1월 도조 내각은 「학도출동명령」을 공포해서 일본인 대학생들을 징집할 준비를 시작했다. 그리고 1943년 12월에 일본인 학도병들을 징집했다. 조선인 학도병들의 동원은 조금 늦어서, 1943년 10월에 '조선인학도 육군특별지원병' 제도를 공포하고 1944년 1월에 일제히 징집했다.

1923년 충청북도 괴산에서 태어난 한운사는 당시 주오中央대학 예과를 마친 터였다. 학병으로 징집된 조선인 대학생들 가운데 다수는 징집을 피하려는 생각을 품었고 더러 피신한 사람들도 있었지만, 가족들을 못살게 구는 조선총독부의 조치에 결국엔 징집에 응했다. 조선인 학도병들은 1944년 1월 20일 일본과 조선의 부대들에 입영했다.

1943년 12월 30일 경성부민관京城府民館에서 곧 입영할 조선인 학도병들을 격려하는 '장행회壯行會'가 열렸다. 일주일 동안 훈련을 받은 2천여 명의 '지원병'들이 강당을 가득 채웠다. 단상엔 조선총독부와 조선군 사령부의 주요 인물들이 앉아 있었다. 예비역 육군 대장인 고이소 구니아키小磯國昭 조선 총독이 지원병들을 격려하는 연설을 했다. 이 영예로운 기회를 살려 황은皇恩에 보답하라는 얘기였다.

고이소 총독의 얘기가 이어지는데, 갑자기 2층 한구석에서 지원병 하나가 벌떡 일어나서 외쳤다.

"고이소 총독에게 묻습니다. 총독은 우리가 나간 뒤에 조선 이천오백만의 장래를 확실히 보장해 줄 수 있는가 없는가 분명히 대답해 주기 바랍니다."

폭탄이 터진 뒤의 정적이 강당을 가득 채웠다. 모두 경악해서 2층에 혼자 선 지원병을 바라보았다. 고이소는 차분하지만 단호한 목소리로 대꾸했다.

"그런 것을 의심하는 자는 황국신민皇國臣民으로서의 훈련이 부족하다고 할 수밖에 없다."

조금도 흔들림이 없는 총독의 답변에 기가 꺾인 한운사는 말을 잇지 못하고 자리에 털썩 주저앉았다. 그는 자신의 발언에 대해 다른 학도병들이 호응하리라고 기대하고 있었다. 모두 죽으러 간다는 것을 알고 있었고 비장한 마음으로 장행회에 참석한 터였다. 그래서 자신이 총독에게 입영의 대가를 요구하면 "옳소!" 소리와 함께 박수가 터지리라 기대했었다. 그러나 아무도 호응하지 않았다. 그리고 총독은 아무 일도 없었던 듯한 태도로 연설을 이어 나갔다.

한운사는 헌병에게 덜미를 잡혀 지하실로 끌려갔다. 헌병은 당장 칼을 뽑아 목을 칠 것처럼 굴었다. 이어 신문을 시작한 경찰관은 "너는 사형감이다"라고 윽박지르면서 그의 "불순한" 행동의 동기를 캐려 했다. 한은 자신의 소신을 밝히면서 혼자서 충동적으로 한 일이라고 진술했다.

신문이 이어지면서 그 경찰관의 태도가 바뀌었다. 한의 모교인 청주상고와 주오대학에 조회해 보니 모범생이라는 답변이 왔다는 것이었다. 그리고 그가 헌병에게 끌려온 뒤의 상황을 알려 주었다. '지원병'들은 아무런 저항의 의사를 표시하지 않고 떡 한 봉지씩 받아 들고 일본제국 해군의 공식 행진곡인 〈군함 행진곡〉을 들으면서 흩어졌다는 것이었다.

참담한 마음을 숨기면서, 한운사는 잠자코 고개를 끄덕였다. 그러자 그 경찰관은 자신의 이름이 쇼지라고 밝히더니, 한운사에게 제안했다.

"나는 네가 좋아졌다. 어떠냐? 오늘 밤새도록 나하고 얘기나 좀 하지 않겠나?"

한운사는 바짝 긴장했다. 그러나 쇼지의 제안을 거절할 수 없었으므로 그는 결국 쇼지와 밤새도록 얘기를 나누었다. 그는 자신의 생각을 밝히는 것이 위험하다고 판단해서, 되도록 나쓰메 소세키夏目漱石의 작품들과 발언들을 내세웠다.

이튿날 아침 그는 혼마치本町 경찰서로 끌려갔다. 쇼지가 귀띔을 해 주었다.

"혼마치 경찰서장은 경성제대를 나온 지 얼마 안 되는 사람이다. 자네와 통할 수 있을지도 모른다. 말 잘 해 봐라."

서장은 그를 한참 노려보더니, 시말서를 쓰라고 했다. 그는 상황을 악화시키지 않을 정도로 이번 사건의 자초지종을 밝히는 시말서를 썼다. 그의 시말서를 읽더니, 서장이 부드럽지만 단호한 목소리로 타일렀다.

"시말서를 받고 훈방하는 것으로 끝내겠다. 지금 자네가 말썽을 내면 자네 둘레의 사람들만 괴롭게 된다. 입대할 때까지 집에 가서 근신해라."

한운사는 고향 괴산으로 내려가서 근신했다. 경찰의 금족령에 묶여서, 2킬로미터 밖으로 나가려면 경찰의 허가를 받아야 했다. 그가 붙들려 간 뒤의 일은 친구들이 알려 주었다. 장행회가 열렸던 날 밤 서울에선 야단이 났었다는 얘기였다. 그의 항의에 뒤늦게 격발된 '지원병'들은 부민관에서 나오자 종로를 휩쓸었다. 그들이 총독 관저를 습격하려는 기세를 보이자, 군대와 경찰이 긴장했었다고 했다.

한운사는 입영 일자인 1943년 1월 20일에 이곳 나고야의 13연대에 입영했다. 첫날부터 하루도 쉬지 않고 그는 모리 일등병에게 맞았다. 조선이 일본의 통치를 받는 한 '부민관사건'은 그를 따라다닐 터였다.

나흘 뒤, 한운사가 물자를 실은 트럭을 몰고 지타知多반도에 나갔다 오후 늦게 돌아오니, 스즈키 일등병이 웃음을 띠고 그에게 다가왔다. 그가 눈으로 묻자 스즈키가 말했다.

"도조 수상이 사임했다고 하네."

"사임?"

"응. 그리고 새 수상에 고이소 조선총독이 임명되었다고 하네."

"아, 그래?"

그는 순간적으로 스즈키가 '부민관사건'을 알고서 그에게 그 소식을 전해 주는가 하는 생각이 들었다. 그러나 스즈키의 낯빛엔 그런 기미가 없었다.

"아무래도 조선 총독을 지낸 사람이니, 조선에 대해서 마음을 쓸 것 같아서…." 스즈끼가 말끝을 흐렸다.

"고맙네. 조선의 사정을 잘 아는 분이니, 아무래도 좀 낫겠지."

그제서야 스즈끼의 낯빛이 환해졌다. 그리고 한운사의 손을 잡고 눈빛으로 말했다.

그날 밤 보초를 서면서, 한운사는 고이소 총독에 항의하던 때를 떠올렸다. 이제는 아득한 옛날이었다. 그때 그는 순진했었다. 세상을 몰랐었다. 이제는 힘든 군대 생활에 넋이 찌든 듯했다. 그 시절이 그리워서, 그는 한숨을 조용히 내쉬었다.

도조 수상의 사임과 고이소 수상의 임명 사이엔 4일의 공백이 있었다. 나라의 운명이 걸린 전쟁을 치르는 나라에서 4일이나 수상이 공석이었다는 사실은 일본의 지도부가 깊이 분열되고 방향을 잃었음을 말해 준다. 실제로 모든 세력들이 동의할 수 있는 수상 후보를 찾기가 어려웠다.

육군은 남방군 총사령관 데라우치 히사이치寺內壽一 원수가 수상이 되기를 희망했다. 그는 이토 히로부미伊藤博文의 후임으로 조선 통감이 되었다가 조선에 한일합방을 강요하고 초대 조선 총독이 된 데라우치 마사다케寺內正毅 원수의 장남이었다. 태평양전쟁이 일어나기 직전에 남방군 총사령관이 된 뒤, 줄곧 동남아시아에서의 작전을 성공적으로 지휘했다. 이처럼 중요한 야전 지휘관을 갑자기 후방으로 돌리는 것은 비합리적이었으므로, 육군은 결국 데라우치를 수상으로 미는 것을 포기했다.

고이소는 1930년대 초엽 극단적 국수주의자들과 긴밀히 연결되었었다는 이력 때문에, 고노에 후미마로와 같은 온건파가 마다했다. 그러나 여러 세력들이 동의할 만한 인물이 없었고 수상의 임명을 더 미룰 수도 없어서, 결국 고이소가 수상에 임명되었다.

고이소는 처음부터 실질적 권한이 거의 없는 명목적 수상이었다. 현역 장군이 아니어서 육군대신을 겸할 수 없었으므로, 그는 군사 문제들에 관한 결정에서 실질적으로 배제되었다. 당연히 고이소 내각은 효과적으로 움직이지 못했다. 해외 팽창이 파국을 맞자, 권력 구조의 천이에서 극상의 음수림이었던 도조 내각이 무너지고 숲 자체가 병들기 시작한 것이었다.

일본 지도부가 혼란스럽게 움직일 때, 사이판을 점령한 미군은 마리아나 열도 점령작전의 나머지 목표들인 티니안과 괌 침공에 나섰다. 1944년 7월 24일 4해병사단은 티니안섬의 북서쪽 해안에 상륙했다. 다음 날엔 2해병사단이 상륙했다.

7월 16일부터 시작된 함포 사격과 사이판 남부에서 해협 너머로 사격하는 포병 화력으로 미군에 비해 크게 열세인 일본군은 전력이 더욱 약화되었다. 티니안을 방어하는 일본군은 29보병사단 예하 50보병연대의 8천 명이었다. 미군 병력은 4만이 넘었다.

일본군은 미군 해병들이 해변이 넓은 섬의 남서쪽 해안에 상륙하리라 예상했다. 그래서 방어 진지들을 주로 거기에 마련했다. 덕분에 미군은 비교적 수월하게 북서해안에 상륙해서 남쪽으로 진출할 수 있었다. 섬의 남부로 몰린 일본군의 마지막 저항은 거세었지만, 미군 사령부는 8월 1일 티니안을 확보했다고 발표했다.

괌 점령작전은 티니안 점령작전보다 3일 앞서 시작되었다. 남방공격부대 사령관 리처드 코널리(Richard L. Connolly) 중장이 상륙작전을 지휘했다. 3해병사단, 1잠정해병여단 및 77보병사단으로 이루어진 지상군은 3상륙군단장 로이 가이거(Roy S. Geiger) 해병 소장이 지휘했다. 총 병력은 6만 가까이 되었다.

괌을 지키는 일본군은 29사단, 9전차연대 및 48독립여단이 주력이었는데, 1만 8천가량 되었다. 방어작전은 29사단장인 다카시나 다케시高品彪 중장이 지휘했다.

미군의 1차 목표는 섬의 가장 큰 항구인 아프라항의 확보였다. 이 항구는 섬의 서쪽 해안에서 길게 뻗은 오로테반도의 바로 북쪽에 있었다. 그래서 3해병사단은 오로테반도의 북쪽에 상륙했고 1잠정해병여단은 오로테반도의 남쪽에 상륙했다. 산호초로 둘러싸인 해안이라서 미군은 상륙 과정에서 큰 피해를 입었다. 일본군의 반격도 거세어서, 미군은 7월 25일에야 오로테반도의 목을 봉쇄할 수 있었다. 그날 일본군은 대대적 반격에 나섰지만 미군의 봉쇄를 뚫지 못했다. 이 과정에서 다카시나 중장이 전사했다. 전선을 시찰하다 사이판에 돌아가지 못하고 괌에 머물게 된 31군 사령관 오바타 히데요시 중장이 나서서 일본군을 지휘했다. 오바타는 지형이 험준한 중부와 북부에서 저항하기로 하고 남은 병력을 북쪽으로 옮겼다. 그러나 지원도 보급도 되지 않는 처지라서 일본군의 전력은 빠르게 줄어들었다.

8월 10일 일본군의 조직적 저항이 끝나자, 미군 사령부는 괌이 확보되었다고 발표했다. 일본군에 빼앗겼던 섬을 31개월 만에 되찾은 것이었다.

다음 날 도쿄의 대본영에 마지막으로 전황을 보고하고서, 오바타는 할복자살했다.

이승만의 자랑스러운 아들들

〈뉴욕 타임스〉를 내려놓고, 이승만은 창가로 가서 밖을 내다보았다. 신문마다 노르망디 싸움에 관한 기사들로 채워졌다. 한 달 동안 고전하던 연합군은 이제야 해두보들을 벗어나 내륙으로 진출하고 있었다. 미군보다는 영국군이 선전하는 모양이었다.

"더위가 바야흐로…. 적어도 한 달 동안은 고생 좀 해야겠지."

여름 풍경을 내다보면서 그는 속으로 중얼거렸다. 나이가 들어 가니 더위를 견디기가 점점 힘들어졌다. 지난여름엔 더위를 먹어서 고생을 했었다. 이제 그도 일흔이었다. 정상적 상황이라면 은퇴를 준비해야 할 나이였다.

가슴을 펴고 목을 몇 번 돌려서 뻣뻣한 덜미를 푼 다음, 그는 다시 책상으로 돌아왔다. 그리고 〈샌프란시스코 이그재미너〉를 집어 들었다. 서부에서 발행되는 신문이라 다른 신문들보다 태평양전쟁에 관한 보도를 많이 하는 편이었다.

미국 대륙의 서쪽에서 우송된 신문을 향하는 그의 눈길엔 따스함이 어렸다. 스무 해 넘게 애독해 온 신문이었다. 샌프란시스코는 동포들이 많이 사는 미국 서부의 중심 도시였다. 그리고 그의 정치적 기반인 하와이와 미국 본토를 연결하는 항구였다. 그래서 〈샌프란시스코 이그재미너〉는 미국 서부에 몰려 있는 동포들의 동향을 아는 데 큰 도움이 되었다. 무엇보다도 그에겐 어느 신문보다도 고마운 신문이었다.

1919년 4월 초순 이승만은 워싱턴 펜실베이니아 애비뉴에 있는 제이 제롬 윌리엄스(Jay Jerome Williams)의 사무실을 찾았다. 윌리엄스는 통신사 INS에 근무하는 젊은 기자였다. 당시 조선인들의 '3·1 독립운동'을 일본 총독부가 무자비하게 탄압했어도 조선인들의 시위는 이어진다는 소식을 담은 전보들이 상해, 파리, 호놀룰루 등지로부터 그에게 답지했다. 그 전보들을 들고서 그는 윌리엄스를 찾은 것이다.

당시 일본은 많은 자금을 들여서 미국의 언론을 우호적으로 만들었다. 동아시아에서 러시아의 팽창을 막아 내는 나라라는 인식이 널리 퍼져서, 미국의 여론은 처음부터 일본에 대해 우호적이었다. 그래서 미국의 주요 신문들은 모두 조선의 독립 시위를 제대로 보도하지 못했다.

이승만이 자신을 소개하고 조선에서의 독립 시위를 알리는 전보 두 통을 꺼내 놓자, 윌리엄스는 그에게 상황을 물었다. 그리고 바로 기사를 작성하기 시작했다. 다음 날 아침 그 기사가 많은 신문들에 실렸다. INS가 윌리엄 허스트(William Randolph Hearst) 계열에 속했으므로, 윌리엄스의 기사들은 허스트 계열의 간판 신문인 〈샌프란시스코 이그재미너〉에 먼저 실렸다.

그 뒤로 그런 전보들이 들어오면 이승만은 윌리엄스를 먼저 찾았고, 조선의 독립 시위에 대한 정보들은 윌리엄스의 기사들을 통해 미국 전역으로 퍼져 나갔다. 조선의 역사와 현황에 대해 깊이 알게 되면서 윌리엄스는 조선의 처지에 동정적이 되었고, 마침내 조선의 독립을 위해 열정적으로 나섰다.

무의식적으로 태평양전쟁에 관한 소식을 찾으면서 이승만은 신문 1면을 훑어보았다. '해병 손실에 관한 논쟁으로 육군 장군 해임'이란 제목이 눈에 들어왔다. 그동안의 싸움들과 이번 사이판 싸움에서 해병의 인명 손실이 유난히 많았던 것은 빠른 제압을 목표로 인명 손실을 감수하는 해병의 전술 때문이라는 얘기였다. 반면에, 육군은 보다 천천히 진격해서 인명 손실을 최소화하는 전술을 쓴다고 덧붙였다. 그리고 이번에 해병 군단장이 육군 사단장을 해임한 것은 해병과 육군의 전술적 차이에서 비롯했다고 설명했다.

5상륙군단장 홀랜드 스미스 중장에 의해 27보병사단장에서 해임된 랠프 스미스 소장은 하와이로 돌아와서 98보병사단장으로 부임했다. 부당한 대우를 받았다고 생각했지만, 랠프 스미스는 그 일에 관해서 아무런 얘기도 하지 않았다. 그래도 그 사건에 관한 소문들은 하와이에서 빠르게 퍼져 나갔다.

태평양 지역 육군 사령관 로버트 리처드슨(Robert C. Richardson) 중장은 랠프 스미스가 부당한 대우를 받았으며 그런 대우를 시정하지 않으면 문제가 된다고 판단했다. 무엇보다도, 해병대 장군이 육군 장군을 싸움터에서 해임한 것은 사례가 드물고 정치적 측면을 지닌 일이었다. 리처드슨은 이 일에 관해 공식적으로 조사하기로 결정하고, 사이먼 버크너(Simon B. Buckner) 중장을 위원장으로 삼아 조사위원회를 구성했다. '버크너 위원회'는 5함대 사령관 스프루언스 이하 관련자들로부터 진술을 받고 관련된 정보들을 수집해서 검토했다. 그리고 홀랜드 스미스가 랠프 스미스를 비난하고 해임한 것은 사실에 의해 정당화되지 않는다고 판단했다. 추문이 될 가능성이 있는 결론인지라, 미군 지휘부는 이런 조사 결과가 군대 밖으로 나가지 않도록 조심했다.

그렇지 않아도 여론은 군사작전들에 대해 비판적이 되어 가고 있었다. 전쟁의 형세가 불명했을 때는 종군 기자들이 '자기검열'을 통해서 비판적 기사들을 어지간해선 쓰지 않았다. 그러나 연합국의 승리가 확실해지자 기자들은 훨씬 비판적이 되었고, 미묘한 정치적 측면을 지닌 사건들도 다루기 시작했다. 치열한 싸움터에서 해병 군단장이 육군 사단장을 부당하게 해임한 것은 그냥 덮어 두기엔 너무 큰 사건이었다. 육군 사단이 제대로 싸우지 못해서 해병들이 많이 죽었다는 홀랜드 스미스의 주장은 육군의 명예가 걸린 일이기도 했다. 그래서 그것은 조만간 밖으로 새어 나갈 정보였다.

"흐음. 미군도…."

야릇한 웃음을 얼굴에 올리면서 이승만은 고개를 끄덕였다.

'제 이익 먼저 챙기는 것이야 사람의 본성인데, 조선 사람들만 그럴 리가 없지.'

문득 정운수 생각이 나면서 그의 웃음이 밝아졌다. 두 해 전 이승만이 중국 대사관에 머물던 중국 외교부장 송자문宋子文(쑹쯔원)을 찾아갔을 적에, 정운수가 수행했었다. 당시 송자문은 독립운동을 하는 한국인들이 두 집단으로 분열되었다는 주장을 담은 보고서를 루스벨트 대통령에게 제출했었는데, 이승만은 그런 주장에 대해 항의하려고 송을 찾은 것이었다. 이승만이 정중하게 반론을 펴고 일어서려는데, 정이 불쑥 "중국에도 왕정위汪精衛와 같은 사람들이 있지 않습니까?" 하고 송에게 반문했었다. 그 뒤로 정은 자신의 비외교적 행동을 후회했는데, 이승만은 실은 젊은 비서의 비외교적 당돌함을 오히려 높은 기개로 보았었다.

'몸 성히 잘 있는지….'

그의 웃음에 자랑과 걱정이 어렸다.

정운수는 작년에 미국 항공대에 지원해서 올 정월에 소위로 임명되었다. 지금은 버마 전선에서 항공대에 소속되어 싸우고 있었다.

자식이 없는 이승만에겐 자신을 따르는 젊은이들은 모두 자식들이었다. 특히 미군이 되어 전선에서 싸우는 장석윤, 장기영, 정운수, 이순용, 이문상, 피터 현, 조종익, 현승염, 황득일과 같은 젊은이들은 그에겐 자랑스럽고 안위가 늘 걱정스러운 아들들이었다.

나머지 기사들을 대충 훑어본 다음, 그는 신문을 집어 들고 옆방으로 향했다.

"미스터 한."

"예, 박사님." 열심히 무엇을 쓰고 있던 한표욱이 자리에서 일어섰다.

"여기 재미있는 기사가 하나 났네." 신문을 넘겨주면서 그는 방금 읽은 기사를 짚어 보였다. "미국 육군하고 해병대가 싸움터에서 서로 잘못을 떠넘기면서 다툰다는 기사일세."

"아, 예. 알겠습니다."

"국무부 친구들이 걸핏하면 우리 한국 사람들이 분열되어 서로 다툰다고 그러는데, 또 그런 소리를 하면 그 신문 기사를 흔들어 주세."

제17장

국치일 행사

"정말로 빨리 달리네요."

창밖을 내다보면서 프란체스카가 감탄했다.

"그래요, 마미. 이 번잡한 거리에서…."

이승만이 싱긋 웃으면서 고개를 끄덕였다.

그들이 탄 승용차는 경적을 울리는 호송 경찰관들의 오토바이들을 따라 신호등을 무시하면서 거침없이 파크 애비뉴를 달리고 있었다. 오늘 저녁에 월도프 아스토리아 호텔에서 한미협회가 주최하는 만찬 연설회가 열릴 터였다. 조선이 일본에 병합된 8월 29일 국치일을 맞아, 조선이 잊혀지는 것을 막고 조선의 독립을 소망하는 뜻에서 만들어진 모임이었다. 한미협회 인사들과 미국 동부의 조선 동포들이 호텔에 모였는데, 오후 2시쯤 갑자기 피오렐로 라과디아(Fiorello H. La Guardia) 뉴욕 시장이 시청에서 환영회를 열겠다면서 그들을 초청했다. 그래서 미드타운 맨해튼에 있는 호텔에서 맨해튼섬 남쪽에 있는 시청으로 가는 길이었다.

"파피, 당신 생각나요? 뉴욕에서 워싱턴으로 가다가 기동경찰에 쫓긴

거?" 프란체스카가 웃으면서 물었다.

"그럼." 소리 없는 웃음을 터뜨리면서, 이승만이 흘긋 돌아보았다. 다른 두 대의 승용차들도 잘 쫓아오고 있었다.

"걱정할 것 없어요, 파피. 지금은 경찰관들이 쫓아오지 않아요." 프란체스카가 말했다.

무슨 잘못을 저지르다가 들킨 듯한 얼굴로 이승만이 고개를 끄덕였다. "뉴욕 교통경찰관들한테 호송받을 줄은 몰랐네."

프란체스카가 즐거운 웃음을 터뜨렸다. "당신이 늘 하는 얘기 있잖아요. '오래 살다 보니 별일을 다 보네.'"

"패니, 무슨 농담인지 나도 들어 봅시다." 한미협회 회장 제임스 크롬웰이 프란체스카에게 말했다.

"지미, 파피가 차를 아주 빨리 몬다는 얘기를 내가 당신에게 한 적이 있나요?"

크롬웰이 천천히 고개를 저었다. "그런 얘기 들은 적이 없는 것 같은데."

"파피는 차를 정말로 빨리 몰아요. 한번 그의 차에 동승했던 사람은 결코 다시 그가 모는 차에 타지 않아요."

이원순과 그의 아내 이매리李梅利가 웃음 띤 얼굴로 눈길을 주고받았다. 두 사람은 이승만의 가장 오랜 친구들이었다.

"정말 그래요?" 크롬웰이 이승만을 살폈다.

이승만은 못 들은 척 밖을 내다보고 있었다. 이제 더위도 좀 가신 터였다. 어느새 여름이 지나가고 있었다.

"펄 하버 공격이 있고 얼마 되지 않았을 때였어요. 그때 파피는 정말로 바빴어요. 『일본내막기』가 화제가 되고 파피의 명성도 높아져서 강연 요청이 많았죠."

"그랬죠." 크롬웰이 열심히 고개를 끄덕였다. "모두 펄 하버를 예언한 사람을 만나려고 했었죠."

"한번은 뉴욕에서 강연을 마치고 워싱턴으로 가게 되었어요. 아무래도 강연 시간에 대지 못할 것 같았어요. 그래서 파피가 차를 평소보다 빠르게 몰았어요. 나는 가슴이 졸아 붙어서, 좀 천천히 가자고 애원했어요. 파피가 그런 얘기 들을 사람이에요? 대낮에 헤드라이트를 켜고 신호등 무시하고 달렸죠."

"어떠했는지 상상할 수 있어요."

"그러니 무사할 수 있겠어요? 곧 기동경찰 오토바이 두 대가 요란하게 경적을 울리면서 따라오기 시작했어요. 그러자 파피는 더 빨리 몰았어요. 나는 가슴이 졸아 붙어서 손과 등에 식은땀이 났는데, 파피는 신이 나서 콧노래를 부르는 거예요. 그렇게 해서 자동차 경주가 시작되었는데, 결국 파피는 경주에서 지지 않았어요. 경찰에 붙잡히지 않고 워싱턴 프레스 클럽에 강연 시간 맞추어 도착한 거예요."

크롬웰이 껄껄 웃었다. "싱먼다운 얘기네요."

"파피는 아무 일도 없었다는 듯이 강단에 올라가 강연을 시작했어요. 그날 따라 파피가 강연을 잘했어요. 정말 잘했어요. 자동차 경주로 아드레날린이 온몸에 가득해서 그랬는지 몰라도. 청중들이 환호했죠. 나는 강연장 입구에 서서 파피가 나오면 체포하려고 기다리는 경찰관들을 몰래 살폈어요. 걱정이 컸죠. 무사할 리가 없잖아요? 그런데 그 경찰관들이 파피의 연설에 호응하더니, 나중엔 열심히 박수를 치는 거예요. 일본군의 펄 하버 기습이 결코 우연이 아니라면서 일본 사람들의 생각과 행태에 관해 명쾌하게 설명하니, 듣는 사람들이 모두 공감하게 된 거죠."

"무슨 얘긴지 알겠어요." 크롬웰이 열심히 고개를 끄덕였다.

“강연이 끝나자 그 경찰관들은 파피를 붙잡을 생각을 하지 않고 내게 와서 진지하게 말했어요. ‘부인, 기동경찰 근무 중에 우리가 따라잡지 못한 교통 법규 위반자는 당신 남편뿐입니다. 너무 일찍 천당에 가지 않으려면 부인이 단단히 조심을 시키십시오.’ 그러고는 파피에겐 웃으면서 승리의 V사 신호를 보내고 뉴욕으로 돌아갔어요. 그 경찰관들 아직 뉴욕에서 근무할 텐데. 어쨌든, 그래서 자동차 운전은 내가 해야겠다 생각했어요. 그리고 파피한테 운전을 배워서, 이제는 내가 차를 몰아요.”

크롬웰이 두 손을 배에 대고 웃었다. “이건 싱먼한테서나 나올 수 있는 일화네요. 뉴욕 기동경찰과 자동차 경주를 하다니. 싱먼만이 그렇게 무모한 일을 할 수 있지.” 크롬웰이 고개를 저었다. 그리고 감탄이 어린 눈길로 이승만을 살폈다. “하긴, 독립운동에 평생을 바치는 것도 무모한 측면이 있는 일이긴 하지만.”

“그때 내가 좀 무모하긴 했지만, 그래도 지미가 토미 러프런과 권투 시합에서 3회전을 싸운 것보다는 덜 무모하지.” 이승만이 천연덕스럽게 받았다. “내가 라프런과 링에서 마주 서면 오금이 저려서 싸우기도 전에 다리가 풀릴 것 같은데.”

토미 러프런(Tommy Loughran)은 1920년대 말엽에 라이트헤비급 세계 챔피언이었던 직업 권투 선수였다. 뛰어난 발놀림에 바탕을 둔 깔끔한 수비와 효과적 반격이 일품이었다. 크롬웰은 뛰어난 아마추어 권투 선수여서, 러프런과의 3회전 경기에서 쓰러지지 않고 버텨 낸 적도 있다고 했다. 실은 크롬웰은 만능 운동 선수였으니, 조정 선수에다 테니스 선수였다. 그리고 제1차 세계대전에선 해병대에서 복무했다. 그의 형 올리버 크롬웰(Oliver E. Cromwell)은 유명한 등반가로 로키산맥의 여러 고봉들에 처음 올랐다. 1939년엔 카라코람산맥의 K2에 도전한 미국 등

반대에 참여했다. 그 등반에서 대원 넷이 죽어서, 그 책임을 두고 큰 논란이 일었었다.

"그건 아닙니다, 싱먼." 크롬웰이 고개를 저었다. 그리고 프란체스카를 돌아보았다. "패니, 당신이 내린 결정들 가운데 싱먼이 운전대를 잡지 못하도록 한 것이 가장 현명한 판단이었던 것 같군요."

웃음이 터졌다. 이승만의 운전 솜씨를 경험한 사람들이 크롬웰의 의견에 흔쾌히 동의했다.

"동양 속담에 '삼십육계 가운데 줄행랑이 상책이다'라는 말이 있어요." 이승만이 크롬웰에게 말했다. "많은 계책들이 있지만, 형세가 불리할 때는 재빨리 도망치는 것이 제일 나은 계책이라는 뜻입니다. 나는 늘 그 속담이 마음에 들었어요. 그리고 그것을 충실히 따랐어요. 덕분에 이 나이까지…."

다시 웃음판이 되었다.

"내가 젊었을 적에, 서울에서 대규모 반정부 시위를 주도한 적이 있었어요. 그때 정부에서 폭력배를 동원해서 우리를 공격했어요. 갑자기 습격을 당했으므로 우리 동지들이 많이 피를 흘렸고 동지 하나가 죽기까지 했어요. 다음 집회에서 그 폭력배가 또 나타났어요. 그 우두머리를 보자 화가 치밀어서, 그자를 향해 달려가서 발로 걷어찼어요. 그랬더니 누가 날 꽉 껴안고서 빨리 도망치라고 합디다. 그래서 둘러보니 우리 사람은 하나도 보이지 않았어요. 그래서 걸음아 나 살려라 하고 도망쳤어요. 그때 내가 철저하게 배웠어요. 계책들이 많지만 줄행랑이 가장 좋은 계책이라는 것을."

가벼운 일처럼 얘기했지만, 그 일은 실은 '만민공동회사건'이란 이름으로 알려진 심각한 사건이었고, 이승만의 삶에 결정적 영향을 미쳤다. 그 사건으로 이승만은 고종高宗의 미움을 받게 되었고, 끝내 감옥에 갇혀 모진 고문을 받아 몸이 크게 상하고 목숨까지 잃을 뻔했었다. 실은 그 결정적 사건은 이승만 자신의 이야기인 만큼이나 그의 스승 서재필徐載弼의 이야기이기도 했다. 이승만은 서재필의 제자이자 정치적 후계자이기도 했다.

풍운아 서재필

1895년 12월 서재필이 오랜 망명 생활을 끝내고 조선으로 돌아왔다. 음력 1884년 10월의 갑신정변甲申政變이 실패한 뒤 일본을 거쳐 미국으로 망명한 지 11년 만이었다. 무력 혁명을 시도했던 풍운아 서재필이 조선을 떠났던 그 11년은 조선의 역사가 크게 굽이돈 시기였다. 자연히 조선 사회도 많이 바뀌었다. 그 사회에 서재필은 다시 풍운을 몰고 돌아온 것이었다. '만민공동회사건'은 그런 풍운의 한 부분이었다.

서재필은 1864년(고종 1년)에 전라도 동복현 문덕면(지금은 보성군에 속함)에서 태어났다. 조선이 개항하기 12년 전이었다. 그는 1882년의 증광시增廣試에 급제해서 낮은 벼슬들을 했다. 그리고 개화파에 속한 젊은 지식인들인 김옥균金玉均, 박영효朴泳孝, 홍영식洪英植, 윤치호尹致昊, 이상재李商在, 박정양朴定陽, 유길준兪吉濬, 서광범徐光範, 이동인李東仁 등과 교류했다.

서재필은 김옥균의 영향을 많이 받았고 그를 깊이 존경했다. 명문의 후예로 알성시謁聖試에 장원급제한 터라 김옥균은 평안히 고위 관직에 올라 영화를 누릴 수 있었다. 나라를 생각하는 마음에서 그런 길을 마다

하고 힘들고 위험한 혁명가의 길을 걸은 김옥균을 서재필은 평생 흠모했다. 뒷날 서재필은 "김옥균은 늘 우리에게 말하기를, '일본이 동방의 영국 노릇을 하니, 우리는 조선을 아세아의 불란서로 만들어야 한다"고 했다. 이것이 그의 원대한 꿈이었고 유일한 야심이었다. 우리는 그의 말을 믿고 우리의 책임을 완수하겠다는 다짐을 했다"고 술회했다.

이들 개화파 지식인들은 박규수朴珪壽의 문하였다. 박규수는 벼슬에서 물러나자 재동의 자기 집 사랑방에서 조부 박지원朴趾源과 북학파의 실학 사상을 젊은 사대부들에게 가르쳤다. 북경에 12차례나 다녀와 나라 밖 사정에 밝은 역관 오경석吳慶錫과 그가 가져온 서적들을 탐구한 한의사 유대치劉大致가 박규수의 뒤를 이어 개화사상을 젊은 지식인들에게 전파했다.

서재필이 속한 젊은 개화파 지식인들을 사상적으로 이끈 사람은 불교 승려인 이동인李東仁이었다. 이동인은 부산 출신으로 일본 불교 사찰의 부산 별원別院에 내왕하면서 일본의 발전된 문물을 체험했다. 그리고 서양 문물을 소개한 일본 서적, 사진, 성냥과 같은 물품들을 교류하던 개화파 지식인들에게 제공했다. 그가 제공한 서적에 담긴 지식들은 개화파의 이념적 토대가 되었다. 마침 이동인이 서대문 밖 봉원사奉元寺의 주지여서, 개화파 지식인들은 그 절을 회합 장소로 삼았다.

1883년 3월 서재필은 훈련원訓練院 부봉사副奉事가 되었다. 국방력을 키워야 한다는 생각을 품었던 김옥균은 그에게, 이왕 군사 업무를 맡게 되었으니 일본에 건너가서 발전된 군사 업무를 배우라고 권했다. 두 달 뒤 서재필은 14명의 평민 젊은이들을 이끌고 일본으로 건너가서 게이오의숙慶應義塾에서 6개월 동안 학습했다. 이어 육군 도야마학교戶山學校의

하사관반에서 총검술, 제식훈련, 폭탄 투척과 같은 보병 군사 지식을 익혔다. 도야마 학교는 1870년 중엽에 프랑스 군사사절단의 도움을 받아 세워진 군사학교였다.

1884년 6월 일본에서 귀국하자, 이들은 고종에게 사관학교 설립을 건의했다. 그런 건의가 받아들여져서 병조 예하에 조련국操練局이 설치되고 서재필은 그 부서의 사관장士官長이 되어 사관생도들을 지휘했다.

당시 개화파는 정세 판단과 대응책에서 점진적 태도를 지닌 온건파와 급진적 태도를 지닌 강경파로 나뉘고 있었다. 온건파는 청의 양무운동洋務運動을 본받아 점진적 개혁을 지향했는데, 나이가 비교적 많고 정부의 고위직을 맡아 정치적 현실을 고려했던 사람들이 대체로 이런 태도를 지녔었다. 김홍집金弘集, 김윤식金允植, 김성근金聲根, 민영익閔泳翊, 어윤중魚允中, 박정양, 이조연李祖淵, 이상재 등이 두드러진 인물들이었다. 강경파는 일본의 메이지유신明治維新을 본받아 정치 체제를 근본적으로 바꾸는 것을 목표로 삼았는데, 나이가 비교적 젊고 체제에 대한 환멸이 깊은 사람들이 이런 태도를 지녔었다. 김옥균, 박영효, 홍영식, 윤웅렬尹雄烈, 윤치호, 유길준, 서광범, 서재필 등이 두드러진 인물이었다.

갑신정변

나라의 형편은 점점 어려워지고 자신들의 정치적 입지도 좁아지자, 김옥균을 중심으로 한 강경파는 무력 정변으로 정권을 장악하려 했다. 그들은 국제 정세가 자신들에게 유리하게 돌아간다고 판단했다.

수구파를 궁극적으로 지탱해 온 것은 조선에 주둔한 청군이었다. 두

해 전 임오군란壬午軍亂을 진압한다는 명목으로 들어온 청군은 조선 조정을 실질적으로 통제하면서 민비閔妃를 중심으로 한 수구파 세력을 지원했다. 1884년 8월 청이 베트남 북부에서 프랑스와 싸우게 되자, 청은 조선에 파견한 군대를 거두어들이기 시작했다. 그래서 1884년 가을엔 청군은 원래 병력의 절반인 1,500명으로 줄어들었다.

이처럼 청이 조선에서 병력을 철수하자, 일본은 조선에서 잃었던 영향력을 되찾을 기회가 왔다고 판단했다. 그래서 새로 주 조선 공사로 부임한 다케조에 신이치로竹添進一郎는 개화파의 무력 정변을 적극적으로 지지했다. 당시 일본은 조선에 주둔한 청군 병력이 500 내지 600이라 판단했다. 다케조에는 일본군 1개 중대 150명으로 청군을 물리칠 수 있다고 거사의 주모자들에게 장담했다. 그러나 그는 원래 유학자儒學者여서 군사에는 밝지 못했다.

일본의 격려와 군사적 지원을 얻자, 강경파 개화 세력은 무력 정변을 일으키기로 결정했다. 그리고 12월 초순 한성부 정동의 우정국郵政局에서 열릴 낙성 축하연에서 수구파 대신들을 살해하는 것으로 정변을 시작하기로 계획했다. 정변에 동원될 병력은 함경도 남병사南兵使였던 윤웅렬이 이끌고 온 북청군 병사들 가운데 아직 한성에 남아 있던 70여 명과, 서재필이 지휘하는 사관생도들 50여 명이었다. 청군을 막아 내는 일은 일본군이 맡았다.

12월 4일 우정국 낙성식엔 총판總辦 홍영식의 초청을 받은 조선의 고관들과 주요 외국 외교관들이 참석했다. 이어 열린 연회에서 김옥균은 옆에 앉은 일본 공사관 시마무라 히사시島村久 서기관에게 그날 밤에 거사한다는 것을 알리고 일본군의 동원을 요청했다. 시마무라는 공사관에 연락했고, 일본군은 곧바로 출동 준비를 했다. 김옥균은 서재필에게 연락해서 즉각 병력을 동원하라고 지시했다.

그날 밤 10시경 연회가 거나했을 때, 우정국 북쪽 건물에서 불길이 치솟았다. 불이 났다고 외치는 소리가 나자, 친군영親軍營 우영사右營使 민영익이 먼저 밖으로 나갔다. 그러나 그는 한쪽 귀가 떨어진 채 피를 흘리면서 다시 연회장으로 들어왔다. 연회장 입구에 매복했던 개화파 무사들에게 습격당한 것이었다. 외교고문으로 세관 업무를 관장하던 파울 게오르크 폰 묄렌도르프(Paul Georg von Möllendorff)는 쓰러진 민영익을 부축해서 자기 공관으로 피신시킨 뒤 막 조선에 도착한 미국인 의사 호러스 앨런(Horace N. Allen, 알렌)의 치료를 받게 했다. 연회장은 아수라장이 되었지만, 사람들이 흩어져서 도망치는 바람에 대신들을 모두 살해하려던 거사 주모자들의 계획은 실패했다.

연회장에서 빠져나온 김옥균, 박영효, 서광범 등 거사 주모자들은 서재필 휘하의 병력을 경우궁景祐宮으로 이동시켰다. 순조純祖의 생모 수빈 박씨綏嬪朴氏의 사당인 경우궁은 규모가 작아서 작은 병력으로 지키기에 좋았다. 그리고 창덕궁으로 들어가서 고종을 알현했다. 때맞춰 궁궐 곳곳에서 화약이 터졌다. 김옥균 일행은 사대당事大黨이 정변을 일으켜 청군이 궁궐로 쳐들어왔다고 거짓 보고를 하고서, 경우궁으로 옮겨 가서 일본 공사관에 일본군의 보호를 요청하자고 건의했다. 고종이 승낙하자 김옥균은 일본 공사에게 고종의 친서를 보내 호위를 요청했다.

"일본 공사는 와서 나를 호위하라"는 고종의 친서에 의거해서, 다케조에는 일본군과 일본 경찰로 이루어진 200명가량의 병력을 이끌고 경우궁을 에워쌌다. 이렇게 해서 무력 정변은 일단 성공했다.

그러나 윤웅렬과 그의 아들 윤치호는 이번 거사가 실패한다고 판단

1884년 12월 4일 우정국 낙성식. 밤 10시경 북쪽 건물에서 불길이 치솟고 연회장은 아수라장이 되었지만, 대신들을 모두 살해하려던 거사 주모자들의 계획은 실패했다.

하고 한 발을 뺐다. 젊은 거사 세력보다 한 세대 위여서 경험이 많고 정치적 지형을 잘 아는 윤웅렬은 거사 주도 세력이 너무 서두른다고 판단했었다. 아직 청군 병력이 남아 있어서, 개화파의 무력 정변에 결정적 위협이 될 터였다. 그리고 그는 거사에 참가한 세력이 예상보다 훨씬 작다는 것에 놀랐다. 그런 약세는 일본에 대한 의존을 불러서 국민들의 반감을 부를 터였다. 국왕과 왕비를 확보한 것만으로는 덮을 수 없는 문제였다.

일단 거사에 성공하자, 주도 세력은 서둘러 정적들의 제거에 나섰다. 그들은 왕명이라면서 대신들을 불러들여 살해했다. 한성의 병력을 관장하는 대신들인 윤태준尹泰駿, 한규직韓圭稷, 이조연李祖淵, 민영목閔泳穆과 사대당의 중심인 민태호閔台鎬와 조영하趙寧夏가 서재필이 지휘하는 병력에 의해 차례로 죽었다. 국왕을 협박한다고 꾸짖은 내시 유재현柳載賢도 김옥균 휘하의 장정들에게 몽둥이에 맞아 죽었다.

민비의 친족들을 중심으로 한 사대당을 제거하자, 거사 주도 세력은 자기들에 우호적인 인사들로 정부를 구성했다. 서재필은 병조참판 겸 후영後營 정령관正領官이 되어 군사와 재정의 실권을 장악했다. 새 정부는 각국 공관에 새 정부가 수립되었음을 통보했다.

새 정부는 곧바로 개화파의 주장들을 따른 혁신적 조치들을 공포했다.

흥선대원군을 즉각 환국하게 하고, 청에 대한 사대와 조공을 폐지한다.

문벌을 폐지하고 인민 평등권을 제정하며 실력과 재능으로 인재를 등용한다.

토지에 대해 매기는 세금인 지조地租의 징수 체계를 개혁하여 부패한 관리들을 없애고 가난한 사람들을 구제하며 국가 재정을 튼튼히 한다.

각도의 환상미還上米는 영구히 폐지한다.

급히 순사를 설치하여 도적을 방지한다.

규장각을 비롯한 불필요한 관청들을 폐지한다.

보부상 단체인 혜상공국惠商公局을 폐지한다.

4개 군영을 통합하고 근위대를 설치한다.

국가 재정은 호조에서 전적으로 관할한다.

위의 개혁 조치들 가운데 재정과 관련된 것들이 많다는 점에서도 드러나듯, 거사 주도 세력은 재정의 개혁에 마음을 쏟았다. 특히 폐해가 큰 방납防納을 근절하고 선혜청宣惠廳을 폐지하려 했다. 방납은 조세 행정을 맡은 하급 관리들이 백성들이 공물貢物을 국가에 직접 납부하는 것을 방해하고 자신들이 대신 납부하면서 부당한 이득을 취하는 관행이었다. 방납은 본질적으로 징세 도급이어서 부패한 조선 사회에선 폐해가 컸다. 공물 제도의 비효율과 폐해를 줄이려는 노력은 모든 세금을 당시 화폐의 역할을 한 쌀로 내는 대동법大同法의 확대로 나타났다. 선혜청은 대동법을 시행하는 기구로 만들어졌는데, 차츰 다른 재정 기구들을 흡수해서 비대해졌다. 그래서 조세의 징수에서 실질적으로 호조를 대신하게 되었고, 임오군란을 촉발한 데서 드러나듯 극도로 부패했다. 따라서 아직 남아 있는 방납을 근절해서 백성들의 조세 부담을 가볍게 하고, 선혜청을 폐지해서 호조의 기능을 복원하고 부패를 걷어 내는 것은 합리적 개혁이었다.

그러나 그런 개혁은 당장엔 왕실의 재정을 어렵게 만들 수밖에 없었다. 그래서 김옥균을 비롯한 거사 세력의 핍박을 받으면서도 고종은 방납과 선혜청을 개혁하는 것에 응하지 않았다.

이사이 민비는 창덕궁으로 돌아가자고 고종에게 졸랐고 고종도 뜻이 같았다. 김옥균은 작은 병력으로는 창덕궁을 지킬 수 없다고 단호히 거절했다. 그러나 다케조에가 일본군이 청군을 막아 낼 수 있다고 장담하자, 새 정부는 창덕궁으로 들어갔다. 12월 5일 오후 5시였다.

원세개는 이내 병력을 움직였다. 병력에서 압도적 우위를 누린 청군은 궁궐을 지키던 조선군과 일본군을 압도했다.

다케조에의 장담은 치명적 오판이었다. 정변이 일어난 것을 확인한 청군 지휘관 원세개袁世凱(위안스카이)는 5일 아침에 이미 민비와 연락해서 궁정의 상황을 파악했다. 청군의 개입을 요청하는 민비의 편지를 받자 원세개는 이내 병력을 움직였다.

12월 6일 오후 3시 고종은 개혁 조치들을 담은 조서를 내렸다. 창덕궁에서 고종이 개혁 조서를 내릴 때 청군이 궁궐을 공격하기 시작했다. 김옥균이 걱정한 대로 창덕궁은 작은 병력이 지키기엔 너무 넓었다. 병력에서 압도적 우위를 누린 청군은 궁궐을 지키던 조선군과 일본군을 압도했다. 사태가 불리해지자 다케조에는 일본군을 이끌고 철수했다.

상황이 바뀌자, 고종은 민비가 머물던 북관묘北關廟로 갔다. 이 묘당은 『삼국연의三國演義』로 널리 알려지고 조선에서 크게 숭앙을 받은 촉한蜀漢 장수 관우關羽를 모신 사당들 가운데 하나다. 임오군란이 일어나고 민비가 장호원으로 피신해서 가까스로 목숨을 건졌을 때, 관우를 모시는 무녀巫女가 "민비는 곧 환궁하리라" 하는 점괘를 얻었다. 청군이 흥선대원군을 중국으로 압송하고 민비가 환궁하자, 그 무녀는 고종과 민비의 두터운 신임을 얻었다. 고종은 혜화문 근처 홍덕사 터에 관묘關廟를 지어주고 친히 관우의 상에 참배했다. 그리고 그 무녀에게 진령군眞靈君이란 작위를 내렸다. 그 뒤로 무녀 진령군은 궁중의 실세로서 엄청난 영향력을 발휘했다. 전란이 일어났을 때 민비가 북관묘로 도피한 것은 자연스러웠다.

김옥균과 박영효는 북관묘로 가려는 고종을 만류했다. 궁궐을 버리고 이국 장수의 묘당에 가는 것은 국왕으로선 자신의 직무를 포기하는 것과 같았다. 그러나 이미 개화파의 무력 정변이 실패했다고 판단한 고종은 그들의 말을 듣지 않았다. 홍영식과 박영교朴泳教가 고종을 수행했는데 이들은 청군에 의해 살해되었다. 박영교는 박영효의 형이었다.

고종이 북관묘로 떠나고 청군이 몰려오자, 김옥균을 비롯한 거사 주도 세력은 북문으로 빠져나가서 인천의 일본 영사관 직원의 집으로 피신했다. 그러나 묄렌도르프가 병력을 이끌고 인천으로 쫓아오자, 그들은 다시 제물포항에 정박한 일본 선박 지도세마루千歲丸로 숨었다.

묄렌도르프는 그 배에 타려던 일본 공사 다케조에에게 도피한 조선인들을 하선시키라고 요구했다. 다케조에는 국법을 어긴 죄인들을 인도하라는 묄렌도르프의 요구에 밀려 배 안에 숨은 김옥균 일행에게 배에서 내리라고 말했다. 그러자 일본인 선장 쓰지 가쓰사부로辻勝三郎가 다케조에를 힐난했다.

"내가 이 배에 조선 개화당 인사들을 태운 것은 공사의 체면을 존중했기 때문이다. 이분들은 공사의 말을 믿고 모종의 일을 하다가 잘못되어 쫓기는 모양인데, 죽을 줄 뻔히 알면서도 이들더러 내리라는 것은 도대체 무슨 도리인가? 이 배에 탄 이상 모든 것은 선장인 내 책임인데, 인간의 도리로는 도저히 이들을 배에서 내리게 할 수 없다."

그리고 직접 묄렌도르프를 만나 선언했다.

"당신들이 찾는 사람들은 이 배에 없다. 당신들은 이 배를 임의로 수색할 권한이 없다. 만일 당신들이 나의 동의 없이 임의로 내 배를 수색한다면, 나는 본국에 통보해서 외교 문제로 삼겠다."

쓰지 선장의 기세에 눌려 묄렌도르프는 선박의 수색을 포기하고 돌아섰다. 그는 임오군란의 처리 과정에서 일본이 사소한 일도 외교 문제로 만드는 것을 본 터였다. 선장의 승낙 없이 일본 선박을 수색해서 조선인들을 끌어내리면, 일본은 틀림없이 트집을 잡을 터였다.

묄렌도르프는 일찍부터 중국의 세관에서 일했는데, 언어학에 조예가 깊어서 만주어의 로마자 표기법을 고안했다. 한자 이름은 목린덕穆麟德이었다. 1882년 12월 그는 이홍장李鴻章(리훙장)의 천거로 조선 정부 통리아문統理衙門 협판協辦이 되었다. 통리아문은 외교와 세관과 군사를 관장하는 특설 기구였고 협판은 그곳의 부책임자였다. 언어학자답게 그는 조선어를 빨리 배워서 고종과 대화할 수 있었다. 덕분에 고종의 신임을 얻었고, 그런 신임을 바탕으로 조선의 진정한 이익을 추구하려 늘 애썼다. 그는 중국에서 일한 경험을 살려 조선 세관을 정비했고, 중국에 예속된 조선 세관이 독립해서 조선의 재정에 도움이 되도록 애썼다. 그리고 독일, 영국, 이탈리아 및 러시아와 통상 및 우호조약을 맺는 데 큰 역할을 했다.

[갑신정변 뒤에 묄렌도르프는 조선의 외교 정책에 큰 영향을 미치게 된다. 중국과 일본이 조선을 차지하려 다투는 상황에선 조선이 러시아와 연합해야 한다고 고종에게 진언해서 고종의 승인을 얻었다. 1885년 1월 갑신정변을 수습하기 위해 일본에 사절로 갔을 때, 그는 주일 러시아 공사와 '제1차 조러 비밀협약'을 맺었다. 조선에서 청과 일본이 동시에 철병하는 틈을 타서 러시아가 군사적 영향력을 늘리고 함경도의 영흥만을 조차한다는 내용이었다. 이런 정책은 러시아와 유라시아 전역에서 맞서던 영국의 반발을 불러서 영국군은 갑자기 거문도를 점령했다. 결국 조선은 러시아와 조약을 맺기를 포기했고, 청에 사과했다. 고종은 모든 책임을 묄렌도르프에게 미루었고 그는 해임되었다. 묄렌도르프는 중국으로 돌아가서 이홍장에게 자신의 행위들에 대해 해명하고 그를 위해 일했다. 그는 조선으로 돌아가기를 열망했지만 끝내 조선으로 돌아오지 못하고 1901년에 처음 일했던 영파寧波(닝보)에서 죽었다.]

쓰지 선장의 의연한 대처 덕분에 거사를 주도한 김옥균, 박영효, 서광범, 서재필, 변수邊燧, 정난교鄭蘭教, 신응희申應熙, 유혁로柳赫魯, 이규완李圭完은 가까스로 목숨을 건져 일본으로 도피했다. 그러나 그들의 가족들은 모두 화를 입었다. 남성 가족들은 모두 처형되었고 여성 가족들은 모두 자결하거나 관비官婢가 되었다.

뒷날 갑신정변이라 불리게 된 이 무력 정변이 실패한 직접적 원인은 물론 군사적 패배였다. 정변을 주도한 세력이 동원한 병력은 너무 작았고, 그들이 절대적으로 신뢰한 일본군은 200 남짓했다. 일본군이 얕본 청군은 일본군을 쉽게 압도했다.

실패를 부른 근본적 요인은 정변을 주도한 세력이 당시 조선 사회에선 이루기 어려운 개혁을 시도했다는 사실이었다. 일본의 강요로 개항한 지 겨우 8년이 지난 때에 근대적 정부와 제도를 단번에 도입하려는 시도는 거대한 반동에 부딪힐 수밖에 없었다. 지도층에서 개화의 필요를 절감한 사람들은 그리 많지 않았다. 정변 주도 세력의 뜻을 이해하는 사람들은 더욱 드물었다. 그들의 지지자들이어야 할 민중은 그들을 그저 국왕에 반역한 무리로 보았다.

지도세마루는 다음 날 나가사키長崎에 도착했다. 정변을 주도한 사람들은 한숨을 돌렸지만, 그들의 일본 생활은 고달팠다. 조선 정부가 보낸 자객들을 피해 은신하면서 모든 것들이 낯선 이국에서 허드렛일로 생계를 꾸려야 했다. 개화파에 호의적이었던 일본 지도자들인 후쿠자와 유키치福澤諭吉와 이노우에 가오루井上馨가 그들의 딱한 처지를 알고서 도와주었지만, 큰 도움이 될 수는 없었다. 갑신정변에 일본이 깊숙이 개입했다는 사실이 알려지자, 일본 정부는 국제적 비난을 받았고 청과의 관계가 나빠졌다. 그래서 일본 정부는 망명해 온 갑신정변의 주동자들을 멀리하기 시작했다.

서재필의 미국 정착

일본 정부의 이런 태도에 분개하고 절망한 박영효, 서광범 그리고 서재필은 미국으로 건너가기로 했다. 미국인 선교사들의 알선과 후쿠자와와 이노우에의 금전적 도움으로 가까스로 뱃삯을 구해서, 그들은 1885년 여름 미국으로 향했다. 그러나 영어도 모르고 서양 관습에 서툰 터라, 그들은 유색 인종을 극도로 차별하는 미국 사회에 적응하기 어려웠다. 일본에서 겪은 것보다 훨씬 힘든 생활에 절망한 박영효와 서광범은 일본으로 되돌아갔다.

서재필은 악착같이 버텼다. 인종 차별로 온갖 모욕과 냉대를 받으면서 일거리를 찾아 미국 서부를 전전했다. 그에게 자신이 겪는 고난과 질병은 자신의 가족에 대한 속죄의 한 부분이었다.

갑신정변이 실패한 뒤 주동자들의 가족들이 겪은 화는 정말로 참담했다. 그 가운데서도 서재필의 가족이 특히 참혹한 화를 입었다. 서재필이 정변에서 병력을 실제로 지휘하고 대신들을 참살했으므로, 그에게로 향한 왕실과 수구파의 증오는 유난히 깊었다.

거사에 가담했던 동생 서재창徐載昌은 도망치다 붙잡혀 처형되었다. 서재필의 생부 서광효徐光孝는 은진恩津의 감옥에 갇히자, "관노사령배가 문전에 오거든, 잡혀가서 욕을 받기보다 차라리 자결하라"는 유언을 남기고 자결했다. 맏형 서재춘徐載春은 은진감옥에서 독약을 먹고 자살했고, 서모庶母에게서 태어난 이복형제들도 죽음을 맞았다. 생모 성주이씨星州李氏는 자결했고 서모는 관비가 되었다. 양부 서광하徐光夏는 가산을 몰수당하고 관노官奴가 되었다.

서재필의 부인 광산김씨光山金氏는 친정으로 돌아갔는데, 그녀의 부모는 대역죄인이라면서 집안에 들이지 않았다. 그녀의 부친은 서씨 집안 귀신이 되라면서, 가마에 태워 내쫓을 때 독약을 넣어 주었다. 그녀는 결국 노비로 끌려갔다가 이듬해에 자결했다. 서재필의 두 살 난 아들은 굶어 죽었고, 어린 딸은 노비가 되었다가 뒤에 풀려났다.

하루하루가 힘든 터에, 조선 정부는 서재필을 제거하려고 자객을 보냈다. 그래도 그는 새로운 문물을 배우려 애썼다. 낮에는 일하고 밤에는 기독교청년회(YMCA)의 야간학교에서 영어를 배웠다. 그 과정에서 그는 기독교적 세계관과 자유민주주의를 받아들이게 되었다. 그리고 부호이자 자선사업가인 존 홀렌벡(John W. Hollenbeck)의 도움으로 펜실베이니아의 명문 해리 힐먼 아카데미에 입학했다. 1888년 그는 필립 제이슨(Philip Jaisohn)이란 이름을 쓰기 시작했다. '서재필'을 거꾸로 읽은 '필재서'의 음역音譯이었다.

서재필은 고등학교를 우등으로 졸업하고 워싱턴의 컬럼비안 대학에 진학했다. 1년 동안 예과 야간부에서 공부한 뒤, 생계를 위해 휴학했다. 그는 미국 육군 의학박물관에서 중국과 일본의 의서들을 영어로 번역하는 일에 종사했다. 1889년 컬럼비안 대학교 의과대학 야간부에 입학해서 세균학을 전공하고 1893년 6월에 졸업했다. 그는 이미 1890년에 미국 시민권을 얻었다. 미국 시민권을 얻은 첫 조선인이었다.

서재필은 모교에서 강사가 되려는 꿈을 품었다. 그래서 조교가 되었는데, 백인 학생들이 유색 인종의 강의를 들을 수 없다고 반발해서 한 해 동안 버티다가 포기했다. 그는 의학박물관에서 일하면서 생계를 꾸렸다.

모든 것들이 낯선 나라에서 혼자서 힘들게 살아간 서재필에게 유일한 친구는 마침 미국에 유학한 윤치호였다. 갑신정변이 실패하리라는 것을 일찌감치 깨닫고 적극적으로 가담하지 않은 덕분에 윤웅렬과 아들 윤치호는 고종의 미움을 사지 않았고 정변이 실패한 뒤에도 살아남았다. 그러나 다시 득세한 수구파로부터 보복당할 위험이 크다고 판단한 윤치호는 고종의 허락을 얻어 상해로 나왔다. 이어 미국 에머리 대학에서 수학했다. 서재필은 윤치호에게 여러 차례 도움을 요청했고 그때마다 윤치호는 선선히 도움을 주었다.

1893년 8월 대학을 졸업하고 상해로 돌아가게 된 윤치호는 인사차 워싱턴으로 서재필을 찾았다. 그러나 서재필은 윤치호에게 졸업을 축하한다는 인사를 건네고는 몇 마디 얘기가 오간 뒤 자리에서 일어섰다.

윤치호는 퍽이나 섭섭했지만, 애써 서재필의 심정을 헤아렸다. 자신의 무모한 행동으로 나라를 뒤집어 놓아 오히려 사태를 악화시키고 멸문지화를 부른 것을 서재필이 깊이 부끄러워한다고 생각한 것이었다. 그리고 조선 인민들이 갑신정변을 일으킨 개화파의 뜻을 전혀 이해하지 못하고 개화파를 역적으로 여긴다는 사실에 절망해서 서재필이 조선 인민들을 속으로 경멸한다는 것을 윤치호는 느꼈다. 서재필이 미국 시민권을 얻은 것이 생계를 위한 것만은 아니며, 이제 서재필은 조선으로 돌아올 마음이 없다고 윤치호는 생각했다.

1894년 3월 김옥균이 상해에서 암살되고, 그의 시신은 양화진에서 부관참시剖棺斬屍되었다. 워낙 참혹한 형벌이었으므로, 김옥균의 부관참시는 온 세계에 보도되었다. 조선에 대한 서재필의 환멸은 더욱 깊어졌다.

1894년 6월 서재필은 뮤리얼 메리 암스트롱(Muriel Mary Armstrong)과 결혼했다. 그녀의 아버지 조지 뷰캐넌 암스트롱(George Buchanan Armstrong)은 철도 우편을 정착시키고 첫 철도우체국장을 지냈는데, 남북전쟁 직전 재임한 제임스 뷰캐넌(James Buchanan) 대통령의 친척이었다. 인종 차별이 극심한 사회에서 명문의 규수가 가난한 유색 인종 청년과 결혼하는 것은 참으로 힘들었다. 그러나 서재필의 청혼을 받아들인 뮤리엘은 꿋꿋했고, 가난한 신랑의 처지를 고려해서 교회에서 조촐한 결혼식을 올렸다. 이 결혼으로 서재필은 미국 주류 사회에 편입되었다.

서재필의 귀국

1894년 청일전쟁에서 이긴 일본이 조선에서 우월적 지위를 얻자, 개화파에 우호적인 김홍집 내각이 들어섰다. 내각은 갑신정변의 주동자들을 사면하고 역적의 누명을 벗겨 주었다. 1895년 3월엔 서재필의 작위를 복원하고 5월엔 외부협판에 임명하더니, 8월엔 학부대신 서리에 임명했다. 그러나 서재필은 귀국하라는 내각의 요청에 응하지 않았다.

1895년 가을 박영효가 워싱턴으로 서재필을 찾아서 두 혁명 동지는 10년 만에 재회했다. 박영효로부터 조선의 사정을 듣자, 서재필은 다시 조선을 개혁하려는 마음이 들어서 귀국하기로 결심했다. 1895년 11월에 제물포에 닿은 서재필 부부는 미국인 경호원과 함께 인력거로 비밀리에 한성으로 들어왔다. 수구파의 암살 기도가 있다고 윤치호가 귀띔한 것이었다.

서재필 부부는 처음부터 조선 사람들의 큰 관심을 받았다. 아직 서양 사람들이 많지 않고 서양 여인은 더욱 드문 터라, 젊고 훤칠한 백인 여성 뮤리엘은 사람들의 눈길을 끌 수밖에 없었다. 양복 입고 안경 쓰고 미국인임을 내세우고 영어를 고집하는 서재필은 지도층 사이에서 경악에 가까운 반응을 낳았다.

서재필은 자신 때문에 화를 입은 가족과 친족들을 찾지 않았다. 오히려 냉대했다. 자신 때문에 자산을 몰수당하고 관노가 된 양부 서광하가 찾아오자, 못 본 척 외면했다. 거지가 된 장인과 장모가 찾아오자 그는 "자신의 딸과 어린 외손을 외면한 금수禽獸"라고 면박하면서 내쫓았다. 자결한 생모와 아내의 묘소를 사람들이 일러 주었어도 그는 끝내 찾지 않았다. 그렇게 과거의 인연들을 매정하게 끊어서 미국에서 힘들게 얻은 새로운 정체성을 자신에게 계속 인식시키는 것이 그로선 과거의 무게 아래 주저앉지 않는 길이었을 터이다.

고종에 대해선 그는 철저하게 책략적으로 행동했다. 그는 고종을 경멸하고 증오하고 불신했다. 그는 고종이 자신의 이익만을 챙기고 백성들을 돌보지 않는 인물임을 잘 알았다. 만일 자신이 고종의 신하라는 것을 인정하는 순간, 그는 자신이 고종에게 휘둘릴 수밖에 없다는 것을 명확히 인식했다. 그래서 그는 기회가 나올 때마다 자신이 고종의 신하가 아니라 미국 시민이라는 점을 고종 자신과 조선 관리들에게 상기시키려 애썼다. 고종을 만나려고 입궐했을 때, 조복 대신 양복을 입고, 임금 앞에선 끼어선 안 된다고 여겨진 안경을 끼고, 고종에게 절하지 않고 손을 내밀어 악수를 청하고 자신을 '외신外臣'이라고 칭해서 고종의 신하가 아니라는 것을 강조한 것은 모두 계산된 행동이었다. 이런 책략적 행동들은 그가 기대한 효과를 얻었지만, 그를 돕던 개화파 인사들을 경악시켰고 그들과 사이가 벌어지도록 만들었다.

그런 논리를 충실히 추구해서, 서재필은 조선 정부의 관직을 사양했다. 대신 고문 자리를 요구해서 1896년 1월에 10년 계약으로 중추원中樞院 고문이 되었다. 미국인인 자신이 조선 정부의 관리가 되는 것은 부자연스럽지만 고문은 외국인들이 줄곧 맡았던 직책이라는 주장을 내세웠다.

정변이 실패한 뒤 낯선 나라들을 떠돌고서 11년 만에 돌아온 서재필이 만난 조선은 옛 모습이 아니었다. 조선 사회가 근본적으로 바뀌었을 뿐 아니라 점점 빠르게 바뀌고 있었다. 게다가 조선을 둘러싼 강대국들 사이의 관계도 크게 바뀌었다. 약소국인 조선으로선 그런 국제적 상황의 변화로부터 유난히 큰 영향을 받을 수밖에 없었다.

갑신정변이 실패하자, 조선에서 청이 누려 온 우월적 지위는 더욱 굳어졌다. 모든 중요한 일들은 이홍장이 결정했고, 원세개는 태수처럼 조선의 내정을 지휘했다. 고종은 원세개의 지시를 충실히 따르는 조선 관리들의 우두머리에 지나지 않았다. 조선이 자신의 속국이라는 청의 주장에 이의를 제기해 온 일본은 당장 조선에서 청과 다툴 힘이 부족했으므로, 자신이 이미 조선에서 확보한 이권들을 지키는 것으로 만족했다.

청이 조선 정부를 장악하자, 청의 상인들이 많이 들어왔다. 이들은 한성과 서해안 항구들에서 유리한 지위를 누렸고, 법을 무시하면서 행패를 부렸다. 이들의 행패를 단속해야 할 조선의 포도대장이 오히려 이들에게 붙잡혀 협박과 고문을 당하고 재산을 빼앗기는 일까지 나왔다.

청의 이런 압제는 많은 조선 지식인들로 하여금 청으로부터의 독립을 조선의 가장 시급한 과제로 삼도록 만들었다. 조선 스스로 청의 압제에서 벗어날 길이 없었으므로, 그들은 조선이 독립적 지위를 되찾도록 도와줄 나라를 찾게 되었다. 조선에 관심이 큰 나라는 일본뿐이었고 일본이 개화에 성공한 터라, 그들은 자연스럽게 일본에 기울게 되었다. 당시 조선의 지성인들은 거의 다 '친일파'가 되었다.

집권한 수구파는 물론 생각이 달랐다. 임오군란과 갑신정변은 나라가 뿌리째 흔들린 사건들이었지만, 기득권을 지키는 데 마음을 쏟은 민씨 일족은 그 사건들이 나오도록 만든 사회 문제들을 풀려는 뜻이 전혀 없었다. 그들은 오히려 매관매직을 더욱 노골적으로 했고, 자연히 관리들의 착취는 더욱 심해졌다.

왕실이 매관매직으로 재정을 꾸려 가는 모습을 보고 외국인들은 조선의 조세 체계는 '징세 도급'이라고 평했다. 왕실은 모든 관직들에 값을 매겨서 팔고, 그 관직들을 산 관리들은 자신의 권한을 이용해서 최대한의 세금을 거두어 관직을 산 돈을 회수하고 이익을 본다는 얘기였다.

문제는 매관매직이 가장 나쁜 형태의 징세 도급이었다는 사실이다. 징세 도급인(tax-farmer)은 정부가 거둘 조세를 미리 대납하고 자신의 이

윤을 덧붙여 인민들에게서 조세를 거둔다. 따라서 징세 도급은 공개적 거래고 나름으로 합리적으로 운영된다. 인민들은 징세 도급인이 조세를 징수할 권한이 있다는 것을 인정하고, 대신 자신에게 부과된 조세의 내역을 확인하고 의견을 제시할 수 있다. 징세 도급인은 납세자들이 불만을 품어 봉기하면 자신이 파산할 수 있으므로, 장기적 이익을 고려해서 과도한 징세를 삼가게 된다. 조선의 경우, 관리들은 실제로는 징세 도급인이지만 공식적으로 그렇게 행세할 수는 없었다. 그들은 관직을 사기 위해 자신들이 왕실에 이미 지불한 돈을 백성들로부터 거둘 명분이 없었다. 공식적 조세는 모두 왕실로 곧바로 가도록 되어 있었다. 따라서 그들은 '세금이라 부를 수 없는 세금'을 걷어야 했다. 그것도 후임자가 오기 전에 빨리 걷어야 했다. 그렇게 하는 길은 갖가지 트집을 잡아 백성들을 괴롭혀서 돈을 바치도록 하는 길뿐이었다. 그러니 백성들은 무거운 세금을 부담해야 할 뿐 아니라 관리들의 온갖 압제를 받아야 했다.

이런 상황은 조선을 아주 가난한 나라로 만들었다. 좀 여유가 있다는 평판이 나면, 백성들은 관가에 불려가서 온갖 수모와 매질을 받아야 했다. 그래서 관리들로부터 수탈을 당하지 않을 만큼 권세가 큰 양반 가문이 아니면 모두 재산을 많이 모으는 것을 피했다.

이런 부패와 수탈에 더해, 민비 일족은 단숨에 엄청난 재산을 모을 방안을 찾아냈다. 화폐를 발행하면, 발행하는 사람이나 조직은 상당한 이익을 얻는다. 화폐가 워낙 중요한 제도이므로, 그런 조폐익(seigniorage)은 거의 모든 사회들에서 정부의 특권이다. 그런 특권의 크기는 금속화폐의 실질 가치를 담보하는 금속의 양이 제한되었다는 사정을 통해서 제한되게 마련이었다. 민비 일족은 동전의 실질 가치를 저하시켜서 조폐익을 극대화시키는 방안을 찾아냈다. 그들은 일반 화폐인 상평통보常平通寶의 5배의 명목 가치를 지닌 당오전當五錢을 발행했는데, 당오전의 실질 가치는 상평통보의 2배에 지나지 않았다. 이런 명목 가치와 실질 가치 사이의 차액은 고스란히 그들이 장악한 왕실로 들어갔다.

원래 당오전은 임오군란으로 왕실의 재정이 바닥을 드러냈을 때 긴급조치로 나온 것이었다. 김옥균을 중심으로 한 개화파는 1860년대에 흥선대원군이 경복궁을 다시 세울 때 발행한 당백전當百錢의 폐해를 들면서 이 방안에 반대했다. 대신 일본으로부터 차관을 얻는 방안을 내놓았다. 그러나 일본으로부터 차관을 얻지 못하자, 1884년 6월부터 당오전이 대량 유통되었다.

워낙 나쁜 방안이었으므로, 왕실의 재정이 정상화되면 당오전은 곧바로 폐지되어야 했다. 그러나 놀랍지 않게도, 엄청난 돈을 안정적으로 버는 이 방안은 중독성이 강했다. 그래서 오히려 점점 많이 발행되었다. 당백전 때는 부작용이 커지자 정부가 반년 뒤에 주조를 중단했다. 그러나 당오전은 10년 넘게 발행되었다. 당오전이 발행되기 직전인 1882년까지 전국에서 유통되는 동전은 2천만 냥으로 추산되었다. 동학란東學亂이 일어나고 청일전쟁이 벌어진 1894년까지 발행된 당오전은 5천만 냥이었다.

총생산량이 거의 늘어나지 않는데 이처럼 화폐가 많이 유통되니, 물가가 급격히 오를 수밖에 없었다. 이 기간에 물가는 8배나 오른 것으로 추산된다. 이런 물가 상승은 백성들의 이미 어려운 삶을 더욱 고달프게 만들었다.

형편이 나아진 것은 당오전의 발행으로 막대한 조폐익을 누린 왕실뿐이었다. 같은 기간에 왕실 재정의 실질 규모는 3배로 늘어났다. 더욱 불행하게도, 왕실은 이처럼 늘어난 왕실의 재정을 나라를 운영하거나 튼튼하게 만드는 일에는 거의 쓰지 않았다. 무속에 심취한 민비는 왕실의 안녕을 신령에 기원하는 일에 큰돈을 썼다. 무녀이면서 실세인 진령군의 진언을 따라서 신당을 짓고 다례와 고사를 지내며 전국의 이름 높은 산들과 큰 강들을 찾아 기도를 올리게 했다. 서양 문명이 밀어닥쳐서 전통적 가치 체계가 기초부터 흔들리고, 종주국 행세를 하는 청과 조선에 진출하려는 일본이 조선의 정치를 좌우하며 빠르게 바뀌는 상황에 대응하는 방안을 놓고 정치 세력이 수구파와 개화파로 나뉘어 사생결단을 하는 상황인데, 권력의 중심인 고종과 민비는 자신들의 안전과 이익만을 추구한 것이었다.

어쩔 수 없이, 날이 갈수록 조선 사회는 어지러워졌고 백성들의 삶은 어려워졌다. 이처럼 모든 면들에서 악화되던 조선 사회는 1894년에 파국을 맞았다.

고부민란

갑신년의 정변이 실패한 지 10년인 갑오년(1894년) 1월 10일 전라도 북서부의 작은 고을인 고부古阜에서 인민들이 봉기했다. 고부군수 조병갑趙秉甲은 착취가 유난히 심한 수령이어서, 이미 무척 어려워진 인민들을 모질게 침학했다. 농민들로부터 세금을 무리하게 징수하고, 죄 없는 인민들에게 죄를 뒤집어씌워 재물을 수탈했다. 부친의 송덕비를 세운다는 명목으로 돈을 거두기까지 했다. 극도로 부패한 사회에서 수령들의 착취에 시달려 온 농민들이지만 그의 착취는 견딜 수 없을 만큼 심했다.

봉기를 촉발한 것은 부당한 수세水稅의 징수였다. 1892년에 부임하자, 조병갑은 동진강에 보洑를 새로 쌓았다. 동진강의 지류인 정읍천엔 이미 보가 있어서, 만석보萬石洑라는 이름이 붙은 새 보는 쓸모가 그리 크지 않았다. 게다가 농민들을 강제로 동원한 사업이어서, 모두 이 보를 달가워하지 않았다. 조병갑은 만석보가 완성되면 첫해엔 수세를 거두지 않겠다고 약속했다. 막상 보가 완성되자 그는 700석가량의 수세를 거두었다. 수세를 낮추어 달라는 농민들의 진정을 그가 거듭 무시하자, 분노가 폭발한 농민 1천여 명이 한꺼번에 일어나서 고부 관아를 습격했다. 그들은 관아의 무기로 무장하고 부당하게 거둔 수세미水稅米를 빈민들에게 나누어 주었다.

이 사건은 지배계급의 억압과 착취에 시달린 피지배계급의 봉기였다. 흔히 민란民亂이라 불린 이런 봉기들은 조선조 말기에 곳곳에서 끊임없이 일어났다. 진주민란晋州民亂이 일어난 1862년엔 무려 71곳에서 민란이 일어났다. 고부민란이 일어나기 바로 전해인 1893년만 하더라도, 2월에 평안도 함종에서 일어난 민란을 경기도 인천, 충청도의 황간과 청풍, 경기도 개성, 황해도 재령, 평안도 중화 등지의 민란들이 이었다.

그러나 이런 민란들은 혁명으로 발전하지 못한 채 관군에 의해 쉽게 진압되었다. 조선 사회의 부정적 특질들 가운데 하나는 상업의 부진으로 회사나 동업조합과 같은 시민단체들이 전혀 없었다는 사실이다. 그런 단체를 조직해 본 경험이 없는 백성들은 수령들의 학정에 맞서 일어섰을 때도 자신들을 조직해서 힘을 한데 모을 능력이 없었다. 조선조 후기의 가장 큰 민란인 홍경래란洪景來亂도 예외가 아니었다. 고려조와 조

갑오년(1894) 1월 10일 전라도 고부에서 일어난 작은 농민 봉기는 단숨에 전국적 반란으로 커졌고 조선 정부가 진압하지 못할 만큼 세력이 강성했다.

선조의 관서와 관북에 대한 철저한 차별 정책으로 한반도 북쪽의 민중은 모두 반체제적 감정을 품었지만, 홍경래란의 주동자들은 그처럼 거대한 심적 에너지를 한데 모을 길을 찾지 못했다. 봉기는 평안도 청천강 이북에 국한되었고, 전략적으로나 정치적으로나 중요한 평양에서 민중의 호응을 얻지 못했다. 그래서 규모가 크고 오래 이어진 그 민란도 사회에 별다른 충격을 주지 못했다.

고부민란은 달랐다. 시골의 작은 농민 봉기는 단숨에 전국적 반란으로 커졌고 조선 정부가 진압하지 못할 만큼 세력이 강성했다. 비록 실패했지만, 조선의 운명에 결정적 영향을 미쳤다는 점에서도 이전의 민란들과 본질적으로 달랐다.

그런 차이는 고부민란이 신흥종교인 동학東學의 교도들에 의해 주도되었다는 사실에서 나왔다. 농민들이 군수의 착취에 맞서 일어서는 과정에서 고부의 동학 지도자인 전봉준全琫準은 시종 결정적 역할을 했다. 이어 민란이 확대되고 반란군이 조직되는 과정에서 동학교단은 지도적 역할을 했다. 덕분에 고부민란은 이내 진압되거나 스스로 사그라지지 않고 전국적 반란으로 발전했고, 사회 문제들을 해결하려는 노력을 지속할 수 있었다.

정부와 지배계급도 이번 민란을 동학교도들이 주도하며 그래서 무척 위험하다는 사실을 처음부터 인식했다. 그들은 봉기한 농민들을 동비東匪라 불렀고, 봉기가 커지자 민란이라 부르는 대신 '동학란'이라 불렀다. 전라도 동남부에서 동학란을 겪은 황현黃玹의 『동비기략東匪紀略』은 이런 관점에서 동학란의 모습을 기술했다.

동학

동학은 1860년에 최제우崔濟愚가 창시했다. 그는 1824년 경주에서 태어났다. 부친은 몰락한 양반 가문의 후예였으나, 어머니가 재가한 터라서 그는 양반계급에 속할 수 없었다. 부모를 일찍 여의고 처가살이를 하던 그는 각지를 유랑하면서 종교적 체험을 했다. 그리고 고향에 돌아와 동굴에서 수련하면서 도를 깨쳤다. 그리고 당시 서학西學이라 불린 천주교에 대응한다는 뜻에서 자신의 종교를 동학이라 불렀다.

최제우의 그런 태도에서 드러나듯, 동학은 본질적으로 토착적 종교였다. 동학의 종말론(eschatology)인 후천개벽後天開闢 사상은 이 점을 명확하게 보여 준다.

인류 역사의 전개 과정과 마지막 사건을 설명하는 종말론은 종교적 신념을 떠받치는 철학적 구조다. 종교마다 독특한 교리들을 갖추지만, 종말론은 대체로 동일한 구도를 지녔다. 이 세상에선 선과 악이 다투고, 지금까지는 악이 우세했지만 언젠가는 닥칠 심판의 날에 선이 이겨서 새로운 질서가 출현하며, 그때 사람들은 각자의 행실로 심판을 받아, 착하게 산 사람들이나 그들의 영혼들이 새로운 세계에서 영생한다는 것이다.

현존하는 종교들 가운데 가장 오래된 종교인 조로아스터교는 종말론의 이런 구도를 명확히 보여 준다. 조로아스터교는 1) 천지 창조는 완벽한 선의 구현이었으나, 2) 뒤에 악에 의해 부패했는데, 3) 선이 궁극적으로 이겨서, 4) 이 세상은 천지 창조의 완벽한 선을 되찾고 신과 일체가 되며, 5) 개인의 구원은 그의 생각과 언행의 총체적 평가로 결정된다고 밝힌다.

유대교는 구세주(Messiah)의 출현으로 새로운 세상이 나온다고 믿는다. 유대교의 전통 속에서 자라난 기독교와 회교도 '심판의 날(Day of Judgment)'과 함께 새로운 세상이 나온다고 믿는다.

힌두교가 제시하는 우주의 질서는 순환적이다. 그래서 43억 2천만 년 동안 지속되는 '겁劫'을 단위로 해서 세상이 쇠퇴하고 재생된다. 힌두교의 전통 속에서 자라난 불교는 힌두교의 순환적 세계관을 물려받았다. 불교가 오랫동안 동아시아의 중심적 종교이었으므로, 불교적 세계관은 동아시아의 종교적 토양에 깊이 스몄다.

동아시아의 종교적 토양에 특히 큰 영향을 미친 것은 미륵불彌勒佛 신앙이다. 불교의 종말론에 따르면, 한 겁에는 1천의 부처들이 나와서 세상을 다스린다. 현재 겁에서 과거불은 셋째 부처인 가섭불迦葉佛(Kassapa)이고 현재불은 넷째 부처인 석가모니불(Gaudama)이며 당래불當來佛은 다섯째 부처인 미륵불(Maitreya)이다.

미륵불이 나올 시기는 구체적으로 정해진 것이 아니고, 석가모니불의 가르침을 인간들이 따르지 않을 때로 제시되었다. 따라서 미륵불은 아주 먼 미래에 나올 것이다. 그러나 당장 힘든 삶을 영위하는 사람들로선 그렇게 먼 미래를 앞당기고 싶은 충동이 클 수밖에 없다. 놀랍지 않게도, 그런 충동을 이용해서 자신의 종교를 창시하거나 반란을 일으키려고 자신을 미륵의 현신이라 주장하는 사람들이 줄곧 나왔다.

동아시아에서 고대 문명이 가장 먼저 일어나고 불교도 비교적 일찍 들어온 중국에서 그런 현상이 가장 두드러졌다. 6세기 초엽 북위北魏에선 법경法慶이 새 부처라 선언하고 반란을 일으켰다. 그 뒤로 수隋, 당唐, 송宋에서 미륵불의 출현을 주장하면서 반란을 도모하는 일이 잇따랐다.

미륵불 신앙은 중국이 이족異族 왕조들의 지배를 받을 때 자연스럽게 거세어졌다. 한족을 드러내 놓고 억압했던 원元 시대엔 미륵불 신앙의 영향을 깊게 받은 백련교白蓮教가 큰 세력을 얻었다. 1351년 백련교도 한산동韓山童은 자신이 미륵불이라 선언하고 신도들을 많이 모았다. 세력이 커지자 그는 원에 대한 반란을 시도했다. 그의 무리가 붉은 두건을 표지로 삼았으므로 이들은 홍건적紅巾賊이라 불리게 되었다. 그러나 한산동은 기병하기 전에 붙잡혀 죽고, 아들 한림아韓林兒가 세력을 얻어 1355년에 나라를 세웠다. 그는 송의 부활을 목표로 내걸고 국호를 송으로 정했다. 한림아가 원에 대항하는 한민족 국가를 세워 명분을 먼저 차지하자, 각지에서 일어난 홍건적 군대들의 우두머리들이 그에게 복속했다.

세력이 커진 홍건적은 한때 원의 수도 상도上都까지 차지했었으나, 잘 조직된 군대가 아니어서 원을 무너뜨리지 못했다. 원군의 반격으로 퇴로가 차단되자, 만주로 진출했던 홍건적은 1359년 압록강을 넘어 고려를 침입했다. 홍건적은 서경(평양)을 함락시켰지만, 고려군의 반격으로 물러갔다. 그러나 1361년에 침입한 홍건적은 세력이 커서, 고려는 수도 개경까지 빼앗겼다. 고려군은 총병관總兵官 정세운鄭世雲의 지휘 아래 이방실李芳實, 안우安祐, 김득배金得培, 이성계李成桂 등의 장수들이 분전해서 간신히 홍건적을 물리쳤다. 그러나 중국에서 처음 봉기했을 때부터 포악하다는 악명을 얻은 홍건적이 국토의 태반을 휩쓴 터라, 고려는 참혹한 해를 입었다.

홍건적의 세력이 강성해지고 원의 세력이 북쪽으로 물러나자, 군대를 이끈 홍건적 우두머리들이 서로 싸웠다. 어지러운 싸움들의 궁극적 승자는 주원장朱元璋이었다. 그는 한림아를 추종하면서 세력을 키우다가 끝내 한림아를 죽이고 자신이 황제가 되어 명明을 세웠다. 이어 원을 북쪽으로 몰아내고 중국을 통일했다.

명 시대에 잦아들었던 백련교는 이족 왕조인 청清 시대에 부활했다. 처음엔 청을 배격하는 성향을 지녔었으나, 청 정부가 회유하자 의화단義和團으로 이름을 바꾸고 청 왕조를 떠받들어 외세를 배격하는 활동으로 전환했다. 이들은 1900년에 청 왕조의 부추김을 받아 외국인들을 박해했다. 이 '의화단의 난'은 결국 청과 열강 8개국과의 전쟁으로 이어졌고, 참패한 중국은 배상과 주권 훼손을 받아들여야 했다. 이 전쟁에서 재빠르게 움직인 일본군이 큰 활약을 했고, 일본의 국제적 위상이 크게 높아졌다.

일본에서도 미륵불 신앙은 민중에 대해 큰 영향력을 지녔었다. 15세기 중엽에서 16세기 중엽까지 한 세기가량 이어진 전국시대戰國時代엔 삶이 어려운 인민들 사이에서 미륵불 신앙이 널리 퍼졌다. 그 뒤로 미륵불 신앙은 민중의 봉기인 잇기一揆들에 응집력을 부여하는 이념이 되었다. 도쿠가와德川막부 체제 만기에서 메이지 시내 초기에 걸쳐 전국 각지에서 일어난 농민 봉기들인 요나오시잇기世直一揆에선 미륵불 신앙의 영향이 특히 뚜렷했다.

이처럼 중국과 일본에서 미륵불 신앙은 압제받는 인민들에게 강력한 매력을 지녀 왔고 민중 봉기에 큰 응집력을 부여했다. 조선에서도 사정은 비슷했다. 신라에 반기를 든 궁예弓裔가 자신을 미륵불이라 한 데서 그런 사정을 엿볼 수 있다. 고려 우왕禑王 때의 민간인 이금伊金과 조선 숙종肅宗 때의 불승 여환呂還이 미륵불을 자처해서 상당한 세력을 이루었다는 사실은 미륵불 신앙이 압제받는 인민들에게 큰 호소력을 지녀 왔음을 보여 준다.

동학의 종말론인 후천개벽은 다른 종교들의 종말론들과 마찬가지로, 쇠퇴한 질서가 새로운 질서로 재생된다는 주장이다. 개벽이란 말은 중국 신화에서 반고盤古라는 신이 "하늘과 땅을 열었다開天闢地"는 얘기에서 나왔다. 후천개벽은 당대에 개벽이 다시 나온다는 주장이다. 그런 개벽을 통해서 쇠퇴한 세상인 선천先天은 이상적 세상인 후천後天으로 바뀔 것이다. 최제우는 『용담유사龍潭遺詞』의 「몽중노소문답가夢中老少問答歌」에서 "십이제국 괴질운수 다시개벽 아닐런가" 하고 읊어서 후천개벽에 대한 기대를 드러냈다.

후천개벽은 미륵불 신앙과 개념적 구조가 같다. 당대에 낡은 세상이 새로운 세상으로 바뀌어 모두 잘살게 된다는 것이다. 오랜 유랑에서 많은 사람들과 만나고 사귀면서, 최제우는 조선 사회에 오랫동안 이어져 온 미륵불 신앙으로부터 지적 자양을 얻어 후천개벽이라는 종말론을 뽑아냈다. 그리고 자신이 어려서부터 섭취한 중국의 문화적 전통을 따라, 특히 유가儒家의 사상 체계를 따라 이런 종말론을 다듬어 내고 표현했다.

유가는 처음엔 사회철학으로 출발했다. 공자와 그의 제자들은 모두 어지러운 춘추전국시대春秋戰國時代의 중국 사회를 안정시킬 방안들을 모색했고 실천적 지침들을 내놓았다. 그러나 사람들은 끊임없이 세상의 근본적 이치를 찾으므로, 유가를 따르는 사람들도 초기 유가의 철학을 보완할 형이상학적 이론들을 찾게 되었다. 불교의 전래와 융성은 유가의 그런 형이상학적 이론의 부재를 더욱 심각하게 보이게 만들었다. 유가를 중흥시킨 북송北宋의 유학자들은 『역경易經』의 연구, 음양오행설陰陽五行說의 채택 및 불교의 순환적 세계관의 수용으로 대응했다.

유가가 불교의 순환적 세계관을 수용하는 과정에서 중심적 역할을 한 사람은 12세기 철학자 소옹邵雍이다. 그는 원래 도가道家의 추종자였는데 불교의 순환론적 세계관을 받아들여서 자신의 순환적 이론을 세웠다. 그는 불교의 겁에 상당하는 '원元'을 시간적 단위로 삼았는데, 원은 12만 9,600년이다. 성리학性理學이라 불리게 된 이런 유가 이론은 조선의 사상계를 지배했다.

최제우의 종말론에 깊은 영향을 준 또 하나의 전통은 도가 사상이다. 그는 1855년에 『을묘천서乙卯天書』라는 비서秘書를 얻어 신비로운 체험을 한 뒤에 수련을 시작했다. 그리고 1860년에 상제上帝를 만나는 종교적 체험을 했다. 상제는 그에게 '신령한 부적영부靈符'을 주고 "시천주 조화정 영세불망 만사지侍天主 造化定 永世不忘 萬事知"라는 주문呪文을 알려 주면서 포교하라고 일렀다. 이런 일화는 최제우의 종교적 체험이 도가의 영향 속에서 이루어졌음을 보여 준다.

놀랍지 않게도, 최제우는 자신이 맞선 서학에서도 배웠다. 그는 서학이 강력한 이념임을 인식했으니, "하늘의 때를 알고 하늘의 명을 받은 것이 아니고 무엇이겠는가此非知天時而受天命耶"라는 평가에서 그 점이 잘 드러난다. 그는 중국이 서양 세력에 침탈되는 상황이 조선에도 이를 것을 걱정했다. 그래서 그는 조선의 풍토와 상황에 맞는 종교를 창시하고 동학이라 불렀다. "나 역시 동쪽에서 나왔고 동쪽에서 [도를] 받았으니, 도는 하늘의 도이지만 학문은 동쪽의 학문이다吾亦生於東, 受於東, 道雖天道, 學則東學"라고 그는 설명했다.

특히 최제우는 조선 정부의 탄압을 받는 천주교가 포교하는 태도와 방식에서 중요한 교훈을 배웠다. 모든 종교들이 다소간 그러하지만, 기독교는 신도들에게 공격적 포교를 유난히 강조하는 종교다. 최제우는 처음부터 자신을 따르는 신도들에게 공격적으로 포교하라 일렀다. 동학의 기본 경전인 『동경대전東經大全』의 첫 편이 「포덕문布德文」이라는 점은 상징적이다.

최제우의 후천개벽 사상은 당시 조선 사회에선 혁명적 주장이었다. 조선조 중기 이후 사람들에게 큰 호소력을 지녔던 비주류 사상들은 대부분 도참설圖讖說에 속했다. 널리 읽힌 『정감록鄭鑑錄』처럼 개인들이 재앙을 피할 길을 찾거나 왕조의 흥망을 예언하는 수준이었다. 세상의 근본적 이치와 인류의 역사를 긴 시평(time horizon)에서 다룬 사상은 없었다. 당연히 후천개벽 사상은 많은 지식인들에게 영감을 주었다. 그것을 이어받아 나름으로 발전시킨 사람들 가운데 두드러진 이들은 동시대인인 일부一夫 김항金恒, 두 세대 뒤의 증산甑山 강일순姜一淳, 그리고 세 세대 뒤의 소태산少太山 박중빈朴重彬이다. 김항은 『역경』의 연구에 매진해서 후천개벽에 적용될 『정역正易』을 집필했다. 원래 동학교도였던 강일순이 창시한 증산교甑山教 와 박중빈이 창시한 원불교圓佛教에선 미륵불 신앙이 한결 두드러진다.

다른 편으로는, 최제우가 내세운 사회철학은 본질적으로 전통적이었다. 그는 새로운 사회철학을 제시하는 대신 중국의 고대 질서를 이상적으로 여긴 유가의 사회철학을 그대로 받아들였다. 그가 "[하늘이] 사람들의 귀하고 천함이 다르도록 명했다命其人貴賤之殊"라고 말한 데서 그런 사정이 선연하게 드러난다. 그는 중국의 고대 성현들이 우주와 인간 세상의 이치를 다 밝혔다고 믿었으며, 그들이 옹호한 계급사회를 자연스러운 사회 질서로 보았다.

위에서 살핀 것처럼, 최제우는 조선의 문화에 깊이 스며든 미륵불 신앙과 도가적 전통에 바탕을 두고 자신의 종말론의 토대를 마련했다. 그리고 자신이 어릴 적부터 습득한 유가적 전통에 따라 종말론과 사회철학의 구조를 세웠다. 당시 조선 사회의 전통적 종교들과 사상들이 모두 그의 종교에 흡수된 것이었다.

이처럼 제설통합(syncretism)의 특질이 짙은 덕분에, 동학은 많은 사람들의 공감을 얻었다. 불교, 유가, 도가 및 민속신앙을 따르는 사람들은 각기 자신들이 익히 알고 따르는 개념들과 이념들을 동학에서 발견했다. 더할 나위 없이 불평등하고 압제적이면서 속속들이 부패한 체제 속에서 힘든 삶을 영위하는 민중은 곧 새로운 세상이 나온다는 종말론에서 위안과 희망을 얻었다. 국가권력에 참여하지 못한 지식인들은 유가적 전통으로 짜인 실천적 강령에 쉽게 접근하고 동의할 수 있었다.

동학의 세력이 빠르게 커지자, 정부는 동학을 경계하게 되었다. 1861년 11월 경주도호부는 최제우에게 동학과 관련된 활동을 중지하라고 명령했다. 최제우가 비밀리에 포교를 계속하자 경상도는 그를 체포했다. 결국 그는 혹세무민惑世誣民의 죄를 범했다는 판결을 받고 1864년 4월에 대구의 경상감영에서 참형되었다.

교주가 처형되었어도 동학은 2대 교주 최시형崔時亨의 지도 아래 크게 발전했다. 최시형은 최제우의 먼 친척 조카였는데, 1861년에 최제우의 제자가 되었다. 정부의 탄압을 피해 은밀히 활동하면서도 그는 교세를 효과적으로 확장했다. 그는 교단을 포접제包接制로 조직해서 응집력을 강화했다. 30 내지 70호가량 되는 교도들로 이루어진 접은 접주接主가 관장했다. 접들이 여럿 생기면 포로 묶어서 대접주大接主가 관장했다.

관가의 감시를 피하면서 비밀리에 포교해 온 최시형은 경전들을 널리 반포해야 효율적 포교가 가능하다는 것을 절감했다. 그래서 1880년에 강원도 인제에 경전인간소經典印刊所를 설치해서 기본 경전인 『동경대전』을 간행하고 1881년엔 충청도 단양에서 교리를 가사체로 해설한 『용담유사龍潭遺詞』를 간행해서 교리를 전파했다. 조선 인민들을 위해서 성경이 처음 번역된 것은 만주에서 선교하던 스코틀랜드 선교사 존 로스(John Ross)의 노력 덕분인데, 그가 조선 사람들의 도움을 받아 『예수셩교 누가복음젼셔』를 심양瀋陽(선양) '문광셔원'에서 간행한 것이 1882년이다. 최시형의 통찰과 혁신을 엿볼 수 있는 대목이다.

그러나 최시형의 권위는 창시자 최제우가 누린 권위에 미칠 수 없었다. 최시형이 교주가 되자, 호서와 호남에서 큰 영향력을 지녔던 서장옥徐璋玉

은 그를 따르지 않고 자신의 추종자들로 독자적 종파를 만들었다. 최시형이 이끄는 주류는 북접北接이라 불렸고 서장옥을 따르는 종파는 남접南接이라 불렸다. 북접의 주요 인물들은 최시형을 비롯해서 그의 제자들인 김연국金演局과 손병희孫秉熙였고, 남접의 주요 인물들은 서장옥과 그의 제자들인 손화중孫和中, 김덕명金德明 및 김개남金開男이었다. 1894년의 고부 봉기 뒤에는 동학 입교가 늦었던 고부 접주 전봉준이 남접의 중심적 지도자로 떠올랐다.

동학의 세력이 커지자, 교도들 사이에선 자신들을 억압하는 정부에 맞서 종교적 자유를 찾으려는 움직임이 일었다. 교조 최제우가 혹세무민의 죄목으로 처형된 것이 탄압의 근거였으므로, 종교적 자유를 찾으려는 움직임은 자연스럽게 교조의 억울함을 푸는 것을 목표로 삼게 되었다. 이런 교조 신원 운동教祖伸冤運動은 서장옥과 그의 제자들이 주동했다. 최시형을 비롯한 교단의 지도자들은 그것이 불러올 정부의 반응을 걱정해서 소극적 태도를 보였다.

1892년 12월 서장옥의 주도로 전라도 삼례역에서 교조 신원을 위한 집회가 열렸다. 수천이 모인 이 집회에서, 교도들은 전라도와 충청도의 관찰사들에게 교조의 신원과 교도들에 대한 탄압의 중지를 요구했다. 전라도 관찰사 이경직李耕稙은 "교조의 신원은 관찰사의 권한 밖이라서 받아들일 수 없지만, 향리鄕吏들의 탄압은 금지하겠다"고 회답했다.

서장옥을 비롯한 운동의 지도자들은 관찰사들에 대한 청원으로는 문제를 풀 수 없다는 것을 깨닫고 직접 국왕에게 호소하기로 했다. 1893년 2월 박광호朴光浩를 소두疏頭로 한 40여 인의 교도들이 경복궁 광화문 앞에 엎드려 교조의 신원을 상소했다. 그런 복합상소伏閤上訴는 대담한 시도였지만, 효과를 보지 못했다. 고종은 처음엔 너그럽게 타이르다

교조 신원 운동에 고종은 더욱 심한 탄압으로 대응했다. 이에 동학교도들의 응집력이 커진 상황에서 고부민란이 일어난 것이었다.

가 곧바로 더욱 심한 탄압으로 대응했다. 상소의 주모자들은 체포되고 전라도 관찰사와 한성부 판윤은 동학교도들을 제대로 다루지 못했다는 이유로 문책을 받았다.

상황이 오히려 악화되자, 최시형은 적극적 대응에 나서서 1893년 3월에 충청도 보은에서 대규모 집회를 열었다. 거기 모인 2만 가량의 교도들은 "척왜양 창의斥倭洋倡義"의 깃발을 내걸어 서학에 맞선 동학의 정체성을 분명히 했다. 그리고 돌로 성을 쌓으면서 정부에 대항할 뜻을 드러냈다. 뜻밖의 사태에 당황한 정부는 어윤중을 양호순무사兩湖巡撫使로 삼아 회유에 나섰다. 이윤중은 동학교도들을 침탈하는 향리들을 처벌하겠다고 약속하면서, 끝내 정부의 회유에 따르지 않으면 무력으로 대응할 수밖에 없다는 뜻을 밝혔다. 그의 설득이 주효해서, 보은에 모인 교도들은 해산했다.

이처럼 교조 신원 운동을 통해서 동학교도들의 응집력이 커진 상황에서 고부민란이 일어난 것이었다. 자연히 그 민란은 처음부터 동학교도들이 주도하게 되었다. 그리고 당시 전라도의 남접엔 걸출한 지도자들이 많아서 이들을 효과적으로 이끌 수 있었다. 혁명의 기운이 무르익은 것이었다.

동학란

고부에서 민란이 일어나자, 정부는 조병갑을 파면하고 인근 용안현의 현감인 박원명朴源明을 고부군수로 임명해서 사태를 수습하도록 했다. 현지 사정을 잘 아는지라, 박원명은 봉기한 인민들의 호소를 들어주면서 전임자의 잘못들을 시정하겠다고 약속했다. 당장의 학정과 불의에 맞서 일어섰지만 사회를 근본적으로 개혁할 계획이 없던 터라, 인민들은 현감의 약속을 선뜻 받아들였다. 사건의 확대를 막으려는 최시형의 뜻이 알려지자, 봉기를 주도한 동학교도들도 그런 민심을 따랐다.

이어 고부군 안핵사按覈使로 임명된 이용태李容泰가 상당한 병력을 이끌고 왔다. '자세하게 살피고 조사하는 관리'라는 뜻을 지닌 안핵사는 지방에 변고가 있을 때 사정을 자세히 살피고 사건의 처리 방안을 조정에 건의하고 조정의 지시에 따라 사건을 수습하는 임무를 띤 임시 직책이었다. 그는 봉기한 인민들의 대표들과 면담하고 그들의 요구 사항을 들어주겠다고 약속했다. 인민들은 안핵사의 약속을 받아들여 스스로 해산했다.

응급조치를 마치자 이용태는 고부민란의 진상을 조사하기 시작했다. 민란에 대한 조사가 진행되자, 이용태는 이번 민란이 극심한 수탈에 견디지 못한 농민들의 자연발생적 민란에 그치는 것이 아니라 동학교도들이 주도한 봉기라는 성격도 아울러 지녔음을 깨닫게 되었다. 안핵사에 임명될 때 그는 전라도 남해안 장흥도호부의 부사였고 그 전에는 경기도 남양도호부의 부사를 지냈다. 장흥과 남양은 동학의 교세가 큰 지역이 아니어서 그는 동학의 성격과 세력에 대해 잘 알지 못했다. 안핵사가 되어 고부민란의 원인과 경과를 살피면서 비로소 그는 동학의 반체제적 교리와 거대한 세력에 대해 알게 되었다.

고부민란이 단순한 농민 봉기에 그치지 않고 동학교도들이 주도한 봉기라는 그의 진단과, 봉기의 주모자들인 동학교도들을 찾아내어 엄하게 다스려야 한다는 그의 처방은 이미 동학교도들의 교조 신원 운동을 근심하던 조정의 지지를 받았다. 조정의 격려를 받자, 이용태는 이번 봉기에 참가한 동학교도들의 색출에 들어갔다.

안핵사의 임무를 제대로 수행하려는 생각에서 나왔지만, 이용태의 그런 결정은 비현실적 조치였다. 민란에 가담한 사람들 가운데서 동학교도들을 가려내는 일은 정상적인 행정 조직으로도 어려운 과제였다. 그가 거느린 병력은 정규군이 아니라 대부분 전라도 남부의 역들에서 급히 징발한 역졸驛卒들이었다. 관노 신분의 역졸들이 낯선 고을에서 역적들을 찾아내는 임무를 맡았으니, 그들이 문제를 일으키지 않았다면 그것이 이상할 터였다. 동학교도들의 색출에 나선 병사들은 인민들을 무리하게 수색하고 체포했으며, 용의자들을 살해하는 일까지 나왔다.

민심이 분노하자 전봉준은 다시 기병하기로 결정했다. 1894년 3월 그는 인근의 접주들에게 통문을 보내 함께 봉기하자고 호소했다. 그의 호소는 큰 호응을 얻어, 전봉준의 군사들이 주둔한 고부 백산白山으로 많은 동학교도들이 모여들었다. 봉기를 이끈 전봉준은 사령관인 동도대장東徒大將으로 추대되고 손화중과 김개남은 총관령總管領에 임명되었다.

전봉준은 1855년(철종 6년)에 전라도 고창에서 태어났다. 그는 몸집이 작아서 '녹두'라는 별명을 얻었는데, 그런 사정으로 봉기한 뒤엔 '녹두장군'이라 불렸다. 그의 부친은 가난한 양반이었고, 그 자신도 작은 농토를 경작하면서 훈장으로 가계를 꾸려 나갔다. 자연히 사회 현상에 대한 불만이 컸고 신분 상승의 욕구가 강했다. 그래서 한동안 한성의 정세를 살피면서 흥선대원군의 식객 노릇도 했었다.

전봉준은 35세가 되던 1890년에 뒤늦게 동학에 입교했다. 그러나 얼마 지나지 않아서 최시형은 그를 고부 지역의 접주로 임명했다. 1892년 그의 부친은 군수 조병학의 탐학에 저항하다가 모진 매를 맞고 죽었다. 1893년 12월 농민들이 군수에게 두 차례 진정할 때 전봉준은 소장에 맨 먼저 이름을 올리는 장두狀頭였고, 이듬해의 봉기에서도 인민들을 이끌었다. 동학에 먼저 입교했고 더 많은 교도들을 이끄는 대접주들인 손화중이나 김개남이 있었음에도 불구하고 전봉준이 동학군 사령관에 추대되었다는 사실은 전봉준의 인품과 능력을 보여 준다.

마침내 1894년 4월 초순 조직을 갖춘 동학군은 고부 관아를 다시 점령했다. 그리고 이웃 부안을 점령한 뒤, 황토현黃土峴에서 전주 감영의 관군을 야습으로 크게 깨뜨렸다. 이어 정읍, 흥덕, 고창, 무장을 장악했다. 전봉준 휘하의 동학군이 기세를 올리자, 남접의 영향권인 충청도의 회덕, 논산과 경상도의 성주, 칠곡, 대구, 하동에서 동학교도들이 봉기했다. 최시형이 남접의 무장 반란에 회의적이었던 까닭에, 북접의 영향권인 충청도 보은 이북에선 동학교도들이 전라도의 반란에 호응하지 않았다.

진정되어 가던 고부민란이 다시 악화되자, 정부는 안핵사 이용태를 파면하고 책임을 물어 경상도 김산(김천)군으로 유배시켰다. 이용태가 동학교도들을 색출한 것은 분명히 비현실적 결정이었고, 그런 결정을 집행한 병사들의 행패를 예상하지 못한 것은 중대한 불찰이었다. 그러나 동학교도의 2차 봉기의 책임을 모두 그에게 돌리는 것은 정당화될 수 없다.

먼저, 이용태는 자신의 임무를 충실히 수행했다. 고부군 안핵사의 임무는 고부민란의 성격을 밝히고 대책을 마련해서 중앙정부에 보고한 뒤 정부의 지시를 받아 시행하는 것이었다. 안핵사 이용태의 임무는 사태의 진정에 주력한 고부군수 박원명의 임무와는 본질적으로 달랐다. 따라서 사태가 진정된 뒤 이용태가 봉기의 진상에 대해 깊이 캐고 동학의 역할을 밝혀낸 것은 그가 자신의 임무의 성격을 제대로 깨닫고 충실히 직무를 수행했다는 것을 뜻한다.

다음엔, 이용태에게 주어진 자원은 그의 임무에 비해 너무 부족했다. 재정적으로 파탄을 맞은 조선 정부가 안핵사에게 임무에 필요한 자원을 충분히 지원해 줄 수는 없었다. 주로 민란을 진압하고 실정을 살피고 대책을 마련하기 위해 설치되었으므로, 안핵사는 병력을 지휘해야 했다. 그러나 임시직인 터라, 안핵사로선 갑자기 여러 군데서 뽑아서 편성했고 임무가 끝나면 헤어질 군대를 통제하기가 무척 어려웠다. 게다가 일이 잘못되면 안핵사가 책임을 뒤집어쓸 가능성이 높았다. 자연히 누구도 안핵사가 되는 것을 달가워하지 않았고, 흔히 칭병稱病해서 피했다. 이용태의 경우 그런 책무와 권한의 괴리가 유난히 컸다.

근본적 문제는 조선왕조와 동학교단이 공존하기 어려운 체제들이었다는 사실이다. 조선왕조는 성리학을 기본 이념으로 삼은 전제군주 체계였다. 동학교단은 후천개벽 사상을 기본 이념으로 삼은 종교적 체계였다. 조선왕조는 14세기에 성립한 뒤 처음으로 자신의 근본이념을 본질적으로 부정하는 혁명 세력과 마주친 것이었다. 조선왕조와 동학교단은 조만간 충돌할 수밖에 없었다.

이처럼 이용태는 감당할 수 없는 임무를 맡아 애쓰다가 중앙정부에 의해 희생양이 되었다. 당시 사람들이 거의 다 그렇게 여겼다는 것을 그의 경력이 보여 준다. 그는 1894년 4월 안핵사에서 파직되어 1895년 6월까지 김산군에 유배되었다가 1897년에 다시 기용되어, 중추원 의관議官, 최고법원인 평리원平理院의 재판장, 시강원侍講院 첨사, 궁내부宮內府 특진관 등을 역임했다. 1901년엔 미국 주차 특명전권공사와 일본 주차 특명전권공사로 활약했다. 1905년 이용태가 학부대신 임시서리를 할 때 제2차 한일협약(을사조약)이 체결되자, 조약의 체결에 협력한 대신들의 처벌을 주장하는 상소를 올렸다. 1907년엔 나인영羅寅永과 오기호吳基鎬 등이 주도한 을사오적乙巳五賊 암살 모의에 이용태가 거사 자금을 제공한 것이 탄로 나서 10년형을 선고받아 1908년까지 전라도로 유배되었다. [나인영은 뒤에 나철羅喆로 개명하고 단군을 모시는 대종교大倧教를 창시한다.] 그럼에도 1910년 한일합방에 기여한 공으로 남작이 되었고 1922년에 죽었다.

전주 감영의 관군이 패배하자 중앙정부는 홍계훈洪啓薰을 양호초토사兩湖招討使로 임명해서 동학군을 진압하도록 했다. 홍계훈이 이끈 장위영壯衛營 병력 800여 명은 해로로 군산포에 상륙했다. 그러나 사기가 떨어지고 도망자들이 나와서, 관군은 전주에 도착했을 때는 전력이 크게 약화되었다. 홍계훈은 중앙정부에 증원병을 요청하고 아울러 청에 구원병을 요청하는 방안을 제시했다. 그의 비관적 전망대로 관군은 4월 하순의 장성 황룡촌黃龍村 싸움에서 동학군에 패배했다. 승세를 몰아 동학군은 전주성을 쉽게 얻었다. 자력으로 동학군을 제압할 수 없다는 것을 깨닫자, 조선정부는 홍계훈의 건의대로 청에 반란군을 진압할 병력을 요청했다.

이처럼 가볍게 외국 군대를 들여오려는 태도는 물론 문제적이었다. 그러나 당시 조선의 왕실과 정부 관리들과 대부분의 지식인들은 위기를 맞아 청에 병력을 요청하는 것은 당연하다고 여겼다. 청은 조선의 종주국이었으므로 조선을 보호할 궁극적 책임은 청이 져야 한다는 논리였다. 1881년 조선과 미국이 수호통상조약을 맺을 때 조선이 제시한 조약 초안의 제1조는 "조선은 청조淸朝의 속국이다"였다.

청은 파병을 응낙했다. 그리고 갑신정변을 수습하기 위해 청과 일본이 맺은 천진(톈진)조약天津條約에 따라 일본에 조선 출병을 통보했다. 일본은 갑신정변으로 잃은 조선에 대한 영향력을 회복할 기회가 왔다고 판단해서 대규모 병력을 파견하기로 결정했다.

홍계훈이 이끈 관군은 동학군을 따라 전주에 이르렀다. 동학군은 두 차례 성 밖으로 출격했으나 화력이 우세한 관군에게 패했다. 동학군의 사기가 떨어지자 홍계훈은 국내외 사정을 들어 동학군 지도부를 회유했다. 이번 봉기와 관련된 고부군수, 고부군 안핵사, 전라도 관찰사 등이 파면되었고 앞으로 관리들의 수탈을 막겠으니, 청과 일본의 군대가 들어오게 된 상황을 고려해서 군대를 해산하라는 호소였다. 고종도 윤음綸音을 내어 고향으로 돌아가 생업에 종사할 것을 권했다.

동학군은 전주성을 장악했지만, 실제로는 성안에 갇힌 채 관군의 포격을 받는 상황이었다. 절망과 분노로 일어난 민란은 봉기 초기엔 기세가 불길처럼 타오르지만, 그 기세가 오래가기 어렵다. 민란에 참여한 인민들은 응집력이 약하고 군대로 조직하기가 쉽지 않다. 고향에서 벗어나 본 적이 드문 농민들이 외지에서 여러 날 지내면 집안일과 농사가 걱정이 되어 고향으로 돌아가려는 생각이 일게 마련이다. 자연히 동학군의 사기는 급격히 떨어지고 탈주병들이 늘어났다.

이처럼 전망이 암담해지자, 동학군 지도부는 홍계훈의 제안을 받아들이기로 하고 화약의 조건들을 내걸었다. 그 조건들은 크게 보아 둘이었으니, 하나는 관리들과 양반들이 인민들을 침학하는 것을 막을 조치들이었고, 다른 하나는 외국 상인들의 침투를 막아서 인민들의 생계를 보장하는 조치들이었다. 홍계훈은 전봉준이 제시한 조건을 받아들였다. 5월 7일 맺어진 '전주화약全州和約'에 따라 동학군은 전주성을 나와 해산했다.

싸움은 그쳤지만, 동학군의 점령으로 무너진 행정 조직은 바로 복구될 수 없었으므로, 치안과 행정을 위해선 동학교도들의 협력이 필요했다. 양호순변사兩湖巡邊使 이원회李元會는 '전주화약'을 이행하겠다는 뜻을 밝히고 동학교도들이 고을에 집강소執綱所를 두어 스스로 일들을 처리하고 어려운 문제들은 전라감영에 호소하도록 했다. 이런 조치에 따라 전라도 관찰사 김학진金鶴鎭은 전봉준을 감영으로 초치해서 수습책을 협의했다.

결국 전라도 53군현의 관아 안에 집강소가 설치되었고, 전주에 설치된 대도소大都所가 집강소들을 관장했다. 집강소의 우두머리인 집강執綱엔 동학교도들이 임명되었다. 집강은 실질적으로 관할 고을을 다스렸고, 정부에서 임명한 수령들은 동학교도들의 지지를 받지 못하면 자리를 보전할 수 없었다. 전봉준은 전주를 포함한 서쪽 전라우도 지역을, 김개남은 전라좌도 지역을, 그리고 손화중은 남쪽 광주 지역을 나누어 맡았다.

이처럼 동학교도들이 전라도를 장악하자 동학의 위세와 명망은 크게 높아졌다. 경상도와 충청도에선 교세가 더욱 커졌고 경기도, 강원도, 황해도 및 평안도에서도 새로 세력이 생겼다.

이때 흥선대원군으로부터 전봉준에게 비밀지령이 내려왔다. 즉시 다시 기병하라는 얘기였다. 처음부터 흥선대원군의 지시를 받아 움직인 전봉준은 서둘러 기병을 준비하기 시작했다. 마침 추수가 끝나서 농민들로 이루어진 동학군이 기병하기에 좋았다.

1893년 가을 전봉준은 흥선대원군을 찾아갔다. 한때 자신의 식객이었던 전봉준이 동학의 접주가 되었다는 것을 알자, 흥선대원군은 전봉준을 통해 동학교도들을 움직여서 자신의 정치적 목적을 이루기로 마음먹었다. 그는 전봉준에게 자금을 지원하면서, 동학교도들을 이끌고 봉기하라고 권했다.

흥선대원군은 둘째 아들 고종이 즉위한 뒤 10년 동안 섭정으로 나라를 다스렸다. 그러나 고종이 장성해서 친정을 하게 되자, 부자가 권력을 놓고 다투는 상황이 되었다. 생부인 흥선대원군과 공개적으로 다투기 어려운 고종은 민비 일족을 통해서 흥선대원군을 압박했다. 아들 고종에 대한 서운함과 며느리 민비에 대한 미움에 사로잡혀서, 흥선대원군은 그의 뛰어난 정치적 감각이 마비되었다. 그는 고종을 폐위시키고 자신의 다른 아들들인 이재면李載冕과 이재선李載先을 대신 국왕으로 세우려 시도했고, 뒤엔 장손인 이준용李埈鎔을 국왕으로 만드는 데 힘을 쏟았다. 흥선대원군과 고종 부자의 권력 다툼은 조선이 독립을 잃게 된 근본적 요인들 가운데 하나였다.

교조 신원 운동으로 드러난 동학의 커다란 세력에서 흥선대원군은 자신의 꿈을 이룰 길을 보았다. 실제로 그가 '복합상소'를 교사했다는 소문이 돌았다(뒷날 동학란이 실패하고 체포된 전봉준이 문초를 받을 때, 그를 심문한 관리들은 주로 그와 흥선대원군과의 관계를 밝히려 애썼다).

흥선대원군의 지원을 받아 전봉준은 본격적으로 봉기를 준비하기 시작했다. 그는 흥선대원군의 복위를 자신이 시도하는 봉기의 정치적 목표로 삼았고, 기회가 나올 때마다 봉기의 목표가 "국태공國太公의 복위"라고 알렸다. 전봉준이 흥선대원군과 관계가 깊다는 것을 드러낸 것은 다분히 전략적이었다. 흥선대원군과의 관계는 시골에서 민란을 조직하는 전봉준에게 큰 권위를 부여했다. 그리고 나라 전체의 개혁과 운명에 대해 식견을 갖추지 못한 전봉준이나 다른 동학교도들에게 구체적 정치 개혁 프로그램을 마련하는 일을 흥선대원군의 복위 이후로 미룰 수 있도록 했다. 무엇보다도, 흥선대원군을 복위시킨다는 목표를 내세우면 왕실에 대한 반란의 혐의를 벗어날 수 있었다.

그러나 첫 봉기는 너무 쉽게 가라앉아서 흥선대원군에게 도움이 될 수 없었다. 1894년 4월의 2차 봉기로 전라도가 동학교도들의 세상이 되었어도 흥선대원군에겐 권력을 잡을 기회가 오지 않았다. 그러다가 청과 일본이 군대를 파견하자 그에게 뜻밖의 기회가 찾아왔다.

1894년 6월 일본 정부는 청과의 전쟁을 결정하고 조선 정부를 무력으로 장악한다는 방침을 세웠다. 오토리 게이스케大鳥圭介 조선 주재 공사는 청의 종주권을 드러낸 「중조 상민수륙무역장정中朝商民水陸貿易章程」의 폐기와 속국을 보호한다는 명목으로 조선의 자주독립을 침해하는 청군의 철퇴를 요구했다. 조선 정부는 국내의 개혁은 자주적으로 수행할 것이며, 반란이 수습되었으므로 청군과 일본군이 함께 철수해야 한다고 회답했다.

조선 정부의 회신은 합리적이었다. 그러나 이미 조선 정부를 장악하기로 결정한 일본은 조선 정부의 정책을 받아들이지 않았다. 용산에 머물던 일본군 혼성9여단은 다음 날 새벽에 왕궁을 공격해서 점령하고 고종을 자신들의 통제 아래 두었다. 오토리는 흥선대원군에게 권력을 맡기고 새 정부를 구성하도록 했다. 일본의 뜻에 따라 흥선대원군은 청과 조선 사이의 종번宗藩 관계가 해소되었다고 선언하고 "아산에 머무는 청군을 일본군이 소탕해 주기 바란다"고 오토리 공사에게 공식적으로 요청했다. 이런 요청에 근거를 두고 일본군은 곧바로 청군에 대한 공격에 나섰다.

흥선대원군은 고종을 폐하고 자신의 손자인 이준용을 국왕으로 옹립해 달라고 오토리 공사에게 요구했다. 물론 일본으로선 그런 요구를 받아들일 수 없었다. 정통성을 지닌 국왕을 외국 군대가 폐하는 것은 조선인들을 적으로 돌리고 국제사회의 비난을 부르는 일이었다. 흥선대원군이 계속 고종의 폐위를 요구하자, 일본은 아예 그를 정부에서 몰아내고 김홍집이 이끄는 내각을 통해서 뒤에 갑오경장甲午更張으로 불리게 된 근본적 개혁 조치들을 시작했다.

달포 만에 권력에서 밀려난 흥선대원군은 다시 권력을 쥘 길을 찾았다. 일본군의 주력이 청군을 쫓아 북쪽으로 올라갔으므로, 조선 남쪽에서 동학군이 다시 일어나면 일본군이 회군하기 전에 한성을 점령할 수 있으리라고 그는 판단했다. 몇만 명의 동학군이 한성을 차지하면 일본군도 어쩔 수 없으리라는 계산이었다. 그리고 겨울이 되어 압록강이 얼어붙으면 청이 증원군을 보내서 일본군을 꺾거나 적어도 견제할 수 있으리라고 예상했다. 그는 손자 이준용을 통해서 전봉준에게 자신의 뜻을 전했다.

흥선대원군의 지령을 받자, 전봉준은 바로 기병을 준비했다. 9월 중순 "일본을 물리치자斥倭"라는 구호를 내걸고 전봉준이 전주에서 기병하고 손화중이 광주에서 기병하자, 각지에서 동학군들이 호응했다. 전라도의 고을마다 집강소가 설치되었으므로 동학교도들의 응집력은 컸고, 10월까지 삼례역에 모인 동학군은 11만에 가까웠다. 교도들의 여론이 기병으로 기울자, 최시형도 자신의 신념을 접고서 손병희에게 모병을 지시했다. 마침내 전봉준이 이끈 남접의 1만 명과 손병희가 이끈 북접의 1만 명이 충청도 논산에서 합류했다. 이들은 북쪽 공주를 향해 움직이기 시작했다.

당시 전라좌도를 관장한 김개남은 전봉준과 함께 움직이지 않았다. 그는 남원을 근거로 삼아 금산, 무주, 용담, 장수 등지들 관장했고 순천에 영호도회소嶺湖都會所를 설치해서 경상도 서남부까지 영향을 미치고 있었다. 그는 조선왕조를 무너뜨리고 동학의 교리를 따르는 새로운 왕조를 건설하는 것을 목표로 삼았고, 휘하의 군대로 금산과 청주를 거쳐 한성으로 진격한다는 계획을 세웠다. 그는 본명이 영주永疇였는데, '남쪽에 새로운 세상을 연다'는 뜻에서 개남으로 바꿨다. 자연히 그는 전봉준이 흥선대원군을 공공연히 떠받드는 것을 못마땅하게 여겼다.

동학군이 이처럼 북상할 때, 중앙정부는 관군과 일본군으로 이루어진 진압군을 내려보냈다. 관군은 2,800명가량 되었고 일본군은 2,700명가량 되었다. 그리고 각지에 양반계급으로 이루어진 민보民堡가 조직되어서 동학군에 맞섰다. 일본군 독립보병 19대대가 주력인 진압군은 세 갈래로 남진하면서 봉기한 동학군을 격파했다. 진압군의 실질적 지휘관은 19대대장 미나미 고시로南小四郎 소좌였다.

동학군이 모인 논산에서 공주로 진출하는 길은 둘이었으니, 하나는 이인역을 거치는 서쪽 길이었고, 다른 하나는 노성을 지나는 동쪽 길이었다. 병력이 우세한 동학군은 두 방면에서 동시에 공주를 공격하기로 했다. 동쪽 방면의 동학군은 처음엔 관군에 크게 이겨서 공주 감영에서 10리 남짓한 효포까지 진출했다. 그러나 진지전이 벌어지자 죽창으로 무장한 동학군은 무기에서의 현저한 열세를 극복하지 못해서 큰 손실을 입고 물러났다.

서쪽 이인역을 거쳐 북상한 동학군은 11월 9일 우금치에 포진한 진압군 부대를 공격했다. 이 부대는 서쪽으로 내려온 일본군 제19대대 2중대가 주력이었고 경리청經理廳 병력 280여 명이 합류했다. 중대장 모리오 마사이치森尾雅一 대위는 병력을 우금치를 감제하는 봉우리들에 배치하고 동학군을 맞았다. 아침부터 오후 늦게까지 이어진 싸움에서 동학군은 여러 번 공격했으나 적진을 점령하는 데 실패했다. 제대로 조직되지 않은 농민군이 변변한 무기도 없이 미리 고지에 기관총 진지들을 구축한 일본군을 공격했으니 참혹한 결과가 나올 수밖에 없었다. '우금치 싸움'에서의 패배로 동학란은 실질적으로 끝났다.

이어진 진압군의 반격에 동학군은 큰 손실을 보고 물러났다. 소수의 병력으로 진압군에 맞선 노성과 금구에서 잇달아 패하면서, 전봉준이 이끈 동학군 주력은 사라졌다. 독자적으로 청주를 공격했던 김개남 휘하의 동학군도 참패해서 흩어졌다. 손병희가 이끈 북접 병력은 일본군에 밀려 순창까지 내려갔다가 본거지인 충청도로 올라왔다. 그러나 진압군의 공격을 받자 충주에서 해산했다.

전봉준은 관군의 수색을 피해 다니다 11월에 전라도 순창에서 붙잡혔다. 재판 과정에서 그는 모든 책임이 자신에게 있다고 시종 주장했다. 그는 혹독한 신문에도 흥선대원군과의 관계를 부인했고, 기병할 때 최시형의 허락을 받지 않았다고 진술했다. 그는 이듬해 3월에 사형 판결을 받고 동지들과 함께 처형되었다. 그보다 앞서 김개남이 죽었다. 그는 태인에 숨었다 붙잡혔는데, 전주에서 처형되어 한성에서 효수梟示되었다.

동학란이 실패하자 동학의 교세도 잦아들었다. 교단의 지도자들은 모두 죽거나 붙잡히거나 숨어 살아야 했다. 1898년 최시형이 순교하자 손병희가 3대 교주로 동학교단을 이끌었다.

손병희는 1861년 청주에서 태어났다. 1882년 동학에 입교한 뒤 최시형의 신임을 얻어 교단에서 중요한 역할을 했다. 남접이 봉기했을 때, 최시형을 비롯한 북접 지도부와 마찬가지로 그는 남접의 행동을 부정적으로 보았었다. 그러나 교도들의 다수가 봉기를 지지하게 되어 북접도 봉기에 가담하게 되자, 그는 통령統領이 되어 1만가량 되는 북접군을 이끌고 전봉준이 이끈 남접군과 합류했다.

봉기가 실패한 뒤 손병희는 동학이 살길을 찾고자 서학에 눈길을 돌렸다. 1902년 그는 미국으로 건너가서 문물을 살피려 했지만, 일본 당국의 방해로 일본에 머물게 되었다. 1904년 러일전쟁이 일어나자 그는 함께 일본에 머물던 이용구李容九를 귀국시켜 교도들로 진보회進步會를 조직했다. 이 단체는 빠르게 성장했지만, 조선 정부의 탄압과 동학 세력을 이용하려는 통감부의 회유를 함께 받았다. 결국 일본의 선의를 믿고 통감부의 정책에 순응한 이용구는 송병준宋秉畯과 함께 일진회一進會를 조직했다.

이용구의 배신으로 위기를 맞자, 손병희는 동학이 정치적 활동을 줄이고 종교적 활동에 주력해야 되살아날 수 있다고 판단했다. 그런 판단을 실천하기 위해 1905년 12월 그는 동학을 천도교天道教로 개칭했다. 이 이름은 『동경대전』「포덕문」의 "그 도가 하늘의 도이고 그 덕이 하늘의 덕이다道則天道, 德則天德"에서 나왔다. 아울러 그는 교조 최제우의 근본 사상인 '시천주'에서 '인내천人乃天'이라는 사상을 뽑아내어 종지로 내세웠다. '하느님을 모신다'라는 사상에서 '사람이 곧 하느님이다'라는 사상으로 진화한 것이다.

1906년 초에 귀국하자, 손병희는 천도교의 강령과 조직을 정비했다. 그는 이용구를 회유했으나, 이용구가 반발하자 이용구 일파 60여 명을 교단에서 제명했다. 이용구는 추종 세력을 이끌고 시천교侍天教를 창시했다. 이 이름은 동학의 주문 "시천주 조화정 영세불망 만사지"에서 나왔다. 이용구가 동학교단의 재정을 관장하면서 교단의 재산을 자기 명의로 해 놓았으므로, 시천교가 동학교단 재산의 대부분을 물려받았다. 게다가 통감부의 지원을 받았으므로 시천교는 재정이 풍족했고, 자연히 교세가 컸다.

반면에 천도교는 재정이 궁핍했다. 교단은 교도들이 한 줌씩 내는 성미誠米에 의존해서 근근 꾸려 갔는데, 한일합방 뒤에는 조선총독부가 그것마저 금했다. 그러나 교도들의 헌금이 이어져, 차츰 상황이 나아졌다.

바뀐 상황에 적응해서 천도교로 개칭하고 정치적 활동을 줄였지만, 동학의 후천개벽 사상에 내재한 혁명적 특질은 교도들의 마음에서 이어졌다. 1919년 봄 조선 사회에서 독립운동이 용암처럼 분출했을 때,

그 힘찬 운동을 천도교가 주도하도록 한 힘의 원천이 바로 그런 혁명적 특질이었다.

동학란에 대한 평가

동학란은 조선조 말기에서 가장 중요한 사건이었다. 무엇보다도, 반란의 규모가 컸다. 고부 봉기는 작은 민란이었지만, 2차 봉기는 관군이 진압하지 못할 만큼 세력이 컸고 결국 동학교단이 전라도를 실질적으로 장악하게 되었다. 3차 봉기는 권력의 장악을 목표로 삼은 전국적 반란이었고, 46회의 싸움들에 참가한 동학군은 13만 명이 넘었다.

동학란은 조선의 운명을 근본적으로 바꾸어 놓았다. 동학란을 진압하기 위해 조선 정부가 불러들인 청군은 일본군의 동시 파견을 불러서 청일전쟁으로 이어졌다. 우발적으로 일어난 그 전쟁에서 일본이 이기면서 조선은 일본의 강요로 청과의 종번 관계를 청산했다. 엄두도 내지 못했던 청으로부터의 독립을 얼떨결에 이루었지만, 스스로 찾은 독립이 아니어서 궁극적으로 일본의 지배 속으로 들어가는 계기가 되었다. 아울러 일본이 강요한 갑오경장의 개혁 조치들은 중세 사회였던 조선을 근대 사회로 바꾸기 시작했다.

동학란의 영향은 조선을 넘어 동아시아 전체에 미쳤다. 청일전쟁은 동아시아의 형세를 근본적으로 바꾸어 놓았다. 청에 일방적으로 이긴 일본은 중국으로부터 영토들을 할양받아서 대륙으로 진출할 해두보들을 마련하고, 막대한 배상금으로 공업 발전에 필요한 자금을 조달할 수 있었다. 중국의 허약함이 드러나자 서양 열강들은 중국을 반半식민지로 만들었다. 그래서 청일전쟁을 변곡점으로 해서 역사는 누구도 예측하지 못한 방향으로 전개되었다.

자연히, 그런 역사의 전재 과정을 보다 깊이 이해하려면 우리는 먼저 동학란이 실패한 원인을 살펴야 한다. 보다 구체적으로, 1차 봉기와 2차 봉기에서 쉽게 성공했던 동학란이 왜 3차 봉기에선 비참하게 실패했는가 살펴야 한다.

먼저 꼽아야 할 것은, 동학란에 참가한 사람들이 뚜렷하고 이룰 수 있는 목표를 추구하지 못했다는 사실이다. 무슨 일이든 그렇지만 전쟁에선 뚜렷하고 이룰 수 있는 목표를 일관되게 추구하는 것이 근본적 중요성을 지닌다. 전쟁의 양당사자들은 수많은 사람들을 동원해서 모든 것들을 걸어 놓고 한쪽이 항복하거나 양쪽이 다 지칠 때까지 상대와 싸운다. 당연히, 그렇게 필사적으로 싸우는 이유와 목표를 뚜렷이 밝히고 그 목표를 흔들림 없이 추구하지 않으면, 전쟁에서 이기기 어렵다.

군대의 본질적 특질은 합리성이다. 적군과 싸워서 이기기 위해 존재하므로 모든 군대는 합리적으로 진화한다. 비합리적인 부분이 있으면 그만큼 싸움에서 불리해지고, 비합리적 특질들이 짙은 군대는 싸움에서 져서 멸망한다. 자연히 군대마다 나름으로 합리적 행태를 지니도록 애쓰며, 그런 노력은 흔히 '국가적 전쟁 원리(National Principles of War)'라 불리는 규범으로 정리된다.

역사상 가장 강력한 군대인 현대 미군의 경우, '전쟁 원리'는 9개의 원리들로 이루어졌는데, 근본적 중요성을 지닌 것은 '목표(Objective)의 원리'다. 미군 야전 교범은 이 원리를 "모든 군사적 작선들을, 명확하게 정의되고 결정적이고 이룰 수 있는 목표에 지향하라(Direct every military operation toward a clearly defined, decisive and attainable objective)"라고 부연한다.

'목표의 원리'는 영국군의 교리에서도 두드러진다. 영국군의 '전쟁 원리'는 20세기 전반기에서 가장 뛰어나고 영향력이 컸던 전쟁이론가 풀러(J. F. C. Fuller)의 이론에 바탕을 두었는데, 10개의 원리들 가운데 으뜸은 '목표의 선정과 유지(Selection and Maintenance of the Aim)'이다. 이 원리는 '주된 전쟁 원리(the master principle of war)'라 일컬어진다.

세 차례의 봉기들로 이루어진 동학란의 경우, 뚜렷이 제시된 목표가 없었고, 봉기들에 참여한 사람들이 이심전심으로 공유한 목표들도 계속 바뀌었다. 1차 봉기인 고부민란은 군수 조병갑의 농민들에 대한 침탈로 촉발되었다. 그래서 군수의 교체와 부당하게 징수된 수세의 환급이 봉기에 참여한 인민들이 공유한 목표였다. 이런 조건이 충족되자 민란은 바로 진정되었다.

2차 봉기는 고부군 안핵사 이용태의 비현실적인 동학교도 색출 시도로 일어났다. 원래 동학교도들을 결집시킨 것은 종교적 자유를 획득하려는 열망이었고, 그런 열망은 '교조 신원 운동'의 형태로 나타났다. 자연히 2차 봉기는 큰 세력을 얻어서 관군을 쉽게 이겼다. 정부군의 양보로 맺어진 '전주화약' 덕분에 동학교도들은 종교적 자유를 얻었을 뿐 아니라 전라도를 실질적으로 지배하는 세력이 되었다. 늘 중앙의 집권 세력이 강대해서 지방에서 일어난 반란이 성공한 적이 드문 조선 역사에서 이것은 혁명적 사건이었다.

규모가 작고 참가한 사람들이 이심전심으로 목표를 공유한 1차 및 2차 봉기와는 달리, 3차 봉기는 참가자들이 공유한 목표가 없었다. 봉기를 주도한 전봉준과 그를 도와 일어선 손화중, 김개남 및 손병희는 '척왜'를 목표로 내걸었다. 원래 교조 최제우의 신원을 위한 보은 집회에서 교도들이 내건 주장이 '척왜양 창의'였으므로, '척왜'는 교도들에겐 익숙한 구호였다. 그리고 일본군이 한성의 정부를 물리적으로 장악했으므로 '척왜'의 명분이 강화되었다. 그러나 '척왜'는 봉기의 참가자들이 절실하게 받아들인 목표가 아니었고, 동학교도들의 힘으로 이룰 수 있는 목표도 아니었다.

일본군이 한성과 조선 정부를 장악하고 흥선대원군이 정사를 총괄했을 때, 전봉준이나 다른 동학군 지도자들은 그런 사태에 대해 아무런 반응을 보이지 않았다. 만일 그들이 '척왜'를 진정으로 바랐다면 즉각 반응했어야 했다. 그리고 일본군에 협력한 흥선대원군을 비판하고 조선의 모든 사람들에게 일본군을 몰아내는 의병이 되자고 촉구했어야 했다. 그러나 그들은 자신의 장손을 국왕으로 세우는 데 실패하고 정부에서 쫓겨난 흥선대원군이 동학군의 기병을 지시하자 비로소 움직이기 시작했다. 그런 기병이 급격히 바뀐 정치적 상황에 대한 적절한 반응인지, 전쟁을 통해서 일본군을 몰아낸다는 목표가 과연 이룰 수 있는 목표인지, 흥선대원군의 정치적 목표가 과연 동학의 목표와 부합하는지, 전봉준을 비롯한 동학군 지도자들은 단 한 번도 진지하게 성찰하지 않았다.

이처럼 동학란의 전 과정에서 흥선대원군의 영향은 절대적이었다. 그의 지원은 전봉준의 활동에 자원과 권위를 부여해서, 1차 봉기와 2차 봉기의 성공에 크게 기여했다. 그러나 그의 정치적 일정에 따라 동학군이 움직이게 되면서, 3차 봉기는 이룰 수 없는 목표를 위해 아무런 준비 없이 기병하도록 만들었다.

아들 고종과 며느리 민비와 대립하게 되면서 흥선대원군은 줄곧 일본과 제휴했다. 임오군란, 갑신정변 및 동학란에서 보듯 고종과 민비는 궁극적으로 청의 군사력에 기대어 정권을 유지하거나 유지하려 시도했다. 자연히 흥선대원군은 일본에 기댈 수밖에 없었다. 특히 동학군의 2차 봉기를 위해서 그는 일본에서 무기를 구했다. 1894년 2월 21일(양력)에 일본 주재 러시아 공사 미하일 히트로보(Mikhail A. Hitrovo)는 조선 주재 러시아 공사 카를 베베르(Karl L. Weber)에게 흥선대원군의 움직임에 관한 정보를 통보했다

"나는 나의 정보원을 통해 다음과 같은 첩보를 받았다. 임금의 아버지(대원군)가 주모자로 나서서 중대한 폭동을 조성하고 있으며, 이 폭동은 오는 여름 혹은 아무리 늦어도 가을 이전에 폭발할 것이며, 공모자와 대리인들이 일본과 중국에서 무기를 구입하고 있으며 이미 4천여 정의 소총이 구매되었는바, 그중 일부는 일본에서 나왔고 소수의 일본인이 이에 가담하여 일을 같이 꾸미고 있으며, 이 음모에 대해 일본 정부는 전혀 모르고 있다는 등이다."

히트로보가 언급한 "[음모에 가담한] 소수의 일본인"은 부산의 외국인 거주지에 사는 일본인들이 결성한 단체인 '천우협天佑俠'이며, 이들은 실제로 전봉준과 만나 협력 방안을 논의했다. 흥선대원군이 동학군의 3차 봉기를 지시해서 일본군을 공격하도록 한 것이 드러난 뒤에도, 그와 일본 사이의 우호적 관계는 지속되었다. 일본인 무뢰한들에 의해 민비가 참혹하게 살해된 을미사변乙未事變에 흥선대원군이 적극적으로 참여했다는 사실에서 이 점이 괴롭도록 선명하게 드러난다. 이런 인물의 지시에 따라 기병의 목적과 현실성에 대한 성찰도 없이 일본군과의 싸움을 위한 준비도 없이 기병한 데서, 동학군의 3차 봉기는 처음부터 비극적 결말을 품고 있었다.

동학의 반동적 성격도 3차 봉기에 부정적 영향을 미쳤다. 동학의 후

천개벽 사상은 조선왕조에 대해선 혁명적 힘으로 작용했다. 그러나 동학이란 이름으로 상징되는 서양 문물에 대한 반동적 태도는 이미 거스를 수 없는 대세가 된 서양 문명의 수용을 거부하도록 만들었다. 그래서 동학은 거의 모든 변화들에 대해 적대적이었고, 사회 발전에 기여할 수 없었다. 조선 정부의 출병 요청으로 청군이 들어오고 이어 일본군이 들어와서 청일전쟁이 일어났던 만큼, 동학란의 지도부는 국제 정세가 조선에 절대적 영향을 미친다는 것을 깨달을 기회를 얻었다. 그러나 그들은 국제 정세가 조선에 미쳐 온 영향과 변화들을 전혀 헤아리지 못했다. 이 점은 그들이 여전히 '척왜'를 기병의 구호로 삼았다는 사실에서 잘 드러난다. 그들은 바뀐 상황에서 '자주독립'이라는 목표를 생각해 내는 개념적 돌파(conceptual breakthrough)를 이루지 못했다.

청과 조선 사이의 관계는 종주국과 번국藩國의 관계였다. 이런 종번 관계는 오래 지속된 전통이었으니, 중국을 장악한 왕조들에 한반도와 만주에 자리 잡은 조선족 왕조들은 조공했다. 중국 대륙이 워낙 크고 문화적으로 앞섰으므로, 중국 둘레의 작은 나라들은 중국을 중심으로 하는 조공 체제 속에 편입되었다. 조선 정부가 임오군란을 진압하기 위해 청에 출병을 요구하면서, 청은 명목적 종주국에서 실질적 종주국으로 바뀌었다. 조선을 실질적으로 다스리는 것은 이홍장과 그의 대리인인 원세개였고, 고종은 그들의 지시를 받는 조선 관료 체계의 우두머리로 전락했다. 그들에게 저항할 세력은 조선에 없었다. 3천 명에 지나지 않은 청군 병력에 정부가 의존하는 것도 비참했지만, 조선 사람들은 지식인들이든 민중들이든 조선이 '대국'의 지배를 받는 것이 당연하다고 여기고, 청의 상인들이 몰려와서 거대한 상권을 이루어 조선의 법과 조선 관리들을 능멸해도 어쩔 수 없다고 체념한 것이 훨씬 근본적인 문제였다.

청의 압제적 지배는 일본군이 한성과 궁정을 장악하면서 끝났다. 이어 섭정한 흥선대원군은 조선이 청과의 종번 관계에서 벗어났다고 선언했다. 비록 일본의 강요에 의한 조치였지만, 이것은 조선 역사에서 처음으로 중국의 종주권을 부인하고 조선이 독립국임을 밝힌 선언이었다. 당연히, 조선국왕과 정부가 일본군의 통제 아래 있으면 조선 사람들은 조선의 자주독립을 목표로 삼아야 했다. '척일'과 '조선의 자주독립'은 전혀 다른 목표들이다. 게다가 청일전쟁이 아직 이어지는 상황에서 '척일'은 청의 편에 서서 일본군과 싸우겠다는 입장과 다르지 않다고 여겨질 터였다. 현실적으로, 당시 상황에서 '척일'은 청이 이기도록 해서 가까스로 독립국임을 선언한 조선이 다시 중국의 번국 신세로 돌아가도록 한다는 뜻을 품을 수밖에 없었다. 만일 동학군의 목표가 '자주독립'이었다면, 보다 현실적인 전략들을 추구할 수 있었다. 물론 결과도 좋았을 터이니, 다수 국민들의 동의와 지지를 얻었을 터이고, 조선 정부와 맞서지 않고 힘을 합쳤을 터이고, 국제 여론의 지지를 받았을 터이다. 정부를 통해서 일본과 교섭해서 일본군의 철수를 논의할 수도 있었으므로, 일본군과의 승산 없는 전쟁을 피할 수도 있었다.

위에서 살핀 것처럼, 동학의 반동적 성격, 동학군 지도부의 국제 정세에 대한 무지, 흥선대원군의 개인적 야심에 휘둘린 동학군 지도부의 피동적 자세, 그리고 이런 조건들 때문에 뚜렷하고 이룰 수 있는 목표를 찾지 못했다는 점은 동학란이 성공할 가능성을 줄였다. 더욱 애석하게도, 조선 역사에서 가장 큰 민란이었고 가장 큰 희생을 치렀음에도 불구하고, 동학란이 긍정적 유산을 남길 가능성까지 줄였다.

서양 문명의 도래

동학란의 성격과 영향을 제대로 살펴서 그 이후의 역사를 보다 잘 이해하려면, 우리는 동학란을 부른 환경을 널리 그리고 자세히 살펴야 한다. 동학란을 부른 가장 가까운 환경인 19세기 후반의 조선 사회만이 아니라, 16세기부터 밀려오기 시작한 서양 문명을 동아시아가 받아들인 과정을 살펴야 한다. 그렇게 너른 맥락 속에 놓여야 비로소 동학란은 제 모습을 드러낸다.

본질적으로 동학란은 서양 문명이 밀려오는 상황에 조선 사회가 반응하는 과정에서 나온 사건이며, 긴밀히 연결되고 상당히 동질적인 동아시아 사회들인 중국, 일본 및 조선이 반응하는 과정에서 나온 여러 사건들 가운데 하나다. 자연히 동학란의 기본적 맥락은 서양 문명의 도래다.

1434년 포르투갈의 지유 이아느슈(Gil Eanes)는 보자도르곶(Cape Bojador)을 넘어 서아프리카 해안에 상륙했다. 보자도르곶을 넘으려는 열다섯 번째 시도였던 이 모험적 항해의 성공으로, 포르투갈 왕자 엔히크(Henrique)가 관장한 해외 진출 사업은 문득 활기를 띠었다. 1460년 엔히크가 죽었을 때, 포르투갈 탐험대는 시에라리온까지 진출했다. 당시 그다지 알려지지 않았던 이 사업은 유럽 문명의 해외 팽창의 시작이었다. 엔히크가 시작한 사업의 중요성이 뒤늦게 알려지면서, 그는 '항해왕 엔히크(Henrique o Navegador, Henry the Navigator)'라 불리게 되었다.

엔히크의 함대들이 아프리카 서해안을 탐험했을 때, 유럽 문명이 다른 문명들보다 발전한 것은 아니었다. 과학이나 기술에서 유럽이 두드러진 우위를 지녔던 것도 아니었으니, 주요 기술들 가운데 상당수는 중국 문명에서 나와서 이슬람 문명을 거쳐 유럽 문명으로 전해졌다. 유럽이 다른 문명권들보다 역량이 컸던 것도 아니다. 잘게 나누어진 유럽의 국가들을 모두 합쳐도 중국보다 인구가 적었다.

다른 문명들이 쇠퇴한 것도 아니었다. 이슬람 문명은 전통적 근거인 중동을 중심으로 아프리카 북부와 유럽의 발칸반도에 걸친 방대한 지역을 아우르면서 번창하고 있었다. 1453년에 견고한 콘스탄티노플이 오스만 튀르크 제국 군대에 의해 함락되어 동로마 제국이 멸망했다는 사실에서 이런 사정이 잘 드러난다.

중국에선 명 제국이 극성기를 누리고 있었다. 엔히크의 작은 탐험대들이 조심스럽게 아프리카의 서해안을 따라 남하하기 바로 전에, 정화鄭和가 이끈 명 함대는 인도양까지 진출했다. 27년 동안 일곱 차례 이루어진 정화의 항해엔 승무원이 2만 7천 명 안팎에 대형 선박들만도 60여 척이나 동원되었다. 1492년 콜럼버스(Cristoforo Colombo)의 항해에선 배 3척에 120명이 탔고, 1497년 바스쿠 다 가마(Vasco da Gama)의 인도 항해에선 4척에 170명이 탔고, 1519년 마젤란(Ferdinand Magellan)의 세계 일주 항해에선 5척에 265명이 탔다는 사실을 떠올리면 정화의 함대의 위용이 실감된다. 정화의 함대는 페르시아까지 항해했는데, 분견대分遣隊는 아프리카 동해안 케냐의 말린디까지 갔었다. 말린디는 아프리카 동해안의 교역에서 전통적으로 중요한 항구인데, 70여 년 뒤 바스쿠 다 가마가 들러서 인도로 안내할 뱃사람을 구했다.

400년 뒤 유럽 사람들이 동아시아를 찾았을 때, 유럽 문명은 다른 문명들을 크게 앞섰다. 대략 16세기 초엽에서 18세기 초엽에 걸친 시기에 유럽은 과학혁명(Scientific Revolution)을 이루었고, 빠르게 발전한 과학과 기술을 바탕으로 산업혁명(Industrial Revolution)을 성공적으로 이루고 있었다. 자연히 유럽 문명은 거의 모든 분야들에서 다른 문명들에 대해 압도적 우위를 누렸다. 그런 우위는 산업 생산력과 군사력에서 두드러졌고, 세계의 나머지 대륙들은 정복에 나선 유럽 군대들에 대해 효과적 저항을 펼 수 없었다. 이런 사정은 19세기 중엽 중국의 청 왕조와 영국 사이에 일어난 아편전쟁에서 충격적으로 드러났다. 두 군대의 무기체계의 차이가 워낙 커서, 청군은 소수의 영국군에 대해서도 맞설 수가 없었다. 그래서 청은 영국에 항복하고 굴욕적 조건으로 남경(난징)조약을 맺었다.

다른 정복들과 마찬가지로 유럽 세력의 정복도 폭력적이고 무자비하고 파괴적일 수밖에 없었다. 그러나 근대 과학과 기술에 바탕을 둔 유럽 문명과 다른 전통적 문명들 사이에 있었던 큰 격차 때문에, 유럽 세력의 정복은 다른 차원도 지녔다. 유럽 문명의 지적 전통이 다른 문명들의 그것보다 크게 우월하다는 것이 밝혀지면서, 유럽 문명은 토착 문명들을 근본적 수준에서 대치했다. 결국 온 세계가 유럽의 지적 전통을 중심으로 하나의 범지구적 문명으로 빠르고 격렬하게 통합되었다.

태평천국의 난

우세한 서양 문명의 도래는 모든 문명들과 사회들에 큰 충격을 주었다. 동아시아의 나라들도 사회의 근본이 흔들리는 충격을 받았다. 그런 충격은 사회에 내재한 단층선(fault line)을 따라 거대한 지진을 일으켰다.

조선 사회의 가장 큰 단층선은 지배계급과 피지배계급 사이의 유난히 큰 격차였다. 그런 신분 격차를 따라 일어난 지진이 동학란이었다.

중국 사회와 일본 사회에도 큰 단층선들이 존재했었고, 그런 단층선들을 따라 큰 지진들이 일어났다. 중국의 '태평천국太平天國의 난'과 일본의 '무진戊辰(보신)전쟁이 바로 그런 지진들이었다. 자연히, 그 두 지진들을 살피면 동학란의 성격과 유산이 보다 뚜렷하게 드러난다.

아편전쟁이 끝나고 10년이 된 1851년 1월 중국 광동(광둥)성에서 홍수전洪秀全이 태평천국을 세우고 청 왕조에 대해 반기를 들었다. 그는 과거에 여러 번 응시했으나 낙방해서 체제에 대한 반감이 컸다. 그는 기독교 선교사에게서 들은 기독교 교리를 바탕으로 상제회上帝會를 세우고, 자신은 상제의 차남이라 하고 예수는 자신의 형이라 선언했다. 교리는 평등주의적이어서, 신분적 차별에 반대했고 노예 매매를 금했다. 입회한 남성들은 모두 형제라 부르고 여성들은 자매라 불렀다. 특히 여성에 대한 편견과 차별을 없애려 노력했으니, 여성들도 과거를 보게 해서 합격자들을 중용했고, 일부일처제를 근본으로 삼아 축첩蓄妾을 금했고, 여성들의 활동과 독립을 저해하는 전족纏足을 금했다. 경제 분야에선 모든 사람들에게 토지를 균등하게 배분하는 것을 원칙으로 삼았다. 후기엔 서양의 문물을 적극적으로 받아들여서 철도를 놓고 은행을 설립하려 시도했다.

당시 중국 사회의 가장 심각한 단층선은 만주족이 세운 왕조인 청이 다수의 한족을 압제적으로 지배한다는 것이었다. 종족적 차별과 계급적 차별이 겹쳤으므로, 이 단층선은 봉합되기 어려웠다. 청 사회가 극도로 부패해서 피지배계급 인민들의 삶이 어려운 터에, 서양 열강과의 전쟁에서 진 배상금을 갚기 위해서 세금이 늘어나자, 인민들의 불만은 폭발적으로 커졌다. 태평천국은 '멸만흥한滅滿興漢'이라는 구호를 내걸어 이런 거대한 종족적 및 계급적 불만을 흡수했다. 그리고 청이 강요한 변발辮髮 대신 장발長髮을 하고 명대明代의 의관을 하도록 해서 민족적 정체성을 강조했다.

태평천국은 자신의 군대를 군기가 엄격한 군대로 만들었다. 특히 군사들의 민가에 대한 행패를 결코 용납하지 않았다. 덕분에 태평천국군은 군기가 엄정하고 사기가 높은 군대가 되었을 뿐 아니라 인민들의 절대적 지지를 받았다. 태평천국군은 싸움마다 이겨서 세력이 빠르게 커졌다. 마침내 1853년 봄에 태평천국은 남경을 점령하고 천경天京이라 이름을 바꾸어 수도로 삼았다. 홍수전은 천왕天王이라 칭했다.

이어 태평천국군은 청을 무너뜨리기 위한 북벌北伐에 나섰다. 그러나 북벌작전의 목표가 뚜렷하지 않았고, 합리적 전략을 세우지 못한 데다가, 수도의 수비에 지나치게 많은 자원을 배정해서 북벌군은 끝내 목적을 이루지 못하고 적지에서 괴멸되었다.

반면에, 서정군西征軍은 안휘(안후이)성 중남부, 강서(장시)성, 호북(후베이)성 동부를 얻었고, 청군 주력을 크게 깨뜨렸다. 그래서 1856년부터 태평천국은 양자강(창장) 유역과 남부를 안정적으로 다스리게 되었다.

이처럼 나라가 커지자, 홍수전은 호화로운 궁궐을 짓고 사치와 음란에 빠졌다. 이 틈에 정사를 실질적으로 주도한 양수청楊秀淸이 권력을 쥐었다. 양수청이 드러내 놓고 자신의 권위에 도전하자 홍수전은 1856년 9월에 양수청을 숙청했다. 이 과정에서 양수청의 일족과 휘하 군사 2만 명이 죽었다. '천경사변天京事變'이라 불리게 된 이 사건은 태평천국을 뒤흔들었고, 이후 치열한 권력 투쟁으로 지도부가 분열되었다. 명목적 권력은 수도 남경의 '천왕' 홍수전과 고위 관료들에게 있었지만, 실질적 권력은 여러 싸움터들에서 청군과 싸우는 군사 지휘관들에게 있었다. 그래서 두 세력이 늘 다투었다.

태평천국군은 싸움마다 이겨서 마침내 남경을 점령하고 천경(天京)이라 이름을 바꾸어 수도로 삼고, 홍수전은 천왕(天王)이라 칭했다.

아울러 태평천국군도 타락하기 시작했다. 병력이 급속히 늘어나자 군기가 풀어져서, 초기의 기율이 엄격하고 용감한 군대의 면모가 사라졌다. 필연적으로 태평천국 병사들이 인민들을 침탈하는 일이 늘어나서, 민심이 태평천국을 떠나기 시작했다.

특히 나쁜 영향을 미친 것은, 홍수전이 독자적으로 해석한 기독교 교리에 따라 편 정책들이 중국의 전통적 문화를 파괴한 것이었다. 유가의 경전들을 배척하고 없애자 사대부 계급이 격렬하게 저항했고, 묘당의 신상神像을 파괴하자 민심이 급격히 태평천국에서 떠났다.

반면에, 청은 낡은 군대 조직을 서양식으로 개편해서 태평천국군에 효과적으로 대응하기 시작했다. 청 초기의 정규군은 만주인들로 이루어진 팔기八旗였는데, 뒤에 몽고 팔기와 한인 팔기를 증설해서 모두 24기가 되었다. 그러나 이 기병旗兵들이 부패해서 전투력을 잃자, 한인들로 이루어진 녹영綠營이 주력이 되었다. 그러나 태평천국의 난이 일어났을 때는 녹영도 부패해서 전투력을 잃었고, 태평천국군과의 싸움은 지방의 의용군인 향용鄕勇에 의존하게 되었다. 향용들 가운데 증국번曾國藩이 조직한 상군湘軍과 그의 제자 이홍장이 조직한 회군淮軍이 주력이 되었다. 1860년 이후엔 상승군常勝軍(the Ever Victorious Army)이 청군과 함께 활동해서 큰 전과를 거두었다. 상승군은 원래 상해의 외국인 상인들이 상해와 인근 개항지들을 방어하기 위해 조직한 부대로, 장교들은 서양인들이고 병사들은 중국인들이었다. 상승군은 뒤에 청군의 근대화에서 모범이 되었다.

뛰어난 지휘관들인 이수성李秀成과 진옥성陳玉成의 활약으로 태평천국군은 청군의 공세를 막아 냈지만, 총체적 전략의 부재로 효과적 작전을 펴기 어려웠다. 결국 양자강 중류에서 증국번의 군대와 싸우던 진옥성의 군대는 이수성의 군대의 지원을 받지 못한 채 고립되어 괴멸되었다. 일반적으로 반란 세력은 조직이 허약해서 지구력이 약하므로, 한번 무너지기 시작하면 걷잡을 수 없이 패퇴한다. 태평천국군의 경우도 같았다. 1862년에 청군은 상해 둘레의 지역들을 되찾고 태평천국의 수도 남경을 포위하기 시작했다. 1864년 마침내 홍수전은 병사하고 남경이 함락되어 태평천국의 난이 실질적으로 끝났다. 이수성은 어린 2세 황제 홍천귀복洪天貴福과 함께 남경을 탈출했으나 곧 붙잡혀서 처형되었다.

태평천국의 난은 무척 오래 끌고 유난히 참혹한 반란이었다. 반란은 14년 동안 이어졌고, 전쟁의 피해는 18개 성省에 미쳐서, 죽은 사람들은 2천만 명이 넘는 것으로 추산된다.

태평천국의 난은 중국 사회에 심대한 전화를 불러왔다. 그래도 그 비참한 내전은 중국 사회에 여러모로 긍정적 영향을 미쳤다. 평등주의적 사상과 정책들은 종족적, 계급적 및 성적 차별을 줄이는 데 크게 기여했다. '멸만흥한'의 구호는 손문孫文(쑨원), 송교인宋教人(쑹자오런), 황흥黃興(황싱), 추근秋瑾과 같은 한족 혁명가들에게 영감을 주었고, 1912년 신해혁명으로 청 왕조가 멸망하면서 실현되었다. 특히 양성 평등을 지향한 과감한 조치들은 여성의 지위 향상에 크게 기여했다. 서양에서도 아직 여성에 대한 차별이 제도화되고 여성은 참정권이 없는 상태에서, 여성에게 과거를 통해서 관리가 될 수 있는 길을 열어 놓은 것은 혁명적 조치였다.

비록 실현된 것은 적었지만, 왕조 후기에 서양의 문물을 받아들여 산업을 일으키려고 시도한 것은 중국이 자기 중심적 세계관에서 벗어나 서양을 정직하게 바라보려는 노력이었고, 중국의 개화에서 선구적 시도였다. 이런 개화는 왕조 후기에 행정을 총괄한 홍인간洪仁玕의 주도로 시도되었다. 그는 홍수전의 먼 친척 동생으로 홍수전을 따라 상제회에 입교했었는데, 뒤에 홍수전과 떨어져서 홍콩으로 피신했다. 그는 오랫동안 홍콩에서 선교사들과 일하면서 기독교로 개종하고 서양 문화를 배웠다. 덕분에 그는 서양의 정치학, 경제학, 역사학, 지리학, 천문학 같은 과학 지식을 섭취하고 서양의 발전된 기술들을 알게 되었다.

권력 투쟁으로 흐트러진 정부를 추스르기 위해, 홍수전은 홍인간에게 남경으로 오라고 부탁했다. 1859년 남경에 도착한 홍인간은 중국 사회를 모든 분야들에서 근본적으로 개혁할 방안들을 밝힌 『자정신편資政新編』을 홍수전에게 올렸다. 군사 지휘관들이 점령지들을 다스리는 느슨한 국가 조직을 긴밀히 해서 중앙정부의 권한을 강화하고, 법률들을 합리적으로 만들고, 은행을 설립하고 철도를 놓고, 위생과 복지를 위한 제도들을 만들고, 여러 악습들을 폐지해서 사회의 효율을 높이자는 주장이었다. 홍수전은 그의 건의를 받아들여서 그대로 개혁하라고 지시했다. 그런 개혁 조치들은 이수성의 반대에 부딪쳤다. 태평천국군 지휘관들 가운데 가장 뛰어나고 가장 큰 병력을 지휘한 이수성은 중국의 전통적 세계관을 그대로 지녀서 홍인간의 개혁 조치들이 남경 밖에서 시행되지 못하도록 만들었다.

반어적으로, 홍인간의 개혁에 공감한 사람들은 태평천국군과 싸우면서 태평천국의 좋은 점들을 깨닫게 된 청군 지휘관들이었다. 그들은 『자정신편』에 자극을 받아, 서양 문물을 받아들여서 스스로 개혁하려는 운동에 나섰다. 1861년에 공친왕恭親王 혁흔奕訢의 주도로 시작된 이런 개혁운동은 양무운동洋務運動이라 불렸는데, '중체서용中體西用'이라는 구호가 가리키듯 중국의 전통적 문화를 바탕으로 삼고 서양의 새로운 문화를 받아들이자는 주장이었다. 이 운동은 증국번, 이홍장, 좌종당左宗棠, 유명전劉銘傳, 장지동張之洞 등의 실력자들이 가담해서 1890년대 전반까지 중국의 중심적 정책이었고, 중국의 근대화에 크게 공헌했다. 바로 이 양무운동이 조선의 개항 뒤 조선인 개화파 지식인들이 모범으로 삼은 정책이었다. 태평천국의 개혁 정책이 태평천국의 멸망 뒤에 조선에까지 큰 영향을 미친 것이다.

태평천국은 10년 남짓한 기간 중국의 한 지역에 존속했던 반란 정권이었다. 그런 정권이 이처럼 두드러진 긍정적 유산들을 남긴 것은 인류 역사에서 드문 일이다. 그런 사정은 상제회와 태평천국이 서양의 종교와 문물을 적극적으로 받아들였다는 사실과, 압제적인 소수 이족 왕조를 무너뜨리고 다수 한족 왕조를 세우려 했다는 사실에서 나왔다.

상제회와 대조적으로, 동학은 동양의 종교적 전통에서 자양을 얻었고, 서양의 종교와 문물을 배척했다. 동학이 긍정적 유산을 전혀 남기지 못했다는 사정은 궁극적으로 그런 태도에서 나왔다. 점점 거세어지는 서양 문명에 대항하다 보니 동양의 모든 전통들을 옹호할 수밖에 없었고, 자연히 그런 전통에 내재한 큰 문제들을 인식하지 못했다. 조선 사회의 문제적 제도들의 해결이나 개선에 소홀했던 것은, 특히 야만적인 노예 제도와 여성의 억압과 비하를 당연한 것으로 여긴 것은 본질적으로 반동적이었던 동학의 한계를 드러냈다.

무진전쟁

중국 대륙에서 태평천국의 난이 일어난 지 17년 만인 1868년, 일본에선 서양 세력의 도래에서 받은 충격으로 '무진전쟁'이 일어났다.

서양 열강은 동아시아에서 중국을 가장 중요하게 여겼고 쇄국 정책을 편 일본으로의 진출은 늦어서, 일본은 중국보다 훨씬 늦게 개항의 충격을 받았다.

1853년 6월 미국 해군 제독 매슈 캘브레스 페리(Matthew Calbreth Perry)는 군함 4척으로 이루어진 동인도함대(East Indian Squadron)를 이끌고 일본을 찾았다. 미국은 동아시아와의 교역을 위해 일본과 통상조약을 맺으려 했고, 필요하면 무력을 쓰는 전함 외교(gunboat diplomacy)를 펼치기로 결정한 터였다. 페리는 막부가 있는 에도[江戶]만에서 최신형 외륜증기함(paddle-wheeled steam frigate)들로 화력을 과시했고, 두려움을 느낀 막부는 수교를 원하는 미국의 국서를 접수했다. 막부는 이듬해에 회답하겠다고 약속했다.

미국의 국서가 다룬 일들엔 자유무역, 미국 포경선들을 위한 조치 및 저탄소貯炭所 설치가 들어 있었다. 모두 일본이 견지해 온 쇄국 정책과 정면으로 부딪치는 일들이었다. 외교 경험이 없는 터라, 막부는 무력시위를 하면서 개항을 요구하는 미국의 전함 외교에 대응할 길을 몰랐다. 막부는 교토京都의 조정에 미국 함대의 도래와 교섭에 대해 보고했다. 이어 번주藩主들인 다이묘大名들과 막부의 상급 무사들인 하타모토旗本들에게 의견을 물었다. 이것은 전례가 없는 일이었으니, 통치와 관련된 일들은 막부의 쇼군이 측근들의 조언을 받아 독자적으로 처리해 온 터였기 때문이다. 당연히 막부와 쇼군의 권위는 작아지고, 천황과 조정의 권위는 갑자기 커졌다. 아울러 막부의 정치에서 소외되었던 번주들이 막부의 정치에 관여하게 되었다.

1854년 1월 페리는 7척의 군함들을 이끌고 돌아와서 일본의 회답을 요구했다. 미국의 요구를 거부하는 것이 어렵다는 것을 깨닫자, 막부는 가나가와神奈川에서 미국과 화친조약을 맺었다. 시모다下田를 미국 선박들의 기항지로 삼고, 하코다테箱館를 미국 포경선들의 물자 공급지로 삼고, 미국 영사의 주재를 허용하고 미국에 최혜국 대우를 한다는 내용이었다. 이어 일본은 영국과 러시아와도 화친조약을 맺었다.

미국은 화친조약에 만족하지 않고 일본에 통상조약을 강요했다. 당시 중국이 영국 및 프랑스에 일방적으로 패배하는 상황이었으므로, 막부는 미국의 전쟁 위협에 굴복해서 통상조약을 맺었다. 이 조약은 서양 열강이 중국에 강요한 것과 같은 불평등 조약이어서, 항구 다섯을 개방하고, 개항장에 외국인 거류지들을 설정하고, 치외법권을 허여하며, 일본의 관세 주권을 인정치 않는 '협정관세'를 시행하고, 최혜국 대우를 한다는 내용이었다. 이어 막부는 네덜란드, 러시아, 영국, 프랑스와도 같은 조약들을 맺었다.

막부의 권위가 약해지자, 막부의 개방 정책에 반대하고 천황을 중심으로 국가를 재편하려는 세력이 커졌다. 미국의 개항 압력이 감당하기 어려울 만큼 큰데, 일본 지도층은 개항에 관해서 합의를 이룰 수 없었다. 그래서 막부의 행정을 주관한 이이 나오스케井伊直弼는 천황의 허락을 받지 않고 독자적으로 미국과 조약을 맺었다. 이런 조치는 막부의 권한을 회수해서 천황 중심으로 정치 체제를 개편하려는 존왕파尊王派에게 결집할 계기를 제공했다. 자연히, 존왕파 가운데 개항에 반대하지 않는 사람들도 막부에 대항하기 위해 양이攘夷를 주장하게 되었다. 그렇게 해서 존왕양이파尊王攘夷派가 강력한 세력으로 등장했다.

이이 나오스케의 주도 아래 막부는 존왕양이파의 주요 인물들을 혹독하게 탄압했다. 조정의 반막부파 대신들을 은퇴시키고, 개항에 반대하면서 막부의 개혁을 주장한 다이묘들에게 근신을 명하고, 존왕양이를 내세운 지식인들을 처형했다. 이런 처사에 격분한 존왕양이파 무사들이 1860년 3월에 이이 나오스케를 암살했다.

서양 세력의 도래로 충격을 받자, 일본 사회에 잠재했던 단층선들을 따라 지진들이 일어난 것이었다. 존왕양이파의 등장이 가리키듯, 그 단층선은 둘이었다. 하나는 쇼군의 막부와 천황의 조정 사이에 있던 단층선이었다. 지고의 권위를 지닌 천황과 나라를 실질적으로 통치해 온 쇼군으로 이루어진 체제는 자연스럽지 않았고, 서양 세력의 도래라는 위기를 맞아 균열을 드러낸 것이었다. 다른 하나는 막부와 번藩들 사이에 있던 단층선이었다. 일본은 12세기 말엽 가마쿠라鎌倉막부가 들어선 뒤 봉건제를 충실히 따라 왔다. 에도막부 아래서 봉건제는 더욱 발전했지만, 중앙정치에선 도쿠가와 이에야스의 일족이 권력을 전유하고 나머지 번들의 다이묘들은 발언권이 거의 없었다. 서양 문명의 도래에 빠르게 적응해서 강력해진 웅번雄藩들은 그런 권력 구조를 바꾸려 했다. 규슈 남부의 사쓰마薩摩, 혼슈 서부의 조슈長州 및 시코쿠의 도사土佐가 이런 움직임을 주도했다.

급격하게 바뀐 환경에서 일본이 살아남아 발전하려면 막부가 주도하는 봉건 체제로는 미흡하다는 것이 명확해졌다. 그리고 천황 중심의 근대국가를 이루어 국민들의 뜻과 힘을 모아야 한다는 인식이 점점 널리 퍼졌다. 그런 변화에 고무되어, 존왕양이파는 막부 체제를 개혁하기보다 아예 무력으로 막부를 없애는 것을 목표로 삼게 되었다. 막부에 항거한 조슈번에 대한 두 차례의 정벌에 실패해서 막부의 실력이 약하다는 것이 드러난 터였다.

막부가 위기를 맞자, 막부 체제의 개혁이 필요하다고 여기면서도 막부의 해체에는 반대하는 보수 세력이 타협적 개혁안을 내놓았다. 막부가 정권을 천황 궁정에 반납하되, 실제 정치는 번들로 구성된 의사원議事院에서 하고, 의사원 의장은 막부의 쇼군이 되는 방안이었다. 이런 방안을 받아들인 쇼군 도쿠가와 요시노부德川慶喜는 1867년 10월 정권을 천황 궁정에 반납하는 '대정봉환大政奉還'을 천황에게 주청했다. 이튿날 천황 궁정은 쇼군의 주청을 받아들였다.

그러나 이런 변혁은 제대로 이루어지지 못했다. 정치를 실제로 맡을 의사원을 구성할 번주들은 적극적으로 참여하지 않고 막부의 판단에 따르겠다는 태도를 보였다. 218명의 번주들 가운데 12명만이 교토로 올라왔다. 그리고 막부는 진정한 개혁에 필요한 지도력을 보이지 못했다.

이런 상황은 막부를 없애려는 토막파討幕派로 하여금 결행에 나서도록 자극했다. 마침 고메이孝明 천황이 죽고 14세 소년 무쓰히토睦仁가 즉위하여 메이지 천황이 되었다. 고메이 천황은 막부 체제의 붕괴가 불러올 혼란을 걱정해서 막부에 대한 공격을 억제해 왔다. 새 천황은 국정을 살피기엔 너무 어렸고, 자연스럽게 이와쿠라 도모미岩倉具視를 중심으로 한 궁정 대신들이 국정을 좌우하게 되었다. 토막파의 중심인물인 사쓰마번 출신 사이고 다카모리西郷隆盛는 사쓰마번의 병력으로 교토를 실질적으로 장악하고, 궁정으로부터 막부를 토멸討滅하라는 밀명을 얻어 냈다. 마침내 1868년 1월 토막파와 궁정 대신들은 정변을 일으켜 '왕정복고王政復古'를 선언했다. 그들은 교토 정부의 직제를 새로 만들고 수뇌부에 반막부 인물들을 기용했다. 아울러, 쇼군에게 내대신 직위를 사직하고 막부의 영지를 반환하라는 명령을 내렸다.

토막파의 거듭되는 도발에 더 물러설 곳이 없어지자, 막부도 적극적으로 대응했다. 쇼군 도쿠가와 요시노부는 교토의 조정에 「사쓰마를 토벌하는 표문薩討表」을 올려 토막파를 토벌하겠다고 선언하고, 번주들에게는 "사쓰마 번주의 부하들이 어린 천황을 협박하면서" 나라를 어지럽히니 함께 토벌에 나서자고 호소했다.

두 세력 사이의 본격적 전투는 1868년 무진년 1월 3일 교토의 남쪽 교외인 도바鳥羽와 후시미伏見에서 벌어졌다. 막부군은 1만 5천 명가량 되었고 신정부군은 5천 명가량 되었다. 막부군은 주력이 종래의 사무라이들이어서 신식 무기들을 제대로 갖추지 못했지만, 사쓰마번과 조슈번의 병사들로 이루어진 신정부군은 모든 병사들이 소총으로 무장했고 기관총들과 곡사포들까지 갖추었다.

막부군이 교토 성안으로 진입하려 하자, 다리를 지키던 사쓰마번 병력이 막았다. 한참 동안 양측의 교섭이 이어지다가, 마침내 사쓰마번 병력이 막부군의 통과를 허락했다. 그러나 막부군 전위가 앞으로 나아가자, 매복했던 신정부군이 집중 사격을 했다. 아직 싸울 준비가 덜 되었던 막부군은 매복에 걸려 큰 손실을 입었고, 혼란스러워진 대열을 제대로 수습하지 못했다. 막부군은 진용을 갖추고 거듭 돌격했으나, 곡사포 포격을 효과적으로 구사하는 신정부군의 근대적 전술에 큰 손실을 입고 물러났다.

이튿날 조정은 닌나지노미야仁和寺宮 요시아키친왕嘉彰親王을 정토대장군征討大將軍에 임명하고 천황의 깃발과 군도를 수여했다. 이 조치는 단숨에 전세에 큰 영향을 미쳤다. 이제 신정부군은 막부에 대항하는 반군에서 천황을 받드는 관군이 되었고, 반면에 이제까지 관군이었던 막부군은 졸지에 반군으로 전락했다. 천황의 관군과 싸우게 되자, 막부를 지지하던 번들이 막부를 지지하는 것을 꺼리거나 아예 신정부군을 지지하게 되었다. 결국 막부군은 280명가량의 손실을 입고 싸움터에서 물러났다. 신정부군의 손실은 100명가량 되었다.

'도바·후시미 싸움'은 막부군의 허약함을 다시 드러내어, 막부 지지 세력을 더욱 줄였다. 이어 벌어진 싸움들에서 연패한 막부군은 거점인 오사카大阪로 밀려났다. 그러나 오사카성이 신정부군에 포위되자, 싸움을 지휘하던 도쿠가와 요시노부가 측근들만을 데리고 막부군 군함을 타고 에도로 돌아갔다. 지휘관이 도망하자 막부군은 이내 흩어졌다.

에도로 돌아온 요시노부는 주전파의 중심인물들을 파면하고 에도성을 나와 절에 근신해서 천황에 대항할 뜻이 없음을 드러냈다. 이어 막부군의 군사총재軍事總裁 가쓰 가이슈勝海舟는 신정부군의 실질적 지휘관인 사이고 다키모리와 담판해서 평화적으로 에도성을 이양했다. 이로써

'도바·후시미 싸움'은 막부군의 허약함을 다시 드러내어, 막부 지지 세력을 더욱 줄였다. 이어 벌어진 싸움들에서 연패한 막부군은 거점인 오사카로 밀려났다.

무진전쟁은 실질적으로 끝났다.

막부가 무사들의 이익을 대변하는 기구였으므로, 막부 체제는 안정적이었다. 그러나 서양 세력의 도래라는 근본적 변화에 막부는 적응할 능력이 없다는 것을 스스로 인정했다. 그런 사회적 충격으로 막부 체제의 잠재적 단층선들이 드러났고 막부를 고립시켰다. 천황과 쇼군 사이에 있던 단층선이 드러나면서, 존왕파가 나타나서 빠르게 세력을 키웠다. 막부와 소외된 번들 사이에 있던 단층선이 드러나면서, 막부에 반대하는 서부의 웅번들이 막부에 맞서기 시작했다. 이 두 집단이 연합해서 토막파를 이루면서 막부는 고립되었다. 무진전쟁은 그런 고립을 확인하는 과정이었다.

토막파의 반란이 성공하면서, 일본은 봉건제 국가에서 천황을 중심으로 하는 중앙집권적 민족국가로 단숨에 바뀌었다. 그리고 가장 빠르고 성공적으로 서양 문명을 받아들여 근대화를 이루었다. 대조적으로, 동학란은 정치 체제의 근본적 개혁 대신 흥선대원군의 복귀라는 궁정 반란을 목표로 삼았다. 따라서 설령 성공했더라도 근본적 개혁을 이룰 수는 없었을 것이다. 규모와 피해에서 무진전쟁과 비슷한 전쟁이었음에도 불구하고 동학란이 긍정적 유산을 거의 남기지 못한 사정을 여기서 다시 확인하게 된다.

서양 문명의 충격과 수용

19세기 중엽부터 동아시아에 서양 세력이 거세게 밀려오자 중국, 일본, 조선 세 나라는 모두 큰 충격을 받았다. 그 충격으로 사회가 흔들리자 잠재했던 사회적 단층선들이 드러났고, 그것들을 따라서 반란이라는 형태로 지진들이 일어났다. 그 점에서 중국의 태평천국의 난, 일본의 무진전쟁, 그리고 조선의 동학란은 동질적이었다. 그러나 결과는 달랐으니, 중국과 조선에선 반란이 실패했고 일본에선 성공했다. 그런 차이는 이후의 역사에 결정적 영향을 주었다.

태평천국의 난은 청 왕조와 관리들이 중국 중심의 세계관에서 벗어나는 계기가 되었다. 아편전쟁에서의 참패는 중국 중심의 세계관이 허망하다는 것을 보여 주었고, 태평천국의 과감한 개혁은 중국이 서양 문명을 받아들여 강대해질 방안들을 제시했다. 이런 사정에 힘입어, 청의 실력자로 등장한 한인 관료들과 지식인들은 점진적 개혁을 추구했다. 그러나 그들의 '양무운동'은 근본적 사회 개혁에 이르지 못했다.

동학란은 서양 문명을 거부하고 전통적 질서를 고수하려는 종교인 동학이 주도했다. 자연히 동학란은 조선이 서양 문명을 받아들여서 근대화하는 데 긍정적 영향을 미치지 못했다. 반어적으로, '척왜양'을 구호로 내건 동학란은 청군과 일본군이 조선에 들어오는 계기가 되어 조선이 일본의 식민지로 되는 과정을 촉발했다. 그 과정에서 근본적 개혁 조치인 갑오경장이 나오게 되어 조선은 급격한 근대화 과정을 밟게 되었다. 이런 '타율적 근대화'는 조선 현대사의 중심적 특질이 되었다.

무진전쟁은 봉건적 막부 체제를 무너뜨리고 천황 중심의 민족국가를 낳았다. 지배계층이 바뀌었으므로, 그런 변환은 근본적 개혁을 가능하게 했다. 그래서 '메이지유신'이라 불리게 된 혁명적 개혁이 시작되었다.

메이지유신의 기간에 대해선 여러 주장들이 있는데, 가장 길게 잡으면 1867년 막부가 정권을 천황에게 반납한 '대정봉환'으로 시작해서 1889년 입헌 체제의 확립으로 마무리되었다. 이 기간에 사쓰마번과 조슈번 출신 관료들을 중심으로 급진적 근대화 정책들이 한꺼번에 추진되었다.

정치 분야에선 천황이 직접 통치하기 시작했고, 수도를 교토에서 에도로 옮겨 도쿄東京라 칭했다. 1885년엔 내각제를 도입했고, 1889년엔 헌법을 공포했으며, 1890년에 의회가 구성되어 입헌군주제가 확립되었다.

이런 정치적 변화에 따라 종래의 신분 제도도 바뀌었다. 동아시아에서 오랫동안 신분 질서로 자리 잡았던 사농공상士農工商의 구별에 따라 막부 체제의 일본에서도 무사武士, 백성百姓, 정인町人으로 나뉘었는데, 유신 뒤에는 화족華族, 사족士族, 백성으로 바뀌었다. 이런 신분 변화에서 상대적으로 지위가 낮아진 사족이 반발해서 여러 차례 봉기했다. 가장 큰 반란은 토막파를 이끌고 무진전쟁에서 승리해서 왕정복고에 가장 두드러진 공헌을 한 사이고 다카모리가 사쓰마의 사족을 이끌고 일으킨 서남西南(세이난)전쟁이었다.

행정 분야에선 1869년에 번주들이 자발적으로 토지와 인민을 천황에게 반납하는 '판적봉환版籍奉還'이 이루어졌다. [판版은 토지를 뜻하고 적籍은 인민을 뜻함.] 이어 1871년에 번을 없애고 현을 설치했다. 이 '폐번치현廢藩置縣'으로 일본은 번주들이 영주인 봉건국가에서 중앙집권적 민족국가로 전환했다. 이런 변화는 군사 분야의 변화를 불러서, 징병제에 바탕을 둔 근대적 상비군 제도가 자리 잡았다.

경제 분야에서 가장 중요한 개혁은 토지의 소유권을 인정하고 자유로운 매매를 허용한 조치였다. 이 조치로 일본 사회에선 재산권이 확립되어 자본주의가 발전할 수 있는 바탕이 놓였다. 중앙은행인 일본은행을 설립해서 독점적 통화 발행권을 부여하고, 엔円을 화폐 단위로 삼아서 자본주의적 금융 제도를 마련했다. 아울러 우편, 전신, 철도, 해운과 같은 사회 기반 시설에 대한 대대적 투자가 시작되었다. 이렇게 좋아진 환경 속에서 공기업들이 설립되어 서양의 발전된 기술들이 도입되었다. 공기업들은 대부분 민영화가 되어서, 사족 계급이 반납한 영지의 대가로 받은 보상금이 산업에 투자되었다.

서양 세력의 강요로 개항하고 서양 문명의 압도적 우세를 절감한 터라, 개혁의 목표는 부강한 나라를 만드는 것이었다. 개혁의 구호도 '부국강병富國强兵'과 '식산흥업殖産興業'이었다. 그런 개혁을 지속적으로 추진해서 성과를 거두려면, 국민들의 지식수준을 높여야 했다. 그래서 신분과 지역에 따라 차이가 큰 교육 제도를 근본적으로 바꾸어 모든 학생들에게 서양의 문물을 가르치는 '의무교육'이 시행되었다. 특히 여성도 동등한 교육을 받을 수 있도록 여학교들이 설치되었다.

이처럼 모든 분야들에서 이루어지는 개혁은 법체계의 근대화를 절실하게 만들었다. 마침내 1882년부터 형법이 시행되고, 민법은 1898년부터 시행되었다. 서양의 보편적 법체계를 일본의 전통과 관습에 맞게 다듬은 일본의 법체계는 다른 아시아 국가들의 모범이 되었다.

이런 개혁은 서양 세력의 도래로 급격히 바뀐 환경에 대한 일본 사회의 적극적 적응이었다. 그래서 무진전쟁과 서남전쟁에서 개혁에 반대하는 세력을 그리 어렵지 않게 제압할 수 있었다.

개혁에 구체적 목표들을 부여한 요소들 가운데 하나는 서양 강대국들과 맺은 불평등 조약을 개정하려는 일본 지도층의 간절한 염원이었다. 그들은 불평등 조약을 평등한 조약으로 대치하려면 서양 강대국들이 일본을 개화된 국가로 인정해야 가능하다고 판단했다. 자연히 그들은 서양식으로 바꿀 수 있는 것들은 모두 서양식으로 바꾸려 했다.

이런 태도가 두드러지게 좋은 영향을 미친 분야는 종교였다. 존왕양이파가 세력을 얻으면서 종교에도 국수주의적 경향이 깊어졌다. 그래서 신토神道와 불교를 분리하고 불교를 외래 종교로 폄하하는 조치들이 나왔다. 자연히 기독교에 대한 억압은 더욱 심해졌다. 기독교를 엄금하는 정책은 지속되었고 기독교도들을 강제 이주시키는 조치까지 나왔다. 이런 박해는 서양 열강의 격한 비판을 불렀다. 기독교도들에 대한 억압이 불평등 조약의 개정에 나쁜 영향을 미친다는 것을 깨닫자, 일본 정부는 기독교 억압 정책을 포기했다. 덕분에 불교에 대한 차별도 사라졌다.

정부 주도의 개혁 조치들에 호응해서 지식인들도 새로운 문화의 함양에 적극적으로 나섰다. 해외 문물이 밀려들어 오면서 새로운 개념들을 일본어로 표기하는 일이 시급해져서, '일본식 한자어和製漢語'들이 많이 만들어졌다. 지금 동아시아에서 일상적으로 쓰이는 낱말들은 대부분 이런 일본식 한자어들이다.

서양의 다양한 이념들이 들어오면서, 그런 이념들에 따라 사회를 개혁하려는 움직임이 나왔다. 특히 자유 민권 운동이 활발했다. 그런 움직임에 대한 반동으로 국수주의도 보다 뚜렷한 모습을 갖추었다. 신문들과 잡지들은 빠르게 늘어나는 정보들을 유통시켜서 사회적 응집력을 키웠다.

메이지유신은 사회를 단숨에 뿌리부터 잎새까지 바꾸는 급진적 개혁이었다. 그런 개혁은 성공하기 힘들다. 중국에서 한漢대에 왕망王莽이, 그리고 송대에 왕안석王安石이 개혁을 시도했지만 별다른 성과를 얻지 못하고 실패했다. 메이지유신은 그런 개혁들보다 훨씬 급진적인 개혁이었다. 그런 개혁이 성공했으니, 당시 사람들은 모두 메이지유신에 감탄했다. 특히 자기 나라의 개혁을 위해 노력하는 아시아 여러 나라들의 혁명가들은 메이지유신에서 영감을 얻었고 교훈들을 찾으려 애썼다. "메이지유신은 중국혁명의 제1보이고, 중국혁명은 메이지유신의 제2보다" 라는 손문의 말이 그들의 태도를 대변한다.

과학혁명

서양 세력의 도래에 대한 반응들이라는 점에서 동질적이었지만, 태평천국의 난과 동학란은 실패했고 무진전쟁은 성공했다. 그런 결과는 이후의 역사에 결정적 영향을 미쳤다. 자연히, 동아시아의 근대 역사를 이해하려면, 서양 문명이 다른 문명들보다 크게 앞서게 된 사정을 먼저 살피고 이어 일본이 성공한 사정을 살피는 것이 합리적이다.

서양 문명은 과학과 기술에서 다른 문명들보다 훨씬 뛰어났다. 그리고 그런 우세를 이용해서 다른 문명들을 정복했다. 유럽이 그처럼 과학과 기술에서 앞서게 된 계기는 중세 말기에 시작된 문예부흥(Renaissance)과 16세기에 시작된 종교개혁(Reformation)이었다. 이 두 운동은 중세의 기독교적 질서에 대한 성찰을 낳아서 과학이 발전할 수 있는 사회적 환경을 제공했다. 그래서 16세기부터 17세기에 걸쳐 근대 과학이 자리 잡았다. 근대 과학의 출현이 워낙 혁명적이었으므로, 그런 변화 과정은 흔히 과학혁명이라 불리게 되었다.

과학혁명은 코페르니쿠스(Nicolaus Copernicus)의 『천체들의 회전에 관하여』가 출간된 1543년부터 18세기 말엽까지 이어졌다. 이 기간에 유럽에선 과학의 여러 분야들이 크게 발전해서 자연 현상들을 바라보는 관점들이 근본적으로 바뀌었다.

천문학에선 '지구를 우주의 중심으로 보는 견해(geocentric model)'가 '태양을 중심으로 보는 견해(heliocentric model)'로 바뀌었다. 뉴턴(Isaac Newton)의 운동 법칙(laws of motion)과 만유인력(universal gravitation)은 새로운 지식들을 모두 포용해서 근대 물리학의 체계를 세웠고 새로운 천문학의 이론적 바탕을 제공했다. 아울러 광학이 크게 발전했고 전기에 대한 연구가 이루어졌다. 영국 과학자 로버트 보일(Robert Boyle)은 화학이 연금술로부터 독립하는 계기를 마련했다. 생물학에선 벨기에 학자 베살리우스(Vesalius)가 인체 해부학을 강조해서 의학에서 새로운 경지를 열었고, 영국의 윌리엄 하비(Willim Harvey)는 동물의 혈액 순환을 증명했다.

과학과 기술은 함께 발전한다. 기술이 높은 수준에 이르지 못하면 과학이 나올 수 없고, 과학이 발전하면 기술도 따라서 발전한다. 과학혁명 기간에 나온 기술들 가운데 가장 중요한 것은 증기기관이다. 영국 발명가 토머스 세이버리(Thomas Savery)는 실용적 증기기관을 발명해서 1698년에 특허를 냈다. 이어 토머스 뉴코먼(Thomas Newcomen)이 성능이 뛰어난 증기기관을 고안해서 광산의 물을 퍼올렸다. 뉴코먼의 증기기관은 영국의 산업혁명에 결정적 기여를 했다.

과학과 기술의 발전은 과학 연구에 도움이 되는 기구들의 발명을 불렀다. 복잡한 계산을 쉽게 하는 기구들의 효시는 17세기 초엽에 영국 수학자 존 네이피어(John Napier)가 창안한 대수(logarithms)였다. 이어 프랑스 과학자 블레즈 파스칼(Blaise Pascal)이 기계식 계산기(mechanical calculator)를 발명했다. 뉴턴과 라이프니츠(Gottfried Wilhelm von Leibniz)가 각기 독립적으로 발명한 미적분은 수학을 과학에 적용하는 일에서 획기적 진전을 이루었다.

16세기 말엽엔 네덜란드 안경 제작자 자하리아스 얀센(Zacharias Janssen)이 복합 현미경을 발명했다. 네덜란드 과학자 안톤 판 레벤후크(Anton van Leeuwenhoek)는 단일 렌즈 현미경으로 미생물들을 관찰해서 생물학에서 새로운 분야를 열었다. 17세기 초엽에 네덜란드에서 발명된 굴절 망원경으로 천체를 관찰한 갈릴레오(Galileo Galilei)는 천문학의 새로운 경지를 열었다. 이어 진공 펌프와 기압계가 발명되어 정교한 실험들을 가능하게 했다.

이런 발전들을 통해서 과학은 중세적 지식 체계에서 벗어나 근대적 지식 체계로 바뀌었다. 그리고 자신의 본질에 대해 성찰하게 되어 과학적 방법론이 자리 잡았다. 14세기 초엽부터 움튼 경험주의(empiricism)

과학혁명 기간에 나온 기술들 가운데 가장 중요한 것은 증기기관이다. 증기기관은 영국의 산업혁명에 결정적 기여를 했다.

는 영국 철학자 프랜시스 베이컨(Francis Bacon)에 의해 튼실한 체계를 갖추었고, 그가 주창한 귀납적 방법론(inductive methodology)은 과학적 방법론(scientific methodology)으로 자리 잡았다. 과학적 방법론의 핵심은 과학적 실험(scientific experimentation)과 수학화(mathematization)였다. "[우주는] 수학이라는 언어로 씌어졌다"는 갈릴레오의 진술은 경험주의 방법론의 출현을 알리는 힘찬 선언이었다. 실험들을 통해서 가설들을 정리定理들로 만들고, 정리들을 체계화해서 보편적 이론으로 만드는 과정이 정통으로 자리 잡은 것이었다.

과학적 방법론의 확립은 과학이 형이상학과 신학의 영향에서 벗어나 독립할 지적 토대를 마련해 주었다. 그런 토대 위에 과학 연구를 보다 체계적으로 추구하고 전파할 기구들이 생겨났다. 1662년에 창립된 런던 왕립학회(Royal Society of London)는 그런 기구들의 효시다. 이 학회는 1665년부터 학회지 〈철학회보(Philosophical Transactions)〉를 내기 시작했는데, 세계에서 가장 오래된 이 학술지는 처음부터 '과학적 선후(scientific priority)'와 '동료 평가(peer review)'라는 중요한 원칙을 확립했다.

경험주의에 바탕을 둔 과학적 방법론의 확립과 런던 왕립학회의 설립에서 비롯한 과학 활동의 기구화(institutionalization)는 과학 지식의 축적과 체계화를 가능하게 해서 과학의 발전은 가속되었다. 그렇게 발전된 과학은 혁신적 기술들을 촉진해서 산업혁명을 낳았다.

서양과 동양의 대조적 경험

과학혁명은 단 한 번만 나올 수 있다. 어떤 문명이 과학혁명을 이루면, 그 문명은 빠르게 다른 문명들을 정복해서 하나의 범지구적 문명을 낳을 터이다. 설령 다른 문명들이 언젠가는 과학혁명을 이룰 잠재적 능력을 지녔더라도, 먼저 과학혁명을 이룬 문명에 정복되어서 그런 잠재적 능력을 펼칠 기회를 잃었을 터이다.

자연히, "왜 유럽에서 과학혁명이 맨 먼저 일어났나?"라는 물음이 나온다. 그 물음은 곧바로 "왜 과학혁명이 먼저 일어난 곳은 중국이 아니었나?"라는 물음으로 이어진다. 기술 수준으로 보면 당이나 송에서 먼저 과학혁명이 일어났을 가능성이 작지 않았다. 역사가들은 6세기경에 중국이 문화 역량에서 처음으로 서양에 앞섰다고 평가한다. 베이컨이 "세계에 걸쳐 면모와 상태를 완전히 바꾼" 발명들이라고 일컬은 인쇄술, 화약 및 나침반은 모두 중국에서 기원했다. 실은 중국에서 먼저 발명된 기술들의 목록은 길다. 효율적인 마구馬具, 철강 기술, 종이, 백신 접종, 기계식 시계, 구동 벨트(driving belt), 사슬 구동 장치(chain-drive), 회전 운동을 직선 운동으로 바꾸는 장치, 궁형 홍예 교량(segmental arch bridge), 선미재 키(sternpost rudder)와 같은 항해 기술.

중국에서 과학혁명이 일어나지 않은 이유를 찾을 때 먼저 눈에 들어오는 것은, 혁신적 기술들이 중국 사회에 미친 정치적 영향은 아주 작았지만 유럽의 정치 체제엔 큰 충격을 주었다는 사실이다. 베어컨이 든 혁명적 발명들은 이 점을 잘 보여 준다.

화약은 당에서 처음 무기로 쓰였다. 그것은 널리 쓰였으니, 송이 금金과 원을 막아 낼 때도 쓰였고, 농민군들의 반란에도 쓰였고, 육지만이 아니라 바다에서도 쓰였고, 야전에서만이 아니라 공성전攻城戰에서도 쓰였다. 그러나 중국엔 두꺼운 갑옷을 입은 기사들로 이루어진 중기병 군대가 없었고 귀족들이나 영주들의 봉건적 성들도 없었으므로, 새로 나온 화약 무기는 혁명적 무기가 되지 못하고 기존 무기들을 보완했을 따름이다.

대조적으로, 화약 무기의 출현은 유럽의 사회 구조를 근본적으로 바꾸어 놓았다. 14세기에 사석포射石砲들의 일제사격은 성을 근거로 삼아 중앙정부에 맞서던 지방의 영주들을 무력하게 만들었다. 오랫동안 안정적이었던 봉건제는 화약 무기들에 의해 무너지고 민족국가들이 대신 자리 잡았다. 화약 무기가 발전하자 해전의 모습도 근본적으로 바뀌었다. 지중해에선 오랫동안 노를 저어 움직이는 갤리(galley)가 기본 전함이었다. 그러나 갤리는 연속 포격과 측면 일제사격을 가능하게 하는 안정된 대포 받침을 제공할 수 없었다. 그래서 거대한 범선이 해전의 주역으로 등장했다.

나침반은 중국에서 일찍부터 쓰였지만, 그것은 주로 지관地官들이 집이나 무덤의 위치를 결정하는 데 쓰였다. 물론 선장들이 항해에 이용하기도 했지만, 애초에 동아시아에선 무역이 성하지 않았으므로 큰 혜택을 줄 수 없었다.

원래 무역이 활발했던 유럽에서 나침반은 쓸모가 컸다. 그리고 해외탐험이 시작되자 대양의 항해에 결정적 도움을 주었다. 아울러 나침반은 자기磁器 인력과 자기 극성에 대한 연구를 불러서 물리학의 발전에 크게 기여했다.

인쇄술에서도 사정은 비슷했다. 11세기 중엽에 송에서 활판 인쇄술이 발명되자, 서적들의 생산과 보급이 늘어나서 문화 발전에 크게 기여했다. 그러나 이 중요한 기술도 중국 사회에 혁명적 변화를 일으키지는 못했다. 한자의 글자 수가 워낙 많아서 활판 인쇄술이 종래의 목판 인쇄술보다 이점이 그리 크지 않았다는 사정이 근본적 제약이었다. 중앙정부에 권력이 집중되고 중앙정부를 관료들이 지배하고 모든 지식인들이 과거를 통해서 관료가 되는 것을 유일한 가치 있는 삶이라고 여기는 사회에서, 수요가 큰 서적들은 정부에서 '교과서'로 인정한 유교 경전들뿐이었다. 자연히, 사회 문제들에 대해 즉각적으로 반응하는 짧은 글들을 소량 인쇄해서 배포하는 것은 경제적으로 어렵고 정치적으로 파멸을 부르는 행위였다. 중국 사회에선 서양 사회를 변혁시키는 데 결정적 역할을 한 정치적 소논문(pamphlet)들이 나올 수 없었다.

필승畢昇이 활판 인쇄술을 발명하고 꼭 400년 뒤 구텐베르크(Johann Gutenberg)가 활판 인쇄를 발명하자, 유럽에선 지식의 생산과 유통에서 혁명적 변화가 일어났다. 싼값에 성경이 보급되자 인민들도 스스로 성경을 이해할 길이 열렸고, 종교적 지식을 독점한 천주교 교단의 권위는 차츰 도전을 받았다. 그렇게 해서 일어난 종교개혁은 과학혁명의 출현에 큰 도움을 주었다.

혁명적 기술들이 중국에선 별다른 사회적 영향을 미치지 못했고 유럽에선 사회 구조를 근본적으로 바꾸었다는 사실은, 두 문명권의 서로 다른 사회 구조가 과학의 발전과 과학혁명의 출현에 결정적 영향을 미쳤다는 것을 가리킨다. 중국에선 일찍부터 관료들이 권력을 장악했고 다른 계급과 권력을 나누어 가진 적이 없었다. 사회 발전에 중요한 상업은 늘 억압을 받았고 해외 교역은 억제되었다. 이족 왕조도 관료들의 도움을 받아 너른 영토를 통치했다. 이런 체제에선 새로운 생각들이 나오기 어렵고 혁신은 정부의 탄압을 받게 마련이었다. 유럽은 여러 나라들로 나뉘었으므로, 나라들 사이에 경쟁이 나왔다. 그리고 한 나라에서 억압받은 혁신가들은 다른 사회에서 피난처를 찾을 수 있었다. 그래서 갖가지 아이디어들에 대한 대조 실험들이 이루어지고, 가장 나은 대안이 채택되었다.

이런 사정을 미국 지리학자 재러드 다이아몬드(Jared Diamond)는 '최적 분열 원리(optimum fragmentation principle)'라 불렀다. 한 지역이 너무 잘게 나뉘면 규모의 경제와 정치적 안정을 얻기 어렵고, 하나로 통합되면 권력의 독점이 나와서 혁신이 어렵다. 따라서 적절하게 분열된 상태가 혁신과 발전에 좋다는 것이다.

다이아몬드의 이론은 실은 문화들도 생명체들과 마찬가지로 진화한다는 '보편적 다윈주의(universal Darwinism)'에 바탕을 두었다. 진화의 메커니즘은 1) 어떤 특질에 대한 변이들(variations)이 존재하고, 2) 그런 변이들 가운데 가장 나은 것들이 선택되고, 3) 그렇게 선택된 것들이 널리 퍼지는 과정이다. 중국에선 모든 것들을 중앙정부의 관료들이 통제하므로, 변이들이 나와 경쟁을 통해서 가장 나은 것들이 가려지는 일이 드물었고, 설령 나은 것들이 가려졌더라도 관료들의 이익에 도움이 되지 아니하면 철저하게 억압되었다. 그래서 모든 일들에서 하나의 정통이 자리 잡고 그것에 도전하는 것들은 이단으로 몰렸다. 반면에 유럽에선 모든 분야들에서 갖가지 실험들이 활발하게 이루어지고, 가장 낫다고 판명된 것들이 널리 퍼질 수 있었다.

다이아몬드의 '최적 분열 원리'는 일본의 성공적 근대화도 잘 설명한다. 동아시아의 세 나라들 가운데 '적절하게 분열된' 나라는 일본이었다.

먼저, 나뉘지 않은 땅덩어리를 영토로 지닌 중국이나 조선과 달리, 일본은 지리적으로 분열되었다. 규슈섬은 고대에 일본의 중심지였고 후대에도 훨씬 큰 혼슈섬에 대한 균형추 역할을 해 왔다. 규슈에 근거를 둔 정치 집단들, 특히 사쓰마번은 현대에도 혼슈의 중앙 세력에 대해 그런 역할을 했다. 그래서 혼슈에 자리 잡은 막부의 권력은 절대적이지 않았다.

둘째, 일본은 분열된 정치 권력 체계를 유지했다. 일본은 진무神武천황이 기원전 660년에 나라를 세웠다고 주장한다. 그런 주장은 전설들에 바탕을 두었지만, 천황 제도가 아주 오래된 것은 분명하다. 2천 년 동안 천황의 가계가 끊어지지 않고 이어졌다는 점도 경이롭다. 그러나 12세기 말엽에 미나모토노 요리토모源頼朝가 가마쿠라에 막부를 세우고 쇼군으로 일본을 실질적으로 통치하면서, 정치적 권력은 천황의 조정과 쇼군의 막부가 나누어 가졌다. 천황과 조정은 정통성의 원천으로 상징적 역할을 했고, 쇼군과 막부는 실제로 권력을 쥐고 나라를 다스렸다. 쇼군 제도 자체도 봉건제에 바탕을 두었으므로 일체적이 아니고 널리 분열되었다. 이론적으로는 쇼군은 번주들인 다이묘들에 대해 거의 절대적 통제력을 지녔지만, 실제로는 다이묘들은 자신들의 고유한 권위와 상당한 재량의 여지를 지녔다.

셋째, 다른 동아시아 국가들과는 달리 일본은 상업을 함양했다. 일본의 상인 계층은 상당한 부와 자유를 누리면서 독특한 문화를 이루고, 상업의 발전은 도시화를 촉진했다. 실제로 중세 일본은 중세 유럽과 비슷한 면모를 지녔었다. 즉, 일본은 중국이나 조선과 달리 사회적으로도 분열되었다.

일본의 그런 다중적 분열은 분명히 유럽 문명의 효율적 흡수와 빠른 근대화에 도움을 주었다. 서양 세력의 도래로 사회가 흔들리고 막부 체제가 한계를 드러냈을 때, 천황과 조정은 급진적 세력들이 모일 수 있는 대안적 정치 기구를 제공했다. 그리고 나라 서쪽의 번영하는 번들은 쇼군 중심의 막부 체제를 전복시키는 데 필요한 자원을 충분히 지녔었다. 발전한 상업은 서양 문물의 흡수를 도왔고 자본주의 체제로의 이행을 원활하게 했다.

동학란을 살피는 관점

지배계급의 압제와 수탈에 맞선 민중의 봉기는 늘 사람들의 가슴을 휘젓는다. 그런 봉기가 실패하면, 민중 봉기들은 대부분 실패한다는 사실에도 불구하고 큰 아쉬움을 맛본다. 그런 봉기가 외세에 의해 꺾이면 아쉬움은 더욱 커진다.

동학란은 조선의 긴 역사에서 가장 큰 민중 봉기였다. 그리고 처음 두 차례의 봉기에선 목표들을 이루었다. 그러나 가장 규모가 컸던 셋째 봉기에서 외세에 의해 꺾였다. 동학란의 역사를 살피는 사람들이 그 민중 봉기에 공감하고, 그것의 실패에 아쉬움을 느끼고, 그것의 뜻을 보다 높이려는 충동을 품는 것은 그래서 자연스럽다.

그런 충동은 흔히 동학란을 보다 영예로운 이름으로 부르려는 시도로 나타난다. 동학란이 단순한 반란이 아니었으므로 그 이름은 적절치 않고, 그것의 성격을 보다 잘 드러내는 이름이 낫다는 얘기다. 비록 자연스럽지만, 그것은 어리석은 일이다.

동학란은 당대 사람들이 붙인 이름이다. 무릇 역사적 사건에 당대 사람들이 붙인 이름은 바꾸지 않는 것이 옳다. 이름은 바뀌지 않아야 제 몫을 한다는 소박한 이유만으로도 그렇다. 매사에서 가볍게 이름을 바꾸는 습성은 이 사회의 척박한 문화적 풍토에서 나왔고 문화적 풍토를 더욱 척박하게 만든다.

훨씬 중요한 고려 사항은, 역사적 사건에 붙여진 이름은 그 사건의 유기적 부분이라는 사실이다. 그 이름엔 당대 사람들이 그 사건을 바라본 시각이 담겼다. 그런 시각도 후대의 역사가들에겐 사건의 한 부분이다. 그런 시각이 후대의 안목으로 볼 때 옳았느냐 아니냐 따지는 것은 다른 일이다. 좀 거친 비유를 들자면, 어떤 역사적 사건에 당대 사람들이 붙인 이름은 오래된 책의 제목과 같다. 후대의 독자들이 그 제목이 내용과 어울리지 않는다고 다른 이름을 붙인다면 그 책의 일체성은 훼손될 수밖에 없다.

자신의 관점에 따라 역사적 사건에 붙여진 이름을 갈겠다는 태도는 철학적으로도 문제적이다. 그런 태도는 사건과 관련된 자료들이 더 나올 수 없고, 역사학의 방법론이 더 나아갈 여지가 없을 만큼 발전했고,

지금 유행하는 이념들이 영원히 옳아서 자신의 견해가 후대 사람들이 다른 해석을 할 여지가 없을 만큼 완벽하다고 믿는 것이다.

역사적 사건의 이름을 한번 바꾸기 시작하면, 사람들의 생각이 다르므로 여러 이름들이 나오게 마련이다. 동학란의 경우 '동학전쟁', '동학혁명', '동학 농민전쟁', '동학 농민혁명', '동학 농민운동', '갑오 농민전쟁' 등이 나왔다. 이들 가운에 동학이 들어가지 않은 '갑오 농민전쟁'은 북한에서 쓰이는데, 종교에 적대적인 마르크스주의를 충실하게 추종하는 세력이 선호한다. 실패한 혁명은 혁명이라 부르지 않는 것이 관행이므로, 동학란을 혁명이라 부르는 것은 어색하다. 농민이 절대다수인 사회에서 일어난 반란의 이름에 농민이란 말이 들어가는 것이 얼마나 뜻이 있는지도 분명치 않다. 운동은 이념적 성격을 짙게 띤 움직임에 붙여지는 것이 상례이며, 한번 무력이 쓰이면 봉기, 내전, 반란, 전쟁과 같은 말이 들어가는 것이 적절하다.

위에서 살핀 것처럼, '동학란'을 대신할 만한 이름은 없다. 그 난리를 직접 겪은 선조들이 붙인 '동학란'이란 이름이 그 난리의 유기적 한 부분이라는 점을 후손들은 너무 쉽게 잊었다.

청일전쟁

동학란은 실패했다. 그러나 그 실패한 반란은 조선을 훌쩍 넘어 동아시아 정세에 결정적 영향을 미쳤다. 동학란으로 촉발된 청일전쟁이 동아시아 역사의 전개에 중요한 계기가 되었기 때문이다.

우세한 문명이 밀려오면, 열세에 놓인 문명권에선 이전의 질서들이 근본적으로 바뀌게 된다. 서양 문명을 효과적으로 받아들인 일본은 동아시아의 강국이 되었고, 줄곧 동아시아의 패권 국가였던 중국은 그 일에서 더뎠던 탓에 허약해졌다. 서양 문명을 받아들이는 일에서 가장 뒤졌던 조선은 옛 강대국 중국과 새로운 강대국 일본이 다투는 싸움터로 전락했다.

1882년 임오군란이 일어났을 때, 일본은 청에 압도되었다. 신속하게 많은 병력을 조선에 파견한 청에 비해 늦게 적은 병력을 파견해서, 일본군은 청군과 대결할 처지가 못 되었다. 결국 청이 무력으로 조선을 위협해서 노골적으로 종주국 노릇을 하는 것을 바라볼 수밖에 없었다. 이런 상황은 1876년에 '조일 수호조규'를 맺은 뒤 일본이 조선에 마련했던 기반을 약화시켰다.

청에 맞서 조선으로 진출하려면 훨씬 강력한 군대가 필요하다는 것을 절감한 일본은 '군비확장 8개년계획'을 수립하고 증세를 통해서 재원을 마련했다. 이 계획에 따라 해군이 크게 강화되어, 군함들의 총수는 5만 톤을 넘었고 육군은 7개 사단을 유지하게 되었다.

1894년 조선 정부가 동학란 진압을 위해 청에 파병을 요청하자, 청은 조선에 파병하기로 하고 천진조약에 따라 일본에 통보했다. 마침 중의원의 '내각 탄핵 상주안' 가결로 정치적 위기를 맞은 이토 히로부미 내각은 긴박한 국제 정세를 이용해서 위기를 벗어나려 했다. 그래서 공사관과 거류민들의 보호를 내세워서 8천 명가량 되는 1개 혼성여단을 조선에 보내기로 결정하고 곧바로 청에 출병을 통보했다. 아울러 연합함대를 파견해서 조선 근해의 제해권을 확보하려 했다. 일본 정부는 이미 청과의 군사적 대결을 계획한 것이었다.

반면에 청은 일본과 싸울 뜻이 없었다. 그래서 조선에 파병하면서도 일본군과의 전투에 대비한 계획이 없었고, 적은 병력들을 나누어 조선으로 보냈다.

당시 조선에 파견된 육군 병력은 일본군이 8천 명이고 청군은 4천 명이 채 못 되었다. 일본은 청군의 증원을 막으면 전쟁에서 이길 수 있다고 판단했다. 그래서 해군으로 청군의 증원을 막는 데 주력했다.

1894년 7월 25일 경기만의 풍도 근해에서 함정 3척으로 이루어진 일본 해군 1유격대는 청의 군함 2척을 발견하고 공격하기 시작했다. 청 군함들은 곧바로 응전했지만, 일본 군함들보다 작고 낡아서 일방적으로 피해를 입었다. 결국 1척은 좌초되어 자폭했고 나머지 1척은 가까스로 살아남아 퇴각했다.

이 배를 쫓는 과정에서 일본 군함들은 청의 작은 군함과 병력 수송선을 만났다. 승산이 없다고 판단한 청의 군함은 싸우지 않고 항복했다. 그러나 병력 수송선 고승高陞호에 탄 청군 1,100명은 일본의 포로가 되는 것을 거부했다. 일본 군함 나니와浪速의 함장 도고 헤이하치로東鄕平八郎 대좌는 이 수송선을 격침시켰고 물에 빠진 청군 병사들을 구출하지 않았다. 이 사건은 국제적 비난을 받았다(도고 대좌는 10년 뒤 러일전쟁에서 일본 함대를 지휘했다. 그리고 '쓰시마 싸움'에서 러시아 발틱 함대를 격파하여 큰 명성을 얻었다).

조선 왕궁을 점령하고 흥선대원군을 실질적 수반으로 세워서 배후를 안정시키자, 일본군은 주둔지 용산을 떠나 충청도 아산에 머무는 청군의 공격에 나섰다. 혼성9여단장 오시마 요시마사大島義昌 소장이 이끈 이 부대는 15개 보병중대 3천 명, 기병 47명, 산포山砲 8문으로 이루어졌다. 14개 신문사의 종군 기자 14명이 이들과 동행했다. 종군 기자라는 서양의 관행을 일본이 따랐다는 것은 일본의 근대화가 사회 전반에서 착실히 진행되었음을 가리킨다. [오시마 소장은 조슈번 출신 무장으로 왕정복고 과정에서 공을 세웠다. 21세기 초엽에 네 차례 총리를 지낸 아베 신조安倍晋三는 그의 현손이니, 그의 외손녀가 아베의 조모다.]

일본군이 남하한다는 소식을 듣사, 섭사성聶士成 총병總兵은 병력 2,500명과 야포 6문으로 이루어진 청군 주력을 이끌고 교통의 요지인 서북쪽 성환역으로 이동해서 진을 쳤다. 500명의 병력을 데리고 공주에 머물던 사령관 섭지초葉志超 제독은 사태를 관망하면서 움직이지 않았다. 7월 29일 심야에 일본군은 2개 부대로 나뉘어 청군 진지를 공격해서 아침에 청군 진지를 돌파했다. 이 싸움에서 일본군 사상자는 88명이었고 청군 사상자는 500명가량 되었다.

패배한 청군은 한 달 뒤 가까스로 평양에 주둔한 우군과 합류했다. 직례直隸(즈리) 총독 겸 북양통상대신北洋通商大臣으로 군사와 외교를 맡은 이홍장은 평양 주둔군의 지휘를 자질이 부족한 섭지초에게 다시 맡겼다. 일본군은 5사단과 3사단으로 1군을 편성하고 야마가타 아리토모山縣有朋 대장이 지휘하도록 했다.

9월 15일 일본군은 전 병력으로 공격에 나섰다. 섭지초는 싸울 뜻이 없어서 포위되기 전에 후퇴하려 했다. 봉천군奉天軍을 이끈 좌보귀左寶貴는 섭지초를 감금하고 일본군의 공격에 맞서 싸웠다. 그러나 좌보귀가 반격에 나섰다가 전사하자, 청군은 사기가 잦아들어서 오후 늦게 백기를 올린 뒤 평양에서 탈출했다. '평양 싸움'에서 일본군에 패배함으로써 청은 조선에 대한 영향력을 완전히 잃었다.

전쟁의 향방에 결정적 영향을 미친 싸움은 바다에서 벌어졌다. 이홍장은 일본군이 잘 싸우지만 일본의 국력은 비교적 작다고 판단했다. 그래서 지구전을 펴면서 서양 열강의 중재를 통해 강화하는 것이 최선의 방책이라 여겼다. 그는 북양수사北洋水師를 지휘하는 정여창丁汝昌 제독에게 일본 함대와의 싸움을 피하면서 함대를 보전하라고 지시했다. 당시 청 함대는 북양수사, 남양수사南洋水師, 광동수사廣東水師 및 복건수사福建水師로 이루어졌는데, 주요 전력은 북양수사에 집중되었다.

형세 판단에서 일본군 지휘부도 이홍장과 같았다. 장기전으로 가면 일본은 국력이 달릴 뿐 아니라 서양 열강의 간섭을 받게 되리라고 걱정했다. 청군과의 결전을 서둘러서 전쟁을 일찍 끝낸다는 전략에 따라, 해군은 청의 북양수사를 격파해서 황해의 제해권을 장악하라는 임무를 부여받았다. 당시 일본 함대는 주력인 연합함대 본대, 고속함들로 이루어진 1유격대, 호송구축함(sloop)들로 이루어진 2유격대 및 포함들로 이루어진 3유격대로 구성되었는데, 해전엔 연합함대 본대와 1유격대가 참가했다.

9월 초순 이홍장은 평양에 주둔한 청군을 보강하기로 결정했다. 6,500명의 병력을 실은 수송선 5척을 북양수사의 전함들이 호송하기로 되었다. 북양수사를 지휘하는 정여창은 대동강구로 향할 생각이었는데, 평양이 함락되었다는 소식을 들었다. 다음 방어선은 압록강이 되리라 판단한 그는 압록강구로 향했다. 9월 17일 아침 수송선들을 호송한 4척의 군함들은 압록강을 거슬러 올라갔고, 나머지 배들은 압록강 어귀 서남쪽 바다에서 훈련을 했다. 이사이에 일본 함대는 황해도 장산곶의 정박지를 떠나 청 함대를 수색하면서 북상했다.

17일 1130시에 일본 함대와 청 함대는 연기를 보고 상대의 존재를 알았다. 이어 일본 함대의 공격으로 양 함대는 전투에 들어갔다. 청 함대는 전함 2척과 순양함 8척으로 이루어졌다. 이토 스케유키伊東佑亨 중장이 지휘하는 일본 연합함대 본대는 순양함 4척, 소형 포함(corvette) 1척 및 철갑함(ironclad) 1척으로 이루어졌고, 쓰보이 고조坪井航三 소장이 지휘하는 1유격대는 순양함 4척으로 이루어졌다. 함정의 수와 크기로 보면 두 함대의 전력은 비슷했다

그러나 장병들의 훈련과 사기에선 큰 차이가 있었다. 일본군은 잘 훈련되고 사기가 높은 군대였다. 반면에 청군은 사격 훈련을 거의 하지 못한 상태에서 싸움에 나섰고, 자연히 사기도 높지 않았다. 사격 훈련을 제대로 하지 못한 까닭은 탄약의 극심한 부족이었다. 청군은 부패해서, 불량 포탄이 많았고 화약은 오래되어서 쓸 수 없는 것들이 있었다. 그래서 필수적인 실탄 훈련을 하지 못하고 싸움터에 나선 것이었다.

결정적 차이는 양 함대의 대형이었다. 청 함대는 횡렬진橫列陣(line abreast formation)을 폈다. 횡렬진은 당시 보편적으로 쓰이던 대형이었다. 그리고 이 대형에선 적 함선들에 대한 당파撞破(ramming)를 노릴 수 있었으므로, 탄약이 부족한 청 함대로선 적절한 선택이었다. 그러나 훈련이 부족한 청 함대는 중앙의 전함 2척을 머리로 하는 쐐기 모양의 대형을 형성했다. 자연히 기동과 사격이 제대로 이루어지기 어려웠다.

반면에 일본 함대는 단종진單縱陣(line ahead formation)을 폈다. 거의 한 세대 동안 폐기되었던 대형을 채택한 것은 과감한 결정이었지만, 이 대형은 기동과 화력의 집중에 좋았다.

1230시에 남쪽에서 접근한 일본 함대는 남동쪽에서 북서쪽으로 기동하면서 청 함대를 공격했다. 앞선 1유격대는 청 함대의 우익을 공격하고, 연합함대 본대는 청 함대의 좌익과 중앙을 공격했나. 청 함대의 대형이 흐트러지자 일본 함대는 청 함대를 양쪽에서 포위하는 데 성공했

'압록강 싸움'으로 일본 함대는 청 함대를 무력화시키고 황해의 제해권을 확보했다.

다. 결국 1유격대는 청 함대 우익을 시계 반대 방향으로 돌면서 공격했고, 연합함대 본대는 나머지 청 함대의 주력을 시계 방향으로 돌면서 공격했다. 일본 함정들은 고속 사격으로 청 함정들에 상대적으로 훨씬 큰 피해를 주었다. 마침내 1700경에 피해를 덜 입은 청 함정들이 싸움터에서 이탈하면서 '압록강 싸움(Battle of the Yalu River)'은 끝났다.

이 싸움에서 청 함대는 5척을 잃었고 5척은 손상을 입었다. 일본 함대는 8척이 손상을 입었다. 생존한 청 함정들은 일본 함대의 추격을 피해 발해만 안으로 숨었다. 일본 정부의 계획대로, 일본 함대는 청 함대를 무력화시키고 황해의 제해권을 확보했다.

'압록강 싸움'은 군사적 차원을 넘는 중요성을 지닌 해전이었다. 아편전쟁이 일어난 지 반세기 만에 나온 그 싸움은 우세한 서양 문명을 받아들이려는 동아시아의 노력이 거둔 성과를 극적으로 보여 주었다.

먼저, 서양 문명을 받아들여 급속히 발전함으로써 동아시아는 개항 이전보다 훨씬 긴밀하게 연결된 지역이 되었다. 개항 이전 3천 년 가까운 동아시아의 역사에서 중요한 싸움들은 모두 육지에서, 주로 중국 대륙에서 벌어졌다. 이제 동아시아에서도 바다를 지배하는 것이 결정적 중요성을 지니게 되었다. 압록강 싸움은 중국, 조선, 일본이 긴밀히 연결되었음을 일깨워 주었다.

서양 문명을 규정한 지리적 조건은 지중해였다. 유럽과 아프리카와 아시아로 둘러싸인 지중해는 교통과 교역을 원활하게 만들었다. 자연히 강국들은 지중해를 장악하려 애썼고, 흔히 해전들이 역사의 흐름에 큰 영향을 미쳤다. 페르시아와 그리스가 싸운 살라미스 해전(기원전 480년), 로마 제국의 유럽 세력을 대표한 옥타비아누스(Gaius Julius Caesar Octavianus)와 아시아 세력을 대표한 마르쿠스 안토니우스(Marcus Antonius)가 싸운 악티움 해전(기원전 31년), 스페인과 베네치아의 '신성 동맹'과 오스만 제국이 싸운 레판토 해전(1571년) 그리고 프랑스와 영국이 부딪친 트라팔가르 해전(1805년)은 대표적이다.

동양 역사의 중심은 늘 땅이 넓고 인구가 많고 문화가 앞섰던 중국이었다. 게다가 너른 바다가 이웃 조선이나 일본과 왕래하기 어렵게 만들었다. 자연히, 지중해 지역과 대조적으로 동양에선 교역이 적고 해운이 발달하지 못했다. 반면에, 중국의 북쪽과 서쪽엔 초원이 펼쳐졌고 유럽까지 연결된 그 광활한 초원엔 여러 유목 민족들이 살았다. 척박한 땅에 사는 그들은 풍요로운 농업 사회로 끌렸고, 강성해지면 중국을 침입했다. 거친 환경 속에서 늘 말을 타고 유목하는 사람들은 실질적으로 기병대였으므로, 그들은 여러 번 중국을 정복하고 지배 세력이 되었다. 지배계급이 되어 풍요롭고 안락한 삶을 누리면 강인한 유목 민족의 기상이 사라지게 마련이어서, 새로 초원에서 일어난 유목 민족에게 정복당했다. 중국의 농경 사회와 북쪽의 유목 사회의 대결이니, 육지에서의 싸움들이 중요할 수밖에 없었다. 바다에서 함대들이 부딪치는 싸움은 드물었고 역사의 흐름이 바뀔 만큼 중요한 해전은 더욱 드물었다.

동양 역사에서 가장 유명한 함대들의 대결은 '적벽赤壁의 싸움'이다. 208년 조조曹操가 이끈 위魏 함대와 주유周瑜가 이끈 오吳 함대 사이에 벌어진 이 싸움은 그러나 바다가 아니라 양자(양쯔)강 중류에서 전개되었다. 그나마 함대들이 기동해서 싸운 것이 아니라, 위의 배들이 서로 묶인 것을 이용해서 오군이 화공으로 격파한 것이었다.

역사에 큰 영향을 미친 해전은 '백강白江 싸움'이다. 660년에 백제가 당과 신라에 멸망한 뒤, 백제를 부흥하려는 운동이 일었다. 부흥군을 돕고자 왜국倭國은 큰 병력을 보냈다. 663년 백강(지금의 금강) 어귀에 머물던 왜군 함대와 그들을 쫓아온 당과 신라의 연합함대 사이에 싸움이 벌어졌다. 왜군 함대가 먼저 공격에 나섰는데, 막상 부딪쳐 보니 처지가 불리했다. 당의 전선戰船들이 왜군 전선들보다 높고 견고해서 왜군이 공격하기가 어려웠다. 왜군 전선들이 급히 물러나려고 머리를 돌렸는데, 강 어귀 좁은 물에서 많은 배들이 뒤엉켜서 전열이 혼란스러워졌다. 그 틈을 타고 당군이 공격해서 크게 이겼다.

백강 싸움에서 왜군이 참패하자, 사기가 떨어진 백제 부흥군은 항복했다. 당의 침공을 두려워한 왜국은 해안의 방비를 강화하고 체제를 정비했다. 이어 국호를 '왜'에서 '일본日本'으로 바꾸었다.

동아시아 네 나라들이 참전한 국제적 싸움이었고 규모도 컸지만, 백강 싸움도 함대들이 기동하는 본격적 해전은 아니었다. 그런 싸움은 천 년 뒤 임진왜란에서 비로소 나왔다. 7년 동안 이어진 이 참혹한 전쟁에서 조선 함대와 일본 함대 사이에 벌어진 많은 싸움들은 본격적인 해전들이었다. 그 해전들에서 조선 함대가 많이 이겨서, 강력한 일본 육군은 제대로 보급을 받지 못했고 결국 철수했다.

임진왜란 뒤 300년 만에 나온 압록강 싸움은, 전초전인 풍도 해전과 후속전인 '위해위威海衛(웨이하이웨이) 공략작전'을 포함해서, 황해 전역을 무대로 한 싸움이었다. 아울러 함대들의 전술과 기동에서 현대적 해전의 모습을 보여 주었다. 이제 동아시아의 교역과 전쟁에서 중심이 중국 대륙에서 황해로 이동했고 일본과 조선이 상대적으로 중요해졌다는 것이 분명해졌다.

다음, 압록강 싸움은 동아시아가 서양 문명을 흡수해서 빠르게 발전했음을 보여 주었다. 이 싸움은 역사상 처음으로 많은 철갑 증기선들이 투입된 해전이었다. 비록 그 철갑 증기선들은 유럽에서 제조되었지만, 엄청난 자원이 드는 철갑 증기선 함대를 청과 일본이 보유했다는 사실은 두 나라의 국력이 크게 성장했음을 뜻했다.

셋째, 일본 함대의 단종진은 일본 해군의 독창성을 보여 준다. 1866년 아드리아해의 리사섬 근해에서 오스트리아·헝가리 제국 함대와 이탈리아 함대 사이에 벌어진 '리사 싸움'에서 화살촉 모양의 횡렬진을 펴고 당파撞破를 시도한 오스트리아 함대가 전통적 단종진을 편 이탈리아 함대에 크게 이겼다. 이 해전 뒤, 당파를 시도할 수 있는 횡렬진이 보편적 대형이 되었다. 일본 함대는 과감하게 단종진을 채택해서 측면 함포들을 고속으로 사격하는 것이 유리함을 보여 주었다. 아울러, 일본 함대는 저속 본대와 고속 유격대를 따로 운용하는 방식이 효과적임을 보여 주었다. 일본 해군의 이런 독창성은 제2차 세계대전 초기에 항공모함 위주로 작전하는 전술의 개발에서 재현되었다. 드디어 동아시아가 서양에서 수용한 문화를 스스로 발전시킬 능력이 있음을 보인 것이었다.

마지막으로, 압록강 싸움은 세 나라의 개화 노력에 대한 확실한 평가였다. 일본은 개항이 중국보다 10년 넘게 늦었지만 근본적 사회 변혁을 통해 빠르게 개화하는 데 성공했다. 근본적 사회 변혁이 없이 기술과 무기만을 서양으로부터 수입하려 시도한 중국의 양무운동은 큰 성과를 얻지 못했음이 드러났다. 지배계급의 개혁 의지가 전혀 없었던 조선은 자신을 지킬 힘을 끝내 갖추지 못했다.

갑오경장

애초에 일본이 조선에 파병하면서 내세운 명분은 '공사관과 거류민의 보호'였다. 그러나 일본은 곧바로 '조선의 내정 개혁'을 함께 추진하자고 청에 제안했다. 조선의 종주국으로서 조선에 대해 절대적 영향력을 지닌 청이 그 제안을 거절하자, 일본은 독자적으로 그 일을 추진하기로 결정했다. 그리고 1894년 6월에 조선의 수도와 왕궁을 장악하자, 오토리 게이스케 공사의 주도로 내정 개혁에 착수했다.

민비 일족이 밀려나고 흥선대원군이 섭정을 하는 상황에서, 김홍집이 총리대신이 되었다. 김홍집은 개항기의 조선 조정에서 외교 업무에 가장 밝은 사람들 가운데 하나였고 외국과의 교섭과 조약 체결에서 늘 실질적 책임자였다. 두 차례의 일본 시찰에서 일본의 근대화 노력에 감명을 받아, 그는 개화를 적극적으로 주장했다. 다른 편으로는 조선 사회의 정치 현실을 잘 알아서, 개화가 온건한 방식으로 추진되어야 한다고 믿었다. 그런 식견과 정치적 감각 덕분에 그는 개혁 내각을 이끌 적임자였다. 김홍집 내각의 주요 인물들은 어윤중과 김윤식이었다.

일본이 요구한 개혁은 워낙 근본적이어서, 기존 정부 기구로는 일을 추진하기 어려웠다. 오랫동안 조선에서 근무해서 조선 사정을 잘 아는 일본 공사관 서기관 스기무라 후카시杉村濬는 기존 정부 기구들을 뛰어넘는 권한을 지닌 새로운 기구의 설치를 제안했다. 그런 제안에 흥선대원군과 각료들이 동의해서, 개혁 업무를 관장하는 군국기무처軍國機務處가 설치되었다. 이 기구는 총재, 부총재 그리고 16인에서 20인 사이의 회원들로 이루어졌는데, 총리대신이 총재가 되고 정부 각 부서의 책임자들이나 고위 관리들이 회원으로 참여하는 회의 형태여서 개혁 업무들을 신속히 처리할 수 있었다.

군국기무처의 업무를 실제로 추진한 사람들은 유길준을 비롯한 젊은 개혁파 관료들이었다. 이들은 조선의 법전들과 일본의 법전들을 참조해서 개혁 조치들을 입안했다. 그리고 오토리 공사는 조선의 내정에 너무 깊이 간섭하는 것은 역효과를 낳으리라 판단해서 군국기무처가 자율적으로 활동하도록 허용했다. 덕분에 군국기무처는 초기에 활발하게 움직여서 근본적 개혁 조치들을 내놓았다.

1) 종주국 청으로부터 독립했음을 천명하고 개국 기원 연호를 사용해서, 청과 대등한 관계를 지녔음을 보였다.
2) 정부와 국왕을 구분해서 근대적 국가 체계를 세웠다. 동양의 전통을 따라 조선에선 국왕이 절대적 권위와 권력을 누렸으므로

정부와 국왕이 분리될 수 없었다. 중앙정부를 의정부議政府와 궁내부宮內府로 나누고 의정부에 큰 권한을 배정한 조치는 국왕의 절대적 권한을 제약하고 보다 합리적인 행정을 가능하게 해서, 근대적 정부가 진화할 수 있는 바탕을 마련했다.

3) 근대적 국가 체계에 걸맞은 행정 체계를 마련했다. 전통적 육조六曹 체계를 8아문衙門 체계로 개편했다. 특히 재정의 합리화에 주력해서, 재정 업무들을 탁지아문度支衙門으로 일원화하고 지방 관아들의 잡다한 징세를 폐지했다. 아울러 화폐 제도를 은 본위제로 통일하고, 조세의 금납화를 실시했다. 문관을 무관보다 우대하는 관행도 없앴다. 군대 조직도 개편해서, 종래의 부대들을 훈련대訓鍊隊와 시위대侍衛隊로 통합했다. 일반 행정과 치안을 분리시켜서, 중앙엔 경무청을 두고 지방엔 각도 관찰사 아래 경무관을 두어 치안 업무를 맡도록 해서 군수의 행정과 분리시켰다.

4) 엄격한 신분제를 폐기해서 보다 평등한 사회를 지향했다. 양반의 특권을 없애고 노비들을 해방해서 천 년 넘게 이어진 신분제를 단숨에 깨뜨렸다. 역졸, 광대, 피공皮工과 같은 천인들을 면천했다. 아울러, 인신매매를 금지하고 연좌제를 폐지해서 인권을 강화했다.

5) 조선조에서 부쩍 두드러졌던 여성에 대한 차별과 억압을 줄이려 시도했다. 그래서 조혼을 금지하고 과부의 개가를 허용했다.

6) 정부 기구의 개편과 신분제의 폐기는 관리 선발에서의 개혁을 불렀다. 그래서 양반계급의 권력 독점을 보장했던 과거 제도를 새로운 선발 제도로 대치했다. 관리들이 습득할 지식도 유교 경전에 관한 지식에서 실무에 필요한 지식으로 바뀌었다.

7) 도량형을 통일했다.

이런 개혁들은 조선의 근대화에 필요한 조치들이었다. 다른 편으로는, 일본의 통제 아래 진행되는 터라, '갑오경장甲午更張'이라 불리게 된 이 개혁들은 일본의 이익을 위한 조치들도 많이 포함할 수밖에 없었다. 조선의 이익보다는 일본의 이익을 고려해서 나온 조치들 가운데 두드러진 것들은 1) 조선 정부의 각 아문에 일본인 고문관을 1인씩 두도록 한 것, 2) 신식 근위대를 창설하고 일본인들을 교관으로 초빙하도록 한 것, 3) 일본식 은 본위제를 도입해서 일본 화폐가 조선에서 유통될 수 있도록 한 것이다.

양력 1894년 8월 중순 조선 문제를 논의한 일본 내각은 "조선을 명의상으로는 독립국으로 대하되 실제로는 일본의 영향력을 확보한다"는 정책을 채택했다. 대외적으로는 조선의 독립과 개혁을 지원한다는 정책을 내걸고서 실제로는 조선을 속국으로 만든다는 정책이었다. 아울러 개방 항구의 추가, 광산 채굴권 및 철도 부설권의 획득과 같은 '실리 정책'을 추구하기로 했다. 자연히 '조선의 내정 개혁'은 일본이 조선을 속국으로 만드는 정책에 종속되었다.

이에 따라, 양력 8월 하순 일본과 조선은 「잠정합동조관暫定合同條款」과 「양국맹약兩國盟約」을 맺었다. 전자는 일본에 경부선과 경인선의 부설권을 허여하고 전라도의 항구 1개를 개방했다. 후자는 청에 대한 양국의 공수동맹攻守同盟이었다.

이처럼 드러내 놓고 조선을 압박하는 정책이 채택되고 청과의 전쟁이 예상보다 훨씬 유리하게 전개되면서, 일본 정부 안에선 조선 정부의 움직임에 되도록 간섭하지 않으려는 태도를 보여 온 오토리 공사를 경질해야 한다는 목소리가 높아졌다. 결국 조선 공사를 자원한 이노우에 가오루 내무대신이 후임이 되었다. 이노우에는 외무성과 농상무성의 대신을 역임한 뒤 내무대신으로 일하는 참이었다. 그렇게 지위와 명망이 높은 인물이 낮은 직책인 조선 공사를 자원한 것은 당시 일본이 조선 문제를 얼마나 중요하게 여겼는가 보여 준다.

이노우에의 긴급 처방

이노우에는 조선의 내정 개혁과 조선의 속국화가 상충한다는 점을 잘 인식했다. 그래서 조선에 부임하기 전에 그는 영국이 이집트를 보호국으로 만든 사례를 깊이 살폈다. 영국은 이집트의 경제 개혁을 추진해서 산업을 발전시키면서 당장 부족한 자금은 차관으로 메웠다. 그리고 차관의 상환을 담보하기 위해 이집트의 재정을 통제했다. 그런 과정을 통해서 이집트는 자연스럽게 영국의 보호국이 되었다.

이집트와 조선의 경우가 똑같지는 않았다. 부실한 재정으로 어려움을 겪은 점에선 같았지만, 이집트 정부는 수에즈 운하에서 나오는 안정적 수입이 있었고, 산업이 낙후한 조선에선 정부 재정이 궁핍했다. 그래도 이노우에는 이집트에 대한 처방을 조선에 적용할 수 있다고 판단했다. 일본이 제공하는 차관으로 조선 정부의 재정 부실에 대처하고, 차관의 상환을 담보하기 위해 조선 정부의 재정을 일본이 관장해서 조선을 경제적 속국으로 만든다는 얘기였다. 이집트와 달리 조선은 안정적 수입이 없었으므로, 조선 사회의 근본적 개혁이, 특히 양반의 특권들을 없애서 사회적 부담을 줄이는 조치가 뒤따라야 한다는 조건이 이 처방에 붙었다.

양력 1894년 10월 하순 한성에 부임하자, 이노우에 공사는 먼저 조선 사회의 실정 파악에 나섰다. 상황은 그가 예상했던 것보다 훨씬 어려웠다. 농지가 많은 남부엔 극심한 가뭄이 들었고 북부 황해도와 평안도는 청일전쟁으로 피폐해서 전국 인민들이 기근에 시달리고 있었다.

정부 재정은 오래전에 파탄이 난 상태였다. 동학군이 봉기했고 청일전쟁의 싸움터가 된 황해도와 평안도, 그리고 동학군의 봉기로 정부 조직이 허물어진 전라도와 충청도, 경상도를 빼면 정부가 조세를 제대로 거둘 수 있는 지역은 경기도와 강원도, 함경도 정도였다. 국고가 비어서 관리들의 봉급도 제때에 지급하지 못하는 형편이었다. 연말이 가까워지자 봉급을 여러 달 받지 못한 경찰과 군대에서 원성이 높아지고 사회 분위기가 흉흉해졌다.

굶주리는 조선 인민들을 구휼하고 국고가 바닥난 조선 정부를 떠받치면서 내정 개혁을 추진하려면, 당장 차관을 얻어야 했다. 이노우에는 적어도 500만 엔이 필요하다고 판단했다. 조선 정부의 부채가 208만 엔이니 실은 그 금액으로도 넉넉한 것은 아니었다.

현실적으로 500만 엔 차관은 쉬운 일이 아니었다. 조선 정부의 경상적 세입이 750만 엔이었으니, 500만 엔은 세입을 늘리기 어려운 조선 정부로선 쉽게 갚을 수 있는 금액이 아니었다. 그런 나라에 차관을 제공할 의사가 있는 나라는 일본뿐이었지만, 당시 일본 정부의 세입은 8천만 엔가량 되었으니 500만 엔 차관은 일본에도 작지 않은 부담이었다.

그래도 이노우에는 500만 엔 차관을 실현시킬 수 있으리라고 자신했다. 무엇보다도, 그것은 조선에 대한 일본의 정책을 실천하는 데 꼭 필요했다. 일본의 청일전쟁 전비 2억 엔에 비기면 그리 큰 금액도 아니었다. 그리고 그는 이토 히로부미 총리대신의 각별한 지원을 받을 수 있었다. 그는 이토의 동향 친구로 늘 이토를 지지해 왔다.

조선의 상황을 파악하자, 이노우에는 고종에게 자신의 구상을 상주했다. 그는 일본으로부터 500만 엔의 차관을 얻으면 굶주리는 백성들을 구휼하고 재정의 파탄을 막을 수 있으리라고 설명했다. 위기에 대처할 방안을 찾지 못했던 터라 고종은 그의 제안을 반겼다.

이어 이노우에는 군국기무처를 폐지하고 개혁 업무를 내각으로 환원하는 것이 좋으리라는 의견을 개진했다. 급한 개혁 조치들을 처리해서 군국기무처가 비상 기구로서의 목적을 이루었으니, 정상적 내각이 남은 개혁 업무를 추진하는 것이 옳다는 논지였다. 합의제 기구인 군국기무처는 흥선대원군을 지지하는 세력과 반대하는 세력으로 분열되어 제대로 기능하지 못하는 형편이었다. 군국기무처가 국왕의 권한을 제약해 온 터라, 고종도 선뜻 동의했다.

내각이 개혁을 힘차게 추진하려면 개혁에 적극적인 사람들이 있어야 했다. 당시 조선의 실력자들인 고종, 민비, 그리고 흥선대원군은 모두 국왕의 권한을 줄이는 데 반대했고, 어쩔 수 없이 '군권君權'을 줄이게 되는 개혁 조치들에 대해 마음속으로는 부정적이었다. 그래서 이노우에는 왕실의 이런 반대를 무릅쓰고 개혁을 추진할 만한 인물들인 박영효와 서광범을 일본에서 불러들여서 개혁을 맡겼다. 자연히 '제2차 김홍집 내각'의 실권은 박영효가 쥐게 되었다.

군국기무처가 추진한 개혁을 바탕으로 삼아, 이노우에는 후속 개혁 조치들을 시행했다.

1) 8아문으로 이루어진 의정부 체제를 7부로 이루어진 내각으로 바꾸었다. 각 부 아래엔 국과 과를 설치했다.
2) 정부 업무들을 합리적으로 분화시켰다. 행정과 사법을 분리시켜 사법의 독립을 추구하고, 2심제에 따른 재판소들을 설치했다. 일본의 지방행정 체제를 따라서 전국을 8도 대신 23부로 나누었다.
3) 왕실의 존칭을 격상해서 청으로부터 독립했음을 다시 확인했다. 그래서 주상 전하에서 대군주 폐하로, 왕비 전하에서 왕후 폐하로, 왕세자 저하에서 왕태자 저하로, 왕세자빈 저하에서 왕태자비 저하로 바뀌었다.
4) 새로운 교육을 위해 한성사범학교 등의 교육기관들을 설치했다.

비록 조선을 속국으로 만든다는 임무를 띠고 왔지만, 이노우에는 조선과 일본의 이익이 합치하는 방향으로 업무를 추진했다. 그런 태도는 당시 일본의 외교 정책을 주도하던 무쓰 무네미쓰陸奥宗光 외무대신의 정책과 부딪쳤다. 무쓰는 외국과의 교섭에서 늘 일본의 이익을 앞세워야 한다는 강경파를 대표했다. 그래서 그는 조선의 개혁보다는 일본의 실리를 확보하는 데 주력했다. 이노우에는 그런 정책을 비판하면서 조선과 일본이 함께 이익을 보는 정책을 추진하는 것이 옳다고 주장했다. 아울러, 그는 일본의 모리배들이 조선에 들어와서 마구 이권들을 챙기고 조선 사람들을 침탈하는 것에 분개해서 외무성에 그런 자들이 조선에 들어오지 못하게 막아 달라고 요청했다.

이노우에의 기대와는 달리, 차관은 순탄하게 이루어지지 못했다. 은행들은 조선 정부의 상환 능력에 회의적이어서, 차관의 금액은 줄이고 이율은 높게 책정했다. 정부 차관은 무쓰 외무대신의 적극적 지지를 받지 못해서 지지부진했다. 결국 양력 1895년 2월 하순에야 300만 엔 차관 안이 일본 의회를 통과했다. 그러나 이 차관의 조건들이 너무 각박해서 조선 정부의 반발과 분개를 불렀다. 이노우에는 일본 정부가 작은 이익만을 따지다가 실기失期했다고 안타까워 했다.

그래도 차관이 들어오기 시작하자 조선 정부는 제대로 움직이게 되었고 개혁 작업도 다시 활기를 띠었다. 바로 그때 청일전쟁을 마무리한 「시모노세키下關조약」에 따라 일본이 얻은 요동(랴오둥)반도를 중국에 돌려주라고 러시아, 프랑스, 독일 세 강국들이 일본을 압박했다. 결국 일본이 굴복해서, 요동반도는 다시 중국으로 돌아갔다. '삼국 간섭'이라 불린 이 사건은 일본의 국제적 위상이 아직 낮다는 것을 드러냈고, 당연히 일본과 조선 사이의 관계에도 큰 영향을 미쳤다.

친러파의 대두

'평양 싸움'에서 이겨 청군을 조선에서 축출하고 '압록강 싸움'에서 청 함대를 괴멸시켜 황해의 제해권을 장악한 일본군은 승세를 타고 중국 본토 공격에 나섰다. 양력 1894년 10월 하순 조선에서 청군과 싸운 1군은 압록강을 건너 중국으로 진입했고, 새로 편성된 2군은 요동반도에 상륙했다. 11월 하순 일본군은 북양수사의 모항인 여순(뤼순)을 점령했다. 여순은 견고한 요새 도시였지만, 청군은 급히 소집된 병사들이 대부분이어서 훈련도 제대로 받지 못했고 사기도 낮았다. 그래서 우세한 일본군의 공격에 이내 무너졌다.

여순을 점령한 일본군은 청의 군인들만이 아니라 민간인들까지 학살했다. 당시 청군은 일본군 포로나 시체에 현상금을 걸었고, 일본군의 시체를 훼손해서 전시했다. 끝이 날카롭게 깎인 나무 기둥들에 전우들의 머리가 꽂힌 것을 보자 일본군 병사들은 격분해서 보복에 나섰고, 아녀자들까지 모조리 죽이고 시체들을 훼손했다. 이미 '풍도 해전'에서 격침된 수송선에 탔던 청군들을 구조하지 않은 '고승호사건'으로 추락했던 일본군의 국제적 평판은 이 '여순 학살(Port Arthur Massacre)'로 큰 손상을 입었다. 일본의 도덕 수준이 아직 국제사회의 일원이 될 만큼 높지 않다는 서양 열강의 판단은 '불평등 조약'에서 벗어나려는 일본의 외교를 어렵게 하고 '삼국 간섭'이 나오도록 도왔다.

12월 하순 일본군은 산동반도를 장악해서 위해위로 이동한 북양수사의 잔존 함정들을 아예 없애는 작전을 개시했다. 해군 육전대와 보병이 잇따라 산동반도에 상륙한 다음 위해위를 포위했다. 청군은 완강히 저항했지만, 2월 초순 위해위는 일본군에 함락되었다. 그래서 발해만의 출입구인 유공도와 일도에 정박한 북양수사 함정들은 발해만 밖의 일본 함대와 요동반도와 산동반도의 일본 육군에 포위되었다. 청 함정들은 위해위 포대의 사격에 맞서면서 버텼지만 피해가 너무 컸다. 마침내 2월 중순 정여창 제독은 휘하 장병들과 외국인 용병들의 자유를 보장한다는 조건으로 일본군에 항복했다. 자신은 음독 자결했다.

전황이 불리해지자 청은 일본과 강화를 희망했다. 그래서 양력 1895년 4월에 시모노세키에서 청의 이홍장과 일본의 이토 히로부미 사이에 강화에 관한 협상이 진행되어 조약이 맺어졌다. 주요 조건들은 1)

'시모노세키조약'은 청에 굴욕적이고 가혹했다. 영토를 빼앗긴 것이 근본적 문제였지만, 엄청난 배상금도 청에겐 큰 짐이 되었다.

청과 조선 사이의 종주국-번국 관계를 해소하고, 2) 청은 요동반도, 대만 및 팽호 열도를 일본에 할양하고, 3) 청은 일본에 7년에 걸쳐 2억 냥(약 3.1억 엔)의 배상금을 지불하며, 4) 청은 일본에 최혜국대우를 제공한다는 것이었다.

'시모노세키조약'은 청에 굴욕적이고 가혹했다. 영토를 빼앗긴 것이 근본적 문제였지만, 엄청난 배상금도 청에겐 큰 짐이 되었다(배상금 2억 냥은 청의 한 해 세입의 2.5배였다). 그러나 요동반도를 장악하고 수도 북경을 향해 진군해 오는 일본군에 대항할 힘이 없던 터라, 청은 일본이 요구한 조건들을 그대로 받아들였다.

일본의 탐욕은 중국에 진출한 서양 열강의 반발을 불렀다. 일본이 요동반도를 얻으면 만주로 진출하려는 자신의 정책이 위협을 받는다고 여긴 러시아가 시모노세키조약에 특히 거세게 반발했다. 러시아는 입장이 비슷한 프랑스와 독일과 함께 일본이 요동반도를 내놓아야 한다고 주장했다. 결국 일본은 요동반도를 내놓았고 대신 3천만 냥의 보상금을 받았다.

러시아가 주동한 '삼국 간섭'으로 일본이 요동반도를 내놓는 것을 보자, 조선 정부는 러시아의 힘을 새삼 깨닫게 되었다. 마침 미국, 영국, 러시아 및 독일의 공사들이 조선 외부에 공한을 보내서 일본에 철도 이권을 허여하는 것은 다른 나라들의 상업적 이익을 해친다고 지적했다.

이처럼 일본의 국제적 권위가 실추하자, 일본 대신 러시아에 의지해서 조선의 독립을 보전하자는 사람들이 늘어났다. 이들 친러파親露派는 이범진李範晉과 이완용李完用이 핵심이었지만, 실질적 지도자는 민비였다. 러시아에 의존하게 되면 일본의 압도적 영향에서 벗어날 수 있을 뿐 아니라, 러시아가 전제군주제를 지녔고 조선의 내정 개혁에 관심이 없었으므로, 개혁으로 잃은 왕실의 권한을 되찾을 수 있다고 민비는 판단했다. 그래서 러시아 공사 폰 베베르(Carl Friedrich Theodor von Waeber)와 그의 부인을 신임했고 그들의 조언을 따랐다.

민비는 박영효와 결탁해서 내각을 장악하려 시도했다. 박영효는 갑신정변의 주역이어서 원래 민비의 정적이었으나, 박영효가 흥선대원군과 대립하자 그와 연합한 것이었다. 결국 5월에 김홍집 총리대신이 사직하고 박정양이 총리대신이 되었다. 실권은 내부대신 박영효가 쥐었다. 그러나 6월에 이노우에가 본국 정부와 정책을 협의하려고 일본으로 돌아간 사이에 민비는 박영효를 반역죄로 몰아 축출했다. 이어 고종은 "금후로는 짐이 친정하겠다"고 각의에서 선언했다. 일본을 배경으로 삼은 박영효가 실각하면서 내각은 친러파가 장악했고, 조정에 대한 러시아의 영향력은 더욱 커졌다.

을미사변

전쟁을 치르면서 확보한 조선에서의 우위를 잃어 가고 일본에 가장 위협적인 러시아가 대신 영향력을 늘려 가는 상황에 일본은 민감하게 반응했다. 일본 정부는 민비를 제거하지 않으면 조선을 장악할 수 없다고 판단했다. 마침 이노우에 공사가 자신의 임무는 끝났다면서 사의를 밝혔다. 일본 정부는 민비를 제거할 임무를 수락한 미우라 고로三浦梧樓를 후임으로 삼았다.

미우라는 조선에 있던 일본인들과 민비를 증오하는 조선인들을 동원해서 민비 암살을 추진했다. 당시 한성에는 공사관과 거류민을 보호하는 일본군과 일본 경찰이 있었다. 아울러 '대륙 낭인浪人'이라 불리는 일본 민간인들도 많이 머물고 있었는데, 이들은 일본의 이익을 추구하면서 일본 외교관들과 군인들의 지시를 받아 폭력을 행사했다. 병력의 지휘는 일본군 소좌 출신인 오카모토 류노스케岡本柳之助가 맡았다.

미우라의 계획에 가담한 조선인들은 주로 홍선대원군 둘레의 반 민비 세력이었다. 홍선대원군은 75세여서 노쇠했고 세력도 크지 않았다. 그러나 민비가 개화파를 모조리 몰아내고 옛 체제로 복귀하려 시도한다는 우려가 널리 퍼져서 많은 개화파 인사들이 흥선대원군에게 협력했는데, 그들의 중심은 유길준이었다.

당시 조선의 권력층은 세 파로 나뉘었다. 왕실과 민비 일족은 '절대적 군권君權'을 지키려 했고, 자연히 개혁에 부정적이었다. 개혁을 주도하는 내각의 관리들은 '아직은 미약한 신권臣權'을 늘리려 했다. 이들은 7월에 총리대신으로 복귀한 김홍집을 중심으로 느슨하게 연합해서 은연중에 왕실과 맞서는 형국이었다. 흥선대원군과 그의 손자 이준용을 지지하는 세력은 고종을 폐위하고 이준용을 옹립하려 했다.

반 민비 세력이 결집하게 된 결정적 계기는 친러파 정권이 시도한 훈련대 해산이었다. 훈련대는 갑오경장이 처음 추진되었을 때 창설된 근대식 군대였다. 일본 군대를 모범으로 삼았고 일본인 교관들이 지도했으므로 훈련대는 처음부터 일본의 영향 아래 놓였다. 친러파 정권은 훈련대를 대치할 군대의 조직에 나서서, 1895년 윤5월에 미국인 장교의 지도를 받는 시위대侍衛隊에 궁궐 호위 임무를 맡겼다. 마침 훈련대 병졸과 순검巡檢이 충돌한 사건이 일어나자, 친러파 정권은 훈련대를 해산하기로 결정하고 그런 결정을 미우라 공사에게 통보했다. 자연히 훈련대는 반 민비 세력의 핵심이 되었고 민비 암살에서 결정적 역할을 하게 되었다.

미우라가 '여우 사냥'이라 부른 이 암살 계획은 원래 8월 22일 실행될 예정이었다. 그러나 8월 19일 조선 정부가 예상보다 빨리 훈련대 해산 명령을 내리자, 미우라는 곧바로 계획을 실행했다. 8월 20일 새벽 3시 공덕리의 흥선대원군 별저에 모인 낭인들과 조선인들은 오카모토의 지휘 아래 경복궁으로 향했다. 흥선대원군도 이들과 동행했다. 이들이 경복궁에 이르자, 일본군 3개 중대와 조선군 훈련대 1개 대대가 합세했다.

당시 궁궐을 지키던 시위대를 실질적으로 지휘한 사람은 윌리엄 매켄타이어 다이(William McEntyre Dye)였다. 그는 미국 남북전쟁에서 북군 대령으로 활약했다. 예편된 뒤엔 이집트의 군사고문관으로 일했고 1888년 고종의 군사고문관으로 부임했다. 민비를 해치려는 병력이 궁궐을 에워쌌을 때, 그는 궁궐 안에 있었지만 시위대를 지휘해서 궁궐을 지키지 못했다. 궁궐을 공격한 병력은 시위대를 쉽게 몰아내고 국왕과 왕비가 머무는 궁실을 장악했다. 이어 일본인 낭인들이 민비를 찾아내서 참살하고 시체를 불태웠다.

외국 공사관이 병력을 동원해서 주재국 궁궐에 침입하고 왕비를 살해한 것은 유례가 없는 만행이었다. 당연히 조선 안에서만이 아니라 국제적으로 일본을 비난하는 여론이 거세게 일었다. 일본 공사관은 '을미사변乙未事變'이라 불리게 된 그 만행이 조선인들 사이의 권력 투쟁에서 일어난 일이라고 발표했다. 그러나 일본인 자객들이 고종을 협박하고 궁녀들을 구타하며 민비를 살해한 현장에 있었던 다이 대령과 러시아인 군사고문이 당시 상황을 자세하게 증언했다. 일본은 외무성 정무국장 고무라 주타로小村壽太郎을 조선에 파견해서 실정을 조사한 다음, 미우라 공사를 파면하고 일본 공사관이 사건에 가담했다고 시인했다.

미우라를 비롯한 범인들은 일본으로 송환되어 재판을 받았다. 그러나 결국엔 증거불충분으로 모두 석방되었다. 당시 일본 사람들은 모두, 민비 살해에 가담한 자들을 조선에 대한 러시아의 영향력이 커지는 것을 막은 애국지사들로 여겼다. 일본 군부에서 온건파에 속했던 미우라가 민비 살해를 주도할 주 조선 공사 직책을 수락한 데서부터 그런 사정이 드러났다. 미우라는 야마가타 아리토모를 중심으로 한 일본 육군의 주류에 맞선 비주류의 중심인물들 가운데 하나였다. 그는 자유주의적 경향을 보인 비주류 장군들과 함께 천황에게 의회 개설, 헌법 제정, 육군 개혁에 관한 청원을 해서 거듭 좌천되었다. 갑신정변이 일어났을 때 일본에서 사쓰마번을 중심으로 '정한론征韓論'이 일어나자, 그는 앞장서서 그런 주장을 펴는 데 공헌했다. 이어 일본의 해외 팽창 정책에 줄곧 반대했고, 청일전쟁이 끝난 뒤 요동반도를 청으로부터 할양받은 것을 비판했다. 그런 인물이 민비 살해 임무를 선뜻 수락하고 아무런 회의나 주저 없이 그 잔혹한 범죄를 실행한 것은 일본의 사회 풍토와 당시 여론을 잘 보여 준다.

민비가 살해된 뒤 새로 들어선 김홍집 내각은 먼저 민비 살해를 정당화하는 조서를 고종에게 강요했다. 그 조서에 따라, 민비는 "옛날 임오[1882] 때와 마찬가지로 짐을 떠나 피난했다"는 이유로 왕비에서 서인으로 신분이 강등되었다. 이런 조치는 당연히 큰 분개와 저항을 만나, 한 달 뒤에 민비는 왕비로 복위되었다. 그리고 1897년 대한제국으로 국체가 바뀌면서 명성황후明成皇后로 추존追尊되었다.

명성황후에 대한 당대인들의 평가는 박했다. 1873년 11월 고종이 친정을 시작한 뒤, 그녀는 조선의 실질적 통치자였다. 당시 사람들은 "고종은 인형이고, 민비는 인형을 조종한다"고 평했다. 불행하게도 명성황후는 국왕의 통치가 궁극적으로 백성들을 위한 일이라는 생각을 할 만큼 식견이 높지 못했다.

왕비가 피살되었다는 소식을 들은 날, 윤치호는 영문 일기에 비통한 심경을 토로했다.

"나는 왕비의 통치(reign)가 좋은 것이었다고 이 세상에서 마지막으로 인정할 사람이다. 만일 그녀가 그녀의 음모와 사악한 총신들을 버리도록 할 길이 달리 없다면, 나는 그녀의 폐위를 주창할 수도 있다. 그러나 나는 일본인 자객들에 의해 저질러진 그녀의 잔인한 살해에 찬동할 마지막 사람이다."

그는 왕비가 일본의 무뢰배들에 의해 암살된 사실에 분노했을 따름, 참혹한 최후를 맞은 왕비에 대해서 흠모는 고사하고 연민도 드러내지 않았다. 당시 조선 지식인들의 다수는 윤치호와 비슷한 마음이었을 것이다.

흥미롭게도, 명성황후를 후하게 평가한 사람은 이노우에 가오루 공사였다.

> [이노우에] 백작은 왕비의 영리함과 정치적 현명함에 대한 큰 존경심을 공개적으로 표현했다. "그녀는 조선에서 많은 적들을 가졌다"고 그는 말했다. "그러나 그녀는 비상한 힘을 지닌 여인이다. 비록 미신적 행위들에 빠졌지만. 그녀는 그녀의 아들[뒤의 순종]의 안위를 걱정하는데, 그는 두드러지게 똑똑하고 촉망을 받는 소년이다. 그래서 그녀는 그의 안녕을 위해 부처들에게 항상 기도한다."
>
> (프레더릭 맥켄지F. A. McKenzie, 『조선의 비극*The Tragedy of Korea*』)

이노우에의 얘기는 현직 외교관의 공개적 발언이므로, 주재국 왕비에 대한 그의 높은 평가는 좀 에누리해서 들어야 할 것이다. 그래도 그의 얘기엔 명성황후에 대한 존경과 공감이 배어 있다. 특히, 명성황후가 무속에 빠진 것이 아들 태자의 안녕에 대한 걱정에서 나왔다는 얘기는 명성황후의 절박한 심리를 읽은 데서 나왔다.

이노우에는 고매한 인품, 깊은 신의, 그리고 솔직한 성격을 지녔다는 평을 들었다. 다른 일본 사람들과는 달리 그는 주재국의 왕비를 예우하고 이해하려 노력했다. 그래서 명성황후의 처지에서 그녀의 판단과 행동을 살피려 애썼다.

그가 일본의 개화 과정에 직접 참여한 사람이었다는 점도 있다. 그는 원래 '존왕양이'를 주장한 조슈번의 무사였다. 그러나 서양 문명의 우수성을 깨닫자, 이토 히로부미와 자신의 동생을 포함한 4인과 함께 밀항해서 영국에 유학했다. 이들은 뒤에 일본의 개화를 위해 크게 활약해서 '조슈 오걸長州五傑'이라 불렸다. 그는 막부 체제를 무너뜨리고 메이지유신을 성공시키는 데 큰 역할을 했다. 그 과정에서 그는 개항과 개화가 사회를 얼마나 깊이 분열시키는가 절감했다. 무진전쟁이 일어나기 직전 조슈번이 막부에 대항했을 때, 그는 "군사력은 갖추되 막부에 공순하게 대하자"는 온건한 주장을 폈다. 그의 주장에 반대한 강경파의 습격을 받아 그는 빈사 상태에서 가까스로 살아났다.

그래서 이노우에는 유난히 전통적 질서가 단단하고 개혁을 추진할 세력이 거의 없는 조선 사회에서 개화가 얼마나 힘들고 더딘 일인지 잘 인식할 수 있었다. 실제로 그는 일본인들 가운데 조선 사정에 가장 밝았다. 1875년 '강화도사건'이 일어나자, 그는 부사로 임명되어 정사 구로다 기요다카黑田淸隆를 보좌해서 이듬해에 '조일 수호조규'를 맺었다. 1882년에 임오군란이 일어나자 그는 외무경外務卿으로 조선과 '제물포조약'을 맺어 사태를 수습했다. 1884년 갑신정변이 일어나서 일본이 청에 밀리자 그는 특명전권대신으로 조선에 파견되어 이듬해에 '한성조약'을 맺어서 위기를 넘겼다. 이처럼 여러 번 조선과 외교 교섭에 나서며 그는 조선 사회의 문화와 조선 사림들의 세계관에 대해서 잘 알게 되었다.

이노우에는 조선 사회가 여성을 극도로 억압해 온 사회라는 것과, 그런 사회에서 여성이 얻을 수 있는 지식엔 큰 제약이 있다는 것을 인식했다. 별다른 교육을 받지 못해서 세상 사정을 이해하는 데 근본적 한계를 지녔음에도 불구하고 상당히 명민하게 판단하고 결단력을 지닌 명성황후를 그는 점점 존경하게 된 것이었다. 그녀의 가장 큰 문제였던 민씨 일족의 중용만 하더라도, 그녀가 배운 유교적 전통과 가문 중심의 풍토로 평가하면 부자연스러운 일이 아니었다. 무엇보다도 그는 모든 문제들의 뿌리가 양반계급이 노예계급을 착취해 온 조선 사회의 구조라는 점과, 그런 구조 안에서 개인들이 선택할 여지는 아주 작다는 점을 인식했다.

이노우에는 물론 잘 알았다. 명성황후가 러시아에 접근하는 것이 얼마나 위험한가. 일본으로선 조선이 러시아와 가까워지는 것을 결코 용납할 수 없었으므로, 극단적 조치를 취해서라도 막을 터였다. 명성황후를 포함한 당시 조선 사람들은 잘 인식하지 못했지만, 일본의 외교 정책의 근간은 러시아의 남진에 대항하는 것이었다. 특히 러시아의 주도로 '삼국 간섭'이 나온 뒤로는 조선에 대한 러시아의 영향력이 커지는 것을 극도로 경계해 왔다.

러시아로 기우는 조선 왕실을 회유하기 위해 이노우에는 마지막 노력을 했다. 그는 조선 왕실이 당면한 가장 큰 문제인 재정 곤란을 덜어주어 조선 왕실을 회유하는 방안을 추진했다. 그는 300만 엔을 조선 왕실에 기부하자고 제안해서 일본 내각의 승인까지 받았다. 그는 고종과 민비에게 일본 정부가 기부금을 제공하기로 했다는 사실을 보고했다. 물론 고종과 민비는 크게 반겼고, 그는 잃었던 영향력을 어느 정도 회복했다고 판단했다. 그러나 미우라가 부임하던 시점에 일본 외무성은 의회의 승인을 얻기 어렵다는 이유를 들어 기부금을 취소했다.

결국 이노우에가 걱정한 일이 벌어졌다. 명성황후의 암살은 천인공노할 악행이었을 뿐 아니라, 모두에게 두고두고 해를 끼친 비극적 사건이기도 했다. 실은 그것은 일본 자신에게도 외교적 좌절을 안겨 주었다. 그처럼 불행한 사건을 예견하고 막으려 애쓴 이노우에의 노력이 허사가 된 것은 역사적 불행이었다.

아관파천

을미사변으로 고종은 실질적으로 일본군의 포로 신세가 되었다. 새로 주 조선 일본 공사로 부임한 고무라 주타로와 그를 돕기 위해 특파대사 자격으로 조선에 돌아온 이노우에는 1895년 9월 김홍집을 총리대신으로 삼아 새 내각을 수립했다. 이 제4차 김홍집 내각의 실권은 유길준에게 있었고, 그를 중심으로 개혁이 이어졌다.

유길준은 박규수의 문인으로 김옥균, 박영효, 서광범, 김윤식 등 개화파 청년들과 교유했다. 1881년 신사유람단에 참가해서 일본 게이오의숙에서 수학했다. 1883년엔 보빙사報聘使 민영익의 수행원으로 미국에 가서 유학했다. 갑신정변이 실패했다는 소식을 듣자 학업을 중단하고 유럽을 견학하고 1885년에 돌아왔다. 그러나 갑신정변의 주모자들과 친교가 있다는 이유로 체포되어 가까스로 처형을 면하고 7년 동안 가택 연금 조치를 당했다. 그 기간에 서양의 문명을 소개하는 『서유견문西遊見聞』을 집필했다. 1895년에 발간된 이 책은 조선 사람이 쓴 서양 문명 소개서들의 백미로, 조선의 개화사상과 개혁운동의 이론적 토대가 되었다.

제4차 김홍집 내각이 실행한 개혁 조치들 가운데 중요한 것들은 아래와 같다.

1) 음력 대신 양력을 채용해서, 1895년 11월 17일을 1896년 1월 1일로 삼았다. 아울러 '건양建陽' 연호를 사용했다.
2) 정부 주도로 종두를 시행했다.
3) 우체사郵遞司를 설치해서 근대적 우편 제도를 정착시켰다.
4) 상투를 깎도록 하는 단발령斷髮令을 내렸다.
5) 근대식 학교들을 설치했다.
6) 훈련대와 시위대를 합쳐서, 한성에 친위대親衛隊를 두고 지방엔 진위대鎭衛隊를 두었다.

이런 개혁 조치들 가운데 가장 중요한 것은 양력의 채용이었다. 역법을 바꾸는 것은 워낙 근본적 변화고 사회 전반에 걸친 조치여서, 사회적으로나 개인적으로나 비용이 많이 드는 일이다. 당연히 사람들의 저항도 클 수밖에 없었다. 일본도 메이지 시대가 시작된 지 5년인 1873년에야 양력을 채용했고, 중국은 신해혁명이 일어난 1912년에 비로소 채용했다.

그러나 가장 큰 저항을 만난 조치는 단발령이었다. 11월 15일 개화파 대신들의 강요를 견디지 못하고 고종은 단발령을 선포했다. 그리고 자신과 태자가 먼저 상투를 잘랐다. 다음 날엔 관리들에게 단발을 시행했다. 이어 온 국민들에게 단발을 강권하기 시작했다.

상투를 트는 것은 번거롭고 비위생적이고 일하는 데 방해가 되므로 상투를 깎아야 한다는 개화파의 주장은 합리적이었다. 그래도 오래된 습속을 별다른 계도나 준비 없이 단숨에 바꾸는 것은 비현실적 조치였다. 조선에선 "몸과 터럭, 살갗은 부모로부터 물려받았으므로, 감히 훼손하지 않는 것이 효도의 시초다身體髮膚, 受之父母. 不敢毁傷, 孝之始也"라는 공자의 가르침이 뿌리를 깊이 내렸다. 자연히 거의 모든 사람들이 상투를 자르는 것은 불효라는 생각을 지녔으니, "내 머리는 자를 수 있을지언정 내 머리털은 자를 수 없다吾頭可斷, 吾髮不可斷"고 단발을 단호히 거부한 최익현崔益鉉의 말은 거의 모든 사람들의 생각을 대변했다.

갑오경장으로 많은 제도들이 한꺼번에 바뀌면서 사람들은 급격한 변화에 따른 피로감이 극심했고 개화에 대한 반감이 커진 참이었다. 단발령은 그런 민심에 불을 댕겼다. 이미 을미사변으로 명성황후가 암살된 것에 분개해서 일본 세력을 몰아내자는 의병 운동이 일어난 터였다. 9월 중순에 충청도 남부 유성에서 전 진잠현감 문석봉文錫鳳이 기병하자, 인근 회덕, 옥천, 공주의 유생들이 호응했다. 단발령이 나오자 의병 운동은 큰 운동량을 얻어 전국으로 빠르게 확산되었다. 경기도 서부의 박준영朴準英, 강원도 춘천의 이소응李昭應, 강릉의 민용호閔龍鎬, 충청도 홍주의 김복한金福漢, 제천의 유인석柳麟錫, 경상도 산청의 곽종석郭鍾錫, 김천의 허위許蔿, 전라도 나주의 기우만奇宇萬 등이 상당한 세력을 거느리고 의병장으로 활약했다.

명성황후의 시해에 대한 분노, 일본에 대한 반감, 그리고 단발령에 대한 거부가 겹쳐서, 의병 운동은 엄청난 운동량을 지니게 되었다. 그러나 의병 지도자들은 뚜렷한 목표도 그것을 실현할 전략도 없었다. 일본 세력을 몰아내는 것은 모두 바라는 바였지만, 이미 동학란의 비참한 실패에서 깨달은 터라 누구도 그것이 가능한 목표라고 여기지 않았다. 모두 개화 조치들에 대해 불만이 컸지만, 그것들을 마냥 거부하는 것이 가능하다고 믿은 것도 아니었다. 구체적이고 현실적인 목표가 없으니 전략이 나올 수 없었다. 그들은 서로 연결해서 국민적 운동으로 만들려는 노력도 하지 않았다.

결국 그들은 자신들이 싫어하는 정책들을, 특히 혐오스러운 단발령을 시행하는 지방 관아들을 습격해서 수령들을 죽여 분풀이를 했다. 그리고 정부군이 진압에 나서자, 제대로 맞서지 못하고 이내 흩어졌다. 비장한 민중 운동으로 시작된 '을미 의병'은 결국 아무런 긍정적 영향을 미치지 못한 채 일시적 소요로 끝났다.

그래도 그 운동이 뜻을 지니지 못한 것은 아니었다. 그것의 비현실성과 한계가 오히려 그것의 진정한 뜻을 도드라지게 했다. 국왕이 외국군의 포로가 되고 나라가 점점 외국의 속국으로 되어 가는 상황을 그냥 받아들이는 사람들이라면 어떻게 스스로 '산 사람들'이라 할 수 있겠는가? 스스로 나라를 이루어 살 자격이 있는 사람들이라고 다른 나라들로부터 인정받을 수 있겠는가? 일단 그런 구차한 운명을 단호히 거부하고 맨주먹으로라도 일어서는 것이 '산 사람들'의 선택이 아니겠는가? '을미 의병'을 일으킨 사람들이 자신들에게 던진 그 괴로운 물음은 개항 뒤 조선 사람들이 스스로에게 거듭 던져 온 물음이었고 앞으로도 계속 던지게 될 물음이었다. 그 물음에 대한 답을 찾아가는 험난한 과정이 조선 사람들이 민족적 정체성을 얻어 가는 과정이었다.

비록 조선 사회에 별다른 영향을 미치지 못했지만, '을미 의병'은 조선 역사의 흐름을 바꾼 사건을 촉발시켰다.

고종과 왕태자는 몰래 궁녀 교자를 타고서 경복궁에서 빠져나와 러시아 공사관으로 들어갔다. 한 해 반 동안 이어진 갑오경장은 아관파천이라는 암초에 부딪쳐 좌초되었다.

의병들의 세력이 커져서 지방의 진위대 병력만으로 진압이 어렵게 되자, 정부는 한성의 친위대 병력까지 지방으로 보냈다. 한성의 경비가 허술해진 틈을 타서 친러파는 일본군의 통제를 받는 고종을 러시아 공사관으로 피신시키려 시도했다. 흥선대원군과 친일파가 폐위를 모의하니 러시아 공사관으로 잠시 피신하자는 친러파의 건의에 고종은 선뜻 동의했다.

친러파의 모의에 러시아 공사 베베르도 적극적으로 협력했다. 1896년 2월 10일 그는 공사관 보호를 구실로 삼아 인천에 정박한 군함에서 수병 120여 명을 한성으로 불러들였다.

다음 날 새벽 고종과 왕태자는 몰래 궁녀 교자를 타고서 경복궁에서 빠져나와 러시아 공사관으로 들어갔다. '아관파천俄館播遷'이라 불리게 된 이 사건은 정국을 단번에 뒤집어 놓았다. [당시 조선에서 러시아는 아라사俄羅斯로 음역되었다. 이런 표기는 원래 청淸의 관행이었다. 일본의 영향이 커진 뒤엔 일본식 음역인 노서아露西亞로 대치되었다.] 고종은 친러파를 중심으로 내각을 꾸몄다. 총리대신으로 임명된 김병시金炳始가 근무하지 않아서, 박정양이 실질적으로 내각을 이끌었다.

고종은 러시아 공관으로 망명하게 된 사정을 설명하고, 명성황후 시해범들을 처벌하겠다는 뜻을 밝히고, 단발령을 취소한다는 내용을 담은 조서를 러시아 공관 정문과 한성의 중심지들에 내걸었다. 이어 군중에게 이미 타살된 총리대신 김홍집과 농상공부 대신 정병하鄭秉夏를 역적으로 지목해서 효수했다. 탁지부대신 어윤중은 도피하다가 군중에 피살되었다. 내부대신 유길준을 비롯한 내각의 주요 인물들은 일본 군영으로 도피했다가 일본으로 망명했다.

이런 상황에 대해 일본은 차분한 반응을 보였다. 무력으로 조선 정부에 대한 영향력을 되찾으려 시도하면 러시아와 충돌할 위험이 컸는데, 강대국 러시아와 전쟁할 힘이 없다고 판단한 것이었다. 그래서 일본 공사 고무라는 러시아 공사 베베르와 만나 두 나라의 무력 충돌을 방지하는 방안을 협의했다.

이들이 1896년 5월에 작성한 '고무라·베베르 각서'는 1) 러시아 공사관에 피신한 고종이 환궁하는 것은 고종의 의사에 맡기며, 2) 고종의 안전에 관한 우려가 완전히 가시면 환궁하도록 조언하고, 3) 일본은 낭인들을 철저히 통제하고, 4) 현 조선 내각을 신임하고, 5) 부산과 서울 사이의 전신을 보호하기 위해 일본이 경비병을 주둔시켜야 할 필요가 있지만, 이들은 되도록 빨리 경찰로 대치되어야 하며 그들의 수는 200을 넘지 않아야 하고, 6) 일본인 거류민들을 조선 군중으로부터 보호하기 위해 한성에 일본군 2개 중대를, 부산과 원산에 각기 1개 중대씩을 주둔시키며, 7) 러시아도 공사관과 영사관을 보호하기 위해 일본군 병력을 넘지 않는 수준의 병력을 주둔시킬 수 있다고 규정했다.

이어 6월에는 러시아 차르 니콜라이(Nikolai) 2세의 대관식에 참석한 야마가타 아리토모 전직 수상과 알렉세이 로바노프로스톱스키(Alexei Lobanov-Rostovsky) 외상이 조선에 관해 협상했다. 야마가타는 38도선을 경계로 이남은 일본이, 이북은 러시아가 차지하는 방안을 제시했다. 그러나 조선에 대한 야심을 품었던 러시아는 일본의 제안을 거부했다. 결국 「야마가카·로바노프로스톱스키 협정」은 조선을 일본과 러시아가 공동으로 보호하는 완충국으로 유지하기로 했다. 그런 목적을 위해 두 나라는 조선이 재정을 개혁하고 근대적 경찰과 군대를 창설하고 전신을 유지하도록 돕기로 했다.

그러나 「야마가타·로바노프로스톱스키 협정」엔 공개되지 않은 조항들이 있었다. 하나는 앞으로 중대한 소요가 일어나면 두 나라는 추가 병력을 파견할 권리가 있다는 것이었고, 다른 하나는 조선이 그런 소요에 대응할 만한 군대를 지닐 때까지 두 나라는 병력을 조선에 주둔할 권리가 있다는 것이었다.

이처럼 러시아가 일본을 대신해서 조선에서 압도적 영향력을 지니게 되자, 일본의 강력한 지원을 받아 시행되어 온 개혁은 문득 중단되었다. 특히 고종은 국왕의 권한을 크게 제약하는 개혁에 깊은 반감을 품고 기회가 나올 때마다 저항해 온 터여서, 개혁 조치들을 되돌려 자신의 권한을 늘리는 데 주력했다.

갑오경장의 성과

한 해 반 동안 이어진 갑오경장은 아관파천이라는 암초에 부딪쳐 좌초되었다. 그러나 근본적 변혁을 추구한 조치들이 무위로 돌아간 것은 아니었다. 점점 거세게 밀려들어 오는 서양 문명으로 이미 조선 사람들의 삶은 점점 빨리 바뀌고 있었다. 그런 변화는 개인들에겐 새로운 생각들과 행태들을 요구했고, 사회엔 새로운 제도들과 관행들을 요구했다. 갑오경장의 개혁 조치들은, 단발령처럼 거센 반발을 부른 것들까지도, 이런 요구에 부응하는 것들이었다. 자연히 개혁 조치들은 점점 강한 생명력을 보이면서 조선의 인민들과 사회를 바꾸어 나갔다.

8년 뒤 러일전쟁에서 일본이 이기고 조선에 대한 영향력을 되찾자, 갑오경장의 개혁 조치들은 부활했다. 이런 '타율적 근대화'는 조선의 근대 역사를 규정한 근본적 조건이었다. 자연히 조선의 근대화엔 근본적 한계와 큰 편향이 있게 되었다. 그래도 그런 한계와 편향에만 주목하면 근대화라는 숲을 보지 못하게 된다. 조선이 끝내 일본의 식민지로 전락했다는 역사는 이런 위험을 극대화시켜서, 조선 역사는 궁극적으로 조선 사람들이 이룬 것이라는 당연한 사실을 놓치도록 만든다.

근대화는 본질적으로 새로운 문화의 진화다. 그 문화를 이룬 아이디어들이 누구에게서 나왔느냐, 어떻게 퍼졌느냐 하는 것들은 보기보다는 덜 중요하고 문화의 본질과는 연관이 없다. 조선의 근대화를 이룬 아이디어들이 주로 일본에서 나왔다는 사실은 그 아이디어들의 가치에 아무런 영향을 미치지 않는다. 따지고 보면 일본의 근대화도 서양 문명에서 나온 아이디어들로 이루어졌다. 일본의 창조성은 서양에서 진화한 문화를 자신의 처지에 맞게 변용시켜 새로운 삶을 꾸려 나간 데 있다.

그런 변용에 워낙 뛰어났으므로, 일본은 줄곧 서양 문화가 동아시아에 들어오는 도관導管 노릇을 했다. 그리고 조선은 그런 도관 덕분에 서양 문화를 비교적 효율적으로 받아들여 근대화에 성공했다. 그런 성공의 바탕 위에 다시 대한민국의 자랑스러운 성취가 이루어졌다. 조선의 역사에서 그런 성취는 궁극적 중요성을 지닌다. 나머지 것들은 아무리 중요하게 보이고 '낭만적 애국심(Romantic patriotism)'을 자극해도 부차적 중요성을 지닐 따름이다.

독립신문

서재필이 긴 망명을 끝내고 조선으로 돌아온 때는 청일전쟁으로 조선을 둘러싼 국제 환경이 크게 바뀌고 갑오경장으로 조선 사회가 변신하려 애쓰던 시기였다. 그런 상황은 그에게 조국의 발전을 위해 힘차게 활동할 무대를 마련해 주었다. 처참하게 실패한 갑신정변의 경험과 미국 생활에서 얻은 지식들은 그를 그런 임무에 적합한 인물로 만들었다.

서재필은 궁극적으로 인민들의 지식수준이 사회 발전을 결정한다는 사실을 깊이 인식했다. 조선 사람들의 지식이 시민으로서 필요한 수준에 이르기 전에는 아무리 좋은 개혁 방안들도 사상누각에 지나지 않는다는 것을, 국왕의 절대적 권한을 줄이고 인민들의 권한과 자유를 늘리려는 개화가 국왕에 대한 불충으로 여겨지는 사회에선 근대화가 불가능하다는 것을 그는 잘 알았다.

아직 중세 국가의 신민臣民들에 머무는 조선 사람들을 근대국가의 시민들로 만드는 방안으로 그가 고른 것은 모든 사람들에게 새로운 지식을 널리 전파하는 신문이었다. 당시 조선엔 신문이 없었다. 1883년에 정부에서 〈한성순보漢城旬報〉를 발행했었지만 그것은 관보官報여서 진정한 신문이 아니었고, 한문을 써서 대부분의 인민들은 읽을 수 없었다. 그나마 세 해 만에 폐간되었다. 대중을 상대하는 신문의 필요성은 개화파 지식인들 모두가 절감했지만, 일본 공사관이 탐탁지 않게 여겨서 추진하지 못한 터였다.

서재필의 방안에 내각은 호의적이었다. 내각의 핵심인 유길준이 나서서 신문 창간에 필요한 자금을 제공하도록 내각을 설득했다. 두 사람은 1896년 3월 1일에 신문을 창간하기로 합의했다. 그러나 2월 11일 아관파천이 일어나서 김홍집 내각이 무너지고 유길준을 비롯한 요인들이 일본으로 망명하자 신문 창간 계획이 흔들렸다. 놀랍게도 친러파 내각은 유길준의 약속을 이행하기로 결정해서 신문 창간 계획은 큰 차질 없이 진행되었다. 많은 사람들이 신문의 필요성을 절감하고 있었던 것이다.

마침내 1896년 4월 7일 〈독닙신문〉이란 제호를 단 신문이 나왔다. 타블로이드판 4면의 작은 신문이었는데, 3면까지는 국문판이었고 4면은 영문판이었다. 영문판 제호는 〈The Independent〉였다. 격일간으로 주 3회 발행해서 300부를 찍었다.

> 우리는 쳣재 편벽되지 아니한고로 무삼 당에도 상관이 없고 샹하귀쳔을 달니 대졉 아니 하고 모도 죠션 사람으로만 알고 죠션만 위하며 공평이 인민의게 말할 터인대 우리가 셔울 백셩만 위할 게 아니라 죠션 전국 인민을 위하여 무삼 일이든지 대언하여 주랴 홈 (…) 우리가 이 신문 츌판하기난 취리하랴난 게 아닌 고로 갑슬 헐

1896년 4월 7일 <독닙신문>이란 제호를 단 신문이 나왔다. 서재필의 목표는 조선 인민들의 지식을 근대국가의 시민들이 지녀야 할 수준으로 높이는 것이었다.

> 허도록 하엿고 모도 언문으로 쓰기난 남녀 상하 귀쳔이 모도 보게 홈이요 또 귀절을 떼여쓰기난 알어보기 쉽도록 함이라 우리는 바른 대로만 신문을 할 터인고로 경부 관원이라고 해도 잘못하난 이 잇스면 세상에 그 사람의 행젹을 폐일 터요 사사 백셩이라도 무법한 일 하난 사람은 우리가 차저 신문에 셜명할 터이옴

서재필이 쓴 이 창간호 논설에선 그의 목표와 전략이 선명하게 드러났다. 그의 목표는 물론 조선 인민들의 지식을 근대국가의 시민들이 지녀야 할 수준으로 높이는 것이었다. 그런 목표를 이루는 전략은 〈독닙신문〉을 통해서 조선 사람들 모두에게 세상의 이치와 현황에 관한 지식

을 전파하는 것이었다. 그런 전략에 따라 그는 자신의 신문에 국문만을 쓰기로 했고, 국문 사용의 이점들을 설명하는 데 논설의 절반 넘게 바쳤다.

특히 그는 조선조 사회에서 극도로 차별과 억압을 받아 온 여성들의 지식수준을 높여 사회 참여를 유도하는 일의 중요성을 깊이 인식했다.

> 조션 부인네도 국문을 잘하고 각색 물정과 학문을 배화 소견이 놉고 행실이 정직하면 무론 빈부 귀쳔 간에 그 부인이 한문은 잘하고도 다른 것은 몰으는 귀족 남자보다 놉흔 사람이 되는 법이라

이 창간호 논설은 아직 어둑한 중세 사회인 조선에 근대화의 햇살이 비치기 시작했음을 알리는 새벽닭 소리였다. 그 맑고 힘찬 소리는 조선 방방곡곡에 미쳤다. 비록 300부만 찍었지만, 여러 사람들이 돌려 보았으므로 〈독닙신문〉의 영향력은 컸을 뿐 아니라 전국적이었다.

〈독닙신문〉이 국문만을 쓰고 띄어쓰기를 시도하자, 조선어 문법에 대한 연구도 없고 정설도 없다는 사실이 괴롭게 드러났다. 〈독닙신문〉의 제호가 얼마 뒤 〈독립신문〉으로 바뀐 데서 당시 상황을 엿볼 수 있다. 조선어와는 다른 중국의 한문을 공식 문자로 써 온 터라, 조선어에 대해선 연구는 고사하고 관심조차 없었다. 서재필의 언어에 관한 통찰과 과감한 국문 전용은 그를 도와 회계 사무를 맡고 교정을 보던 주시경周時經을 감화시켰고, 주시경은 조선어 연구에 매진해서 문법의 정립에서 선구적 역할을 했다.

독립협회

〈독립신문〉이 안정적으로 발행되자, 서재필은 민중을 대변할 수 있는 시민단체의 결성에 나섰다. 그의 구상에 많은 개화파 인사들이 공감해서 1896년 7월 초순에 '독립협회'가 발기해서 출발했다. 갑오경장으로 공식적으로는 신분제가 철폐되었고 서재필이 모든 사람들을 회원으로 받았으므로, 독립협회엔 천민 출신들도 많이 참여했다. 회장은 군부대신을 지낸 안경수安駉壽가, 그리고 위원장은 이완용이 맡았다. 박정양, 윤치호, 유길준, 김가진金嘉鎭, 이상재, 송헌빈宋憲斌, 이승만, 오세창吳世昌, 남궁억南宮檍이 위원이 되었다. 서재필은 운영 책임자 자리를 사양하고 고문이 되었다.

서재필은 독립협회의 첫 사업으로 '독립문'의 건립을 추진했다. 두 해 전에 조선 정부는 청의 종주권을 부정하고 독립국임을 선언했다. 그러나 아직도 조선 사람들의 다수는 전통적 세계관을 고수하면서 중국을 세상의 중심으로 여겼다. 수구적 지식인들은 '위정척사衛正斥邪'를 구호로 내걸고 모든 개화사상과 정책들에 완강히 저항했다.

그런 상황에선 충격적 조치가 필요하다고 서재필은 생각했다. 서대문 밖에는 중국 사신을 조선 왕세자가 고관들을 거느리고 나아가서 맞던 모화관慕華館과 영은문迎恩門이 그대로 있었다. 그는 사대事大의 상징인 이 건물들을 없애는 것이 조선 사람들에게 새로운 세상이 나왔음을 알리는 데 효과가 있으리라고 여겼다. 그래서 영은문을 헐고 그 자리에 독립문을 세우고, 모화관은 독립협회가 인수해서 회관으로 사용하는 방안을 내놓았다.

서재필의 제안은 큰 환영을 받았다. 고종도 선뜻 동의했다. 그래서

1896년 11월 하순에 영은문을 헐고 그 자리에 독립문을 세우는 정초식定礎式을 거행했다. 독립문은 파리의 개선문(Arc de triomphe de l'Étoile)을 축소한 형태로 높이가 15미터가량이고 폭이 12미터가량이다(1836년에 완공된 파리의 개선문은 높이가 50미터고 폭이 45미터다). 독립문을 세우는 일은 빠르게 진행되어, 꼭 한 해 뒤에 완공되었다.

따지고 보면 독립문의 건립은 그리 큰 가치를 지닌 일은 아니었다. 영은문을 헐고 독립문을 세웠다고 조선 사람들의 세계관이 크게 달라졌을 리 없다. 서재필을 도와 〈독립신문〉 영문판을 발행하고 그를 높이 평가한 미국인 선교사 호머 헐버트(Homer B. Hulbert)도 독립문의 건립이 "피상적 시위에 지나지 않는다"고 평했다. 건물 자체가 큰 예술적 가치를 지닌 것도 아니었다. 그래도 독립문은 서재필에게 불후의 명성을 보장했다. 조선의 근대화에 서재필보다 큰 공헌을 한 사람을 꼽기는 어렵다. 그리고 그는 조국의 근대화와 독립에 말 그대로 모든 것들을 바쳤다. 그래도 지금 한국인들의 다수는 독립문 덕분에 서재필이라는 이름을 기억한다. 그의 진정한 공헌들을 아는 사람들은 드물다. 세상 이치가 그렇다. 거대한 구축물을 만드는 것만큼 명성을 오래 지니는 일은 없다. 무덤을 거대하게 만든 덕분에 이집트의 파라오들은 몇천 년 지나도 잊히지 않았고, 만리장성을 완성한 덕분에 진 시황제秦始皇帝는 지금도 중국을 상징한다. 독립문이 세워졌을 때, 불운한 선각자 서재필은 그런 사정을 어렴풋이나마 예감했을까?

〈독립신문〉을 발행하고 논설들을 쓰면서 독립협회를 이끄는 것은 누구에게도 벅찬 일이었다. 그러나 서재필은 틈을 내어 헨리 아펜젤러(Henry G. Appenzeller)가 세운 배재학당培材學堂에 나가서 학생들을 가르쳤다. 강사료도 받지 못하는 일이었지만, 그는 학생들에게 새로운 지식을 가르치는 일에서 큰 즐거움과 보람을 느꼈다. 그는 세계사를 가르치고 서양의 발전된 문물을, 특히 자유민주주의 이념과 제도를 소개했다. 그의 강의에 감화된 학생들 가운데 여럿이 조선의 지도자들로 자라났는데, 이승만, 주시경, 신흥우, 김규식은 두드러진 인물들이다.

그런 활동들을 통해 서재필이 함양하고자 애쓴 것은 건전한 토론 문화였다. 미국 사회의 모습을 살핀 터라, 그는 자유롭고 너그러운 토론들이 가능한 사회에서 건강한 민주주의가 자라날 수 있다고 믿었다. 엄격한 신분제가 자리 잡고 국왕이 절대적 권력을 지닌 사회인지라 조선에선 토론 문화가 발전할 수 없었다. 자연히 작은 논점들을 놓고도 사생결단을 하게 되어, 당쟁이 늘 치열했고 끔찍한 사화士禍들이 주기적으로 일어났다.

토론 문화의 중요성을 깨우쳐 주는 서재필의 가르침에 호응해서, 배재학당 학생들은 '협성회協成會'라는 토론 모임을 만들었다. 그리고 조선의 근대화와 관련된 주제들—자주독립, 시민들의 자유와 권리, 인민 교육, 언론의 역할, 의회의 설립 등—을 다루었다. 처음엔 배재학당 학생들만의 모임이었는데, 일반인들도 회원으로 받아들이면서 크게 성공해서 지방에도 지부들이 결성되었다. 1898년 1월부터 회보를 발행했는데 이익채李益采가 회장, 양홍묵梁弘默이 실무를 전담한 회보장會報長, 그리고 이승만이 주필이었다.

이사이에도 〈독립신문〉은 빠르게 성장했다. 발행 부수는 곧 500부로 늘어났고 전성기엔 3천 부까지 찍었다. 본사는 정동에 있었고 인천, 원산, 부산, 평양, 개성, 수원, 파주, 강화에 지국을 두었는데, 곧 전국의 주요 도시들에 지국이 설치되었다.

헐버트가 관장한 영문판 〈The Independent〉도 번창했다. 헐버트는 1886년에 감리교 선교사로 조선에 와서 육영공원育英公院에서 영어를 가르쳤다. 1891년에 미국에 돌아갔다가 1893년에 다시 조선을 찾았다. 그는 선교 업무를 하면서 배재학당에서 가르쳤는데, 이승만도 그에게서 배웠다. 그는 한글의 정자법(orthography)과 문법을 처음으로 연구한 학자였고 한글의 우수성을 세계에 알렸다. 그의 성취는 주시경에 의해 계승되었다.

헐버트는 평생 조선의 독립을 위해 헌신했다. 고종의 신임이 두터워서 을미사변 중에는 고종의 곁을 지켰다. 1907년 고종이 '제2차 헤이그 만국평화회의(the Second Hague Peace Conference)'에 이상설李相卨, 이준李儁, 이위종李瑋鍾을 일본 몰래 파견했을 때 헐버트는 세 밀사들의 활동을 도왔다. 그리고 이승만이 대한민국 임시정부 대통령이 된 뒤로는 배재학당 제자의 충실한 후원자로 활약했다.

영문판은 조선의 사정을 알리는 유일한 영어 신문이라서 반응이 좋았고 해외에서도 꽤 많이 구독했다. 그래서 창간 이듬해인 1897년 1월 1일자부터 영문판을 따로 발행했다. 크기도 곱절로 늘리고 4면으로 늘려서 어엿한 신문의 모습을 갖추었다.

〈독립신문〉은 처음엔 인민들의 계몽에 역점을 두었다. 인민들의 지식을 근대국가의 시민들이 지녀야 할 수준으로 높인다는 목표를 세웠으니, 세상의 이치와 현황에 관한 지식을 소개하는 것은 당연한 전략이었다. 자연히 〈독립신문〉은 정부와 협력적 관계에 있었다. 정부는 창간 자금을 지원했고 학교들과 관공서들에 구독을 권장했다. 아관파천으로 급히 만들어진 내각이 안정적으로 움직이도록 도울 필요도 있었다.

실제로 아관파천 직후엔 앞날에 대한 국민들의 기대가 컸다. 일본 덕분에 중국과의 오랜 종번 관계에서 벗어나 독립을 선언했고, 이번엔 러시아의 협력 덕분에 정부가 일본의 통제에서 벗어난 터였다. 일본과 러시아가 서로 견제하고 다른 열강들이 주시하는 상황에서 조선 정부는 모처럼 독자적 정책을 수행할 여지를 얻었다. 다행스럽게도 베베르 러시아 공사는 유능한 뿐 아니라 절제의 미덕을 갖춘 외교관이었다. 그는 자신의 보호를 받는 조선 정부가 독자적으로 움직이도록 하고 되도록 간섭하려 하지 않았다.

새로운 상황에 고무되어 고종도 을미사변의 충격에서 벗어나 모처럼 활발하게 움직였다. 개화파에 우호적 태도를 보였고, 갑오경장의 개혁 조치들 가운데 자신에게 직접적 영향을 미치지 않는 것들은 막지 않았다. 그도 개화가 대세라는 것을 알고 있었다.

조선 사회가 바뀌고 있음을 선명하게 보여 준 것은 을미사변에서 명성황후를 시해한 자들에 대한 재판이었다. 워낙 중대하고 잔인한 범죄인 데다 고종의 분노가 큰 터라, 많은 사람들이 참혹한 형벌을 받으리라고 예상되었다. 그러나 법부 고문인 미국인 법률가 클레런스 그레이트하우스(Clarence R. Greathouse)의 인도를 받아 공정한 절차를 따라 진행된 이 공개 재판에선 고문이 전혀 없었다. 중죄인들의 재판에 으레 따르는 고문이 없어진 것은 갑오경장의 개혁 조치들이 뿌리를 내리고 있음을 보여 주었다. 결국 재판을 받은 13명 가운데 한 사람만 사형이 선고되었고, 넷이 종신형을 받았고, 다섯이 유기징역을 받았다. [그레이트하우스는 조선에 오기 전에 요코하마 주재 미국 총영사를 지냈는데, 조선 법률 체계의 근대화와 외국과의 교섭에서 크게 공헌했다. 1899년 재직 중에 죽어서 양화진 외국인 묘지에 묻혔다.]

보통 사람들에게 세상이 바뀌고 있음을 뚜렷이 보여 준 것은 대낮에 여인들이 장옷으로 얼굴을 가리지 않고 서울 거리를 다니는 모습이었다. 조선조에서 여염의 여인들은 밤에만 외출할 수 있었고, 대낮에 외출하게 되면 장옷으로 얼굴을 가리고 아버지나 남편이 동행해야 했다. 갑오경장이 선언적으로 내건 다른 개혁 조치들도 차츰 실현되고 있었다.

물질적 면에서도 많이 달라지고 있었다. 대표적 변화는 조명에 등유를 쓰게 된 것이었다. 촛불이 워낙 비쌌으므로 보통 가정에선 저녁에 불을 켜지 않았다. 등유가 싼값에 공급되자 '석유 등잔'이 빠르게 보급되었고, 등유를 공급하던 미국 스탠더드 석유(Standard Oil Co.)는 인천에 등유 비축 창고를 건설하기로 결정했다.

친러파 정권

안타깝게도 조선 정부는 점점 무능하고 부패한 모습을 드러냈다. 자연히 〈독립신문〉은 정부에 대해 점점 비판적이 되었다. 그리고 정부도 〈독립신문〉에 대해 점점 적대적이 되었다.

물론 그런 대립적 관계는 언론과 정부 사이에선 자연스럽고 건강한 것이었다. 문제는 고종이 지향하는 목표와 〈독립신문〉이 지향하는 목표가 양립이 불가능하다는 사실이었다. 고종과 수구파 관리들은 국왕이 갑오경장으로 잃은 권한을 되찾으려 했다. 반면에, 〈독립신문〉을 발행하고 후원하는 개화파 지식인들은 궁극적으로 입헌군주제를 지향했다. 목표가 그렇게 근본적으로 달랐으므로 이 두 세력은 정치적으로 타협하기 어려웠다.

당장 문제가 된 것은, 고종이 러시아 공사관에서 기거하면서 거기서 정사를 본다는 사실이었다. 위급한 상황에서 궁궐을 탈출해서 외국 공사관의 보호를 받는 것은, 비록 국왕과 국가의 위신이 깎이는 일이긴 해도 불가피한 조치였다고 국민들이나 외국 사람들이 인정할 수 있었다. 그러나 위급한 상황이 끝났어도 계속 거기 머무는 것은 달랐다. 고종이 러시아 공사관에서 나올 기미를 보이지 않자, 국민들이 못마땅하게 여기기 시작했다. 〈독립신문〉은 독립협회와 연합해서 고종에게 즉시 환궁하라고 촉구했다.

여론의 압박을 견디지 못하고, 고종은 1897년 2월 하순에 러시아 공사관을 나왔다. 궁녀 교자를 타고 러시아 공사관으로 들어간 지 꼭 한 해 만이었다. 그러나 그는 경복궁으로 환궁하는 대신 근처의 작은 궁궐인 경운궁慶運宮으로 들어갔다. 그리고 그곳에 새로 건물들을 지어 웅장한 궁궐로 꾸미기 시작했다. 경운궁은 삼면이 외국 공사관들로 둘러싸여서, 자신의 안전을 무엇보다도 중요하게 여기는 고종으로선 마음이 놓일 만했다. 을미사변의 끔찍한 기억이 서린 경복궁으로 들어갈 마음이 나지 않을 만도 했다. 사정이 그렇다 하더라도, 동학란과 청일전쟁의 참화에서 나라가 아직 회복되지 못해서 백성들은 굶주리고 재정은 파탄이 나서 일본의 차관으로 근근이 정부를 꾸려 가는 상황에서, 왕조의 법궁을 버리고 궁궐을 새로 지은 것은 어진 임금의 모습과는 거리가 멀었다. [서양식 석조 건물들까지 지어진 경운궁은 1907년 고종이 퇴위한 뒤 덕수궁德壽宮으로 개명되었다.]

러시아는 국민들의 다수가 농노들인 전제군주제 나라였다. 러시아 공사는 조선의 개혁에 관심이 없었고, 갑오경장 이전으로 돌아가려는 고종의 희망에 동조했다. 놀랍지 않게도, 러시아 공사관에서 나온 뒤에도 고종은 러시아에 자신의 운명을 맡기려 했다. 군대의 교관들을 일본군 장교들 대신 러시아군 장교들에 맡겼고, 궁궐의 호위 병력도 러시아군 장교들이 지휘하도록 했다. 자연히 러시아 공사관은 조선의 정치와 정책에 대해 절대적 영향력을 유지했고 내각은 점점 수구파 인물들로 채워졌다.

국왕의 환궁으로 정부가 정상화되자, '칭제건원稱帝建元'을 주장하는 목소리들이 높아졌다. 손쉽게 국격을 높이고 독립을 강화하는 방안으로 여겨져서, 칭제건원은 너른 지지를 받았다. 고종은 이 일에 조심스럽게 접근해서, 먼저 건원을 하고 사정을 보아 칭제를 하기로 했다. 그래서 1897년 8월 16일 연호를 건양建陽에서 광무光武로 바꾸었다. 이어 10월 22일에 경운궁 앞에 마련된 원구단圜丘壇에서 고종이 황제로 즉위하는 의식을 거행하고 국호를 '대한제국'으로 고쳤다.

강대국들의 영향에서 벗어나려는 이런 움직임에도 불구하고, 조선 정부는 오히려 러시아의 영향을 점점 크게 받았다. 조선의 내정에 대한 간섭을 절제했던 베베르 공사와는 달리, 후임 스페이에르(A. de Speyer) 공사는 드러내 놓고 조선 정부를 압박했다. 먼저 그는 러시아가 부산항 입구의 절영도絶影島를 조차해서 급탄항(coaling station)을 만드는 것을 허가해 달라고 조선 정부에 요구했다. 부산은 일본과 조선을 연결하는 항구여서, 이런 요구는 일본에 대한 도전이었고 조선 정부로선 받아들이기 어려운 요구였다. 이어 러시아 관리를 탁지부의 실무 책임자로 임명되도록 조선 정부에 강요했다. 이미 미국인이 탁지부 고문으로 세관 업무를 충실하게 관장해 온 터라, 이런 조치는 미국의 반발을 불렀다. 아울러, 반관반민半官半民 형태의 한러은행(The Russ-Korean Bank)을 세웠다. 게다가 러시아의 영향력을 확고히 하기 위해 러시아군 병력 1,300명을 서울에 주둔시키는 계획을 세웠다.

이처럼 거칠게 러시아의 이익을 추구하는 스페이에르의 태도는 열강의 항의를 불렀다. 러시아의 점증하는 영향력을 경계해 온 영국은 제물포에 군함들을 집결시켜서 단호한 의도를 천명했다. 그러나 러시아는 절영도 급탄항 계획을 포기하지 않고 1898년 1월에 절영도 조차를 다시 강력하게 조선 정부에 요구했다. 이어 군함을 부산항에 입항시키고 수병들을 절영도에 상륙시켜서 조선 정부를 더욱 압박했다. 조선 정부는 러시아의 요구를 들어주려는 움직임을 보였다.

만민공동회

독립협회는 러시아에 의존해서 국익을 지키지 않으려는 정부의 태도에 강력하게 반발했다. 곧바로 국토를 외국이 조차하도록 하는 것은 외국의 침략으로 이끈다는 주장을 밝힌 상소를 조정에 올렸다. 이어 외부대신에게 강경한 항의 서한을 보냈다. 그리고 독립협회의 활동을 계몽운동에서 구국 정치운동으로 전환하기로 결정했다.

그런 결정에 따라, 1898년 3월 10일 종로에서 독립협회가 주최한 만민공동회萬民共同會가 열렸다. 1만여 명이 모인 이 시민대회에서 참석자들은 쌀장수 현덕호를 회장으로 선출했다. 이어 백목전白木廛 다락 위에서 이승만을 비롯한 여러 사람들이 정부 정책을 성토하는 연설을 했다. 대회에 참석한 시민들은 러시아 군사 교관들과 재정 고문을 본국으로 돌려보내라고 정부에 요구하는 결의문을 채택했다.

만민공동회는 시민들만이 아니라 외국인들의 관심도 끌었다. 열강 공관원들을 포함한 외국인들은 집회에 참가한 조선 인민들의 지적 성장에 큰 감명을 받았다. 반면에 조선 정부는 큰 충격을 받았고, 만민공동회에서 드러난 민심과 러시아의 요구 사이에서 고심했다. 마침내 3월 11일 정부는 민심을 따르기로 결정하고 러시아 공사에게 군사 교관들과 재정 고문의 철수를 요구하는 문서를 보냈다.

만민공동회가 이처럼 성공하자, 3월 12일엔 독립협회의 주도 없이 서울 남촌에 거주하는 평민들이 스스로 2차 만민공동회를 열었다. 1차 집회보다 많은 사람들이 모인 2차 집회에선 연사들이 러시아를 비롯한 강대국들의 모든 간섭들을 물리쳐서 자주독립의 기초를 튼튼하게 놓자 외쳤고, 청중들은 환호로 동의했다. 독립협회는 월미도의 일본 급탄항도 회수하라는 서한을 외부에 보냈다.

두 차례의 만민공동회 집회에서 조선 시민들의 의지가 뚜렷이 드러나고 다른 나라들의 반응도 부정적이 되자, 러시아는 군사 교관들과 재정 고문을 철수시켰다. 아울러 한러은행도 문을 연 지 40일 만에 폐쇄되었다. 절영도에 급탄항을 설치하려던 계획도 취소했다. 그리고 무리한 조치들로 외교에 실패한 스페이에르를 소환하고 마튜닌(N. Matunine)을 공사로 파견했다. 러시아가 급탄항 설치를 포기하자, 일본도 떠밀려서 월미도의 급탄항을 조선에 반환했다.

조선의 사정이 급변하자, 러시아와 일본은 무력 충돌을 피하고 조선에서의 영향력을 유지하기 위해 서둘러 협의에 나섰다. 4월 25일 도쿄에서 니시 도쿠지로西德二郎 일본 외상과 로만 로마노비치 로젠(Roman Romanovich Rosen) 러시아 외상이 서명한 협정에서 두 나라는 1) 조선의 내정에 대한 간섭을 삼가고, 2) 조선 정부의 요청으로 군사 및 재정 고문들을 보낼 때는 상대국의 사전 승인을 받으며, 3) 러시아는 일본의 조선에 대한 상업적 및 경제적 투자를 방해하지 않는다고 합의했다.

일본과 러시아가 조선과 관련해서 맺은 세 번째 협정인 「니시·로젠 협정」은 조선이 일본의 경제적 영향권 안에 있음을 암묵적으로 인정했다. 대신 일본은 러시아가 '삼국 간섭'의 대가로 중국으로부터 요동반도를 조차한 것을 암묵적으로 인정했다. 이로써 첫 번째 협정인 「고무라·베베르 각서」와 두 번째 협정인 「야마가타·로바노프로스톱스키 협정」으로 조선에서 열세를 감수했던 일본은 러시아와 대등한 처지로 올라섰다. 이런 균형은 1904년의 러일전쟁까지 대체로 이어졌고, 조선은 독자적으로 외교를 펼칠 여지를 얻었다.

서재필의 추방

자신들의 힘으로 나라를 지켰다는 사실에 고무되어, 만민공동회에 참여한 시민들은 중요한 문제가 나올 때마다 스스로 모여 자신들의 뜻을 밝혔다. 4월 30일 숭례문 앞에서 열린 만민공동회는 정부로부터 추방 명령을 받은 서재필의 잔류를 요구하는 집회였다. 당시 서재필은 독립협회의 회장으로 집회를 이끌고 있었다.

서재필은 고종에겐 풀기 힘든 숙제였다. 근대화의 거대한 조류에 밀려 개혁 조치들을 용인하면서도, 고종은 국왕의 권한이 점점 줄어드는 추세를 되돌리려 애썼다. 자연히, 그로선 개화파의 중심인 서재필을 제거하려 애쓸 수밖에 없었다. 개인적 감정도 있었다. 서재필이 갑신정변에서 병력을 실제로 지휘하면서 자신을 핍박했다는 묵은 원한에다 자신에게 신하의 예를 하지 않는다는 새로운 원한이 겹쳐서, 고종은 서재필을 깊이 미워했다.

고종의 그런 생각들을 잘 아는 수구파는 처음부터 서재필을 제거할 기회를 노렸다. 그러나 미국 국적을 가진 서재필을 암살하면 외교 문제로 비화한다는 사정 때문에 고종은 '궁극적 해결'을 마지막 단계에서 보류시키곤 했다. 그래도 서재필을 암살하려는 시도는 줄곧 나왔고, 그는 미리 경고를 받고 대피하거나 미국인 경호원의 활약 덕분에 간신히 목숨을 건지곤 했다.

독립협회가 만민공동회를 열어 러시아의 절영도 급탄항 조차 요구를 막아 내자, 스페이에르는 호러스 앨런 미국 공사에게 서재필의 미국 소환을 요구했다. 스페이에르의 거듭된 요구에 앨런은 서재필이 밀린 봉급을 받으면 미국으로 돌려보내겠다고 구두로 약속했다. 그러자 주미 러시아 대사는 윌리엄 매킨리(William McKinley) 미국 대통령을 방문해서 그런 사실을 알리고 서재필의 소환을 요청했다. 서재필의 활동이 조선을 일본의 속국으로 만들려는 정책에 방해가 된다고 판단한 일본 정부도 그들이 고용한 미국인 고문으로 하여금 미국 정부를 설득하도록 했다.

이런 압박에도 불구하고 서재필은 버텼다. 그는 신변이 위험하니 귀국하라는 앨런의 권고도 받아들이지 않았다. 그러자 앨런은 미국에 있는 서재필의 장모를 설득해서, 위독하다는 거짓 전보를 딸에게 치도록 했다. 전보를 받은 뮤리엘 부인은 남편에게 미국으로 돌아가자고 했다. 조선 정부는 그를 중추원 고문에서 해촉하고 밀린 봉급을 지급한 다음 즉각 출국하라고 요구했다.

결국 5월 14일 서재필은 부인과 서울에서 낳은 딸 스테파니를 데리고 용산에서 인천행 배에 올랐다. 갑신정변의 실패로 치른 참혹한 대가를 덮고 조국의 발전을 위해 귀국했는데 다시 좌절한 터라, 그는 분노와 경멸로 마음이 들끓었다. 나라가 망해 가는 데도 자신의 작은 이익만을 챙기면서 그를 박해한 고종 이하 지배계층의 행태에 대한 분노였고, 새로운 지식을 전파하는 그를 정신이상자나 역적으로 여기는 대다수 인민들의 어리석음에 대한 경멸이었다. 배웅 나온 동지들에게 그가 마지막으로 한 인사, "귀국 정부가 나를 필요 없다고 해서 나는 가는 것입니다"에 그의 분노와 경멸이 담겼다.

물론 그런 분노와 경멸은 조국과 동포들에 대한 깊은 사랑과 큰 기대가 무참히 깨어진 데서 나온 것이었다. 1919년에 3·1 독립운동이 일어나자 그는 조선 인민의 저력이 분출하는 모습에 감격했다. 그리고 다시 독립운동에 적극적으로 나섰다.

매사에 급진적이고 과감한 성격에 따라, 서재필은 성공적으로 운영해 온 문구점을 매각하고 그 자금을 독립운동에 바쳤다. 그는 미국 사회에 조선의 사정을 알리고 조선의 독립을 지지하는 여론을 형성한다는 전략을 세우고 그것을 조직적이고 효과적인 방식으로 전개했다. 그런 전략과 방식은 이승만에 의해 더욱 성공적으로 계승되었다. 그러나 독립운동은 끝이 없는 사업이었으므로 그의 자금은 이내 바닥이 났고, 그는 여생을 극심한 가난 속에 보내야 했다.

서재필은 19세기 후반 개항기의 조선이 낳은 가장 위대한 선각자였다. 그는 뛰어난 지식인이었고 손에 피를 묻히는 것을 마다하지 않는 실천가였다. 때로는 무모하리만큼 급진적이고 과감했지만, 자신의 이익을 먼저 생각하는 욕심으로 마음이 흐려지지 않았던 덕분에, 실패했을 때도 그는 조선 사회의 발전에 이바지했다. 갑작스레 닥친 서양 문명이라는 홍수에 떠내려가면서 그는 늘 남보다 멀리 내다보았고 살길을 가리켰다. 갑오경장의 좌절 직전에 귀국한 그가 두 해 남짓한 기간에 한 일들—독립신문을 발행하고, 독립협회를 이끌고, 만민공동회를 개최하고, 강의와 강연으로 젊은이들을 일깨운 것—은 조선 사회의 발전에 가늠하기 어려울 만큼 큰 공헌을 했다.

흥선대원군 서거

서재필이 미국으로 돌아가기 석 달 전인 1898년 2월 23일 흥선대원군 이하응李昰應이 서거했다. 그의 아들 고종은 당시 궁궐에 머물면서 끝내 그의 장례에 참여하지 않았다. 이 일화가 더할 나위 없이 극적이었지만 어쩔 수 없이 짙은 그늘이 드리웠던 그의 삶을 요약해 주었다.

이하응은 1820년에 정조正祖의 아우인 은신군恩信君의 손자로 태어났다. 김정희金正喜 문하에서 배웠는데, 재능이 뛰어나서 사군자 그림을 잘 그렸고 특히 난을 잘 쳤다. 그의 난초 그림은 그의 호 석파石坡를 딴 '석파란石坡蘭'이라 불리면서 중국과 일본에서도 이름이 높았다.

나이가 들자 그는 보신을 위해 파락호破落戶로 살았다(파락호는 "행세하는 집의 자손으로서 난봉이 나서 결딴난 사람"을 뜻한다). 당시는 순조의 외척 안동김씨 가문이 권력을 쥐고 세도정치를 하던 시절이었다. 권력을 유지하기 위해 안동김씨는 국왕이 나이가 어리고 유약하기를 바랐다. 순조의 아들 효명세자孝明世子[뒤에 익종翼宗으로 추존]가 요절하고 8세의 헌종憲宗이 즉위하면서 안동김씨의 권세는 더욱 커졌다. 헌종의 건강이 나빠지고 후사가 없어서 정조의 직계가 아닌 방계 왕족에서 국왕이 나올 가능성이 커지자, 안동김씨는 자신들에게 위협이 될 만한 종친들을 제거하려는 움직임을 보였다. 실제로 헌종이 죽은 뒤 후계자 물망에 올랐던 이하전李夏銓은 세도정치를 비판하다가 유배되어 사사賜死되었고, 역시 세도정치를 비판했던 이세보李世輔도 유배되어 고초를 겪는 참이었다.

이하응은 왕위 승계에서 유리한 사도세자思悼世子 자손들에 속했다. 자연히 그는 안동김씨의 엄중한 감시를 받았다. 자신의 재능과 야심을 숨기기 위해 그는 초인적 인내심으로 온갖 경멸과 봉변을 당하면서 파락호 행세를 했다. 그래도 미심쩍어 하는 안동김씨 실력자들에겐 분수없는 청탁을 해서 자신에 대한 경계를 늦추려 했다.

그렇게 보신하는 사이에도 그는 풍양조씨 가문의 후원을 얻으려 애썼다. 풍양조씨는 안동김씨에 버금가는 문벌이었고, 그 가문에서 나온 익종비 조씨는 대왕대비여서 왕위 승계에서 결정적 역할을 할 수 있었다. 이하응은 이호준을 통해서 조대비의 친정 조카인 조성하趙成夏와 사귀게 되었다. 이호준의 서자 이윤용은 이하응의 서녀를 아내로 맞았고, 이호준의 딸은 조성하에게 시집간 터였다. 그래서 조성하는 이하응과 조대비의 만남을 주선했다. 철종이 후사가 없는데 이하전이 사사되어 마땅한 후계자를 찾지 못하던 조대비는 이하응의 아들을 주목하게 되었다.

1863년 12월에 철종이 죽자, 조대비는 이하응의 둘째 아들 재황載晃을 익종의 양자로 삼아 익성군翼成君에 봉하고 익종의 양자 자격으로 왕위에 오르도록 했다. 고종이 겨우 11세였으므로 조대비가 수렴청정垂簾聽政을 했다. 그러나 그녀는 곧 흥선대원군이 고종을 보필하도록 조치했다.

권력을 잡자 흥선대원군은 과감한 개혁을 시작했다. 파락호로 살면서 온갖 계층의 사람들과 어울려서 세상을 잘 알고 체제의 문제들을 잘 파악한 덕분에 그는 조선 사회에 필요한 개혁 조치들을 효과적으로 수행할 수 있었다.

1) 인재들을 능력에 따라 고루 등용했다. 요직들을 독차지한 안동 김씨를 많이 밀어내고 오랫동안 노론이 독차지해 온 관직들을 다른 당파에게도 개방했다. 소론과 남인만이 아니라, 인조반정 이후 철저히 배제되었던 북인 인사들에게까지 벼슬할 기회를 제공했다.
2) 비변사備邊司를 폐지하고 정무는 의정부에, 그리고 군무는 삼군부三軍府에 이관했다. 원래 조선조의 행정 체계는 정책을 결정하는 의정부, 집행을 담당하는 육조六曹, 그리고 권력의 행사를 감시하는 삼사三司가 '견제와 균형'을 이루었다. 그러나 조선조 중기부터 외침이 심해지자, 군무를 맡은 임시기관으로 비변사를 설치해서 대응했다. 삼포왜란, 을묘왜란, 그리고 임진왜란을 겪으면서 비변사는 상설기구가 되고 권한도 커져서 최고 기관이 되었다. 비변사의 폐지로 행정 체계가 정상으로 돌아왔다.
3) 전국의 서원들 가운데 47개소만 남기고 800여 개소를 없앴다. 서원들이 당쟁의 뿌리고 인민들을 침학하고 국가의 재정 수입을 줄여 왔으므로, 이 조치는 정치와 경제에 좋은 영향들을 미쳤고 인민들의 환영을 받았다.
4) 『대전회통大典會通』의 편찬을 비롯한 법의 정비를 통해 국가 체제를 쇄신했다.
5) 세도정치를 없애고, 매관매직을 금하고, 수령들의 재직 기간을 늘려 향리들의 농간을 막고, 암행어사 제도를 부활시켜 수령들의 근무 기강을 다시 세우고, 토호들의 발호를 막아 인민들을

보호했다.

6) 부패의 온상인 환곡 제도를 개혁하고, 면세지를 줄이고 공평하게 과세해서 재정을 튼튼하게 했다.
7) 무반武班을 경시하는 제도를 없애고 군인들에 대한 대우를 높이며 군비를 확충했다.

이런 개혁 조치들은 모두 강대한 세력의 기득권을 줄이거나 없애는 일이었다. 어느 것 하나 쉽지 않았다. 그렇게 어려운 과제들을 한꺼번에 시도하고 성공적으로 완수한 것은 흥선대원군의 인품과 지도력을 보여 준다. 그리고 그런 개혁 덕분에 시들어 가던 조선 사회는 빠르게 활력을 되찾았다.

그러나 그의 개혁엔 근본적 한계가 있었다. 그는 왕족의 일원이었고, 개혁을 시도했을 때는 이미 국왕의 아버지로서 섭정하고 있었다. 사회 체계의 정점에 속했던 터라, 그는 노예제에 바탕을 둔 계급사회의 본질적 문제들을 인식하지 못했다. 그는 조선 사회가 보이는 혼란과 무기력이 왕정의 원형에서 멀어진 데서 나왔다고 보았고, 그런 원형으로의 복귀를 처방으로 삼았다. 실제로 그의 개혁 조치들은 본질적으로 그런 처방을 따른 것들이었다.

흥선대원군의 중대한 실정인 경복궁의 중건도 그런 인식과 처방에서 나왔다. 그는 조선 사회가 왕정의 원형으로 돌아가도록 하는 과업에서 가장 시급한 일은 왕실이 권위를 회복하는 것이라고 믿었다. 그리고 왕실의 권위를 세우려면, 먼저 폐허가 된 경복궁을 다시 세워야 한다고 생각했다. 1395년(태조 4년)에 세워진 경복궁은 조선 왕실의 법궁法宮으로 16세기 말엽 임진왜란 중에 불에 타 버렸다. 그 뒤로 중건하려는 움직임이 있었지만, 워낙 힘들고 비용이 많이 드는 사업이라 시도되지 못했다.

흥선대원군은 1865년(고종 2년)에 경복궁 중건에 착수했다. 처음엔 모든 사람들의 지지를 받아서 사업이 순조롭게 나아갔다. 그러나 이듬해 화재로 재목들을 모두 잃자, 그는 자원을 확보하기 위해 강압적 조치들을 취했다. 개인들이 소유한 나무들을 베어 오도록 하고, 매관매직으로 경비를 마련하고, 세금을 신설하거나 세율을 올리고, 당백전當百錢을 발행해서 화폐 제도를 훼손했다. 법궁의 중건으로 왕실의 권위를 되찾으려는 그의 집념 덕분에 경복궁은 7년 만인 1872년에 다시 세워졌다. 그러나 워낙 무리하게 추진된 탓에, 경복궁 중건은 그의 업적이 되는 대신 민심이 그를 떠나도록 만들었다. 이런 민심 이반은 그의 적들에게 기회를 주어, 그는 이듬해에 실각했다.

조선조의 근본 질서에 충실한 그의 세계관은 그로 하여금 국제 환경의 변화에 둔감하게 만들었다. 1847년에 동지사의 수행원으로 북경에 갔을 때 그는 아편전쟁과 남경조약의 충격을 받은 중국 사회를 관찰할 기회가 있었다. 이미 조선에도 기독교도들이 많아진 터였다. 그러나 그는 서양 세력의 도래에 마음을 쓰지 않았고, 기독교로 상징되는 서양 문명을 이해하려 애쓰지 않았다. 그래서 막상 서양 강국이 개항을 요구해 왔을 때 그는 그런 상황에 대처할 준비가 되어있지 않았다.

1864년(고종 원년) 2월에 러시아 사람들이 함경도 경흥에 와서 통상을 요구하는 서신을 전달했다. 조선 정부는 일단 그들의 요구를 거절했지만, 강대국이 통상을 요구해 온 상황에 무척 당황하고 두려워했다. 지금까지는 이양선異樣船이라 불린 외국 선박이 근해에 나타나면 조선은 청에 보고하고 끝냈다. 서양 사람들과의 교섭은 종주국인 청의 소관이고, 조선은 청의 조치를 따르면 된다는 생각이었다. 이제는 사정이 달라져서, 청 자신이 서양 열강들의 침략을 받는 처지로 전락했다. 막 권력을 잡은 흥선대원군으로선 대처하기 힘든 상황을 맞은 것이었다.

이때 남종삼南鍾三를 중심으로 한 일단의 천주교도들은 러시아의 남진에서 신앙의 자유를 얻을 기회를 보았다. 남종삼은 흥선대원군에게 조선이 프랑스와 영국과 연합해서 러시아에 맞서는 전략을 제안하면서 프랑스 선교사들을 통해서 프랑스 정부와 교섭하는 방안을 제시했다. 흥선대원군은 솔깃해서 그에게 프랑스 선교사들과의 만남을 주선하라고 부탁했다.

남종삼의 구상은 아주 비현실적인 것은 아니었지만, 당장 실현하기는 어려웠다. 러시아 사람들의 통상 요구로 일었던 두려움이 좀 가시고 선교사들을 이용한다는 방안의 비현실성이 드러나자, 천주교도들에 호의적 태도를 보인 흥선대원군은 처지가 어려워졌다.

조선조 말기 천주교의 빠른 성장은 성리학을 정설(orthodoxy)로 삼아 이설(heterodoxy)을 허용치 않는 조선 사회에 곤혹스러운 문제를 제기했다. 당쟁이 격심한 터라, 천주교도들의 이단적 행태는 필연적으로 당쟁을 촉발시켰고, 이념적으로 강경한 세력이 유연한 세력을 공격하는 구실이 되곤 했다.

1790년(정조 14년) 조선을 관할하는 북경 교구의 주교가 '제사 금지령'을 내리자, 이듬해 전라도 진산의 유생 윤지충尹持忠과 권상연權尙然이 제사를 폐하고 신주를 불살랐다. 천주교에 강경하게 대응하자는 벽파僻派는 이 사건을 이용해서, 천주교에 온건하게 대응하자는 시파時派를 압박했다. [정조가 편 탕평책에 동조한 세력이 시파고, 반대한 세력이 벽파였다.] 정조가 강경파의 주장을 따르면서도 사건이 커지지 않도록 하는 타협책을 고른 덕분에, 신해사옥辛亥邪獄이라 불리게 된 이 사건은 두 사람을 처형하고 천주교도들의 우두머리로 지목된 권일신權日身을 유배하는 것으로 마무리되었다.

1800년 정조가 죽고 순조가 즉위해서 벽파 가문 출신인 정순왕후貞純王后가 수렴청정을 했다. 이듬해 정순왕후는 천주교를 사학邪學으로 규정하고, 개전하지 않는 천주교도들을 처벌하라는 지시를 내렸다. 이 신유사옥辛酉邪獄으로 조선에 들어온 첫 선교사인 주문모周文謨를 비롯해서 300이 넘는 교도들이 죽었다. 이 사건으로 시파가 큰 타격을 입었다.

1839년(헌종 5년) 헌종의 모후인 익종비 조씨가 대왕대비로 조정을 이끌면서, 대비의 친정 풍양조씨가 득세했다. 이들은 벽파여서, 천주교에 호의적인 안동김씨를 몰아내기 위해 천주교 박해에 나섰다. 이 기해사옥己亥邪獄으로 파리 외방전교회 소속 신부 3명을 포함한 천주교도 119명이 처형되었다.

흥선대원군이 기댄 세력은 바로 기해사옥을 일으킨 벽파 풍양조씨 세력이었다. 프랑스 선교사들을 통해서 프랑스 및 영국과 연합해서 러시아의 남진을 막는다는 흥선대원군의 정책이 실패하자, 대왕대비 조씨를 비롯한 벽파는 흥선대원군에게 천주교의 억압을 요구했다. 막 집권한 터라 그는 아직 자신의 세력을 키우지 못한 채 조씨 일가에게 의존하는 처지였다. 게다가 그의 부인이 천주교도였고 "운현궁雲峴宮에도 천주학쟁이가 출입한다"는 소문이 퍼져서 그는 궁지로 몰렸다. 그런 위기에서 벗어나고자 그는 1866년에 천주교를 탄압하는 정책을 채택했다.

천주교에 적대적인 세력을 견제해야 할 흥선대원군이 박해에 앞장서자, 천주교도들에 대한 박해는 걷잡을 수 없이 커졌다. 이 병인사옥丙寅邪獄으로 무려 8천 명으로 추산되는 사람들이 죽었다. 프랑스인 선교사 12명 가

병인사옥으로 프랑스인 선교사 12명 가운데 9명이 처형되었다. 프랑스 정부는 바로 조선에 대한 응징에 나서 강화부를 점령했으나 큰 손실을 입고 물러났다. 병인양요에서 승리하자 조선은 쇄국 정책을 확고하게 추구했다.

운데 9명이 처형되었다.

선교사들의 수난을 알게 된 프랑스 정부는 바로 조선에 대한 응징에 나섰다. 극동함대 사령관 피에르귀스타브 로즈(Pierre-Gustave Rose) 제독은 7척의 함정들과 1천여 명의 병력을 이끌고 강화부를 점령했다. 그러나 김포의 문수산성文殊山城에서 프랑스군 정찰대가 한성근韓聖根이 이끈 조선군의 매복에 걸리고 이어 강화도 남부의 정족산성鼎足山城 싸움에서 프랑스군이 큰 손실을 입고 물러났다. 결국 프랑스 함대는 아무런 성과도 얻지 못하고 중국으로 돌아갔다. 병인양요丙寅洋擾라 불리게 된 이 싸움에서 승리하자 조선은 쇄국 정책을 확고하게 추구했다.

병인양요 직전인 1866년 7월에 미국 상선 제너럴 셔먼(General Sherman)호가 평양까지 올라와서 통상을 요구하다가 조선군의 공격으로 침몰했다. 이 일을 응징하고 통상을 관철하기 위해 1871년 4월 미국은 함대를 조선에 보냈다. 존 로저스(John Rodgers) 제독은 5척의 전함과 1,230명의 병력을 이끌고 강화도에 이르러 협상을 요구했다. 조선 정부가 협상을 거부하자, 미군은 강화도에 상륙해서 조선군을 몰아냈다. 그러나 조선 정부가 협상을 완강히 거부하자 그대로 물러갔다. 이 신미양요辛未洋擾는 조선의 군사적 패배였지만, 서양 강대국의 공격을 막아 냈다는 사실에 고무되어 조선 정부는 쇄국 정책을 계속했다.

흥선대원군이 쇄국 정책을 고수한 것은 그의 큰 실책으로 꼽힌다. 그러나 그에겐 선택의 여지가 없었다. 당시 조선 사회에서 쇄국 이외의 정책을 진지하게 고려한 사람은 없었다. 만일 흥선대원군이 쇄국 정책을 포기했다면 그는 곧바로 권력을, 그리고 거의 틀림없이 목숨을 잃었을 것이다.

흥선대원군의 진정한 허물은 국왕이라는 국가 최고 기관을 사유화하려 시도한 것이었다. 그는 국왕을 섭정하면서, 국왕의 조서가 아니라 '대원위 분부大院位分付'라는 공문으로 정책을 집행했다. 어린 국왕이 임금 노릇을 하는 데 필요한 수련을 하도록 돕지 않았고, 국왕이 성년이 되었어도 친정을 권하지 않았다. 국왕이 친정을 선언하고 그를 몰아내자, 국왕을 폐하고 자신의 다른 아들이나 장손을 국왕으로 세우려 끊임없이 음모들을 꾸몄다. 이것은 도덕적으로나 법적으로나 중대한 과오였고 나라에 심대한 해를 입혔다.

고종의 배필을 고를 때, 흥선대원군은 외척의 발호를 막기 위해 세력이 크지 않은 여흥민씨 가문에서 며느리를 골랐다. 그렇게 들인 민비(명성황후)의 주도로 그가 실각하자 며느리를 잘못 간택했다는 평을 들었다. 이것은 상황을 잘못 파악한 얘기다. 만일 그가 국왕이라는 국가기관을 사유화하지 않았더라면, 그래서 고종이 친정에 필요한 수련을 하도록 하고 고종이 성년이 되었을 때 선뜻 섭정에서 물러났더라면, 아들 부부에게 수모를 당하고 물러난 뒤에라도 자신의 잘못을 깨달았더라면, 상황은 전혀 달라졌을 것이다.

설령 그가 명성황후가 아닌 다른 규수를 고종의 배필로 골랐더라도, 그가 고종이 성년이 된 뒤에도 오랫동안 섭정할 수는 없었을 것이다. 그는 조선조에서 가장 근본적인 개혁을 단행했고 그 과정에서 강력한 적들을 많이 만들었다. 그리고 경복궁 중건으로 자신의 지지 기반인 인민들의 마음을 잃었다.

흥선대원군은 19세기 후반 조선 사회에 우뚝 솟은 인물이었다. 그는 실패했을 때도 자신의 방식으로 실패했다. "그는 어떤 뜻에선 정말로 위대했다"는 호머 헐버트의 평가는 근대 조선의 어둑한 역사 속에 긴 여운을 남긴다.

관민공동회

1898년 5월에 서재필이 미국으로 돌아가자 〈독립신문〉과 독립협회를 이끄는 임무는 윤치호가 맡았다. 윤치호는 식견이 높아 개화에 앞장섰고, 미국 유학을 통해 서양 문명을 습득했다. 아울러 정세 판단에 밝고 처신에 신중해서, 온건한 방식을 통한 점진적 개혁을 선호했다. 조선 정부와 강대국들이 개혁운동을 억누르려는 상황에서 그는 개혁운동의 지도자로 자연스럽게 떠올랐다.

독립협회와 만민공동회의 성공은 두 모임들의 견해를 대변하는 〈독립신문〉의 평판을 높였고, 〈독립신문〉은 1898년 7월부터 격일간지에서 일간지로 발전했다. 집회와 신문이 공력(synergy)을 얻은 것이었다.

러시아의 이권 요구를 물리치는 데 성공하자, 독립협회 지도자들은 자유민권운동을 활발하게 폈다. 그들은 '의회 설립'을 첫 사업으로 삼아, 7월에 의회 설립을 요청하는 상소를 거듭 올렸다. 고종과 정부가 그런 요구를 거부하자, 독립협회는 수구적인 친러파 정권을 퇴진시키고 개화파 정권을 세우는 것이 필요하다고 판단했다. 그래서 10월 1일부터 궁궐을 에워싸고 철야 상소 시위를 시작했다. 결국 고종이 그들의 요구를 받아들여서, 박정양과 민영환閔泳煥을 중심으로 한 개혁파 정권이 출범했다.

승기를 잡은 개혁파는 10월 하순에 종로에서 관민공동회官民共同會를 열어 시민들과 정부 관리들의 공개 협의를 시도했다. 10월 28일의 집회엔 정부 측 인사들이 참가하지 않았으나, 29일 집회 참가자들이 대표들을 뽑아서 정부에 참가를 강력히 요구하자 의정부 참정 박정양을 비롯한 현임 및 전임 대신들이 참가했다.

회장으로 선출된 윤치호의 취지 설명과 박정양의 인사로 시작된 이 모임에서 가장 큰 호응을 얻은 것은 백정인 박성춘朴成春의 연설이었다.

"이 사람은 대한에서 가장 천하고 무지몰각한 사람입니다. 그러나 충군애국의 뜻은 대강 알고 있습니다. 오늘날의 이국편민하는 길은 관민이 합심한 연후에야 가능하다고 봅니다. 저 차일遮日에 비유하건대, 한 개의 장대로 받치면 역부족이지만, 많은 장대를 합해 받치면 그 힘이 매우 공고해집니다. 엎드려 바라건대, 관민이 합심하여 우리 대황제의 성덕에 보답하고 국운이 만만년 이어지도록 하게 합시다."

천민인 백정이 종로를 가득 메운 사람들 앞에서 이런 연설을 했다는 사실은 모든 사람들에게 세상이 바뀌고 있음을 생생하게 보여 주었다.

연설과 토론이 끝나자 관민공동회는 고종에게 올리는 「헌의獻議 6조」를 채택했다.

1) 외국인들에게 의존하지 않고 자주 국권을 확고히 할 것
2) 광산, 철도, 석탄, 삼림 등의 이권을 외국에 양여하거나 군대나 자금을 외국에서 빌리거나 조약을 맺을 경우, 각부 대신과 중추원 의장이 함께 서명하고 시행할 것
3) 세금은 탁지부에서 전관하고 예산과 결산을 인민에게 공포할 것
4) 중대한 범죄에 대해서는 따로 공판을 시행하되, 피고가 죄를 자복한 뒤에 형을 시행할 것
5) 칙임관勅任官은 황제 폐하께서 의정부에 자문을 구하여 과반수가 넘으면 임명할 것
6) 갑오경장에서 채택된 「홍범洪範 14조」와 각 부처의 장정章程을 실행할 것

이 헌의는 본질적으로 갑오경장의 개혁 조치들 가운데 황제와 정부가 제대로 시행하지 않은 것들을 실행하라는 촉구였다.

인민들의 열망에 밀려 고종은 이 헌의를 받아들였다. 인민들이 스스로 모여 국정 개혁 방안을 결의해서 정치 지도자에게 건의하고 자신들

종로에서 열린 관민공동회에서 가장 큰 호응을 얻은 것은 백정인 박성춘의 연설이었다. 관민공동회는 조선 인민들이 빠르게 개화해서 근대국가의 시민들로 변신했음을 보여 주는 획기적 사건이었다.

의 뜻을 관철한 것이었다. 관민공동회는 개항 뒤 20년 동안에 조선 인민들이 빠르게 개화해서 근대국가의 시민들로 변신했음을 보여 주는 획기적 사건이었다.

「헌의 6조」 가운데 특히 주목할 부분은 제2조이니, 중추원 의장이 실질적으로 의회의 수장 역할을 하도록 촉구한 것이다. 1894년 갑오경장의 일환으로 설립된 중추원은 국왕의 자문기관이었지만 실권은 없었다. 그런 기관을 의회로 만들라는 얘기였다. 이 조항은 그동안 독립협회와 개혁파 정권 사이에 의회 설립에 관해 협의가 있었고 의견이 거의 합치했다는 사정을 반영한 것이다.

실제로 관민공동회가 끝난 1898년 11월 2일 의회 설립에 관한 법률인 「중추원 신관제中樞院新官制」가 공포되었다.

> 중추원을 황제의 자문기관에서 입법권을 지닌 '상원'으로 바꾼다.
>
> 의장은 황제가 임명하고, 부의장은 중추원의 공천을 따라 황제가 임명한다.
>
> 의원 수는 50인으로 하되, 반수는 황제와 정부가 임명하고 반수는 '인민협회'에서 투표로 선거한다.
>
> 인민협회가 정식으로 발족할 때까지 독립협회가 인민협회를 대행한다.
>
> 의원의 임기는 12개월로 한다.

인민들이 직접 투표로 뽑는 '하원'의 설립은 독립협회 지도자들 사이에서 아직 때가 되지 않았다는 견해가 우세해서 보류되었다.

박정양 내각은 독립협회에 민선 의원 선거를 의뢰했고, 독립협회는 11월 5일 독립관에서 민선 의원을 선출하기로 결정했다.

이승만의 활약

이런 시위들을 실질적으로 조직하고 이끈 것은 독립협회의 지도자들이었다. 만민공동회도 독자적 성격을 지닌 조직으로 발전하고 있었지만, 시위의 목표들을 세우고 인민들을 이끌고 움직인 사람들은 먼저 공식 조직을 갖춘 독립협회의 지도자들이었다. 독립협회 회장인 윤치호가 궁극적 지도자였고 이상재, 이건호李健鎬, 정교鄭喬와 같은 중진들이 힘을 보탰다. 그러나 현장에서 인민들을 이끈 인물들은 양홍묵, 이승만, 최정식崔廷植 등이었다. 〈협성회 회보〉를 발행하면서 양홍묵은 회보장으로, 그리고 이승만은 주필로 협력해 온 터였다.

이들의 등장은 개화파에서 새로운 세대가 자라났음을 보여 주었다. 개화파 1세대는 박규수, 오경석, 유대치처럼 청의 '양무운동'에서 배운 지식인들이었다. 2세대는 일본의 '메이지유신'에서 영감을 받아 갑신정변을 일으켰던 세력이 핵심이었다. 갑신정변에 직접 가담하지 않았던 윤치호나 유길준도 세계관과 인맥에서 그 세력에 속했다. 이제 갑신정변 세력에서 김옥균, 홍영식, 그리고 서광범은 죽었고, 박영효와 유길준은 일본으로 망명했고, 서재필은 미국으로 돌아갔다. 게다가 아관파천으로 온건한 개화파의 중심이었던 김홍집, 김윤식, 어윤중과 같은 인물들이 제거된 터였다. 이런 개화파 지도력의 공백을 새로운 세대가 채운 것은 자연스러웠다. 대부분 배재학당을 나왔다는 사실이 가리키듯, 그들은 미국 선교사들의 영향을 깊이 받았고 서재필을 따랐다.

스물세 살 난 이승만의 활약은 특히 사람들의 눈길을 끌었다. 세상에 전혀 알려지지 않았고 과거에 합격하지도 못했던 그는 논설과 연설로 조선 사회를 이끌기 시작했다.

배재학당 학생들이 발행한 주간지 〈협성회 회보〉가 예상을 넘는 성공을 거두자, 발행인들은 회보를 본격적 일간신문으로 발전시키기로 결정했다. 1898년 4월부터 〈매일신문〉이란 제호로 발행된 이 신문은 양홍묵이 사장으로 운영을 맡고 이승만과 최정식이 기재원記載員이 되었다. 이 신문은 조선 최초의 일간신문이었을 뿐 아니라, 인민들과 부녀자들을 주요 대상으로 삼아 한글을 전용했다. 그리고 러시아와 프랑스가 조선 정부에 대해서 각기 토지와 탄광에 관한 이권을 요구한 일을 폭로해서 국익을 지키는 데 공헌했다.

그러나 〈매일신문〉은 경영이 어려웠다. 자금을 외부에서 조달하는 과정에서 신문사의 운영 방침을 놓고 내분이 일어 곧 폐간되었다. 그러자 이종일李鍾一이 1898년 8월에 〈데국신문帝國新聞〉을 창간했다. 역시 한글을 전용하고 인민들을 대상으로 삼은 이 신문에서 이승만은 주필로 논설을 주관했다. 〈데국신문〉은 어려운 여건 속에서도 한일합방 때까지 발행되었다. 이처럼 힘든 사업을 수행한 이종일은 1919년에 「조선독립선언서」를 인쇄하는 일을 맡아서 3·1 독립운동의 성공에 결정적 기여를 했다.

이승만은 논설로만 활약한 것이 아니었다. 인민들의 계속되는 시위는 그에게 정치 지도자로 성장할 좋은 활동 무대를 제공했다. 그는 지력이 뛰어나고, 언변이 좋고, 정치적 감각을 갖추었고, 육체적으로나 정신적으로 대담하고, 다른 사람들의 처지에 공감하는 심성을 지녔으며, 무엇보다도 둘레 사람들의 어려움을 그들의 개인적 문제로 보지 않고 사회적 차원에서 풀어 보려는 열정으로 가득했다. 사회적 상황을 개선하려 끊임없이 노력하는 사람이라는 뜻에서 그는 타고난 정치가였다. 그리고 정치가에게 가장 중요한 자질들 가운데 하나인 사람들을 선동하는 재능을 듬뿍 지니고 태어났다.

당시 조선 사회에 가득한 혁명의 기운은 이승만에게 영감을 주었고, 정치가로서의 야심과 선동가로서의 기질을 아울러 갖춘 그의 논설과 연설에 사람들은 열광했다. 뒷날 대한민국의 대통령이 된 뒤 이승만은 자신의 충실한 조력자이자 전기를 쓰게 된 로버트 올리버에게 말하곤 했다.

"내가 공개적으로 하는 말을 좀 조심해야 한다는 것을 나도 잘 알고 있소. 하지만 당신도 알다시피 나는 평생 선동가였소. 이제 와서 바꾸기는 힘드오."

윤치호의 성격과 지도력도 이승만에게 너른 활동 공간을 제공했다. 마지막 순간에 갑신정변에서 발을 뺐다는 사실이 가리키듯, 윤치호는 조선 사회의 현실을 냉철하게, 흔히 비관적으로 바라보았다. 절대군주제가 확고하게 자리 잡고 인민들은 아직도 중세적 신념들을 지닌 조선 사회를 개혁하는 데엔 근본적 한계가 있음을 그는 아프게 인식했다. 임금으로부터 한번 '역적'이라는 말을 듣는 순간 누구라도 인민들에게 버림받는다는 현실을, 김옥균, 김홍집, 어윤중과 같은 뛰어난 인물들의 참혹한 최후가 거듭 일깨워 준 그 차가운 현실을 그는 한시도 잊지 않았다.

아울러, 윤치호는 아직도 절대적 권한을 지닌 고종이 자의적으로 권력을 휘두르는 것을 제어하는 궁극적 힘은 조선에 들어온 외국 외교관들, 선교사들, 그리고 기자들의 여론이라는 사정도 늘 인식했다. 그래서 그는 인민들의 시위가 폭력적이 되는 것을 극도로 경계했다. 외국인들은 폭력에 극도로 부정적이라는 것을 그는 잘 알았고, 고종을 비롯한 수구파도 그 점을 잘 안다는 것도 그는 알고 있었다. 그래서 어떤 경위로든지 한번 시위가 폭력적이 되면 정부가 즉각 무력으로 시위 군중을 진압하리라고 판단했다.

현실적으로 윤치호는 〈독립신문〉을 운영하고 독립협회의 재정을 챙겨야 했다. 정부가 적대적인 상황에서 〈독립신문〉을 발행하는 것은 힘들고 위험했다. 게다가 몇천 명이 모인 시위를 조직하고 경비를 대는 일은 큰돈이 들었다. 시위를 주도하는 지도자들 가운데 돈이 넉넉한 사람이 없었으므로, 재정적 책임은 결국 독립협회를 이끄는 자신이 져야 한다는 것을 그는 알고 있었다. 이런저런 이유로 윤치호는 시위의 목표들과 전략에 대해서만 간여하고 나머지는 이승만이나 양홍묵 같은 젊은 지도자들에게 맡겼다.

수구파의 반격

독립협회와 만민공동회는 대중집회라는 새로운 방식으로 사회 개혁의 운동량을 얻었다. 이런 전략에 효과적 대응책을 찾지 못해 줄곧 밀리던 고종과 수구 세력은 전통적 음모로 반격을 시도했다.

독립협회 주관으로 민선 의원 선거가 실시되기 전날인 11월 4일, 전임 의정부 참정 조병식趙秉式을 중심으로 한 수구파 관리들은 "의회 설립을 추구해 온 독립협회와 만민공동회의 목적은 전제군주제를 입헌군주제로 바꾸려는 것이 아니라 아예 공화정을 실시하려는 것"이라는 소문을 퍼뜨렸다. 그리고 "박정양을 대통령, 윤치호를 부통령, 이상재를 내무대신으로 한 정권을 세우려 한다"는 내용의 익명서匿名書를 서울 곳곳에 붙였다. 당쟁에서 날조된 문서로 상대를 공격하던 수법을 그대로 쓴 것이었다.

이들 수구파 음모자들은 그 익명서를 고종에게 바치면서 개혁파가 고종의 폐위를 도모한다고 보고했다. 그들의 보고는 누가 만들었는지도 모르는 문서 말고는 근거가 없었다. 그런 보고를 한 사람들이 평판 높고 믿을 만한 인물들도 못 되었다. 그들의 우두머리인 조병식은 가는 곳마다 편파적 행태로 문제를 일으키고 부정하게 재물을 모아서 여러 번 파면되고 유배된 인물이었다. 게다가 당시 그는 황국총상회장皇國總商會長으로 독립협회에 반대하는 보부상들을 배후에서 조종하고 있었다.

이처럼 근거가 약한 보고를 고종은 선뜻 사실로 받아들였다. 인민들의 집회와 시위로 자신의 권한과 권위가 점점 밀리는 것에 분노하고 걱정하던 그에게 조병식 일파의 보고는 반격의 좋은 구실이었다. 수구파가 올린 보고의 사실 여부를 확인하는 최소한의 절차도 밟지 않은 채, 그는 곧바로 그런 음모를 꾸민 자들을 체포하고 음모의 중심인 독립협회를 해산하라는 명령을 내렸다. 그리고 관민공동회에 참석한 박정양과 다른 대신들을 해임하고 조병세趙秉世, 조병식, 박제순朴齊純, 민영기閔泳綺와 같은 수구파 인물들로 내각을 꾸몄다.

고종의 명령에 따라, 11월 5일 새벽 경관들이 독립협회 간부들을 체포했다. 윤치호는 경관들이 닥치자 옷을 갈아입을 시간을 달라고 한 뒤 배재학당으로 피신했다. 미국 성조기가 걸린 배재학당은 좋은 피난처였다. 그러나 이상재를 비롯한 간부 17명은 붙잡혀갔다. 독립협회가 기능하지 못하게 되면서, 11월 5일로 예정된 중추원 민선 의원 선거는 무산되었다. 거리마다 총검을 든 군인들과 경찰들이 검문했고 요소엔 독립협회 지도자들을 역적으로 규정한 칙령이 나붙었다.

이런 변란을 맞자, 이승만은 급히 배재학당의 아펜젤러 박사 자택을 찾아갔다. 거기엔 윤치호와 독립협회의 간부들 몇이 숨어 있었다. 그들은 이승만에게 함께 숨으라고 권했다. 그러나 그는 숨어 있을 때가 아니라고 판단해서 그들의 권유를 따르지 않았다. 그는 곧바로 경무청으로 향했다.

독립협회 간부들이 체포되고 독립협회가 해산되었으며 개혁파 정권이 무너지고 수구파 정권이 들어섰다는 소문이 퍼지자, 인민들은 거리에 모여서 분노에 차서 정부의 행태를 비난했다. 이승만은 그들을 이끌고 경무청으로 향했다. 그리고 경무청 앞에서 체포된 독립협회 간부들의 석방을 요구하면서 연좌시위를 시작했다.

이 소식을 들은 이승만의 부친 이경선이 시위 현장으로 찾아왔다. 그는 아들에게 애원했다.

"너는 6대 독자니 이런 일을 하면 안 된다."

부친의 호소는 깊은 슬픔을 주었지만, 이승만은 자리를 지켰다. 이어 아펜젤러가 사정을 살피러 찾아왔다. 아펜젤러는 아무 얘기도 하지 않았지만, 시위 군중에 배재학당 학생들이 많이 참가한 것을 보고 아펜젤러가 자랑스럽게 느꼈다고 이승만은 생각했다.

연좌시위를 하는 군중 사이엔 갖가지 소문들이 퍼졌다. 황제가 시위대를 공격해서 사살하라는 명령을 내렸다는 소문이 돌자, 군중이 웅성거렸다. 시위를 이끄는 이승만에게 정부가 높은 벼슬을 주어 회유하려 한다는 소문도 돌았다. 이 소문은 사실로 판명되었으니, 곧 고영근高永根

과 김종한金宗漢이 이승만을 찾아와서, 그가 고분고분하게 황제의 뜻을 따르면 황제가 그에게 벼슬을 내릴 뜻이 있다고 전했다. 고영근과 김종한은 명망이 있고 수구파와 개화파를 연결할 수 있는 인물들이었다.

시위하는 사람들은 모닥불을 피워 추위를 견뎠다. 날이 밝을 때까지 이승만은 거의 쉬지 않고 연설을 해서 사람들이 흩어지지 않도록 했다. 만일 몇천이 되는 시위대가 줄어들면, 군대가 시위대를 해산시키고 주도한 사람들을 쉽게 체포할 수 있을 터였다.

시위는 다음 날에도 이어졌다. 가장 큰 위기는 둘째 밤이 지나고 새벽이 되었을 때 찾아왔다. 시위대는 눈에 뜨이게 줄어들었고, 아직 꿋꿋이 버티는 사람들도 춥고 배고파서 의기가 소침했다. 그때 한 무리 군인들이 나타났다. 북 치고 나팔 부는 군악대를 앞세우고 대오를 갖춰 행진해 오는 군대를 보자 시위대에서 슬그머니 사라지는 사람들이 생겼다. 이승만은 군악대를 향해 달려가서 북을 치는 고수들을 발길로 걷어찼다. 뜻밖에도 군악대는 시위대를 향해 다가오던 걸음을 돌려 사라졌다. 아마도 무력으로 시위대를 진압하라는 명령을 받지 않은 모양이었다. 조간신문들은 그 광경을 자세히 묘사해서, 이승만은 급진주의자들 가운데서도 가장 과격한 인물이라는 평판을 얻었다.

그날 아침 이경선이 다시 찾아와서 아들의 손을 잡고 가족을 배신하지 말라고 울면서 호소했다. 부친의 뜻을 거역하는 아픔을 누르고서, 이승만은 연좌시위를 이끌었다.

결국 11월 10일 오후 고종은 독립협회 지도자 17명을 모두 석방했다. 뒷날 이승만은 올리버에게, 험악한 낯빛을 한 경찰 간부가 그에게 독립협회 지도자 17명이 모두 풀려났다고 알려 주었을 때가 "평생에서 가장 자랑스럽고 행복했던 순간"이었다고 말했다.

이런 성공에 고무되어, 인민들은 해산하지 않고 종로로 옮겨 만민공동회를 개최했다. 인민들은 1) 독립협회를 다시 설립하고, 2) 익명서를 날조해서 개화파 지도자들을 음해한 조병식 등 '5흉五兇'을 처벌하고, 3) 「헌의 6조」를 실시할 것을 요구했다.

보부상의 공격

그러나 고종은 만민공동회에 참여한 인민들의 요구를 받아들일 마음이 없었다. 자신은 러시아의 보호를 받고 내각을 자신에게 충성하고 개혁에 반대하는 인물들로 채운 터라서, 마지못해 수락했던 개혁 조치들을 실행하지 않고 버틸 수 있다고 믿었다. 오히려 그는 보부상褓負商들을 동원해서 시위하는 인민들을 해산시키는 방안을 승인하고 지방의 보부상들을 비밀리에 서울로 불러올리도록 했다.

보부상은 보상褓商과 부상負商을 아우르는 말이니, 보상은 값이 비싼 물건들을 보자기에 싸서 들고 다니면서 판매했고, 부상은 무겁고 부피가 큰 일용품들을 지게에 지고 다니면서 판매했다. 이들은 자신들의 이익을 지키기 위해 단체를 만들었으니, 보상단과 부상단은 서양 중세의 동업조합(guild)과 성격과 기능이 비슷했다. 시민단체나 기업이 거의 없던 조선 사회에서 이런 상업 조직들은 정부로서는 쓸모가 컸다. 그들은 특히 전쟁에서 긴요했으니, 싸움에 필요한 물자들을 나르고 긴박한 상황에선 전투에 동원되기도 했다. 동학란에선 보부상들이 관군에 배속되어 동학군에 맞서 싸웠다. 이런 활동에 대한 보답으로 정부에선 여러 가지 특혜들을 주었다. 1898년 여름에 수구파가 독립협회에 맞설 단체로 황국협회皇國協會를 만들었을 때, 보부상들이 그 조직의 주요 구성원들이 되었다.

만민공동회의 요구에 대해 고종이 반응하지 않자, 윤치호는 정부가 시위 군중이 지치기를 기다려 무력으로 진압할 방침을 세웠다고 판단했다. 날씨가 춥고 철야 시위가 여러 날 이어진 터라 시위에 참가한 사람들은 지쳐서 점점 줄어들고 있었다. 궁궐 앞에서 시위를 해야 고종이 심리적 압박을 받는다고 판단하고서, 그는 시위 지도자들에게 시위 장소를 종로에서 궁궐로 바꾸라고 지시했다.

그러나 시위 군중은 궁궐 앞으로 옮겨 가기를 주저했다. 궁궐 앞에서 시위하면 황제가 군인들을 풀어 목을 친다는 두려움에 질려서, 지도자들이 독려해도 궁궐 앞으로 가기를 꺼렸다. 결국 11월 15일에야 인민들은 경운궁의 정문인 인화문 앞에서 만민공동회를 열었다.

11월 21일 2천 명가량 되는 보부상들이 도반수都班首 길영수吉泳洙의 지휘 아래 몽둥이로 무장하고 대오를 편성해서 만민공동회를 습격했다. 오래 이어진 철야 시위로 지친 인민들은 몽둥이를 마구 휘두르는 보부상들의 기습에 대항할 길이 없었다. 집회는 수라장이 되고 많은 집회 참가자들이 다쳤다.

집회를 이끌던 이승만은 당연히 보부상들의 가장 중요한 표적이 되었고, 그는 여러 번 위급한 상황을 맞았다. 한번은 독일 공사관 앞에서 보부상들에게 둘러싸였다. 다행히 공사관 울타리가 높지 않아서, 뛰어넘어 공사관 안으로 들어갈 수 있었다. 간신히 목숨을 건진 이승만은 공사관을 가로질러 배재학당으로 들어갔다.

그러나 보부상들의 공격이 워낙 무자비해서, 마포나루에서 시위를 이끌던 김덕구金德九가 맞아 죽었다. 그는 신기료장수였는데, 독립협회 회원으로 집회에 열성적으로 참가해서 동료들 사이에서 인기가 높았다.

김덕구가 보부상들에게 맞아 죽었다는 소문이 퍼지자, 이튿날 분노한 인민들이 거리로 쏟아져 나왔다. 그들은 보부상들을 찾아가서 공격했다. 몽둥이를 휘두르는 보부상들에 맞서서 그들은 돌팔매질을 잘하는 석전군들을 동원했다.

이어 인민들은 종로에서 만민공동회를 개최하고 수구파 정권과 황국협회를 격렬하게 규탄했다. 그리고 시위 집회를 해산하기 위한 조건으로 1) 황국협회 간부 8명의 처벌, 2) 보부상의 혁파, 3) 인민들이 원하는 인재들의 등용을 제시했다. 서울시민들의 분발은 지방 인민들의 호응을 얻었다. 독립협회의 지회들이 지방 도시들에 설립되었고, 평양에선 만민공동회가 열렸다.

중추원 개원

만민공동회의 기세가 거세다는 것이 드러나자, 보부상들의 공격으로 독립협회와 만민공동회가 무력화되었다고 판단했던 고종과 수구파 정권은 당황했다. 결국 고종은 인민들의 요구를 받아들여서, 독립협회의 복설復設을 허락하고 중추원 의관 50명을 임명했다. 50명 가운데 독립협회와 만민공동회의 회원들은 17명이었는데, 양홍묵과 이승만도 들어있었다.

12월 1일 독립협회와 만민공동회는 보부상들과의 싸움에서 죽은 김덕구의 장례를 성대하게 치렀다. '대한제국 의사 광산김공 덕구지구大韓

帝國義士光山金公德九之柩'라고 씌어진 명정銘旌들을 앞세운 장례 행렬은 종로에서 숭례문을 거쳐 갈월리 묘지로 향했다. 많은 인민들이 학교와 동리의 깃발들을 들고 행렬에 참가했다. 헌신들을 깁는 것을 업으로 삼는 신기료장수의 장례에 그렇게 많은 인민들이 참여해서 '의사'로 추앙한 것은 불과 다섯 해 전에 선언된 '신분 평등'과 '양반계급의 철폐'가 이미 사람들의 마음에 깊이 뿌리를 내렸음을 보여 주었다. 그리고 성대한 장례 행렬은 인민들이 독립협회와 만민공동회를 절대적으로 지지하고 황국협회와 같은 수구 세력에 반대한다는 것을 뚜렷이 보여 주었다.

마침내 1898년 12월 16일 중추원의 첫 회의가 열렸다. 이때 중추원은 의회의 기능을 거의 다 잃고 황제에게 자문하는 기능만을 지닌 기구였다. 그래도 회의가 열리자, 독립협회 출신 의관들이 앞장서서 새로 대신이 될 만한 인물들 11명을 뽑아서 황제에게 천거하기로 결의했다. 무기명 투표를 통해 대신 후보들로 뽑힌 사람들은 민영준, 민영환, 박정양, 한규설, 이중하李重夏, 윤치호, 김종한, 박영효, 서재필, 최익현, 윤용구尹用求였다.

대신 후보로 뽑힌 사람들은 모두 명망이 높은 인물들이었다. 문제는 박영효가 '역적'으로 규정된 인물이라는 사실이었다. 을미사변 직전에 명성황후를 제거하려 했다는 혐의를 받은 터라, 고종으로선 받아들이기 어려운 인물이었다. 보다 중요한 것은 인민들의 다수가 박영효를 '역적'으로 여기고 있었다는 사실이었다. 따라서 고종에게 천거하는 인물들에 박영효가 들어간 것은 막 열린 중추원으로선 실책이었다.

박영효를 추천한 의관들은 물론 독립협회와 만민공동회에서 활동하는 사람들이었다. 독립협회의 주요 간부인 이건호의 영향을 받은 최정덕崔廷德과 이승만이 강력하게 그를 천거했다. 특히 이승만은 일본으로 망명한 모든 인사들을 사면할 것과 박영효를 중추원 의장으로 추대할 것을 제안했다.

최정덕과 이승만은 중추원이 추천한 대신 후보들을 만민공동회에 회부했다. 인민들은 중추원이 추천한 대신 후보들을 지지했다. 이때 이승만은 잇단 승리에 도취해서 윤치호의 온건한 얘기를 듣지 않았고, 만민공동회는 급진파의 영향력이 커져서 독립협회의 통제를 벗어난 상황이었다.

당시 일본인들은 조선의 개화파 지식인들을 일본에 호의적으로 만들기 위해 여러 음모들을 꾸미고 있었다. 특히 일본 공사관은 일본에 망명했다가 몰래 돌아온 개화파 민족주의자들에게 자금을 제공하면서 독립협회 출신 시민운동가들에게 접근하도록 했다. 일본에 망명했던 사람들은 조선이 나아가야 할 길은 일본과의 협력이라고 역설했다. 그들은 일본 정치가 다루이 도키치樽井藤吉의 '대동합방론大東合邦論'을 소개하면서 개화파 인사들을 설득했다. '대동합방론'은 일본과 조선이 대등하게 합방하고 이어 중국과 동맹을 맺어 서양 세력에 맞서 동양을 지키자는 주장이었다. 다루이는 서양의 침탈을 받는 동양의 보전을 위해서 진지하게 이런 주장을 폈지만, 그때 이미 일본 지도자들은 조선을 속국으로 만드는 정책에 합의한 상황이었다. 그런 사정을 모르는 조선 지식인들은 이런 주장에 공감했다. 뒷날 일본이 해외 팽창 정책을 추구하면서 내놓은 '대동아공영권大東亞共榮圈'에 서양의 식민지가 된 동남아시아의 지식인들이 공감했던 것과 비슷했다.

이승만은 그들의 주장에 깊이 공감했다. 나이가 젊고 정치적 경험이 적은 터라 그는 박영효를 떠받드는 망명객들이 흥청망청 쓰는 돈이 어디서 나왔는지 생각해 보지 않았고, 매사에 급진적 태도를 지녔던 터라 그는 그들의 궁극적 목적이 무엇인지 의심하지 않았다. 서양 열강이 동양을 침탈하는 것에 분노해 온 그에게 '대동합방론'은 적절한 주장으로 다가왔다.

이승만은 이들 망명객들의 우두머리인 이규완李圭完과 특히 가까워졌다. 이규완은 박영효의 심복으로 박영효의 복귀 공작을 총지휘하고 있었다. 그는 세종의 넷째 아들 임영대군臨瀛大君의 후손이었는데, 집안이 몰락해서 그의 부친은 뚝섬의 나무장수였다. 박영효의 식객이 되어 박영효의 은혜를 입은 뒤 평생 박영효를 충실히 섬겼다. 1883년에 서재필을 따라 일본에 건너가서 도야마육군하사관학교에서 군사 지식을 익혔다. 갑신정변에 군사들을 이끌고 가담했다가 정변이 실패하자 박영효를 따라 일본으로 망명했다. 청일전쟁 뒤 박영효가 실권을 잡자 경찰의 실권을 쥐었다. 을미사변 직전 실각한 박영효를 따라 다시 일본으로 망명한 뒤엔 끊임없는 암살 위협을 받는 박영효의 신변을 보호하는 임무를 충실히 수행했다.

세종의 맏형 양녕대군의 후손인 이승만과 세종의 넷째 아들 임영대군의 후손인 이규완은 몰락한 왕손이라는 처지가 같았고, 세조 반정에서 양녕대군과 임영대군이 함께 세조를 도왔다는 역사적 인연이 더해져서 자연스럽게 친근해졌다. 이승만은 자신보다 13년 연장으로 온갖 위험들을 헤치면서 꿋꿋하게 살아 온 이규완을 우러러보았다. 이규완은 무술이 뛰어났고 인품이 강직하고 삶이 검소했다.

그래서 이승만은 이규완이 꾸미던 '고종 퇴위 음모'에 선뜻 가담했다. 고종이 권력을 쥔 상태에선 개혁이 불가능하니, 고종을 물러나게 하고 일본에 머물던 의화군義和君(의왕) 이강李堈을 황제로 옹립한 뒤 박영효를 중심으로 개혁적 정부를 세운다는 복안이었다. 의왕은 고종과 귀인 장씨의 소생으로 조선의 자주와 개화에 대한 소신이 뚜렷했다.

언뜻 보면 무모해 보이는 이런 음모에 이승만이 선뜻 가담한 데엔 독립협회 지도자들의 고종에 대한 깊은 불신이 작용했다. 고종은 나라와 백성의 운명을 생각하지 않고 오로지 자신의 권한을 지키는 데만 마음을 쓴다고 그들은 판단했다. 고종에 대해 비교적 호의적이었고 공개적으로 고종을 비판한 적이 없는 윤치호도 경운궁 인화문 앞에서 만민공동회가 열린 11월 16일 영문 일기에 "황제가 인민들을 속이고 압제하지 않도록 하는 유일한 길은 그렇게 하는 힘을 그로부터 빼앗는 것이다"라고 토로했다.

대한국 국제

박영효가 대신 후보로 추천되었다는 것이 알려지자, 집회에 참석한 인민들 가운데 부정적 반응을 보이는 사람들이 많았다. 그래서 집회의 열기가 갑자기 식었다. 박영효의 생각과 행적에 대해 제대로 알지 못한 채 그저 임금이 '역적'이라 규정했다는 사실만으로 박영효를 도저히 용납할 수 없는 인물로 여기는 사람들이 다수인 실정이었다.

상황이 그렇게 바뀌자, 사태를 관망하던 고종은 반격에 나서기로 결정했다. 그는 먼저 독립협회와 만민공동회를 무력으로 진압하는 것에 대한 외국 공사관들의 태도를 살폈다. 대부분의 공사관들은 그 일을 내정內政으로 여겨서 별 관심이 없다는 것이 드러났다. 반면에, 러시아와 일본은 무력 진압을 권했다. 특히 일본 공사 가토 마스오加藤增雄는 일본도 메이지유신 초기에 군대로 인민들의 집회를 해산시킨 적이 있다고 설명하면서, 군대를 동원해서 독립협회와 만민공동회를 해산시키는 방안을 적극적으로 추천했다. 그동안 일본은 독립협회가 조선을 속국으로 삼으려는 일본의 목적에 방해가 된다고 판단해서, 기회가 나올 때마다 독립협회를 음해해 온 터였다.

12월 21일 고종은 '역적 박영효'의 귀환을 주장하는 세력을 강하게 비난했다. 이어 12월 23일엔 고종의 명령에 따라 시위대侍衛隊 병력과 보부상들이 만민공동회를 공격했다.

이때 이승만은 정동 광장에서 작은 통 위에 올라서서 인민들의 결의를 고취하는 연설을 하고 있었다. 이곳은 황제가 거처하는 경운궁에서 가까웠다. 서대문으로 들어온 보부상들이 몰려오자, 모인 사람들은 그 기세에 눌려 싸울 생각을 하지 못하고 흩어지기 시작했다. 사람들이 흩어지지 않도록 계속 연설을 하던 이승만은 길영수가 보부상 대열의 맨 앞에 서서 다가오는 것을 보았다. 치민 분노에 순간적으로 판단을 잃은 이승만은 보부상들의 두목에게로 달려가서 발길로 걷어찼다.

갑자기 누가 뒤에서 억센 팔로 이승만을 감쌌다. 그리고 그의 귀에 대고 소근거렸다.

"이승만 씨, 진정하고 빨리 달아나시오."

그 소리에 정신을 차린 이승만이 돌아보니, 시위하던 사람들은 다 흩어지고 자기 혼자 남은 것이었다. 상황이 위급함을 깨닫자 그는 서둘러 그 자리에서 벗어났다. 국치일 행사를 위해 뉴욕 시청으로 가면서 그가 제임스 크롬웰에게 얘기한 것이 바로 이 장면이었다. 그러나 크롬웰에게 당시 정황을 설명하면서 "걸음아 날 살려라 하고 도망쳤다"고 말한 것은 정확한 표현은 아니었다.

적들 앞에 혼자 남았다는 것을 그가 깨달은 순간, 돌아서서는 안 된다는 생각이 영감처럼 떠올랐다. 돌아서는 대신 그는 보부상들 속으로 파고들었다. 흥분해서 밀려오던 보부상들은 자신들 속으로 파고 들어오는 사람이 이승만이리라고 생각지 않았으므로, 이승만은 곧 군중 속에 묻혔다. 그는 차분히 인파를 헤치면서 들키지 않고 배재학당 쪽으로 움직여서 마침내 학당으로 들어갈 수 있었다. 다음 날 신문에는 "이승만이 길영수를 공격하다가 보부상들에게 맞아 죽었다"는 기사가 나왔다.

1898년 12월 25일 자신의 반격이 성공했음을 확신한 고종은 「민회금압령」을 선포했다. 정치는 관리들만 논할 수 있으므로 인민들이 정치를 논하는 것은 부당하다는 취지였다. 고종은 특히 독립협회와 만민공동회를 불법 단체들로 지목했다. 정부는 곧바로 독립협회와 만민공동회의 실질적 해산에 나서서 두 단체들의 지도자 430명을 한꺼번에 체포했다.

윤치호는 함경도의 덕원부사 겸 원산감리元山監理가 되어 서울을 떠났다. 그의 벼슬은 큰 자리는 아니었지만, 고종으로선 회유와 배려를 함께 한 것이었다. 당시 법부대신이었던 그의 부친 윤웅렬이 아들의 안전을 위해서 주선한 덕분이었다. 윤치호로선 황제와 부친의 배려를 도저히 거절할 수 없었다.

그래서 1899년 1월부터 〈독립신문〉의 발행은 아펜젤러가 맡았고 1899년 6월부터는 영국인 선교사 엠벌리(H. Emberly)가 맡았다. 이들은 조선의 내정엔 간섭하지 않는다는 미국과 영국 정부의 방침에 따라,

〈독립신문〉의 목표를 선교와 계몽으로 국한시켰다. 자연히 〈독립신문〉은 인기가 떨어져서 판매가 줄어들었고 재정이 점점 악화되었다. 정부의 압박도 심해졌다. 결국 1899년 12월 4일 제278호를 종간호로 내고서 〈독립신문〉은 조선 정부로 팔렸다. 정부는 〈독립신문〉을 일간으로 발전시키겠다는 약속을 끝내 지키지 않고 폐간시켰다.

1899년 8월에는 대한제국의 성격을 규정한 「대한국 국제大韓國國制」가 제정되었다. 대한제국은 황제가 무한한 권력을 지닌 전제군주제이며, 황제의 권한은 입법, 행정, 사법 및 군 통수권을 아우른다는 내용이었다. 이런 전제군권을 침해하는 행위는 반역으로 규정했다.

이렇게 해서, 1894년 여름 갑오경장으로 시작된 조선의 근대화 운동은 끝내 좌절되었다. 처음엔 일본의 강요로 시작했지만, 근대화를 위한 개혁은 나름의 운동량을 빠르게 얻었다. 이 과정에서 서재필은 결정적 공헌을 했다. 아직 중세적 세계관을 지닌 인민들이 근대국가의 시민들로 자라나지 않으면 조선의 근대화는 이루어질 수 없다는 통찰에 따라, 그는 독립협회와 만민공동회를 조직하고 〈독립신문〉을 발행했다. 그의 활약 덕분에 근대적 지식과 사상이 빠르게 인민들 속으로 스며들었다. 그리고 근대국가의 시민으로서 자격을 갖춘 시민들이 출현해서 근대화를 이끌었다. 큰 호응을 얻은 만민공동회 집회들처럼 인민들이 스스로 모여 나라를 개혁하고 나라의 이익을 지킨 데서 그 점이 명확하게 드러났다.

개항이 늦었고 서양 문명을 받아들이는 것을 오래 거부했던 터라, 동양에서 가장 작은 나라인 조선은 먼저 근대화에 나선 이웃 강대국들에게 줄곧 시달려야 했다. 그래서 개항 초기부터 '타율적 근대화'의 과정을 밟았다. 그런 궤도에서 탈출해서 '자율적 근대화'의 궤도로 진입할 기회가 있었다면, 1890년대 후반이었다. 일본과 러시아가 팽팽히 맞서서 외교적 공간이 넓어지고 인민들의 근대화 운동으로 국익을 지킬 수 있었던 상황이어서, 조선 사람들이 조금만 더 분발했더라면 역사가 문득 달라질 수도 있었다. 그 뒤로는 기회가 없었다.

이승만의 수감

독립협회와 만민공동회 지도자들에 대한 체포령이 내리자, 이승만은 숭례문 바로 안쪽에 있던 제중원濟衆院 건물로 숨었다. 조선의 첫 서양식 병원인 제중원은 원래 조선 정부가 운영했으나 뒤에 미국 북장로회 선교부에서 인수해서 운영해 온 터였다. [제중원은 뒤에 세브란스 병원으로 발전했다.] 당시 제중원 원장은 이승만을 지도해 온 올리버 에이비슨(Oliver R. Avison)이었다.

이승만은 1899년 1월 2일 중추원 의관에서 파면되었다. 중추원 회의에서 박영효의 사면과 의장 추대를 역설했으니 그럴 만도 했다. 훨씬 중대한 문제는 그가 '고종 폐위 음모'에 가담한 것이 드러난 것이었다. 주모자 이규완은 용산에서 배를 타고 제물포를 거쳐 일본으로 돌아갔지만, 국내의 가담자들이 검거되자 이승만이 가담한 것이 밝혀졌다.

경무청의 미국인 고문 스트리플링(A. B. Stripling)과 선교사들이 날마다 제중원에 들러 이승만의 안전을 확인했다. 이승만은 자신의 안전을 외국인들에게 의지하는 상황이 못마땅했고 빨리 밖으로 나가서 다시 인민들의 시위를 주도하고 싶었다. 그를 자주 찾아와 바깥소식을 알려

준 주시경이 "지금 밖에는 수천 명이 모여 있는데, 빨리 지도자가 나타나서 시위를 이끌기를 기대하고 있다"고 얘기한 터였다.

1월 9일 선교사이자 의사인 해리 셔먼(Harry C. Sherman)이 이승만에게 근처에 사는 환자를 함께 찾아보자고 제안했다. 병원 안에 갇혀 지내느라 무척 답답했던 터라 이승반은 기꺼이 따라 나섰다. 그들이 조선은행 앞 광장 근처 일본 총영사관에 이르렀을 때, 이승만을 알아본 시위대 소속 군인이 그를 체포했다. 이승만은 감옥에 갇혔다.

셔먼은 곧바로 미국 공사관으로 가서 호러스 앨런 공사에게 상황을 알렸다. 두 사람은 조선 외부를 방문해서 이승만의 체포에 대해 항의했다. 그리고 이승만이 미국인 의사의 임시 통역자로 일하던 터였고 현행 협정에 따르면 그런 인원은 사전 통지 없이 체포할 수 없다는 점을 들어 이승만의 석방을 요구했다. 외부가 선뜻 이승만을 석방하지 않자, 앨런은 1월 17일 외부대신 박제순에게 이승만의 석방을 요청하는 공문을 보냈다.

양측의 협상은 오래 걸렸다. 외부대신으로선 미국의 항의를 무시할 수 없었지만, 황제를 폐위시키려는 음모에 가담했다는 혐의를 받는 자를 가볍게 풀어 줄 수도 없었다. 이승만이 감옥에서 고문을 받지 않도록 하려고 경무청 고문 스트리플링이 자주 그를 찾았다. 1월 24일 박제순은 "아직 재판이 시작되지도 않았으니 조금 기다려 달라"는 요지의 답신을 앨런에게 보냈다.

이사이에도 많은 인민들이 종로에 모여서 이승만이 시위를 이끌어 주기를 고대한다는 소식이 그에게 들려왔다. 당시 독립협회 동지들인 최정식과 서상대徐相大가 그와 한 감방에 있었다. 최정식은 언변이 뛰어났고 이승만과 함께 〈매일신문〉에서 논설을 썼었다. 이승만은 두 동지

이승만은 감옥에 갇혔다. 독립협회 동지들인 최정식과 서상대가 그와 한 감방에 있었다. 세 사람은 탈옥해서 인민들을 이끌기로 합의했다.

들에게 인민들이 종로에 모였다는 소식을 전했다. 세 사람은 탈옥해서 인민들을 이끌기로 합의했다.

1월 30일 세 사람은 주시경이 몰래 들여보낸 권총들로 간수들을 위협해서 감옥에서 빠져나왔다. 그들은 곧바로 종로 광장으로 달려갔다. 그러나 그곳엔 시위를 위해 모인 사람들이 없었다. 뜻밖의 상황에 낙심한 이승만은 거기 주저앉았다. 그는 곧 시위대 군인들에게 발견되어 시위대 병영으로 연행되었다가 경무청으로 넘겨졌다.

최정식과 서상대는 머뭇거리지 않고 배재학당으로 도망쳤다. 그들은 아펜젤러에 이어 〈독립신문〉을 발행한 앰벌리의 집에 한 달가량 숨어 지냈다. 그리고 어느 캄캄한 밤에 서양 여인 옷을 입고 엠벌리와 함께 서대문을 나와서 북쪽으로 향했다. 서상대는 만주로 탈출하는 데 성공했지만, 최정식은 진남포에서 일본인이 경영하는 여관에 들었다가 주인의 밀고로 붙잡혀서 이승만과 함께 재판에 회부되었다.

경무청 감옥에선 이승만을 철저하게 증오하는 인물인 박달북朴達北이 그를 기다리고 있었다. 당시 상황을 이승만 자신은 이렇게 얘기했다.

> 그는 왕당파로 나와 가장 원한에 사무치는 원수였다. 박은 황실에 연락을 하여 황제로부터 고문을 하라는 지시를 받았다. 그리고 그들은 나를 캄캄한 방에 눕혀 놓았는데 나는 그다음 날 아침까지 무슨 일이 있었는지 알지를 못했다. 그리고 나는 또 감옥으로 끌려갔다. 그때 나는 그 감옥으로 다시 끌려가기 전에 얼마나 죽고 싶었는지 모른다. 나에 대한 사무치는 원한을 풀어 내는 그들은 격분한 동물들 같았다.

그 뒤로 그는 여러 날 끔찍한 고문들을 견뎌야 했다. 뒷날 그에게서 당시 상항을 들은 올리버는 이렇게 기술했다.

> 뒤로 돌려진 그의 두 팔은 살 속으로 파고드는 비단 끈으로 꽉 묶여 있었다. 그의 두 다리 사이에 나무 두 개를 끼우고 무릎과 발목을 한데 묶은 뒤, 경리警吏 둘이 그 나무들을 비틀었다. [이른바 '주리를 튼' 것이다.] 세모난 대나무 조각들을 그의 손가락들 사이에 끼

우고 단단히 묶어서 살점들이 뼈들에서 떨어져 나갔다. 날마다 그를 마루 위에 엎어 놓고 사지를 벌린 다음 살가죽이 벗겨질 때까지 대나무 매로 후려쳤다.

고문을 받지 않는 때에도 두 발은 차꼬著錮에, 두 손은 수갑에, 그리고 목은 칼枷에 묶여서, 그는 설 수도 앉을 수도 누울 수도 없었다. 엉거주춤하고 반쯤 앉은 채로 몸을 앞으로 굽힐 수밖에 없었다. 그는 하루 한 차례 5분 동안 이 잔인한 형구들에서 벗어났다.

그래도 재판을 받게 되면서 고문이 멈추고 형구들로부터 벗어났다. 그러나 이승만과 최정식의 운명을 결정할 재판장은 그들의 숙적이었던 홍종우洪鍾宇였다. 그는 철저한 왕당파로 길영수와 함께 황국협회 설립을 주도하고, 보부상들을 이끌고 독립협회와 만민공동회의 인민들을 습격했다. 그래서 당시 서울의 여론은 이승만이 사형 선고를 받을 것이 확실하다고 여겼다.

재판이 진행되자 최정식은 모든 일들을 이승만이 주도했다고 진술했다. 이승만은 동지의 배신에 놀랐지만, 고문으로 몸이 망가지고 좌절로 기백이 무너진 터라 자신을 변호하는 얘기를 한마디도 하지 못했다. 그러나 최정식의 진술에 있는 허점들을 발견한 재판장은 탈옥을 먼저 계획하고 주도한 것은 이승만이 아니라는 것을 밝혀냈다. 특히 이승만의 총에서 탄환이 발사되지 않아서 간수에게 총을 쏜 사람은 그가 아니었음이 밝혀진 것이 결정적 증거가 되었다. 결국 7월 11일 재판장은 최정식에게 사형을 선고하고 이승만에겐 '종신 역형役刑과 태형笞刑 100대'를 선고했다.

7월 27일 고종은 홍종우의 판결을 승인했다. 고종으로선 자신이 크게 의지하는 앨런 공사를 비롯한 미국인들의 요청을 거절할 수 없었다. 이승만이 왕족이라는 것도, 특히 현 왕실에 협력한 양녕대군의 후손이라는 것도 고종의 태도에 영향을 미쳤을 것이다.

'종신 역형'을 받아서 이승만은 거의 확실했던 사형을 면했다. 그러나 '태형 100대'의 집행이 남아 있었다. 이 태형은 종신 역형에 자동적으로 부가되는 형이었다. 1896년에 제정된 「형률명례刑律名例」는 1년 이상의 역형에 10대에서 100대에 이르는 태형을 형의 무거움에 따라 차등적으로 부가하도록 규정했다. 그래서 종신형엔 매 100대가 부가되었다.

이렇게 부가된 태형은 그의 목숨에 보기보다 훨씬 큰 위협이었다. 매를 심하게 맞으면 건장한 사람도 죽거나 몸이 깊이 상했다. 그래서 앙심을 먹은 수령이 매 한 대로 죄인을 '장살杖殺'시키는 경우들이 드물지 않았다. 혹독한 고문과 반년 동안의 구금으로 몸이 쇠약해진 이승만으로선 도저히 매 100대를 견딜 수 없을 터였다.

이런 사정을 잘 아는 이경선은 아들의 목숨을 구하려고 태형을 집행할 압뢰押牢(감옥의 간수)에게 사정을 설명하고 배려를 호소했다. 태형의 집행을 맡은 압뢰는 이승만과 최정식이 탈옥할 때 최정식이 쏜 총탄에 맞아 부상했는데, 다행히 이승만에 대해선 악감을 품지 않았다.

태형 집행의 입회인인 재판장 홍종우는 집행 직전에 형장에서 나가 문을 닫았다. 압뢰는 큰 소리로 매의 수를 세면서 이승만에게 태형을 집행했다. 그러나 100대가 다 집행되었어도 이승만의 몸엔 매 자국이 없었다. 매의 세기는 매를 때리는 사람에게 달렸으므로 압뢰에겐 으레 뇌물이 건네졌다. 아들의 처지를 설명하고 호소한 이경선이 압뢰에게 뇌물을 바친 것은 당연했다.

흥미로운 점은 홍종우가 뇌물이 통할 사람이 아니었다는 사실이다. 어릴 적부터 가난 속에 떠돌던 그는 36세이던 1886년에 일본으로 건너가서 〈아사히신문〉의 식자공으로 일하면서 견문을 넓혔다. 세 해 동안 프랑스어를 익히고 뱃삯을 모아 1890년 프랑스로 떠났다. 그는 조선 최초의 프랑스 유학생이었다.

그는 파리의 국립 기메 아시아 박물관(Musée nationale des arts asiatiques-Guimet)'에서 일하면서 『춘향전』, 『심청전』 및 점술서인 『직성행년편람直星行年便覽』을 프랑스어로 번역했다. 그는 프랑스에서도 한복을 입었고, 서양 열강의 제국주의가 동양에 제기하는 위험을 깨달았다.

1894년 홍종우는 일본인들의 영향 아래 방탕하게 사는 김옥균이 조선에 위험한 인물이라고 판단하고 상해로 유인해서 암살했다. 개화에 호의적이고 나름으로 사회 개혁 방안을 가졌지만, 그는 그런 개혁이 국왕의 군권을 강화하는 방향으로 이루어져야 한다고 믿었다. 그래서 황국협회를 조직하고 보부상들을 동원해서 독립협회와 만민공동회를 습격한 것이었다.

만일 홍종우가 이승만을 미워하거나 경멸했다면, 고종의 뜻이 어떠했든 그는 이승만을 폐인으로 만들 수 있었다. 그러나 그는 이승만의 됨됨이를 알아보았다. 어쩌면 그는 아들뻘 되는 이승만에게서 젊은 시절의 자신을 보았을지도 모른다.

감옥 속의 이승만

이승만이 갇힌 한성감옥은 서소문 근처에 있었다. 쌀을 저장하던 커다란 기와집을 감옥으로 개조한 것이었다. 집을 넷으로 나누어 감방들로 만들고 한가운데로 좁은 복도를 냈다. 바닥은 나무 마루였고 그 위에 멍석을 깔아 놓았다. 이부자리는 죄수들이 스스로 마련해야 했다. 창고로 쓰였던 건물이라 온돌이 없어서 겨울엔 죄수들이 특히 힘들었다. 한성감옥은 원래 종로 서린동에 있었는데, 개축을 하게 되어서 임시로 옮겨 온 것이었다.

감옥의 환경은 무척 열악했다. 감방의 크기에 비해 너무 많은 죄수들이 수용되어서 감방 안에선 움직이기도 힘들었다. 그런 상황에선 위생 상태가 좋을 수 없었다. 씻지 못한 죄수들의 냄새에 대소변 냄새가 더해진 데다가 이, 벼룩, 모기 같은 물것들이 많았다. 급식도 좋을 리 없어서, 팥밥과 콩나물국이 나왔는데 그나마 옥리들이 급식비를 떼어먹어서 국은 숟가락으로 건져 먹을 것이 거의 없었다. 그릇도 음식을 담을 수 없을 만큼 불결했다. 그나마 하루 두 끼만이 제공되었다. 상황을 좀 낫게 만든 것은 가끔 면회가 허락된 죄수의 가족들이 들여오는 바깥 음식들이었다.

이처럼 지내기 어려운 환경 속에서도 이승만은 혹심한 고문으로 상한 몸과 잇단 좌절들로 지친 마음을 추슬러 나갔다. 그는 본래 몸도 마음도 활력이 넘치는 사람이어서, 어지간한 사람은 죽거나 폐인이 되었을 상황을 꿋꿋이 견뎌 냈다.

나라를 위해서 자신이 할 일이 많다는 생각도 그를 일으켜 세웠다. 독립협회와 만민공동회가 정부의 탄압으로 무너지고 지도자들이 모두 흩어진 상황은 그에게 이제 자신이 스스로 일어서서 사람들을 이끌어야 한다는 사실을 늘 새기도록 했다. 사형 선고를 받은 최정식이 형리들에게 끌려나가면서 "승만아, 승만아, 잘 있거라. 너는 살아남아 우리가 함께 시작한 일을 끝내어 다오"라고 외친 말은 그의 가슴에 새겨져서 지친 그를 일으켜 세우곤 했다.

나라를 위해 일하려면 먼저 세상에 대한 지식을 얻어야 했다. 감옥에 갇힌 처지였지만, 이승만은 미국인 친구들의 도움으로 영어 잡지들과 책들을 읽을 수 있었다. 감옥엔 복도에 석유등 하나가 달려 있었고 감방에선 등불을 켜지 못했다. 복도의 석유등도 일찍 꺼져서 야간 독서에 도움이 되지 않았다. 마침 감방마다 빈 석유통이 하나씩 배정되었는데, 이승만은 그것을 옆으로 눕히고 안에 촛불을 켠 다음 벽에 대 놓고서 새어 나오는 불빛에 글을 읽었다. 동료들이 망을 보면서, 옥리가 나타나면 그에게 알렸다. 옥리들도 이승만이 그렇게 글을 읽는다는 것을 알게 되었지만, 그들은 모른 체했다.

그러나 그에게 가장 큰 힘이 된 것은 기독교 신앙이었다. 배재학당을 다니면서 그는 기독교 신앙에 대해 잘 알게 되었고 기독교 교리에 지적으로 공감했다. 그러나 진정한 신앙은 그가 경무청에서 고문을 받아 몸도 마음도 피폐했을 때 찾아왔다. 그 뒤로 그는 몰래 입수한 『신약성서』를 읽으면서 기독교 신앙에 바탕을 둔 자유민주주의 사회철학을 세우기 시작했다. 이런 신앙적 편력에서 그를 자주 면회한 미국 선교사들이 그를 친절하게 인도했다.

매사에서 신념을 실천하는 사람인지라, 기독교를 받아들이자 이승만은 곧바로 전도에 나섰다. 마침 새로 감옥서장으로 부임한 김영선은 이승만에게 무척 호의적이어서 옥중 전도를 비롯한 그의 여러 활동들을 지원했다. 이승만의 깊은 신심과 선교사들과의 토론들을 통해서 다져진 기독교 지식은 함께 수감된 독립협회 동지들 여럿을 기독교도들로 만들었다. 이승만의 영향을 받아 기독교에 귀의한 사람들은 40여 명이 되는데, 그 가운데는 간수장 이중진李重鎭과 그의 동생 이중혁李重赫도 있었다. 이중혁은 1904년 이승만이 비밀 외교 임무를 띠고 미국으로 떠날 때 동행하게 된다.

1900년 4월 한성감옥이 원래 자리로 돌아온 뒤, 이승만의 활동은 더욱 활발해졌다. 그는 염료를 몰래 구해서 잉크를 만들었다. 그리고 아픈 손으로 묵은 잡지들의 여백에 글을 쓰는 연습을 한 뒤, 〈뎨국신문〉에 논설들을 발표했다. 물론 이름을 숨겼지만, 그의 글들이 화제가 되면서 사람들은 필자가 누구인지 알게 되었다. 이런 논설들을 읽고 찬동한 사람들 가운데 하나가 고종의 후비인 엄비嚴妃였다. 감옥서장 김영진은 바로 엄비의 심복이었다.

감옥서장을 설득하고 동료들의 도움을 받아, 이승만은 옥에 갇힌 아이들을 위한 '옥수 교육獄囚教育'도 추진했다. 감방 한 칸을 비워서 아이들에게 '가갸거겨'를 써서 읽히면서 가르치기 시작했다. 이 선구적 사업은 사람들의 주목을 끌어서, 1903년 1월 19일자 〈황성신문皇城新聞〉은 이 일을 소개했다.

"감옥서장 김영선 씨가 (···) 월전月前부터 감옥서 내에 학교를 설립하고 조수를 교육하는데, 교수는 이승만, 양의종 씨요, 교과서는 개과선천할 책자요, 영어, 산술, 지지地誌 등 서로 열심히 교도하는 고로 (···)"

아울러 이승만은 감옥 안에 도서관을 만들어 죄수들의 교육에 이바지했다. 감옥의 관원들과 죄수들이 돈을 모아 책들을 구했는데, 이 소식을 들은 외국인 선교사들이 돈을 보탰다. 그는 죄수들이 책을 읽는 것이 뿌듯해서 도서 대출 횟수를 꼼꼼히 적었다.

중세적 행태가 고스란히 남아 있는 감옥에서 그가 성공적으로 시도한 이런 계몽 활동들은 그와 동료 죄수들이 견디는 힘들고 비생산적인 수형 생활에 활력을 불어넣었다. 실제로 그는 잎을 갉아먹고 자라나는 애벌레처럼 지식을 빨아들였고, 점점 어려워지는 나라의 지도자로 우화羽化할 준비를 착실히 하고 있었다.

그가 한성감옥에서 맞은 가장 큰 위기는 1903년 3월에 감옥 안에서 콜레라가 발생한 것이었다. 콜레라는 1902년 9월에 서울에 퍼져서 적잖은 사람들이 죽었는데, 한성감옥에서 뒤늦게 발생한 것이었다. 이틀 동안에 40명의 죄수가 병으로 죽었다. 위생 상태가 열악한 감옥에서 발생한 터라 죄수들로선 희망이 없었다. 이승만은 에이비슨 제중원 원장에게 급히 호소했다. 에이비슨은 곧바로 감옥을 찾았으나, 간수들은 그를 들여보내지 않았다. 다행히 그는 이승만에게 약을 몰래 전달하는 데 성공했고, 그의 처방에 따라 이승만이 환자들에게 시술해서 위기를 넘겼다.

러시아로 기운 조선 정부

이승만이 감옥의 어려운 환경 속에서 나날을 자신과 동료 죄수들의 지적 및 영적 성장에 바치는 사이, 바깥세상은 점점 어지러워졌다.

근대적 개혁을 요구하는 인민들의 조직과 집회를 무력으로 누르고 전제군주의 지위를 되찾은 데 고무되어, 고종은 자신이 실제로 큰 권력을 쥐었다는 환상을 품게 되었다. 그리고 강대국 러시아에 의탁하면 자신의 권력을 온전히 유지할 수 있다고 판단했다. 무엇보다도, 전제군주제의 러시아는 조선의 개혁엔 아무런 관심이 없어서, 일본과 달리 고종에게 아무런 개혁도 요구하지 않았다. 자연히 고종은 일본을 점점 멀리하고 러시아로 눈에 뜨이게 기울었다. 러시아도 자신에게 충성하는 사람들을 조선 정부의 요직들에 앉혀서 일본이 조선에 대해 지닌 이익을 줄이려고 시도했다.

이런 기류를 섬뜩하게 보여 준 것이 '안경수·권영진 살해사건'이었다.

경무사와 군부대신을 지냈고 독립협회의 초대 회장이었던 안경수는 1898년에 군인들을 동원한 정변으로 고종을 폐위시킨다는 음모를 꾸몄다. 음모가 실패하자 그는 권영진과 함께 일본으로 망명했다. 그의 망명은 조선과 일본 사이에 외교적 문제가 되었고, 그것을 해결하기 위해 신임 일본 공사 하야시 곤스케林權助가 나섰다. 그래서 조선 정부는 공정한 재판을 약속했고 일본 공사관은 그들의 안전을 보장했다. 양국 정부의 공약을 믿고서 안경수는 1900년 1월 15일에, 그리고 권영진은 5월 16일에 귀국해서 자수했다. 그러나 조선 정부는 5월 27일 밤에 두 사람을 비밀리에 교살했다.

조선 정부의 이런 처사는 조선 사회에 큰 충격을 주었고 조선에 나온 외국인들을 경악시켰다. 국민을 공정한 재판 없이 살해한 것은 흉악한 범죄였다. 공정한 재판을 하겠다는 약속을 어긴 것은 도덕적 타락이었다. 그 약속이 국제사회에 대한 약속이었으므로, 파약은 조선의 국제적 평판을 크게 떨어뜨린 행위였다. 약소국의 생존에서 가장 중요한 요소가 국제사회의 평판인지라, 조선 정부의 이런 처사는 더할 나위 없이 어리석은 행동이었다.

당장 심각한 문제는 조선 정부의 처사가 일본 정부에 대한 모욕이라는 사실이었다. 일본 정부가 공식적으로 안전을 보장한 두 사람을 살해함으로써 조선 정부는 일본 정부의 권위를 무시한 셈이 되었다. 특히 체면이 떨어진 하야시 공사는 처신이 어려워졌다.

작고 약해서 자신을 지킬 힘이 없는 조선 정부가 강대한 일본에 그렇게 모욕적 태도를 보일 수 있었던 것은 조선 정부가 러시아의 비호를 받기 때문이라는 것을 모두 알았다. 원래 호가호위狐假虎威는 위험한 태도다. 강대한 사람의 힘을 빌려 자신의 분수에 넘는 짓을 하면 뒤끝이 좋을 리 없다. 국제적 차원에선 화가 훨씬 빨리 닥친다. 국가들 사이에선 도덕적 규범이 개인들 사이에서보다 훨씬 약하게 작용하므로, 적과 친구가 수시로 바뀐다. 물론 당시 고종만이 아니라 모든 조선 사람들이 러시아가 일본보다 훨씬 강대하다고 믿었다. 그렇다 하더라도, 강대한 일본을 조선 정부가 그렇게 필요없이 능멸한 것은 옳지 못하고 어리석었다. 일본인들이 저지른 을미사변에 대해 일본 정부에 변변히 항의하지도 못한 채 이런 방식으로 일본 정부에 모욕을 준 것은 고종과 조선 정부의 도덕적 위상을 허물었다. 약소국이 강대국의 부당한 처사에 대해 항의할 수 있는 바탕은 모든 사람들이 지닌 도덕심이다. 스스로 약속을 어겨서 강대국에 모욕을 주면, 뒤에 강대국이 부당한 짓을 할 때 그 부당함을 지적할 도덕적 바탕이 허물어진다.

조선 사회와 서울의 외국인 공동체가 안경수·권영진 살해사건의 충격에서 채 벗어나지 못한 1901년 봄, 조선 정부는 탁지부 고문으로 세관 업무를 관장하던 영국인 맥리비 브라운(J. McLeavy Brown)에게 세관 부지에 있는 그의 관사에서 급히 떠나라고 통보했다. 궁궐과 연관된 건물들을 신축하기 위한 조치라는 설명이었다. 그리고 병사들이 그의 관사에 강제로 들어가서 살피기까지 했다.

이것은 중대한 인권 침해여서, 서울의 외국인 공동체의 거센 반발을 불렀다. 중요한 업무를 관장하는 외국인 고문에게 조선 정부가 감히 이런 태도를 보인 것은 그 사건이 러시아의 음모에서 나왔고 조선 정부가 러시아의 보호를 믿었기 때문이라고 모든 외국인들이 생각했다. 러시아는 여러 해 전부터 세관 업무를 관장하는 자리에 자기 사람을 심으려고 획책했었다. 실제로 1897년에 러시아 공사 스페이에르는 러시아 재정 전문가를 탁지부에 밀어넣어 브라운을 밀어내려 시도했었다. 이런 시도는 영국의 강력한 반발과 외교에 실패한 스페이에르의 소환으로 무산되었다. 조선 정부의 무리한 정책과 서투른 집행은 영국의 강력한 항의를 불렀고, 조선 정부는 브라운을 관사에서 몰아내려던 시도를 포기했다. 이 불행한 사건은 조선 정부의 현실적 권위와 도덕적 평판을 아울러 훼손했고, 조선에 대한 외국인 공동체들의 호감과 동정을 크게 줄였다.

결정적 실책은 "마산포나 거제도의 땅을 어떤 외국에도 팔거나 빌려주지 않는다"는 협약을 러시아와 비밀리에 맺은 것이었다. 러시아가 이미 마산포에 급탄항을 확보했으므로, 이 협약은 러시아에 조선 남부의 배타적 지위를 허여한 셈이었다. 러시아 태평양함대의 모항인 블라디보스토크와 새로 확보한 요동반도의 여순을 연결하는 데서 마산포는 중요한 중간 기지였다. 이 협약이 존재한다는 것이 1902년 초에 드러나자, 조선 남부를 자신의 영향권으로 여겨 온 일본은 격앙된 반응을 보였다.

당시 서울의 외국인 공동체는 이 비밀협약을 중대한 사건으로 받아들였고, 조선 정부가 러시아와 운명을 함께하기로 결정했다는 증거로 여겼다. 러시아와 일본이 전쟁을 하게 되면, 이긴 쪽이 조선을 차지하게 되어 있었다. 국제 여론도 그런 결말을 받아들일 준비가 되어 있었다. 당연히 조선은 두 나라 사이에 힘의 균형이 유지되어 전쟁이 일어나지 않도록 애써야 했다. 불행하게도, 그렇게 두 강대국 사이의 균형 속에서 조선의 자주와 독립을 유지하기엔 조선 정부의 능력이 모자랐다.

조선 정부가 거듭 어리석은 행태를 보인 것은 고종 둘레에 유능한 신하들이 없었다는 사정에서 나왔다. 비록 고종이 임금 노릇을 제대로 할 수 있는 인물이 못 되었지만, 그래도 나라를 생각하는 유능한 관리들의 보좌를 받았다면 터무니없는 실수들은 막을 수 있었을 것이다. 그러나 이때는 이미 여러 차례의 정변들을 통해서 개항기 조선이 배출한 훌륭한 인물들은 거의 다 사라진 터였다. 갑신정변의 실패는 개화에 앞장섰던 인물들이 시들도록 했다. 갑오경장을 주도했던 개화파 인물들은 아관파천으로 개혁이 실패하는 과정에서 죽거나 망명했다. 독립협회와 만민공동회를 통해서 새로 나타난 젊은 인물들은 두 단체에 대한 탄압으로 자라나기도 전에 서리를 맞았다.

아관파천 뒤에 들어선 친러파 내각에서 가장 두드러진 인물은 이범진이었다. 그는 처음부터 아관파천을 주도했고 내각에도 참여했다. 그러나 조선 정계에 인맥이 두터운 이완용에게 차츰 밀렸고, 이완용 일파의 노골적 견제를 받자 주미 공사를 자청해서 해외로 나갔다.

독립협회의 위원장과 회장을 역임했다는 사실이 가리키듯, 이완용은 개화파 지식인들 사이에서 명망이 높았다. 친러파 내각의 실권을 장악하자 그는 러시아의 압력에 저항하면서 조선의 이익을 지키려 애썼다. 러시아가 요구하는 이권을 들어주지 않았고, 러시아 병력으로 궁궐을 호위하겠다는 러시아의 제안도 거절했다. 결국 그는 러시아에 밉보여 평안도관찰사로 밀려났다.

원래 이완용은 미국에 오래 체류하면서 대미 외교를 맡았다. 그래서 자유민주주의 미국에 대해 호감을 품었고, 조선에 대한 영토적 야심이 없는 미국에 의지하는 것이 조선으로선 가장 낫다고 여겼다. 을미사변 뒤 일본의 통제 아래 있던 고종을 구출하기 위해서 러시아의 힘을 빌려 이범진과 함께 아관파천을 주도했지만 그는 여전히 미국에 대한 기대를 버리지 않았고, 러시아의 영향에서 벗어나기 위해 서울에 있는 미국인들과 '미관파천美館播遷'을 모색했다.

이처럼 아관파천을 주도해서 고종을 일본의 통제 아래서 구출한 인물들이 내각에서 밀려나자, 고종의 아낌을 받고 러시아의 지지를 받는 총신寵臣들이 실권을 쥐었다. 맨 먼저 나타난 총신은 러시아어 통역이었던 김홍륙金鴻陸이었다. 그는 함경도의 천민이었으나 러시아 연해주를 드나들면서 러시아어를 배웠고, 조선과 러시아가 교섭할 때 역관으로 특채되었다. 약소국이 강대국의 영향 아래 들면 으레 통역들이 권세를 부리게 마련이어서, 고종이 러시아 공사관 안으로 들어간 뒤엔 고종과 러시아 공사 베베르 사이에서 통역 노릇을 한 김홍륙이 권세를 부렸다. 그는 학부협판學部協辦까지 지냈으나 1898년 공금을 착복한 것이 드러나서 실각했고, 끝내 고종을 독살하려 한 사건의 주모자라는 혐의로 처형되었다.

이어 이용익李容翊이 실권을 쥐었다. 그는 임오군란 중에 피란한 명성왕후와 왕실의 연락을 맡아 왕실의 신임을 얻었다. 세금의 가혹한 징수로 인민들의 원성을 샀으나, 왕실 재정을 충실히 해서 고종의 절대적 신임을 받았다.

1901년 흉년으로 식량이 크게 부족해지자 조선 정부는 방곡령防穀令을 내렸다. 이 조치는 일본 상인들의 이익을 해쳤으므로 일본과 외교적 분쟁이 일어났다. 곡물 부족이 워낙 심각했으므로 결국 일본도 방곡령을 인정했다. 어차피 곡물이 부족할 것을 예상한 이용익은 재빨리 안남安南(베트남)에서 쌀을 수입해서 싼값에 시중에 풀었다. 이런 조치는 인민들의 칭송을 받았고, 그 뒤로 인민들은 이용익의 큰 잘못들도 너그럽게 대했다.

이용익은 러시아의 이익을 위해 열심히 일했다. 그는 여론의 비난을 받는 것도 일본의 반감을 사는 것도 두려워하지 않았다. 그래서 그는 러시아의 적극적 지지와 보호를 받았다. 이처럼 고종의 신임을 얻고 인민들의 칭송을 받고 러시아의 보호를 받았으므로, 그는 튼튼한 정치적 기반을 누렸다.

조선 정부에 대한 러시아의 영향력이 점점 커지자 이용익보다 더 노골적으로 러시아의 이익을 위해 봉사하는 자들이 나타났는데, 대표적 인물이 이근택李根澤이었다. 이용익이 러시아의 이익에 봉사했지만, 그가 궁극적으로는 조선을 위해 그렇게 한다고 여기는 사람들이 적지 않았다. 그러나 이근택에 대해선 사람들은 그가 자신의 이익을 위해서 러시아의 앞잡이가 되었다고 생각했다.

황제와 총신들이 러시아에 의지하고 매사에서 러시아의 뜻을 따르는 상황이 여러 해 이어지면서, 러시아가 얻은 이권들은 점점 늘어났다. 조선 인민들은 국익이 러시아로 넘어가는 것에 대해 분노하고 걱정했지만 항의할 길이 없었다. 독립협회와 만민공동회는 해체되었고, 국체는 전제군주제로 바뀌어서 황제의 권한은 제약을 받지 않았다. 이전에는 일본이나 미국, 영국과 같은 나라들이 외교적으로 러시아를 견제했으나, 이제 러시아가 독주하자 그들도 조선 정부에 러시아와 같은 대우를 요구해서 자기 몫의 이권들을 챙긴다는 태도를 보였다.

1903년 초에 러시아가 압록강 연안의 삼림을 벌채하는 이권을 얻었다는 것이 밝혀졌다. 이 사업은 원래 1896년에 러시아 상인 유리 브리네르(Yuri Briner)가 고종으로부터 얻었다. 브리네르는 러시아 사업가 알렉산드르 베조브라조프(Aleksandr M. Bezobrazov)에게 이 사업을 넘겼고, 베조브라조프는 러시아 황제 니콜라이 2세의 측근들을 설득해서 사업에 가담시켰다. 덕분에 이 사업은 러시아 정부의 적극적 지원을 받았다. 그러나 사업이 비밀리에 비정상적으로 추진되었으므로, 조선 정부는 자신의 이익을 지킬 장치를 마련하지 못했다. 조선 정부는 얼마 되지 않는 금액을 받았을 뿐, 삼림 벌채의 양에 따라 대가를 받는 통상적 방식을 따르지 못했고 삼림 벌채를 감독할 권한도 없었다. 광물 채굴은 기술과 자본이 들어가는 사업이므로 광산 허가는 나름으로 산업 발전의 효과가 있었지만, 이번 삼림 벌채는 자원을 영구적으로 외국에 넘기는 것이었다.

이어 러시아는 이런 삼림 벌채 사업을 위해서 압록강 어귀의 항구인 용암포를 이용할 권리를 조선 정부에 요구했다. 그리고 조선 정부의 허락 없이 100명가량 되는 병력을 용암포에 진주시켰다. 이런 행태는 일본만이 아니라 온 세계의 경각심을 불러일으켰다. 러시아의 용암포 확보는 러시아의 영토적 진출로 이어지리라는 것이 공통된 견해였다. 러시아는 한번 얻은 땅을 선선히 돌려주는 법이 없었다.

러시아는 조선 정부의 허락 없이 압록강 어귀의 항구인 용암포에 100명가량 되는 병력을 진주시켰다. 일본이 러시아와의 전쟁을 준비한다는 소문이 퍼졌다.

일본은 용암포를 아예 모든 나라들과의 통상을 위해 완전히 개방하라고 조선 정부에 촉구했다. 이어 영국과 미국도 일본의 촉구에 동참했다. 미국은 이미 중국 안동(안둥)의 개항을 주선한 터여서, 용암포의 개항은 통상의 발전에 크게 기여하리라고 지적했다. 그러나 러시아는 이런 요구를 완강히 거부했다. 그리고 이용익을 비롯한 친러파가 장악한 조선 정부는 러시아의 뜻을 충실히 따랐다.

그러자 미국은 용암포 북쪽의 전통적 교역 도시 의주를 개항하자는 대안을 제시했다. 이 제안도 러시아는 거부했다. 그리고 용암포를 러시아 황제 이름을 딴 '니콜라이항(Port Nikolai)'으로 바꿨다.

여름 내내 북쪽 지역에서 러시아 사람들이 멋대로 행동한다는 보고들이 서울로 올라왔다. 삼림 벌채 협약의 느슨한 규정과 모호한 언어들을 이용해서, 러시아 사람들이 협약의 범위를 넘는 행위들을 한다는 것이었다. 그러나 조선 정부는 러시아 사람들의 행동을 조사할 능력도 의사도 없었다.

1903년 10월부터 조선에 나와 있던 일본 상인들이 외상 판매 대금을 거두어들이기 시작했다. 거간들과 대부업체들은 대출금을 회수하고 새로운 대출은 거부했다. 일본이 러시아와의 전쟁을 준비한다는 소문이 퍼졌다.

조선 사람들은 두려움에 질렸다. 조선에서 전쟁이 일어나면 조선 사람들이 큰 피해를 볼 터였다. 이미 청일전쟁으로 큰 괴로움을 겪은 터라, 모두 '고래 싸움에 새우등 터지는' 상황을 걱정했다. 물론 걱정은 거기서 그치지 않았다. 러시아와 일본 가운데 어느 쪽이 이기든 조선은 이긴 나라에 병합되리라고 많은 조선 사람들과 모든 외국 사람들이 예상했다. 오직 고종과 친러파 관리들만이 자신들은 이기는 쪽에 가담했다 여기고 걱정하지 않았다.

영일동맹

러시아는 유라시아 대륙에서 가장 큰 나라로 전통적 강대국이었다. 일본은 막 근대화를 이룬 그리 크지 않은 나라였다. 어떤 지표로 따지더라도 전쟁이 일어나면 일본이 러시아를 이길 수 없었다. 그래서 일본으로선 먼저 러시아에 맞설 힘을 길러야 했다. 그런 판단에 따라 1896년의 아관파천 이후 일본은 러시아와의 충돌을 되도록 피하면서 러시아와의 궁극적 대결을 준비했다.

그런 준비 과정에서 중요한 이정표는 1900년 청의 '의화단사건'에 대규모 병력을 보낸 것이었다. 기독교와 외세를 배격하는 의화단의 봉기를 피해 외국인들과 중국인 기독교도들은 북경의 외국 공사관 지구(Legation Quarter)로 피신했다. 영국, 러시아, 프랑스, 독일, 미국, 이탈리아, 오스트리아·헝가리 및 일본으로 이루어진 '8국 연합(Eight-Nation Alliance)'은 급히 2천 명의 병력을 보냈다. 그러나 이들 구원 병력은 공사관 지구에 도달하지 못하고 패퇴했다. 외국군이 침공했다는 보고를 받자, 청의 실권자인 서태후西太后는 공식적으로 의화단을 지원하기로 결정하고 8개국에 선전포고를 했다.

의화단에 청의 정규군이 가세하자 포위된 공사관 지구의 함락 가능성이 부쩍 커졌고, 외국인들과 중국인 기독교도들은 학살의 위험에 직면했다. 연합국들은 황급히 군대를 파견했는데, 가까운 곳에 병력을 지닌 나라는 러시아와 일본이어서 두 나라 군대가 주력이 되었다. 특히 일본군이 신속히 움직여서, 2만이 채 못 되는 연합군 가운데 8천이 일본군이었다.

연합군은 의화단과 청군을 물리치고 55일 만에 공사관 지구의 포위를 풀었다. 연합군은 급히 편성되고 지휘 계통도 혼란스러웠으므로 제대로 통제되지 않은 군대였다. 그래서 연합군 병사들에 의한 의화단원들의 살해와 북경과 인근 지역에 대한 약탈이 이어졌다. 이런 혼란 속에서 일본군은 군기가 가장 엄정해서 중국 민간인들에게 피해를 주지 않았다. 일본이 가장 큰 병력을 가장 신속히 파견하고 군기를 가장 엄정하게 지키자, 서양 열강의 일본에 대한 평가가 크게 높아졌다. 아직 서양 열강으로부터 동등한 대우를 받지 못하던 일본으로선 이처럼 높아진 평판은 심리적으로 흐뭇할 뿐 아니라 외교적으로도 중요한 성과였다.

당시엔 드러나지 않았지만, 일본이 얻은 또 하나의 성과는 러시아군과 함께 작전하면서 러시아군의 능력과 장단점을 파악했다는 사실이었다. 러시아군은 병사들은 용감했지만 전쟁 장비와 기술에서 영국이나 미국에 비해 뒤져서 전체적 전력은 그리 크지 않았다. 무엇보다도, 동아시아에서 작전하려면 유럽에서 병력과 물자를 수송해 와야 하는데, 교통수단이 원시적이었다. 이런 사정을 고려해서 속전속결 전략을 추구하면 러시아와 싸워 이길 가능성이 있다고 일본군 수뇌부는 판단했다.

의화단사건에서의 활약으로 크게 높아진 일본의 국제적 평판은 '영일동맹(Anglo-Japanese Alliance)'의 실현에 결정적 공헌을 했다. 당시 영국은 어떤 나라와도 동맹을 맺지 않는 '영예로운 고립(splendid isolation)'을 통해서 '영국 중심의 평화(Pax Britannica)'를 유지하려 애쓰고 있었다. 러시아가 점점 강성해지자 영국은 곳곳에서 러시아와 부딪치게 되었다. 자연히 동아시아에서 새로운 강자로 나타난 일본과의 동맹이 적절한 정책으로 떠올랐다. 그런 고려 때문에 1894년 '삼국 간섭'에 가담하라는 요청을 받고도 영국은 끝내 가담하지 않았다. 물론 일본으로선 러시아와의 결전을 앞두고 영국과 동맹하는 것이 합리적이었다.

그러나 두 나라는 선뜻 동맹을 맺지 못했다. 영국은 '영예로운 고립'을 버리는 것이 아쉬웠다. 미국이 일본을 경계한다는 점도 있었으니, 만일 일본과 동맹을 맺은 뒤 일본과 미국이 충돌하면 영국은 난처한 처지에 놓일 터였다. 일본과의 동맹이 러시아를 자극하리라는 걱정도 있었다. 일본에선 러시아와 타협해야 한다고 믿는 이토 히로부미와 이노우에 가오루가 아직 영향력이 있었다.

일본의 위상을 높인 의화단사건은 이런 답보 상태에서 벗어나는 계기가 되었다. 마침 '남아프리카 전쟁(South African War)'[흔히 '보어 전쟁(Boer War)'이라 불림]에서 뜻밖으로 고전하는 참이어서, 영국은 일본과의 제휴가 더욱 절실해졌다.

마침내 1902년 1월 양국은 런던에서 동맹조약을 맺었다. 이 조약의 핵심은 "영국이 중국에서 지닌 특별이익"과 "일본이 중국에서 지닌 이익에 부가해서 조선에서 특수한 정도로(in a peculiar degree) 지닌 상업적, 산업적 및 정치적 이익"을 인정한 것이었다. 아울러, 상대국이 다른 나라와 전쟁을 하게 되면 중립을 선언하고, 만일 복수의 나라들과 전쟁을 하게 되면 지원한다고 규정했다.

영일동맹은 두 나라에 큰 이익을 주었다. 영국은 자신의 영향력을 투사하기 힘든 동아시아에서 러시아에 대항할 우방을 얻었다. 일본은 훨씬 큰 이익을 얻었다. 먼저, 영국은 일본이 조선을 지배하는 것을 인정했다. 둘째, "한 당사국이 2개국 이상과 싸우게 되면, 다른 당사국도 참전한다"는 규정에 따라, 러시아와 싸울 때 일본은 러시아의 동맹국인 프랑스가 참전할 것을 걱정하지 않게 되었다. 심리적 효과도 컸으니, 일본 사람들은 반세기 전 미국 페리 제독의 강요로 개항한 뒤 줄곧 받아온 심리적 상처에서, 특히 삼국 간섭으로 받은 모멸감에서 벗어날 수 있었다.

일본의 전쟁 준비

일본과 러시아가 전쟁의 소용돌이로 빨려 들어가고 있었지만, 다가오는 전쟁을 대하는 태도에서 두 나라는 크게 달랐다.

일본은 조선 문제를 자신의 사활이 걸린 일로 보았다. 일본에게 조선은 대륙으로 진출하는 발판이었고, 거꾸로 대륙 세력이 자신을 침공하는 기지이기도 했다. 16세기의 임진왜란은 조선을 통해 대륙으로 진출하려는 일본의 시도였다. 13세기에 원과 고려가 일본을 침공한 '원구元寇'는 일본의 안보에 조선이 미치는 영향을 잘 보여 주었다.

1274년 원 세조世祖 쿠빌라이 칸은 입공入貢을 거부하는 일본을 정복하기로 결정했다. 그 해 10월 900척의 전함들에 탄 3만의 원군과 고려군은 규슈 북쪽 하카다博多에 상륙했다. [고대에 일본의 3대 무역항 가운데 하나였던 하카다는 후쿠오카福岡로 발전했다.] 그러나 침공군이 일본군 지휘부를 공격하기 전에 태풍이 불어서 전함들이 거의 다 침몰하고 많은 병사들이 익사했다. 결국 침공군은 제대로 싸워 보지도 못하고 거의 절반의 병력을 잃은 채 철수했다.

세조는 포기하지 않고 1281년에 훨씬 강력한 군대를 일본으로 보냈다. 조선에서 출발한 동로군東路軍 4만과 중국 강남에서 출발한 강남군江南軍 10만이 규슈 북쪽 해안에 이르렀다. 그러나 그동안 일본군이 방어 준비를 철저히 해 놓아서, 침공군은 상륙하는 데 실패했다. 이어 태풍이 불어서 침공군은 싸우지도 못한 채 궤멸되었다. 생환자들은 4만도 못 되었다. 두 차례 침공한 원의 대군을 물리치는 데 결정적 역할을 한 태풍을 일본 사람들은 '신풍神風(가미카제)'이라 불렀다.

원의 침공은 일본 사람들의 집단적 기억에 깊이 새겨졌다. 600년 뒤 러시아가 남하해서 조선에 대한 영향력을 키우자, '원구'의 기억은 일본 사람들의 마음속에서 새로운 모습으로 깨어났다. 자연히 일본은 러시아와의 대결에 모든 자원을 투입하면서 철저히 준비했다.

반면에, 러시아는 여유가 있었다. 근대 이후 러시아는 방대한 지역과 수많은 종족들을 포함하는 강대국이었다. 그러나 러시아의 기원은 13세기부터 융성하기 시작한 모스크바 대공국이었다. 다른 공국들과 마찬가지로 모스크바 대공국은 몽골족 한국汗國인 황금군단(Golden Horde)의 지배를 받았다.

칭기즈칸은 몽골 제국을 자신의 네 아들에게 나누어 물려주었다. 가장 서쪽에 자리 잡은 것은 칭기즈칸의 장손인 바투(Batu)와 그의 후손들이 다스린 킵차크한국(Kipchak Khanate)인데, '황금군단'은 서양 사람들이 이들을 부른 이름이다. 킵차크한국 왕실의 노랑 천막들과 깃발들에서 이 말이 나왔다는 설이 있다. 13세기 중엽에서 14세기 말엽까지 황금군단은 시베리아의 서부에서 도나우(다뉴브)강 하류에 이르는 방대한 지역을 통치했다. 1340년대에 흑사병이 유행하면서 황금군단의 경제적 기반이 약화되었고, 이어진 내란으로 통치력이 빠르게 약화되었다.

황금군단이 약화되자 모스크바 대공국은 점차 세력이 커졌다. 1380년 쿠릴코보 평원의 싸움에서 드미트리 돈스코이(Dmitri Donskoi)가 황금군단에 이기면서 비로소 모스크바 대공국은 러시아의 맹주가 되었다. 그러나 황금군단이 다시 통일되자 모스크바 대공국은 1세기 동안 황금군단의 속국이 되었다. 모스크바 대공국은 문화 수준이 높지 않았다.

> [오카강과 볼가강 상류 삼림 지역의] 주민들은 주로 공(prince)들의 땅에 정착한 농민들이었다. 따라서 그곳의 공은 지주이자 사회생활의 조직자가 되었다. (…) 그래서 중부 러시아의 공들의 권한은 실질적으로 무제한이었다. 공들의 심리는 거기 맞춰 형성되었다. 남쪽의 용감한 기사들과 달리 공들은 인색하고 탐욕스럽고, 자신들

의 공국들을 개인 재산들처럼 다스리는 거대한 착복자들의 왕조를 이루었다. 이렇게 해서 그들은 힘의 요소들을 축적했고, 시간이 지나면서 러시아 전체의 주인이 되었다. (『브리태니커 백과사전』, '러시아 역사')

그 뒤로 러시아는 꾸준히 영토를 늘려 제국으로 발전했지만, 인색하고 인민들을 착취하고 탐욕스럽게 영토를 확장하는 전제군주제 국가의 성격은 바뀌지 않았다. 그래서 한번 러시아의 손에 들어가면 독립을 되찾을 수 없다는 견해가 널리 받아들여졌다. 러시아와 일본이 대결했을 때, 조선의 거의 모든 지식인들은 그래서 러시아가 이기는 상황을 두려워했고, 일본의 승리를 '덜 나쁜 상황'으로 여겼다.

유럽 대륙의 북쪽에서 흑해 연안과 중앙아시아를 거쳐 동북아시아에 이르는 긴 국경 전체에서 끊임없이 확장을 시도해 온 터라, 러시아는 여러 곳에서 싸우거나 대치 상태에 있었다. 자연히 러시아 정부는 조선에서 일본과 대결하는 데 모든 자원을 쓸 수 없었고 준비도 소홀했다. 유색 인종인 일본을 얕보는 심리 상태도 거들어서, 상황을 냉철히 살피지 않고 일본이 감히 전쟁을 걸어 오지 못하리라는 자신감을 품었다. 중앙정부의 이런 태도는 조선에 주재하는 러시아 외교관들에도 영향을 미쳐서, 조선에서 일어나는 일들을 면밀히 살피지 않았고 일본이 이미 전쟁을 예상하고 준비한다는 징후들이 잇달아 나와도 그냥 넘겼다.

1904년으로 들어서자 일본군은 부산에서 서울까지 25킬로미터마다 몇십 명이 주둔할 수 있는 기지들을 설치하기 시작했다. 1월 22일엔 이지치 고스케伊地知幸介 소장이 일본 공사관의 무관으로 부임했다. 장군이 무관으로 온 것은 주목할 만한 일이었다. 이지치 소장이 프랑스와 독일에 여러 해 동안 유학하면서 서양의 군사 지식을 습득했고 청일전쟁에선 대본영의 작전계획 부서에서 일했다는 사실을 고려하면, 그의 부임은 누가 보더라도 심각한 함의를 품었다.

며칠 뒤 일본은 군산항으로 많은 양의 보리와 철도 자재들을 들여왔다. 일본이 들여온 철도는 프랑스 드코빌(Decauville) 회사에서 만든 협궤 경철도였는데, 쉽게 분해되어 수송된 뒤 현지에서 다시 조립될 수 있어서 군사적 용도에 널리 쓰였다. 전쟁에 대비해서 군량과 수송 수단을 들여온 것이었다.

그러나 조선에 나와 있던 러시아 사람들은 일본의 이런 움직임들을 무심히 넘겼다. 그들의 대응은 조선 정부로 하여금 "러시아와 일본 사이에서 중립을 지키겠다"는 선언을 하도록 한 것이었다. 아직 두 나라 사이에 적대적 행위들이 일어나지도 않았는데 제3국이 미리 중립 선언을 한 것은 어색한 일이었다. 일본을 비롯한 다른 나라들은 조선 정부의 자연스럽지 못한 행동이 러시아의 사주에서 나왔다고 판단했다. 전쟁이 일어나면 먼저 군대를 동원할 수 있는 쪽은 일본이고, 일본군은 조선을 이용해서 러시아군을 공격할 터였다.

이처럼 실질적으로 편파적인 중립 선언을 미리 한 조선 정부는 자신의 선언을 지킬 뜻이 없었다. 조선 정부에서 가장 큰 힘을 지닌 이용익과 이근택이 궁궐을 지키기 위한 병력을 러시아에 요청해야 한다고 주장했다는 소문이 서울의 외국인 공동체에 이미 널리 퍼진 상황이었다. 이어 황해에서 일본군의 검색에 걸린 배에서 여순의 러시아군 사령부에 병력 파견을 요청하는 조선 정부 외교관의 서한을 지닌 조선인이 발견되었다. 그래서 조선 정부의 돌발적 중립 선언은 조선 정부의 체면과 신뢰도만 훼손했다.

일본군의 기습

1904년 2월 초순 서울에선 많은 일본군 병력이 군산이나 아산에 상륙하리라는 소문이 돌았다. 이 소문은 그른 것으로 판명되었지만, 실제로 대규모 일본 함대가 제물포로 다가오고 있었다. 그러나 제물포에 정박한 두 척의 러시아 군함들은 여순항으로 피하지 않고 그대로 머물렀다. 러시아 공사는 군함들을 움직일 권한이 전혀 없었고, 함장들은 제물포에 머물라는 명령을 그대로 따라야 했다.

2월 7일 러시아 수송선 숭가리호가 제물포에 입항해서 거대한 일본 함대가 다가오고 있다고 보고했다. 그제서야 상황이 심각하다는 것을 깨달은 러시아 함장들은 여순의 사령부에 보고하기로 결정했다. 2월 8일 러시아 포함 코리에츠호가 제물포를 떠났다. 그러나 길목을 지킨 일본 어뢰정들의 위협을 받자 제물포로 돌아왔다.

2월 9일 아침 일본 연합함대 2함대 4전대 사령관 우리유 소토기치 瓜生外吉 소장은 러시아 방호순양함 바리야크호를 비롯해서 당시 제물포에 머물던 중립국 함정들에 일본과 러시아 사이에 적대적 관계가 존재한다는 사실을 통보했다. 그리고 러시아 함정들이 12시까지 제물포를 떠나지 않으면 일본 함대가 오후 4시에 러시아 함정들을 공격하겠으며, 중립국 함정들은 피해를 입지 않도록 정박지를 옮기라고 요구했다

영국 순양함 톨버트호에서 급히 열린 회의에서 중립국 함장들은 제

물포가 중립적 항구라는 점을 들어 정박지를 옮기기를 거부하는 답신을 작성했다. 그리고 톨버트 함장 데니스 배글리(Denis Bagly) 대령은 일본 함대 기함 나니와浪速호에 올라 우리유 소장에게 중립국 함장들의 답신을 전달했다.

장갑순양함 1척, 방호순양함 5척, 통보함 1척 및 어뢰정 8척으로 이루어진 일본 함대는 방호순양함 1척과 포함 1척뿐인 러시아 함대가 대항하기엔 너무 강대했다. 그래서 중립국 함장들은 바리야크 함장 브세볼로트 루드네프(Vsevolod Rudnev) 대좌에게 항복하라고 권했다. 그러나 러시아 함장들은 항복을 거부하고, 길목을 막은 일본 함대와 싸워 외양外洋으로 나아가기로 결정했다.

1120시 바리야크가 앞서고 코리에츠가 바로 뒤에 서서, 외로운 러시아 함대는 거대한 일본 함대를 향해 움직이기 시작했다. 영국 선원들과 이탈리아 선원들은 러시아 선원들을 함성으로 응원했다. 이탈리아 순양함 엘바호에선 러시아 국가가 연주되었다.

1145시 바리야크가 좌현 포들로 길목을 막은 일본 함정들을 공격했다. 2분 뒤 일본 함정들이 응사하면서, '제물포만 싸움(Battle of Chemulpo Bay)'이라 불리게 된 해전이 시작되었다. 워낙 한쪽으로 기운 싸움이라서, 1215시까지 바리야크는 큰 피해를 입었다. 흘수선 아래에 포탄 5발이 맞았고, 심각한 화재가 여러 번 일어났고, 모든 함포들이 작동을 멈췄다. 마침내 배도 조종이 어려운 상태가 되었다. 일본 함대를 뚫고 외양으로 나갈 가능성이 없어지자, 바리야크는 가까스로 머리를 돌려 제물포 정박지로 돌아왔다. 1240시 중립국 함정들에 해를 입힐 가능성이 커지자, 추격해 온 일본 함정들이 포격을 멈추고 돌아섰다.

러시아 선원들은 자신들의 배를 일본군이 쓰지 못하게 가라앉히는

일본 함대는 러시아 함대가 대항하기엔 너무 강대했다. 제물포만 싸움은 일본 함대의 일방적 승리로 끝났다.

작업에 들어갔다. 1600시 코리에츠의 선원들은 화약고들을 폭파시켜 배를 가라앉혔다. 폭파의 충격이 하도 커서 폭파된 배의 조각들이 근처에 정박한 중립국 배들 가까이 떨어졌다. 놀란 중립국 함장들은 루드네프에게 바리야크는 폭파시키지 말라고 요청했다. 1810시 선원들에 의해 침수된 이 방호순양함은 왼쪽으로 기울면서 가라앉았다. 이어 바리야크에서 파견된 선원들에 의해 수송선 숭가리도 불에 타서 가라앉았다.

이처럼 제물포만 싸움은 일본 함대의 일방적 승리로 끝났다. 일본 함대는 사상자도 없었고 피해를 입은 함정도 없었다. 반면에 러시아 함대는 전사자 33명에 전상자 97명이었고 전함 두 척과 수송선 한 척을 잃었다.

그래도 러시아 함대는 값진 성과를 얻었다. 바리야크의 분전은 러시아만이 아니라 세계적으로 칭송을 받았다. 중립국 배들을 타고 조국으로 돌아간 러시아 장병들은 영웅 대접을 받았다. 함장 루드네프는 소장으로 예편했는데, 1907년에 일본 정부로부터 훈장을 받았다.

폭파되지 않은 바리야크는 일본군에 의해 인양되어 수리된 뒤 '소야宗谷'로 개명되어 실습선으로 쓰였다. 1916년 4월 러시아 해군은 이 방호순양함을 일본으로부터 사들여서 바리야크라는 이름을 찾아 주었다. 바리야크는 블라디보스토크를 떠나 인도양을 지나 1916년 11월 무르만스크에 도착했다. 영국 조선소에서 대대적 수리를 받아 러시아 해군의 북해함대에 배치될 예정이었다. 그러나 영국 조선소에서 수리를 마쳤을 때 러시아에서 '10월 혁명'이 일어났다. 러시아 선원들은 적기赤旗를 게양하고 출항을 거부했다. 결국 영국군이 그들을 진압하고서 배를 영국 해군에 소속시켰다. 바리야크는 1920년에 독일 선박 해체 회사에 고물로 팔려서 독일로 향하다가 스코틀랜드 렌달푸트 연안에서 바위에 걸려 좌초했다.

조국을 위해 죽음을 무릅쓴 러시아 장병들의 분투와, 거듭된 침몰에서 되살아났지만 끝내 조국의 함대에 복귀하지 못한 채 이국의 바닷가에서 목숨이 다한 이 방호순양함의 기억은 사람들의 마음속에 살아남았다. 2006년 7월 30일 러시아 '해군의 날'에 맞추어 바리야크를 기념하는 비석이 렌달푸트에 세워졌다. 이듬해엔 대형 청동 십자가가 추가로 설치되었다. 2010년엔 대한민국과 러시아의 외교 관계 수립을 기념하는 뜻에서, 일본군이 바리야크에서 건진 러시아 국기를 소장한 인천광역시립박물관이 러시아에 영속 대여 형식으로 돌려주었다.

제물포만 싸움은 러시아 태평양함대에 대한 일본 해군의 선제공격의 일환이었다. 당시 이 함대는 모항인 동해 동북해안의 블라디보스토크, 황해 북부 해안의 여순 및 황해 중동부 연안의 제물포로 분산된 상태였다. 일본이 조선반도 남쪽 태평양을, 특히 조선과 일본 사이의 해협들을 지배하는 터라, 이처럼 분산된 함정들은 서로 교신하기도 어렵고 함께 작전하는 것은 불가능했다. 이런 중대한 약점을 파고들어 셋으로 나뉜 러시아 함대들을 개별적으로 격파한다는 것이 일본 해군의 기본 전략이었다.

1904년 2월 4일 일본 정부는 러시아와의 국교 단절과 개전을 결의했다. 6일엔 러시아에 단교를 통보했다. 이날 도고 헤이하치로 중장이 이끈 연합함대는 규슈 북서부 사세보佐世保 군항을 떠나서 여순으로 향했다. 2월 7일 소청도 부근에서 도고는 2함대 4전대를 제물포로 보냈다.

서남쪽으로 뻗은 요동반도의 남쪽 해안 끝에 자리 잡은 여순항은 동아시아에서 부동항을 갈구해 온 러시아가 마침내 얻은 좋은 항구였다. 그러나 준설이 제대로 되지 않아서 수심이 얕았다. 그래서 큰 함정들은 썰물 때엔 출입이 어려워서 주로 외항에 머물렀다.

2월 8일 1800시 여순 동쪽 44해리까지 북상하자 도고는 구축함대들을 둘로 나누어, 주력은 여순항을 공격하고 다른 부대는 대련大連(다롄)항을 공격하도록 했다. 여순에 있는 첩자들이 러시아군이 완벽한 경계 상태에 있다고 보고한 터라, 주력 전함들을 투입하는 것이 위험하다 판단한 것이었다.

당시 여순의 러시아 해군은 밖에 알려진 것보다 방어 태세가 허술했다. 해안포들 가운데 제대로 작동하는 것들은 몇 되지 않았다. 방어 시설을 위한 예산은 인근 대련항의 구축에 전용되어서 방어 시설이 허술했다. 게다가 동아시아에서의 지위를 놓고 일본과 벌여 온 협상이 어려움을 겪고 마침내 일본이 국교 단절을 통보했어도, 여순의 러시아 해군 지휘부는 별다른 조치를 취하지 않았다. 러시아 함정들은 일본 함정들과 조우했을 때 결코 먼저 발포하지 말라는 지시를 여전히 따르고 있었다. 그리고 일본 함대가 여순으로 향하던 시간에 러시아 해군 장교들은 함대사령관 오스카르 스타르크(Oskar L. Starck) 중장이 주최한 연회에 참석해서 즐기고 있었다.

2월 8일 2230시 초계 임무를 수행하던 러시아 구축함들은 여순항 공격에 나선 일본 구축함 10척과 조우했다. 여순항 근해에 갑작스럽게 나타난 일본군 함대는 당연히 수상했지만, 결코 먼저 도발하지 말라는 명령에 따라 러시아 함정들은 일본 함대를 제지하지 않고 상부에 보고하려고 여순항으로 향했다.

2월 9일 0028시 일본 구축함 4척이 러시아 함정들에 탐지되지 않고 여순항에 접근해서 어뢰들을 발사했다. 그 뒤로 0200시까지 나머지 구축함들이 가세해서 모두 16발의 어뢰를 발사했다. 이 어뢰들은 대부분 어뢰 방어망에 걸리거나 폭발하지 않았지만, 3발이 러시아 함정들을 맞혔다. 일본군에 행운이 따라서, 이 3발의 어뢰가 러시아 함대의 주력함들을 격침시켰고, 러시아 함대의 열세는 더욱 두드러지게 되었다.

여순과 제물포에서 선제공격을 성공시킨 뒤 2월 10일에 비로소 일본은 러시아에 선전포고를 했다. 이런 책략은 일본이 10년 전 청일전쟁에서 썼고 거의 30년 뒤 미국과의 태평양전쟁에서 쓸 터였다.

일본군의 진격

러시아와 일본이 전쟁에 들어갔을 때, 두 나라는 국력에서 차이가 컸다. 러시아는 세계에서 가장 너른 땅을 지녔고 인구는 1억 2천만가량 되었다. 훈련된 병력은 450만가량 되었다. 일본은 그리 크지 않은 섬나라였고 인구는 보호령인 대만을 빼면 4,400만이었다. 훈련된 병력은 80만가량 되었다.

그러나 동아시아만을 따지면 사정은 달랐다. 러시아 해군은 세 곳으로 분산되었고 일본 해군이 연결을 막아서, 힘을 합쳐 작전할 수 없었다. 바이칼호 동쪽 광막한 지역에 주둔한 러시아 육군은 8만 3천 명에 지나지 않았고 야포는 196문뿐이었다. 항구들을 지키는 병력 2만 5천 명과 철도 경비 병력 3만이 이들을 지원했다.

이 군대는 교통수단의 부족으로 빠르게 강화되기 어려웠다. 수도 모스크바와 가장 중요한 싸움이 벌어진 여순 사이의 거리는 거의 9천 킬로미터나 되었다. 이 엄청난 거리는 시베리아 횡단 철도와 치타에서 하얼빈을 거쳐 여순에 이르는 동청철도東清鐵道 지선으로 연결되었다. 이 긴 철도는 단선이어서 수송 속도가 느렸다. 그나마 시베리아 횡단 철도는 아직 완공이 되지 않았다. 시베리아 횡단 철도는 서쪽 우랄산맥 남단과 동쪽 블라디보스토크에서 동시에 부설되어 바이칼호에서 만났으나, 긴 바이칼호를 남쪽으로 돌아가는 부분이 아직 연결이 되지 않았다. 그래서 11월에서 4월까지는 얼어붙은 호수 위로 물자를 날랐고, 다른 때엔 바이칼호를 돌아가는 도로에 주로 의존했다. 이처럼 수송 능력이 제약되어서, 모스크바에서 여순까지 1개 대대를 수송하는 데는 1개월이 걸렸다.

러시아군에 불리하게 작용한 또 하나의 지리적 요소는 태평양함대의 모항인 블라디보스토크가 겨울엔 얼어붙는다는 사정이었다. 만일 러시아가 동아시아에서 확보한 유일한 부동항인 여순을 이용하지 못하게 된다면, 러시아 태평양함대는 기동에 결정적 제약을 받을 터였다. 일본과 전쟁을 하게 되면, 러시아로서는 유럽의 발틱 함대를 동아시아로 이동해서 해군을 증강해야 했다. 만일 발틱 함대가 동아시아에 겨울에 닿고 여순을 이용할 수 없게 된다면, 이 강력한 함대는 기항할 항구가 없게 될 터였다. 따라서 러시아로선 여순을 포기하기 힘들었다.

여순을 꼭 지켜야 한다는 사정은 러시아의 전략적 선택을 어렵게 만들었다. 러시아군의 합리적 전략은 일본군과의 결전을 피하면서 병력의 증강을 기다리는 것이었다. 여순을 지키려면, 일본군과 초기에 요동반도에서 결정적 싸움을 치러야 했다. 러시아군으로선 풀기 어려운 문제를 안게 된 것이었다.

반면에, 일본군은 바다를 통해서 상비군 전부를 이내 만주에 투입할 수 있었다. 당시 일본의 상비군은 28만 3천 명이었고 야포는 870문이었다. 따라서 만주에선 일본군이 오히려 압도적 우위를 누렸다.

이런 상황을 고려해서, 일본은 빠른 공격작전으로 동아시아의 러시아군이 강화되기 전에 심대한 타격을 주어 러시아가 싸울 뜻을 잃도록 한다는 전략을 세웠다. 실제로 일본군의 진격 속도는 러시아군 지휘관들의 예상을 크게 뛰어넘었다.

여순이 전략적으로 워낙 중요했으므로, 일본군은 여순의 확보와 거기 주둔한 러시아 함대의 파괴를 첫 목표로 삼았다. 여순의 확보는 일본 사람들에겐 정신적 가치도 컸다. 러시아가 주도한 '삼국 간섭' 때문에 청일전쟁에서의 승리로 얻었던 여순을 잃은 터라, 싸움으로 여순을 되찾는 것은 일본으로선 서양 열강으로부터 받은 모욕을 씻고 일본의 뛰어남을 온 세계에 알리는 일이었다.

개전 초기에 러시아군이 열세이리라는 것을 러시아군 수뇌부도 잘 인식했다. 그래서 만주 주둔 러시아 육군을 지휘한 알렉세이 쿠로파트킨(Aleksei N. Kuropatkin) 대장은 일본군의 공격을 막아 내면서 시베리아 횡단 철도의 완공으로 병력이 증강될 때까지 기다린다는 전략을 구상했다. 일본군이 전 병력을 만주에 투입하면 요동반도는 고립될 터이므로, 여순의 러시아군은 근거인 하얼빈 지역으로 물러나는 것이 합리적이라고 그는 주장했다.

그러나 해군 참모부의 생각은 달랐다. 그들은 러시아 함대가 일본 함대에 패배하는 상황은 나올 수 없다고 판단했다. 그래서 일본군이 요동반도에 근처에 상륙하는 상황도 나올 수 없다고 주장했다. 당시 동아시아의 러시아 해군을 지휘한 예프게니 알렉세예프(Evgeni I. Alexeyev) 대장은 당연히 그런 주장을 지지했다.

이처럼 상충되는 두 전략들 가운데서 러시아 황제 니콜라이 2세는 알렉세예프의 손을 들어주었다. 알렉세예프는 극동 주둔 러시아 육군과 해군의 총사령관이 되었고 극동 총독을 겸해서, 전쟁대신을 지낸 쿠로파트킨보다 권한과 권위가 오히려 컸다. 무엇보다도, 그는 황제의 총애를 받았고 궁정에서 영향력이 컸다. 압록강 연안의 삼림을 벌채하는 이권을 얻은 알렉산드르 베조브라조프의 사업에 가담한 황제의 측근들 가운데 그는 핵심 인물이었다. '베조브라조프파派'라 불린 이들은 자신들이 만주와 조선에 지닌 이권들을 지키기 위해 일본과의 전쟁을 마다하지 않았다. 1903년에 일본을 방문해서 일본의 국력을 살핀 쿠로파트킨은 일본과의 전쟁을 극력 반대했다. 부패하고 무능한 러시아 궁정에서, 군사적으로 무능하고 탐욕스러웠지만 황제의 측근으로 정치적 영향력이 큰 알렉세예프가 쿠로파트킨에 이긴 것은 당연했다.

결국 쿠로파트킨은 자신의 기본 전략과 알렉세예프의 주장을 타협시켜서 조리가 없는 전략을 수립했다. 본질적으로 시간을 버는 전략을 추구하되, 여순을 지키기 위해 하얼빈으로 물러나는 대신 요동반도 북쪽의 요양遼陽(랴오양)에 군대를 집결하고 일부 병력을 파견해서 요동반도를 지킨다는 방안이었다. 그의 방안은 알렉세예프의 동의를 얻었다.

1904년 2월 9일 첫새벽에 시도한 여순항 기습공격이 러시아 함대를 혼란에 빠뜨렸다는 보고를 받자, 연합함대 사령관 도고 헤이하치로 중장은 아침에 다시 공격에 나섰다. 그러나 러시아 함대는 적극적 대응에 나섰고 러시아 포대도 가세했다. 전투 초기에 기함인 미카사三笠호가 피격되어 7명이 부상했다. 상황이 불리해지자, 1220시 도고는 함대에 퇴각 명령을 내렸다. 양 함대는 큰 피해를 입지 않았지만, 여순항의 러시아 함대를 격파한다는 일본군의 목표는 일단 좌절되었다.

사세보로 돌아와 정비를 마친 일본 함대는 2월 24일 여순항 근해로 돌아왔다. 러시아 함대에 대한 기습이 실패하자, 도고는 입구가 좁은 여순항을 봉쇄하는 폐색작전閉塞作戰을 시도했다. 그러나 항구 입구에 침몰시킬 낡은 수송선 5척은 여순항 밖에 좌초한 러시아 전함에 발견되어 모두 격침되었다.

3월 8일 해임된 스타르크 중장의 후임으로 스테판 마카로프(Stepan Makarov) 중장이 부임했다. 그는 뛰어난 제독이어서 장병들의 사기를 높이면서 일본군의 공격에 적극적으로 대응했다. 3월 10일 아침 러시아 함대는 공세에 나서서 항구를 봉쇄한 일본 함정들을 공격했다. 그러나 일본 함정들에 별다른 영향을 미치지 못했다.

이날 저녁에 일본 함정들은 구축함 4척을 항구 가까이 보내서 러시아 함정들을 유인했다. 러시아 함대는 이 미끼를 물고 구축함 6척을 보내 추격에 나섰다. 그러나 일본 함정들은 항구 입구에 기뢰를 부설하고 러시아 구축함들의 귀환을 막았다. 마카로프는 그들을 돕기 위해서 출격했지만, 러시아 구축함 2척이 침몰했다.

그래도 마카로프는 함대를 공격적으로 운용했다. 3월 22일 그가 이끈 러시아 함대는 일본 전함 2척을 공격했고, 손상을 입은 일본 전함 1척은 수리를 위해 사세보로 돌아갔다. 당연히 마카로프의 지휘 아래 러시아 함대는 점점 사기가 오르고 능력이 향상되었다.

3월 27일 도고는 낡은 수송선 4척으로 다시 여순항 입구를 봉쇄하려 시도했다. 그러나 수송선들이 입구 너무 멀리 떨어진 곳에 가라앉아서 이번에도 봉쇄에 실패했다.

4월 13일 북쪽 대련항으로 정찰 임무를 주어 보낸 구축함 전대를 지원하기 위해 마카로프는 함대 주력을 이끌고 여순항을 떠났다. 그러나 일본 함대가 대기하고 있어서, 그는 러시아 해안 포대의 보호를 받을 수 있는 해역으로 물러났다. 그러나 이 해역엔 일본 함대가 최근에 기뢰들을 부설해 놓은 터였다. 마카로프의 기함 페트로파블롭스크호는 기뢰 3발과 충돌해서 2분 만에 침몰했고 마카로프를 비롯한 635명의 장병들이 죽었다. 이어 전함 1척이 기뢰와 충돌해서 기능을 상실했다. 이튿날 도고는 모든 깃발들을 반기로 걸고 하루 동안 전사한 러시아 제독을 애도하라는 명령을 내렸다.

5월 3일 도고는 낡은 수송선 8척을 동원해서 여순항 입구의 봉쇄를 다시 시도했다. 이 세 번째 시도도 실패했지만, 도고는 여순항 폐색작전이 성공했다고 선언해서, 일본군 2군이 만주에 상륙할 길을 터 주었다.

일본 육군은 4개 군을 편성해서 러시아군과의 싸움에 나섰다. 구로키 다메모토黑木爲楨 대장이 이끈 1군은 조선에 상륙한 다음 러시아군을 물리치고 북상해서 압록강을 건너도록 계획되었다. 만주에 상륙할 부대들은 서쪽이 2군이고 동쪽이 4군이었다. 여순을 포위 공격할 부대인 3군은 뒤에 편성될 터였다.

1904년 2월 16일 일본군 1군 예하 12사단이 인천에 상륙했다. 이 부대가 한성에 들어오자, 조선은 다시 일본의 통제 아래 놓였다. 2월 23일 일본의 강요를 받은 조선은 일본과 「한일의정서韓日議定書」를 맺었다. 이 조약의 제1조는 "한일 양 제국은 항구불역恒久不易의 친교를 유지하고 동양의 평화를 확립하기 위하여 대한제국 정부는 대일본제국 정부를 확신하고 시정施政 개선에 관하여 그 충고를 들을 것"이라 규정했다. 비록 일본의 강요로 맺어진 조약이었지만, 조약 첫머리에 들어가기엔 조선에 너무 모욕적인 언사였다.

이런 언사가 첫 조항에 들어간 사연은, 이 조약의 서명자들이 외부대신 임시서리 육군참장 이지용李址鎔과 특명전권공사 하야시 곤스케라는 것을 고려하면 이해가 된다. 고종 폐위 음모를 꾸몄다가 실패해서 일본으로 망명한 안경수와 권영진은 조선 정부의 공정한 재판 약속과 하야시의 안전 보장을 믿고 1900년 초에 조선으로 돌아와 자수했다. 그러나 조선 정부는 러시아의 위세에 기대어 두 사람을 비밀리에 교살했다. 그때 당한 개인적 수모를 하야시는 이런 방식으로 앙갚음했고, 고종은 자신이 약속을 지키지 않았다는 약점 때문에 그런 수모를 그대로 받아들여야 했다.

이 조약으로, 전쟁이 일어나기 전에 미리 중립을 선언했던 조선은 일본의 '말 없는 협력자'가 되었다. 실질적 내용의 핵심은 일본 정부가 "군사상 필요한 지점을 수시 사용할 수" 있도록 한 것이다. 이제 일본군은 조선 지역에서 마음대로 작전할 수 있게 되었다. 자연히 조선 정부와 인민들의 재산권은 침해받을 수밖에 없었다. 다행히, 치열했던 평양성 싸움으로 조선 인민들이 큰 피해를 보았던 청일전쟁과 달리 이번에는 조선 땅에선 큰 전투가 없었다.

2월 하순 일본군 1군의 주력인 근위사단과 2사단이 진남포에 상륙해서 평양에서 12사단과 합류했다. 3월 중순 안주에서 북상한 일본군과 러시아군 사이에 가벼운 충돌이 있었고, 3월 28일엔 정주에서 작은 전투가 벌어졌다. 러시아군은 조선 북쪽 지역에서 주로 물자를 얻으려 했고, 정주 싸움 뒤에는 모두 압록강을 건너 만주로 철수했다. 그래서 조선 사람들이 크게 걱정했던 전쟁의 피해는 그리 크지 않았다. 대신 치안의 공백을 틈타서 도둑들이 창궐했다.

1904년 4월 30일 의주 부근에 집결한 일본군 1군은 압록강 도하작전을 개시했다. 총 병력은 4만 2천 명가량 되었다.

이 일본군에 맞선 러시아군은 미하일 자술리치(Mikhail I. Zasulich) 중장이 이끄는 2시베리아 군단이었다. 만주에 있는 러시아군의 좌익인 이 부대는 보병 1만 6천 명, 기병 5천 명에 62문의 야포를 보유했다. 자술리치는 일본군에 대해 인종주의적 경멸을 품었고, 지연전을 펼치면서 러시아군 지역의 중심인 봉천으로 물러나라는 쿠로파트킨 사령관의 지시를 따르지 않았다. 그는 일본군과의 싸움이 압록강 하구 북안의 안동에서 벌어지리라 확신하고 그 도시의 방어 진지 구축에 힘을 쏟았다. 그리고 압록강 연안의 방어엔 270킬로미터나 되는 지역에 부대들을 분산시켜 놓았다. 그리고 안동의 상류에 있는 의주에 집결한 일본군을 양동작전(feint operation)에 동원된 부대라고 판단해서, 병력을 재배치해 달라는 부하들의 요청을 끝내 들어주지 않았다.

이런 전술적 오류는 러시아군이 일본군의 압록강 도하에 기민하게 대응하지 못하도록 만들었다. 일본군은 가설교를 무난히 건설해서 병사들은 걸어서 압록강을 건넜다. 결국 큰 강을 지킨 러시아군은 도하한 일본군보다 오히려 많은 사상자들을 내고 이틀 만에 패퇴했다. 일본군 사상자가 1천가량이고 러시아군 사상자가 1,800가량이었다.

이 '압록강 회전'은 그리 큰 싸움은 아니었지만, 두 나라 군대가 처음 맞부딪친 싸움이라서 그 영향은 상당히 컸다. 일본군 1군은 예상보다 빠르고 쉽게 만주로 진출했고 만주 남해안에 다른 부대들이 상륙하는 것을 쉽게 만들었다. 당연히 일본군의 사기는 크게 올랐고, 이미 일본 함대의 기습으로 여순의 러시아 함대가 큰 손실을 입은 터라 러시아군의 사기는 크게 떨어졌다.

일본의 국제적 평판이 올라간 것은 더욱 중요했다. 아시아의 약소국이 유럽의 강대국과 첫 전투에서 크게 이겼다는 소식은 온 세계 사람들의 주목을 받았다. 서양 여러 나라들은 일본에 대한 편견을 씻어 내고 보다 중립적인 태도를 취하게 되었고, 동맹국인 영국은 보다 적극적으로 일본을 지원하기 시작했다.

남산 싸움

1904년 5월 5일 오쿠 야스가타奧保鞏 대장이 이끄는 2군이 염대오鹽大墺

(옌다아오)에 상륙하기 시작했다. 여순에서 겨우 60여 킬로미터 떨어진 염대오에 상륙하는 것은 무척 위험한 작전이었지만, 2군 산하 3개 사단 3만 8,500명의 병력은 3주 만에 상륙작전을 완료했다.

러시아군 지휘부는 일본군이 예상보다 훨씬 빨리 여순 가까운 곳에 상륙한 것에 놀랐다. 그러나 그들은 이런 상황에 합리적으로 대처하지 못했다. 당시 여순의 지상군을 지휘하는 아나톨리 슈퇴셀(Anatoly Stössel) 중장과 여순항의 함대를 지휘하는 빌겔름 비트게프트(Wilgelm Vitgeft) 소장은 어리석고 무능했다. 그런 지휘관들에게 여순 방어 임무를 맡기고서 아무런 지침도 주지 않은 채, 러시아군 총사령관인 알렉세예프는 일본군이 염대오에 상륙을 시작한 날에 황제와 방어작전을 협의한다는 핑계를 대고 북쪽 봉천으로 올라갔다. 비트게프트는 가까운 곳에 일본군이 상륙하는데도 상부의 지침이 없다는 것을 핑계 삼아 상륙작전을 저지하기 위한 조치를 전혀 취하지 않았다.

염대오에서 남하한 일본군 2군은 5월 24일 금주金州(진저우)성을 공격했다. 성을 지키는 러시아군은 400명 남짓했고 구형 야포들로 무장했지만, 그들은 일본군 4사단의 공격을 두 차례나 물리쳤다. 이튿날 새벽에 1사단이 공격해서 성벽을 뚫고 금주성을 점령했다.

금주성을 확보해서 측면이 안전해지자, 오쿠 대장은 바로 남산南山(난산) 공격에 나섰다. 남산은 서남쪽으로 뻗은 요동반도에서 가장 좁은 지협地峽으로 만조 때에는 전투 정면이 3킬로미터 남짓했다. 지형도 험준해서 공격하기 힘들었다. 당시 남산을 지킨 러시아군 병력은 1만 7천 명가량 되었다. 이들 가운데 니콜라이 트레차코프(Nikolai Tretyakov) 대좌가 이끄는 동시베리아군 5소총연대 3,500명만이 남산의 방어에 투입되었다. 나머지 병력은 예비대로 남겨졌는데, 이들은 알렉산더 포크

(Alexander Fok) 중장이 지휘했다. 포크는 경찰 간부 출신으로 정치적 영향 덕분에 승진한 장군이어서 전투 경험이 없고 지휘관으로서 자질도 낮았다.

5월 26일 근해의 함정들의 함포 사격에 이어, 2군의 3개 사단이 공격에 나섰다. 견고한 참호망을 이용해서 소수의 러시아군은 10배나 많은 일본군을 잘 막아 냈다. 1800시까지 일본군은 9번이나 공격했지만 러시아군 진지를 점령하지 못했다.

1600시 일본군 우익 4사단 병력이 가슴까지 차오르는 바닷물 속으로 들어가서 러시아군 좌익을 우회했다. 예비 병력을 거느린 포크 중장은 이들을 막아 내지 않고, 퇴로가 끊길 가능성을 겁내서 예비 병력에 후퇴 명령을 내렸다. 겁에 질린 포크는 전방에서 싸우는 트레차코프 대좌에게 자신이 후퇴 명령을 내렸다는 것도 전하지 않았다.

증원군과 탄약 보급을 요청했는데 오히려 예비 병력이 후퇴한다는 것을 깨닫자, 트레차코프는 일본군에게 포위될 위험을 걱정했다. 그는 급히 제2선으로 후퇴를 명령했다. 그런 혼란 속에서 러시아군은 싸움에서보다 철수 과정에서 훨씬 큰 손실을 보았다.

길고 치열할 '여순 싸움'의 서막인 이 '남산 싸움'에서 일본군 사상자들은 4,900명이었고 러시아군 사상자들은 1,400명 남짓했다. 승리한 일본군이 대본영이 놀랄 만큼 엄청난 사상자들을 냈고, 싸움에 실제로 투입된 러시아군 3,500명 가운데 40퍼센트 가량이 죽거나 다쳤다는 사실은, 적어도 러시아 병사들은 용감하고 효과적으로 싸웠음을 말해 준다. 만일 예비 병력을 지휘한 포크 중장이 그렇게 무능하고 비겁한 장군이 아니었다면 '남산 싸움'의 결과는 전혀 달랐을 것이다.

'여순구 싸움'에서 '제물포 싸움'과 '압록강 싸움'을 거쳐 '남산 싸움'

에 이르기까지 러일전쟁 초기 전투들에서 러시아 병사들은 용감했지만 사령관들은 무능하고 비겁했다. 이런 현상은 러시아 군대가 자율성을 거의 지니지 못한 채 정치적 영향을 많이 받은 데서 나왔다. 황제의 총애를 받거나 총신들의 지원을 받는 장교들은 빠르게 승진해서 요직들을 차지했다. 그리고 황제의 비호를 믿고서, 상관의 지시를 따르지 않고 자신의 판단을 고집했다. 극동 주둔 러시아군의 총사령관인 알렉세예프만 하더라도, 그는 전투 경험이 전혀 없었다. 그러나 그는 알렉산드르 2세의 사생아로 알려졌고 황제 니콜라이 2세가 황태자였을 적에 함께 세계일주 항해를 했다. 덕분에 그는 빠르게 승진했고, 황제의 측근들과 어울렸고, 황제에게 곧바로 자신의 생각을 설명할 기회를 누렸다.

남산 싸움에서 승리를 위해 큰 값을 치렀지만, 일본군은 엄청난 성과를 얻었다. 공포에 사로잡힌 포크가 급히 후퇴 명령을 내리는 바람에 러시아군은 남산 바로 남쪽의 대련항의 시설을 파괴하지 못한 채 물러났다. 그래서 일본군은 여순 바로 북쪽의 좋은 항구를 이용해서 여순 공격에 필요한 인원과 물자를 쉽게 상륙시킬 수 있게 되었다.

일본군은 곧바로 대련항으로 11사단을 상륙시키고, 2군 예하 1사단과 합쳐 3군을 편성했다. 사령관엔 청일전쟁에서 여순을 성공적으로 공략한 경험이 있는 노기 마레스케乃木希典 대장이 임명되었고, 참모장엔 서양 전술에 밝고 포병 전문가인 이지치 고스케伊地知幸介 소장이 임명되었다. 이지치는 주 조선 공사관 무관으로 1군의 조선 작전을 도운 뒤 귀국해서 야전 포병감으로 근무하던 참이었다. 3군엔 여순을 가능한 한 신속히 점령하고 만주 북부로 진군하는 1군 및 2군에 합류하라는 임무가 주어졌다.

득리사 싸움

3군 사령관 노기 대장에게 여순 점령 임무를 넘긴 2군 사령관 오쿠 대장은 부대를 이끌고 북상해서 여순을 구원하려고 요양으로부터 남하하는 러시아군과 맞섰다. 2군은 3사단, 4사단, 5사단과 병력이 제대로 충원되지 않은 6사단으로 이루어졌는데, 보병 3만 6천 명, 기병 2천 명에 야포 216문이었다.

남산 싸움에서의 패전으로 여순이 위태롭게 되자, 극동 주둔 러시아군 총사령관 알렉세예프 해군 대장은 여순이 완전히 포위되는 것을 막으라는 정치적 압박을 받았다. 그래서 그는 여순을 구원하는 군대를 남쪽으로 보내려 했다. 그러나 만주군 사령관 쿠로파트킨 대장은 이런 계획에 거세게 반발했다. 러시아의 근거인 만주 북부에서 지연전을 펴면서 완성된 시베리아 횡단 철도로 증원을 받아 충분히 강력해졌을 때 결전을 벌인다는 기본 전략에 따라, 그는 병력을 아끼려 했다. 여순을 구원하려고 작은 병력을 남쪽으로 보내는 것은 기본 전략에 어긋날 뿐 아니라 무척 위험하다고 그는 지적했다. 결국 두 사람은 고함을 지르면서 다투다가 황제의 의견을 따르기로 했다. 황제는 알렉세예프의 손을 들어 주었다.

6월 초순 쿠로파트킨은 1시베리아 군단을 요동반도로 내려보냈다. 게오르흐 폰 슈타켈베르흐(Georg von Stackelberg) 중장이 이끄는 이 부대는 보병 2만 7천 명과 기병 2,500명으로 이루어졌고 야포 98문을 갖추었다. 애초에 이 부대를 파견하는 것을 반대했고 이 부대가 여순을 구할 가능성은 전혀 없다고 생각했으므로, 쿠로파트킨은 폰 슈타켈베르흐에게 "남산을 되찾고 여순으로 나아가되, 우세한 적군을 만나면 결정적 전투를 회피하라"는 어정쩡한 명령을 내렸다.

폰 슈타켈베르흐는 서서히 북상하는 일본군이 여순 점령을 목표로 삼았다고 판단했다. 그래서 그는 여순에서 130킬로미터 북쪽에 있는 마을 득리사得利寺(더리쓰)에 방어 진지를 마련했다. 보병부대들은 여순과 하얼빈을 연결하는 철도를 가로질러 참호들을 파고 일본군을 기다렸고, 기병들은 맨 오른쪽 후방에 배치되었다.

일본군 2군은 남산 싸움에서 입은 손실을 보충하면서 천천히 북상했다. 기병들의 정찰과 소규모 총격전으로 러시아군의 배치를 확인하자, 오쿠는 6월 14일 공격에 나섰다. 그는 철도를 따라 3사단과 5사단을 배치해서 중앙에서 공격하도록 하고 4사단을 왼쪽으로 진격시켜서 러시아군을 단익單翼 포위하는 작전을 세웠다.

러시아군은 병력도 작았지만, 포병에서의 열세는 처음부터 전투를 어렵게 만들었다. 러시아군 야포들은 수효만이 아니라 기능도 일본군 야포들에 크게 뒤졌다(전반적으로 육군과 해군의 무기들과 장비들에서 러시아군은 구형들이 많았다. 반면에 일본군은 최신형들을 갖추었다. 눈에 잘 뜨이지 않는 이런 차이가 바다에서나 뭍에서나 전투의 승패에 상당한 영향을 미쳤다). 게다가 폰 슈타켈베르흐는 기병 장교 출신이어서, 공격적 성향이 강했고 보병의 방어 전술엔 익숙지 못했다. 쿠로파트킨의 명령에 따라 방어작전에 나섰지만, 그는 성품에서나 경험에서나 방어작전에 적합한 지휘관이 아니었다. 방어작전에선 공격해 오는 적군의 의도를 간파하는 것이 지휘관의 가장 중요한 능력인데, 그는 이 점에서 아주 서툴렀다.

일본군 좌익 4사단이 서쪽으로 우회하기 시작하자, 러시아군 우익의 선초前哨들은 일본군의 이런 움직임을 탐지했다. 그러나 안개가 짙게 끼어서 일광반사신호기(heliograph)를 이용할 수 없었으므로, 러시아군 전초들은 본부에 이 중요한 정보를 알릴 길이 없었다. 이 지역에 기병들이 배치되었지만 너무 후방에 배치되고 보병과 연결이 제대로 되지 않아서, 폰 슈타켈베르흐는 서쪽으로 우회해서 포위에 나선 일본군의 움직임을 알지 못했다. 그래서 그는 자신의 좌익에 대한 공격이 치열해지자, 일본군의 주공이 동쪽이라 판단하고서 예비 병력을 동쪽 전선에 투입했다.

소규모 충격전들이 밤새 이어지자, 6월 15일 새벽 오쿠는 4사단에 러시아군 우익을 공격하라는 명령을 내렸다. 서쪽으로 깊숙이 침투한 4사단은 오른쪽으로 돌아 노출된 러시아군 우익을 공격하기 시작했다.

폰 슈타켈베르흐도 반격에 나설 때라고 판단해서 모든 부대들에 공격에 나서라는 명령을 내렸다. 그러나 그는 이 중요한 명령을 문서가 아니라 구두로 하달했다. 더욱 어이없게도, 그는 공격 개시 시간을 명확히 정해 주지 않았다. 그래서 부대 지휘관들은 날이 밝은 뒤에야 산발적 행동을 취했고, 공격에 나선 부대들도 큰 성과를 거두지 못했다. 그때 일본군이 러시아군의 노출된 우익을 거세게 공격해 온다는 보고들이 올라왔다. 포위를 피해 러시아군이 물러나기 시작하자, 일본군 3사단과 5사단도 공격에 나섰다. 급히 물러나는 터라 러시아군은 소중한 야포들을 버릴 수밖에 없어서, 상황은 빠르게 러시아군에 불리해졌다.

마침내 1130시 폰 슈타켈베르흐는 모든 부대들에 후퇴 명령을 내렸다. 그러나 일본군의 공격이 거세었으므로 러시아군은 쉽사리 싸움터에서 벗어날 수 없었고, 치열한 전투들이 1400시까지 이어졌다. 이때 3천 명의 소총병들로 이루어진 러시아군 증원군이 열차들로 역에 도착했다. 그러나 일본군이 역에 대해 포병 사격을 하는 상황이라서 별 도움이 되지 못했다. 대패의 위험을 맞은 러시아군을 구한 것은 갑작스럽게 몰아친 폭풍우였다. 폭풍우로 일본군의 진격이 느려진 틈을 타서 러시아군은 가까스로 봉천 쪽으로 물러났다.

'득리사 싸움(Battle of Telissu)'에서 러시아군은 공식적으로 3,500명의 사상자들을 냈다. 비공식 추산들에 따르면 러시아군의 손실은 훨씬 컸다. 일본군의 손실은 1,163명이었다.

여순 싸움

득리사 싸움에서의 완벽한 승리 덕분에 배후를 걱정할 필요가 없어졌으므로, 일본군 3군은 여순 공략에 전념할 수 있게 되었다.

9사단이 상륙을 완료해서 3개 사단을 지휘하게 되자, 3군 사령관 노기 대장은 7월 26일 드디어 여순 공격작전에 나섰다. 노기는 중앙에 9사단을, 동쪽 좌익에 11사단을, 그리고 서쪽 우익에 1사단을 배치했다.

득리사 싸움에서 폰 슈타켈베르흐가 이끈 러시아 구원군이 패배함으로써 요동반도는 실질적으로 고립되었다. 일본군에 의해 육상과 해상으로 완전히 포위된 여순의 러시아군은 만주 북쪽에서 구원군이 올 때까지 일본군의 포위 공격을 막아 내야 했다. 이런 방어작전에서 결정적 요소들은 셋이었다—병력, 식량, 그리고 방어 시설.

여순 방어작전을 지휘하는 슈퇴셀 중장이 거느린 병력은 해군 병력을 빼놓고도 4만 2천 명 가까이 되었고 대포들은 500문 남짓했다. 일본군은 뒤에 합세한 7사단을 포함해서 8만 내지 9만이었고 500문이 채 못 되는 야포들과 공성포(siege gun)들을 갖추었다. 따라서 요새들에서 수비하는 러시아군으로선 병력에서 일본군에 크게 밀리지 않았다.

러시아군의 식량 사정은 좋지 않았다. 7월 중순에 4만 2천 명의 병력과 4,500필의 군마들을 위한 식량은 '밀가루가 180일, 귀리가 37일, 고기가 18일, 절인 채소가 15일, 설탕이 190일, 차가 320일, 군마 사료가 150일'분으로 추산되었다. 이처럼 부족한 식량에 가끔 해상 봉쇄를 뚫고 조달되는 식량이 더해졌다.

러시아군의 방어선은 세 겹으로 이루어졌다.

맨 안쪽 1차 방어선은 여순 구도심을 둘러싼 참호 진지들이었다. '중국성(Chinese Wall)'이라 불린 이 방어선은 견고했으나, 규모가 너무 작아서 대규모 병력이 동원된 싸움에선 전술적 가치가 거의 없었다.

'중국성'을 따라 구도심 중심부에서 4킬로미터 떨어져서 영구적 콘크리트 요새들이 구축되어 참호들로 연결되었다. 이 2차 방어선은 용하龍河(룽허)를 건너 서쪽으로 뻗어나가서 신도심과 여순항을 보호할 수 있었다.

주 방어선인 2차 방어선 밖엔 요새화된 진지들과 고지들이 느슨한 사슬을 이루었다. 이 3차 방어선의 요새화는 충분치 못했고, 수수밭들로 둘러싸여서 시계도 좋지 못했다.

자연히, 공격에 나선 일본군의 첫 과제는 3차 방어선의 돌파였다. 노기는 동쪽의 고지들인 대고산大孤山(다구산)과 소고산小孤山(샤오구산)을 주공의 목표들로 삼았다. 이 고지들을 점령하면 여순항이 장거리포의 사정권으로 들어오고 항구의 상당 부분을 조감할 수 있었다. 곧바로 러시아군 2차 방어선의 공격에 나설 수도 있었다. 무엇보다도, 철도에서 멀리 떨어지고 고지들이 이어져 보급이 어려운 서쪽 지역과 달리, 동쪽 지역은 철도와 도로를 이용해서 병력과 물자를 빠르게 보급할 수 있었다.

7월 26일부터 이어진 치열한 싸움 끝에 7월 30일 일본군은 대고산을 점령했다. 이튿날 새벽 0430시에 소고산도 일본군에 넘어갔다. 나흘 동안의 혈전에서 일본군은 2,800명의 전상자들을, 그리고 러시아군은 1,500명의 전상자들을 냈다. 대고산과 소고산을 일본군에 빼앗김으로써 러시아군은 기동할 공간을 잃었고, 작전의 주도권은 완전히 일본군으로 넘어갔다.

대고산을 점령하자, 일본군은 곧바로 그곳에 관측소를 설치하고 여순항에 정박한 러시아 함정들을 야포들로 포격하기 시작했다. 드디어 8월 9일 0940시에 전함 레트비잔(Retvizan)호가 피격되고 침수 피해를 입었다. 모항이 적군의 육상 포격을 받게 되자, 여순항의 러시아 함정들은 바다로 나아가야 했다.

그동안 극동 주둔군 총사령관 알렉세예프 해군 대장은 여순항에 갇힌 러시아 함대가 일본 함대의 봉쇄를 뚫고 블라디보스토크로 가서 그곳의 함대와 합류해야 한다고 주장했다. 그러나 함대 사령관 비트게프트 소장은 자신이 지휘하는 함대가 일본 해군의 봉쇄를 뚫고 블라디보스토크로 가는 것이 어렵다고 보았고, 차라리 여순 방어작전에서 육군을 돕는 것이 현실적이라고 주장했다. 알렉세예프는 이번에도 황제에게 호소해서 자신의 주장을 관철했다. 일본군의 포격을 받게 되자 비트게프트는 더 버티지 못하고 함대를 이끌고 출항했다.

8월 10일 0955시 기함 체사레비치(Tsesarevich)호를 비롯한 전함 6척, 보호순양함 3척 및 구축함 14척으로 이루어진 여순함대는 여순항 입구를 벗어났다. 일본군 연합함대 사령관 도고 중장은 전함 4척, 장갑순양함 4척, 방호순양함 8척, 구축함 18척 및 어뢰정 30척으로 이루어진 함대를 이끌고 추격에 나섰다. 1225시에 두 함대는 서로 발견했고, 이어 벌어진 싸움에서 러시아 함대는 전력의 열세에도 불구하고 대등하

'황해 싸움'은 일본 함대의 승리로 끝났다. 강철 전함들로 이루어진 대규모 함대들이 처음으로 맞부딪친 싸움이었다.

게 싸웠다. 특히 기함 미카사호를 집중적으로 공격해서 큰 피해를 입혔고, 기함끼리의 대결에서 미카사호가 먼저 물러났다. 그러나 러시아 기함에 대한 포격 임무를 이어받은 아사히朝日호가 체사레비치호에 포탄을 명중시켜서 비트게프트가 즉사하고 조타장치가 고장 났다. 사령관의 죽음과 기함의 작동 불능은 러시아 함대를 큰 혼란 속으로 몰아넣었고, 7시간 가까이 지속된 이 해전은 결국 일본 함대의 승리로 끝났다.

밤이 되어 해전이 끝난 뒤, 러시아 함대에서 전함 5척, 순양함 1척 및 구축함 9척이 여순항으로 귀환했다. 기함 체사레비치호와 기함을 호위한 구축함 3척은 독일 조차지 교주膠州(자오저우)만으로 들어가서 독일 당국에 억류되었다. 순양함 1척과 구축함 1척은 상해로 피해서 중국 당국에 억류되었다. 순양함 1척은 사이공까지 항해해서 프랑스 당국에 억류되었다. 원래의 목적항인 블라디보스토크로 향한 함정은 작은 순양함 노빅(Novik)호뿐이었다. 이 배는 일본 열도를 빙 돌아서 태평양을 북상해서 사할린까지 가는 데 성공했으나, 끝내 일본 함정들의 추격을 받아 싸운 끝에 사할린에서 승무원들에 의해 침몰되었다.

'황해 싸움(Battle of the Yellow Sea)'이라 불리게 된 이 해전은 강철 전함들로 이루어진 대규모 함대들이 처음으로 맞부딪친 싸움이었다. 19세기 말엽까지만 하더라도 전함들은 5 내지 7킬로미터 거리에서 싸웠다. 그러나 이번엔 13킬로미터 거리에서 싸움이 시작되었다. 자연히 사거리 측정기(range finder)가 중요했는데, 러시아군의 장비는 사거리가 4킬로미터였고 일본군의 장비는 6킬로미터였다.

당시 만주군 총사령부와 대본영은 여순을 쉽게 공략할 수 있다고 전망했다. 그래서 참모총장 야마가타 아리토모 대장은 노기에게 즉시 러시아군을 공격해서 여순을 점령하고 북쪽의 만주군 주력에 합류하라는 명령을 내렸다.

8월 19일부터 이틀 동안 일본군 포병은 대규모 공격준비사격을 했다. 러시아군 포병도 대포병사격으로 맞섰다. 8월 21일 공격준비사격이 끝나자, 일본군은 러시아군 요새들을 정면에서 강습했다. 이런 강습은 유럽 열강이 모두 쓰는 전술이었고, 일본군은 청일전쟁에서 이 전술로 큰 성과를 거두었다. 그러나 그동안에 화기들이 발전해서, 연발소총, 기관총 및 속사포와 같은 현대식 무기들이 보급되었다. 자연히, 그런 무기들을 갖추고 지뢰들과 철조망으로 보호된 러시아군 요새들을 공격하는데 강습은 더 이상 적합한 전술이 아니었다.

실제로, 강습에 나선 일본군은 러시아군의 화력 앞에 엄청난 손실을 보았다. 게다가 포탄 부족으로 공격의 효과는 줄어들었다. 마침내 9월 24일 1700시 노기는 공격을 중지시켰다. 일본군 사상자들은 1만 5,850명이나 되어, 1개 사단이 사라진 셈이었다. 이런 희생으로 얻은 것은 중앙 9사단 지역의 반룡산盤龍山(판룽산)과 서쪽 1사단 지역의 174미터 고지뿐이었고, 나머지 목표들은 여전히 러시아군이 차지하고 있었다. 러시아군 사상자들은 6천 명가량 되었다.

1차 총공격의 참혹한 실패에서 노기는 요새들에 대한 강습이 비현실적이라는 교훈을 얻었다. 대부분의 부대장들은 여전히 강습을 선호했지만, 그는 공병참모가 제안하고 참모장이 추천한 정공正攻을 과감하게 채택했다. 정공은 참호를 파면서 적군의 요새에 접근해서, 마지막엔 요새의 방벽 아래까지 갱도를 파고 폭약을 장치한 뒤 폭파시켜서 요새의 방벽을 무너뜨리는 공격 방법이었다. 강습은 신속한 승리를 얻기 위해 병력의 손실을 감수하지만, 정공은 차근차근 전진하면서 병력을 아낄 수 있었다.

노기는 먼저 만주군 사령부에 러시아군 요새들을 파괴할 수 있는 대구경 곡사포들을 요청했다. 러시아군 요새들이 두꺼운 콘크리트로 보호되어서, 어지간한 포탄은 공중으로 튀어 오르는 상황이었다. 아울러 그는 공병들을 동원해서 이미 점령한 요새들로부터 양쪽으로 갱도들을 파는 작업을 시작했다. 그런 갱도들을 통해서 인근 요새들을 폭파하고 공격한다는 계획이었다.

노기의 요청을 받자, 일본군 사령부는 공성작전에 필요한 대구경 곡사포들과 박격포들을 보내왔다. 이 대포들 가운데 가장 큰 것은 28센티미터 곡사포였는데, 200킬로그램이 훌쩍 넘는 포탄들을 7킬로미터 너머까지 발사할 수 있었다. 유탄포榴彈砲라 불린 이 거대한 곡사포들은 러시아군 요새들을 부수는 데 크게 공헌했다.

비교적 쉬운 요새들을 점령하고, 험난한 요새들 가까이 갱도들을 굴착하고, 대구경 곡사포들로 러시아군 요새들을 많이 무너뜨리자, 10월 26일 노기는 2차 총공격 명령을 내렸다. 갱도를 이용한 공격은 성공을 거두었다. 그러나 러시아군의 저항도 완강해서 일본군도 큰 인명 손실을 입었다. 포탄의 재보급과 갱도의 추가 굴착이 필요하다고 판단한 노기는 10월 31일 공격을 중지시켰다. 6일 동안 이어진 이 싸움에서 일본군은 3,874명의 사상자들을 냈고, 러시아군은 5,069명의 사상자들을 냈다. 정공을 채택한 덕분에 일본군의 병력 손실이 크게 줄어든 것이었다.

이사이에 러시아의 발틱 함대가 모항들인 에스토니아의 레벨과 라트비아의 리에파야를 떠났다는 소식이 들려왔다. 전함 8척, 장갑순양함 4척, 보호순양함 8척, 구축함 9척 및 약간의 보조함들로 이루어져 '2태평양함대'라는 이름을 얻은 이 함대는 지노비 로제스트벤스키(Zinovy P. Rozhdestvenski) 중장이 지휘했다. 이들 함정들의 다수는 낡았지만, 여순항의 1태평양함대와 합류하면 황해에서 일본이 누리는 제해권에 심각한 위협이 될 터였다. 자연히, 여순항에 정박한 러시아 함대를 신속히 파괴하는 것이 일본군의 급선무가 되었다.

그러나 그 임무를 수행하는 방도를 놓고는 육군과 해군의 의견이 대립했다. 육군은 지금까지 수행해 온 작전계획을 그대로 밀고 나가려 했다. 그러나 해군은 여순 전체를 관측할 수 있는 전선 서쪽 203미터 고지를 먼저 점령해야 한다고 주장했다. 11월 14일 열린 어전회의에서 해군의 주장이 채택되었고, 만주군 총사령관 오야마 이와오大山巖 원수는 이 결정을 받아들였다.

어떤 희생을 치르더라도 203미터 고지를 점령하라는 명령을 받았지만, 노기는 자신의 작전계획을 다시 시도해 보기로 했다. 11월 26일에 개시된 3차 총공격은 2차 총공격과 같은 목표들을 향해 이루어졌다. 그리고 2차 총공격 때와 마찬가지로 큰 희생을 치르고서도 목표들을 얻는 데 실패했다.

자신의 작전계획이 좌절되자 노기는 상부 지시대로 203미터 고지를 본격적으로 공격하기로 결정했다. 그리고 11월 27일 1000시에 동북쪽 전선에서의 공격을 일시 중단하고 1사단의 핵심 병력을 203미터 고지에 투입하는 명령을 내렸다. 대규모 공격준비사격으로 러시아군 진지를 파괴한 뒤, 일본군 1사단은 203미터 고지를 공격했다. 그러나 남산 싸움의 영웅 트레차코프 대령이 지휘하는 러시아군은 끈질기게 저항해서, 일본군은 큰 병력 손실을 입으면서도 좀처럼 목표를 얻지 못했다.

이틀 동안의 전투로 큰 손실을 입은 1사단만으로는 목표를 달성하기 어렵다고 노기는 판단했다. 11월 29일 그는 203미터 고지 공격 임무를 일본 본토에서 급히 파견된 7사단에 넘겼다. 이후 양 사단이 함께 203미터 고지와 인근 요새들의 공격에 나섰다. 마침내 12월 5일 2200시 몇 되지 않는 러시아군 생존자들이 고지에서 철수했다.

203미터 고지를 점령하자 일본군은 곧바로 그곳에 포병 관측소를 설치하고 여순항에 정박한 러시아 함정들에 대한 포격에 나섰다. 러시아 함정들로선 대응할 길이 없었으므로 큰 피해를 입었고, 대부분 승무원들에 의해 선제적으로 침몰되었다. 여순항 밖으로 탈출한 함정들은 여순항을 봉쇄한 일본 함정들에 의해 격침되었다.

서쪽에서 목표를 달성하자 일본군은 다시 동쪽 전선에서 공격에 나섰다. 12월 10일 11사단은 동북쪽의 요충으로 치열한 싸움들이 벌어

203미터 고지를 점령하자 일본군은 곧바로 포병 관측소를 설치하고 여순항에 정박한 러시아 함정들에 대한 포격에 나섰다.

진 동계관산東鷄冠山(둥지관산)을 다시 공격했다. 12월 15일 이곳의 러시아군을 격려하기 위해 올라온 7동시베리아 소총사단장 로만 콘드라텐코(Roman I. Kondratenko) 중장이 28센티미터 곡사포탄에 맞아 즉사했다.

뛰어난 지휘관으로 여순 방어작전을 실질적으로 지휘해 온 콘드라텐코의 전사는 러시아군의 사기를 크게 떨어뜨렸다. 러시아군은 이미 전력이 소진되어 지탱하기 어려운 상태였다. 병력도 부족했지만 식량도 바닥이 드러나기 시작했다. 무엇보다도 쿠로파트킨이 거느린 러시아군 주력이 일본군에게 계속 밀리고 있어서, 구원군이 올 가능성은 사라진 터였다.

그사이에 일본 공병들이 판 갱도들이 요새들 아래까지 이르렀다. 그래서 12월 하순부터 갱도에 폭약을 설치하고 폭발시키는 방식으로 일본군은 험준한 요새들을 파괴하기 시작했다. 이처럼 주방어선이 무너지자 러시아군은 더 버틸 힘이 없어졌다. 1905년 1월 1일 1630시 슈퇴셀은 다른 지휘관들과 상의하지도 않고서 노기에게 항복 문서를 보냈다.

1월 5일 노기와 슈퇴셀은 여순 인근의 수사영水師營(수이스잉)에서 만났다. 노기는 승리한 장수의 아량을 슈퇴셀과 러시아군에 한껏 베풀었다. 그는 러시아군의 용맹을 칭찬하면서, 항복한 러시아군 병사들이 칼을 지니는 것帶劍을 허용했다. 슈퇴셀은 일본군의 용맹을 칭찬하면서, 노기가 자식 둘을 이번 싸움에서 잃은 것을 위로했다. 노기는 러시아군 포로들이 인도적 대우를 받도록 배려했다. 패배한 적군에 대해 이처럼 너그럽고 인도적으로 대함으로써, 노기는 10년 전 청일전쟁에서 여순을 점령했을 때 일본군이 청의 병사들과 민간인들을 학살한 '여순 학살'의 오명을 씻고 일본군의 평판을 크게 높였다.

힘든 싸움에서 이겼지만, 노기 자신의 마음은 무거웠다. 그의 장남은 남산 싸움에서 전사했고 차남은 203미터 고지 싸움에서 전사했다. 그러나 두 아들을 잃은 슬픔은 엄청난 병력 손실에 대한 죄책감에 밀려났다. 여순 공격작전에서 일본군 사상자들은 5만 7,580명이나 되었다(러시아군 사상자들은 3만 1,306명이었다). 이처럼 큰 병력 손실에서 노기의 잘못은 거의 없었다. 단숨에 러시아군의 저항을 물리치고 여순을 점령할 수 있다고 판단한 일본군 지휘부가 무리하게 공격을 독촉함으로써 병력 손실은 필연적이 되었다. 오히려 그는 모두 지지하는 강습법을 과감하게 버리고 정공법을 채택해서 병력의 손실을 최소한으로 줄였다.

너무 큰 병력 손실에 놀라서 일본군 지휘부는 한때 노기를 교체하려 했었다. 그러나 무리한 임무를 부여하고 인명 손실의 책임을 묻는 것이 부당하다고 판단한 메이지 천황이 이례적으로 노기를 변호했다.

노기는 자신의 깊은 슬픔과 죄책감을 시로 표현함으로써 견뎌 냈다. 남산 싸움이 끝나자 노기는 고지 정상에 올라가서 거기 가매장된 전사자들에게 술잔을 올렸다. 그 병사들 가운데엔 그의 장남도 있었다. 그는 싸움터를 둘러보고 돌아와서 혼자 시를 지어서 조용히 참모들에게 보였다.

산천초목은 황량하게 바뀌었고
새 싸움터의 피비린내는 바람에 실려 십 리에 이르네
군마는 나아가지 않고 사람은 말이 없어
금주성 밖 빗긴 햇살 속에 서 있네.

山川草木轉荒凉,
十里風腥新戰場.
征馬不前人不語,
金州城外立斜陽.

노기가 러시아군의 완강한 저항에 막혀 큰 인명 손실을 보면서도 전과를 얻지 못하자, 일본 국내에선 그에 대한 비난이 빗발쳤다. 막상 러시아군의 항복을 얻어 내자, 그는 곧바로 영웅이 되었다. 임무를 마치고 개선할 때, 그는 환영하는 사람들을 피해 조용히 귀국했다. 그리고 자신의 마음을 시로 드러냈다.

임금의 군대 백만이 강한 오랑캐를 정벌할 적에
들판에서 싸우고 성을 치느라 시신들이 산을 이루었다
무슨 낯으로 늙으신 어버이들을 뵈어야 하나 나는 그저 부끄러
우니
개가를 올리는 오늘 몇 사람이나 돌아왔나.

王師百萬征强虜,
野戰攻城屍作山.
愧我何顔看父老,
凱歌今日幾人還.

영국 전사가 풀러(J. F. C. Fuller)는 여순 싸움을 문명들의 충돌로 보았다. 유럽의 기독교 문명에 속하는 러시아와 동아시아의 유교 문명에 속하는 일본이 부딪쳤다는 얘기다. 그래서 그는 여순 함락을 기독교 문명과 이슬람 문명의 충돌이었던 콘스탄티노플 함락에 비겼다.

"1905년의 여순 함락은 1453년의 콘스탄티노플 함락처럼, 역사에서 정말로 중대한 소수의 사건들에 속한다고 말하는 것은 정당화될 것이다."

한일의정서

러일전쟁이 여순을 중심으로 만주에서 펼쳐지는 터라서, 조선반도

는 전쟁의 영향을 덜 받았다. 덕분에 조선 사회도 겉으로 보기엔 비교적 평온했다. 러시아와의 전쟁에 모든 관심과 자원을 들이느라 일본은 조선에 대한 정책들을 미루고 있었다. 폭풍 전야 같은 상황에서, 스스로 일을 추진할 힘을 잃은 조선 정부는 예전처럼 겉돌고 있었다.

그러나 조선 인민들의 삶은 점점 위태로워졌다. 힘에 부치는 전쟁을 수행하기 위해서 일본은 조선으로부터 자원을 강제로 추출해야 했다. 조선 정부는 일본의 무리한 요구들을 거부할 힘이 없었고, 조선 인민들을 일본 사람들의 횡포로부터 보호할 길이 없었다.

1904년 2월에 맺어진 「한일의정서」에 따라 일본 정부는 "군략상 필요한 지점을 수시 사용할 수" 있었다. 일본군의 군략軍略이야 일본군만이 알고 그것에서 나온 필요들을 조선 정부가 심사할 권한이 없으니, 일본군은 실제로는 조선의 어느 곳이든 자신의 필요에 따라 차지할 수 있었다. 이론적으로는 일본군이 필요하면 조선의 궁궐도 어느 때든 차지하고 사용할 수 있었다. 게다가 그런 사용에 대한 보상이 규정되지 않았으므로 일본군은 무상으로 사용하게 되었다. 조선인들이 자신들의 땅과 재산을 그냥 빼앗기는 억울함을 호소하면 일본군은 "보상은 조선 정부 책임"이라고 설명했다. 물론 조선 정부는 보상금을 지불할 능력이 없었으므로, 인민들은 땅과 집을 그냥 빼앗겼다.

어느 곳이든 그냥 쓸 수 있게 되자 일본군은 좋은 곳들을 필요 이상으로 넓게 차지했다. 일본군은 도성에 가까운 용산 일대의 땅 20평방킬로미터를 막사와 연병장 부지로 징발했다. 서울 주변이라 모두 사람들이 사는 땅이었으므로, 1만 5천가량 되는 가구들이 이 지역에 살았다. 그들의 땅과 집은 시세로는 600만 달러가 넘었지만, 일본군은 이들에게 아무런 보상도 하지 않고 이사 비용으로 20만 달러만을 지불했다.

조선 인민들의 재산을 그냥 빼앗은 것은 일본군만이 아니었다. 조선에 들어온 일본인들 가운데엔 협잡꾼들이 많아서, 지방 도시들에서 "이 땅은 군사용이다"라고 선언하고서 좋은 땅과 집을 빼앗는 자들이 적지 않았다. 그렇게 협잡꾼들에게 땅과 집을 빼앗겨도 조선 인민들은 하소연할 데가 없었다.

일본군 1군이 조선에 상륙해서 북쪽으로 움직이며 러시아군과 싸우자, 조선 인민들은 어쩔 수 없이 크고 작은 피해들을 입었다. 그러나 일본군은 대체로 군기가 엄정해서 민간인들에 대한 행패는 드물었다. 원래 일본은 무사계급이 지배하던 봉건사회였으므로, 일본군은 무사계급의 전통을 물려받았고 장교들은 거의 다 무사계급 출신이었다. 그러나 조선에 들어온 일본 민간인들은 거의 하층계급 출신이었다.

이것은 식민지들에서 일반적으로 나타나는 현상이다. 식민지에는 먼저 탐험가, 개척자, 군인, 외교관과 같은 사람들이 들어와서 식민 사회를 이룬다. 이어 노동력의 부족을 채우기 위해 하층 노동자들이 유입된다. 이들의 다수는 죄수들이나 부랑자들이다. 본국으로서는 사회에 바람직하지 않은 죄수들이나 부랑자들을 내보내니 좋고, 식민 사회에선 값싼 노동력을 공급받고 인구가 늘어나니 이들을 반긴다. 그래서 식민지들은 흔히 '죄수 식민지(penal colony)'의 단계를 거쳐 정상적 사회로 진화했다. 역사상 가장 방대한 식민 제국을 경영했던 영제국에서 이런 현상이 두드러졌으니, 독립 이전의 미국이나 19세기 중엽 이전의 오스트레일리아가 대표적이다. 싱가포르섬도 처음엔 인도인 죄수들의 식민지였다. 역시 광대한 식민지들을 획득했던 프랑스도 루이지애나와 프랑스령 기아나에 죄수 식민지들을 운영했었다. 시베리아도 오랫동안 죄수 식민지의 성격을 지녔었다. 이처럼 갑자기 많은 종주국 이민들이

들어오면 식민지의 선주민은 밀려날 수밖에 없었다. 미국, 오스트레일리아, 그리고 시베리아에서 선주민들은 박해를 받고 거의 다 사라졌다.

조선이 원시적 사회가 아니었으므로, 일본이 조선을 죄수 식민지로 삼을 수는 없었다. 그러나 일본의 하층 민간인들이 유입되는 것은 어쩔 수 없는 흐름이 되었다. 조선이 개항하자 일본인 상인들, 고리대금업자들이 개항장들에 몰려들어 왔다. 신분과 행태에서 협잡꾼들에 가까웠던 이들은 상거래의 관행에 익숙지 못한 조선인들을 착취했다. 이들의 행태가 조선인들로부터 일본에 대한 반감을 부르고 일본의 국제적 평판을 떨어뜨린다는 것을 깨닫자, 이노우에 가오루 공사는 이들의 유입을 막아 달라고 일본 정부에 강력히 요청했었다.

이번에 일본군을 따라서 들어온 일본 민간인들은 개항 뒤에 조선에 나온 민간인들과는 비교가 되지 않게 질이 나빴다. 게다가 조선엔 그들을 제어할 사람들이 없었다. 조선 관헌들은 그들을 두려워해서 피해 다녔고, 다른 나라 외교관들의 평판에 마음을 덜 쓰게 된 일본 공사관과 영사관들은 그들이 무슨 행패를 부려도 처벌하려 하지 않았다. 이런 사정을 직접 겪은 호머 헐버트는 『조선의 사라짐(The Passing of Korea)』에서 "일본인들은 조선인들을 합법적 먹이(lawful game)로 여기고, 후자는 구제 조치를 받을 수 있는 적절한 법정이 없으므로 감히 반격하지 못한다"고 기술했다.

심지어 그들은 조선인들을 재미로 폭행하고 죽였다. 그런 일들은 신문들에도 보도되지 않았고 조선 정부가 공식적으로 인정하지 않았으므로, 헐버트는 자신과 동료 미국인들이 실제로 목격한 몇 가지 사례들만 적어 놓았다.

몇십 명의 일본인들이 열차를 기다리는 철도역 플랫폼에 어떤 미국 신사가 서 있었다. 한 조선 노인이 지팡이를 짚고서 플랫폼으로 올라서서 흥미롭게 둘러보았다. 아마도 그는 철도 열차를 본 적이 없었을 것이다. 반쯤 벗은 일본인 역무원이 그 노인의 수염을 잡더니 플랫폼 위에 메쳤다. 그 조선인은 가까스로 일어나서 가려고 지팡이를 집어 들었다. 그러자 그 일본인은 그를 뒤로 떠밀어서 플랫폼에서 철길로 떨어지도록 한 다음 뒤로 물러서서 웃음을 터뜨렸고 다른 일본인들도 모두 함께 웃었다. 그 많은 일본인들 가운데 이 일을 재미있는 농담이 아니라고 여긴 사람은 단 하나도 없는 것처럼 보였다. 그 조선 노인은 너무 크게 다쳐서 일어날 수 없었지만, 그의 조선인 친구들이 와서 그를 데려갔다.

일본의 주도로 철도가 막 개통되거나 건설되고 있었으므로, 일본인들의 행패들은 철도와 관련된 것들이 많았다. 일본인들은 일방적으로 철도와 관련된 규정들을 만들어 놓고 조선어로 된 안내 표지판들을 설치하지 않았다. 조선인들이 모르고 그런 규정을 어기면 그들은 조선인들을 마구 폭행했다. 심지어 죽이는 일도 일어났다.

평양에선 뱃사공이 건설 중인 철교 아래로 지나가려 했다. 이것은 금지된 일이었지만, 그 사실을 알리는 표지는 없었다. 일본인 노무자들은 그 뱃사공을 배 밖으로 던졌다. 그는 물속에 떠 있는 통나무에 매달렸지만, 일본인들은 그의 손들을 손가락들이 부러질 때까지 철도용 볼트들로 때렸고 그는 통나무를 놓치고 익사했다. 이틀 뒤 살해된 사람의 부친이 그의 시신을 찾아 일본 영사에게 가

져가서 가해자들의 처벌을 요구했다. 영사는 이 사건과 아무런 관계가 없다고 하면서 그를 쫓아냈다.

일본인 무뢰배들이 부린 이런 행패들보다 널리 퍼지고 훨씬 심각한 것은 조선인들의 재산을 헐값에 빼앗는 것이었다. 그들은 집을 무너뜨린다고 위협하거나 벌거벗고 여염집에 들어가서 부녀자들을 경악시켜서 헐값에 팔도록 했다.

조선 정부가 그런 악한들로부터 백성들을 지켜 주지 못하는 상황에서, 조선인들은 외국인들에 기대서 자신의 재산을 지키려 했다. 헐버트는 자신이 경험한 일을 기술했다.

> 서울 일본 영사관에 아주 가까운 곳에 사는 조선인 과부가 필자의 집에 와서, 자기 집을 5센트에 사서 나의 문패를 달아 달라고 애원했다. 그녀가 이웃에 사는 일본인에게 반값에 집을 팔지 않으면, 그가 그녀의 집의 벽을 무너뜨려 그녀의 머리에 쓰러지도록 할 것이라고 믿을 근거가 있다는 얘기였다.

일본인 무뢰배들의 행패들은 조선 인민들을 크게 괴롭혔지만, 그것은 경부선 철도의 건설로 조선 인민들이 겪은 참혹한 재앙들에 비기면 별것 아니었다. 1901년 중반에 북쪽 영등포와 남쪽 초량에서 놓이기 시작한 경부선은 1904년 말에 충청도의 부강~심천 구간이 연결되면서 완공되었다. 그것은 조선의 근대화에서 가장 중요한 이정표들 가운데 하나로 꼽힐 웅장한 성취였고, 조선의 발선에 가늠하기 어려울 만큼 큰 공헌을 했다. 그러나 그것은 근처 조선 인민들의 삶이 무너진 폐허 위

1904년 말에 완공된 경부선은 조선의 발전에 가늠하기 어려울 만큼 큰 공헌을 했다. 그러나 그것은 근처 조선 인민들의 삶이 무너진 폐허 위에 세워졌다.

에 세워졌다.

철도 부지는 일본에 의해 보상 없이 징발되었다. 그런 조치에 항의해서 철도 궤조(레일)들을 들어낸 조선인들은 일본군에 의해 재판 없이 처형되었다. 철도 건설에 필요한 노동력도 징발되었다. 노무자들의 일본인 우두머리들은 조선인 마을들을 돌아다니면서 총이나 칼로 위협해서 조선인들을 징발해서 일을 시키고 시세의 3분의 1 정도의 임금만을 지급했다. 만일 급한 사정으로 징발에서 면제되려면 그들이 받는 임금 수준의 곱절을 벌금으로 내야 했다.

이처럼 끊임없이 저질러지는 일본인들의 행패와 착취에 대해서 조선 정부는 아무런 대응을 하지 못했다. 아니, 대응할 생각도 하지 못했다. 궁궐 안의 황제는 자신의 안위만 걱정하고 자신의 금고를 채울 길만 찾았다. 서울에서 멀리 떨어진 곳들에서 일어나는 일들이라 서울의 지식인들도 별다른 관심을 보이지 않았다.

정작 조선 사람들이 일어나서 일본의 침략에 맞서도록 한 것은 일본 정부의 '황무지 개간권' 요구였다.

1904년 6월에 일본 공사관은 조선의 모든 황무지들을 일본인들이 개간할 수 있도록 해 달라고 조선 정부에 요구했다. 이런 요구는 조선의 많은 땅을 일본인들이 쉽게 차지하도록 만들고, 농업용수의 사용을 비롯한 갖가지 분쟁들을 부를 터였다. 조선이 농업 국가인 터라 조선 사람들은 땅에 대한 집착이 유난히 강했다. 당연히 일본의 요구는 이내 전국적 반발을 불렀다.

7월 13일 서울 종로 백목전에서 송수만宋秀萬과 심상진沈相震의 주도로 일본의 황무지 개간권 요구를 물리치기 위한 인민대회가 열렸다. 몇 해 전 만민공동회가 열렸던 그곳에 모인 인민들은 그 일을 추진하기 위한 조직으로 '보안회輔安會'를 결성했다. 회장으로 뽑힌 신기선申箕善과 대변회장代辦會長으로 뽑힌 송수만 등 간부들은 전국에 통문을 돌리고 "국가의 존망이 달린 것이므로, 조그마한 땅도 양여할 수 없다"고 밝혔다.

이들의 호소에 전국 각지에서 많은 사람들이 호응했다. 서울에선 종로 상가가 철시했고 전차 운행이 중단되었다. 이어진 집회들에선 일본의 침략적 행태를 규탄하는 연설들과 선언들이 나왔다. 일본 공사관은 이들을 해산시키라고 조선 정부에 요구했다. 고종은 어쩔 수 없이 세 차례나 사절을 보내 해산을 종용했다. 그러나 인민들은 전동典洞의 헌어학교漢語學校로 옮겨 집회를 이어 갔다.

그러자 일본 공사관은 헌병들과 경찰들로 이들을 해산시키고 주동자들을 체포했다. 여론이 나빠지자, 조선 정부는 일본의 황무지 개간권 요구를 거절한다고 발표하고 구속된 사람들을 석방했다. 일본은 더 이상 이 일로 조선 정부를 압박하지 않았다. 그러나 일본은 황무지 개간권 요구를 철회하지 않았고 조선 정부의 거절을 받아들이지도 않았다. 그리고 조선을 완전히 장악한 1908년에 동양척식주식회사東洋拓植株式會社를 설립해서 대대적 개간을 시작했다.

일본의 탄압으로 적극적 활동이 어려워지자, 보안회는 9월 11일 협동회協同會로 명칭을 바꾸고 새로 임원들을 뽑았다. 간부들은 회장 이상설, 부회장 이준, 평의장評議長 이상재, 서무부장 이동휘, 지방부장 양기탁梁起鐸 및 재무부장 허위였는데, 한성감옥에서 막 풀려난 이승만이 편집부장으로 참여했다.

이승만의 출옥

러일전쟁이 일어나고 일본군이 조선을 장악하자, 한성감옥에 갇힌 정치범들은 곧 풀려나리라는 희망을 품었다. 수구파 인물들로 채워진 친러 정권으로부터 박해받은 사람들로선 자연스러운 기대였다. 실제로 몇몇 사람들이 풀려나기 시작했다.

이승만도 곧 풀려나리라는 기대로 마음이 부풀었다. 그의 부친 이경선은 아들의 석방을 위해 애쓰고 있었고, 그 자신도 미국인 친구들에게 힘을 써 달라고 부탁했다. 그러나 1904년 3월 20일에 그가 받은 미국인 선교사 조지 존스(George H. Jones)의 편지엔 "지난 일요일 나는 당신의 부친으로부터 황제가 근자에 반포한 사면령에 당신을 포함시키지 않았다고 들었습니다"라고 씌어 있었다. 그의 실망은 당연히 컸다. 한번 희망이 들어섰던 마음은 다시 감옥 생활을 받아들이기 어려워서, 그로선 하루하루가 힘들었다.

봄이 가고 여름이 와도 이승만에겐 기다리는 소식이 오지 않았다. 감방 문이 열리고 풀려난 동료들이 기뻐하면서 감방을 나서는 모습을 지켜보면서 이승만은 점점 깊은 절망 속으로 가라앉았다. 모두 풀려나고 자신만이 혼자 감옥에 남을 수도 있다는 생각이 검은 독처럼 그의 마음 속으로 퍼졌다. 그래도 극심한 고통과 절망에서 얻은 기독교 신앙이 그에게 마지막 시련을 견뎌 낼 힘을 주었다.

마침내 1904년 8월 9일 아침 한성감옥서장 김영선이 이승만의 감방으로 급한 걸음으로 다가왔다. 그리고 숨찬 목소리로 말했다.

"이 의관님. 이 의관님을 석방하라는 지시가 내려왔습니다."

서장이 한 얘기의 뜻이 마음에 들어오자, 그는 떨리는 두 다리로 힘겹게 일어섰다. 문득 거대한 공허감이 그의 가슴에 자리 잡았다. 모든 감정들이 사라진 자리에 컴컴한 허공이 대신 들어선 듯했다. 압뢰에게 감방문을 열라고 지시하는 서장의 목소리와, 압뢰가 대답하고 열쇠 꾸러미에서 열쇠를 찾아 감방 문을 여는 소리가 어느 먼 땅에서 일어나는 일처럼 아득히 들려왔다.

감방에서 나오라는 서장의 손짓에 그는 환상에서 깨어났다.

'드디어 나가는구나.'

아쉬움에 가까운 탄식이 그의 마음을 훑었다. 마음을 다잡고서 그는 감방 안을 둘러보았다. 사람이 지낼 곳은 못 되었지만 미운 정이 때처럼 밴 방이었다. 몸과 마음을 억누르는 듯했던 천장과 멍석이 깔린 바닥은 자신의 몸처럼 구석구석이 익숙했고, 기억들이 씻을 수 없는 냄새들로 배어 있었다. 어둑한 방구석마다 얼굴들이, 어느 사이엔가 흐릿해지기 시작한 얼굴들이, 이제는 이 세상에 없는 얼굴들이, 환영처럼 어렸다. 그 얼굴들이 일제히 입을 여는 듯한 느낌이 들면서, 그의 몸이 경련을 일으킨 듯 굳었다. 뒤뜰의 형장에서 처형될 동료들이 끌려 나가면서 몸부림치던 모습이, 그들의 마지막 울부짖음이, 그들의 몸에 칼이 박히는 순간 아프게 떨리던 그의 육신이 간직한 기억들이, 그의 마음을 억센 힘으로 붙잡았다.

그런 기억들 위로 장호익張浩翼의 서글서글한 얼굴이 아프도록 또렷이 떠올랐다. 장호익은 일본 육군사관학교에 유학한 조선군 장교였는데, 그의 일본 육군사관학교 11기 동기생 15명이 1902년에 당시 일본에 망명 중인 유길준의 지도를 받아 군부 정변을 모의했었다. 자기 일신만을 생각하는 고종이 다스리는 한 조선은 희망이 없다고 판단한 그들은 고종과 황태자를 폐위시키고 인망이 높던 의왕 이강을 황제로 추대하기로 했다. 그러나 고종이 보낸 첩자들에게 들켜서 그들의 음모는 실패했다. 장교답게 끝까지 의연했던 장호익은 처형장에서 "대한제국 만세!"를 거듭 외쳤다. 세 번째 칼질에 목이 잘릴 때까지.

'너무 많이… 나라를 살리려고 그렇게도 애쓴 사람들이 너무 많이….'

체포된 순간부터 그는 죽음과 거듭 대면했었다. 수많은 고비들을 넘기고 이렇게 살아서 감방을 나선다는 것이 신기하다는 느낌이 들었다. 그런 느낌 아래로 끝내 살아남았다는 성취감이 번지기 시작했다. 그런 성취감은 즐거움보다는 아픔에 훨씬 가까웠다. 마비되었던 다리에 피가 다시 돌 때처럼.

그는 감방에 남은 두 사람과 짧은 작별 인사를 했다. 두 사람은 며칠 전에 들어온 잡범들이었다. 책과 필기구를 챙겨 들고 감방을 마지막으로 둘러보고서 그는 조심스럽게 복도로 나왔다. 다리가 후들거렸다.

김영선이 한 걸음 다가서면서 허리 굽혀 인사했다. 많은 뜻이 담긴 인사였다. 이승만도 급히 허리 숙여 인사했다. 그리고 깊은 고마움이 담긴 눈길로 서장의 눈을 들여다보았다. 문득 가슴속 깊은 곳에서 무엇이 치밀어 오르면서 둑을 무너뜨렸다. 그의 볼 위로 눈물이 하염없이 흘러내렸다. 그의 눈물에 김영선도 따라 눈물을 흘렸다. 둘레에서 사람들이 지켜본다는 것도, 자신들이 체신을 중시하는 조선 지식인들이라는 것도 잊은 채, 두 사람은 함께 울었다.

감옥 문을 나서서 따가운 여름 햇살 속에 서서야 이승만은 비로소 자신이 자유로운 세상으로 복귀했음을 실감했다. 누구에게랄 것 없이 고개를 끄덕여 보이고서, 그는 걷기 시작했다. 여섯 해 전 서소문 임시감옥에서 처형된 최정식의 마지막 외침이 그를 따라왔다.

"승만아, 승만아, 잘 있거라. 너는 살아남아 우리가 함께 시작한 일을 끝내어 다오."

상동청년학원

1899년 1월 9일에 체포된 뒤 이승만은 5년 7개월을 감옥에서 보냈다. 참혹한 고문으로 몸이 많이 상했고, 처형의 공포에 시달렸고, 열악한 감방에서 살아야 했지만, 20대 후반이었던 이 기간은 이승만에겐 지적으로 원숙해진 시기였다. 독립협회에서 활동할 무렵의 이승만에 대해 로버트 올리버는 "[서재필이나 호러스 앨런과 달리] 이승만은 계획을 지닌 것이 아니라 그저 태도를, 사회적 및 정치적 조건들을 개선하려는 충동을 지녔을 따름"이라고 평했다. 이제 입신立身의 나이에 이른 이승만은 온전한 세계관과 거기 바탕을 둔 일관된 계획들을 갖춘 지식인이 되어 있었다. 실은 그런 세계관과 계획들을 감옥 안의 어려운 여건 속에서 쓴 『독립정신』에서 자세히 풀어 낸 터였다.

독립협회와 만민공동회를 무대로 활약했고 감옥에서도 논설을 썼으므로, 이승만의 평판은 높았다. 그래서 많은 사람들이 그의 석방을 반기고 그의 활약을 기대했다. 그에게 가장 큰 기대를 건 것은 그가 체포된 뒤 줄곧 그를 보살핀 외국인 선교사들이었다. 그들은 독실한 기독교 신자가 된 이승만이 한국의 기독교를 위해서 큰 공헌을 하리라고 기대했다.

며칠 뒤 배재학당 채플에 모인 학생들은 댈질 벙커(Dalziel A. Bunker) 교장 옆에 선 낯선 사내를 호기심에 차서 살폈다. 홀쭉한 차림의 젊은 사내엔 나이에 비해 훨씬 묵직한 위엄이 어렸다. 그 사내가 누구인지 서로 묻고 짐작해 보는 학생들의 웅성거림 속에서 "이승만이다!" 하는 외침이 나왔다. 학생들의 얼굴들이 깨달음으로 환해졌다. 이승만이라는 이름은 이미 학생들 사이에서도 잘 알려진 것이었다.

교장의 소개를 받자, 이승만은 후배들에게 자신이 기독교 신앙을 얻은 일에 대해 얘기하기 시작했다. 차츰 그의 얘기 속으로 빨려든 학생들이 조용히 귀를 기울였다.

"만일에 하나님께서 보호해 주시지 않았더라면, 나는 살아남지 못했을 것입니다. 감옥에는 여름의 물것, 겨울의 추위밖에는 없습니다. 밤이면 감방 문 사이로 스며드는 가느다란 장명등 불빛뿐 보이는 게 없었습니다. 한번은 돌림병이 와서 죄수들이 모두 죽어 나가고, 나는 겨우 살았으나 탈황증으로 아주 죽을 뻔했습니다. 이 어려운 가운데 무릎을 꿇고 기도할 양이면, 하나님께서 내게 오셔서 내 머리에 두 손을 얹으시고 나와 같이 기도해 주시는 것 같았습니다. 하나님께서 나를 살리신 것입니다. 여러분도 아무쪼록 살아 계신 하나님을 잘 믿고 그와 같이 행하십시오."

극한적 상황에서 얻은 자신의 신앙을 후배들에게 밝힌 그의 연설은 학생들에게 깊은 감동을 주었다. 그때까지 기독교를 믿지 않았다가 이승만의 강연을 듣고 기독교 신앙을 갖게 되어 끝내 목사가 되었다고 회고한 학생도 있었다.

이승만의 출옥은 그의 동지들이 다시 모여 사업을 활발하게 하는 계기가 되었다. 상동尙洞교회의 전도사인 전덕기全德基를 중심으로 이승만의 옥중 동지들인 박용만朴容萬과 정순만鄭淳萬이 이끄는 '상동교회 청년회'는 활발하게 계몽 활동을 하고 있었다. 상동교회는 1889년에 감리교 의료 선교사 윌리엄 스크랜턴(William B. Scranton)이 남대문 안에 세운 교회였는데, 독립협회의 해산 뒤 민족운동가들의 근거가 되었다. 이승만이 석방된 것을 계기로 상동교회 청년회는 "기독교 정신에 입각한 전인 교육"을 지향하는 '상동청년학원'을 설립하기로 결정했다.

학원의 설립엔 적잖은 자금이 필요했지만, 의욕에 넘친 이들은 곧바로 모금을 시작했다. 설립을 주도하는 발기인들이 먼저 조금씩 냈다. 전덕기와 박용만은 각기 20원을 냈고 가난한 이승만은 2원을 냈다. 이들의 뜻에 많은 사람들이 호응해서, 해외 교포들까지 성금을 보내왔고 외국 외교관들과 선교사들도 동참했다. 결국 700원 남짓 모였다.

700원은 작은 민간단체가 모은 돈으로는 작은 금액이 아니었지만, 학원의 교실과 교사진을 확보하는 데는 크게 부족했다. 다행히 스크랜턴 목사가 교회 구내의 집 한 채를 빌려줘 학원 교실로 삼도록 했다. 그의 어머니 스크랜턴 여사는 원래 선교사였는데 영어 과목을 강의하겠다고 자청했고, 헐버트는 세계사 과목을 맡았다. 전덕기는 성경 과목을 맡았고, 주시경은 국문 과목을 맡았다.

청년학원의 원장으로는 이미 모든 사람들이 이승만을 꼽고 있었다. 그는 이제 전국적으로 알려지고 젊은 세대를 대표하는 지도자로 큰 기대를 받는 인물이었다. 그의 깊은 신앙심과 열정적 전도 활동은 이미 한성감옥에서 많은 사람들로 하여금 기독교를 받아들이도록 감화시켰고, 인민들의 교육을 위한 그의 노력은 많은 논설들을 통해 널리 영향을 미쳤다. 무엇보다도, 감옥의 어려운 여건 속에서 감옥학교를 성공적으로 운영함으로써 교육자로서의 능력을 입증한 터였다.

이처럼 빠르게 설립이 추진되자 상동청년학원은 개학하기도 전에 서울에서 화제가 되었다. 많은 사람들이 자식들을 데리고 와서 잘 가르쳐 달라고 부탁했다.

마침내 10월 15일 개교식이 열렸다. 푸른 소나무 가지들과 붉게 물든 나뭇잎들로 홍예虹霓를 만들어 세우고 국기를 달았다. 초청받은 내외국 인사들과 학생들이 강당을 가득 채웠다.

먼저 교장 이승만이 개회사에서 "모든 학문들을 하나님 공경하는 참된 도리로 삼아서, 학생들을 벼슬이나 봉급을 위해 일하는 사람이 아니라 세상에 유익한 일들을 하는 사람들로 키워 내는 것이 이 학교의 큰 뜻"이라고 밝혔다. 이어 상동교회 청년회장 전덕기가 학원의 설립 경위를 설명하고, 게일, 헐버트 그리고 스크랜턴이 격려사를 했다. 다음엔 부교장 박승규와 교사 대표 주시경 그리고 학생 대표 유희경이 인사말을 했다. 개교식이 끝나자 스크랜턴의 집에서 다과회가 열렸는데, 이 자리엔 미국에서 전도 활동을 해 온 일본 감리교회의 기하라 호카시치木原外七 목사가 참석해서 축사를 했다.

상동청년학원이 개교하고서 3주일 뒤에 이승만은 미국으로 떠났다. 그래도 이 학원은 꾸준히 청년 교육에 매진해서 큰 성과를 거두었다. 그때까지 조선에 세워진 민간 교육 기관들은 모두 외국인 선교사들이 세웠다. 상동청년학원은 조선 사람들이 스스로 세운 첫 교육 기관이었다. 당연히 이 학원은 조선 사람들에게 영감을 주었고 뒤에 세워진 민간 학교들의 모형이 되었다. 안창호가 평양에 세운 대성학교大成學校와 이승훈이 정주에 세운 오산학교五山學校는 대표적이다.

이처럼 당시 조선 사회는 이승만에게 중요한 역할을 부여했다. 그래서 감옥 생활에 지친 몸을 추스를 새도 없이 그는 사회 활동에 나서야 했다. '협동회'의 편집부장을 맡은 것도 그런 활동의 일환이었다.

그러나 그가 마음을 쏟은 것은 글로써 사람들을 깨우치는 일이어서, 그는 〈제국신문〉에 계속 논설들을 실었다. [이승만이 줄곧 논설들을 기고한 〈뎨국신문〉은 1903년에 제호를 〈帝國新聞〉으로 바꾸었다.]

아울러, 그는 자신의 기독교 신앙을 보다 튼실한 바탕 위에 세우려고 시도했다. 배재학당에서 학생들에게 고백한 대로, 그로선 죽음과 마주했던 고비들에서 자신을 지켜 준 기독교 신앙에 대한 고마움이 당연히 컸다. 그러나 그는 그런 개인적 차원을 넘어 기독교를 세상을 인도하는 원리로 삼으려 했고 기독교의 교리를 깊이 배우고자 했다. 로버트 올리버가 지적한 것처럼, "[이승만의 세계관에선] 민주주의는 요구했다. 이해의 배경으로 교육을, 의무를 다하도록 격려하는 자극으로 인도적 종교를, 그리고 실천으로 행동을". 이승만에게 인민들의 교육과 기독교 신앙과 정치적 행동은 혼연일체가 되어야 했다.

그는 연동蓮洞교회로 제임스 게일(James S. Gale) 목사를 찾아가서 자신의 신앙과 진로에 대해 상의했다. 게일은 캐나다 선교사였는데 박학했다. 특히 언어학에 조예가 깊어서, 성경을 조선어로 옮기는 일을 주도했다. 이승만의 얘기를 듣자 게일은 이승만에게 먼저 기독교 신앙을 갖게 된 과정을 밝히는 자서전적 글을 써 보라고 권했다. 게일의 도움을 받아 이승만은 자신의 삶을 약술하고 기독교 신앙을 얻게 된 과정에 대해 기술했다.

그러나 게일은 세례를 받고 싶다는 이승만의 희망을 들어주지 않았다. 이승만이 감리교 목사들이 운영하는 배재학당에 다녔으므로, 이승만의 세례는 장로교 목사인 자신보다 감리교 목사가 하는 것이 온당하다고 게일은 생각한 것이었다. 당시 조선에 나온 여러 선교단들 사이에선 반목과 질시가 심했다. 대신, 이승만의 진로에 대해서는 그는 친절히 조언을 해 주었다. 특히 그는 이승만에게 미국으로 유학을 떠나라고 권했다.

이 조언은 이승만의 마음에 쏙 들었다. 일찍이 서재필로부터 미국에 유학하라는 권고를 들었고, 미국에 잠시 머문 경험이 있는 이규완에게 미국 사정을 들은 터였다. 그 뒤로도 여러 선교사들에게 미국으로 유학하라는 얘기를 들어서, 언젠가는 미국으로 떠나려고 마음먹은 참이었다. 이제는 자신의 지적 성장을 위해서 미국으로 가서 배워야 한다는 것을 절실히 느끼고 있었다.

당시 조선에선 외국 유학이 갑자기 유행해서, 행세하는 집안에선 아들들을 외국으로 보내고 있었다. 유학하는 젊은이들은 거의 다 일본으로 향했고 일본 중학교들에서 속성 과정에 등록했다. 갑오경장으로 과거가 없어진 데다가 일본이 조선을 실질적으로 통치하자, 일본 학교 졸업장을 얻는 것이 출세의 지름길이라는 인식이 조선의 지배층에 널리 퍼진 것이었다. 이미 몇백 명이 일본에 유학하고 있다고 했다. 이승만의 유학은 이런 추세에서 빚어졌다. 그는 미국에 가서 대학을 마치고, 여건이 허락한다면 박사과정까지 밟을 생각이었다. 그는 그 길이 나라를 위해 일할 능력을 갖추는 길이라고 여겼다.

이승만이 유학을 생각하고 있었음을 밝히자, 게일은 워싱턴 '약속장로교회(Presbyterian Church of the Covenant)'의 목사 루이스 햄린(Lewis T. Hamlin) 박사에게 보내는 소개장을 써 주었다. "그는 자기 고국에서 온갖 종류의 불같은 시련들을 견뎌 냈고 그 과정에서 자신이 정직하고 충실한 기독교인임을 증명했습니다"라고 게일은 이승만을 소개했다. [햄린은 1905년 4월 23일 자기 교회에서 이승만에게 세례를 주었다. 그리고 이승만이 조지 워싱턴 대학에서 장학금을 받도록 주선했다.]

그러나 이승만으로선 선뜻 미국으로 유학을 떠날 형편이 못 되었다. 원래 가난한 집안인 데다 그의 옥바라지에 가산이 탕진된 터여서, 그는 가족을 부양해야 했다. 당장 유학에 드는 비용조차도 마련할 수 없었다. 그러나 행운은 뜻밖의 모습으로 다가왔다.

제1차 한일협약

러일전쟁이 일어나자 조선의 지식인들은 거의 다 일본을 응원했다. 아관파천 이후 러시아가 보인 행태는 그들을 러시아에 적대적으로 만들었다. 러시아는 조선의 개혁엔 아무런 관심이 없고, 갑오경장으로 시작된 개혁을 되돌리려는 수구파를 지원하고, 조선에서 이권을 얻는 것에 몰두했다. 반면에 일본은 조선의 개혁과 독립을 위해 애쓰겠다고 늘 공언했다. 조선 지식인들은 일본 정부가 오래전에 조선을 속국으로 삼기로 결정한 것을 몰랐고, 일본 정부가 하는 얘기들을 그대로 믿었다. 그래서 일본이 이기면 조선은 러시아의 압제에서 벗어나고 일본의 도움을 받아 개화하리라고 그들은 전망했다. 1904년 2월에 「한일의정서」가 맺어졌어도, 그들은 전쟁의 수행에 따른 불가피한 조치로 여겼다. 옥중의 이승만에게 서재필이 보낸 1904년 4월 6일자 편지는 조선 지식인들의 이런 견해를 대변했다.

> 지금까지 일본은 정의의 편에 서서 모든 문명인들이 들어올리고 떠받쳐야 할 원칙을 지키기 위해 전쟁을 하고 있소이다. 나는 하나님이 정의와 문명을 위해 싸우는 나라와 함께하시기를 진심으로 바라오. (…) 한국이 자신을 돕지 않고 다른 나라의 도움을 기꺼이 받으려 하지 않는 한, 일본이나 그 밖의 어떤 나라도 한국을 도울 수 없소이다. 한국이 어린애 같은 행동을 계속한다면, 틀림없이 다른 나라에 병합되고 말 것이오.

1904년 6월에 일본이 조선의 모든 황무지들을 일본인들이 개간할 수 있도록 해 달라고 조선에 요구하면서, 많은 조선인들이 일본이 제기하는 치명적 위협을 느끼게 되었다. 이어 8월 22일 「한일 외국인 고문 용빙傭聘에 관한 협정서」가 맺어지자, 조선인들은 일본이 조선을 완전히 장악하려 한다는 사실과 마주하게 되었다.

대한 정부는 대일본 정부가 추천하는 일본인 1명을 재정고문으로 하여 대한 정부에 용빙하고 재무에 관한 사항은 일체 그의 의견을 순詢하여 시행할 것

대한 정부는 대일본 정부가 추천하는 외국인 1명을 외교고문으로 하여 외부에 용빙하고 외교에 관한 요무要務는 일체 그의 의견을 순하여 시행할 것

대한 정부는 외국과의 조약을 체결하거나 기타 중요한 안건, 즉 외국인에 대한 특권 양여와 계약 등 사무의 처리에 관하여는 미리 대일본 정부와 협의할 것

뒤에 「제1차 한일협약」이라 불리게 된 이 협정서는 단 3개 조항으로 이루어졌지만, 조선의 주권을 실질적으로 허무는 조약이었다. 재정과 외교에서 일본이 추천하는 고문의 최종 결정을 따르도록 함으로써, 이제 조선 정부는 일본 정부의 허락을 받아야 경제를 운영하고 외교를 하게 된 것이다.

이 협정서에 따라, 10월에 일본 대장성大藏省 주세국장主稅局長을 지낸 귀족원 의원 메가타 다네타로目賀田種太郎가 탁지부 고문으로 부임했고, 12월엔 오랫동안 일본 정부를 위해 외교 업무를 해 온 미국인 더럼 스티븐스(Durham W. Stevens)가 외부 고문으로 부임했다. [스티븐스는 1908년 샌프란시스코에서 재미 조선인들인 장인환과 전명운에 의해 암살된다.]

이에 앞서 9월엔 일본군이 조선 주차군 사령관을 하라구치 겐사이原口兼濟 소장에서 하세가와 요시미치長谷川好道 대장으로 바꾸었다. 조선에 대한 통제를 강화하는 데 군사력을 사용하겠다는 방침을 드러낸 것이었다.

이런 일들이 뜻하는 것이 점점 명백해지자, 이승만은 일본의 위협을 경계하는 논설들을 조심스럽게 썼다. 이미 조선 주차 일본군 헌병사령부의 검열을 받는 상황에서, 명시적으로 일본을 비판하는 기사는 신문의 정간이나 폐간을 뜻했다. 그 자신이 일본군 헌병대에 끌려갈 위험도 작지 않았다. 고문과 오랜 감옥 생활로 몸과 마음이 다 상한 그로선 다시 체포되어 신문을 받고 감옥에 갇히는 것은 끔찍한 일이었다.

그런 사정을 감안해서 온건한 주장들을 에둘러 표현했음에도 불구하고, 외국인 고문들에게 나라의 운영을 맡기게 된 사정을 비판하는 논설들이 문제가 되었다. 10월 10일 〈제국신문〉은 무기정간 처분을 받았다.

막상 신문이 정간 처분을 받으니, 정간의 꼬투리가 된 논설을 쓴 이승만으로선 충격이 컸다. 무엇보다도, 어렵사리 신문을 발행해 온 신문사 사람들에게 무척 미안했다. 사장 이종일은 이승만과 오랫동안 함께 일해 왔고 3월에 필화를 입어 한성감옥에 갇혔다가 이승만과 함께 풀려난 터라서, 두 사람은 함께 쓴웃음으로 갑자기 닥친 재앙을 받아들였다. 그러나 다른 직원들의 생계를 끊어 놓은 것은 그의 마음에 무겁게 얹혔다.

미국 파견 특사

이승만이 이종일과 신문 정간의 수습책을 논의하는데, 그를 보고 싶다는 민영환의 전갈이 왔다. 민영환의 하인을 따라 그는 전동에 있는 민영환의 집으로 갔다. 이승만이 만민공동회를 주도한 이래 민영환은 이승만을 아끼고 도왔다. 이승만이 한성감옥에 갇혔을 때도 민영환은 그의 가족에게 도움을 주었다. 그도 출옥하자마자 민영환을 찾아서 감사하고 자신의 시국관을 밝히곤 했다.

여섯 해가 채 안 되는 세월이었지만, 이승만이 감옥에 갇힌 사이에 세상은 많이 바뀌어 있었다. 다시 세상에 나온 그가 가장 강렬하게 받은 인상은, 어디를 가든지 무엇을 하든지 조만간 일본 사람들과 부딪친다는 것이었다. 무슨 일에서든 공격적으로 권한을 쥔 사람들은 일본 사람들이었다. 철없는 하인들을 가르치는 주인처럼, 그들은 무슨 일에서든지 조선 사람들을 가르치려 들었다. 감옥에서 나올 때까지도 이승만은 일본의 의도에 대해 작게나마 기대를 걸었었다. 그러나 8월 하순에 맺어진 「제1차 한일협약」은 그런 기대가 허망했음을 아프게 일러 주었다.

일본의 위협이 너무 커져서 정상적 방식으로는 대응할 수 없다는 것을 깨닫자, 이승만은 멀리 내다본 조치가 필요하다고 판단했다. 그래서 개화파 중신들인 민영환, 한규설, 김종한, 김가진 등을 만나서 상황을 살피고 대책을 상의했다. 그는 개화파 중신들 가운데 한 사람이 주미 공사로 나가서 해외에서 독립 보전 운동을 하는 방안을 제시했다. 그들은 그의 제안에 동의했고 고종에게도 상주했다. 고종도 선뜻 동의했으나, 그 방안은 하야시 일본 공사의 반대에 부딪쳤다. 그래서 이승만을 주미 공사 대행으로 삼는 방안을 추진했는데, 그것 역시 하야시의 반대로 무산되었다.

이승만을 반가이 맞았지만, 민영환은 수척하고 얼굴엔 수심이 가득했다. 그는 고종이 이미 힘을 다 잃었다고 이승만에게 밝혔다. 일본에 충성하는 자들이 황제를 둘러싸서 황제는 일본의 감시 아래 놓인 처지라는 얘기였다. 지난 4월에 경운궁에 불이 나자, 원래 황실도서관으로 지어진 수옥헌漱玉軒을 중명전重明殿으로 개칭해서 조정으로 삼은 판이라, 조정의 분위기가 더욱 어수선하다고 민영환은 탄식했다.

이승만은 인민들의 역량도 크게 줄었다는 사정을 얘기했다. 독립협회와 만민공동회가 정부의 탄압으로 해산된 뒤로, 지도력이 있는 개화파 인사들은 처형되거나 오랜 감옥 생활로 의기가 꺾인 터였다. 반면에, 일본에 충성하는 세력은 일본 정부의 지원을 받아 기세를 올리고 있었다. 지난 8월엔 송병준이 '유신회維新會'라는 친일 단체를 만들었는데, 독립협회에서 지도적 역할을 했던 윤시병尹始炳이 회장이었고 다른 독립협회 인사들도 참여했다. 유신회는 곧 '일진회'로 이름을 바꾸고서 활발하게 움직이고 있었다.

민영환은 이제 황제에게서 기대할 것이 없으니, 뜻을 지닌 사람들이 스스로 움직여야 한다고 말했다. 그리고 이승만에게 미국으로 건너가 미국 정부와 접촉하는 방안을 내놓았다. 이미 한규설과도 상의했다고 했다. 이승만이 주미 한국 공사관에서 일하도록 주선하고, 이승만의 가족의 생계는 민영환 자신이 책임지겠다고 약속했다.

이승만은 민영환의 제의를 선뜻 받아들였다. 나라를 위한 일인 데다, 그로선 자연스럽게 미국 유학을 할 수 있을 터였다.

미국 유학의 길이 열리자, 이승만은 부지런히 외국인 선교사들을 찾아다니면서 소개장을 써 달라고 요청했다. 이승만의 기독교 입문을 자신들의 선교 활동의 가장 큰 성공으로 여겼고 그의 활약에 큰 기대를 걸었던 터라서, 그들은 흔쾌히 그를 위해 소개장을 써 주었다.

주한 미국 공사 호러스 앨런만이 이승만의 요청을 거절했다. 앨런은 이승만에게 조선에서 민주주의를 이루겠다는 그의 꿈이 비현실적이라고 평가하고, 이제는 불가피한 일본의 지배를 받아들이라고 권했다. 그리고 미국 정부의 도움을 받으러 미국에 가는 것을 쓸데없는 짓이라면서 말렸다. 늘 조선을 도와준 앨런의 이런 태도를 이승만은 이해할 수 없었다. 그는 실망스럽다기보다는 당혹스러운 마음으로 미국 공사관을 나왔다.

'아관파천'을 돕고 '미관파천'까지 고려했던 앨런이 조선의 앞날을 그렇게 비관적으로 보고, 호의적 관계를 유지해 온 이승만에게 그렇게 냉정하게 대한 것은, 미국 정부의 조선 정책이 바뀌었다는 사실에서 비롯했다. 미국의 해외 팽창에 적극적이었던 시어도어 루스벨트(Theodore Roosevelt) 대통령은 러시아와의 싸움에서 이기고 있고 이미 조선을 군사적으로 점령한 일본이 조선을 식민지로 삼는 것은 당연하다고 여겼다. 스페인과의 전쟁에서 지원병들로 기병연대를 조직해서 이끌었던 터라, 그는 무사계급이 오래 다스려서 군국주의적인 일본에 무척 호의적이었다. 전략적으로도 그는 일본이 러시아를 막아 주는 것이 미국에 이익이 된다고 판단했다. 미국이 조선에서 보다 적극적 정책을 펴야 한다고 강력하게 주장해 온 앨런은 조선을 일본이 식민지로 삼는 것을 당연하다고 여긴 대통령의 눈 밖에 날 수밖에 없었다. 자신의 외교관 경력이 위험하다고 생각한 그로선 이승만의 유학 때문에 일본 공사관과 사이가 벌어지는 것이 달갑지 않았다.

선교사들의 소개장을 얻는 것은 품이 많이 드는 일이었다. 어느 날 선교사들을 찾아다니고 저물녘에 집에 들어오니, 부인 박씨가 그에게 손님이 찾아왔다고 급히 알렸다. 마당 한쪽에 낯선 젊은 여인이 서 있었다.

"의관 나으리," 그녀가 장옷을 벗고서 허리 굽혀 인사했다. "소녀는 궁에서 나왔사옵니다."

"아, 그러하나이까?" 궁녀가 찾아온 것은 뜻밖이라서, 이승만의 마음은 그녀가 갑자기 찾아온 이유를 찾느라 바삐 움직였다.

부인 박씨는 아들 태산을 데리고서 부엌으로 들어가서 긴장된 얼굴로 내다보고 있었다.

궁녀를 대한 적이 없어서, 손님을 어떻게 대해야 하는지 난감했다. 그는 좁은 마루를 가리켰다. "마루에 올라가서 좌정하시지요."

"아니옵나이다. 소녀는 괜찮사옵나이다. 의관 나으리께 전할 말씀만 올리고 돌아가겠삽나이다." 자세를 바로 하더니 그녀가 말을 이었다. "황제 폐하께서 의관 나으리와 조용히 나누실 말씀이 있으시다 하옵나이다. 되도록 빨리 입궐하라는 분부이옵나이다."

이승만은 순간적으로 깨달았다. 고종이 민영환으로부터 그를 밀사로 미국에 파견하는 계획에 대해 보고를 받았다는 것을, 그리고 고종 자신이 직접 그 일을 다루려 한다는 것을.

이어 고종의 얼굴이 떠오르면서, 그의 눈앞을 붉은 안개가 가렸다. 그가 고종에 대해 품었던 큰 경멸과 깊은 증오가 그의 마음을 가득 채웠다.

"나는 황제 폐하를 뵈올 생각이 없소이다." 자신도 모르게 그의 입에서 쓰디쓴 말이 나왔다. "황제 폐하께 그리 말씀을 올려 주십시오."

그의 원한 서린 말씨에 무슨 독이라도 얼굴에 맞은 듯, 궁녀가 흠칫했다. 그리고 하얗게 질린 얼굴로 이승만을 바라보았다. 그녀의 놀라움에 그의 마음에서 쾌감의 물살이 일었다. 아마도 그녀는 황제 폐하에 대해 그처럼 불경스러운 태도를 보인 사람을 본 적이 없었을 터였다. 그는 경멸이 독즙처럼 밴 목소리로 다짐하듯 말했다. "돌아가셔서 황제 폐하께 말씀 올리십시오, 소인은 황제 폐하를 뵈올 생각이 전혀 없다고."

"알겠삽나이다." 그녀가 공손히 말하고서 허리 숙여 인사했다. "의관 나으리, 안녕히 계시옵소서."

이승만도 급히 답례했다. 두 사람의 눈길이 잠시 마주쳤다. 그는 그녀의 눈에서 황제의 명을 거스른 신하에 대한 분노를 예상했었다. 그러나 애써 눈물을 참는 그녀 눈에 고인 것은 슬픔이었다. 망해 가는 나라의 임금을 모시는 궁녀에게서만 볼 수 있을 깊은 슬픔이었다.

부인 박씨가 말없이 부엌에서 나와 궁녀를 배웅했다. 무슨 좋지 않은 일이 일어났다는 것을 느낀 태산이 어두운 낯빛으로 아버지 얼굴을 살폈다.

궁녀가 문을 나서자, 후회의 물살이 거세게 일어 그의 가슴의 벽을 후려쳤다. 예고 없이 찾아온 기회를 걷어차 버린 것이었다. 한직을 맡은 민영환의 밀서를 지닌 것과 황제의 밀서를 지닌 것은 하늘과 땅의 차이가 있었다. 민영환의 주선으로 미국에 가면 그는 민간인에 지나지 않았다. 황제가 내린 임무를 띠면 일단 공적 신분을 지니게 되고 미국 공사관의 협력을 기대할 수 있었다. 활동 자금도 당연히 여유가 있을 것이고. 다시 찾아오기 힘들 기회를 개인적 감정에 휩쓸려 한순간에 잃은 것이었다.

그렇게 후회하는 목소리에 맞서, 이내 다른 목소리가 반론을 폈다.

'나도 사람인데, 감정의 지배를 받는 사람인데, 어떻게 그동안 있었던 일을 단숨에 다 잊고서 절하고 "황제 폐하, 성은이 망극하옵나이다"라고 말한단 얘긴가? 깊이깊이 경멸하는 임금을, 자기 일신의 이익과 평안만을 생각해서 나라를 망친 임금을, 어떻게…. 박돌팍이의 고문을 허락한 인물을, 그 생지옥을 겪도록 한 인물을, 아무런 감정도 없이 만나서…. 내가 지금 한 일이 아무리 어리석었다 하더라도, 객관적으로는 그렇다 하더라도, 나는 결코 후회하지 않을 것이다.'

자신도 모르게 두 주먹을 힘껏 쥐었다가, 다친 손이 아파서 그는 외마디소리를 냈다. 그 아픈 손이 자신의 행동을 정당화해 주는 듯해서 그

1904년 11월 4일 오후 1시 이승만은 용산에서 기선을 탔다. 이튿날 오후 3시 여객선 오하이오호를 타고 미국으로 떠났다.

는 쓴웃음을 지었다.

궁녀를 배웅한 부인 박씨가 자신이 무슨 잘못이라도 저지른 것처럼 쭈뼛쭈뼛하면서 문 안으로 들어섰다. 아버지의 노기에서 엄마를 보호하려는 몸짓으로 태산이가 엄마 곁으로 다가가면서 아버지 낯빛을 흘끔거렸다.

이승만은 부드러운 목소리로 아내에게 말했다. "종일 쏘다녔더니 배가 고프네. 저녁 주구려."

"네." 그녀가 안도하는 얼굴로 급히 부엌으로 들어갔다.

태산이가 조심스럽게 다가와서 아버지의 손을 잡았다.

"태산아, 오늘은 무슨 공부를 했니? 공부한 것 좀 보자."

신이 나서 녀석이 방안으로 들어갔다.

그는 회한이 가득한 가슴으로 대문을 돌아보았다. 작은 집의 볼품없는 대문이 여느 때보다 훨씬 휑하다는 느낌이 들었다. 마지막으로 본 궁녀의 눈이, 거기 담긴 깊은 슬픔이 선연히 떠올랐다.

1904년 11월 4일 오후 1시 이승만은 용산에서 기선을 탔다. 그의 가족이 제물포까지 배웅했다. 이튿날 오후 3시 이승만은 제물포에서 여객선 오하이오호를 타고 미국으로 떠났다. 그의 트렁크 속엔 미국인 선교사들이 써 준 소개장 19통과 함께 민영환과 한규설이 휴 딘스모어(Hugh A. Dinsmore) 하원의원에게 보내는 편지가 들어 있었다. 딘스모어는 1887년에서 1990년까지 주 조선 미국 공사로 근무했었다.

봉천회전

1905년 1월 5일 여순항을 지키던 러시아군이 일본군에게 항복하자, 여순항의 공략에 투입되었던 일본군 3군이 주력에 합류했다. 일본군은 봉천을 거점으로 삼은 러시아군에 대한 공격에 나섰다.

그동안 여순항 공략 작전이 세상의 관심을 끌었지만, 정작 중요한 주력들 사이의 싸움들은 요하(랴오허) 유역에서 벌어지고 있었다. 1904년 6월의 '득리사 싸움'에서 요동반도에 고립된 러시아군을 구원하러 남하하던 러시아군이 패퇴하면서, 여순항의 운명은 결정된 셈이었다. 그러나 결정적 전투를 회피하면서 시간을 버는 전략을 추구한 쿠로파트킨 휘하의 러시아군 주력은 쉽사리 무너지지 않았다.

1904년 8월 24일부터 9월 4일까지 이어진 '요양회전遼陽回戰'에서 12만 5천 명의 일본군은 교통의 요지로서 전략적 가치가 큰 요양을 지키던 15만 8천 명의 러시아군을 공격했다. 일본군이 동쪽으로 단익 포위를 시도하자, 쿠로파트킨은 봉천으로의 퇴로가 막히는 것을 걱정해서 후퇴를 명령했다.

공격작전의 목표인 요양을 점령했으므로 이 싸움은 일본군이 이겼다. 그러나 일본군이 치른 승리의 대가는 컸으니, 일본군 사상자는 2만 3,600명이 넘었다. 러시아군 사상자는 1만 7,900명이었다.

이처럼 러시아군이 후퇴를 거듭하자 수도 상트페테르부르크에선 쿠로파트킨에 대한 비난이 쏟아졌다. 병력이 보충될 때까지 결정적 전투를 미루면서 러시아군의 근거인 만주 북쪽으로 물러난다는 쿠로파트킨의 기본 전략은 타당했다. 그러나 반격의 기회가 생겨도 그것을 이용하지 않으려 하는 그의 태도는 야전 지휘관으로서는 큰 결점이었다. 후퇴를 거듭하면 장병들의 사기에 영향을 미치고, 적군의 사기를 올려 줄 수밖에 없었다. 마침내 조정에선 만주 주둔군의 지휘를 쿠로파트킨과 오스카 그리펜베르크(Oskar Gripenberg) 대장으로 이원화하는 방침을 정했다. 이런 방침에 큰 불만을 품은 쿠로파트킨은 일본군에 대한 공격으로 자신의 위신을 회복하려 했다.

1904년 10월 9일 쿠로파트킨은 봉천 남쪽의 사하沙河(사허) 연안에서 일본군에 대한 공격 명령을 내렸다. 러시아군 병력은 22만가량 되었고 일본군 병력은 12만가량 되었다. 병력에선 러시아가 압도적 우위를 누렸지만, 러시아군의 기동을 미리 탐지한 일본군은 효과적으로 싸워서 사하를 건너온 러시아군을 물리쳤다. 이 '사하회전'에서 러시아군은

4만 1,346명의 사상자를 냈고 일본군은 2만 497명의 사상자를 냈다.

그리펜베르크가 부임하자 쿠로파트킨은 만주군을 셋으로 나누고, 그리펜베르크에게 우익인 2만주군을 맡겼다. 1905년 1월 25일 그리펜베르크는 러시아군 지역으로 돌출한 흑구대黑溝臺(헤이거우타이)의 일본군 좌익을 공격했다. 그러나 사전 약속과 달리, 쿠로파트킨은 그리펜베르크의 요청을 받고도 나머지 2개군의 공격을 거부했다. 그리고 러시아군이 일본군 진지를 돌파하기 직전에 공격을 중지시켰다. 첫 승리를 거두기 직전에 쿠로파트킨의 비협조로 패퇴한 그리펜베르크는 분개해서 2만주군 사령관직에서 사퇴했다.

여순항 공략을 마친 3군이 합류하자, 일본군은 봉천 공격에 나섰다. 심각한 병력 손실, 만주 벌판의 혹한, 그리고 러시아 발틱 함대의 동진은 일본군을 압박했다. 그래서 일본군 사령관 오야마 이와오 원수는 봉천 공격에서 러시아군에 결정적 타격을 가해서 러시아군이 다시 북쪽으로 물러나는 것을 막으려 시도했다. 이번에도 러시아군에 결정적 타격을 가하지 못해서 러시아군이 북쪽 장춘(창춘)이나 하얼빈으로 물러나 재편성하면, 일본군의 보급선은 더욱 길어져서 작전이 더욱 어려워질 터였다.

당시 봉천 남쪽에 있던 러시아군은 140킬로미터에 이르는 전선을 이루고 있었다. 알렉산더 폰 카울바르스(Alexander von Kaulbars) 대장이 이끄는 2만주군은 우익이 되어 서쪽 평야 지대를 점령했다. 알렉산더 폰 빌데를링(Alexander von Bilderling) 대장이 이끄는 3만주군은 중앙이 되어 철도와 도로를 장악했다. 니콜라이 리네비치(Nikolai Linevich) 대장이 이끄는 1만주군은 좌익이 되어 동쪽의 산악 지역에 포진했다. 쿠로파트킨은 이번에도 방어 위주의 작전을 구상했다. 그래서 러시아 전선은 너무 넓고 종심이 얕았다. 예비 병력도 작았다. 자연히, 러시아군이 공세로 전환하면 전선에 큰 틈이 생길 수밖에 없었다.

이번엔 러시아군을 포착해서 섬멸한다는 목표를 세운 터라, 일본군은 처음부터 양익 포위를 시도했다. 구로키 다메모토 대장이 이끄는 1군과 노즈 대장이 이끄는 4군은 우익이 되어 철도의 동쪽으로 진격하고, 오쿠 야스가타 대장이 이끄는 2군은 좌익이 되어 철도 서쪽으로 진격하도록 되었다. 노기 마레스케 대장이 이끄는 3군은 전투가 시작될 때까지 2군 뒤에 자리 잡아서 좌익이 주공이라는 것은 숨기기로 되었다. 아울러, 11사단과 후비1사단으로 편성된 5군은 가와무라 가케아키山村景明 대장의 지휘 아래 동쪽에서 러시아군 좌익을 위협해서 러시아군을 견제하도록 되었다.

쿠로파트킨은 일본군의 주공은 동쪽이리라고 확신했다. 동쪽은 산악지역인데. 일본군은 그런 지형에서 잘 싸웠다. 3군의 노병들이 그쪽에 배치되었다는 사실도 그의 확신을 더욱 굳혀 주었다. 쿠로파트킨은 여순항을 공략한 3군을 높이 평가했다. 실제로는 3군은 병력 손실이 커서 신병들을 많이 받아들였고 전투력은 크지 않았다. 그러나 이런 판단에 따라 쿠로파트킨은 기병대의 3분의 2를 좌익에 배치했다.

1905년 2월 20일 일본군 5군이 러시아군 좌익을 공격했다. 이어 2월 27일 모든 일본군이 공격에 나섰다. 3군은 러시아군 우익을 우회해서 봉천의 서북쪽으로 향했다. 동쪽과 중앙의 전투에서 일본군은 조금밖에 진격하지 못했다. 그러나 쿠로파트킨은 노기가 이끄는 3군의 우회에 마음을 크게 써서 자신이 역습을 이끌기로 결심했다. 그는 동쪽에 증원된 부대들을 서쪽으로 재배치하려 했다. 그러나 그런 기동이 제대로 조정이 되지 않아서, 1만주군과 3만주군은 큰 혼란에 빠졌다. 그러자 쿠로파트킨은 봉천으로 후퇴하라는 명령을 내렸다. 서쪽으로 우회한 일본군 3군을 봉천 남서쪽에서 저지하고 봉천 남쪽을 흐르는 혼하渾河(훈허)에 새로 방어선을 친다는 계획이었다.

오야마 원수는 기회가 왔다고 판단하고 "공격하라"는 명령을 "추격해서 섬멸하라"는 명령으로 바꾸었다. 날씨마저 일본군을 도왔다. 그해 겨울은 추워서 혼하가 여전히 얼어붙은 상태였다. 일본군은 큰 희생을 치르면서 혼하를 건넜고 혼하 북안의 제방을 확보했다. 혼하를 지키던 러시아군 좌익의 방어선이 무너지면서, 좌익의 동쪽 끝에 있던 러시아군 부대는 고립되었다. 서쪽에선 일본군 3군이 봉천과 하얼빈 사이의 철도를 장악했다.

3월 9일 1845시에 쿠로파트킨은 전군에 북쪽 철령鐵嶺(톄링)으로 후퇴하라는 명령을 내렸다. 이미 러시아군의 전선이 무너지고 포위의 위험을 맞은 터라서, 후퇴 명령은 러시아군을 공황으로 몰아넣었다. 그래서 혼란스러운 후퇴는 곧 패주로 이어졌다. 러시아군은 무기들과 보급품만이 아니라 부상병들까지도 팽개친 채 도주했다.

3월 10일 1000시 일본군은 봉천을 점령했다. 오야마는 곧바로 러시아군을 추격하라는 명령을 내렸다. 이미 너무 길어진 보급선을 더욱 길게 만든다는 위험에도 불구하고, 그는 러시아군이 재편성할 시간을 주지 않으려는 생각이었다. 결국 러시아군은 철령을 포기하고 북쪽 사평四平(쓰핑)으로 물러났다. 싸움이 워낙 치열해서 양군이 다 지친 데다가 보급이 어려워서, 이후로는 두 군대 사이에 충돌이 없었다.

일본군이 '봉천회전'이라 부르고 러시아군은 '묵덴 싸움(Battle of Mukden)'이라 부른 이 싸움은 당시까지는 가장 큰 싸움이었다. 러시아군은 34만 명이 넘었고, 일본군은 27만 명가량 되었다. 러시아군 사상자는 8만 8,352명이었고 일본군 사상자는 7만 5,504명이었다.

자연히 이 싸움의 영향은 컸다. 병력과 무기에서 열세인 일본군이 러시아군을 줄곧 격파하자 온 세계가 놀랐다. 이제 온 세계의 눈길은 동아시아로 항진해 온 러시아 발틱 함대로 쏠렸다. 이 막강한 함대와 일본 함대의 대결에서 전쟁의 운명이 결정될 터였다.

쓰시마 싸움

'2태평양함대'라는 공식 호칭을 얻은 러시아 발틱 함대는 1904년 10월 중순에 발트해의 모항들을 떠났다. 전함 11척이 주력인 이 함대는 북해로 나와서 남쪽으로 항진했다.

러시아 장병들 사이엔 일본군 어뢰정들이 북해에서 활동한다는 얘기가 떠돌았다. 북해 연안에 일본군이 기뢰들을 부설했다는 얘기까지 떠돌았다. 동아시아의 일본이 러시아 함대의 출동을 몇 달 전에 미리 알고서 먼 대서양으로 군함들을 파견했다는 얘기가 이치에 맞지 않았지만, 그들은 그 황당한 얘기를 믿고서 긴장했다. 지노비 로제스트벤스키 함대사령관은 이런 근거 없는 소문을 단속하는 대신 적함들의 접근을 경계하라는 명령을 내렸다.

10월 21일 밤 발틱 함대는 어장으로 유명한 도거 뱅크(Dogger Bank)에 이르렀다. 함대의 맨 뒤에 있던 보급선 캄차트카호의 선장은 지나가던 스웨덴 선박을 일본 어뢰정으로 판단하고서 자신의 배가 공격을 받고 있다고 무선으로 보고했다. 이어 러시아 장교들은 거기서 조업하던 영국 트롤 어선들의 신호를 잘못 읽고서 그 배들을 일본군 어뢰정으로 판단했다. 그들은 영국 어선들을 탐조등으로 비추고서 포격했다. 어선 한 척이 침몰하고 4척이 파손되었다. 이 황당한 사건으로 영국인 어부 2명이 죽고 6명이 부상했다. 트롤 어선들은 어망을 투하한 상태여서 도피할 수도 없었다

일본군 어뢰정들의 공격을 받고 있다는 착각 속에 함대 전체가 혼란에 빠지면서, 러시아 함정들은 아군 함정들을 적군 함정들로 오인해서 서로 포격했다. 순양함 오로라호와 드미트리 돈스코이호는 아군 전함 7척으로부터 집중 공격을 받았다. 결국 두 순양함들은 크게 파손되었고, 수병 1명과 러시아 정교 신부 1명이 죽고 여럿이 다쳤다. 이런 혼란 속에 러시아 함정 수척은 어뢰에 맞았다는 신호를 보냈다. 전함 보로디노호에선 일본군이 배에 올라와서 공격한다는 소문까지 돌았다.

포격은 20분 동안 지속되었다. 러시아 함정들의 포격이 워낙 부정확했던 덕분에 손실은 그 정도에 그쳤다. 전함 오리올호는 500발 넘게 쏘았지만 아무것도, 어선이든 아군 함정이든 맞히지 못했다.

어선들의 피격은 당연히 영국의 격앙된 반응을 불렀다. 〈더 타임스〉는 사설에서 "아무리 공포에 질렸더라도, 수병이라는 사람들이 어선 선단을 20분 동안 포격하면서 자신들의 표적의 성격을 알아차리지 못했다는 것은 거의 생각할 수 없다"고 힐난했다. 다른 신문들은 아예 러시아 함대를 '해적'이라 부르면서 침몰된 어선의 선원들을 위해 구명정을 내리지 않은 로제스트벤스키를 비난했다. 영국 해군은 러시아 함대와 싸울 준비를 시작했고, 순양함 편대를 보내서 러시아 함대를 추적했다. 그러나 러시아가 조사에 응하기로 하고 피해를 보상하겠다고 나서서 두 나라의 군사적 충돌은 피했다.

이 희비극은 러시아 함대의 속살을 보여 주었다. 함대사령관과 선장들은 지리적 감각이 없어서 일본 전함들이 도저히 나타날 수 없는 곳에서 일본 전함들을 경계했다. 북해에 나온 뒤로는 상황을 제대로 파악하지 못하고 공포에 짓눌려서 위기에 따라야 하는 절차들도 잊었다. 그래서 어선들을 일본군 어뢰정들로 여기고, 함께 항해하는 동료 함정들을 일본 함정들로 오인했다. 병사들은 훈련이 전혀 안 되어서 표적을 맞추지 못했다. 그것이 전화위복이어서 당장엔 피해가 적었지만, 다가올 일본 함대와의 대결이 어떠하리라는 것을 예고했다.

러시아 함대의 신형 전함들은 너무 커서 수에즈 운하를 통과할 수 없었다. 그래서 1904년 11월 3일 러시아 함대는 모로코의 탕헤르에서 둘로 나뉘었다. 흘수가 수에즈 운하보다 깊은 신형 전함들은 아프리카 남단 희망봉을 돌기로 하고 나머지 함정들은 운하를 통과하기로 했다. 이들은 예정대로 1905년 1월에 마다가스카르에서 합류했다. 그러나 이때엔 벌써 그들이 구원하기로 된 여순항은 일본군에게 함락된 터였다. 그래서 그들은 블라디보스토크에 있는 함대와 합류하라는 명령을 받았다.

마침내 1905년 5월 이들은 베트남의 캄란 만(Cam Ranh Bay)에 닻을 내렸다. 반년 동안의 긴 항해로 배들도 사람들도 지친 터였다. 그러나 그들은 먼저 준비하고 기다리는 일본 함대와 싸워야 모항 블라디보스토크에 들어갈 수 있었다. 제대로 싸우려면 먼저 모항에서 배들도 사람들도 정비하고 쉬어야 하는데, 순서가 뒤바뀐 것이었다.

발틱 함대가 동해 북서쪽 해안의 블라디보스토크로 가려면 이론적으로는 세 길이 있었다. 가장 가까운 것은 일본 규슈와 쓰시마섬(대마도) 사이의 쓰시마 해협을 지나는 길이었다. 아니면, 일본 열도의 동쪽을 지나 혼슈와 홋카이도 사이의 쓰가루津輕 해협이나 홋카이도와 사할린 사이의 라 페루즈(La Pérouse) 해협을 지나야 했다.

그러나 발틱 함대의 처지에선 쓰시마 해협을 지나는 길밖에 없었다. 긴 항해에 지친 데다가, 연료인 석탄의 공급에 애를 먹는 판이었다. 가장 가까운 길인 쓰시마 해협을 마다하면, 당장 석탄의 보급이 위험했다. 게다가 쓰가루 해협은 일본이 장악해서 봉쇄될 가능성이 컸고, 라 페루즈 해협은 먼저 쿠릴 열도 사이의 좁은 해협들을 지나야 했다. 적어도 쓰시마 해협은 일본군이 쉽게 봉쇄할 수 없을 만큼 넓었다.

일본 함대 사령관 도고 헤이하치로 대장도 러시아 함대가 쓰시마 해협을 지나리라고 판단했다. 그래서 그는 일본 함대의 주력을 조선의 마산포에 집결해서 러시아 함대를 기다리고 있었다.

당시 양군은 군함들의 수에선 비슷했다. 그러나 러시아 배들은 2만 9천 킬로미터나 되는 항해로 장병들이 지치고 사기가 떨어진 상태였다. 배들도 제대로 정비되지 않아서 성능이 떨어졌다. 특히 선체에 해초와 따개비가 붙는 부착(fouling)으로 배의 속도가 크게 떨어졌다. 러시아군의 어뢰는 성능이 부실했고 장병들은 훈련이 부족했다. 게다가 러시아 함대의 사령관과 함장들은 최신 전함들로 해전을 치른 경험이 없었지만, 일본 함대의 사령관과 함장들은 이미 여러 차례의 해전을 직접 겪어서 경험이 풍부했다.

상황이 크게 불리했으므로, 러시아 함대는 일본군에 탐지되지 않고 해협을 지나가려 했다. 1905년 5월 26일 밤 러시아 함대는 소등하고서 상선들이 잘 다니지 않는 항로로 쓰시마 해협에 접근했다. 마침 안개가 짙게 끼어서 러시아 함대에게 유리했다. 그러나 병원선 오렐호는 전쟁

규칙에 따라 등불을 끄지 않았다.

27일 0245시 일본 보조순양함 시나노마루信濃丸가 이 병원선의 불빛을 보고 조사에 나섰다. 0430시 시나노마루는 러시아 병원선을 발견했다. 그러나 러시아 병원선은 일본 군함을 자국 군함으로 오인해서 함대에 보고하지 않았다. 대신 근처에 러시아 군함들이 있다는 신호를 보냈다. 그렇게 해서 러시아 함대가 일본 함대에 탐지되지 않고 쓰시마 해협을 지나 블라디보스토크로 갈 가능성은 사라졌다.

0505시 마산포에서 도고 제독은 러시아 함대의 위치를 보고받았다. 0634시 함대를 이끌고 싸움에 나서기 전에, 그는 도쿄의 해군대신에게 무선으로 보고했다.

"적함들이 발견되었다는 보고에 따라, 연합함대는 즉시 행동을 개시하고 그들을 공격해서 파괴하려 노력할 것임. 오늘 날씨는 맑으나 파도는 높음."

마지막 구절은 일본 전사에서 가장 유명한 말이 되어, 지금도 자주 인용된다.

도고는 40척의 함선들을 단종진으로 만들어 기함 미카사를 선두로 삼아 자신이 이끌었다. 그는 러시아 함대에 대해 'T의 횡선 긋기(crossing the T)' 전술을 쓸 생각이었다. 이것은 적 함대의 앞길을 가로지르면서 공격하는 전술이었다. 당시 군함들은 범선 시대의 관행을 물려받아 함포들이 모두 측면으로 발사하도록 되었고 뱃머리엔 소수의 함포들만 배치되었다. 그래서 적 함대에게 먼저 '측면 함포들의 일제사(broadside)'를 하는 쪽이 결정적 우위를 얻을 수 있었다. 증기기관의 동력으로 포탑들을 선회시키는 기술이 나오기 전까지 이런 전술은 가장 효과적인 전술이었다.

물론 이 전술을 성공적으로 수행하려면 적 함대의 위치, 대형, 항로에 대해 미리 자세히 알아야 했다. 러시아 함대를 추적하는 시나노마루가 줄곧 적군의 동향을 알려 온 덕분에, 도고는 러시아 함대에 관해 필요한 정보들을 상세하게 알고 있었다. 러시아 함대도 무선 감청을 통해서, 자신의 위치가 일본군에게 탐지된 것을 알고는 있었다. 그러나 일본 함정이 추적하면서 상세한 정보를 알려 준다는 것은 모르고 있었다. 러시아 병원선의 실수가 걷잡을 수 없는 영향을 미치고 있었다.

1340시 양 함대는 서로 발견하고 전투 준비에 들어갔다. 1355시 도고는 'Z기'를 올리라고 지시했다. 국제신호기 40종 가운데 하나인 Z기는 일본 해군에선 '승리를 기원한다'는 뜻을 지녔다. [이 뒤로 Z기는 일본 해군에서 승리를 기원하는 깃발로 쓰였다. 1941년 12월 펄 하버 기습공격에 나선 연합함대 기동부대도 공격 당일 Z기를 나구모 주이치 사령관의 기함 아카기의 마스트에 내걸었다.]

이어 도고는 함대에 격려사를 하달했다.

"황국皇國의 흥폐興廢가 이번 싸움에 달렸으니, 모든 사람들은 한층 더 분발하라."

도고의 격려사는 넬슨(Horatio Nelson)이 1805년의 '트라팔가르 싸움'에서 전투를 시작할 때 영국 함대에 내린 격려사를 연상시킨다.

"영국은 모든 사람들이 그의 의무를 이행하기를 기대한다(England expects that everyman will do his duty)."

실은 'T의 횡선 긋기' 전술도 넬슨이 트라팔가르에서 선보였다. 당시 영국 함대는 프랑스와 스페인의 연합함대의 행렬을 두 군데에서 돌파했다. 넬슨의 주목표는 적 함대를 분리시켜서 격파하는 데 있었지만, 그의 전술이 도고에게 영감을 주었을 가능성은 크다. 도고는 영국에 유학

"황국의 흥폐가 이번 싸움에 달렸으니, 모든 사람들은 한층 더 분발하라."
'쓰시마 싸움'이라 불리게 된 이 거대한 해전에서 러시아 함대는 완전히 파괴되었다.

해서 당시 최강이던 영국 해군으로부터 배웠고, 영국 해군의 전통을 일본 해군에 충실히 도입했다.

1445시 도고는 러시아 함대의 'T'에 횡선을 긋는 데 성공했다. 모든 면들에서 우세한 일본 함대가 기동 공간에서도 우위를 확보하면서, '쓰시마 싸움(Battle of Tsushima)'이라 불리게 된 이 거대한 해전의 승패는 결정되었다. 28일 낮까지 이어진 싸움에서 러시아 함대는 완전히 파괴되었다. 러시아 전함 6척과 다른 함선들 15척이 침몰했고, 7척이 일본군에 나포되었으며, 6척이 무장 해제되었다. 전사자는 4,380명이나 되었다. 전함 8척을 포함한 38척의 함선들 가운데 블라디보스토크에 도착한 것은 겨우 3척이었다. 반면에 일본 함대는 어뢰정 3척만을 잃었고 117명의 전사자를 냈다.

포츠머스 조약

'쓰시마 싸움'이 일본의 압승으로 끝나자, 일본과 러시아는 전쟁을 끝내기 위한 교섭에 나섰다. 전세가 유리한 일본도 전세가 불리한 러시아도 전쟁을 계속하기 어려운 처지였다.

러시아군에 육지와 바다에서 연전연승을 해서 겉으로는 위세가 당당했지만, 일본은 실제로는 기진맥진한 상태였다. 국력에 비해 너무 큰 전쟁을 치르느라 전쟁 비용이 감당하기 어려운 수준으로 늘어났고, 만주의 군대는 길어진 보급선으로 극심한 어려움을 겪고 있었다. 그래서 만주의 육군이 전쟁을 끝낼 외교 교섭에 빨리 나서라고 외무성을 거세게 압박했다.

러시아 황제 니콜라이 2세는 전쟁을 계속하려는 의지가 강했다. 그러나 러시아 인민들은 먼 아시아 땅에서 일어난 전쟁을 지지하지 않았다.

1905년 1월 22일 일요일에 수도 상트페테르부르크에서 한 무리의 인민들이 황제에게 청원을 하려고 궁궐로 행진했다. 이들을 이끈 그레고리 가폰(Gregory Gapon) 신부는 친정부적인 인물이었고 그를 따른 인민들도 황제에 충성하는 사람들이었다. 그들은 자신들의 어려운 처지를 '자비로운' 황제에게 호소하고 도움을 청하려는 생각이었다. 그러나 니콜라이 2세는 그들을 만나려 하지 않고 전날에 이궁離宮으로 떠나 버

1905년 1월 22일 '피의 일요일' 사건으로 황제에 호의적이던 민심은 적대적으로 돌아섰고, '1905년의 혁명'으로 이어졌다.

렸다. 인민들이 궁궐로 몰려오자, 궁궐을 지키던 군대가 발포했다. 결국 1천 명가량의 사상자들이 생겼다. '피의 일요일'이라 불린 이 사건으로 황제에 호의적이던 민심은 적대적으로 돌아섰고, '1905년의 혁명'으로 이어졌다. 니콜라이 2세는 자신의 정권을 지키기도 어려운 상황이어서 결국 전쟁을 끝내는 데 동의했다.

일본은 시어도어 루스벨트 미국 대통령에게 중재를 요청했다. 러시아도 루스벨트의 중재를 받아들였다. 그래서 1905년 8월에 미국 뉴햄프셔주 포츠머스에서 평화 협상이 열렸다. 마침내 1905년 9월 5일 일본 외상 고무라 주타로小村壽太郎와 러시아 대표인 전 재무상 세르게이 비테(Sergei Witte) 사이에 '포츠머스 조약(Treaty of Portsmouth)'이 체결되었다.

이 조약의 주요 내용은 1) 조선에서 일본의 우월적 지위 인정, 2) 러시아군의 만주로부터의 완전 철군, 3) 러시아의 여순과 대련을 포함한 남만주 조차권의 일본 이양, 4) 장춘 이남의 철도와 채광권의 일본 이양, 5) 북위 50도 이남의 사할린의 일본 할양, 6) 동해, 오호츠크해, 베링해 러시아 연안의 어업권의 일본 양도였다. 원래 일본은 러시아에 배상금을 요구했으나, 러시아의 완강한 거부로 포기했다.

러일전쟁에서 일본이 러시아에 이기자 온 세계가 큰 충격을 받았다. 세계에서 가장 강대한 나라로 여겨진 러시아가 아시아의 그리 크지 않은 나라인 일본에 육지와 바다의 싸움들에서 번번이 져서 굴욕적 조건으로 강화한 것이었다. 충격을 더욱 크게 만든 것은 유색 인종 국가인 일본이 백인종 국가인 러시아를 이겼다는 사실이었다. 지금까지 유색 인종 군대가 백인종 군대에 이긴 적은 없었다. 당연히 일본의 승전은 유색 인종의 '성감대'를 짜릿하게 건드린 사건이었다. 영국 전사가 존 풀러의 말대로, "유색인들에 대한 백인들의 우위에 도전함으로써, [일본의 러시아에 대한 승리는] 아시아와 아프리카를 일깨웠고, 모든 식민 제국들에 치명적인 도덕적 타격을 가했다".

자연히 아시아와 아프리카의 식민지들에서 독립운동이 활발하게 일어났다. 특히 영국의 지배를 받던 인도와 프랑스의 지배를 받던 베트남은 일본을 본받으려는 움직임이 거세게 일었고, 많은 유학생들이 일본을 찾았다. 1940년대에 일본이 해외 팽창 정책을 추구하면서 내건 '대동아공영권'이라는 구호가 동아시아 국가들에서 상당한 호응을 얻은 것은 러일전쟁의 그런 성격에서 비롯했다.

러일전쟁이 일어나면서 일본군에 점령된 조선에선 일본의 승리가 특히 큰 영향을 미칠 수밖에 없었다. 일본군이 조선에서 물러갈 가능성이 점점 멀어지는 것을 지켜본 조선 인민들은 차츰 그런 상황을 받아들이고 적응하기 시작했다. 그런 민심의 변화를 잘 보여 주는 지표는 일본 유학생들의 급격한 증가였다. 과거가 없어진 터라, 일본 유학 경험과 일본어 실력이 출세하는 데 큰 도움이 된다고 사람들이 판단한 것이었다. 특히 양반 자제들이 황실 특파 유학생들로 많이 일본에 유학했다. 일본 유학생들은 한일 병합 때까지 지속적으로 증가했고, 일본 정부가 일본 유학을 억제하는 정책을 편 뒤에야 줄어들었다.

포츠머스 조약의 내용은 일본으로선 나쁜 것이 아니었다. 일본이 러시아에 더 내놓으라고 요구할 처지도 못 되었다. 일본이 다시 전쟁을 시작할 처지가 못 된다는 것을 러시아는 알고 있었고, 러시아는 만주 북부에 4개 사단을 증강한 판이었다.

그러나 일본 국민들의 생각은 달랐다. 12만 가까운 전사자들과 5만이 넘는 전상자들을 낸 전쟁에서 이겼는데, 막상 얻은 것은 그리 많지 않다는 여론이 일었다. 선정적 신문들은 전리품이 막대하리라는 기대를 국민들에게 심어 주었고, 조약이 체결되자 일본 정부가 협상에서 실패했다고 격렬하게 비난했다. 일본 국민들은 배상금을 받지 못하게 되었다는 것에 특히 큰 실망과 분노를 느꼈다. 그들은 청일전쟁에서 받은 막대한 배상금으로 여러 사업들에 투자해서 사회 발전의 계기로 삼았던 일을 이번에도 재현하리라 기대했던 터였다.

9월 3일 오사카에서 강화조약에 반대하는 집회가 열렸다. 거기 모인 사람들은 모두 조약을 폐기하고 전쟁을 계속하자고 주장했다. 그 뒤로 전국에서 조약 반대 집회들이 열렸다.

포츠머스 조약이 체결된 9월 5일엔 도쿄 히비야日比谷공원에서 야당

의원들이 주도하는 조약 반대 집회가 열렸다. 경찰은 상황이 불안하다고 판단하고서 공원을 봉쇄했다. 그러나 분노한 군중은 공원으로 진입하고 이어 궁성을 향해 행진했다. 그들은 친정부 신문사와 내무대신 자택을 습격하고 파출소들을 파괴했고 곳곳에서 방화했다. 그들은 적국 러시아만이 아니라 조약을 중재한 미국에 대해서도 적대적 태도를 보여서, 러시아 정교회와 미국 공사관 및 기독교 교회들을 습격했다. 도쿄가 무정부상태가 되자, 9월 6일 일본 정부는 계엄령을 내리고 근위사단을 동원해서 폭동을 진압했다. 이 폭동으로 17명이 죽고 500명 넘게 다치고 2천 명 이상이 검거되어 87명이 유죄 판결을 받았다.

이어 고베와 요코하마에서도 폭동이 일어나, 계엄령은 11월 29일에야 해제되었다. 결국 1906년 1월 가쓰라 다로桂太郎 내각이 물러나고 입헌정우회立憲政友會의 사이온지 긴모치西園寺公望 내각이 들어섰다.

제2차 한일협약

포츠머스 조약에 실망하고 분노한 인민들을 달랠 길을 찾던 일본 정부는 조약으로 얻은 이권들 가운데 가장 중요한 항목인 "조선에서의 우월적 지위의 확보"를 국민들에게 널리 알리는 일에 착수했다. 조선에서의 우월적 지위를 확보한 것은 현실적으로 중요한 성과였을 뿐 아니라, 애초에 일본과 러시아가 그것을 다투다가 전쟁이 일어난 터여서 상징적 의미도 컸다. 그래서 일본 정부는 포츠머스 조약으로 한반도가 확실하게 일본의 영향 아래 들었다는 사실을 국민들이 선명하게 인식하도록 할 극적 조치를 찾았고, 결국 조선의 외교권을 박탈해서 실질적 보호국으로 삼는 방안을 골랐다.

국제 정세도 그런 극적 조치를 추진하는 데 좋았다. 1905년 7월엔 「태프트·가쓰라 각서(Taft-Katsura Memorandum)」가 작성되었다. 미국 전쟁장관(육군장관) 윌리엄 태프트(William H. Taft)는 필리핀으로 가는 길에 일본에 들러서 7월 29일 일본 수상 가쓰라와 양국의 관심사들을 논의했다. 그들은 대체로 의견이 합치했고 그런 사실을 각서 형태로 남겼다. 실질적 중요성을 지닌 논의들은 필리핀과 조선에 관한 것들이었다.

스페인과의 전쟁에서 이겨 1898년에 필리핀을 얻은 터라, 미국은 아시아의 새로운 패권국으로 떠오른 일본이 미국의 필리핀 영유에 대해 호의적이기를 희망했다. 그래서 태프트는 미국처럼 강대하고 일본에 우호적인 나라가 필리핀을 다스리는 것이 일본의 이익에 기여한다고 지적했다. 가쓰라는 일본은 필리핀에 대해 공격적 의도가 없다고 밝혔다.

조선에 관해서, 가쓰라는 일본이 조선을 식민지로 삼는 것은 절대적 중요성을 지녔다고 강조했다. 조선이 러일전쟁의 원인이었으므로, 조선 문제의 완전한 해결은 전쟁의 논리적 결과라고 그는 주장했다. 특히 조선이 다른 나라들과 신중하지 못하게 조약들을 맺은 것이 문제의 근원이므로, 동아시아의 평화를 유지하기 위해서는 조선이 다시 그런 상황을 불러오는 것을 일본이 막아야 한다고 덧붙였다. 가쓰라의 주장에 대해 태프트는, 일본이 조선을 보호국(protectorate)으로 삼는 것은 동아시아의 안정에 직접적으로 기여하리라고 동의했다. 그리고 자신의 의견에 루스벨트 대통령도 동의하리라 생각한다고 덧붙였다.

「태프트·가쓰라 각서」는 정식 협약(agreement)이나 조약(treaty)이 아니었다. 그저 미국 전쟁장관과 일본 수상이 국제 정세에 관해 논의한 것을 기록한 문서에 지나지 않았다. 태프트 자신이 밝혔듯이, 그는 국제

협정이나 조약을 다루는 국무장관이 아니었다. 그리고 통념과 달리 이 각서는 비밀문서도 아니었다. 그래도 미국의 전쟁장관이 조선을 식민지로 삼겠다는 일본의 정책에 동의하고 미국 대통령도 생각이 같으리라고 단언한 것은 일본으로서는 마음이 든든해지는 일이었다.

이어 8월엔 1902년에 체결된 제1차 영일동맹을 갱신한 제2차 영일동맹이 체결되었다. 제2차 영일동맹의 주요 내용은 일본은 영국이 인도에서 지닌 이권들을 지지하고 영국은 일본이 조선에서 지닌 이권을 지지한다는 것이었다.

이처럼 조선을 보호령으로 만드는 것에 대해 미국, 영국, 그리고 러시아의 지지를 차례로 얻자, 일본은 때를 놓치지 않고 조선을 보호령으로 삼으려 했다. 포츠머스 조약에 대한 국민들의 실망과 분노가 분출한 폭동은 그런 조치를 더욱 절박하게 만들었다. 1905년 11월 일본 정부는 정계의 원로인 이토 히로부미를 대사로 삼아 조선으로 급파했다.

이토는 11월 15일 고종을 알현하고 협약안을 제시했다. 고종과 대신들은 이 협약안을 검토했다. 조선이 스스로 외교권을 포기한다는 방안에 대해 대신들은 거세게 반발했다. 이때 이미 일본 공사관은 군대로 궁궐을 포위하고 조정을 고립시켰다.

대신들은 꿋꿋했지만, 이토의 태도가 워낙 강경했으므로 고종은 버티기 어렵다는 것을 깨달았다. 그래서 고종은 대신들에게 "이토가 협약안을 거부하는 것은 받아들일 수 없고 부분적 수정은 가능하다는 얘기를 했다"고 밝혔다. 그리고 조선 황실에 직접적으로 문제가 되는 부분들을 수정해서 일본의 협약안을 받아들이는 타협책을 내놓았다. 그래서 고종과 대신들은 네 곳을 수정했다. 고종은 가장 중요한 사항은 조선 황실을 유지하는 것임을 강조하고, 4개조로 된 협약안에 "일본국 정부는 한국 황실의 안녕과 존엄을 유지하기를 보증함"이란 조항을 추가하라고 지시했다.

11월 17일 오후 일본 측과의 협의를 위해 떠나면서, 대신들은 수정안을 최후의 대안으로 여기고 일단 일본의 협약안을 거부하기로 다짐했다. 실제로 대신들은 일본 공사관에서 열린 회의에서 일본의 협약안을 끝내 거부했다. 그러자 하야시 곤스케 공사는 대신들에게 궁궐로 돌아가서 어전회의를 열라고 요구했다.

> 이런 사이 내내 일본군은 궁궐을 에워싸고 요란한 무력시위를 했다. 그 지역의 모든 일본인들은 황제의 거처 앞에 있는 길들과 공터에서 여러 날 동안 시위 행진을 했다. 야포들이 동원되었고, 군인들은 완전무장을 했다. 그들은 행진했고, 돌아서서 행진했고, 돌격했고, 공격하는 시늉을 했고, 궐문들을 점령했고, 야포들을 방렬했고, 그들이 자신들의 요구들을 강요할 수 있다는 것을 조선인들에게 시위하기 위해 실제로 폭력을 쓰는 것 말고는 모든 짓들을 했다. 대신들 자신들에게는, 그리고 황제에게는 이 모든 시위가 음산하고 무서운 뜻을 지녔다. 그들은 일본 군대가 다른 궁궐을 에워싸고 시위 행진을 했고 그들이 고른 무뢰배들이 난입해서 왕비를 살해했던 1895년의 밤을 잊을 수 없었다. 일본은 전에 이런 짓을 했었다. 일본이 그 짓을 다시 하지 않을까? (맥켄지, 『조선의 비극』)

17일 저녁 일본 군대는 착검을 하고서 궁궐로 들어와 황제의 거처를 에워쌌다. 그리고 이토는 조선 주둔 일본군 사령관 하세가와 요시미치

대장을 대동하고 들어와서 다시 조선 조정을 핍박하기 시작했다.

> 이토 후작은 황제와의 면담을 요구했다. 황제는 목이 몹시 아파서 무척 괴롭다면서 접견을 거절했다. 그러자 후작은 황제 앞으로 나아가서 직접 면담을 요청했다. 황제는 그래도 거절했다. "돌아가시오. 그리고 그 일은 내각 대신들과 협의하시오" 하고 [황제는] 말했다. 그 말을 듣자, 후작은 밖으로 나와 대신들에게로 갔다. "여러분들의 황제께서 이 일에 관해 나와 협의하도록 여러분들에게 명을 내리셨소"라고 그는 선언했다. 회의가 새로 열렸다. 군인들의 입회, 밖에서 번쩍거리는 총검들, 궁궐 건물들의 창들을 통해 들리는 거센 명령들은 효과가 없을 수 없었다. 대신들은 여러 날을 싸웠고, 그들은 외롭게 싸웠다. 단 한 사람의 외국 대표도 그들에게 도움이나 자문을 주지 않았다. 그들은 그들 앞에 항복이 아니면 파멸이 놓인 것을 보았다. (위의 책)

결국 대신들은 고종과 협의해서 작성한 수정안을 이토에게 제시했고, 이토는 그것을 받아들였다. 그래서 11월 18일 미명未明에 조선 외부대신 박제순과 일본 특명전권공사 하야시 곤스케가 협약에 서명했다.

흔히 「을사보호조약」이라 불린 이 「제2차 한일협약」의 주요 내용은 1) 일본 정부는 한국의 외교를 감리, 지휘하며, 2) 한국 정부는 일본 정부를 거치지 않고는 다른 나라들과 조약을 맺거나 약속을 하지 않으며, 3) 일본 정부는 한국 황제의 아래에 통감統監을 두어 외교 업무를 관장케 한다는 것이었다.

외교권을 일본에 넘기는 내용이라서, 제2차 한일협약은 조선의 독립을 근본적으로 허물고 조선을 일본의 실질적 보호국으로 만드는 조약이었다. 그러나 이미 조선 전체가 일본군에 점령되고 일본군에 의해 궁궐이 봉쇄된 상황에서 고종이나 대신들이 할 수 있는 일은 거의 없었다. 그래서 고종과 대신들은 일본의 무력적 강압에 나름으로 잘 버텨 냈다고 생각했다. 뒷날 이 협약에 찬성했다는 이유로 '을사 오적'이라 불린 이완용, 박제순, 이지용李址鎔, 권중현權重顯 및 이근택李根澤이 12월 16일 고종에게 억울함을 호소한 '5대신 상소문'에서 이 점을 엿볼 수 있다.

"독립이라는 칭호가 바뀌지 않았고 제국이라는 명칭도 그대로이며 종사는 안전하고 황실은 존엄한데, 다만 외교에 대한 한 가지 문제만 잠깐 이웃 나라에 맡겼으니, 우리나라가 부강해지면 도로 찾을 날이 있을 것입니다."

그래서 고종은 이 협약에 반대하는 상소들에 대해서 호의적 반응을 보이지 않았다. "대체로 경은 노숙한 사람으로서 나라 일을 우려하고 임금을 사랑하는 지성을 가지고 물론 이런 말을 할 수 있겠지만, 또한 그 일에 어찌 헤아린 점이 없겠는가? 경은 이해하도록 하라"는 비답批答에서 고종의 생각이 드러났다. 상소가 이어지자, 그는 짜증을 냈다.

"이미 여러 번 칙유하였으니 이해해야 할 것인데, 왜 이렇게까지 번거롭게 구는가? 경들의 충성스러운 말을 왜 모르겠는가? 속히 물러가라."

제2차 한일협약이 공포되자, 조선과 외교 관계를 맺었던 나라들은 조선의 공사관을 폐쇄했다. 이런 조치는 조선의 독립을 실질적으로 허물었다. 지금까지 일본의 압도적 영향 속에서도 독립을 유지하도록 조선을 떠받친 힘은 외국 외교관들의 존재였다. 그들이 떠나면서 조선의 일은 일본의 내정이 되었고, 조선 사람들이 외국의 도움을 받을 길은 사라졌다.

조선 인민들의 저항

제2차 한일협약 체결 사실이 알려지자 인민들의 의분이 폭발했다. 장지연張志淵은 〈황성신문〉에 「이날에 목놓아 우노라是日也放聲大哭」란 논설로 협약의 부당함을 사람들에게 호소했다. 이 글의 영향은 커서, 협약에 반대하는 운동이 거세게 일었다.

한일협약이 체결되자 고종은 그 협약이 일본의 강요에 의해 체결된 것이며 자신은 그것을 승낙한 적이 없다는 주장을 펴기 시작했다. 그리고 밀사들을 내보내서 그런 얘기를 퍼뜨리게 했다. 사람들은 황제의 말을 믿었고, '을사 오적'을 처단하고 협약을 폐기하라는 상소들을 올렸다. 조병세와 민영환은 여러 관리들을 이끌고 대한문 앞에서 복합상소를 했다. 고종은 그들이 성가셨지만, 그들의 협약 반대가 자신에게 나쁘지 않다는 생각에서 그들을 물리치지 않았다.

고종의 그런 태도는 11월 28일 이토를 만난 뒤 바뀌었다. 고종은 일본의 융자로 황실의 재정을 충실하게 하고 싶다는 뜻을 밝혔고, 이토는 고종의 희망을 들어주는 대신 내각 수반인 참정대신에 박제순을 임명해 달라고 요청했다. 이처럼 타협이 되자, 고종은 궁궐 문 앞에서 복합한 상소인들을 법부에서 잡아다가 징계하라는 명을 내렸다.

원래 소두인 조병세가 구금되었으므로, 당시엔 민영환이 소두가 되어 복합하고 있었다. 고종의 명에 따라 28일에 민영환을 비롯한 상소인들 모두가 구금되었다. 그제야 민영환은 협약 체결과 관련된 상황을 짐작하게 되었고, 문제의 근원은 '을사 오적'이 아니라 고종 자신이라는 것을 깨달았다. 민씨 일족을 대표해 온 대신으로서 고종의 행적과 인품을 잘 아는 그는 이제 고종은 나라의 독립이 아니라 황실의 안녕에 궁극적 가치를 둔다는 것을 확실히 인식하게 된 것이다. 멸망의 길로 들어선 나라를 걱정하던 울분에 자신이 모셔 온 황제의 행태에 대한 절망이 겹치자, 그는 자결의 길을 골랐다.

그가 자신의 명함 앞뒤에 급히 쓴 유서인 「우리 대한제국 이천만 동포에게 작별하며 고함訣告我大韓帝國二千萬同胞」에서 이 점이 뚜렷이 드러난다. 그가 동포들에게 한 마지막 당부는 "우리 동포형제들은 천만 배 더욱 분발하고 뜻과 기력을 굳게 하고 학문을 열심히 닦으며 마음을 단단히 먹고 협력해서 우리의 자주독립을 되찾으라我同胞兄弟, 千萬倍加奮勵, 堅乃志氣, 勉其學問, 決心戮力, 復我自主獨立"는 것이었다. 제국의 신민의 한 사람이 다른 신민들에게 남기는 비장한 당부니, "황제께 충성하라"거나 "황제를 중심으로 단결하라"거나 "황실의 안녕을 위해 애쓰라"는 말이 들어가는 것이 당연하다. 황제의 인척을 대표한 대신이고, 황제의 신임과 은총을 깊이 입었으며, 현직이 황제를 가까이서 모시는 시종무관장인 그로선 그런 얘기를 하는 것이 더할 나위 없이 자연스럽다. 그러나 그는 황제라는 말을 당연히 써야 할 자리에서도 쓰지 않았다. [그가 이 유서에서 황제를 언급한 것은 "황은을 우러러 갚고仰報皇恩"라는 의례적 표현뿐이다.] 이처럼 그의 유서에선 그가 말한 것보다 말하지 않은 것이 훨씬 유창하다. 그는 고종 황제가 나라를 지키는 데 해로운 존재라는 자신의 처절한 깨달음을 침묵으로 드러낸 것이다. 그렇게 큰 울분과 깊은 절망이 그로 하여금 자인自刃이라는 가장 단호하면서도 가장 힘든 자결의 방식을 택하도록 몰아세웠을 것이다.

11월 30일 민영환이 자결하자, 원래 소두였던 조병세도 다음 날 자결했다. 그는 고종의 명으로 구금되었다가 고향 가평으로 축출되었는데, 다시 상경해서 상소했다. 끝내 고종에게 배척당하고 강제로 축출되자, 그는 낙향하는 가마 속에서 음독했다.

보다 적극적으로 일본에 맞서려는 움직임도 일었다. 1906년 봄에서 여름에 걸쳐 충청도 정산에서 민종식関宗植이, 전라도 태인에선 최익현이, 경상도 울진에선 이미 을미사변 때 의병을 일으켰던 신돌석申乭石이, 그리고 대구에선 정용기鄭鏞基가 의병을 일으켰다. 을미사변 때 활약했던 의병장들도 다시 움직이기 시작했다.

위태로운 나라를 구하려는 열정에서 나왔으므로, 의병 활동은 자연스러웠고 너른 지지를 받았다. 안타깝게도, 그것은 풀릴 수 없는 문제들을 안고 있었다. 일본과의 조약들은 조선 정부가 체결한 것이었다. 그래서 그것들을 파기하라고 정부에 요구하면서 무력으로 그런 요구를 관철하려는 태도는 정부의 권위에 대한 도전이었다. 전제군주제인 대한제국에서 그런 태도는 황제의 권위에 대한 직접적 도전이었다. 현실적으로, 의병들은 지방 관아들을 습격해서 수령들을 내쫓고 무기들을 탈취해서 무장했다. 이런 행태는 뜻이 어떻든 반란이었다. 임진왜란이나 병자호란에서 활약한 의병들과는 성격이 달랐다.

이처럼 곤혹스러운 사정은 최익현의 기병起兵에서 특히 두드러졌다. 최익현은 제자 임병찬林炳瓚의 도움을 받아 1906년 6월 4일 전라도 태인에서 기병했다. 그는 일본의 불의와 불법을 꾸짖고 일본군을 몰아내기 위해 기병했음을 선언했다. 그가 이끈 의병대는 태인군청을 점령하고 관아의 무기로 무장했다. 이어 정읍에서 관군과 싸워 이겨서 정읍군수의 항복을 받은 뒤 병력을 늘리고 관군의 무기들로 무장을 강화했다. 그 뒤로 순창과 곡성을 점령해서 관아의 화폐와 양곡을 확보하고, 처음에 100명이 채 못 되었던 병력을 거의 1천 명으로 늘렸다.

전라남도 관찰사는 의병의 해산을 명하는 고종 황제의 선유 조칙과 관찰사 고시문을 최익현에게 보냈다. 그러나 최익현은 황제의 조칙을 따르기를 거부했다. 황제의 조칙을 거부함으로써, 나라를 구하려 기병한 그는 공식적으로 반란의 수괴가 된 것이었다.

6월 11일 관군이 순창 읍내를 포위하자, 최익현은 "자신이 거느린 의병들은 일본군을 몰아내려 일어섰으니 함께 일본군과 싸우자"는 뜻을 관군에게 밝혔다. 관군이 그런 호소를 무시하고 공격해 오자 의병 진영은 이내 무너졌고, 최익현을 비롯한 의병 지도부는 관군에게 체포되었다. 결국 그는 1907년 1월 1일 대마도에서 단식으로 순국했다.

관군을 물리치고 근거를 잡아도 일본군의 공격을 막아 낼 수는 없었다. 군사적으로 최익현의 의병대보다 훨씬 성공적이었던 민종식의 의병대는 충청도 홍주를 점령하고 내포 지역을 장악했다. 그러나 일본군의 공격으로 100여 명의 전사자들을 내고 패퇴했다. 도망한 의병들을 숨겨 준 사람들은 일본군에게 해를 입었다.

이런 곤혹스러운 사정은 조선의 독립운동이 끝내 풀지 못한 난제였다. 1910년의 한일 병합으로 대한제국이 사라지자, 의병들이 먼저 관군과 싸우게 되어 황제에 대한 반란이 된다는 모순은 사라졌다. 그러나 무력으로는 도저히 대적할 수 없는 강대한 일본군과 싸워야 한다는 사정은 바뀌지 않았다. 나라가 위태롭거나 멸망했으니 모든 수단들을 가리지 않고 써서 일본과 싸워야 하는데, 어떤 수단을 고르든 엄청난 개인적 및 사회적 희생을 치러야 했고, 그런 희생에도 불구하고 실질적 효과는 거의 얻지 못한다는 사실은 그대로 남았다. 이 비극적 사실이 독립운동을 그리도 어렵게 만든 것이었다.

이런 상황에 대처하는 태도에서 "그래도 무력 투쟁을 계속해야 한다"는 주장과 "먼저 조선 사람들의 실력을 기르면서 외교적 활동으로 조선이 세계적으로 잊혀지지 않도록 한 뒤에 결정적 시기에 무력 투쟁에 나서야 한다"는 주장이 맞섰다. 그런 견해 차이는 지역적으로, 그리고 이념적으로 갈라진 독립운동을 또 하나의 차원에서 분열시켰다.

만국평화회의

제2차 한일협약에 따라 1906년 1월 조선 정부는 외부를 폐지했다. 2월엔 통감부가 설치되고 조선 주둔 일본군 사령관 하세가와 대장이 임시통감대리에 임명되었다. 3월엔 이토가 초대 통감으로 부임했다.

이제 조선을 실제로 다스리는 것은 일본인 통감이었다. 대한제국 황제 고종은 아무런 실권이 없었다. 게다가 고종은 한일협약의 체결 과정에서 대신들의 마지막 충성심마저 잃었다. 고종이 협약에 대해 전혀 책임을 지지 않고 오히려 자신은 협약을 승인한 적이 없다고 끊임없이 주장하자, 협약 체결 과정에 참여한 대신들은 역적들로 몰렸고 끊임없는 비난과 암살 위협을 받았다. 바로 그들이 지금 내각을 이끌고 있었다.

이처럼 궁색한 처지에서도 고종은 저항을 꾀했다. 그에겐 오랜 통치를 통해서 나름으로 터득한 생존 기술들이 있었다. 그는 자신이 나서지 않고서 사람들의 불만을 일으켜서 자신의 목적에 이용하는 데 뛰어났다. 그리고 그는 궁중에서 일하는 4천 명가량 되는 사람들을 부릴 수 있었다. 그러나 고종의 이런 시도는 효과가 그리 크지 않았으니, 궁중 사람들은 대부분 일본의 영향 아래 있었고, 고종의 지시들은 곧바로 일본 공사관에 보고되었다.

드디어 1907년에 고종이 고대하던 기회가 찾아왔다. 그해 여름에 네덜란드 헤이그에서 '만국평화회의'가 열리게 되었다. 고종은 그 회의에 자신의 밀사들을 보내서 조선의 실상을 알리는 방안을 생각해 냈다. 만일 그가 제2차 한일협약을 명시적으로 승인한 적이 없다는 것을 강대국이 알게 되면, 강대국들은 그 협약을 무효라 여겨서 공사들을 다시 조선으로 보내고 일본은 통감부를 폐지하게 되리라고 그는 믿었다.

이 회심의 외교 작전을 실행하기 위해 고종이 의지한 사람은 호머 헐버트였다. 헐버트는 조선을 위해 평생을 보낸 사람이었고 고종을 충실히 보좌했다. 그는 뛰어난 언어학자로서 조선어의 문법을 처음 연구했고, 〈독립신문〉의 영문판을 편집했다. 1905년부터 1906년까지 그는 고종의 특사로 워싱턴에 머물면서 조선의 독립을 위해 힘을 쏟았다. 그는 인품과 능력이 뛰어났지만 전문적 외교관이 아니어서, 애석하게도 이 일에 대해 현실적 판단을 할 수 없었다.

헐버트의 지지를 얻자 고종은 헤이그 평화회의에 보낼 밀사들을 뽑고 일정을 잡았다. 먼저 전 의정부 참찬 이상설과 전 평리원 검사 이준이 고종의 신임장과 러시아 황제에게 보내는 친서를 지니고 상트페테르부르크로 가서 러시아 황제에게 고종의 친서를 제출하고, 그곳에서 전 러시아 공사관 서기 이위종李瑋鍾이 합류하여 헤이그로 가기로 되었다. 미국 시민이어서 회의에 접근이 쉽고 국제적 활동의 경험이 많은 헐버트가 이들의 후견인 역할을 하도록 되었다.

1907년의 헤이그 평화회의는 1899년의 회의를 이은 제2차 회의였다. 1899년의 제1차 평화회의는 러시아 황제 니콜라이 2세의 주도로 열렸는데, 전쟁과 관련된 법들과 관행들을 합리적으로 마련해서 전쟁을 덜 비참하게 만드는 것이 목적이었다. 자연히 평화회의는 처음부터 군비 축소, 전쟁 관련 법규 및 전쟁 범죄를 전문적으로 다루었고, 성과는 전쟁과 관련된 협약(Conventions)의 형태를 띠게 되었다. 1907년의 제2차 평화회의는 시어도어 루스벨트 대통령의 주도로 마련되었는데, 해전海戰과 해군 군비 축소를 중점적으로 다루었다.

평화회의는 6월 15일에서 10월 18일까지 열렸다. 조선의 밀사 일행은 6월 25일에 헤이그에 도착했다. 그들은 곧바로 의장인 러시아 외교관 알렉산드르 넬리도프(Aleksandr I. Nelidov)에게 고종 황제의 신임장을 제시하고, 대한제국의 전권위원으로 회의에 참석하겠다고 밝혔다. 이런 요구는 물론 일본 대표단의 강력한 반발에 부딪쳤고, 일본의 반발에 맞서 조선의 밀사들을 도울 나라는 없었다.

러시아는 조선 밀사단의 출현이 싫지 않았지만, 도울 생각은 없었다. 이미 일본과 포츠머스 조약을 맺은 터라서, 그 조약의 핵심 사항인 "조선에서의 일본의 우월적 지위"를 부정하는 태도를 보일 수 없었다. 영국은 일본의 동맹국이었다. 미국의 입장은 더욱 부정적이었다. 이번 평화회의를 주도한 루스벨트 대통령은 포츠머스 조약을 중재했고 그 공로를 인정받아 1906년에 노벨 평화상을 탄 터였다. 조선 문제로 회의가 제대로 진행되지 못하는 것을 미국으로선 허용할 수 없었다. 따라서 조선 밀사단은 누구에게도 환영받지 못하는 불청객이었다. 설령 회의에 참석했더라도, 조선의 주권 문제는 주제에서 크게 벗어났으므로 진지한 토의가 이루어질 마당이 없었다.

난처해진 넬리도프는 초청국 네덜란드에 상황을 통보했다. 네덜란드

정부도 자신들이 주관하는 국제회의가 원만히 진행되기를 바랐으므로 조선 밀사단을 반길 리 없었다. 네덜란드 정부는 "1905년의 한일협약은 이미 여러 나라들이 승인했으므로, 대한제국 정부는 자주적 외교권이 없다"는 견해를 밝히고서 조선 밀사단의 회의 참석과 발언을 거부했다.

헤이그 평화회의에서 일본의 침탈을 널리 알려 조선의 처지를 단숨에 한일협약 이전으로 돌리겠다는 고종의 계획은 일장춘몽으로 끝났다. 그러나 밀사단의 파견이 헛된 것은 아니었다. 비록 국제정치의 냉혹함 앞에서 좌절되었지만, 모든 외국 공사들이 떠나고 세계로부터 잊혀지던 조선이 일본의 불의를 알린 것은 작지 않은 뜻을 지녔다. 이제 조선은 그렇게 기회가 나올 때마다 목소리를 내어서 잊혀지는 자신의 존재를 세상에 알려야 했다. 큰 희생을 치를 수밖에 없었지만, 그렇게 해야 언젠가 기회가 오면 자주독립을 되찾을 터였다. 조선의 독립운동은 본질적으로 망각과의 싸움이었다.

고종의 퇴위

헤이그 만국평화회의에 밀사단을 파견해서 고종이 직접 얻은 성과는 없었다. 그래도 그는 그런 시도에 대해 혹독한 대가를 치러야 했다.

일본은 '밀사사건'을 조선에 대한 장악력을 한 단계 더 높이는 기회로 삼으려 했다. 이토 통감이 '분노의 침묵'을 유지하는 사이, 통감에게 충성하는 이완용 내각은 제2차 한일협약을 어긴 일에 대한 책임을 지라고 고종을 핍박했다. 대신들은 나라를 잃기 전에 책임을 지고 퇴위하는 것이 옳다고 계속 고종에게 건의했다.

더 견디기 어렵게 되자, 고종은 황태자가 황제 업무를 일시 대리하는 방안을 제시했다. 때가 오면 다시 황제로 복귀할 셈이었다. 그러나 7월 19일 황태자에게 황제 업무를 대리하게 한다는 고종의 조서가 나오자, 내각은 고종의 퇴위를 결행하고 황태자를 새로운 황제로 옹립했다. 그리고 강제로 양위식을 거행한 다음 고종에게 태황제太皇帝의 칭호를 인정함으로써 복귀의 길을 끊었다.

고종(1852~1919)은 1863년 12월에 즉위했다. 나이가 어렸으므로 부친 흥선대원군이 섭정했다. 1873년 11월엔 흥선대원군의 궁궐 출입을 막고서 친정을 선언했다. 1876년 2월 한일 수호조규를 맺어 일본에 개항했다. 1899년 8월엔 「대한국 국제」를 반포해서 전제군주가 되었다. 결국 1905년에 제2차 한일협약이 체결되어, 조선은 일본의 보호국이 되었다.

44년이나 되는 그의 통치 기간에 조선은 새로운 국제 환경에 적응하지 못하고 망국의 길로 들어섰다. 그런 비극에 대한 책임의 가장 큰 부분은 통치자에게 돌아갈 수밖에 없다. 그러나 그의 잘못들이 워낙 많고 컸으므로, 그의 책임은 그런 일반적 수준을 훌쩍 넘어선다. 인품과 능력의 부족을 떠나서, 그는 오로지 자신과 왕실의 이익만을 챙겼다. 특히 1890년대 후반 〈독립신문〉의 발행, 독립협회의 발족, 만민공동회의 개최를 통해 인민들의 정치적 능력이 갑자기 향상되었을 때, 자신의 권위와 권한이 줄어드는 것을 막으려고 인민들을 탄압하고 전제군주제로 퇴행한 일은 그의 수많은 잘못들 가운데 가장 큰 잘못이었다. 그 결정이 끝내 그 자신에게 강제 퇴위의 치욕을 안겼다.

그러나 망국의 책임의 큰 부분을 고종에게 돌리는 것은 정당화되기 어렵다. 보통 사람들과 마찬가지로 지도자도 그가 속한 사회의 산물이다. 설령 그가 인품이 높고 영특했다 하더라도, 원시적 사회적 다윈주의(social Darwinism)가 도도했던 당시에 조선이라는 작고 뒤진 나라를 진취적 사회로 바꾸어 살아남도록 했을 가능성은 그리 크지 않다.

통일신라 이후 조선은 늘 압제적 사회였다. 조선에선 인구의 10분의 1가량 되는 양반계급이 나머지 백성들을 착취해 왔다. 그동안 두 차례의 역성혁명으로 고려조와 조선조가 들어섰지만, 지배계층은 바뀐 적이 없다. 게다가 구성원들의 3분의 1가량 되는 사람들은 '노비'라 불린 노예계급에 속했다. 자연히 모든 이념들과 제도들이 지배계급의 기득권을 지키고 노예계급을 억누르는 것을 목적으로 삼았다. 함께 살아가는 사람들을 '인격이 없는 재산'으로 삼은 사회는 본질적으로 사악하고 모질고 억압적이다. 필연적으로, 노예제에 바탕을 둔 사회는 풍요롭고 너그러울 수 없다. 어떤 종류의 혁신도 체제를 흔들므로, 모든 일에서 단 하나의 표준을 강요하게 된다. 조선조에선 유학儒學만이, 유학에서도 성리학만이 통용되었다. 나머지 이념들이나 종교들은 모조리 이단으로 취급되어 철저하게 억제되었다.

고종이라는 개인을 넘어 개항기 조선 사회를 살펴서 조선이 망한 원인들과 과정을 살피는 것은 역사를 올바로 살피는 길이기도 하다. 한 개인의 잘못에서 문제의 근원을 찾는 것은, 그 개인이 아주 큰 역할을 했더라도, 거대하고 복잡한 사회 현상을 제대로 이해하는 것을 방해한다.

고종의 인품과 행적이 그러했으므로, 사람들은 그에게 깊은 환멸을 느꼈을 뿐 아니라 군주제에 대한 강렬한 거부감을 품게 되었다. 모든 독립운동가들은 공화국을 지향했고, 결국 대한민국 임시정부가 섰다. 독립운동 세력이 지역과 이념과 투쟁 방식을 놓고 여러 갈래로 나뉘었을 적에도, 국체는 군주제가 아닌 공화제로 의견이 일치되었다. 이처럼 군주제에 대한 환멸을 사람들에게 심어 주어 공화제로 향하도록 한 것이 전제군주 고종의 유일한 공헌이었다.

한국군 해산

고종이 퇴위하자, 7월 24일엔 총리대신 이완용과 통감 이도 사이에 「한일 신협약」이 체결되었다. 흔히 「정미丁未 7조약」이라 불린 이 조약으로 통감이 조선의 외교만이 아니라 내정도 장악했다.

7월 31일엔 새 황제 순종純宗이 군대를 해산하는 칙령을 내렸다. 통감 이토와 일본군 사령관 하세가와는 한국군 해산이 긴요하다고 판단했다. 일본이 조선을 병합하는 과정에서 언젠가는 한국군이 일본의 조치에 반발해서 봉기할 가능성은 실제로 작지 않았다. 7월 19일 종로에서 고종의 퇴위에 항의하는 민중들이 시위에 나서자, 한국군 시위대 1연대 3대대 소속 병사들이 무장하고서 시위에 합류했다. 이들은 종로의 파출소를 습격해서 일본 경찰과 교전했고, 상당수 일본 경찰관들과 민간인들이 죽거나 다쳤다. 그래서 이토와 하세가와는 「한일 신협약」의 부속 비밀협약에 '군비의 정비' 항목을 넣어서 한국군 해산을 공식화한 터였다.

이완용 내각이 통감부와 협의해서 만든 군대 해산 칙령은 "현재 우리 군대는 용병傭兵으로 조직되었으므로, 상하가 일치하여 나라의 완전한 방위를 하기에는 부족하다"고 밝혔다. 이 표현은 군대 해산이라는 심중한 상처에 의도적 모욕까지 더한 것이어서 한국군 장병들의 거센 분노를 불렀다.

일본군은 한국군 무장 해제를 시작했다. 솟구친 분노와 갑자기 생계를 잃은 절망이 겹쳐서, 한국군 병사들의 상당수가 의병 활동에 가담했다.

일본군은 미리 한국군의 무기고와 탄약고를 장악했다. 그리고 8월 1일부터 한국군 무장 해제를 시작했다. 맨손 훈련徒手教練을 한다고 비무장 한국군 병사들을 모아 놓은 뒤, 무장한 일본군들의 포위 속에 계급장을 떼고 퇴직금이라 할 수 있는 은금恩金을 나누어 주었다.

졸지에 당한 일이라서, 대부분의 한국군 부대들은 반발하지도 못하고 해체되었다. 그러나 시위대 1연대 1대대장 박승환朴昇煥 참령이 "군인으로서 나라를 지키지 못했고 신하로서 충성을 다하지 못했으니 만 번 죽어도 아까울 것이 없다軍不能守國, 臣不能盡忠, 萬死無惜"는 유서를 남기고 자결하자, 격발된 1대대 병사들이 남대문 근처의 병영에서 봉기했다.

> [봉기한 병사들은] 일본인 교관들에게 달려갔고 그들을 거의 죽일 뻔했다. [병사들은] 탄약고를 부수어 열고 무기들과 탄환들을 확보한 다음, 그들의 막사 창 뒤에 숨어 눈에 뜨이는 일본인들에게 총을 쏘았다. 그런 소식은 상부에 이내 보고되었고, 일본군 보병중대들이 급파되어 막사들을 에워쌌다. 한 부대는 기관총으로 정면을 공격했고 다른 부대는 후면에서 공격했다. 싸움은 오전 8시 반부터 시작되었다. 한국인들은 정오까지 공격을 막아 냈지만, 결국 후면으로부터의 총검 돌격에 꺾였다. 그들의 용감한 수비는 그들의 적들 사이에서도 최고의 찬탄을 불러냈고, 적어도 며칠 동안은 일본인들은 조선과 조선인들에 대해 이전보다 큰 존경심으로 얘기했다. (맥켄지, 『조선의 비극』)

서울에서 먼저 시작된 한국군 해산은 9월 초에 지방의 진위대들이 모두 해산되면서 끝났다. 일본군에 의한 부당한 해산으로 솟구친 분노와 갑자기 생계를 잃은 절망이 겹쳐서, 한국군 병사들의 상당수가 의병 활동에 가담했다. 제대로 군사 훈련을 받은 이들이 가세하면서 의병 운동은 이전보다 훨씬 조직적이고 효과적이 되었다. 특히 민긍호閔肯鎬가 이끈 원주진위대 250여 명은 강원도 지역 의병 활동의 중심 세력이 되었다.

의병들은 주로 황해도, 강원도, 경기도, 경상도의 산악 지역에서 유격전을 폈다. 자연히 일본군으로선 이들을 추적해서 진압하기가 힘들었다. 이런 상황에 일본군은 의병들에 대한 군사작전과 함께 주민들에 대한 위하威嚇 정책(terrorism)으로 대응했다. 하세가와는 모든 지역의 모든 조선인들에게 "의도적으로 반란군에 합류하거나, 그들에게 피난처를 제공하거나, 무기들을 숨기는 사람들의 경우, 그들은 엄하게 처벌될 것이다. 그런 조치에 덧붙여서, 그런 범인들이 속한 마을들은 집단적으로 책임을 지도록 할 것이며 강하게 처벌될 것이다"라고 선포했다.

일본군 지휘부가 의병 활동 지역의 주민들에 대한 위하 정책을 전술로 채택한 이상, 주민들의 피해는 필연적이었다. 그런 피해는 일본군 병사들의 잔혹성으로 걷잡을 수 없이 커졌다.

서울을 떠나 경기도 이천을 거쳐 충청도 충주와 제천을 돌아본 맥켄지는 참혹한 광경들을 보았다.

> 날마다 우리는 잇따라 나오는 불탄 마을들, 사람들이 떠난 고을들, 그리고 버려진 시골들을 지나 여행했다. (…) 충주에 이르기까지 여정의 직선 구간에 있는 마을들의 거의 절반이 일본인들에 의해 파괴되었다. 충주에서 나는 산들을 넘어 하루 여정인 제천으로 바로 향했다. 이 두 곳들 사이의 간선도로 연변의 마을들과 부락들의 5분의 4가 소실되었다.
>
> 폐허로 돌아온 몇 안 되는 사람들은 으레 '의병'과의 관련을 부인했다. 그들은 자신들이 싸움에 가담한 적이 없다고 말했다. 지원병들은 산에서 내려와 일본인들을 공격했다. 그러면 일본인들은 그 지역 주민들의 처벌로 대응했다. (위의 책)

일본군이 작전 지역들에서 예외 없이 위하 정책을 사용한 것으로 보인다고 맥켄지는 보도했다. 그리고 일본군이 조선인 마을 모두를 불태우고 값진 물건들을 강탈하고 무고한 사람들을 죽이고 여인들을 겁탈했다는 증언들을 자세히 기술했다.

이것은 1907년 9월 의병 활동이 막 활발해진 시기의 상황이었다. 의병 활동은 이듬해엔 훨씬 활발했으니, 1월엔 여러 의병장들이 이끈 부대들이 연합해서 '13도 창의군'을 이루었다. 이인영李麟榮과 허위가 이끈 이 부대는 1만 명이라 일컬었고, 서울 진공을 위해 동대문 밖 30리 거리인 양주에 모였다. 그러나 일본군과의 싸움에 져서 흩어지고 다시 유격전으로 일본군에 맞섰다.

이런 사정을 반영해서, 무장한 의병들의 규모는 1907년의 4만 4,116명에서 1908년엔 6만 9,832명으로 상당히 늘었고 일본군과의 충돌도 1907년의 323회에서 1908년의 1,451회로 크게 늘었다. 의병 활동은 1910년까지 이어졌다. 일본군의 자료에 따르면, 의병들이 입은 인명 피해는 1만 7,600명이나 되어서 의병들의 규모에 비해 무척 컸지만, 일본군의 보복으로 주민들이 입은 피해들은 통계에 잡히지도 않았다.

안중근의 거사

조선의 산악 지역에서 일어난 일들이라, 조선인 의병들의 완강한 저항 활동들은 외부에 거의 알려지지 않았다. 그러나 1909년 10월에 안중근安重根이 만주에서 이토 히로부미를 암살한 사건은 온 세계가 주목했다.

이토는 1905년의 제2차 한일협약을 조선에 강요하는 데 성공했고, 이어 통감으로 조선을 실질적으로 통치하면서 조선에 대한 일본의 장악력을 크게 높였다. 그런 공로를 인정받아 후작에서 공작으로 승격했다. 1909년 6월 통감에서 물러난 뒤로는 일본과 러시아가 조선과 만주에서 지닌 이권들을 조정하는 일을 맡았다.

1905년 포츠머스 조약으로 일본은 조선에서의 우월적 지위를 인정받았고 남만주의 이권들을 러시아로부터 할양받았다. 1907년 6월 상트페테르부르크에서 러시아 재무상 알렉산드르 이즈볼스키(Aleksandr P. Izvolsky)와 러시아 주재 일본 대사 모토노 이치로本野一郎 사이에 체결된 「제1차 러일협약」에서 양국은 동아시아의 상황을 그대로 유지하기로 합의했다. 이 협약의 비밀 조항들에서 양국은 1) 만주를 북쪽의 러시아 영향권과 남쪽의 일본 영향권으로 분할해서 서로 침범하지 않고, 2) 러시아는 일본과 조선 사이의 관계의 '발전'을 방해하지 않으며, 3) 일본은 러시아가 외몽골에서 특수한 이권을 지녔음을 인정했다.

1909년 7월 일본 정부가 조선을 병합하기로 결정하자, 이토는 러시아의 양해를 얻는 임무를 맡았다. 10월 26일 이토는 러시아 재무상 블라디미르 코콥초프(Vladimir Kokovtsov)와 회담하려고 하얼빈역에 도착했다. 이때 일본인으로 위장해서 접근한 안중근이 러시아 의장대의 환영을 받던 이토를 저격했다. 권총 탄환 7발 가운데 3발이 이토를 맞혔고 나머지 4발은 수행하던 일본인들을 맞혔다.

이토가 워낙 중요한 인물인 데다가 그의 방문 목적이 조선의 병합에 관해 러시아의 양해를 구하는 것이었고 그에 대한 저격이 국제적 행사에서 일어났으므로, 안중근의 거사는 온 세계의 주목을 받았다. 그래서 일본의 조선 병합이 부당하다는 사실을 세계에 알리는 데엔 더할 나위 없이 효과적이었다.

이 소식을 들은 조선 사람들의 심경은 멀리 중국 남부로 망명한 김영택金澤榮의 「의병장 안중근이 나라의 원수를 갚았다는 소식을 듣고聞義兵將安重根報國讐事」가 절절하게 드러냈다.

평안도 장사가 두 눈 부릅뜨고
양을 죽이듯 나라의 원수를 통쾌히 죽였다
죽기 전에 좋은 소식 듣게 되니
국화 옆에서 미친 듯 노래하고 마구 춤추네.

平安壯士雙目張,
快殺邦讐似殺羊.
未死得聞消息好,
狂歌亂舞菊花傍.

무진전쟁에 참여했었고 메이지유신의 주역들 가운데 한 사람이었지만, 이토는 군국주의가 강성한 일본 정부에서 늘 온건파에 속했다. 이노우에 가오루와 사이온지 긴모치와 함께 그는 야마가타 아리토모, 가쓰라 다로 및 데라우치 마사타케寺內正毅가 이끈 육군 군벌 세력에 대항했다. 조선에 대해서도 늘 온건한 정책을 선호했고, 적어도 초기엔 조선의 병합에 회의적이었다. 그래서 그가 안중근의 총탄이 아니라 조선 병합에 관한 강경파의 총탄에 죽었다는 음모론까지 나왔다.

그런 사정을 고려해서, 그가 조선 통감으로 부임했을 때 많은 외국인들이 그의 통치에 기대를 걸었었다. 그러나 그의 치적에 대한 당시 사람들의 평가는 그리 높지 않았다. 그는 여러 분야들에서 시급한 개혁 조치들을 시행했지만, 그런 조치들은 어쩔 수 없이 혼란을 불렀고 흔히 조선 사람들의 저항에 부딪쳤다. 무엇보다도 그가 시도한 개혁 조치들은 단기간에 큰 성과를 내기 어려운 것들이있다. 모든 사람들이 그의 두드러진 업적이라고 칭찬한 것이 러일전쟁 이후 조선으로 쏟아져 들

1909년 10월 26일 하얼빈역. 안중근이 쏜 권총 탄환 7발 가운데 3발이 이토를 맞혔다.

어온 질 나쁜 일본인들의 행패를 크게 줄였다는 것이라는 사실은 이런 사정을 잘 보여 준다. 일본인들의 행태를 단속하는 것은 통감의 명령으로 즉시 효과를 볼 수 있는 일이었다. 실제로 질 나쁜 일본인들로부터 조선인들이 받은 괴로움이 무척 컸다는 사정을 생각하면 이것은 작은 치적이 아니었다.

한일 병합조약

어찌 되었든, 의병의 분전도 안중근의 대담한 거사도 이미 운동량을 얻은 일본의 조선 병합 과정에 별다른 영향을 미치지는 못했다. 이미 통감부는 조선 인민들의 저항을 누를 수 있도록 군대와 경찰을 강화했고, 신문들을 폐간해서 정보를 통제했다.

1910년 7월 상트페테르부르크에서 이즈볼스키와 모토노는 1907년의 협약의 내용을 유지하며 만주의 철도망을 향상시킨다는 「제2차 러일협약」을 맺었다. 이 협약의 비밀 조항에서 러시아는 일본의 조선 병합을 양해했다. 이 협약은 미국의 만주 진출 시도에 대한 양국의 반응이었다.

라틴 아메리카에서 지닌 영향력을 강화하는 데 마음을 쓰느라, 미국은 중국으로의 진출이 다른 강대국들에 비해 늦었다. 불리한 상황을 바꾸려고, 윌리엄 매킨리 정권의 국무장관 존 헤이(John M. Hay)는 1899년에 중국에서의 '문호 개방 정책(Open Door Policy)'을 선언했다. 그는 강대국들이 중국에서 자신들의 영향권을 설정하고 배타적으로 지배하는 것에 반대하고 기회의 균등을 주장했다. 이어 1909년에 윌리엄 태프트 정권의 국무장관 필랜더 녹스(Philander C. Knox)는 무력 대신 교역과 투자로 해외에 진출한다는 '달러 외교(Dollar Diplomacy)'를 추구했다. 이런 정책의 일환으로 그는 만주 철도의 '상업적 중립화(commercial neutralization)'를 제안했다. 이 제안의 실질적 의미는 러시아와 일본이 장악한 만주 철도를 중국에 돌려주는 것이있다.

'달러 외교'는 미국 자본의 중국 진출을 돕는 데는 실패했지만, 러시아와 일본이 합심해서 미국의 만주 진출을 저지하도록 만들었다. 1907년의 순종 즉위식에 서울 주재 러시아 총영사를 불참시킴으로써 일본의 조선에 대한 장악력이 높아지는 것에 대해 불만을 드러냈던 러시아는 결국 3년 뒤 일본의 조선 병합을 양해했다.

조선 병합의 가장 큰 난관이었던 러시아의 반대를 넘어서자, 일본 정부는 병합 절차를 서둘렀다. 병합에 반대하는 조선 인민들의 봉기에 대비해서, 일본 정부는 현역 육군 대장인 데라우치 마사타케 육군대신이 조선 통감을 겸직하도록 했다.

마침내 1910년 8월 22일 총리대신 이완용과 통감 데라우치 마사타케 사이에 「한일 병합조약」이 체결되어 8월 29일 공포되었다. 이 조약 제1조는 "한국 황제 폐하는 한국 전부에 관한 일체의 통치권을 완전 또 영구히 일본 황제 폐하에게 양여讓與한다"였고 제2조는 "일본 황제 폐하는 전조에 기재한 양여를 수락하고 전연 한국을 일본제국에 병합함을 승낙한다"였다.

이렇게 해서 순종은 조선왕조의 마지막 임금이 되었고, 조선 사람들은 나라를 잃었다. 이 짓누르는 어둠에 한 점 등불처럼 둘레의 어둠을 밀어내는 것은, 순종 자신은 어둠과는 관련이 없고 어둠을 느끼지도 못했다는 사실이었다. 그는 정신이 온전치 못했다. 1907년 8월 황제 즉위식에 참석했던 맥켄지는 새 황제가 "키가 크고, 체격이 엉성하고, 행동이 어색하며, 정신이 빈 것처럼 보였다"고 묘사했다. 그리고 둘레에서 일어나는 일에 대해 "관심이 조금도 없는 것처럼 보였다"고 덧붙였다.

이노우에 가오루가 "두드러지게 똑똑하고 촉망을 받는 소년"이라고 말했던 왕태자가 이렇게 된 것은 '김홍륙金鴻陸 독다篤茶사건'이라 불린 암살 음모로 독을 마신 탓이었다. 고종은 아들과 함께 커피를 마셨는데, 커피를 좋아해서 커피 맛을 잘 아는 고종은 커피 맛이 이상하다고 이내 내뱉었지만, 커피 맛을 모르는 왕태자는 다 마셨다는 것이었다. 그런 비극이 뒷날 황제로서 나라를 잃은 것에 대해 느꼈을 죄책감에서 그를 구한 것이었다.

조종祖宗이 세운 나라를 지키지 못한 왕조의 마지막 임금이 겪는 괴로움과 죄책감은 깊을 수밖에 없다. 우리는 임금으로선 부족했지만 시재詩材는 뛰어났던 한 임금의 토로에서 그런 상황을 엿볼 수 있다.

사십 년 동안 이어 온 나라, 삼천리 땅의 산하
높은 누각들은 은하수에 닿았고 아름다운 나무들은 이끼에 덮였지. 언제 창칼을 알아보았으랴.

일단 항복해서 포로가 된 신세, 여윈 허리에 반백의 살쩍은 닳아 없어지고
무엇보다도, 허둥지둥 종묘를 하직하던 날, 교방에선 이별가를 부르는데, 눈물 흘리며 궁녀들을 대하던 일.

四十年來國家, 三千里地山河.

鳳閣龍樓連霄漢, 玉樹瓊枝作烟蘿. 幾曾識干戈.

一旦歸爲臣虜, 沈腰潘鬢消磨.

最是倉皇辭廟日, 教坊猶奏別離歌. 垂淚對宮娥.

10세기 중국 오대五代 시기에 양자강 유역에서 39년 동안 존속했던 작은 나라인 남당南唐의 후주後主 이욱李煜이 강국 송에 항복해서 포로가 된 뒤에 지은 노래詞다. 할아버지인 선주先主가 세운 나라를 지키지 못한 슬픔과 죄책감이 배어서 읽는 사람의 마음을 흔든다.

하물며 500년이 넘는 역사를 지닌 왕조를 이민족에게 앗긴 슬픔과 죄책감은 어떠했을까? 그런 슬픔과 죄책감을 마지막 임금이 겪지 않게 된 것은 작지만 자비로운 일이었다. 그리고 순종이 망국의 책임에서 벗어나면서, 일본의 식민지 시기에 그런 대로 영화를 누린 이씨 왕실도 매서운 비판을 피하게 되었다. 「한일 병합조약」의 제3조는 "일본국 황제 폐하는 한국 황제 폐하, 황태자 전하 및 그 후비后妃와 후예로 하여금 각기의 지위에 적응하여 상당한 존칭 위엄 및 명예를 향유하게 하며, 또 이것을 유지함에 충분한 세비를 공급할 것을 약속한다"고 규정했고, 일본 정부는 이 조항만큼은 충실히 이행했다.

1905년 「제2차 한일협약」이 체결되자, 거의 모든 조선 사람들은 나라가 극도로 위태함을 인식하게 되었다. 그리고 날이 갈수록 나라는 기울었다. 그래서 「한일 병합조약」이 공포되었을 때 크게 놀란 사람은 없었다. 그래도 막상 나라가 망했다는 사실과 마주치자, 모두 충격을 받았다.

그날 평안도 정주의 오산학교에서 교사로 일하던 이광수李光洙는 어행을 떠나려고 인근 고읍역에 나갔다. 대합실엔 벽보가 붙어 있었다. 대한제국 황제는 신민과 통치권을 대일본제국의 천황에게 양도한다는 조서詔書와, 대일본제국 천황은 이를 받아들인다는 조서였다. 커다란 글자로 인쇄된 그 조서들을 그는 망연자실해서 읽고 또 읽었다.

> 나는 여행을 중지하고 정거장에서 나와서 학교로 향했다. '인제는 망국민이다' 하는 생각을, 한참 길을 걸은 뒤에야 할 수가 있었다.
>
> 나는 중도에 앉아서 얼마 동안인지 모르게 혼자 울었다. 나라가 망한다 망한다 하면서도 설마설마 하고 있었던 것이다.
>
> '왜? 대황제가 이 나라의 주인이냐? 그가 무엇이길래 이 나라와 이 백성을 남의 나라에 줄 권리가 있느냐?'
>
> 이런 생각도 났으나 그것은 '힘'이 있고야 할 말이다. 힘! 그렇다 힘이다! 일본은 힘으로 우리나라를 빼앗았다. 빼앗긴 나라를 도로 찾는 것도 '힘'이다! 대한나라를 내려누르는 일본나라의 힘은 오직 그보다 더 큰 힘을 가지고야 밀어낼 수가 있다. (이광수, 『나의 고백』)

나라가 망했다는 사실을 자신의 치욕으로 받아들이고 목숨을 끊은 사람들도 있었다. 어떤 길을 고르든 좋은 선택이 될 수 없는 상황을 맞은 지식인의 심경을 황현黃玹의 유시遺詩는 아프도록 선연하게 드러냈다.

> 새와 짐승 슬피 울고 바다와 산악도 찌푸리네
> 무궁화 세상은 이미 사라졌구나
> 가을 등불 아래 책 덮고 옛일을 회고하느니
> 사람 세상에서 글 아는 사람 노릇이 힘들도다.

鳥獸哀鳴海岳嚬,

槿花世界已沈淪.

秋燈掩卷懷千古,

難作人間識字人.

이승만의 회한

만찬에서 마신 포도주의 취기가 엷은 아지랑이처럼 마음을 덮고 있었다. 푹신한 소파에 등을 기대고서, 이승만은 몸과 마음의 나른함을 즐겼다. 눈을 감은 채 그는 침대에서 자는 프란체스카의 숨소리에 귀를 기울였다. 잠이 폭 든 모양이었다. 하긴 긴 하루였다. 그는 취기가 좀 가셔야 잠이 올 것 같았다.

그는 소파에서 일어나 조용히 창으로 다가갔다. 커튼을 조금 열고서 밖을 내다보았다. 세계에서 가장 크고 부유한 도시답게, 마천루들이 들어찬 뉴욕의 야경은 화사했다. 긴 한숨이 나왔다. 큰일을 무사히 치렀다는 안도감과 그동안 애쓴 보람이 있다는 성취감이 어우러진 한숨이었다.

국치일 기념행사들은 만족스러웠다. 라과디아 시장은 손님들을 환대했다. 이름처럼 그는 체수가 작았다. [그의 이름 피오렐로(Fiorello)는 '작은 꽃'이라 했다.] 그러나 그의 몸에선 정력이 뿜어 나오는 듯했다. 그는 뉴욕에서 초당적 지지를 받았다. 공화당원이었지만 그는 처음부터 루스벨트의 '뉴딜 정책'을 지지했다. 그래서 루스벨트 대통령은 라과디아가 시장으로 있는 뉴욕에 대해 막대한 보조금을 주었고 그의 정적들에 대해선 자금줄을 끊었다. 덕분에 그는 자신의 공약 사업들을 착실하게 수행했고, 1934년부터 3연임을 하는 참이었다.

뉴욕시장이 30여 년 전에 사라진 아시아의 작은 나라에 관심을 보이고 그 나라를 부활시키려는 사람들을 이처럼 초대한 것은 긴 설명이 필요한 일이었다. 직접적 계기는 크롬웰의 주선이었을 것이다. 뉴욕 토박이로 미국 사교계의 명사인 터라, 크롬웰은 어떤 높은 문턱이든 넘을 수 있었다. 이승만은 크롬웰이 그렇게 나서 준 것이 한없이 고마웠다. 인종 차별이 극심한 미국 사회에서 백인 유력자를 내세우지 않으면 되는 일이 드물었다.

그러나 라과디아 자신이 조선 문제에 관심이 없었다면, 바쁜 뉴욕시장이 시간을 내기 어려웠을 것이었다. 그의 부모는 이탈리아에서 이민 온 사람들이었다. 아버지는 이탈리아 사람이었고 어머니는 트리에스테의 유대인이었다. 그의 첫 아내도 트리에스테에서 온 이민이었다. 자연히 그는 이탈리아어와 유대인들의 언어인 이디시(Yiddish)어를 어려서부터 배웠고, 독일어와 크로아티아어도 능숙했다. 유럽에서 온 이민들을 심사하는 엘리스섬의 이민국(US Bureau of Immigration)에서 통역으로 일한 적도 있었다. 덕분에 그는 이민들의 처지를 잘 이해했고, 이민 관련 관행들을 보다 공정하고 현실적으로 바꾸려 애썼다. 실은 그런 노력이 그가 공직으로 진출하게 된 계기였다. 그는 오랫동안 하원의원을 지냈는데, 그의 선거구는 다양한 소수민족들이 사는 빈민가인 뉴욕의 동부 할렘이었다. 그런 내력과 태도를 지녔으므로 라과디아는 조선에 대해서도 상당히 자세히 알았고, 뉴욕에 거주하는 한국인들에게 관심을 보였다.

이승만도 라과디아에 대해서 호감을 품었던 터였다. 그는 소속 정당의 경계를 과감하게 벗어나 다른 정당의 대통령과 기꺼이 협력하는 라과디아를 높이 평가했다. 자신이 속한 정파나 조직에 얽매이기를 싫어하는 터라, 이승만은 라과디아의 그런 행태를 눈여겨보면서 교훈들을 얻으려 했다. 그는 라과디아의 행태와 루스벨트 대통령의 행태가 비슷하다는 점을 주목했다. 두 사람 다 크게 성공한 정치가들이었으니, 하긴 자연스러운 일일 터였다. 루스벨트도 라과디아도 직접 시민들에게 가까이 다가가려 늘 애썼고 시민들의 열광적 지지가 그들의 궁극적 정치 기반이었다. 특히 그들의 중요한 공통점은 라디오를 통해서 많은 시민들에게 자신의 생각을 밝히고 지지를 호소한다는 점이었다. 앞으로 해방된 고국에 돌아가서 나라를 이끌려면, 민주 정치가 가장 발전된 미국에서 정치가들이 보이는 성공적 행태들을 습득해야 할 터였다.

하긴, 오늘 고국의 독립을 위해 노력하는 한국인들과 그들을 돕는 미국인들을 시청에 초청한 것도 배울 만한 태도였다. 이민 온 소수민족들을 보살핀다는 자신의 소신에서 나왔지만, 경찰까지 동원한 초청 행사는 한국인들을 자신의 열렬한 지지자로 만들 뿐 아니라 지금 미국이 치열하게 싸우는 적국인 일본에 대한 적개심을 자신의 자산으로 만들 터였다.

라과디아와 크롬웰은 뉴욕 토박이들이어서 서로 잘 아는 사이에다 루스벨트와 '뉴딜 정책'을 지지하는 터라서, 화제는 주로 두 사람이 이끌었다. 그래도 라과디아는 이승만에 대해서 많이 알고 있었다. 『일본 내막기』에서 많은 것들을 배웠노라며, 일본의 기습공격을 미리 경고한 이승만의 식견에 감탄했다.

이승만도 라과디아의 칭찬에 답례할 얘기가 있었다. 1922년 하원의원 선거에서 라과디아는 뉴욕에서 출마했다. 그의 선거구엔 유대인들이 많았는데, 그의 유대인 경쟁자가 그를 "반유대주의자"라고 공격했다. 그러자 그의 선거 참모들이 그의 어머니가 유대인이라는 사실을 밝히라고 조언했다. 그러나 그는 그런 조언을 따르지 않고 유대인 경쟁자에게 공개편지를 보냈다. 이디시어로 씌어진 그 편지에서 그는 선거운동의 쟁점들에 관한 토론을 "모두 이디시어로 진행하자"고 제안했다. 비록 유대인이었지만 이디시어를 모르는 경쟁자는 그의 제안을 거부했고, 그 일이 화제가 되어 결국 라과디아에게 패배했다. 당시 이승만은 상해 임시의정원이 갑자기 '임시대통령 불신임'을 가결해서, 그것을 수습하느라 애를 먹고 있었었다. 그 일화를 언급하면서 이승만은 미소를 지었다.

"나에겐 그 일화가 이제 이십 년이나 지난 하원의원 선거를 기억하도록 만드는 이정표입니다."

이승만의 얘기에 라과디아는 정말로 기뻐했다.

시청에서 호텔로 돌아오는 길에 이승만은 크롬웰에게 라과디아의 정치적 입지에 대해 물어보았다. 그의 예상과 달리, 크롬웰은 라과디아의 인기가 떨어지고 있다고 했다. 전쟁으로 군수산업이 호황을 맞았는데, 뉴욕엔 군수공장들이 들어서지 않아서 경기가 좋지 않고 재정도 부족해서 라과디아의 공약 사업이 나아가지 못한다는 얘기였다. 그동안 루스벨트가 도와주긴 했지만, 군수공장의 배치는 의회에서 결정되므로 대통령도 어쩔 수 없다고 했다.

이승만은 크롬웰의 얘기를 흥미롭게 들었다. 경제적 치적이 정치가들의 운명을 결정한다는 것이야 누구나 잘 아는 얘기였다. 1930년대 초엽의 대공황이 공화당 허버트 후버 정권의 몰락과 민주당 프랭클린 루스벨트 정권의 장기 집권을 부른 과정을 이승만은 지켜본 터였다. 그러나

라과디아 시장처럼 부패한 정치 집단을 몰아내고 개혁을 줄기차게 추진해서 인기 높은 정치가도 경기가 나빠지면 이내 정치적 입지가 흔들린다는 사실은 정신이 번쩍 들게 했다.

창밖 야경을 보지 않는 눈길로 내다보면서, 이승만은 씁쓸한 맛이 도는 열매를 씹듯 그 얘기를 음미했다. 한반도가 일본의 통치에서 벗어나서 대한민국이 정식으로 세워지면 새 정부는 온갖 어려움들을 맞을 터였다. 그런 어려움들 가운데 가장 근본적이고 풀기 힘든 것은 역시 경제일 터였다. 해방되고 새로운 나라가 섰으니 인민들은 잘살게 되었다고 기대가 클 터인데, 막 세워져서 제대로 돌아가지 않는 정부가 그런 기대를 충족시킬 길은 없을 터였다. 정부 관리들 봉급이나 제대로 줄 수 있을지도 확실치 않았다. 그런 상황은 혼란과 불만과 분열을 부를 터였고, 그러면 인민들을 선동해서 권력을 장악하려는 전체주의 세력이 나올 터였다. 공산주의 러시아가 동아시아에서 절대적 우위를 누릴 가능성이 점점 커지는 상황에서, 그런 생각은 그의 마음에 짙은 그늘을 드리웠다.

이승만은 머리를 저으면서 그런 음울한 생각을 마음에서 몰아냈다. 적어도 오늘은 그로선 득의의 날이었다. 시장 초청 행사만큼이나 호텔에서 열린 만찬 연설회도 성공적이었다. 일본의 패배가 이미 확실해진 터라서 참석자들 모두가 마음이 밝았고 앞날에 대한 희망으로 한껏 부풀었다.

단 하나의 아쉬움은 크롬웰이 만찬 연설회에 참석하지 못한 것이었다. 호텔에 돌아오자 크롬웰은 급히 변호사를 만나야 해서 만찬에 참석하기 어렵다고 이승만에게 양해를 구했다. 크롬웰의 처지를 아는지라 이승만은 그의 우정과 도움에 대해 마음에서 우러나오는 감사 인사를 하고 현관까지 나가서 배웅했다.

크롬웰은 작년부터 아내 도리스 듀크(Doris Duke)와 이혼 소송 중이었다. 도리스 듀크는 담배 산업의 거두로 듀크 대학을 설립한 제임스 듀크(James Duke)의 외동딸로 큰 재산을 물려받았다. 그래서 크롬웰은 "세계에서 가장 부유한 여인의 남편"으로 알려졌다. 그는 1922년에 다지 자동차 회사(Dodge Motor Company)의 창립자인 호러스 다지(Horace Dodge)의 외동딸 델핀 다지(Delphine I. Dodge)와 결혼했다가 여섯 해 뒤에 이혼했다. 젊은 상속녀들과 거듭 결혼했으니, 그는 사람들의 시기 어린 부러움을 살 수밖에 없었다.

1896년에 태어났으니 크롬웰은 이제 쉰을 바라보는 나이였다. 그래도 여전히 남성적 매력을 지녔고 사교계에서 인기가 높았다. 건장하고 운동 잘하는 사내들이 지적으로 뛰어난 경우는 드물었는데, 크롬웰은 1933년에 펴낸 『젊은 아메리카의 목소리(Voice of Young America)』에서 '뉴딜 정책'에 포함된 정책들을 주창했다. 이승만이 아는 한 그는 가장 완벽한 사내였다.

그러나 바로 그런 완벽한 매력이 크롬웰의 정치적 성공의 가장 큰 장애가 되었다. 정치 지도자를 뽑는 사람들은 대중이었지 젊은 상속녀들이 아니었다. 그래서 작은 키에 지적으로도 평범한 라과디아가 정치적으로 크게 성공했지만, 크롬웰은 첫 정치 무대인 뉴저지주 상원의원 선거에서 참패했다. 아내 돈으로 정치를 한다는 비난에 그의 인기는 폭락했다. 정치적 장래가 불투명해지고 사람들의 주목을 받지 못하게 되자 그의 결혼도 이내 파경을 맞았다. 그리고 이혼 소송은 점점 추문이 되어 가고 있었다. 적잖은 위자료가 걸린 일이라서 양측이 서로 공개적으로 비난하는 상황이 된 것이었다.

이혼 소송에 휘말리자, 크롬웰은 지난달에 한미협회 회장 자리에서 물러나겠다는 뜻을 밝혔다. 크롬웰의 처지가 그러한지라 한미협회 이사들도 크롬웰의 사직을 받아들이기로 결정했다. 뜻밖으로 크롬웰이 이번 만찬 연설회에 참석하겠다고 해서 모두 반가워한 참이었다. 이승만도 크롬웰의 일이 잘 풀리는 것 같아서 진심으로 반겼었다.

가벼운 한숨을 내쉬면서, 이승만은 그의 충실한 친구에게 밝은 앞날이 오기를 기원했다. 크롬웰이 당장 어려운 처지가 될 리는 없었다. 워낙 매력적이고 재능이 뛰어난 데다 원래 사업가여서 자기 재산도 있을 터였다. 그래도 그는 그냥 묻히기엔 너무 아까운 인물이었다. 물론 이승만과 한미협회는 그의 도움이 절실히 필요하기도 했다.

크롬웰의 이혼 문제는 어쩔 수 없이 이승만 자신의 이혼의 기억을 불러냈다. 그의 가슴이 문득 깊은 회한으로 시려 왔다. 그것은 누구에게도 밝히지 못한 황량하고 부끄러운 기억이었다.

이승만은 한일 병합 소식을, 귀국을 앞두고 미국의 은인들에게 작별 인사를 다니는 길에 들었다. 예상은 하고 있었지만, 막상 나라가 일본에 병탄되었다는 소식을 듣자 어쩔 수 없이 충격이 컸다. 그러나 그는 그런 충격에서 바로 벗어났다. 어차피 더 버틸 수 없는 조선왕조를 떠받치려 애쓰기보다, 새로 공화국을 건설하는 과업에 매진하는 것이 나으리라는 기대가 솟았다.

그리고 그에겐 조국에 돌아가서 할 일들이 이미 마련된 터였다. 프린스턴 대학에서 국제정치학 박사를 받자, 그는 서울 기독교청년회(YMCA)에서 일하기로 하고 봉급의 일부를 가불받아서 여비를 마련했다. 그는 은사인 우드로 윌슨 프린스턴 대학교 총장 가족과 그의 학업을 도와준 은인들에게 귀국 인사를 하고, 한일 병합조약이 공포된 지 닷새인 9월 3일 뉴욕항에서 리버풀로 가는 기선에 올랐다. 그리고 런던, 파리, 베를린, 모스크바를 거쳐 10월 10일 밤에 남대문역에 도착했다. 민영환과 한규설의 밀서를 품고 제물포항을 떠난 지 5년 11개월 만이었다.

그의 가족은 동대문 밖 낙산 중턱에서 살고 있었다. 부인 박씨는 텃밭에서 가꾼 채소와 집 위쪽 복숭아나무 숲에서 딴 복숭아를 성안에 내다 팔아 시아버지를 모시면서 생계를 꾸리고 있었다. 여섯 해 만의 재회는 기뻤지만, 집안은 평온하지 못했다. 그의 부친과 그의 부인 사이가 크게 벌어져서 화해가 어려운 상황이었다. 그의 부친은 며느리가 자기에게 알리지 않고 손주 태산이를 미국으로 보낸 일이 크게 노여워서 며느리로 여기지 않았다. 아버지와 아내 사이의 반목에 낀 이승만은 끝내 집안을 화목하게 만들지 못하고 종로의 YMCA 건물 3층 다락방으로 나왔다.

이승만은 기독교 전도에 헌신했다. 기독교를 통해서 인민들의 역량을 기르려는 그의 뜻은 큰 성과를 얻었고, 자연스럽게 그의 명성도 널리 퍼졌다. 1919년 여러 곳에서 대한민국 임시정부들이 세워졌을 때 그가 지도자로 추대된 것은 이 시기의 활동에 큰 힘을 입었다.

그러나 조선총독부는 기독교를 드러내 놓고 탄압하기 시작했다. 조선에서 조직적인 독립운동을 일으킬 만한 세력은 기독교도들이라는 판단 아래, 1911년에 데라우치 총독을 암살하려는 음모를 꾸몄다는 혐의로 '105인사건'을 날조했다. 이 사건의 주모자로 윤치호가 검거되자, 이승만은 자신도 피하지 못할 것을 깨달았다. 다행히 차세대 기독교 지도자로서의 이승만의 가능성을 높이 여긴 미국인 목사들이 이승만의 보호에 적극적으로 나섰다. 그들은 미국에서 수학하고 서울 YMCA를 이끄는 이승만의 체포가 미국에서 불러올 역풍을 경고했다. 그리고 1912년 미네아폴리스에서 열리는 '감리교 4년차 총회'에 이승만을 조선 대표로 뽑아 서둘러 출국시켰다.

이승만은 자기 집을 전당잡혀서 여비를 마련했다. 그는 부유한 고종사촌에게서 200원을 받아, 100원으로 집 위 골짜기의 복숭아밭을 사서 부인 박씨에게 주었다. 그것이 위자료였다. 그는 출국하기 전에 박씨에게 결별을 통보했다. 어차피 이번에 미국으로 나가면 돌아올 기약이 없으니 기다리지 말라는 얘기였다. 여권의 기한은 6개월이었지만 그는 나라가 다시 부활한 뒤에야 돌아올 생각이었다. 실제로 1912년 3월 26일 서울을 떠난 뒤 30년 넘게 지난 지금도 그는 아직 조선으로 돌아가지 못하고 있었다.

"미안하오."

자신도 모르게 혼잣소리를 하고서 이승만은 흘긋 프란체스카를 돌아보았다. 그녀는 곤히 자고 있었다. 잠시 그는 헝클어진 마음을 쓰다듬었다. 그가 결별하고 조선에 남겨 둔 부인 박씨 생각이 떠오르지 않는 날은 드물었지만, 그가 마음속으로도 그녀에게 미안하다고 사과한 적은 없었다. 이제 뒤늦게 사과를 입 밖에 내다니.

'늙은 탓일까?'

그는 쓸쓸하게 자문했다.

'그럴지도 모르지.'

그는 체념이 어린 마음으로 자답했다.

'나이는 못 속인다더니.'

박씨와 헤어지고 난 뒤 해외에서 혼자 떠돌면서, 그는 아내에 대한 자신의 처사가 좀 야박한 면은 있었어도 잘못되었다고는 생각하지 않았다. 어차피 함께 살 처지가 아니니 헤어지는 것이 아내에게도 나으리라는 생각도 했었다. 좀 안쓰러운 마음이 들면 '나라를 위해 큰일을 하는 처지에서 그런 사사로운 일까지 다 챙길 수는 없는 것 아니냐' 하는 좀 억지스러운 주장도 내세웠다.

프란체스카와 결혼하자 그는 어쩔 수 없이 전처와 현재의 아내에 대한 자신의 태도가 크게 다르다는 사실과 마주해야 했다. 물론 두 경우는 크게 달랐다. 박씨와의 결혼 생활은 당시 조선의 풍습과 가치 체계에 따라 이루어졌다. 그래서 그가 박씨의 헌신적 태도를 당연한 것으로 여긴 것도 딱히 상궤에서 벗어난 것은 아니었다. 그와 프란체스카의 결혼은 당시 유럽의 풍습과 가치 체계에서 벗어난 사건이었다. 그녀는 그와 결혼하기 위해 많은 것들을 희생했다.

그들이 처음 만났을 때, 이승만은 58세였고 프란체스카는 33세였다. 25년이라는 나이 차는 극복하기 어려운 장벽이었다. 인종적 장벽은 훨씬 더 높았으니, 서양 사람들의 인종적 편견과 차별은 보편적이고 강고했다. 이민들의 사회라서 비교적 인종적 편견과 차별이 덜했던 미국에서도 동양인들이 겪은 차별과 박해는 컸다. 독일 민족으로 이루어진 오스트리아에선 나치 세력의 영향을 받아 반유대주의가 부쩍 심해진 상태였고, 자연히 동양인에 대한 편견도 부쩍 커졌다. 그런 사회에서 젊은 여인이 동양인 노인과 결혼한다는 것은 큰 추문이 될 수밖에 없었다.

당시 이승만은 자신의 생계를 꾸리기도 벅찬 처지였다. 첫 만남에서 그가 프란체스카의 눈길을 끌게 된 것은 그의 소박한 식단이었다. 그녀

모친이 "내 딸을 날달걀에 식초를 쳐서 먹는 가난뱅이에게 줄 수 없다"고 결혼을 극력 반대한 것은 예상할 수 있는 일이었다.

그가 무국적자였다는 사실도 큰 결점이었다. 대한민국 임시정부의 초대 대통령이었고 당시는 임시정부를 대표해서 미국을 비롯한 강대국들을 상대로 외교 활동을 하는 처지라서 미국 국적을 갖기를 마다했다는 그의 설명에 프란체스카는 오히려 흠모의 정이 깊어졌다고 뒤에 고백했지만, 그녀의 가족으로선 그것도 걱정하지 않을 수 없었다.

프란체스카는 끝내 나이와 인종과 재산의 차이라는 높은 장벽을 넘어 그와 평생을 같이하기로 했다. 그녀와의 결혼은 그에게 헤아릴 수 없는 행운들을 불러왔다. 현철하고 근검하며 사람들과 잘 사귀고 사무적 능력까지 갖춘 아내의 내조를 받으면서, 그는 신체적 건강과 심리적 여유를 누리며 독립운동에 매진할 수 있었다. 그리고 백인인 그녀 덕분에 많은 문들이 그에게 열렸다. 결정적 행운은 그가 『일본내막기』를 저술할 때 아내의 도움을 받을 수 있었다는 사실이다. 그녀는 원고를 세 번이나 타자해서 손가락이 짓물렀다. 영어를 잘하고 속기와 타자에 능한 아내의 도움을 받아, 그는 예상보다 훨씬 앞서 원고를 완성했다. 덕분에 『일본내막기』는 일본 함대가 펄 하버를 기습하기 반년 전에 출간되었다. 만일 프란체스카가 평범한 여인이었다면, 그래서 그의 탈고가 늦어졌다면 그는 예언자의 명성을 얻지 못했을 터이고, 그의 독립운동도 운동량이 크게 줄어들었을 것이었다. 당연히 그로선 아내에 대해 깊이 고마워하고 늘 그녀에게 마음을 쓰고 의견을 존중했다.

그렇게 두 경우는 사정이 달랐지만, 그래도 이승만은 자신이 전처에 대해 야박했다는 것을 차츰 인정하게 되었다. 그리고 박씨의 잘못이 있다 하더라도 그리 크지 않았다는 것을 차츰 깨닫게 되었다.

시아버지와 사이가 나빴으므로 박씨를 효부라 부를 수는 없겠지만, 그녀는 남편이 먼 이국에 머무는 동안 혼자 살림을 꾸리면서 시아버지를 잘 봉양했다. 그의 집안을 돌보아 주던 민영환이 자결한 뒤엔 생계가 막막했지만, 그녀는 혼자 집 둘레에 밭을 일구면서 생계를 꾸렸다. 며느리로서의 도리를 다한 셈이었다. 시아버지와 사이가 틀어지는 계기가 된 아들 태산이의 죽음에 관해서 그녀는 잘못이 없었다. 태산이를 미국으로 데려오기로 결정한 것은 이승만 자신이었고, 가장 믿을 만한 사람인 박용만이 손수 미국으로 데리고 왔다. 그리고 태산이는 미국에서 아버지와 떨어져서 혼자 지내다가 죽었다. 책임을 져야 한다면 아들을 미국으로 데려온 이승만 자신이 온전히 져야 했다. 그리고 태산이의 죽음으로 느낀 슬픔이야 아버지나 할아버지가 어찌 아이를 낳아 기른 친어미보다 더하겠는가?

'죽었는지 살았는지. 살았다면, 어디서 어떻게 사는지.'

회한이 써늘하게 훑는 가슴으로 그는 탄식했다. 여섯 해 만에 재회했지만 이내 밖으로 나가서 거처해 온 남편이 결별을 통고해도, 그녀는 원망하는 기색을 드러내지 않았다. 고개 숙이고 볼에 흐르는 눈물을 손등으로 훔치기만 했다. 그 아프고 부끄러운 장면을 마음속 어느 후미진 구석으로 다시 밀어넣는 몸짓으로 그는 커튼을 천천히 여몄다.

제18장

레이티

UNRRA 몬트리얼 회의

1944년 9월 14일 아침 임병직은 캐나다 몬트리얼에서 열리는 '연합국 구제부흥기구(United Nations Relief and Rehabilitation Administration, UNRRA)'의 제1차 회의에 참석하는 각국 대표들을 위한 특별열차편으로 워싱턴을 떠났다. 그는 대한민국 임시정부가 파견한 참관자(observer) 자격으로 UNRRA 회의에 참석할 터였다.

UNRRA는 연합국의 통제 아래에 있는 지역에서 전쟁 피해자들을 돕는 기구였다. 1943년에 루스벨트 대통령의 제안으로 만들어졌는데, 미국이 기금의 대부분을 내고 영국과 캐나다가 협조했다. 이름에 '국제연합(United Nations)'이 들어갔지만, 아직 국제연합이 만들어지기 전이었고 실제로는 '연합국(Allies)'를 뜻했다. 이 기구는 뒤에 국제연합의 기구로 흡수되었고 1947년까지 활동했다.

이보다 앞서, 8월 11일에 임병직이 이승만 내외와 '한미협회'의 집행

비서 글래디스 윌리엄스(Gladys Williams)를 저녁 식사에 초대했다. 임병직은 자기 근거인 미국 서해안으로 돌아갈 참이었다. 그들이 브로드무어 호텔의 식당에서 저녁을 드는데, 중국인 넷이 들어왔다. 한 사람은 1920년대와 1930년대에 오랫동안 주미 대사를 지낸 시조기施肇基(스자오지)였고 또 한 사람은 주 러시아 대사를 지낸 장정보蔣廷黼(장팅푸)였다. 다른 두 사람은 이승만이 모르는 젊은이들이었다.

이승만을 보자 두 전직 대사들은 그의 식탁으로 와서 반갑게 인사했다. 인사가 끝나자 장정보가 이승만에게 "그렇지 않아도 리 박사에게 연락을 하려던 참이었다"고 말하면서 UNRRA 회의 얘기를 꺼냈다. 그는 주미외교위원부 요원을 참관자로 회의에 파견하고 싶다는 편지를 UNRRA 집행부에 보내라고 이승만에게 조언했다. 그리고 자신은 그런 조치를 지지하겠다고 약속했다.

이승만은 시조기를 오래 전부터 알았고 크고 작은 도움들을 받아 왔지만, 장정보는 지난 1월에 처음 만났다. 그래도 장이 조선에 대해 관심이 많고 적극적으로 돕겠다고 나서자, 이승만은 그에게 주미외교위원부가 UNRRA에 대표를 보내는 일을 도와달라고 지난봄부터 부탁했었다. 이승만은 내심 대표를 보낼 수 있기를 기대했었으므로, 참관자를 보내는 것은 마음에 차지 않았다. 그러나 장이 그동안 이 일을 위해 많이 애썼다는 것을 알았으므로, 그는 중국 외교관들이 미국 국무부의 반대에 부딪쳤다고 짐작했다. 미국 국무부는 대한민국 임시정부가 공식 망명정부로 인정받는 것을 극력 막아 왔으므로, 주미외교위원부 요원이 UNRRA에 대표로 참석하는 것을 꺼릴 터였다. 이승만은 장과 시에게 대한민국 임시정부를 위해 애쓴 데 대해 감사했다.

중국 외교관들이 자기들 자리로 돌아가자, 이승만은 함께 장정보의 얘기를 들은 임병직에게 그 일을 맡아 달라고 정식으로 부탁했다. 임병직은 UNRRA 회의에 대표를 보내는 일에서 처음부터 이승만을 도와 온 터였다.

이튿날 이승만은 장정보가 조언한 대로 UNRRA 집행부에 편지를 보냈다. 8월 21일에 UNRRA의 요원인 에드윈 디킨슨(Edwin Dickinson)이 이승만에게 전화를 걸어 와서 참관자를 받아들이겠다고 밝혔다. 임병직이 여권을 얻는 일은 장정보가 도와주었다.

임병직을 배웅하고 나서, 이승만은 중국 대사관에서 주미 대사 위도명魏道明(웨이다오밍)과 만났다. 1942년 위도명이 주미 대사로 부임한 이래 두 사람은 자주 만나고 협력해 온 터였다. 지난 6월엔 중국 대사관저에서 위도명의 부인 정육수鄭毓秀(정위슈)의 자서전 『나의 혁명 시절(My Revolutionary Years)』의 출판 기념 가든파티가 열렸는데 이승만은 프란체스카와 함께 참석했었다. 프란체스카와 정육수가 그 일로 친해진 뒤 그들의 남편들도 더욱 친해졌다. 프란체스카가 무슨 얘기를 했는지 몰라도, 정육수는 이승만을 "진정한 혁명가"라고 사람들에게 말했다는 얘기가 들렸다.

이승만은 임병직이 몬트리얼로 떠났다고 위도명에게 알리고 중국 대사관의 협조에 대해 감사한다는 뜻을 밝혔다. 그리고 임병직이 UNRRA 회의에 참관자 자격으로 참석했음을 중경(충칭)의 대한민국 임시정부에 보고하는 자신의 중국어 전문을 보내 달라고 부탁했다. 위도명은 흔쾌히 수락했다.

UNRRA 회의에 참관자를 파견한 것은 주미외교위원부가 모처럼 거둔 가시적 성과였다. 어느 나라로부터도 승인을 받지 못한 임시정부의 워싱턴 사무소가 할 수 있는 일들은 많지 않았다. 할 수 있는 일들도 밖으로는 드러나지 않는 것들이 대부분이었다. 그저 미국 국무부의 관리들이 조선이라는 나라를 잊지 않도록 끊임없이 접촉하고 편지를 보내고, 기회가 나올 때마다 대한민국 임시정부가 정통성을 지닌 망명정부라는 주장을 내세우면서 국제회의에 참석하겠다고는 나서는 것이 주된 업무였다.

국무부의 태도는 늘 비우호적이었다. 비교적 우호적이었던 스탠리 혼벡의 영향력이 줄어들고 매사에 러시아의 이익을 앞세우는 앨저 히스의 힘이 커지면서 사정은 더욱 불리해졌다. 이제 전쟁이 끝나기 전에 미국이 대한민국 임시정부를 승인할 가능성은 거의 없었다.

국무부 관리들은 늘 대한민국 임시정부가 조선인들을 대표하지 못한다고 주장하면서, 미국 안에서도 조선인들은 여러 당파들로 나뉘어 싸운다고 지적했다. 서북파가 주도하는 재미한족연합위원회가 워싱턴에 사무소를 설치하고 주미외교위원부와 공개적으로 경쟁하면서 이승만의 처지는 더욱 고달파졌다.

지난달 한미협회의 국치일 기념 행사에서 라과디아 뉴욕시장이 행사 참가자들을 시청으로 초대한 일로 주미외교위원부의 위신이 높아졌는데, 이제 UNRRA 행사에 임병직이 참석함으로써 재미한족연합위원회의 도전을 받던 주미외교위원부와 이승만의 위상이 확고해진 것이었다.

이승만이 모처럼 즐긴 성취감은 그러나 그리 오래 가지 못했다. 그날 밤 임병직이 그에게 전화해서, 재미한족연합위원회를 대표한 김용중金龍中이 UNRRA에 참관자 자격으로 참석한다고 전했다. 미국 국무부에서 재미한족연합위원회 대표의 참석을 종용했다고 김용중이 먼저 털어놓으면서, 미국 국무부의 지지를 받은 자신이 주미 중국 대사관의 지지를 받은 임병직보다 나은 것처럼 여긴다는 얘기였다. 이승만은 임병직에게 그곳 사정을 자세히 물었다. 그리고 차분히 일렀다.

"좋은 기회가 왔네. 커널 림의 실력을 보여 줄 기회가 왔네. 평생 닦은 솜씨를 유감없이 보여 주세."

전화를 끝내자 이승만은 눌러 두었던 화를 터뜨렸다.

"이 작자는 하는 짓마다…. 못난 놈이 천방지축 날뛰며 제 애비를 욕되게 하네."

국무부의 조선 담당 요원 조지 매카피 매큔(George McAfee McCune)을 향한 욕설이었다. 욕설을 퍼붓고 나니 속이 좀 풀렸다. 욕설은 역시 모국어로 해야 시원했다.

라디오를 듣던 프란체스카가 놀라서 그에게 묻는 눈길을 보냈다.

"마미," 그는 차분한 목소리로 그녀에게 설명했다. "서북파들이 UNRRA에 자기 대표들을 참관자로 파견했다고 벤이 전화했어요."

프란체스카의 얼굴이 어두워졌다. 그 소식이 남편에게 얼마나 큰 타격이 되는지 그녀는 짐작할 수 있었다. "어떻게 그런 일이…?"

"그 망할 놈 매큔이 농간을 부린 거요. 그동안 나한테 UNRRA 얘기는 비친 적도 없었는데, 이제 보니 그가 서북파하고 일을 꾸민 모양이오. 나 몰래 UNRRA에 서북파 참관자를 보내기로." 이승만은 씁쓸한 웃음을 지었다. "서북파 대표가 UNRRA에 참관자로 참석하고 우리 주미외교위원부는 손을 놓고 있었으면 우리는 어떻게 되었겠소? 만일 장 대사가 우리를 도와주지 않았으면 난 뭐가 되었겠소? 저들이 얼마나 뻐기고 나를 비웃었겠소?"

그제서야 그녀도 사태가 심각함을 깨달았다. "하마터면 큰일 날 뻔했네요."

"매큔이라는 자가 제 애비를 욕되게 하고 있소. 지금이 어느 때인데, 우리 임시정부가 승인을 받지 못하도록 일을 꾸미다니. 참으로 속 터질 노릇이오."

분개한 프란체스카가 거들었다. "만날 우리가 분열되어서 임시정부를 승인할 수 없다고 하면서, 국제회의에 정통성이 없는 단체가 대표를 보내도록 하니…. 아무리 서북파와 친하다고 하더라도 공과 사를 구별해야지. 참으로 나쁜 사람이네요."

매큔의 공작

조지 매카피 매큔은 1908년에 평양에서 태어났다. 당시 장로교 선교사인 그의 아버지 조지 섀넌 매큔(George Shannon McCune)이 평양과 평안북도 선천에서 전도와 교육을 하고 있었다. 매큔과 동생들은 모두 조선에서 초등교육을 받았다. 그래서 그는 평안도 사람들과 친했고, 조선 왕조에서 소외되고 차별 받은 그들의 처지를 동정했다. 대한민국 임시정부가 세워지고 독립운동 세력이 지역적으로 서북파와 기호파로 갈라지자 그는 서북파의 의견을 알게 모르게 받아들였고, 기호파를 대표하는 이승만에 대해서 처음부터 부정적 태도를 보였다. 그는 1942년 2월부터 전략사무국(OSS)에서 일했는데, 그때 이미 이승만을 비판하고 서북파 인물들이 오히려 대표성이 있다는 문서들을 만들었다. 그런 서북파에 대한 친근감은 서북파가 장악한 재미한족연합위원회에 대한 선호를 낳았다. 그래서 매큔은 이승만을 적대시했을 뿐 아니라 주미외교위원부를 폄하했고, 그런 폄하는 결국 대한민국 임시정부의 권위에 부정적 영향을 미쳤다. 바로 그 점을 이승만은 개탄한 것이었다.

게다가 매큔은 사회주의로 기운 인물이었다. 적어도 그는 사회주의자들에게 호감을 보였다. 서북파에서 널리 알려졌고 영향력이 큰 한길수는 드러내 놓고 중국 공산당을 지지했으며, 중국에서 조선인 공산주의자들을 이끄는 김원봉과 연결되었다. 그리고 김원봉은 '국공합작國共合作'의 중공군 대표로 중경에 상주하는 주은래周恩來(저우언라이)의 지시를 받고 있었다. 국민당 정부의 외교관들과 장교들을 자주 만나 중국의 현실을 들은 이승만은 중공군의 행태에 대해 잘 알았고, 그들이 해방 뒤 조선에 미칠 영향을 크게 걱정하고 있었다. 매큔이 평안도 사람인 공산주의자 김일성金日成을 높이 평가한다는 얘기도 들렸다.

1944년 5월에 매큔은 국무부 극동국 일본과로 들어왔다. 그리고 능숙한 조선어와 해박한 조선 관련 지식으로 "정부 안에서 으뜸가는 조선 전문가" 소리를 들으면서 조선 관련 정책들을 수립하고 있었다. 그런 평판은 근거가 없는 것이 아니었다. 매큔은 도쿄에서 활약하던 에드윈 라이샤워(Edwin O. Reischauer)와 함께 조선어 한글을 로마자로 표기하는 방식들 가운데 대표적이었던 '매큔·라이샤워 체계(McCune-Reischauer system)'를 1939년에 창안했다.

조선에서 태어나 조선을 잘 알고 사랑하는 전문가가 길을 가로막는 형국이었으니, 이승만으로선 답답할 수밖에 없었다. 앨저 히스가 국제연합 창설 업무를 맡아 극동국을 떠나서 사정이 좀 나아지나 했더니, 매큔이 들어와서 조선의 운명이 결정되는 고비에서 일을 이상한 방향으로 이끄는 것이었다.

원래 이승만은 매큔의 아버지 조지 섀넌 매큔을 깊이 존경했다. 조선에서 만난 적도 있었고, '105인사건'으로 위급할 때 큰 도움을 받았었다. 그래서 그는 처음엔 매큔에 대해 큰 호감과 기대를 품었던 터였다.

조지 섀넌 매큔은 '윤산온尹山溫'이란 조선식 이름을 썼다. 이미 조선의 운세가 기운 1905년에 조선에 나와서, 개항 초기에 조선에서 활약한 선교사들처럼 조선 사회의 발전에 크게 기여하지는 못했지만, 그의 깊은 신앙심과 큰 도덕적 용기는 조선의 선교사들에게 영감을 주곤 했다.

이승만이 윤산온을 만난 것은 1911년 초여름에 YMCA에서 함께 일하던 미국인 선교사 프랭크 브로크먼(Frank M. Brockman)과 같이 전도 여행을 했을 때였다. 두 사람은 조선 13도를 샅샅이 훑었다. 그 여행을 통해서 이승만은 조선의 실정을 직접 살폈고, 조선은 기독교를 통해서 부활할 수 있다는 자신의 신념을 확인했다.

이승만과 브로크먼이 선천으로 가는 길에, 경상북도에서 전도하다가 평안북도의 집으로 휴가 가는 차재명車載明이라는 젊은이와 동행하게 되었다. 나이는 30세였는데, 작년에 선천의 기독교 계열 신성학교信聖學校를 졸업했다고 했다. 열차가 선천역에 닿자 신성학교 재학생들이 차재명을 열렬히 환영했다. 그들은 선배를 무동 태우고 특별히 만든 환영 노래를 부르면서 시가를 행진했다. 유교의 영향력이 아직 확고한 경상도에서 기독교를 전도하는 선배를 우러러보고 그렇게 환영한 것이었다. 그 행사에서 이승만은 신성학교 교장인 윤산온을 만났고, 학생들에게 그처럼 깊은 기독교 신앙을 불어넣은 그에게서 깊은 감명을 받았다. [차재명은 바로 뒤에 호러스 그랜트 언더우드(Horace Grant Underwood) 목사의 눈에 띄어 새문안교회의 조사助事가 되었다. 그리고 1920년에 담임목사가 되어 20여 년 동안 어려운 시절에 교회를 이끌었다.]

1911년 9월에 '105인사건'이 일어나자 신성학교의 교사들과 학생들이 많이 경찰에 체포되었다. 서북 지역의 조선인들이 데라우치 마사타케寺內正毅 조선 총독을 암살하려는 음모를 꾸몄다고 총독부는 발표했다. 독립운동의 역량이 있는 서북 지역 기독교 세력을 탄압하려고 총독부가 날조한 사건이었으므로, 억지로 자백을 받아내려고 경찰은 모진 고문을 자행했다. 윤산온은 그런 사정을 선교회 본부에 알리고 경찰의 고문을 비판했다. 그리고 경찰에 체포된 사람들이 모두 기독교도들임을 지적하고, 이 사건이 기독교도들에 대한 박해임을 사람들이 깨달아야 한다고 역설했다. 마침내 선교사들이 일어나서 데라우치 총독과 만나 고문의 중지를 요구했다. 그리고 미국의 언론 기관들에 조선의 실상과 날조된 사건의 진상을 알려서 일본에 대한 비판 여론이 일도록 유도했다. '105인사건'이 주동자들로 꼽힌 윤치호 등 여섯만이 유죄 판결을 받고 나머지 사람들이 무죄 판결을 받은 데엔 윤산온의 역할이 컸다. 그의 용기 있는 저항은 이승만이 체포를 면하게 된 데에도 물론 좋은 영향을 미쳤다.

1919년 3·1 독립운동이 일어났을 때, 윤산온은 학생들을 집에 숨겨주었다. 이처럼 조선총독부에 맞선 그는 결국 1921년에 강제 출국 조치를 당했다. 그는 미국에서 조선의 독립을 위해 일하다가, 1928년에 조선으로 돌아와서 평양의 숭실전문학교에서 학장으로 일했다. 1930년대에 조선총독부가 강압 정책을 강화하고 신사 참배를 강요하자, 윤산온은 자신의 신앙에 어긋난다고 거부했다. 1936년에 그는 다시 강제 출국 조치를 당했다. 그는 미국에서 조선의 독립을 위해 애쓰다가 1941년에 별세했다.

실은 이승만은 매큔의 장인도 알았다. 매큔의 부인 이블린(Evelyn)도평양에서 태어나서 자랐는데, 그녀의 부친은 숭실학교에서 가르친 감리교 선교사 아서 베커(Arthur Becker)였다. 평양이 고향이었으므로 그녀도 조선에 대해 잘 알았고 조선을 사랑했다. 그리고 고향 사람들인 서북파와 가까워서 이승만과는 교류가 없었다.

이승만은 아내가 건넨 컵을 받아 냉수를 한 모금 마셨다. 시원한 물이 속을 훑고 내려가면서 마음이 좀 가라앉았다. 그는 자신이 매큔을 오해했을 가능성을 따져보았다. 매큔이 아니라 그의 상급자가 주미외교위원부 대신 재미한족연합위원회를 상대하기로 결정했을 가능성도 이론적으로는 있었다.

그는 이내 고개를 저었다. 이승만이 미국 국무부로부터 UNRRA 회의에 대해서 처음으로 들은 것은 지난 4월 국무부 일본과(Division of Japanese Affairs)의 과장 얼 로이 디코버(Erle Roy Dickover)를 찾았을 때였다. 그는 미국 방문을 원하는 조소앙趙素昻의 여권 문제로 자주 국무부를 찾았는데, 그때 디코버가 UNRRA에서 조선을 대표할 사람을 찾는다고 그에게 알려 주었다. 물론 그는 UNRRA에 대해 중국 외교관들로부터 자세한 얘기를 듣고 대표 파견을 추진하고 있었다. 그는 디코버에게 고맙다고 얘기하고 대표를 파견할 수 있도록 도와달라고 부탁했다. 만일 디코버가 생각을 바꾸었다면 그는 이승만에게 무슨 얘기를 했을 터였다. 5월에 매큔이 조선 문제를 다루는 실무자가 되면서 모든 일들이 꼬이기 시작했고, 이승만은 당장 시급한 조소앙의 여권 발급만을 국무부에 부탁해 온 것이었다. UNRRA 일은 중국 대사관을 통해서 추진했다.

어쨌든 이젠 엎질러진 물이었다. 한숨을 길게 내쉬고서, 이승만은 몬트리얼에서 벌어질 상황을 그려 보았다. 당장 문제가 될 만한 것은 임병직과 김용중이 지나치게 경쟁하는 것이었다. 미국이나 중국 사람들에게 조선 사람들은 분열되었다는 생각을 품게 하는 것보다 더 어리석은 일은 없었다. 다행히 두 사람 다 현실적이고 신중했다. 20년 넘게 외교에 종사한 임병직은 노련해서 어떤 상황에서든 잘 처신할 터였다. 김용중은 언변이 좋아서 서북파의 대변인 노릇을 해 왔고, 지금은 '한국사정사(Korean Affairs Institute)'라는 단체를 경영하면서 〈한국의 소리(The Voice of Korea)〉라는 반월간 영자지를 내고 있었다. 그는 학구적이었고 다른 서북파 사람들보다 온건했다.

"파피, 그러면 어떻게 하나요?" 프란체스카가 걱정스러운 얼굴로 물었다.

이승만은 쓸쓸한 웃음을 지어 보였다. "지금 우리가 할 수 있는 것은 없잖아요? 그러니 우리로선 기다리면서 일이 어떻게 돌아가나 바라볼 수밖에…."

그녀가 밝은 웃음을 지었다. "우리가 잘하는 것이 그것 아녜요, 기다리면서 어떻게 돌아가나 보는 것?"

아내의 농담에 마음이 문득 가벼워져서, 이승만은 껄껄 웃었다. "벤이 잘할 거요. 기대해 봅시다."

임병직은 이승만의 기대에 부응했다. 대표가 아니라 참관자라는 한계에도 불구하고, 그는 대한민국이 UNRRA의 회원국이 될 수 있도록 각국 대표들과 활발하게 교섭했다. 그리고 중국 각지에 흩어진 조선 사람들을 구호하는 사업의 필요성을 역설했다. 그래서 중국에 체류하는 가난한 조선인들을 구호하는 일은 몇 달 안에 중경에 설치될 UNRRA 극동지회에서 다루기로 결정되었다. 아울러 미국 정부의 라디오 방송에도 나가서 극동에 한국어로, 그리고 유럽엔 영어로 각기 두 차례씩 방송을 했다. 임병직의 활약 덕분에, 오랫동안 외교 활동을 해 온 주미외교위원부의 실력이 동포들 사이에 널리 알려졌다.

모로타이섬 점령작전

임병직이 UNRRA 대표단을 실은 특별열차로 몬트리얼에 닿았을 때, 멀리 서쪽 태평양 건너편에선 미군의 '모로타이섬 점령작전'이 펼쳐지고 있었다.

모로타이는 몰루카 제도의 북쪽 끝에 있는 작은 섬이었다. 몰루카 제도는 흔히 '향료 제도(Spice Islands)'라 불렸고 육두구(nutmeg)와 정향(clove) 같은 향료들이 많이 나왔다. 원래 16세기 초엽에 포르투갈 사람들이 발견했는데, 17세기 초엽에 네덜란드 사람들이 점령하고서 향료 무역을 독점했다. 네덜란드령 동인도의 한 부분으로 가장 큰 섬은 할마헤라다.

모로타이는 거대한 뉴기니섬과 필리핀 사이에 자리 잡았다. 그래서 모로타이 점령작전은 1942년 1월에 시작되어 거의 3년이나 지속된 뉴기니 전역戰役을 종결하는 작전이자 필리핀 전역의 발판을 마련하는 작전이기도 했다. 작은 모로타이를 단숨에 점령해서 거대한 항공 및 병참 기지로 만들면, 이미 보급이 어려워진 뉴기니의 일본군 전체가 고립되어 기아와 질병으로 자멸할 수밖에 없었다. 그리고 모로타이에서 발진한 항공기들의 엄호 아래 미군 육군이 필리핀의 수복에 나설 터였다. 그래서 모로타이 점령작전은 미군이 누리는 군사력과 전략에서의 우위를 상징했다.

뉴기니는 세계에서 둘째로 큰 섬이다. 면적은 79만 제곱킬로미터로 한반도보다 3.5배 넓다. 환태평양 조산대環太平洋造山帶에 속해서 지형이 가파르고, 섬 중앙을 가로지르는 산맥엔 4천 미터 이상 되는 산들이 많다. 자연히 해안 평야가 거의 없고 해안이 단조로워서 좋은 항구들이 드물다.

가장 좋은 항구는 수도인 포트 모르즈비인데, 섬의 남해안에 자리 잡고 오스트레일리아를 마주 본다. 궁극적으로 오스트레일리아를 침공하려는 일본군으로선 포트 모르즈비를 먼저 점령해야 했다. 그러나 1942년의 '산호해 싸움'에서 일본 해군이 미국 해군을 제압하지 못하고 철수하자, 포트 모르즈비를 점령하려던 일본군의 계획은 좌절되었다.

그 뒤로도 일본군은 포트 모르즈비를 점령하려는 작전들을 폈다. 그러나 투입된 병력이 작고 지형이 험준한 데다가 오스트레일리아군의 저항이 완강해서 번번이 큰 손실을 입고 물러났다.

미군과 오스트레일리아군이 제공권과 제해권을 장악하자, 일본군은 병력 수송과 물자 보급이 어렵게 되었다. 남서태평양 지역 사령관으로 서쪽에서 진격하는 맥아더는 뉴기니의 일본군과 전선을 이루어 싸우지 않고 중요한 항구들을 점령해서 일본군의 증원과 보급을 끊는 전략을 골랐다. '건너뛰기(leapfrogging)'라 불린 이 전략은 실은 니미츠가 이미 동쪽 태평양에서 '섬 건너뛰기(island-hopping)'라는 이름으로 추구해서 큰 성공을 거둔 전략이었다.

'건너뛰기' 전략으로 맥아더가 거둔 가장 큰 성공은 1944년 봄에 뉴기니섬의 북쪽 해안 중앙에 있는 항구 홀란디아를 기습적으로 점령한 작전이었다. 1944년 3월에 시작된 '홀란디아 싸움(Battle of Hollandia)'에서 7함대 함정 200여 척의 지원을 받은 5만 명의 미군 1군단은 일본군 2군 1만 4천 명을 쉽게 압도했다. 홀란디아 항구와 비행장들이 미군에게 넘어가자 뉴기니섬의 동부에 있던 5만의 일본군은 고립되었고, 기아와 질병으로 서서히 시들어 갔다.

일본군은 필리핀의 방어에 몰루카 제도가 긴요함을 인식하고 할마헤라에 32사단을 배치했다. 일본군은 모로타이에도 비행장을 건설하려 했으나 배수 문제가 해결되지 않아서 포기했다. 그래서 모로타이엔 500명가량의 병력만이 주둔했는데, 이들은 일본군 장교들이 지휘하는 대만인 병사들이었다.

모로타이 점령작전에 동원된 연합군 병력은 미국 육군 6군 예하 11군단 4만여 명과 미국 육군 항공대와 오스트레일리아 공군의 1만 7천 명이었다. 11군단장 찰스 홀(Charles P. Hall) 소장이 이끈 5만 7천 명의 연합군 병력은 모로타이를 방어하는 일본군의 100배가 훌쩍 넘었다. 그래서 '모로타이 싸움(Battle of Morotai)'이라 불린 이 싸움은 연합군의 일방적 점령작전이었다.

1944년 9월 15일 0630시에 연합군 함정들은 2시간 동안 공격준비사격을 실시했다. 이어 0830시에 미군 첫 공격파가 모로타이 남서해안에 상륙했다. 필리핀 공격의 기지를 마련하는 작전이라 맥아더도 기함인 경순양함 내시빌호에 올라 작전에 참가했다. 그러나 그는 작전의 지휘엔 직접 간여하지 않았다.

전력에서 차이가 워낙 컸으므로, 일본군 수비대는 일찍 저항을 포기하고 북쪽으로 물러났다. 그래서 양측의 병력 손실은 거의 없었다. 연합군은 빠르게 비행장 예정 지역의 주변을 장악했고 10월 4일 작전 종료를 선언했다.

연합군은 일본군을 항구와 비행장 예정 지역에서 멀리 쫓아내는 것으로 만족했고 섬 안의 일본군을 섬멸하는 것을 목표로 삼지 않았다. 그래서 모로타이에 있던 일본군 병력은 할마헤라에서 증원된 병력과 합류해서 종전이 될 때까지 항복하지 않고 저항했다.

'모로타이 싸움'으로 맥아더가 이끈 연합군의 뉴기니 전역은 실질적으로 종료되었다. 그리고 항구들과 비행장들을 모두 빼앗긴 뉴기니의 일본군은 보급을 받지 못한 채 기아와 질병으로 자멸했다. 한 추산에 따르면, 일본군 사망자의 97퍼센트가 기아와 질병으로 죽었다.

뉴기니에서 작전했던 일본군은 18군이었다. 아다치 하타조安達二十三 중장이 지휘한 이 부대는 20사단, 41사단 및 51사단이 주력이었다. 맥아더의 '건너뛰기' 전략으로 고립되자, 10만 가까운 이 부대는 종전되었을 때 1만 3,263명으로 줄어들었다. 20사단이 원래 조선군 소속으로 창설되었고 용산이 기지였으므로, 20사단엔 조선인 병사들이 많았고 희생도 컸다. 이들 20사단의 조선인 병사들은 모두 지원병들이었다. '학도지원병'이란 이름으로 강제 징집된 학도병들과는 달리, 그들은 스스로 일본군이 된 사람들이었다.

한일 병합으로 조선인들은 일본제국의 신민들이 되었다. 그러나 그들은 참정권이 없고 대신 병역 의무도 지지 않는 '2등 시민'들이었다. 1937년 중일전쟁이 시작되자, 일본으로선 식민지 조선과 대만의 인적자원을 동원할 필요가 갑자기 커졌다. 그래서 나온 방안이 '지원병 제도'였다.

1938년 2월 일본은 '조선인 육군 특별지원병제'를 실시했다. 1943년 8월엔 '조선인 해군 특별지원병제'가 실시되었다. 육군 지원병의 경우 1938년부터 1943년까지 1만 6,500명을 모집했는데, 지원자는 80만

3,317명이어서 48.7배나 되었다. 이처럼 육군 특별지원병에 조선 젊은이들이 열광한 것은 학도지원병에 대한 반감과 대비된다.

일본군이 되고자 지원한 사람들은 대부분 중농층 집안 출신이었다. 중농층은 조선조의 상민常民에 속했고, 신분제가 사라진 일본 통치 아래서 신분 향상 욕구가 큰 계층이었다. 아직 남아 있는 반상班常의 신분 차별을 극복하려는 조선의 젊은이들에게 특별지원병 제도는 신분 상승의 좋은 통로였다. 일본은 전통적으로 무사계급이 지배해 온 사회여서 군인들의 사회적 지위는 무척 높았다. 아울러 군대는 인종적 차별이 가장 작은 조직이었다. 그래서 조선 중농층의 아들들이 많이 군대에 지원했다. 혈서를 써서 자신의 뜻을 드러내려는 사람들도 있었고, 여러 해에 걸쳐 거듭 응모하기도 했다.

반면에, 학도지원병은 지배계층의 후예들로 대학 교육을 향유한 사람들이었다. 그들에게 학업을 중단하고 싸움터에 나가는 것은 순수한 재앙이었다. 당연히 군대에 지원하는 태도에서 학도지원병들은 특별지원병에 지원한 젊은이들과 달랐다.

조선인 육군 특별지원병들은 조선군 20사단에 소속되어 중일전쟁에 참가했다. 그리고 태평양전쟁에선 18군 예하 부대로 뉴기니 작전에 투입되었다. 고립된 18군이 기아와 질병으로 자멸하면서 20사단도 큰 손실을 입었다. 20사단의 초기 병력 2만 5천 명 가운데 살아서 돌아온 병력은 1,711명이었다.

이런 악전고투에서 살아남은 조선인 군인들은 전투력이 강했던 일본군에서도 정예들이었다. 해방 뒤 미군정 시기에 이들은 남조선 국방경비대南朝鮮國防警備隊의 창설에 참여했다. 이어 대한민국이 서자 국군의 창설에 참여해서, 6·25 전쟁에서 야전 지휘관들로 활약했다. 북한군이 침입했을 때 6사단 7연대장으로 '춘천대첩'을 이끈 임부택林富澤 장군, 6사단 2연대장으로 문경 '이화령 전투'에서 대승을 거둔 함병선咸炳善 장군, 그리고 수도사단장으로 '기계·안강 전투'에서 끝내 이겨 낙동강 전선을 지킨 송요찬宋堯讚 장군은 지원병 출신 군인들 가운데 두드러진 지휘관들이다.

펠렐리우 싸움

9월 15일 아침 모로타이에 미국 육군 11군단이 상륙했을 때, 모로타이 동북쪽 펠렐리우섬엔 미국 해병대의 주력인 1해병사단이 상륙했다. 이 작전의 목적은 동쪽에서 중태평양을 가로질러 진격해 온 미국 해군이 필리핀 공격을 위한 전진 기지를 마련하는 것이었다. 서남쪽에서 진격해 온 맥아더의 군대와 동쪽에서 진격해 온 니미츠의 군대가 필리핀 공격을 위해 필리핀 남동쪽 해역에서 합류한 것이었다. 이후 이 두 막강한 군대는 함께 작전하게 된다.

펠렐리우섬은 팔라우 제도에 속하는 작은 섬이다. 바로 북쪽 코로르섬엔 일본의 위임통치령인 남양 제도南洋諸島를 관장하는 청사가 있었다. 팔라우 제도가 필리핀을 지키는 데 긴요하다고 판단한 일본군 사령부는 1944년 초에 만주에 주둔한 14사단을 팔라우 제도로 보냈다. 14사단장 이노우에 사다에井上貞衛 중장은 코로르섬에 사단본부와 주력을 주둔시키고, 펠렐리우섬엔 2연대를 핵심으로 한 1만 1천 명가량 되는 병력을 주둔시켜서 2연대장 나카가와 구니오中川州南 대좌가 이끌도록 했다. 나카가와는 휘하 병력과 조선인 및 오키나와인 노무자들을 동원해서 미군의 침공에 대비한 방어 진지를 구축했다.

솔로몬 제도, 길버트 제도, 마셜 제도 및 마리아나 제도에서 연속적으로 일본군이 미군에게 참패하자, 일본군 사령부는 조사단을 꾸려서 일본군이 섬들을 지키지 못한 이유들을 찾아내고 효과적 섬 방어 전술을 마련하도록 했다. 미군의 엄청난 화력을 고려해서, 그들은 해안에서 적군을 막아 내는 옛 전술을 버렸다. 해안에선 적군의 상륙을 방해하는 수준의 전투만 하고, 내륙에 마련한 두터운 방어 진지들에서 싸워서 적군의 출혈을 강요하는 전술을 도입했다. 그리고 '만세 돌격(banzai charge)'은 병력의 손실만 크고 효과는 적으므로 최후의 순간에만 쓰도록 했다.

나카가와는 새로운 지침을 충실히 따랐다. 그는 미군이 상륙할 해변의 북쪽에 있는 산호초 절벽을 폭파해서 구멍을 뚫고 47밀리 야포 1문과 20밀리 기관총 6정을 설치한 뒤, 해변을 향한 총안들만을 남기고 다시 폐쇄했다. 그는 그런 방식으로 해변 둘레에 기관총 진지들을 마련했다. 그리고 해변엔 미군 상륙정들을 겨냥하고서 수많은 대전차지뢰들과 뇌관이 노출된 포탄들을 묻어 놓았다. 나카가와는 1개 대대를 해안에 배치했지만, 이들의 임무는 상륙하는 미군들을 저지하는 것이 아니라 미군이 가장 취약할 때 손실을 강요하고 내륙으로의 진공을 지연시키는 것이었다.

섬의 내륙은 가파른 봉우리들이었는데, 나카가와는 이곳에서 공격하는 미군들이 큰 손실을 입도록 방어 진지들을 구축했다. 섬의 중앙엔 최고봉인 우무르브로골산이 솟아서 섬 전체를 굽어볼 수 있었다. 이 험준한 산엔 500여 개의 석회암 동굴들과 광산 갱도들이 있었고, 나카가와는 이것들을 연결해서 지하에 벌집 도시를 만들었다. 이처럼 연결된 동굴들은 일본군이 진지들을 포기하거나 재점령하는 것을 쉽게 했다. 모든 진지들은 튼튼하게 강화되었고, 여닫이 강철 문에 야포와 기관총의 총안들을 뚫어 놓아서 미군의 공격에 잘 견디도록 했다. 특히 동굴 진지가 화염방사기와 수류탄에 취약하다는 사실에 대비해서, 모든 구멍들을 최소한으로 줄였고 동굴 입구들은 비스듬하게 만들었다.

일본군이 전술을 크게 바꾸었다는 것을 깨닫지 못한 미군 지휘관들은 종전의 전술을 그대로 따랐다. 그들은 작은 섬을 점령하는 것이 그리 어렵지 않다고 판단했다. 상륙 부대의 지휘관인 1해병사단장 윌리엄 루퍼터스(William Rupertus) 소장은 미군이 펠렐리우섬을 4일 안에 확보하리라고 예측했다. 함대와 함재기들에 의한 3일 동안의 공격준비사격이 끝나자, 해군 지휘관들은 타격할 만한 표적들이 남아 있지 않다고 언명했다.

실상은 미군 지휘관들의 판단과는 크게 달랐다. 튼튼하게 만들어진 일본군 진지들은 미군의 엄청난 포격과 폭격으로부터 거의 영향을 받지 않았다. 해안 방어를 맡은 대대도 큰 손실을 입지 않았다.

미군 1해병사단은 9월 15일 0832시에 펠렐리우 해변에 상륙했다. 서남쪽 모로타이 해변에 육군 11군단이 상륙한 시간에서 2분 뒤였다. 1해병연대가 맨 북쪽에, 5해병연대가 중앙에, 그리고 7해병연대가 맨 남쪽에 상륙했다. 사단장 루퍼터스 소장, 부사단장 올리버 스미스(Oliver P. Smith) 준장, 1해병연대장 루이스 풀러(Lewis B. Puller) 대령, 5해병연대장 해럴드 해리스(Harold D. Harris) 대령, 7해병연대장 허먼 해너켄(Herman H. Hanneken) 대령 그리고 포병부대인 11해병연대장 윌리엄 해리슨(William H. Harrison) 대령이 주요 지휘관들이었다.

[뒷날 한국전쟁에서 1해병사단은 '인천 상륙작전'과 '장진호 싸움'에서 공을 세웠다. '펠렐리우 싸움'에서 싸운 장교들과 부사관들 가운데 상당수가 다섯 해 뒤에도 1해병사단에서 복무했다. 그때 사단장은 '펠렐리우 싸움'에서 부사단장이었던 올리버 스미스 소장이었다. 스미스는 뛰어난 지도력으로 이 두 작전을 성공시켜 불후의 명성을 얻었다.

1950년 12월 초순 중공군에 포위된 1해병사단이 장진을 떠나 흥남을 향해 움직이기 직전에 영국 기자가 그에게 냉소적으로 물었다. "장군님, 그러나 당신들은 서쪽으로의 진군을 멈췄습니다. 따라서 궁극적으로 이번 흥남으로의 기동은 후퇴가 되는 것 아닙니까?"

스미스는 이내 대꾸했다. "후퇴라니, 말도 안 돼! 우리는 다른 방향으로 진격하는 겁니다(Retreat Hell! We're attacking in another direction)." 고립되어 힘든 돌파를 시도하는 부대의 지휘관이 내뱉은 이 힘찬 얘기는 '장진호 싸움'을 상징하는 구호가 되었다.

한국전쟁에서 1연대장은 역시 루이스 풀러 대령이었다. 인천 상륙작전에서 그는 1연대를 이끌고 'Blue Beach'에 상륙했다. 제2차 세계대전에서 가장 많은 훈장을 받은 미군인 그로선 과덜커낼 상륙작전 이후 다섯 번째의 상륙작전이었다.

1연대 1대대장이었던 레이먼드 데이비스(Raymond Davis) 소령은 중령으로 진급해서 7연대 1대대장으로 복무했다. 중공군에게 급습을 당해 1해병사단이 동강이 났을 때, 데이비스는 자신의 대대를 이끌고 덕동고개에 고립된 7연대 F중대를 구출했다. 4천 명으로 추산된 중공군의 공격을 6일 동안 막아 낸 F중대는 237명 가운데 86명이 살아남았다. 중공군의 손실은 2천 명으로 추산되었다. 요충인 덕동고개를 확보함으로써, 북쪽에 고립된 5연대와 7연대는 남쪽의 본대와 합칠 수 있었다. 이 구출작전에서 성공한 공로로 데이비스는 최고 무공훈장인 '명예훈장'을 받았다. 그는 베트남 전쟁에서도 활약한 뒤 1971년에 대장으로 승진해서 미국 해병대 부사령

일본군 진지들은 강철 문을 열고 화기들로 공격했다. 예상치 못한 일본군의 치열한 사격으로 미국 해병대는 엄청난 손실을 입었다.

관을 지냈다.]

미군 해병대가 상륙하자, 해변에 구축된 일본군 진지들은 강철 문을 열고 화기들로 공격했다. 해변 양쪽 끝 산호초 절벽들의 진지들에선 47밀리미터포들과 20밀리미터 기관총들이 상륙하는 해병들을 측면에서 사격했다. 예상치 못한 일본군의 치열한 사격으로 해병대는 엄청난 손실을 입었다. 상륙 한 시간 뒤인 0930시까지 상륙용장궤차(landing vehicle, tracked, LVT)와 2.5톤 수륙양용화물차(DUKW)를 60대나 잃었다.

좌익인 1연대가 특히 고전했다. 부대가 상륙한 해변의 왼쪽에 솟은 9미터가량 되는 산호초 절벽이 철벽의 요새여서, 일본군의 사격에 대응할 길이 없었다. 연대장 풀러 대령이 탄 LVT가 포탄에 맞았는데, 불발

탄이어서 이 역전의 영웅은 죽음을 모면했다. 그러나 그의 통신반이 탄 LVT가 포탄에 맞아서 그는 부대를 지휘하는 데 애를 먹어야 했다.

우익인 7연대도 큰 어려움을 겪었다. 해변이 자연 장애물들과 일본군이 설치한 폭발물들로 가득해서 LVT와 DUKW가 일렬로 상륙해야 했다. 남쪽 끝의 산호초 절벽에 구축된 진지들에서 일본군은 화포들로 이 행렬을 사격했다.

양 측면이 적군에게 직접 노출되지 않은 덕분에 중앙의 5연대는 내륙으로 가장 많이 진출할 수 있었다. 그들이 비행장을 향해 진격하자, 일본군 전차중대와 보병들이 반격에 나섰다. 그러나 미군의 전차, 곡사포, 함포, 항공기 폭격을 집중적으로 받아 일본군의 반격은 완전한 파멸로 끝났다.

상륙 첫날 미군은 3킬로미터 남짓한 상륙 해변만을 장악했다. 내륙으로의 진출은 미미했으니, 남쪽에선 1.6킬로미터가량 진출했지만 북쪽에선 거의 나아가지 못했다. 그런 성과에 비해 손실은 무척 컸으니, 200명이 죽고 900명이 부상했다. 그래도 루퍼터스 사단장은 일본군의 전술이 바뀌었다는 사실을 깨닫지 못하고서, 일본군의 저항이 곧 무너지리라 예상했다.

다음 날 5연대는 북쪽 고지들에 자리 잡은 일본군 포병의 화력에 큰 손실을 입으면서 비행장을 점령했다. 이어 섬의 동해안까지 진출해서 남쪽의 일본군을 고립시켰다. 7연대는 섭씨 46도나 되는 더위로 고전하면서 이들 고립된 일본군 부대들을 공격했다.

1연대는 산호초 절벽의 진지들에서 사격하는 일본군으로부터 계속 피해를 입었다. 풀러 연대장은 3대대 K중대장 조지 헌트(George P. Hunt) 대위에게 산호초 절벽의 일본군 요새를 점령하는 임무를 맡겼다. K중대는 상륙 과정에서 기관총들을 대부분 거의 다 잃어서 무기가 부족했다. 그래서 요새를 제대로 공격하지 못하고 오히려 부대가 고립되었다. 그래도 미군들은 연막수류탄으로 몸을 숨기고 일본군 화기 진지에 접근해서 총류탄을 투척하고 백병전을 펴서 점령했다. 그렇게 기관총 진지 6개를 파괴하자, 47밀리미터 화포의 동굴 진지가 남았다. 소대장이 연막수류탄으로 일본군의 시야를 가리고, 소대원이 진지의 구멍으로 수류탄을 던져 넣었다. 그 수류탄이 47밀리미터 포탄들을 폭발시켜서 동굴 진지가 불바다가 되었고 동굴 안에 있던 일본군들은 불이 붙어 밖으로 나왔다.

K중대가 산호초 절벽의 요새를 점령하자 나카가와 대좌는 요새를 되찾기 위해서 반격에 나섰다. 이후 30시간 동안 K중대는 적군에 포위된 채 보급품은 거의 바닥이 나고 물도 없는 상태에서 네 차례의 대대적 반격을 막아 냈다. 그들이 일본군을 다 물리친 뒤에야 증원군이 도착했는데, 그때 남은 병력은 18명이었다. 무려 157명의 사상자를 내고도 버틴 것이었다.

내륙으로 진출한 뒤에도 미군의 처지는 나아지지 않았다. 나카가와가 워낙 철저히 진지들을 구축해 놓아서 미군은 많은 사상자들을 내고도 제대로 나아갈 수 없었다. 섬 중앙의 우무르브로골 고지를 향해 진격한 1연대가 특히 큰 손실을 입었다. 좁은 골짜기를 따라 산줄기를 올라간 미군은 양쪽 비탈의 동굴 진지들에 숨어서 사격하는 일본군에 대응할 수단이 없었다. 미군 병사들은 그들이 큰 손실을 보고도 점령하지 못한 능선을 '코피 터진 능선(Bloody Nose Ridge)'이라 불렀다. 이 싸움에서 일본군 저격병들은 부상병들을 들것으로 나르는 미군 병사들을 겨냥해서 큰 피해를 입혔다. 우무르브로골에서 싸운 지 6일에 1연대는 1,700명이

미군은 동굴 진지들에 숨어서 사격하는 일본군에 대응할 수단이 없었다. 일본 병사들은 진지가 파괴될 때마다 "천황 폐하 만세"를 부르고 죽었다.

넘는 사상자들을 냈다. 부대원의 70퍼센트가 죽거나 다친 것이었다.

1연대가 작전을 수행할 능력을 잃었다고 판단한 미군 지휘부는 81보병사단 321보병연대를 1연대와 교대하도록 했다. 321연대는 9월 23일에 펠렐리우섬 북서해안에 상륙했다. D+9인 9월 24일 321보병연대와 7해병연대는 우무르브로골의 일본군 진지들을 포위했다. 그러나 일본군의 저항이 워낙 완강해서 미군은 큰 손실을 입었다. 10월 15일까지 7연대의 사상자율은 46퍼센트나 되었다. 미군 지휘부는 5연대가 7연대와 교대하도록 했다. 그동안 5연대는 펠렐리우에 딸린 북쪽의 작은 섬

엥게세부스를 점령하는 작전을 성공적으로 수행했었다.

5연대장 해리스 대령은 1해병사단에서 펠렐리우를 지키는 일본군이 새로운 전술을 쓴다는 것과 미군도 새로운 전술로 대응해야 한다는 것을 맨 먼저 깨달은 지휘관이었다. 공중 정찰을 통해 상황을 살핀 뒤, 그는 서로 연결된 동굴 진지들로 이루어진 일본군의 산악 거점은 실질적으로 거대한 요새라고 판단했다. 그런 요새를 지금까지 한 것처럼 강습으로 공격하는 것은 손실만 크고 효과는 없다고 판단했다. 그는 요새를 포위해서 공격하는 정공 전술을 채택하고, "물자들엔 헤프고 병사들의 목숨엔 인색하라(Be lavish with ordnance and stingy with men's lives)"는 지침을 선언했다. 그는 불도저들로 공격하는 미군 병사들을 보호할 접근로들을 만들고, 화염방사전차들(flame-throwing tanks)을 앞세워서 일본군 동굴 진지들을 차례로 파괴해 나갔다.

10월 15일엔 81사단 323연대가 섬 서북쪽 해안에 상륙했다. 이어 10월 30일 81보병사단이 1해병사단으로부터 펠렐리우 작전을 인수했다. 81사단은 해리스 대령이 채택한 정공 전술을 이어받아 일본군 진지들을 파괴해 나갔다.

마침내 11월 24일 병력과 탄약의 부족으로 사령부 진지를 지킬 수 없게 되자, 나카가와는 "우리의 칼은 부러졌고 우리의 창들은 동이 났다"고 휘하 장병들에게 선언했다. 그는 연대기를 불사르고 자신은 전통에 따라 할복 자결을 했다. 그가 자결하자, 남은 병력은 옥쇄를 결의하고 군 사령부에 "사쿠라 사쿠라"라는 전문을 보냈다. [〈사쿠라 사쿠라〉는 벚꽃을 노래한 일본 민요다. 이 말엔 날리는 벚꽃처럼 옥쇄하겠다는 뜻이 담겼다.]

이튿날 아침 남은 병력 55명은 '만세 돌격'을 감행했고, 그들의 죽음으로 일본군의 공식 전투는 끝났다. 일본 정부는 나카가와의 분전을 기려 중장 계급을 추서했다. 일본 사람들은 진지가 파괴될 때마다 "천황 폐하 만세"를 부르고 죽은 병사들을 기려 펠렐리우를 '천황의 섬'이라 불렀다.

펠렐리우를 지킨 일본군 1만 900여 명 가운데 1만 695명이 전사하고 202명이 포로가 되었는데, 포로들 가운에 19명은 일본군 병사들이었고 183명은 조선과 대만에서 징집된 노무자들이었다. 일본군 2연대의 중위 하나는 26명의 보병들과 6명의 수병들을 이끌고 1947년 4월 22일까지 동굴 속에서 버텼다. 일본군 제독이 전쟁이 끝났다고 확인해 주자 비로소 그는 부하들을 이끌고 투항했다.

11월 27일 미군은 펠렐리우를 완전히 장악했다고 발표했다. 73일간의 싸움에서 1해병사단은 병력의 3분의 1이 넘는 6,500여 명의 사상자들을 냈다. 그래서 1945년 4월의 '오키나와 침공작전'까지 작전에 참가하지 못했다. 81보병사단도 3,300여 명의 사상자들을 냈다. 작은 섬 하나를 점령하는 데 무려 1만 786명의 사상자들이 났다는 사실이 가리키듯, '펠렐리우 싸움'은 제2차 세계대전에서 미군이 치른 싸움들 가운데 가장 힘든 싸움으로 일컬어졌다.

인명 손실이 워낙 컸던 탓에 펠렐리우 점령작전은 미국 국내에서 논란을 불렀다. 펠렐리우는 필리핀 침공작전을 위해 꼭 필요한 땅이 아니었고 거기 있던 비행장도 거의 사용되지 않았다. 당초엔 필리핀 침공작전의 전진 기지로 쓰일 계획이었으나, 예상과 달리 점령이 늦어지자 필리핀 침공의 기지로서 쓰이지 못했다. 대신 81사단 322연대가 9월

23일 무혈 점령한 동쪽 캐럴라인 군도의 울리티 환초(atoll)가 함대의 기항에 아주 좋은 초호(lagoon)을 품었다는 것이 드러나자 미국 해군은 그곳을 전진 기지로 삼기로 결정했다. 그 뒤로 길이가 30킬로미터가 넘고 폭은 16킬로미터인 울리티 초호가 태평양에서 가장 큰 군항이 되었다.

레이티 침공작전

모로타이와 울리티에 전진 기지들을 마련하자, 미군은 드디어 '필리핀 전역(Philippines Campaign)'에 들어갔다.

필리핀은 태평양전쟁에서 전략적 요충이었다. 일본 본토와 일본이 점령한 동남아시아—네덜란드령 동인도(인도네시아), 말레이 및 버마—를 연결하는 항로의 길목에 자리 잡은 필리핀을 미군이 점령하면, 동남아시아의 일본군은 고립되고 일본 본토는 동남아시아의 군수 자원들, 특히 석유와 고무를 공급받지 못할 터였다. 아울러 필리핀은 일본 본토 침공작전에서 긴요한 기지가 될 터였다. 동남쪽 뉴기니에서 진격해 온 터라, 미군은 필리핀의 가장 남쪽에 있는 큰 섬인 민다나오를 자연스럽게 첫 공격 목표로 삼았다. 민다나오를 평정하면 바로 필리핀의 중심인 루손섬을 공격할 셈이었다.

그러나 모로타이와 펠렐리우 점령작전을 위해 필리핀 지역의 일본군 비행장들을 함재기들로 공격한 미군 3함대 사령관 홀지 대장은 곧바로 레이티섬을 점령하는 작전을 추천했다. 일본군 항공기들을 600대 넘게 파괴해서 미군이 제공권을 확보했으니, 민다나오를 고립시키고서 루손 바로 아래에 있는 레이티를 침공하는 것이 미군의 작전 개념에 부합한다는 얘기였다. 그래서 예정보다 2개월 앞당긴 1944년 10월 하순에 레이티 침공작전이 개시되었다.

당시 필리핀을 지키는 일본군의 최고지휘관은 동남아시아 지역을 관장하는 남방군의 사령관 데라우치 히사이치寺内壽一 원수였다. 실제로 필리핀 방어 임무를 맡은 부대는 야마시타 도모유키山下奉文 대장이 지휘하는 14방면군이었다.

야마시타는 태평양전쟁 초기에 싱가포르를 성공적으로 점령해서 일본의 영웅이 되었고 '말레이의 호랑이'라 불렸다. 그러나 그는 황도파皇道派의 중심인물들 가운데 하나여서, 일본군을 장악한 통제파統制派의 노골적 견제를 받았다. 그는 1936년의 '2·26사건'의 주동자들에 대한 관대한 처분을 건의한 일로 히로히토 천황의 눈 밖에 났고, 일본군의 개혁을 줄곧 주장해서 통제파의 수령인 도조 수상의 미움을 샀다. 그래서 싱가포르 작전에서의 혁혁한 전공에도 불구하고 그는 한직인 만주 주둔 1방면군 사령관으로 좌천되었다. 사이판의 실함으로 도조가 실각하자 비로소 그는 전략적으로 중요한 필리핀을 방어하는 임무를 맡게 되었다. 그는 레이티 상륙작전이 개시되기 열흘 전인 10월 10일에 마닐라에 부임했다.

필리핀 남부 지역을 지키는 부대는 스즈키 소사쿠鈴木宗作 중장이 지휘하는 35군으로, 민다나오와 비사야 제도를 관장했다. 비사야 제도는 민다나오와 루손 사이에 있는 여러 섬들로 이루어졌는데, 이번 미군의 작전 목표인 레이티는 이 제도의 맨 동쪽 섬이었다. 레이티를 지키는 부대는 마키노 시로牧野四郎 중장이 이끄는 16사단이었다. 당시 16사단의 주력은 3개 보병연대였고 병력은 1만 3천 명가량 되었다.

이들 일본군을 공격한 미군은 남서태평양지역연합군(Allied Forces in the Southwest Pacific Area, SWPA)으로, 맥아더 대장이 지휘했다. 이 부대는 원래 오스트레일리아군도 포함했으나, 지휘권을 놓고 두 나라 사이에 의견이 엇갈려 오스트레일리아 육군은 레이티 침공작전에 참가하지 않았다.

레이티에 상륙하는 육군 부대는 월터 크루거(Walter Krueger) 중장이 지휘하는 6군으로, 2개 군단으로 이루어졌다. 프랭클린 시버트(Franklin C. Sibert) 중장이 지휘하는 10군단은 24보병사단과 1기병사단으로 이루어졌고, 존 하지(John R. Hodge) 중장이 지휘하는 24군단은 7보병사단과 96보병사단으로 이루어졌다.

[레이티 침공작전에 참가한 육군 부대들은 종전 뒤에는 8군 예하 부대들로 일본 점령 임무를 수행했다. 특히 7보병사단은 한반도 남쪽에 진주해서 일본군의 항복을 받고 점령 임무를 수행했다. 24군단장 하지 중장은 남조선의 군정사령관으로 미군정 3년 동안 남조선을 통치했다. 7보병사단장 아치볼드 아널드(Archibald V. Arnold) 소장은 하지 사령관을 보좌하는 군정장관으로 1945년까지 일했다.

1948년 대한민국이 서자, 미군은 군사고문단 500여 명만을 남기고 서둘러 철수했다. 종전 뒤 미군 병사들은 해외에서 복무하는 것에 대해 불만을 드러냈고, 미국의 여론은 해외 병력을 급속히 귀환시키고 군비 지출을 줄이라고 요구했다. 1950년 6월에 한국전쟁이 일어나자, 예상과 달리 미국은 대한민국을 구원하기 위해 즉각 참전했다. 맨 먼저 한국에 상륙한 부대는 규슈에 주둔해서 한국에 가장 가까운 24보병사단이었다. 이어 1기병사단, 25보병사단, 7보병사단이 차례로 한국전쟁에 참가했다.

5년 동안 쉽고 편한 일본 점령 임무를 수행한 터라 이들 미군 부대들은 전투 준비가 전혀 되지 않은 상태에서 참전했다. 한국을 침입한 북한군의 핵심은 중국의

'국공내전國共內戰'에서 단련된 중공군 조선족 병사들이었다. 잘 훈련되고 우수한 무기들을 갖춘 북한군과의 초기 전투들에서 미군은 참혹한 패배를 거듭했다. 그래도 그들이 큰 희생을 치르면서 시간을 번 덕분에 국제연합군과 한국군은 낙동강 전선(Pusan Perimeter)을 지킬 수 있었고 궁극적으로 북한군을 궤멸시킬 수 있었다.]

레이티 침공작전은 상륙작전이었으므로, 함포 사격, 함재기 폭격, 그리고 상륙군의 수송을 맡은 해군의 역할이 중요했다. 남서태평양지역 연합군 예하 7함대가 이 임무를 맡았다. 신설된 7함대의 사령관 토머스 킨케이드(Thomas C. Kinkaid) 중장은 상륙작전 지휘함 와새치호에서 작전을 지휘했다. 7함대는 호위항공모함(escort carrier)들만을 지녔으므로 함재기들이 많지 않았다. 그래서 5공군과 13공군이 공중 지원을 위해 침공작전에 참가했는데, 이들 부대는 조지 케니(George C. Kenney) 중장이 지휘했다.

레이티 침공작전은 1944년 10월 17일 레이티 동쪽 레이티만으로 들어가는 길목에 있는 작은 섬 셋을 확보하는 사전 작전으로 시작되었다. 이어 10월 20일에 레이티 상륙작전이 개시되었다. 4시간 동안 함포 사격이 실시된 뒤, 1000시에 6군 병력은 레이티에 상륙했다. 해안의 북쪽엔 10군단이 상륙했고 남쪽엔 24군단이 상륙했다. 일본군의 저항은 그리 거세지 않았고, 상륙 부대들은 이내 내륙으로 진출해서 중장비들을 양륙할 수 있는 해두보들을 확보했다.

상황이 빠르게 좋아지자, 1330시에 맥아더가 참모들을 거느리고 물속을 걸어 상륙했다. 그리고 필리핀 주민들에게 선언했다.

"필리핀 인민 여러분, 나는 돌아왔습니다! 전능하신 신의 은총으로 우리 군대는 필리핀 땅에 다시 섰습니다(People of the Philippines, I have returned! By the grace of Almighty God, our forces stand again on Philippine soil)."

1942년 3월 필리핀을 탈출해서 오스트레일리아에 도착한 뒤 "나는 빠져나왔고, 나는 돌아갈 것입니다(I came through and I shall return)"라고 한 약속을 이행한 셈이었다.

일본군 사령관인 마키노 16사단장은 사령부를 레이티의 중심 도시인 타클로반에서 내륙으로 옮기는 데 바빴다. 그리고 그날 밤에 나온 일본군의 반격은 강력하지 못해서 미군에 의해 이내 격퇴되었다.

펠렐리우의 일본군과 달리 레이티의 일본군은 방어 진지들을 제대로 마련하지 않았다. 거대한 병력이 상륙하자 모든 면들에서 큰 열세인 일본군은 저항다운 저항을 할 수 없었다. D+1인 10월 21일엔 타클로반이 1기병사단에 의해 장악되었다. 이어 10월 23일엔 맥아더가 레이티의 행정을 민간 정부에 넘기는 행사를 주재했다.

쇼 1호 작전

미군이 필리핀을 침공한다는 것이 알려지자 일본 해군 수뇌부는 이내 반응했다. 연합함대 사령관 도요다 소에무豊田副武 대장의 결단에 따라 그들은 이미 이런 상황에 대비해서 '최후의 결전'을 준비한 터였다. '미드웨이 싸움'과 '필리핀해 싸움'에서의 참패로 일본 해군의 항공모함함대가 무력해졌으므로, 전함들을 중심으로 한 수상함대로 미국 함대에 대항하고, 미군 함재기들엔 육상 기지들에서 발진한 항공기들로 대항한다는 얘기였다.

이런 작전 개념에 바탕을 둔 작전계획은 '쇼捷호 작전'이라 불렸다. 이 계획은 예상되는 미군의 공격 지역에 맞춘 4개의 세부 계획들로 이루어졌다. '쇼 1호 작전'은 미군이 필리핀을 침공하는 경우에 대비한 계획이었다. '쇼 2호 작전'은 대만이, '쇼 3호 작전'은 오키나와가, 그리고 '쇼 4호 작전'은 쿠릴 열도가 미군의 목표일 경우에 대비했다. 미군이 레이티에 상륙했음을 확인하자, 도요다는 레이티의 지리에 맞게 조정된 '쇼 1호 작전' 계획을 함대들에 내려보냈다.

일본 해군은 원래 복잡하고 정교한 작전을 좋아하는 경향이 있었지만, 이번 작전계획은 유난히 복잡하고 정교했다. 그것의 기본 개념은 일본군의 잔존 항공모함함대를 미끼로 써서 미군 항공모함함대를 레이티 인근 해역에서 북쪽으로 끌어낸 다음, 서쪽에서 항진한 전함함대들로 레이티를 침공한 미군의 병력과 수송선들을 단숨에 파괴한다는 것이었다. 따라서 '쇼 1호 작전'의 성패는 미군 항공모함함대가 일본군이 내놓은 미끼를 무느냐 마느냐에 달렸다. 만일 미군 항공모함함대가 그 미끼를 물지 않으면, 항공기들의 보호를 받지 못한 일본군 전함함대들은 미군 함재기들의 공격으로 괴멸될 터였다.

어떤 작전계획이든 적군의 의도와 반응에 관한 예측에 바탕을 두므로 도박의 특질을 띠게 마련이다. 그래도 도요다의 '쇼 1호 작전'은 너무 위험한 도박이어서, 정상적 상황에선 나올 수 없는 종류의 계획이었다. 그런 계획의 실행에 일본 해군이 선뜻 나섰다는 사실은 일본군의 절망적 처지를 선명하게 드러냈다. 어차피 이번 결전이 끝나면 이기든 지든 일본 해군은 다시 대규모 작전을 할 여력이 없을 터였다. 실제로 레이티 공격이 끝난 뒤 생존한 함선들의 귀환에 대한 계획은 없었다. 누구도 그것이 논의할 만한 일이 못 된다고 여긴 것이다.

미끼가 될 항공모함함대는 연합함대의 모항인 하시라지마柱島에서 출항할 터였다. 오자와 지사부로小澤治三郎 중장이 지휘하는 이 함대는 대형 항공모함 주이가쿠瑞鶴호를 중심으로 경항공모함 3척, 전함을 항공모함으로 바꾼 '전함항공모함' 2척, 중순양함 2척, 경순양함 4척 및 구축함 17척으로 이루어졌다. 배들만은 보면 아주 약한 함대는 아니었지만, 함재기는 108대만을 지녀서 실제로는 전투 능력이 낮았다. 자연히 함대 전체가 미군 함재기들의 공격에 그대로 노출되었다. 1941년 12월의 펄하버 공격에 참가했던 6척의 항공모함들 가운데 하나였던 주이가쿠가 함재기들을 제대로 싣지 못하고 적군을 유인하는 미끼가 되었다는 사실이 일본 해군의 급속한 몰락을 상징했다. 몇 대 안 되는 함재기들을 조종하는 조종사들도 훈련이 제대로 되지 않아서, 그들은 이륙한 뒤에는 모함에 내릴 생각을 하지 말고 육지의 비행장을 찾아가라는 지시를 받았다.

서쪽에서 진출해서 레이티의 미군 함대를 공격할 일본군 함대는 구리타 다케오栗田健南 중장이 지휘했다. 이 함대는 싱가포르 남쪽의 링가섬을 떠나 보르네오섬 북쪽의 브루네이만에서 재급유를 하도록 되었다. 여기서 구리타는 주력을 이끌고 북쪽 항로로 레이티만에 이르고, 니시무라 쇼지西村祥治 중장은 나머지 함선들을 이끌고 남쪽 항로로 레이티만에 이르도록 되었다. '중부군'이라 불린 구리타의 함대는 전함 5척, 중순양함 10척, 경순양함 2척 및 구축함 15척으로 이루어졌다. 전함들의 중심은 무사시武藏호와 야마토大和호였는데, 각기 배수 톤수가 6만 5천 톤이나 되었다. 1930년대 말엽에 취역한 이 두 척은 역사상 가장 큰 전함들이었지만, 건조 당시 이미 시대착오적 무기라는 비판을 받았다.

'남부군'이라 불린 니시무라의 함대는 전함 2척, 중순양함 1척 및 구축함 4척으로 이루어졌다. 남부군은 대만에서 출항해서 루손 서쪽으로 남하하는 5함대의 합류로 보강될 터였다. 기요히데 시마志摩清英 중장이 이끄는 이 작은 함대는 중순양함 2척, 경순양함 1척 및 구축함 4척으로 이루어졌다.

도요다가 내려보낸 '쇼 1호 작전' 계획은 복잡하고 정교했으므로 함대들 사이에 긴밀한 연락과 협력이 긴요했다. 그러나 도요다와 그의 참모들은 이 점에서 놀랄 만큼 허술했다. 먼저, 이 방대하고 복잡한 작전을 전반적으로 지휘하는 최고지휘관이 없었다. 레이티를 공격하는 함대를 중부군과 남부군으로 나눈 뒤엔, 남부군 사령관 니시무라를 구리타 휘하에 두지 않았다. 그래서 구리타와 니시무라는 한 목표를 공격하면서 서로 연락하고 기동을 조정하지 않았다. 게다가 시마의 함대와 지상의 해군 항공기들은 남서방면군 사령부에 소속되어서 도요다의 직접적 지시를 받지 않았다. 실제로 시마는 구리타나 니시무라의 계획에 대해 알지 못한 채 출항했다. 당연히 함대들의 작전들은 혼란스러웠고 효과적으로 연결되지 못했다.

일본 함대들이 상대해야 할 미군 함대는 레이티 침공작전을 직접 지원하는 7함대와 북동쪽 해역을 맡은 3함대였다. 이 두 함대가 보유한 함선은 모두 300척가량으로 70척이 채 못 되는 일본 함선들을 압도했다. 결정적 요소인 항공기에서 미군은 일방적 우위를 누렸으니, 1,500대에 달하는 미군 항공기들은 300여 대뿐인 일본군 항공기들을 수에서만이 아니라 성능에서도 압도했다.

미국 함대가 안은 문제는 이번 작전을 총괄적으로 지휘하는 최고지휘관이 없었다는 점이었다. 3함대 사령관 홀지 대장은 태평양 지역 총사령관 니미츠에게 보고했지만, 7함대 사령관 킨케이드 중장은 남서태평양 지역 총사령관 맥아더에게 보고했다. 그래서 두 함대 사이엔 연락과 협조가 긴밀하지 못했다.

10월 17일 0800시 '쇼 1호 작전'에 참가하는 일본 함대들이 출동 준비에 들어갔다. 구리타의 함대는 링가섬을 떠나 20일에 브루나이만에 도착했다. 22일 구리타는 중부군을 이끌고 북쪽 항로를 따라 민도로섬과 루손 사이의 시부얀해(Sibuyan Sea)로 향했다. 니시무라는 남부군을 이끌고 남쪽 항로를 따라 술루해(Sulu Sea)로 향했다. 오자와는 20일에 항공모함함대를 이끌고 모항을 떠나 남쪽으로 항진해서 23일에 루손 북쪽에 이르렀다. 시마는 대만 해협의 팽호도澎湖島(펑후다오)를 떠나 23일에 민다나오 서북쪽 연안에 이르렀다.

10월 22일 늦은 밤에 구리타의 함대는 팔라완섬 북쪽 바다를 지났다. 23일 0016시에 미군 잠수함 다터호가 이들을 발견하고 적군 접촉 보고를 세 차례 발신했다. 이 무선 보고를 일본 함대 야마토의 무선병이 감청했다. 그러나 구리타는 잠수함의 공격에 대비하는 조치를 취하지 않았다.

다터는 근처에 있던 데이스호와 함께 추격에 나서서, 0524시에 팔라완 수로에서 일본 함대를 어뢰로 공격했다. 이 공격은 크게 성공해서 구리타의 기함인 중순양함 아타고愛宕호와 중순양함 마야摩耶호가 이내 침몰했다. 아타고는 워낙 빨리 가라앉아서, 구리타는 헤엄쳐서 가까스로 살아났고 야마토를 기함으로 삼았다. 중순양함 다카오高雄호는 큰 손상을 입고 대열에서 벗어나 싱가포르로 돌아갔다.

이 '팔라완 수로 전투(Fight in Palawan Passage)'에서 큰 손실을 입은 구

리타의 함대가 시부얀해에 들어서자, 3함대 함재기들이 이들을 공격했다. 1030시에 시작된 이 공격에 중순양함 묘코妙高호가 큰 손상을 입고 싱가포르로 돌아갔다. 미군 함재기들은 전함 무사시를 집중적으로 공격했고, 이 거대한 전함은 침몰하기 시작했다. 미군 함재기들의 공격을 피하려고 구리타는 1530시에 함대를 돌려 서쪽으로 향했다. 항공기들의 호위를 받지 못한 일본 함대가 일방적으로 공격받은 이 싸움은 '시부얀해 싸움(Battle of Sibuyan Sea)'이라 불린다.

니시무라가 이끈 남부군은 10월 24일 밤에 레이티만으로 들어가는 수리가오 해협의 남쪽 입구에 다다랐다. 일본 함대는 그곳을 경계하던 미군 초계어뢰정(patrol/torpedo boat)들의 어뢰 공격을 받았으나 큰 피해는 입지 않았다. 그러나 25일 새벽에 해협으로 들어서자, 그들은 제시 올던도프(Jesse B. Oldendorf) 소장이 지휘하는 7함대 예하 77.2임무전대(task group)의 공격을 받았다. 전함 6척, 중순양함 4척, 경순양함 4척, 구축함 28척, 초계어뢰정 39척이 양쪽에서 협격하는 해협을 뚫고 지나가기엔 7척으로 이루어진 일본 함대는 너무 작았다. 결국 일본 함대는 구축함 1척만 살아남았고 나머지 6척은 모두 침몰했다. 기함인 전함 야마시로山城호는 25일 0420시에 격침되었고 니시무라도 전사했다.

대만에서 내려온 시마의 5함대는 니시무라의 남부군보다 조금 늦게 수리가오 해협에 이르렀다. '수리가오 해협 싸움(Battle of Surigao Straight)'에서 남부군이 괴멸된 것을 보자, 시마는 자신의 작은 함대가 미군 함대와 싸우는 것이 무리라고 판단해서 함대를 돌렸다.

홀지의 실책

미끼의 역할을 맡았으므로, 오자와가 이끈 일본 항공모함함대는 미국 항공모함함대에 발견되려 애썼다. 그러나 루손에서 발진한 일본 항공기들의 공격을 막아 내면서 구리타의 중부군을 공격하는 데 집중한 터라, 홀지의 3함대는 이들을 24일 1640시에야 발견했다. 홀지는 구리타의 함대가 큰 피해를 입고 서쪽으로 퇴각해서 레이티 북쪽 해역에 대한 일본 함대의 위협이 사라졌다고 판단했다. 그래서 그는 일본 해군의 주력인 항공모함부대를 섬멸할 기회를 잡았다고 여기고서 3함대 전체를 이끌고 북쪽으로 향했다.

레이티 북쪽 해역을 경계하는 부대를 남겨 두지 않고 3함대 전부를 이끌고 북쪽으로 향한 것은 홀지의 중대한 실책이었다. 원래 홀지는 레이티 북쪽 해역의 길목인 산 베르나르디노 해협을 지키기 위해 34임무부대를 편성하기로 했다. 이 부대는 전함 4척, 순양함 5척, 구축함 14척으로 이루어지고 2개 고속항공모함전대의 지원을 받기로 되었다. 그래서 레이티 남쪽 해역을 지키던 7함대 사령관 킨케이드와 하와이의 니미츠는 강력한 34임무부대가 레이티 북쪽 해역을 지킨다고 믿었다.

홀지의 판단과 달리, 구리타는 아주 물러난 것이 아니었다. 미군 함재기들의 공격이 멈추자, 24일 1715시에 그는 함대를 동쪽으로 돌렸다. 그의 함대는 미군이 비워 놓은 산 베르나르디노 해협을 통과해서 25일 아침에 레이티 바로 북쪽에 있는 사마르섬 동쪽 해안에 극적으로 모습을 드러냈다. 레이티 상륙작전을 수행하던 미군은 경악했다.

레이티를 위협하는 일본 함대에 맞서게 된 미군 함대는 7함대 소속

77.4임무전대로 토머스 스프레이그(Thomas L. Sprague) 소장이 지휘했다. 이 전대는 함재기를 28대까지 실을 수 있는 호위항공모함 16척과 이들을 호위하는 구축함들 및 구축호위함(destroyer escort)들로 이루어졌다. 전함 4척, 중순양함 6척, 경순양함 2척 및 구축함 11척으로 이루어진 구리타의 함대를 막아 내기엔 너무 작은 부대였다.

원래 호위항공모함과 구축호위함은 속도가 느린 호송선단(convoy)을 잠수함들로부터 방어하도록 설계되었다. 그래서 장갑이 잘되고 화력이 우세한 전함이나 순양함과의 포격전에는 전혀 맞지 않았다. 게다가 이번 작전에선 상륙한 부대들을 폭격으로 근접 지원하는 임무를 띠어서, 함재기들은 폭격 임무에 맞는 고폭탄들이나 잠수함을 공격하는 폭뢰(depth charge)들을 장착한 터였다. 장갑이 잘된 함정들을 공격하는 데 필요한 어뢰나 철갑탄을 장착한 함재기들은 드물었다. 그들은 북쪽에 있는 34임무부대의 강력한 전함들과 순양함들이 일본군 함대로부터 자신들을 지켜 주리라 믿었던 것이다.

77.4임무전대는 3개 임무분대(task unit)로 이루어졌다. 맨 북쪽에 있던 임무분대는 클리프턴 스프레이그(Clifton Sprague) 소장이 지휘하는 77.4.3임무분대였는데, 구리타의 함대가 북쪽에서 내려온 터라 이 부대가 일본 함대와 주로 싸우게 되었다. 77.4.3임무분대는 호위항공모함 6척, 구축함 3척 및 구축호위함 4척으로 이루어졌다.

10월 25일 0637시 77.4.3임무분대의 정찰기는 상당수의 군함들을 발견했다. 그 배들은 훌지의 3함대 소속일 터인데, 모습으로 보면 일본 군함들이었다. 이 보고를 받자, 스프레이그 소장은 그 군함들의 정체를 확인하라는 지시를 내렸다. 곧 정찰기 조종사의 보고가 올라왔다.

"탑(pagoda) 마스트들이 보인다. 내가 본 것들 가운데 가장 큰 전함에 내걸린 미트볼(meatball) 깃발이 보인다."

정찰기 조종사는 야마토호를 발견한 것이었다. 그때 일본 함대는 77.4.3임무부대의 30킬로미터 북쪽에 있었다. 육안 관측이 가능하고 함포의 사거리 안에 드는 거리였다. '쇼 1호 작전'의 주력 함대가 완벽한 전술적 기습을 이룬 것이다.

0650시 스프레이그는 호위항공모함들에 모든 함재기들을 이륙시키고 동쪽의 스콜 속으로 숨으라는 명령을 내렸다. 구축함들과 구축호위함들엔 호위항공모함 뒤쪽에 연막을 치라고 지시했다. 바람이 북북동풍이었으므로, 항공모함들은 북북동쪽으로 항진하면서 함재기들을 이륙시킨 뒤 동쪽으로 향했다.

0700시 일본 함대는 포격을 시작했다. 바다에 떨어진 포탄들로부터 거대한 물기둥들이 솟았다. 자신의 탄착점을 식별하기 위해 일본 전함들은 각기 포탄들에 자신의 염료 표지를 썼다. 나가토長門호는 선분홍색을, 하루나榛名호는 녹황색을, 공고金剛호는 진홍색 표지를 썼다. 야마토만은 원초적 레이더 사격 통제 체제를 갖추어서 포탄에 표지가 없었고, 그 배의 포탄들은 흰 물기둥들을 일으켰다. 염료로 물든 물기둥들은 장관을 이루었지만, 일본 전함들의 사격은 목표들을 제대로 찾지 못했다.

당시 미국 군함들은 포술 레이더(gunnery radar)와 사격 통제 컴퓨터를 이용해서 자동적으로 사격 제원을 산출했다. 덕분에 사격이 빠르고 정확했다. 반면에 일본 군함들은 사탄射彈의 염료 표지를 이용한 광학 사거리 측정기로 사거리를 얻어 기계식 계산기 두 대로 사격 제원을 산출했다. 자연히 일본 군함들의 사격은 느리고 부정확했다. 사격 제원의 산출에서 나온 이런 차이는 일본 함대가 누린 장갑과 무기에서의 압도적 우위를 상당히 상쇄했다.

구리타는 니시무라의 남부군이 간밤에 '수리가오 해협 싸움'에서 괴멸된 것을 통보받았고 자신의 함대가 홀로 미국 함대와 싸워야 한다는 사실을 알고 있었다. 그러나 그는 오자와의 항공모함함대가 홀지의 3함대를 성공적으로 유인했다는 사실을 통보받지 못했다. 그래서 그는 막강한 미군 항공모함함대가 근처에 있을 가능성을 늘 염두에 두고 작전을 해야 했다. 산 베르나르디노 해협을 빠져나와 공해로 들어서자, 그는 자신의 함대에 항공기 공격에 효과적으로 대응할 수 있는 대형인 '원형대형(circular formation)'을 짜도록 지시했다.

수평선에 미군 항공모함들이 보이자, 구리타와 참모들은 '적함 식별 교범'을 펴 놓고 그 항공모함들을 식별하려 애썼다. 호위항공모함들의 실루엣들을 교범에 나온 항공모함들의 실루엣들 가운데서 찾을 수 없었지만, 그들은 호위항공모함들을 정규 항공모함들이라고 판단했다. 항공모함함대의 위협을 제거하는 것이 급선무였으므로, 그는 자신의 함대에 총공격 명령을 내렸다.

원형 대형을 취했던 터에 갑작스러운 총공격 명령을 받자, 중부군은 공격에 효과적인 대형을 제대로 짤 수 없었다. 그래서 전함, 순양함, 구축함 분대들이 제각기 미군 함대를 뒤쫓기 시작했다. 이런 추격전은 일본 군함들이 선두에 있는 함포들만을 쓰도록 만들어서, 절대적으로 우세한 일본 군함들의 화력을 무력화시켰다. 게다가 일본 군함들은 고사포들을 효과적으로 쓰기도 어려웠다. 반면에 미국 군함들은 선두 함포들보다 훨씬 많은 선미 함포들을 쓸 수 있었고, 함재기들은 전혀 영향을 받지 않았다.

상황이 급박했으므로, 스프레이그는 모든 함재기들에 장착한 포탄들을 그대로 싣고 이륙하라는 명령을 내렸다. 지상 전투의 근접 지원과 대잠수함 작전을 고려해서 무장한 터라, 미군 함재기들 가운데 전함의 공격에 적합한 폭탄들이나 항공어뢰(aerial torpedo)를 장착한 함재기들은 드물었다. 대부분은 로켓포, 기관총, 폭뢰를 장착했고 아예 무장하지 않은 함재기들도 있었다. 이들은 스프레이그의 명령대로 있는 그대로 이륙해서 적함들로 날아갔다. 그리고 장착한 무기들로 공격했다. 대잠수함 폭뢰들은 전함들의 두꺼운 장갑을 뚫지 못하고 갑판에서 튀어올랐다. 무기를 아예 장착하지 못한 함재기들과 포탄을 다 쏜 함재기들은 대공 포화 속에 적함 위로 거듭 위협 비행을 해서 적군을 혼란스럽게 했다.

동쪽으로 물러나는 호위항공모함들을 뒤쪽에서 호위하는 구축함 3척과 구축호위함 4척은 바삐 움직였다. 구축함들은 고속항공모함들과 함께 작전을 할 만큼 빨랐지만, 크기가 작고 장갑을 갖추지 않아서 '깡통(tin cans)'이라는 애칭으로 불렸다. 이 배들은 127밀리미터 함포 5문과 경輕고사포들만을 갖추었고, 주요 공격 무기는 10발의 어뢰였다. 대잠수함 임무를 맡았으므로 구축호위함들은 더 작았고 훨씬 느렸다. 무기는 127밀리미터 함포 2문과 어뢰 3발뿐이었다. 이 작은 배들은 연막을 펴서 항공모함들이 무사히 후퇴하는 데 결정적 공헌을 했다.

0720시에 미군 함대는 스콜 속으로 들어갔고, 폭우와 연막을 뚫을 수 있는 레이더 설비를 갖추지 못한 일본 군함들은 포격을 늦추었다. 제대로 대형을 갖추지 못한 일본 함정들은 서로 항로를 가로막는 경우들이 생겨서 추격이 더뎠다.

일본 함대는 효과적인 대형을 짜지 못한 채 미군 함대를 뒤쫓기 시작했으나, 폭우와 연막을 뚫을 수 있는 레이더 설비를 갖추지 못했다.

존스턴호의 분전

미국 구축함들과 구축호위함들은 처음 연막을 펼 때부터 일본 함대의 공격을 받았다. 거리가 멀어서 거대한 일본 군함들의 포격에 작은 미국 군함들은 대응할 길이 없었다.

절박한 상황을 맞자, 구축함 존스턴(Johnston)호의 함장 어니스트 에번스(Ernest E. Evans) 중령은 결단을 했다. 그는 상부의 지시 없이 자신의 판단으로 경계진(screen) 대열에서 벗어나 전속력으로 적함들에 접근하라는 명령을 내렸다. '탄착점들을 쫓아가는 기동(chasing the splashes)'을 능숙하게 수행해서 일본 군함의 포격을 피하면서 그는 일본 군함들에 다가갔다. [포격은 표적을 넘은 원탄과 미치지 못한 근탄의 협차夾叉를 통해 표적을 맞춘다. 표적의 관측에서 포탄의 발사까지는 상당한 시간이 걸리므로, 적함의 포탄들이 막 떨어진 탄착점으로 배를 몰면 적탄의 포격을 효과적으로 피할 수 있었다. 이처럼 지그재그로 배를 모는 것은 전통적 회피 기동이었다.]

거리가 16킬로미터 안으로 좁혀지자, 존스턴은 일본 군함들의 선두인 중순양함 구마노熊野호를 포격하기 시작했다. 모든 면들에서 열세였지만, 존스턴은 레이더에 의해 통제되는 자동 사격 통제 체계를 갖춘 덕분에 사격은 정확했다. 이어 어뢰 사거리 안으로 들어서자 어뢰 10발을 모두 발사했다. 그리고 이내 연막을 펼쳐 그 속으로 숨었다. 존스턴이 연막에서 나왔을 때, 구마노는 뱃머리에 어뢰를 맞아서 불타고 있었다. 결국 그 중순양함은 수리를 위해 싸움터에서 벗어나야 했다.

그러나 존스턴도 포탄 5발을 맞아 함교가 파괴되고 조종 기관과 선미 함포 3문에 대한 전력이 끊겼다. 반어적으로, 존스턴의 얇은 선각이 배를 살렸다. 일본군 철갑탄은 1센티미터도 채 안 되는 존스턴의 선각을 그대로 뚫고 지나갔다. 덕분에 배의 심장부가 관통되었어도 배는 폭발하지 않았다. 마침 스콜이 다가와서 존스턴은 그 속으로 들어가서 긴급 복구를 했다. 왼손 손가락 둘을 잃은 에번스 함장은 손수건으로 손을 감싼 채 선미로 가서 직접 배를 조종했다.

두 함대의 거리가 가까워지자, 0737시 스프레이그는 구축함들에 어뢰 공격 명령을 내렸다. 기관이 손상을 입었고 어뢰들을 다 쏜 터라서, 존스턴은 다른 구축함들을 따라가면서 화력 지원을 했다. 일본군 전함을 공격할 때는 상부 구조를 겨냥해서 피해를 입혔다. 이어 호위항공모함 갬비어 베이호가 공격을 받자, 공격하는 일본 군함들과 싸웠다.

0840시 일본 구축함 7척이 2열 종대를 이루어 다가왔다. 에번스는 배를 돌려 일본 구축함 종대의 앞을 가로지르려 했다. 존스턴 혼자서 7척의 적군 구축함들에 대해 'T의 횡선 긋기(crossing the T)' 전술을 시도한 것이었다. 이 무모하도록 대담한 시도로 선두 일본 구축함은 불리한 위치에 놓였고 제대로 응사하지 못했다. 존스턴의 포격은 그 일본 구축함을 10발 이상 맞혔고, 상황이 불리함을 깨달은 그 구축함은 서쪽으로 항로를 바꾸었다. 존스턴은 다음 일본 구축함을 포격해서 5발을 명중시켰다. 그러자 그 구축함도 서쪽으로 뱃머리를 돌렸다. 놀랍게도, 뒤를 따르던 일본 구축함들이 모두 존스턴의 포격을 피해서 서쪽으로 돌았다. 그리고 거의 10킬로미터 밖에서 호위항공모함들에 어뢰들을 쏘았다. 워낙 멀리서 쏘았으므로 이 어뢰들은 함재기들의 공격이나 함포로 폭발되었다.

이처럼 용감하게 싸우는 과정에서 존스턴은 여러 일본 군함들의 포격을 받았고 기관이 완전히 고장이 났다. 어뢰 공격을 위해 일본 군함들에 다가간 미군 구축함들과 구축호위함들 가운데 구축함 홀호와 구축호위함 새뮤얼 로버츠호는 침몰했다. 호위항공모함함대의 맨 뒤에 섰던 감비어 베이도 침몰했다. 그렇게 표적들이 줄어들자, 일본 군함들은 존스턴을 집중적으로 포격했다. 그래도 이 작은 구축함은 생존한 5척의 호위항공모함들이 퇴각할 시간을 벌어 주기 위해 분투했다. 마침내 배의 모든 기능이 정지되자, 1945시 에번스는 마지막 명령을 내렸다.

"전원 이함(Abandon Ship)."

2010시 존스턴호는 전복해서 뱃머리부터 가라앉기 시작했다. 일본 구축함 한 척이 다가와서 침몰을 확인하는 포격을 했다. 이어 그 배는 구명 뗏목들을 붙잡고 있는 미군 생존자들 가까이 지나갔다. 일본군 병사들이 난간에 늘어서서 미군 생존자들을 내려다보았다. 미군들은 그들이 총격을 할까 걱정했지만, 그들은 생존자들을 격려하는 몸짓을 했

존스턴호는 포격을 피하면서 일본 군함들에 다가갔다. 모든 면들에서 열세였지만, 레이더에 의해 통제되는 자동 사격 통제 체계를 갖춘 덕분에 사격은 정확했다.

다. 그들의 뒤쪽에선 흰 제복 입은 일본군 장교가 함교에 서서 미군 생존자들에게 경례했다. '명예롭게 싸운 적'에 대한 경의를 표한 일본군 장교는 유키카제雪風호의 함장 데라우치 마사미치寺內正道 대좌였다.

존스턴의 승무원 327명 가운데 144명만이 구조되었다. 전사자 및 실종자 186명 가운데엔 에번스 함장도 들어 있었다.

77.4.3임무분대의 분전은 구리타와 그의 참모들의 판단에 큰 영향을 미쳤다. 그들은 자신들이 싸우는 미군 부대가 홀지의 3함대라고 판단

했다. 이미 중순양함 조카이鳥海호, 구마노호 및 지쿠마築摩호가 침몰하거나 전투력을 잃었으므로, 구리타는 강대한 미국 항공모함함대와 더 싸우는 것은 비합리적이라고 판단했다. 결정적 고려 사항은 싸움이 벌어진 해역 북쪽에 미군 항공모함함대가 있다는 정보였다. 그는 레이티만의 미군 수송선들보다는 항공모함함대와 싸우는 것이 옳다고 판단했다. 0920시에 구리타는 "모든 함선들에게 알림. 나의 항로는 정북. 항속 20노트"라는 명령을 내렸다. '쇼 1호 작전'에서 결정적 싸움이었던 '사마르 연해 싸움(Battle of Samar)"은 일본 함대의 임무 포기로 끝났다.

북쪽으로 머리를 돌린 일본 함대는 미국 항공모함함대와의 결전을 위해 대형을 갖추었다. 미군 항공모함함대를 발견하지 못하자, 구리타는 산 베르나르디노 해협을 지나 브루나이의 기지로 향했다.

엔가뇨곶 싸움

일본 항공모함함대라는 탐나는 미끼를 물어 함대를 모두 이끌고 북쪽으로 향한 3함대 사령관 홀지 대장과 그의 참모들은 자신들의 판단이 틀렸음을 가리키는 정보들을 모조리 무시했다. 경항공모함 인디펜던스호의 야간 정찰기 한 대가 구리타의 일본 함대가 항로를 바꿔 산 베르나르디노 해협으로 향했고 오랫동안 등화관제로 꺼졌던 해협의 항행등(navigation light)들이 다시 켜졌다는 것을 보고하자, 38.2임무전대 사령관 제럴드 보건(Gerald F. Bogan) 소장은 이 정보를 홀지의 기함 뉴저지호에 무선으로 보고했다. 그러자 홀지의 참모 하나가 "예, 예, 우리는 그 정보를 갖고 있소"라고 퉁명스럽게 대꾸했다.

원래 레이티 북쪽 해역을 지키기로 되었던 부대인 34임무부대의 사령관 윌리스 리(Willis A. Lee) 중장은 오자와의 항공모함함대가 미끼라고 추리하고서 자신의 의견을 홀지의 기함에 명멸신호(blinker message)로 알렸다. 그의 의견 역시 퉁명스러운 반응을 얻었다.

3함대의 주력은 마크 미처 중장이 이끄는 고속항공모함 임무부대인 38임무부대였는데, 미처의 참모들은 상황이 위험하다고 판단했다. 그래서 그들은 잠자는 사령관을 깨워 상황을 보고했다. 미처는 "홀지 제독께서 알고 계신가?" 하고 물었다. 참모들이 그렇다고 대답하자, 홀지의 성품을 잘 아는 미처는 "만일 그가 내 조언을 원한다면, 내게 묻겠지"라고 말하고서 다시 잠자리에 들었다.

10월 25일 0240시에 홀지는 6척의 전함들을 중심으로 구성된 34임무부대를 분리시켜서 선두로 삼았다. 일본 항공모함함대를 발견하면 함재기들로 공격한 뒤 전함들의 포격으로 일본 배들을 격멸한다는 계획이었다.

10월 25일 새벽 오자와는 3함대를 향해 함재기 75대를 출격시켰다. 함대 상공의 전투항공초계(combat air patrol)를 위해 남겨 둔 최소한의 전투기들을 빼놓고 나머지 함재기들을 모두 출격시킨 것이다. 그러나 훨씬 많고 성능도 우수한 미군 전투기들의 요격을 받아 그 함재기들은 미군 함대에 손상을 입히지 못한 채 거의 다 격추되었고, 살아남은 몇 대는 루손의 비행장들로 향했다.

25일 0710시에 미군 정찰기가 루손 북동단 엔가뇨곶 근해에서 오자와의 항공모함함대를 발견했다. 미처는 38임무부대의 공격 제1파인 180대의 항공기들을 출격시켰다. 0800시 제1파는 일본 항공모함함대를 공격하기 시작했다. 전투항공초계를 수행하던 30대가량의 일본 함재기들은 이내 격추되었고, 일본 함대는 미국 항공기들의 일방적 공격을 받았다. 저녁까지 이어진 공격에서 미국 함재기들은 527회나 출격했고, 오자와의 함대는 큰 손실을 입었다.

함대의 주력함이자 기함인 항공모함 주이가쿠는 제1파 공격에서 큰 손상을 입어 배가 왼쪽으로 6도 기울고 통신이 불가능해졌다. 오자와는 경순양함 오요도大淀호에 "미국 항공모함함대를 유인하는 데 성공했음"이라는 전문을 구리타의 중부군에 보내라고 지시했다. [이 중요한 전문을 구리타의 함대는 수신하지 못했다.] 1054시 오자와는 기함을 오요도로 옮겼다. 1300시경에 시작된 미군 제3차 공격파는 홀로 남은 항공모함인 주이가쿠호를 집중적으로 공격했다. 어뢰 6발을 맞고 폭탄도 여러 발 맞자, 주이가쿠는 항공기 연료 탱크에 불이 나고 좌현으로 20도 기울면서 침수가 시작되었다. 1355시 승무원 전원이 비행갑판에 모여 군함기 강하식을 거행한 뒤 1358분 함장 가이즈카 다케오貝塚武男 소장은 "전원 이함" 명령을 내렸다. 1414시 주이가쿠는 곧바로 서더니 그대로 침몰했다. 자신의 배와 운명을 같이하기로 결심한 가이즈카 함장과 미처 탈출하지 못한 842명의 승무원들이 전사했고 862명이 구조되었다. 1941년 12월에 펄 하버를 성공적으로 기습한 기동부대 항공모함 6척 가운데 마지막까지 살아남았던 주이가쿠는 마지막 임무인 미국 3함대 유인작전을 성공적으로 수행하고 바닷속으로 사라졌다. 주이가쿠와 함께 일본제국 해군도 실질적으로 사라졌다.

이 '엔가뇨곶 싸움(Battle of Cape Engaño)'에서 오자와의 항공모함함대는 주이가쿠와 함께 경항공모함들인 지토세千歲와 주이호瑞鳳, 그리고 구축함들인 아키즈키秋月와 하쓰즈키初月를 잃었다. 경항공모함 지요다千代田

와 경순양함 다마多摩는 항행 불능 상태가 되었다가 뒤에 미군에 의해 격침되었다. 이처럼 큰 배들이 침몰하면서 많은 승무원들이 희생되었다.

구리타가 이끈 강력한 일본 전함함대가 사마르 동북쪽 해역에 나타나자, 경악한 7함대 사령관 킨케이드는 홀지에게 상황을 알리는 전문을 보냈다. 워낙 다급한지라 그는 전문을 평문으로 보냈다.

"나의 상황은 위급하다. 고속전함들과 공습 지원은 적군이 호위항공모함들을 파멸시키고 레이티만으로 들어가는 것을 막을 수 있을 것이다."

그가 거느린 7함대의 전함들은 수리가오 해협에서 니시무라의 남부군 함대와 싸우는 터라, 그로선 사마르 해역 가까이 있을 홀지의 3함대에 구원을 요청한 것이다. 이어 무려 네 차례나 구원 요청을 했다.

그러나 홀지는 킨케이드의 구원 요청에 끝내 반응하지 않았다. 그는 뒷날 자기가 7함대의 상황을 처음 안 것은 25일 1000시경이었다고 술회했다. 그의 기함의 무선 통신이 워낙 많아서, 킨케이드의 구원 요청 전문들이 늦게 전달되었다는 얘기였다.

이때 하와이의 태평양함대 사령부에서 상황을 지켜보던 니미츠가 홀지에게 상황을 묻는 전문을 보냈다.

"TURKEY TROTS TO WATER GG [⋯] WHERE IS RPT WHERE IS TASK FORCE THIRTY FOUR RR THE WORLD WONDERS."

이 전문에서 진정한 내용은 겹친 자음들 사이의 부분이었다. 그 앞뒤의 단어들은 적군의 암호 해독을 방해하는 덧붙임(padding)이었다. 암호를 해독한 통신참모부는 관행적으로 그런 덧붙임을 빼놓고 배포했다. 이 전문을 해독한 통신병은 앞쪽 덧붙임인 "칠면조는 물을 향해 종종걸음 친다(TURKEY TROTS TO WATER)"는 뺐지만, 뒤쪽 덧붙임인 "세상 사람들이 의아해 한다(THE WORLD WONDERS)"는 그대로 두었다. 그래서 홀지가 받은 전문은 "34임무부대는 어디 있는가 반복 어디 있는가 세상 사람들이 의아해 한다"였다. 전문을 읽고서, 홀지는 니미츠가 자신을 힐난했다고 여겼다. 그는 격분해서 모자를 갑판에 벗어 던졌다. 이처럼 마음이 흔들린 탓에, 홀지는 적절치 못한 지시들을 내리게 된다.

먼저, 홀지는 존 매케인 중장이 이끄는 38.1임무전대에 7함대를 도우라는 명령을 내렸다. 그러나 홀지의 명령이 내려오기 전에 매케인은 스프레이그 소장의 무선 통신으로 77.4.3임무분대의 위기를 깨닫고 독자적으로 함재기들을 출격시킨 터였다. 비록 그의 함재기들은 일본 함대에 큰 피해를 입히지는 못했지만, 구리타의 회군 결정에 영향을 미쳤다.

이어 1115시에 홀지는 오자와의 항공모함함대 가까이 다가간 34임무부대에 선회해서 사마르 해역으로 남하하라는 명령을 내렸다. 그러나 구축함들의 재급유가 필요해서, 34임무부대는 다시 2시간 반을 지체했다. 결국 이들은 77.4.3임무분대에 도움을 주지 못했을 뿐 아니라 구리타의 함대가 산 베르나르디노 해협을 통과하는 것을 막지도 못했다.

이처럼 이미 때가 늦었지만, 1622시에 홀지는 34.5임무전대를 새로 편성해서 오스카 배저(Oscar C. Badger II) 소장의 지휘 아래 사마르 해역으로 보냈다. 3함대의 가장 빠른 전함들인 아이오와호와 뉴저지호를 중심으로 순양함 3척과 구축함 8척으로 이루어진 이 함대는 구리타의 함대를 요격하지 못했다. 만일 두 함대가 부딪쳤다면, 오히려 일본군의 거대한 전함들이 화력에서 우세했을 터였다.

34임무부대를 남쪽 사마르 해역으로 보낼 때, 홀지는 순양함 4척과 구축함 9척을 떼어 내서 새로 임무전대를 만들어서 38임무부대에 배속했다. 1415시에 38임무부대 사령관 미처 중장은 이 임무전대의 사령관

로런스 두보즈(Laurance T. DuBose) 소장에게 오자와의 일본 항공모함함대의 잔존 함정들을 추격하라는 명령을 내렸다. 이 부대는 이미 손상을 입은 경항공모함 지요다와 구축함 하쓰즈키를 격침시켰다.

두보즈의 함대가 비교적 약체라는 것을 알게 되자, 오자와는 전함 이세伊勢와 휴가日向에 남쪽으로 선회해서 공격하라고 명령했다. 두 전함들은 두보즈의 약한 함대를 찾지 못했지만, 이런 상황은 홀지가 전함들을 모두 남쪽으로 보내는 바람에 38임무부대의 항공모함함대를 일본 전함들의 공격에 노출시켰다는 사실을 도드라지게 했다.

77.4임무전대를 위험에 빠뜨린 홀지의 비합리적 판단은 거센 비판을 받았다. 홀지는 원래 공격적 작전을 선호했다. 그런 태도는 전쟁 초기 일본 해군의 기습으로 미국 함대가 수세로 몰렸을 때는 적절했다. 그러나 미국 함대가 재건되고 증강되면서, 그의 지나치게 공격적이고 독선적인 태도는 점점 큰 문제가 되었다. 공을 세우려는 욕심에 일본군이 내민 미끼를 덥석 문 것과 부하 지휘관들의 경고를 무시한 것은 그의 성격에서 비롯한 부분이 크다.

그러나 찬찬히 따지면, 미국 함대가 사마르 해역에서 위기를 맞게 된 근본적 요인은 구조적 문제였음이 드러난다. 레이티에 상륙하는 작전은 육군과 해군의 합동작전이었지만, 그 작전을 지휘하는 총사령관은 임명되지 않았다. 그래서 홀지와 킨케이드 사이의 협조와 통신은 거의 없었다. 만일 총사령관이 있었다면 산 베르나르디노 해협을 비워 두는 실책은 나오지 않았을 터였다. 그러나 육군도 해군도, 맥아더도 니미츠도 상대방에 총사령관직을 양보할 마음이 없었다. 그리고 그들에게 타협하라고 요구할 만한 기구도 인물도 없었다. 그것이 현실이었다.

오자와 지사부로 중장이 이끈 일본 항공모함함대가 윌리엄 홀지 대장이 이끈 미군 항공모함함대에 의해 괴멸되면서, 일본 해군의 '쇼 1호 작전'으로 촉발된 거대한 해전은 끝났다. 1944년 10월 23일의 '팔라완 수로 싸움', 24일의 '시부얀해 싸움', 25일의 '수리가오 해협 싸움', 25일의 '사마르 연해 싸움' 그리고 25일에서 26일에 걸친 '엔가뇨곶 싸움'으로 이어진 '레이티만 싸움(Battle of Leyte Gulf)'은 역사상 가장 큰 해전이었다.

연합군은 군함 218척에 승무원 14만 3,700명을 동원했고, 일본군은 군함 64척에 승무원 4만 2,800명을 동원했다. 항공기들은 각기 1,500대와 300대가 투입되었다. 연합군은 3천 명의 사상자들을 냈고 일본군은 1만 2,500명을 냈다. 연합군은 경항공모함 1척, 호위항공모함 2척, 구축함 2척, 구축호위함 1척과 항공기 200여 대를 잃었고 일본군은 항공모함 1척, 경항공모함 3척, 전함 3척, 순양함 10척, 구축함 11척과 항공기 300여 대를 잃었다.

레이티만 싸움에서 일본이 패배하면서 필리핀의 운명은 결정되었다. 엄청난 육군 병력이 동원되고 전쟁이 끝날 때까지 '필리핀 전역'은 이어질 터였지만, 미군은 필리핀의 요소들을 점령하고 다음 작전의 발판으로 삼을 수 있었다. 반면에, 일본 본토와 동남아시아의 연결이 끊어지면서 일본군의 전력은 급격히 떨어지고 전세는 연합국 쪽으로 더욱 가파르게 기울었다.

가미카제 공격

'쇼 1호 작전'의 개념과 '레이티만 싸움'의 과정은 당시 패전으로 몰린 일본군 수뇌부의 판단과 태도를 섬뜩하게 보여 준다. 가장 시사적인 사건은 '사마르 연해 싸움' 막바지에 나온 일본 항공기 조종사들의 자살 공격이었다.

25일 0740시 77.4임무전대에서 가장 남쪽에 있던 77.4.1임무분대는 남쪽에서 날아온 일본 항공기 편대의 공격을 받았다. 이들 여섯 대의 항공기들은 미군 호위항공모함들을 폭격하는 대신 항공기들을 직접 배에 충돌시켜 파괴하려 시도했다. 두 대는 급강하 중에 공중에서 격추되었다. 한 대는 샌티호에 충돌하는 데 성공해서 그 배의 갑판엔 폭 4.5미터에 길이 9미터의 구멍이 났다. 승무원 16명이 죽고 27명이 다쳤다. 탄약고 바로 옆에서 화재가 일어났지만 가까스로 불을 꺼서 폭발을 면했다. 상공에서 관찰하던 3대 가운데 한 대는 구름 위에 있다가 수와니호를 향해 급강하해서 격납고 갑판까지 들어갔고 큰 피해를 입혔다. 결과를 지켜본 나머지 두 대는 상부에 결과를 보고하러 돌아갔다. 이들은 2시간 전에 민다나오의 다바오 기지를 떠나 400킬로미터를 날아온 것이었다.

25일 1047시엔 또 하나의 일본 항공기 편대가 77.4.3임무분대의 호위항공모함들을 공격했다. 한 시간 반 전에 구리타의 함대가 머리를 돌려 북쪽으로 향한 터라, 격전을 치른 미군 장병들은 숨을 돌리는 참이었다. 일본 항공기들은 5대였는데, 파도 위로 낮게 날아서 레이더를 피한 뒤 갑자기 1,500미터로 상승했다가 급강하해서 호위항공모함들에 충돌하려 시도했다.

한 대는 키트컨 베이호의 좌현 통로(port catwalk)에 걸려 폭발하면서 바다로 떨어졌다. 두 대는 스프레이그 소장의 기함인 팬쇼 베이호를 공격하다가 대공포에 맞아 그 배 옆에 떨어졌다. 나머지 두 대는 화이트 플레인스호를 공격하려다가 포화를 맞았는데, 한 대는 화이트 플레인

일본 항공기 한 대가 옆으로 돌아서 세인트 로호의 중앙부에 부딪쳤다. '가미카제'라는 이름으로 알려지게 된 이런 자살 공격은 오랫동안 준비된 것이었다.

스 바로 옆에 떨어져 폭발해서 미군 병사 11명을 다치게 하고 배에 작은 손상을 입혔다. 나머지 한 대는 옆으로 돌아서 세인트 로호의 중앙부에 부딪쳤다. 불타는 그 항공기의 불길이 격납고 갑판에 쌓인 어뢰들과 폭탄들에 불을 붙였다. 폭발이 일곱 차례 일어나고 30분 뒤 1125시에 세인트 로호는 침몰했다. 일본 특별공격대가 거둔 첫 격침이었다.

77.4임무전대의 지휘관들은 아마도 항공기들의 자살 공격이 싸움터의 극한적 상황에서 나온 행태라고 여겼을 것이다. 폭탄을 실은 항공기를 몰고 적함으로 돌진해서 적함을 폭파시킨다는 행위는 너무 낯설고

기괴해서, 싸움터에서 순간적으로 나온 일이라고 여기는 것이 당연했다. 그러나 곧 온 세계에 '가미카제神風'라는 이름으로 알려지게 된 이런 자살 공격은 실은 오랫동안 준비된 것이었다.

가미카제가 고안되고 채택된 이유는 간명했다. 당시 일본군으로선 그것이 가장 효과적인 전술이었다. 9명의 가미카제 조종사들이 몬 항공기들이 100명이 넘는 미군 병사들을 죽이고 호위항공모함 1척을 격침시키고 3척에 중대한 손상을 입혔다는 통계가 그 사실을 명확하게 보여주었다.

일본 해군 지휘부가 가미카제 공격을 논의하기 시작한 것은 1943년이었다. 해군 참모본부가 수행한 조사는 항공기의 자살 공격이 폭격과 어뢰 공격에 의존하는 전통적 공격보다 훨씬 효과적임을 밝혔다. 적함에 부딪치려 마음먹은 조종사가 모는 항공기는 다른 어떤 방식보다 10배 이상 효과적이라는 얘기였다. 당시 일본이 생산한 항공기들은 미군 항공기들보다 성능이 워낙 뒤져서 공중전마다 미군의 일방적 승리로 끝났다. 자살 공격은 이처럼 낡은 항공기들을 가장 효과적으로 사용하는 길이었다. 비록 이론적으로는 타당했지만, 이런 극단적 전술은 전통적 전략과 전술에 따라 조직되고 운영되는 해군 지휘부의 지지를 받지 못했다.

그러나 당시 해군에서 큰 영향력을 지녔던 한 인물이 이런 자살 공격을 적극적으로 지지했다. 히로히토 천황의 둘째 동생인 다카마쓰노미야高松宮 노부히토친왕宣仁親王은 해군사관학교를 졸업하고 줄곧 해군에서 복무해서 대좌에 올랐다. 그는 전통적 전술로는 모든 면들에서 압도적으로 우세한 미국 해군과 싸워서 이길 수 없다고 보았다. 그래서 그는 해군을 항공기 위주로 개편한 다음 태평양의 섬들을 '불침不沈의 항공모함'들로 삼아서 항공기들로 우세한 미군의 항공모함함대에 대항해야 한다고 주장했다. 그의 구상에서 항공기 조종사들의 자살 공격은 핵심이었다.

노부히토 친왕은 자신의 해군 개편 방안을 히로히토 천황에게 밝혔다. 정부와 군부를 장악하자, 도조 수상은 내각과 군부의 회의들을 황궁 안에서 열었다. 그래서 히로히토는 모든 회의들에 비공식적으로 참여할 수 있었고, 중요한 회의들에 실제로 참여해서 논의들을 이끌고 최종적 결론을 내렸다.

노부히토의 얘기를 듣자 히로히토는 난감했다. 노부히토의 방안은 합리적이어서 내칠 수 없었다. 그러나 그것은 너무 급진적이어서 선뜻 받아들일 수도 없었다. 그 방안은 군부의 모든 장교들을 천황 자신에게 적대적으로 만들 터였다. 열흘 동안 고심한 끝에, 1944년 2월 2일 히로히토는 가장 충실한 신하인 기도 고이치木戶幸一 내대신內大臣에게 군사적 상황을 자세하게 설명했다. 이어 노부히토의 방안을 설명하고 기도의 의견을 물었다. 기도는 노부히토의 방안이 전쟁에서의 승리를 보장하지 못한다고 판단했다. 게다가 그것은 군부 지휘관들의 반대를 억누른 천황의 독재적 결정으로 사람들에게 비칠 터였다. 기도가 그 방안은 너무 위험하다는 뜻을 아뢰자, 천황은 기도에게 노부히토와 직접 논의해보라고 말했다. 천황 자신은 노부히토의 방안에 동의하니 정치적 난관들은 기도가 해결하라는 얘기였다.

천황의 뜻을 받들어 기도는 도조 수상과 상의했다. 천황이 바라는 대로, 해군을 항공기 위주로 개편하고 생산되는 항공기들을 모두 해군 항공부대에 배정하려면, 육군과 해군의 기득권을 고수하려는 육군참모총장과 해군 군령부총장을 먼저 바꾸어야 했다. 그런 일을 실행할 만한 권력을 지녔고 천황에 대한 충성심이 강한 사람은 도조뿐이었다. 기도의 설명을 듣자, 도조는 천황의 뜻을 따르겠다고 말했다.

2월 18일 히로히토는 도조에게 육군참모총장 스기야마 하지메杉山元 원수와 해군 군령부총장 나가노 오사미永野修身 대장에게 사임을 요구하는 권한을 부여했다. 도조는 곧바로 두 사람에게 천황의 뜻을 전하고 사임을 요구했다. 두 사람은 천황의 뜻을 거스르거나 전략적 결정에 이의를 제기할 마음이 없었다. 일본 사람은 누구도 그렇게 행동하지 않았다.

그러나 그들에겐 천황에 대한 충성심보다 현실적으로 더 중요한 고려 사항이 있었다. 그들은 각기 육군과 해군의 최고 지도자로서 직업군인들의 이익을 지켜야 했다. 그것은 암묵적이지만 절대적인 약속이었다. 육군과 해군의 이익을 해치는 개편은 설령 천황의 뜻이라 하더라도 받아들일 수 없다고 그들은 밝혔다.

스기야마는 특히 강경했다. '황도파' 육군 장교들이 주도한 1936년의 '2·26사건' 때부터 천황을 가까이서 옹호했던 터였지만, 그로선 이번 천황의 조치는 상궤에서 너무 벗어나서 도저히 받아들일 수 없었다. 그는 자신의 후임이 누구인지 도조에게 물었다. 도조는 자신이 참모총장을 겸임하기로 했다고 대답했다. 도조와 기도는 스기야마의 후임을 찾으려 무던히도 애썼지만, 자격이 있는 장군들 가운데 단 한 사람도 참모총장을 맡으려 하지 않았던 것이다.

도조의 대답을 듣자 스기야마는 거세게 반발했다. 도조는 이미 수상으로 행정권의 책임자였고 육군대신으로 육군 군정軍政의 수장이었다. 이제 참모총장을 겸임하면 육군 군령軍令까지 장악하는 것이었다. 이런 권력의 집중은 국가의 틀을 뒤흔드는 일이었다. 스기야마는 군 최고사령부와 민간 정부를 나눈 것은 일본 정부 조직의 기본 원치이며, 한 사람이 육군대신과 육군참모총장을 겸하면 군사적 결정들에 정치적 고려가 스며들 수밖에 없다고 지적했다.

그러나 천황의 뜻을 앞세운 도조의 압박에 스기야마는 오래 버틸 수 없었다. 1944년 2월 20일 기록을 남긴다는 뜻에서 스기야마는 도조가 세 관직들을 겸임하는 조치의 문제점들을 지적하는 글을 천황에게 올렸다. 히로히토는 "나도 그 점을 걱정했고 도조에게 그런 걱정을 유념하라고 당부했다"고 말했다.

스기야마가 밀려나자, 사태를 관망하던 나가노 해군 군령부총장도 사임했다. 그의 후임은 해군대신 시마다 시게타로嶋田繁太郎 대장이었다. 도조의 본을 받아 시마다도 해군대신과 해군 군령부총장을 겸직한 것이었다. 그래서 노부히토의 해군 개편안에 대한 저항은 사라졌다. 해전에서의 승패가 함재기들에 의해 결정되는 상황이어서, 항공기 위주의 개편이 옳다고 여기는 해군 지휘관들도 늘어났다.

그러나 노부히토의 기대와 달리, 해군 개편은 거의 이루어지지 못했다. 우세한 미국 해군의 진격에 패퇴를 거듭하는 상황에서 개편은 누리기 어려운 사치였다. 안전한 후방에서 편제표와 지도를 놓고서 논의해서 나온 방안은 싸움터의 현실에 막히곤 했다. 무엇보다도, 미군의 '섬 건너뛰기' 전략으로 중요한 기지들이 고립되고 거기 주둔한 많은 병력이 고사하는 판이었다.

필리핀해 싸움에서 일본 항공모함함대의 함재기들이 거의 다 파괴된 것은 노부히토의 해군 개편에 치명타가 되었다. 그렇게 잃어버린 함재기들을 보충하기도 쉽지 않았지만, 함재기들과 함께 사라진 조종사들을 대체할 조종사들이 없었다. 원래 일본의 정치 지도자들과 군 수뇌부는 미국과의 장기전을 예상하지 않았으므로, 숙련된 조종사들이나 정비사들과 같은 고급 인력을 양성하는 장기 계획을 마련하지 않았다.

이런 상황에 대처하는 방안으로 항공기들의 자살 공격이 자연스럽게 떠올랐다. 자살 공격엔 성능이 뛰어난 항공기도 고도로 훈련된 조종사도 필요하지 않았다. 적군을 효과적으로 죽이기 위해 자기 목숨을 기꺼이 바칠 준비가 된 조종사가 있으면 되었다.

1944년 6월 20일 '필리핀해 싸움'이 일본의 참패로 끝났을 때, 경항공모함 지요다의 함장 조 에이이치로城英一郎 대좌는 비행갑판에 널린 함재기들의 잔해를 참담한 마음으로 바라보았다. 그리고 자신의 선실로 들어가서 일본 해군의 향후 전술에 관한 자신의 생각을 밝히는 전문을 써서, 노부히토와 가까운 오니시 다키지로大西瀧太郎 중장에게 보냈다. 조는 노부히토의 지지자였고 히로히토 천황의 해군 부관을 여러 차례 지냈으므로, 그는 자신의 전문을 천황이 친히 읽으리라고 기대했다. 그의 기대대로 그의 전문은 6월 22일 노부히토에 의해 히로히토에게 전달되었다. 그의 전문은 직설적이고 간명했다.

"이제 아군은 수적으로 우세한 적군 항공모함들을 전통적 방식으로 격침시키기를 기대할 수 없음. 본관은 급강하충돌 전술을 수행할 특별공격대의 즉각적 창설을 건의함." [조 대좌는 넉 달 뒤 엔가뇨곶 싸움에서 그의 배 지요다가 격침되어 전사했다.]

히로히토는 조 대좌의 건의에 전적으로 동의했다. 그러나 도조와 기도는 항공기 자살 공격에 부정적이었다. 그런 방식으로도 이미 기운 전세를 뒤집을 수는 없는데, 서양 사람들의 눈에 기괴하기 비칠 극단적 행태는 종전 뒤 서양 사람들이 일본을 대하는 태도에 부정적 영향을 미치리라는 생각이었다.

1944년 7월 18일 사이판 싸움의 패배에 책임을 지고 도조가 사직했다. 7월 20일엔 고이소 구니아키小磯國昭가 수상이 되었다. 고이소 내각은 회의를 다시 황궁 밖에서 열기 시작했다. 천황을 전쟁 수행과 전쟁 범죄의 책임으로부터 멀리하기 위한 조치였다. 아울러 천황이 전쟁 수행과 관련이 없다는 주장을 펴기 위한 조치들이 기도 내대신을 중심으로 은밀하게 수행되었다.

그래도 히로히토는 자살 공격용 미사일인 '오카櫻花 미사일'의 생산을 승인했다. 이 미사일은 1,200킬로그램 철갑(armor-piercing)폭탄이었는데, 목제 날개와 조종석과 기본적 조종 시설을 갖추었다. 항공기에서 발사되면 5개의 소형 로켓으로 30킬로미터를 날아서 목표를 맞히도록 되었다. '오카 미사일'의 생산으로 '특별공격대' 편성 계획은 공식화되었다.

1944년 10월 12일 홀지의 3함대는 대만의 일본 항공기들을 공격했다. 이 공격으로 일본군 항공기 500여 대가 파괴되었다. 이 뜻밖의 재앙에 촉발되어, 히로히토는 측근들의 조언을 물리치고 남은 항공기들을 모두 자살 공격에 쓰라는 명령을 내렸다. 그리고 10월 17일에 오니시 중장을 필리핀에 보내서 거기 있는 항공기들로 특별공격대를 편성하도록 했다.

필리핀의 해군 항공함대를 총괄하는 1항공함대 사령관으로 부임한 오니시는 10월 19일 해질 무렵에 마닐라 북서쪽에 있는 마발라카트 비행장을 찾았다. 그는 그곳의 주요 간부들을 소집했다. 1항공함대 수석참모 이노구치 리키헤이猪口力平 대좌, 1항공함대의 주력인 201항공대의 부지휘관 다마이 아사이치玉井淺一 중좌, 26항공전대 수석참모 요시오카 주이치吉岡忠一 중좌, 201항공대의 편대장들인 이부스키 마사노부指宿正信 대위와 요코야마 다케오横山岳夫 대위가 회의에 참석했다.

오니시는 그들에게 상황을 설명했다. 미군 함대가 레이티만에 출현해서 일본 해군은 '쇼 1호 작전'으로 대응하기로 했으며, 그 작전계획에 따라 구리타 중장이 이끈 전함함대가 레이티만으로 향할 터인데, 구리타의 함대가 무사히 레이티만으로 항행하도록 공중 엄호를 제공하는 것이 1항공함대의 임무라는 얘기였다.

오니시의 얘기는 간부들도 다 아는 얘기였다. 문제는 그 중요한 임무를 수행하기엔 1항공함대의 전력이 너무 미약하다는 사실이었다. 당시 작전에 투입될 수 있는 전투기들은 201항공대의 30여 대뿐이었다. 수백 대씩 몰려올 미군 항공기들을 막기엔 너무 적었다. 그들은 긴장한 채 기다렸다. 불가능해 보이는 이 임무를 수행할 방안을 신임 사령관이 내놓기를.

부하들을 찬찬히 살핀 다음, 오니시는 말을 이었다.

"내 생각엔 우리의 빈약한 전투력을 극대화할 수 있는 방안은 하나뿐이다. 우리의 임무를 수행할 수 있는 방안은 우리 전투기들로 자살 공격 편대를 짠 다음 250킬로 폭탄을 싣고 적 항공모함에 급강하 충돌을 하는 것이다."

마음을 꿰뚫어 보려는 듯 날카로운 눈길로 부하들의 얼굴을 살핀 다음, 오니시는 조용히 물었다.

"귀관들의 생각은 어떠한가?"

팽팽한 침묵이 사람들이 둘러싼 탁자 위에 내렸다. 아무도 입을 열지 않았다. 사령관의 얘기에 놀라거나 두려워진 사람은 없었다. 미군의 거대하고 성능이 좋은 폭격기와의 대결에서 자신이 모는 작은 전투기를 미군 항공기에 충돌시키는 전술을 쓴 일본 조종사들은 드물지 않았다. 이런 전술은 검도劍道에서 몸으로 상대에 부딪치는 기법인 '다이아타리體當'

라는 이름을 얻었다. 실은 그런 전술을 미군 항공모함에 대해서도 쓰자는 주장도 조종사들 사이에서 나온 터였다. 1944년에 들어서면서, 미군 항공모함을 향해서 출격하면 어떤 방식으로 공격하더라도 살아 돌아올 가능성은 아주 작아진 터였다. 어차피 죽을 바엔 적의 항공모함에 가장 큰 손상을 입힐 방식으로 싸우는 것이 합리적이지 않냐는 생각을 품은 조종사들도 드물지 않았다.

"요시오카 중좌," 다마이 중좌가 무거운 침묵을 깨뜨렸다. "250킬로 폭탄을 실은 항공기가 항공모함 갑판에 충돌하는 것은 얼마만 한 효과를 볼 수 있을까요?"

"통상적 폭격보다는 목표를 타격할 확률이 훨씬 클 것입니다." 요시오카가 선뜻 대꾸했다. "비행갑판의 손상을 복구하는 데는 여러 날이 걸릴 것입니다."

다마이도 그런 사정을 물론 알고 있었다. 다만 그로선 생각할 시간이 필요했고 그래서 요시오카에게 물었던 것이다. 자살특공대로 편성될 전투기들이 201항공대의 전투기들이었으므로, 오니시 사령관의 물음에 대답할 책임은 다마이에게 있었다. 선뜻 내놓기 어려운 답변이었으므로, 다마이는 다시 생각할 시간을 벌려고 했다. "사령관님, 부지휘관인 소관으로선 이처럼 중대한 일을 혼자 결정할 수 없습니다. 소관은 먼저 지휘관인 야마모토 사카에山本榮 대좌에게 의사를 물어보아야 합니다."

"실은 조금 전에 마닐라에 있는 야마모토 대좌하고 통화했네. 그가 탄 비행기가 추락하는 바람에 그는 다리가 부러져서 지금 병원에 있다네. 야마모토 대좌는 '다마이 중좌의 의견을 제 의견으로 간주해 주십시오. 저는 모든 권한을 다마이 중좌에게 일임하겠습니다'라고 내게 말했네." 오니시는 표정 없는 얼굴로 대꾸했다.

“잘 알겠습니다, 사령관님.” 다마이는 곤혹스러운 낯빛으로 잠시 생각하더니 사령관에게 조심스럽게 말했다. “제가 생각할 시간을 몇 분만 주십시오.”

“그렇게 하게.”

다마이는 이부스키 대위에게 따라오라는 손짓을 한 뒤 일어나서 밖으로 나갔다. 두 사람은 다마이의 방으로 가서 상의했다. 물론 가장 중요한 문제는 자살 공격에 대한 조종사들의 태도였다. 그리고 조종사들의 생각은 편대장인 이부스키가 다마이보다 잘 알 수밖에 없었다.

이부스키의 견해를 듣자, 다마이는 회의장으로 들어와서 오니시에게 말했다.

“사령관님, 항공대장 야마모토 대좌의 권한 위임을 받아, 소관은 사령관님께서 밝히신 의견들에 전적으로 동의합니다. 201항공대는 사령관님의 제안을 실행하겠습니다. 다만, 급강하 충돌 부대를 구성하는 일은 저희에게 맡겨 주시기를 희망합니다.”

다마이의 대답을 듣자 오니시는 말없이 고개를 무겁게 끄덕였다. 그때 오니시의 얼굴엔 안도와 슬픔이 함께 어렸다고 이노구치 대좌는 전쟁이 끝난 뒤 술회했다. 오니시는 뒤에 ‘가미카제 특별공격대’라는 하이쿠俳句로 자신의 심경을 드러냈다.

오늘 피고는
곧 흩어지는 삶은
여린 꽃인가
어찌 기대하리오
그 향기 영원하길.

뒤에 해군 군령부 차장으로 전임되자, 오니시는 항복에 반대하면서 전쟁을 지속할 것을 주장했다. 그는 일본인 2천만 명이 더 희생되면 전쟁에서 이길 수 있다고 주장했다. 1945년 8월 15일 일본이 항복하자 그는 다음 날 할복자살했다.

"잘 알겠네. 그러면 실무는 제관들이 상의해서 결정하게. 나는 좀 쉬겠네."

오니시는 자리에서 일어나 밖으로 나갔다.

다마이는 편대장들과 상의한 다음 조종사들을 소집했다. 그는 23명의 조종사들에게 오니시 사령관의 방안을 설명했다. 그의 얘기가 끝나자, 감정에 북받친 조종사들은 팔을 위로 뻗어 전적으로 동의한다는 뜻을 밝혔다. 가슴에서 불타는 열정이 그들의 얼굴에 배어 나와서, 어둑한 실내가 한순간 환해지는 듯했다.

그들을 바라보면서 다마이는 자신의 가슴속에서도 뜨거운 물결이 이는 것을 느꼈다. 그는 그들이 조종 훈련을 받을 때부터 그들을 이끌었다. 그는 그들을 자식들처럼 여겼고, 그들은 그를 아버지처럼 따랐다. 1943년 10월 기본교육을 마치자 그들은 다마이가 이끄는 263항공대에 배치되었고, 다마이는 그들을 실전에 나설 수 있는 조종사들로 조련하는 데 정성을 쏟았다.

1944년 2월 그들이 훈련 과정의 절반 정도를 마쳤을 때, 조종사들의 손실이 커지자 그들은 마리아나 제도에 배치되어 정규 전투 임무를 수행하게 되었다. 그 뒤로 그들은 티니안에서 팔라우를 거쳐 얍에 이르기까지 불리한 상황 속에서 계속 싸웠다. 그리고 필리핀에 201항공대가 창설되자, 다마이는 부지휘관이 되었고 그들도 함께 옮겨 왔다. 격전들에서 살아남아 노련한 조종사들이 된 그들은 이제 전사한 동료들의 한을 풀어 줄 길을 찾게 된 것이었다.

다마이는 이노구치와 상의해서 세키 유키오關行男 대위를 특별공격대의 대장으로 뽑았다. 그리고 세키의 견해를 반영해서 부대를 편성했다. 이노구치는 특별공격대가 말 그대로 특별한 부대니 그것을 지칭하는 부대 이름을 따로 만드는 것이 좋겠다고 하고 '신푸神風'라는 이름을 제안했다. 13세기에 일본을 두 차례 침공한 원元의 대함대를 강타한 두 차례의 태풍을 가리키는 말이었다. 특별공격대가 미군의 침공을 물리치는 태풍이 되리라는 기원이 담긴 이름에 두 사람도 선뜻 동의했다.

이노구치는 오니시의 방으로 올라갔다. 그리고 불도 켜지 않은 방에서 기다리던 오니시에게 특별공격대의 편성을 보고했다. 그리고 특별공격대가 '신푸'라는 명칭을 쓰도록 허락하라고 건의했다. 오니시는 이노구치의 건의를 받아들였다. 그렇게 해서 '신푸 공격대'가 탄생했다. 이 부대는 '神風'을 달리 읽는 '가미카제'로 세상에 알려지게 되었다.

1944년 10월 25일 0725시 세키 대위는 폭탄을 실은 전투기 5대와 호위 전투기 4대로 이루어진 편대를 이끌고 마발라카트 기지를 이륙했다. 그로선 다섯 번째 출격이었다. 지난 네 번은 적함을 발견하지 못해서 실패한 터였다. 그의 편대는 '사마르 연해 싸움'이 벌어진 해역에서 미군 경항공모함함대를 발견했다. 선두였던 세키는 자신의 표적인 경항공모함으로 급강하해서 갑판에 충돌하는 데 성공했다. 그 배는 '사마르 연해 싸움'에서 격침된 세인트 로호였다.

히로히토의 계산

항공기를 이용한 자살 공격은 압도적으로 우세한 적군을 맞은 일본 해군으로선 가장 효과적인 전술이었다. 따라서 특별공격대를 창설하고 운영한 것은 일본 해군으로선 합리적 선택이었다.

그러나 그것은 국지적 합리성을 넘지 못했다. 조종사들의 자살 공격이 유일한 합리적 전술이 되었다면, 게다가 그런 극단적 전술로도 전쟁에 이길 수 없음을 모두 인정했다면, 미국에 항복해서 엄청난 재앙이 된 전쟁을 하루라도 빨리 끝내는 것이 합리적이었다.

이것은 실은 가미카제 편대를 이끌고 처음 전과를 올린 세키 유키오 대위의 판단이기도 했다. 마지막 출격을 앞두고 그는 〈도메이통신[同盟通信]〉의 종군 기자에게 토로했다.

"만일 일본이 가장 뛰어난 조종사들 가운데 하나를 죽여야만 될 처지로 몰렸다면, 일본의 앞날은 암담하다. 나는 이 임무를 천황 폐하나 일본제국을 위해 수행하려는 것이 아니다…. 나는 명령을 받았기 때문에 가는 것이다."

일본에서 전쟁을 끝낼 수 있는 사람은 물론 히로히토 천황이었다. 오직 그만이 전쟁을 끝낼 도덕적 권위와 실질적 권력을 지녔다. 서양에선 전황이 극도로 불리해져서 더 싸우는 것이 의미가 없다고 판단되면 야전 지휘관들이 휘하 병사들의 목숨을 구하려고 적군에게 항복했다. 그러나 일본군에선 야전 지휘관들이 그런 선택을 할 수 없었다. 그들은 그런 생각이 아예 들지 않았고, 할복자살로 자신의 명예를 지키려 했다. 설령 지휘관이 항복하려 했더라도 아마도 그의 부하들은 그의 명령을 선뜻 따르지 않았을 것이었다. 그리고 그런 선택을 할 수 있었던 유일한 사람인 천황은 전쟁의 종결을 모색하는 대신 특별공격대의 창설을 독려했다. 왜 그는 그런 선택을 했을까?

히로히토가 태평양전쟁의 전망이 어둡다는 사실을 받아들인 것은 1943년 말이었다. 11월 19일 내대신 기도는 다카기 소키치高木惣吉 해군 소장으로부터 전쟁의 전망에 관한 보고를 받았다. 8월 초에 히로히토는 전쟁의 전망을 예측하라는 지시를 내렸는데, 다카기는 해군 분야를 맡은 전략 전문가였다. 각종 통계를 인용하면서, 다카기는 일본으로선 전쟁에서 이길 가망이 전혀 없고 그동안 무력으로 얻은 것들을 모두 내놓아야 할 것이라고 기도에게 설명했다. 그리고 육군 분야를 맡은 마쓰타니 마코토松谷誠 대좌의 전망은 더욱 비관적이어서, 일본군이 전멸할 때까지 연합국은 공격을 멈추지 않으리라 예측했다고 덧붙였다.

나흘 뒤 기도는 다카기의 전망을 천황에게 보고했다. 기도의 보고를 받자 히로히토는 기획원 총재를 지낸 경제 전문가 스즈키 데이이치鈴木貞一를 위원장으로 한 위원회에 다카기의 보고서를 검토하도록 했다.

여러 경로들로 올라온 정보들을 종합해서, 히로히토는 전쟁의 전망에 대해 나름으로 판단을 내렸다. 그리고 1944년 1월 4일 기도에게 자신의 생각을 밝혔다: 전세는 이미 기울어서 패전은 확실하지만, 국가의 명예를 위해서 전쟁은 계속되어야 한다, 그래도 국가는 살아남아야 하므로 패전에 대비한 계획을 미리 마련하는 것이 긴요하다.

히로히토의 이런 견해는 언뜻 보기엔 모순적이었다. 패배가 확실하다면 전쟁을 되도록 일찍 끝내는 것이 합리적이었다. 중태평양의 길버트 제도를 막 점령한 미군이 일본 본토까지 밀려오는 과정에서 많은 군인들이 죽거나 다칠 터이니, 당장 휴전을 모색하는 것이 자연스러웠다.

그러나 그것은 히로히토의 입장에선 나름으로 합리적인 결론이었다.

그는 천황이었다. 세계에서 가장 오래된 왕조의 후예였다. 세 해 전인 1940년 11월에 그는 도쿄의 황궁 앞에서 제국 창립 2,600주년 기념식을 거행했다. 히로히토의 마음에 그 뜻깊은 행사는 어제 일처럼 생생했고 늘 그에게 자신의 가장 중요한 임무가 무엇인지 일깨워 주었다. 기원전 660년에 일본제국이 세워졌다는 신화는 역사적 근거가 없었지만, 천황 가문이 아주 오래된 것은 사실이었다. 자연히 히로히토에게 가장 중요한 가치는 천황 가문의 영속이었다. 그것에 비기면 다른 것들은 모두 사소했다.

미국과의 전쟁에서도 히로히토가 줄곧 마음을 쓴 것은 황실의 존속이었다. 개항 이래 일본이 추구해 온 해외 팽창은 모든 일본 국민들이 지지한 정책이었다. 만일 그가 미국과의 전쟁에 반대하면 권력을 실제로 장악하고 미국과의 전쟁을 준비한 군부와 맞서게 될 터였다. 자칫하면 다시 군인들이 권력을 완전히 장악하고 천황을 상징적 존재로 만드는 상황이 나올 수 있었다. 그런 현대판 '바쿠후幕府(막부)'가 갑자기 등장할 수 있다는 것을 1936년의 '2·26사건'은 선명하게 보여 주었다. 군부가 실질적으로 장악한 상황에서 그가 실권을 유지할 수 있었던 것은 육군과 해군이 분열되어 서로 대립한다는 사실 덕분이었다. 그래서 황실은 늘 해군과 보다 가까웠고, 해군을 통해서 보다 힘이 세고 급진적인 육군을 견제했다. 결국 그는 미국과의 전쟁을 반대하는 것보다는 미국과 전쟁을 해서 패배하는 것이 황실의 존속에 유리한 선택이라고 판단했다. 그리고 그런 판단에 따라 야마모토 이소로쿠 대장의 '펄 하버 기습작전'을 승인했다.

이제 일본은 미국의 보복을 두려워하게 되었다. 미국 사람들이 일본에 대해 품은 적개심은 클 수밖에 없었다. 일본은 1930년대 초엽부터 여러 나라들을 침공해서 국제 질서를 무너뜨렸다. 그리고 미국과 전쟁을 막기 위한 협상을 진행하면서 선전포고도 없이 펄 하버를 기습해서 많은 피해를 입혔고, 연합군 포로들을 처형하거나 극심한 학대로 많이 죽도록 만들었고, '남경(난징) 학살'과 같은 전쟁 범죄들을 곳곳에서 저질렀다. 미국 사람들의 적개심이 누그러지기 전에 항복하면 일본은 혹독한 보복을 받을 터여서, 아예 미국의 속국이 되거나 분할될 수도 있었다. 격렬한 전투들을 치르면서 일본군이 괴멸된 뒤에야 비로소 미국 사람들의 적개심이 누그러질 터였다. 따라서 지금은 미국과 항복을 위한 교섭을 시작할 때가 아니었다.

지금 항복하면 국내적으로도 위험이 컸다. 지금 일본군 안에는 끝까지 싸워야 한다고 믿는 세력이 있었다. 그들이 천황의 결단을 순순히 따르지 않을 가능성은 결코 작지 않았다. 일반 국민들은 당장엔 항복을 받아들이겠지만, 항복에 따른 굴욕적 조치들과 무거운 배상이 따르면 천황이 나라를 적국에 팔아넘겼다는 비판이 나올 터였다. 나라가 미군의 공격으로 크게 파괴되고 국민들이 하루하루 생존하는 데 마음을 쏟아야 그런 소리가 나오지 않을 터였다.

일본의 패전이 확실해진 뒤에도 그래서 히로히토는 미국과의 항복을 위한 교섭은 아직 이르다고 판단했다. 그런 판단은 한 해가 지나고 일본군이 엄청난 피해를 입었어도 바뀌지 않았다. 일본군이 더 참혹한 희생을 치러야 비로소 항복의 시기가 올 터였다. 필리핀에서 일본군이 볼 피해는 일본 황실의 존속을 위해 어쩔 수 없이 치러야 할 대가였다.

마닐라 학살

'레이티만 싸움'이 일본 해군의 궤멸로 끝나자 미군 6군의 레이티 점령작전은 빠르게 나아갔다. 그러나 일본군도 레이티에 증원군을 보내서 대항했다. 그래서 레이티 작전은 미군 지휘부의 예상보다 훨씬 치열하고 오래갔다.

원래 필리핀 방어를 맡은 14방면군 사령관 야마시타 도모유키 대장은 지연작전을 수행할 생각이었다. 그가 지휘하는 일본군은 미군에 비해 모든 면들에서 열세였다. 보급이 제대로 되지 않아서 식량과 탄약이 크게 부족했다. 그래서 그는 해안과 평지에서 미군과 싸우는 대신, 산악 지역에 진지들을 마련하고 지구전을 편다는 계획을 세웠다. 그러나 히로히토 천황은 필리핀의 일본군이 지금까지 해 온 것처럼 치열하게 싸우기를 바랐고, 참모본부는 야마시타에게 레이티에 증원군을 보내라고 지시했다.

1944년 10월 21일 야마시타는 35군 사령관 스즈키 소사쿠 중장에게 해군의 '쇼 1호 작전'에 맞추어 레이티에 증원군을 보내서 16사단을 도우라고 명령했다. 35군은 4개 사단 8만여 명을 레이티 서해안의 오르모크만에 상륙시켰다.

일본군의 이런 움직임은 미군의 작전계획을 뒤흔들어 놓았다. 일본군 16사단을 패주시켰으니 레이티에서 남은 일은 소탕작전뿐이라고 미군 지휘부는 생각했었다. 일본군이 4개 사단이나 증파하자, 미군도 2개 보병사단과 1개 공수사단을 레이티에 추가로 투입했다. 지형과 기후가 일본군에게 유리하게 작용해서 미군은 예상보다 훨씬 힘든 싸움을 해야 했다. 레이티 상륙작전이 개시된 지 50일 만인 1944년 12월 10일에야 미군은 일본군의 상륙 지점인 오르모크시를 장악할 수 있었다. 이어

12월 25일엔 오르모크 북쪽에 있는 항구도시 팔롬폰을 상륙작전으로 확보해서 일본군의 보급로를 끊었다. 맥아더는 레이티에서 일본군의 조직적 저항은 끝났다고 선언하고, 레이티의 소탕작전을 6군에서 로버트 아이켈버거(Robert L. Eichelberger) 중장이 이끄는 8군으로 이관했다.

곧바로 6군은 민도로섬의 점령에 나섰다. 루손 남서쪽의 큰 섬인 민도로는 마닐라에 가까워서 루손 점령작전의 기지로 적합했다. 레이티에서 민도로로 이동하는 미군 선단을 일본군의 가미카제 편대들이 공격했지만, 우세한 미군 함재기들의 방어에 막혀 별다른 전과를 거두지 못했다. 1944년 12월 15일에 개시된 민도로 상륙작전은 주둔한 일본군이 소수여서 순조롭게 진행되었다. 곧바로 섬 동쪽의 산 파비안에 대규모 비행장이 건설되었다.

드디어 1945년 1월 9일 루손 서북쪽 링가옌만 남해안에 월터 크루거 중장이 이끄는 6군의 선두 부대가 상륙하기 시작했다. 그 뒤로 며칠 동안에 17만 5천 명이 32킬로미터 너비의 해안으로 상륙했다. 이들은 곧바로 마닐라를 바라고 남진해서 1월의 마지막 주엔 마닐라 북서쪽 60킬로미터에 있는 클라크 기지를 장악했다.

1월 31일엔 8군 예하 11공수사단이 마닐라 남서쪽 나숙부에 상륙했다. 이 부대는 2월 10일에 6군에 작전 배속되어 북쪽으로 움직이기 시작했고 2월 17일엔 마닐라 바로 남쪽 군사 기지인 포트 윌리엄 매킨리를 장악했다. 11공수사단의 선두는 에마누엘 데 오캄포(Emmanuel V. de Ocampo) 중령이 이끄는 필리핀 유격대(Hunters ROTC)였는데, 이 부대는 2월 5일에 벌써 마닐라 외곽에 이르렀다. 이처럼 북쪽과 남쪽에서 마닐라를 협격하는 작전이 성공적으로 펼쳐지면서 미군은 어렵지 않게 마닐라를 탈환할 것으로 예상되었다.

루손을 지키는 일본군 사령관 야마시타는 마닐라를 지키려 하지 않았다. 그로선 마닐라를 지키면서 100만이나 되는 마닐라 시민들을 먹여 살릴 길이 없었다. 게다가 마닐라의 집들은 대부분 나무로 지어져서, 전투가 벌어지면 불길이 시가를 휩쓸 위험도 컸다. 어차피 그의 작전 목표는 미군의 진격을 늦추어 일본 본토에 방어 시설들을 마련할 시간을 벌어 주는 것이었다.

그래서 야마시타는 휘하 병력을 3개 부대로 나누어 각기 산악 지역에서 미군과 지구전을 벌이도록 계획했다. 그는 이미 교량들과 군수 시설을 파괴하는 임무를 띤 작은 육군 병력만 마닐라 시내에 남기고 나머지 병력은 모두 철수시킨 터였다.

그러나 해군의 31특별근거지대의 사령관 이와부치 산지岩淵三次 해군 소장은 야마시타의 명령에 따르기를 거부했다. 1942년 11월의 '제2차 과덜커낼 해전'에서 그가 함장이었던 전함 기리시마霧島가 침몰했다. 그 뒤로 그는 해군 작전에 참여하지 못하고 행정 업무만을 맡았다. 그는 그 일을 수치로 여겨 마닐라를 지키다가 죽어서 명예를 회복하겠다고 선언했다. 그는 직속상관인 요코야마 시즈오橫山靜雄 육군 중장의 명령을 무시했고, 야마시타가 직접 명령을 내려도 따르지 않았다. 그리고 자신이 거느린 육전대(해병대) 1만 2,500명과 마닐라에 남았던 육군 4,500명으로 마닐라 시내에서 미군과 싸울 준비를 했다. 이 어이없는 행태를 해군 지휘부는 지지했다.

2월 3일 미군 1기병사단의 선두가 마닐라의 북쪽 교외로 진입했다.

이와부치는 마닐라 시가의 파괴를 시작하라는 명령을 내렸다. 일본군 방화조放火組들은 미군이 진격해 오는 마닐라 북쪽 지역에 조직적으로 불을 질렀고, 불길은 하늘 높이 솟구쳤다. 이어 일본군은 1월 내내 진지로 강화된 건물들에서 완강하게 저항했다. 이미 죽음을 각오한 일본군들과의 시가전은 미군에 큰 인명 손실을 강요했다. 맥아더는 처음엔 민간인들의 피해와 도시의 파괴를 막으려고 공중 폭격이나 포병 포격을 허락하지 않았다. 그러나 마닐라를 동서로 가로지르는 파시그강을 건너면서 미군이 큰 피해를 입자, 포병 사격을 허락했다.

1942년 필리핀을 점령한 뒤 일본은 필리핀을 '대동아공영권大東亞共榮圈'의 일원으로 받아들였다. 그러나 일본군은 실제로는 필리핀을 점령지로 여겼고, 일본군 병사들은 민간인들의 물품들을 약탈했다. 일본군이 쌀을 군량미로 수탈해 가는 바람에 논농사가 줄어들어 식량 사정이 나빠졌다. 일본군이 군수품을 조달하기 위해 화폐를 마구 발행하면서 물가가 걷잡을 수 없이 올라 경제가 마비되었다. 결국 풍요로운 나라였던 필리핀은 경제가 무너지고 사람들은 기아로 죽어 갔다.

미군이 진격해 오자 일본군은 필리핀 민간인들의 봉기를 두려워했다. 그래서 이와부치 휘하의 일본군은 퇴각하기 전에 필리핀 민간인들을 많이 처형했다. 일본군 지휘부는 민간인 학살 지침들까지 내렸다. 한 지침은 "필리핀인들을 죽여야 할 경우, 그들을 한데 모아 처형하되, 탄약과 인력을 너무 많이 쓰지 않도록 유의해야 한다. 시체의 처리는 곤란한 일이므로, 소각하거나 파괴될 건물에 집결시켜야 한다. 강에 던지는 것도 좋은 방안이다."

2월 7일 미군은 파시그강을 건너 일본군이 공고한 진지를 마련한 마닐라 남부로 진입했다. 우세한 미군에 밀리고 병력이 줄어들자, 2월

9일 이와부치는 미군에 협력할 가능성이 있는 개인들에 대한 개별적 처형에서 마닐라의 모든 민간인들에 대한 조직적 학살로 전환했다. 일본군 병사들에겐 "마닐라로 침투한 미군은 약 1천 명의 병력과 수천 명의 필리핀 게릴라들이다. 여자들과 아이들까지도 게릴라들이 되었다. 싸움터의 사람들은 일본 군인들, 일본 민간인들, 그리고 특별 건설 요원들을 빼놓고는 모두 죽여라"라는 지시를 내렸다.

이런 지시가 내려오자 일본 육전대 병사들은 마닐라 시가로 흩어져서 조직적 살육과 강간에 나섰다. 남녀노소를 가리지 않았다. 국적도 가리지 않아서, 일본의 동맹국인 독일 사람들도 해를 입었다. 학교, 병원, 교회, 수녀원, 적십자사처럼 일반적으로 전쟁에서도 보호받는 곳들도 참화를 피하지 못했다.

일본군 병사들은 말라테 지역에서 수백 명의 민간인들을 체포해서 세인트 폴 대학의 대강당에 몰아넣고 안전을 약속한 다음, 미리 폭탄을 장착한 샹들리에들을 마루에 떨어뜨렸다. 이 폭발로 대강당 지붕이 날아갔고 벽에 큰 구멍이 생겼다. 폭발에서 살아남은 사람들이 기어 나오자 일본군 병사들은 그들을 총으로 쏘고 총검으로 살해했다. 여기서 죽은 사람들은 360여 명이었는데 주로 아녀자들이었다.

8월 10일 일본군 병사들은 적십자사 본부를 습격했다. 그들은 방마다 뒤져서 사람들을 모조리 죽였다. 태어난 지 열흘 된 갓난애까지 죽였다. 전쟁 전에 인기가 높았던 영화배우 코라손 노블(Corazon Noble)은 오른쪽 팔꿈치에 총탄을 맞았다. 그녀가 열 달 된 딸을 감싸자 일본군 병사는 그녀를 총검으로 아홉 번 찔렀다. 그녀의 어린 딸은 총검으로 세 번 찔려서 내장이 밖으로 나왔다. 일본군이 떠난 뒤 그녀는 딸의 내장을

일본 육전대 병사들은 조직적 살육과 강간에 나섰다. 적게는 10만 명, 많게는 24만 명으로 추산되는 마닐라 시민들이 죽었다.

밀어 넣으려 애썼지만, 딸은 그날 오후에 죽었다.

그날 일본군 병사들은 사교 명소인 '독일 클럽'을 습격했다. 그곳의 좁은 지하실엔 독일인들을 포함한 500이 넘는 민간인들이 미군의 포격을 피해서 숨은 참이었다. 일본 병사들은 어린아이들을 총검으로 죽였다. 그리고 여인들을 집단 강간했다. 20명가량의 일본 병사들이 한 여인을 윤간하고 그녀의 젖가슴을 도려냈다. 그리고 한 병사가 그 젖가슴을 자기 가슴에 붙이고서 여성 흉내를 냈다. 그 모습을 보면서 동료 병사들은 박장대소를 했다.

이어 일본군 병사들은 민간인들이 숨은 곳을 봉쇄하고 불을 질렀다. 빠져나온 사람들은 총에 맞아 죽었다. 가장 참혹한 죽음을 맞은 사람들은 빠져나왔다가 일본군에 붙잡힌 여인들이었다. 일본군 병사들은 그녀들의 머리에 휘발유를 끼얹고 불을 붙였다.

싱갈롱가의 한 가옥에서 벌어진 일은 일본군만이 저지를 수 있는 만행이었다. 육전대 병사들은 이 가옥의 위층 바닥에 큰 구멍을 낸 다음 체포한 사람들의 눈을 가리고 그 구멍 앞으로 데리고 가서 무릎을 꿇게 했다. 그리고는 육전대 병사가 칼로 목을 치고 사지를 절단해서 시체를 구멍으로 차 넣었다. 아래층엔 그렇게 살해된 사람들의 머리, 팔, 다리, 몸통이 작은 피라미드를 이루었다. 200여 명이 이처럼 끔찍한 도살장에서 죽었다.

일본군은 살육과 함께 강간을 저질렀다. 일본군의 강간은 병사들이 우발적으로 저지른 것이 아니라 지휘부가 권장한 것이었다. 일본군 지휘부는 고급 호텔인 '베이뷰 호텔'을 아예 '강간 센터'로 지정했다. 그리고 마닐라의 부유층이 사는 에르미타 지역에서 400여 명의 여인들과 소녀들을 체포한 다음, 심사위원회를 만들어 미모의 여성들 25명을 골라서 호텔로 데려갔다. 이들 가운데엔 12세에서 14세 사이의 소녀들도 있었다. 호텔에 수용된 이 여성들은 여러 날 일본군 장병들의 거듭된 강간에 시달렸다. 한 여성은 첫날에 12번 넘게 강간을 당했는데, 하도 지치고 끔찍해서 악몽을 꾸는 것만 같았다고 술회했다.

2월 중순 일본군은 마닐라 남서부에서 미군에 포위되었다. 요코야마는 이와부치에게 자신의 부대가 반격을 하는 틈을 타서 미군의 포위를 돌파하고 밖으로 탈출하라는 명령을 내렸다. 2월 17일 밤 이와부치는 미군의 포위를 뚫으려고 시도했으나 실패했다. 그러자 그는 남은 병력 6천명을 이끌고 마닐라 서남쪽 인트라무로스로 들어가서 최후의 결전을 시도했다. '성벽을 두른 도시'라는 이름이 가리키듯, 오랜 전부터 요새로 쓰인 이곳은 방어하기 좋은 곳이었다.

인트라무로스에 대한 미군의 공격은 2월 23일 야포 140여 문의 공격 준비사격으로 시작되었다. 포격으로 성벽이 뚫리자 미군 37보병사단의 129연대와 148연대가 성벽 안으로 진입했다. 그러나 일본군이 워낙 견고하게 진지를 마련한 터라서, 인트라무로스에서의 시가전은 우세한 미군으로서도 무척 힘든 싸움이었다. 일본군의 저항은 3월 3일에야 끝났다. 이와부치와 장교들은 2월 26일 자결했다. 일본 정부는 이와부치에 중장을 추서했다.

인트라무로스에서 일본군이 저지른 살육과 강간은 끔찍했다. 살아남은 민간인들은 미군이 공격을 시작한 날에 구출된 3천 명의 아녀자들뿐이었다. 일본군의 살육을 피한 사람들도 건물을 모조리 부수는 미군의 포격으로 살아남기 어려웠다.

마닐라에서 한 달 동안 이어진 싸움은 태평양전쟁에서 가장 치열한 시가전이었다. 일본군이 모든 건물들을 진지로 만들어 저항했으므로, 마닐라는 참혹하게 파괴되었고 문화적 유산들이 거의 다 사라졌다. 이와부치의 민간인 살해 정책으로 인명 피해가 유난히 커서, 적게는 10만 명, 많게는 24만 명으로 추산되는 마닐라 시민들이 죽었다. 런던의 〈데일리 익스프레스〉의 종군 기자 헨리 키즈(Henry Keyes)는 참혹한 마닐라의 모습을 한마디로 요약했다

"드디어 일본인들은 '남경 학살(Rape of Nanking)'과 동등한 기록을 세웠다."

자신들의 확실한 죽음이 자신들에게 인간이기를 포기할 권리를 준 것으로 여긴 일본군 장병들은 전투의 처음부터 끝까지 곳곳에서 참혹

한 일들을 저질렀다. 적개심으로 적군이나 적국 시민들에게 참혹하게 보복한 경우들은 제2차 세계대전에서도 드물지 않았지만, 자신들이 점령하고 적어도 명목적으로는 동맹국으로 보호해 온 국가의 민간인들에게 조직적으로 살육과 강간을 저지른 경우는 마닐라의 일본군뿐이었다. 이 점에서 '마닐라 학살(Manila Massacre)'은 남경 학살보다 훨씬 더 병적이었다.

제19장

활기를 되찾은 중경임시정부

임시정부의 새 청사

“좁은 데서 복닥거리다가 널찍한 곳에 자리잡으니, 일단 좋네.”

김구는 웃음 띤 얼굴로 옆에 선 민필호閔弼鎬를 돌아보았다.

“민 실장, 수고 많았소.”

“저야 뭐…. 새해 단배식을 새 청사에서 하고 나니 마음이 한결 맑아지는 것 같습니다.”

민필호가 흐뭇한 얼굴로 대답했다.

민필호는 일찍이 중국으로 유학한 뒤 신규식을 따르면서 독립운동을 했고 그의 사위가 되었다. 그래서 상해(상하이)임시정부를 지킨 이동녕, 박찬익, 이시영, 김구와 같은 민족주의 지도자들을 충실히 보좌해 왔다. 지금은 김구 주석의 비서실장 격인 판공처장을 맡아서 임시정부의 안살림을 꾸려가고 있었다.

“민 실장, 정말 수고 많았어요.” 두 사람의 대화를 듣던 김규식이 치하했다.

"감사합니다, 부주석님."

"그런데 우사又史, 비율빈比律賓(필리핀) 사정은 어떻습니까?" 김구가 김규식에게 물었다. 영어를 잘하고 인맥이 두터워서 김규식은 새로운 정보들에 밝았다. "미군이 민도로도島를 장악했으니, 곧 마닐라를 공격할 것 같습니다. 민도로는 마닐라에 가까운 섬입니다. 이번에 일본 해군이 전멸했다고 하니, 비율빈의 운명도 결정된 것 아니겠습니까?"

김구가 고개를 끄덕였다. "잘하면 올해 안에 우리도… 하늘이 도우시면, 올해 안에 우리 광복군이 조선 땅을 밟을 수도 있지요."

둘레에서 귀를 기울이던 사람들이 밝은 웃음을 터뜨렸다. 임시정부 청사에서 모처럼 밝은 웃음소리가 나온 것이었다.

1943년 8월 31일 김구가 주석직을 사퇴해서 일었던 파동은 9월 21일 그가 업무에 복귀하면서 가까스로 가라앉았다. 그러나 그 파동을 불렀던 구조적 요인은 그대로 남았으니, 김구가 이끄는 한국독립당과 김원봉이 이끄는 조선민족혁명당은 여전히 대립했다. 민족주의를 추구하는 한국독립당과 공산주의를 추구하는 조선민족혁명당은 이념적으로 너무 달라서 결코 화합할 수 없었다. 게다가 중국 정부가 지원하는 자금의 배분은 양측의 생존과 직결된 일이었으므로, 자금의 배분 권한과 비율을 놓고 양측은 필사적으로 싸웠다.

김구의 업무 복귀로 임시정부의 업무가 다시 돌아가기도 전에 조선민족혁명당은 김구와 그의 내각을 공격하기 시작했다. 철저한 공산주의자이자 중국 국민당 정권에도 인맥이 닿는 김원봉을 중심으로 뭉쳐서 명망이 높고 온건한 김규식을 앞세워 임시정부 안으로 밀고들어 온 조선민족혁명당은 차츰 세력을 늘렸다. 권모술수에 능한 그들은 임시의정원 의장인 홍진洪震과 안중근의 조카로 '조선청년회'의 총간사를 맡은 안원생安原生 등 우파의 중진들을 포섭하는 데 성공했다. 좌파로부터 주석 자리를 약속받았다는 소문이 돈 홍진은 부의장 최동오崔東旿와 함께 한국독립당 탈퇴를 선언했다. 임시정부를 허물려고 줄곧 애써 온 좌파가 조국의 해방과 독립을 앞두고 임시정부를 장악하려 하자, 김구를 중심으로 한 우파는 분개해서 강경하게 대응했다. 결국 임시의정원은 마비되었다.

상황이 심각해지자, 중국은 좌우합작 정부를 구성하라고 양측을 압박했다. 1944년 4월 양측은 협상에 나서서 헌법을 개정하고 내각을 새로 구성했다. 주석엔 한국독립당의 김구가, 부주석엔 조선민족혁명당의 김규식이 선출되었다. 국무위원엔 한국독립당의 이시영, 조성환, 황학수黃學秀, 조완구, 차리석, 박찬익, 조소앙, 조경한, 조선민족혁명당의 장건상, 성주식成周寔, 김원봉, 김붕준, 조선민족해방동맹의 김성숙 그리고 조선혁명자연맹의 유림柳林이 선출되었다.

5월 8일 열린 국무회의에서 김구는 외무부장 조소앙, 군무부장 김원봉, 재무부장 조완구, 내무부장 신익희, 법무부장 최동오, 선전부장 엄항섭, 문화부장 최석순崔錫淳, 국무위원회 비서장 차리석으로 이루어진 조각안을 제시해서 그대로 의결되었다. 조선민족혁명당은 자금을 관장하는 재무부장을 요구했지만, 그것은 한국독립당이 받아들일 수 없는 요구였다. 대신 조선혁명당은 나름으로 중요한 군무부장과 문화부장을 차지했다.

명실상부한 좌우합작 정부가 수립되자, 임시정부에 관심을 가진 사람들은 모두 반가워했다. 가장 기뻐한 것은 물론 조선 사람들이었다. 중경의 조선인 사회는 임시정부가 새로운 변모를 보이리라는 기대에 부풀었다. 미국의 교포들은 축전들을 보내고 임시정부를 지원하기 위한 모금 활동에 나섰다.

중국 정부의 실력자로 임시정부를 지원해 온 주가화朱家驊(주자화)는 5월 13일에 임시정부 요인들을 만찬회에 초대했다. 6월 7일에는 중국 공산당의 동필무董必武(둥비우)와 임백거林伯渠(린보취)가 임시정부 요인들을 다과회에 초청했다. 중국 공산당의 원로들인 동필무와 임백거는 '국공합작'의 공산당 측 대표인 주은래를 돕고 있었다. 평소에 임시정부에 호의적이 아니었던 이들 중국 공산당 간부들이 임시정부 요인들을 초청한 데서 드러나듯, 중국 공산당은 이번 좌우합작 내각으로 공산주의자들이 임시정부 안에서 세력을 크게 넓혔다고 판단했다.

이처럼 큰 기대를 받았지만, 좌우합작 정부는 순조롭게 움직이지 못했다. 공산주의자들에게 좌우합작 내각의 성립은 다음 단계 정치적 투쟁의 시작이었다. 조선민족혁명당 출신 각료들은 갖가지 트집을 잡아서 김구 주석을 괴롭혔다. 그들이 퍼부은 비난들의 핵심은 임시정부가 「한국광복군 행동준승行動準繩」을 폐기하지 못했다는 것이었다. 원래 이 조치는 1941년에 김원봉이 이끈 조선의용대 병력의 대부분이 화북(화베이)의 중공군 지역으로 넘어간 사건에 대한 중국 정부의 대응이었다. 1941년 11월 중국 군사위원회 판공청은 한국광복군 총사령 이청천에게 "한국광복군은 항일 작전 기간에는 중국 군사위원회에 직접 예속되어 참모총장이 운용을 장악한다"는 방침을 정했으며, 그 방침에 따라 한국광복군은 9개 항목의 「준승」을 따라야 한다고 통보했다. 중경임시정부가 「행동준승」을 받아들이자, 중국 군사위원회는 1941년 12월에 광복군에 구제비 명목으로 6만 원을 지급하고 이후 매월 2만 원씩 지급했다.

김원봉 자신도 조선의용대 병력과 함께 가려 했으나, 주은래의 지시에 따라 혼자 중경에 남아서 조선인 공산주의자들을 결집하는 일을 해온 터였다. 실제로 그는 얼마 되지 않는 조선의용대 잔류 병사들로 한국광복군 제1지대를 만들어 「행동준승」을 따라 온 터였다. 따라서 김원봉이 「행동준승」의 폐기를 요구하며 임시정부의 무능을 비난하는 것은 이치에 맞지 않았다. 그러나 세월이 지나고 새로운 사람들이 임시정부에 들어오면서, 이 일의 자초지종이 차츰 잊혀지고 「행동준승」의 비합리성만 점점 부각되었다. 게다가 공산주의 러시아가 독일과 전쟁에 들어가서 연합국의 일원이 되고 중국에서도 국공합작이 이루어지자, 중국에서 활약하는 조선인 독립운동가들은 공산주의에 대한 경계심이 줄어들었다. 자연히 김원봉과 김규식의 노선에 동조하는 젊은 독립운동가들이 빠르게 늘어났다. 이런 사정은 김구를 중심으로 한 한국독립당 내각에 점증하는 압박으로 작용했다. 그래서 임시정부는 여러 차례 중국 군사위원회에 「행동준승」의 폐기를 요청했다.

중국 정부는 처음엔 임시정부의 요청을 비현실적이라 여겨서 받아들이지 않았다. 그러나 일본의 패전이 확실해지고 중경임시정부의 위상이 높아지자, 중국 정부도 한국광복군에 관한 태도를 바꾸게 되었다. 마침내 1944년 8월 23일 중국 군사위원회는 한국광복군을 대한민국 임시정부에 귀속시키고 「행동준승」은 폐기한다고 임시정부에 통보했다.

임시정부의 희망대로 「행동준승」은 폐기되었지만, 중국 정부와 임시정부 사이엔 그것을 대치할 군사협정이 나오지 않았다. 아직 대한민국 임시정부를 승인할 준비가 안 된 중국으로선 한국광복군과 공식적으로 협력할 수 없었다. 자연히 중국 군사위원회로부터 광복군에 달마다 지급되던 자금이 끊겼고, 광복군 상병들과 그들의 가족들의 생계도 느닷

없이 무너졌다. 명분을 앞세워서 「행동준승」을 폐기해야 한다고 주장하면서 김구와 한국독립당을 공격해 온 조선민족혁명당은 이런 재앙에 대해 반성도 하지 않았고 대책도 내놓지 못했다.

결국 이 다급한 문제의 해결은 김구의 몫이 되었다. 9월 5일 김구는 박찬익과 함께 총통 관저로 찾아가서 장개석(장제스) 총통을 면담했다. 임시정부의 기둥들 가운데 하나로 법무부장을 지낸 박찬익은 중국어를 잘할 뿐 아니라 중국 정부 요인들을 많이 알아서, 이 중요한 만남의 통역으로 적격이었다. 김구는 장개석에게 여섯 가지 요청 사항들이 적힌 비망록을 제시했다.

1) 중국 정부의 대한민국 임시정부 승인
2) 중국 정부의 대한민국 임시정부에 대한 원조 증대
3) 한국광복군의 편제와 훈련에 관한 양 정부의 상의
4) 러시아령 중앙아시아의 조선인 교민들과 연락하려는 대한민국 임시정부의 노력에 대한 협조
5) 대한민국 임시정부의 활동비로 5천만 원의 차관
6) 대한민국 임시정부의 정무비 및 생활비로 매월 200만 원의 보조

김구는 비망록과 별도로 세 가지 사항을 구두로 요청했다. 1) 임시정부와의 연락을 전담할 사람을 지정해 줄 것, 2) 좌우합작으로 임시정부의 규모가 크게 늘어났으므로, 임시정부 청사로 사용할 건물을 불하해 줄 것, 3) 이번 회담과 관련된 사항들을 조선 사람들에게 알리지 않을 것.

장개석은 즉석에서 오철성吳鐵城(우톄청) 국민당 중앙당부 비서장을 임시정부와의 연락 책임자로 지명했다. 임시정부의 청사 문제는 오 비서

장이 책임지고 해결하도록 하겠다고 약속했다. 그리고 비망록에서 거론된 사항들은 오 비서장을 통해서 회답하겠다고 말했다.

9월 13일 오철성으로부터 만나자는 전갈이 오자, 김구는 박찬익과 함께 오철성의 사무실을 찾았다. 오철성은 김구의 요청 사항에 관한 장개석 총통의 답변을 들려주었다.

1) 중국 정부는 대한민국 임시정부를 시기가 무르익었을 때 승인하기로 이미 방침을 정했다.
2) 대한민국 임시정부를 힘이 닿는 데까지 지원할 것이다.
3) 한국광복군의 편제와 훈련은 하응흠何應欽(허잉친) 참모총장과 상의해야 하지만, 일단 임시정부가 방안을 제시하기를 바란다.
4) 중앙아시아 한국 교민들과의 연락 문제는 이 일을 제안한 러시아 조선인 교포 이충모李忠模와 면담한 뒤에 다시 협의한다.
5) 활동비 차관은 우선 500만 원을 빌려주고 다시 협의하기로 한다.
6) 정무비와 생활비는 매월 100만 원으로 증액한다.

임시정부의 새 청사에 관해서는 이미 중경시 정부에 건물을 빌려주라 지시했으니, 임시정부가 건물을 물색하면 주관 기관과 상의해 보겠다고 오철성은 밝혔다.

그래서 민필호가 사무실을 물색했는데, 칠성강七星岡(치싱강)에서 임시정부 청사로 적합한 연지(롄치)행관蓮池行館이라는 호텔을 발견했다. 처음엔 중국인 주인이 조선 사람에게 세를 줄 수 없다고 했으나, 민필호가 간곡히 부탁해서 세를 얻었다. 집세와 이사 비용은 오철성이 마련해 주었다.

오사야항吳師耶巷(우스예샹)의 옛 청사보다는 몇 곱절 컸지만, 새 청사도 번듯한 건물은 못 되었다. 암벽에 낸 높은 돌층계를 따라 좌우에 바위를 파내고 지은 단층집들이 네 층으로 겹친 것이었다. 멀리서 올려다보면 5층 건물처럼 보였지만, 화장실도 제대로 마련되지 못한 상황이었다. 그래도 청사에서 침식을 하면서 일을 보는 임시정부 요원들에겐 어엿한 거처가 생긴 것이 반가울 수밖에 없었다.

새 청사의 현관에는 국문, 한문, 영문으로 새긴 '대한민국 림시정부'라는 현판을 달았다. 임시정부가 경비 경찰관 파견을 요청하자 중국 정부는 경찰관 6명을 보냈다. 덕분에 대한민국 임시정부는 처음으로 청사다운 청사를 마련했다.

젊은 세대의 참여

중국 경찰이 경비하는 새 청사에 자리 잡자 임시정부의 분위기도 새로워졌다. 빠르게 나아지는 전황도 이역에서 힘든 삶을 꾸리며 조국의 독립을 위해 애쓰는 사람들의 마음을 밝게 했다. 1945년 1월 9일 루손의 링가옌만에 미군 6군이 상륙했다는 소식이 전해지자 임시정부 청사에선 환호성이 나왔다.

이처럼 고양되던 분위기는 1월 31일 해질녘에 일본군에서 탈출한 조선인 청년들이 임시정부 청사를 찾아옴으로써 절정에 이르렀다. 이들은 탈출 후 안휘安徽(안후이)성 임천臨泉(린취안)에 있는 중국 제1전구 중앙군관학교 부설 한국광복군 간부훈련반을 수료하고, 두 달 전에 중경을 찾아 떠났다. 그리고 한겨울에 죽을 고비를 거듭 넘기면서 몇천 리 길을 걸어온 것이었다. 임천의 광복군 제2지대 교관인 진경성陳敬誠이 이들을 이끌었다.

이들은 임시정부 청사 위에 나부끼는 태극기를 보고 감격해서 제각기 경례를 했다. 그리고 말없이 청사 앞에 두 줄로 섰다. 진경성 교관이 도착 보고를 하러 안으로 들어갔다.

곧 한국광복군 총사령 이청천이 청사에서 나와서 이들을 사열했다. 그가 입은 누르스름한 군복엔 견장도 계급장도 없었다. 아직 병력도 무기도 제대로 갖추지 못한 군대, 그것이 한국광복군의 모습이었다. 이청천은 다 해진 중국군 군복을 입은 젊은이들을 한 사람 한 사람 찬찬히 살폈다. 그리고 진 교관에게 '열중쉬어' 지시를 내렸다.

"수고들 많이 했소이다. 여러 동지들이…." 문득 솟구친 감회에, 평생을 조국의 독립에 바친 이 노병은 잠시 말을 멈추었다. "여러 동지들이 무사히 도착하기를 기원하고 있었소. 동지들은 총사령인 나보다도 훌륭하오. 나는 옛날 일본 육군사관학교를 졸업하고 중국 청도(칭다오) 작전에 배치되어 탈출하려다가 실패하고 수년 뒤에야 비로소 탈출에 성공하여 만주의 우리 독립군에 참가하였는데, 동지들은 학병으로 중국 전선에 오자마자 탈출에 성공하였으니 말이오. 한마디로 독립군의 투쟁이란 그렇게 시작하는 것이오. 앞으로 나와 함께 이곳에서 일할 터이니까 차차 많은 이야기를 하게 될 것이고, 오늘은 피로한 여러 동지들에게 긴 얘기는 하지 않겠소. 곧 우리 정부의 주석이신 김구 선생께서 나오실 것입니다. 이만 끝."

임시정부 요인들이 청사 위층에서 내려왔다. 푸른 중국 두루마기를 입은 김구는 경례를 받고 잠시 청년들을 살폈다. 그의 얘기도 길지는 않았다.

일본군에서 탈출한 50여 명의 조선인 청년들이 몇천 리 길을 걸어 임시정부 청사를 찾아왔다. 장준하와 김준엽이 이들 '젊은 피'들을 이끌었다.

"그간 소식을 듣고 기다리던 여러 동지들이 이와 같이 씩씩한 모습으로 당도했으니 무한히 반갑소이다. 더구나 국내로부터 갓 나온 여러분을 눈앞에 대하고 보니 마치 내가 직접 고국산천에 돌아온 것 같은 생각이 들어 북받쳐 오르는 감회를 억누르기 힘든 것도 사실입니다. 그러나 우리 독립운동가들은 많은 말이 필요없습니다. 우선 좀 쉬도록 하고, 오늘 저녁 정부에서 동지들에게 베푸는 환영회에서 또 만납시다."

이어 김구는 좌우에 선 임시정부 인사들을 소개했다. 마주 선 임시정부 지도자들과 광복군 젊은이들은 대조적이었다. 그들 사이엔 두 세대의 세월이 응축되어 놓여 있었다. 대한민국 임시정부는 망명정부로선 보기 드물게 26년이나 존속해 온 터였다. 그러나 일본의 조선 통치가 확고해지고 만주가 일본의 실질적 식민지가 되자, 중국에 있는 임시정부와 본국 사이의 단절은 점점 깊어졌다. 그래서 본국에선 사람도 자금도 거의 오지 않았다. 이제 지도자들만이 아니라 중견 인사들도 나이가 많았다. 50여 명의 젊은이들은 임시정부에 생기를 불어넣는 젊은 피였다. 임시정부 요인들이 감격하고 고무된 것은 당연했다.

그날 저녁 9시에 임시정부 청사 1층의 식당에서 열린 환영회는 중경의 조선인들이 거의 다 모인 행사였다. 흐릿한 전깃불 아래 고량주 뚝배기와 과자 접시들이 놓인 식탁들에 사람들이 둘러앉았다. 내무부장 신익희가 간단한 환영사를 했다. 이어 김구가 격려사를 했다.

> 오랫동안 해외에 나와 있었기 때문에 국내 소식에 아주 감감합니다. 그동안 일제의 폭정 밑에서 온 국민이 모두 일본인이 된 줄 알고 염려했더니, 그것이 한낱 나의 기우라는 것을 깨닫게 되었습니다. 여러분이 왜놈들에게 항거하여 이렇게 용감하게 탈출해서

이곳까지 찾아와 주었으니 더할 수 없는 고마움을 느낍니다. 나의 지금까지의 착잡하고 헛된 고민이 한꺼번에 사라집니다.

김구는 모든 독립운동가들의 마음속 가장 깊은 곳에 자리 잡은 두려움을 얘기한 것이었다. 일본의 '황민화 정책'으로 조선 사람들이 자신들의 정체성을 잃고 일본 천황의 신민들이 되면, 조선이 독립국가로 되살아날 가능성은 영영 사라지는 것이었다.

결코 한국 사람은 한국 사람 이외 아무것으로도 변하지 않는다는 산 증거로서 여러분은 우리 앞에 나타났습니다. 지금 일본인들은 한국 사람들이 한결같이 일본 사람이 되고자 원할 뿐만 아니라 다 되었다고 선전하고 있고, 또한 젊은이들은 한국말조차 할 줄 모른다고 선전하고 있지만, 한국의 혼은 결코 죽지 않는다는 것을 여러분은 스스로 보여 주었습니다.

그런 두려움이 깊었던 만큼, 김구와 다른 독립운동가들이 느낀 기쁨과 고마움도 가슴 가장 깊은 곳에서 솟구쳤다. 김구의 목소리에 그런 감정이 짙게 배어서, 듣는 사람들의 가슴속으로 깊이 스며들었다.

내일은 이곳에 와 있는 전 세계 신문 기자들에게 이 산 증거를 알려 주고 보여 주게 될 것입니다. 무엇보다도 이 중경에 와 있는 모든 외국인들에게 우리가 얼마나 떳떳할 수 있는가 하는 생각에 진정 나의 이 가슴은 터질 것만 같고, 이 밤중에라도 여러분을 끌고 이 중경 거리에서 시위라도 하고 싶은 심정입니다.

김구의 연설이 끝나자 너른 실내에 무거운 정적이 내렸다. 김구의 솔직하고 담백한 토로에 촉발되어 모두 자신들의 결의와 행적에 대해 성찰하고 있었다.

이어 젊은이들을 대표해서 장준하張俊河가 답사를 했다.

> 저희들은 왜놈들의 통치 아래서 태어났고 또 그 밑에서 교육받고 자랐기 때문에 우리나라 국기조차 본 일이 없는 청년들이었습니다. (…) 오늘 오후 이 임시정부 청사에 높이 휘날리는 태극기를 바라보고 우리가 안으로 울음을 삼켜 가며 눌렀던 그 감격, 그것 때문에 우리는 육천 리를 걸어왔습니다. 그 태극기에 아무리 경례를 하여도 손이 내려지지 않고, 또 하고 영원히 계속하고 싶었습니다.

열정에 찬 장준하의 답사를 듣던 임시정부 요인들은 모두 눈물을 흘렸다. 결국 김구가 울음을 참지 못하고 흐느끼자, 모두 울음을 터뜨렸다.

이들 일본군에서 탈출한 젊은이들의 합류는 노쇠한 임시정부에 젊은 피를 수혈했다는 일차적 효과 말고도 보이지 않는 형태로 임시정부를 강화했다. 이들의 주류는 중국 부대들에서 근무하다 탈출한 학도지원병들이었다. 이들을 이끄는 사람들은 장준하와 김준엽金俊燁이었는데, 장준하는 1944년 7월에 탈출했고 김준엽은 일찍이 3월에 탈출했다. 이들은 중국 정부군에 의해 구조되어 임천의 한국광복군 제2지대를 찾아와서 간부훈련반에 입교했다. 1944년 11월에 48명이 간부훈련 과정을 마쳤는데, 33명이 학도지원병 출신이었다. 이들 가운데 8명은 임천에 잔류해서 훈련반 주임으로 제3지대장을 겸하는 김학규金學奎의 지휘 아래 항일 공작에 참여하기로 했다. 나머지 졸업생들은 중경의 임시정부를 찾아가기로 결정해서, 도중에 합류한 민간인들을 포함한 51명이 일본군을 피하면서 한겨울에 먼 길을 걸어 중경에 닿은 것이었다.

중경임시정부는 여러 정파들로 잘게 나뉘어 서로 치열하게 싸우는 터였으므로, 정파마다 이들 젊은이들을 포섭해서 자신의 세력 기반으로 삼으려고 시도했다. 맨 먼저 그들과 접촉한 것은 김원봉의 제1지대였다. 조선의용대 병력이 거의 다 화북의 중공군 지역으로 넘어간 뒤, 김원봉은 중경에 제1지대를 창설했다. 병력은 10여 명에 지나지 않았다. 이범석李範奭이 이끄는 제2지대는 섬서陝西(산시)성 서안西安(시안)이 근거였는데 300명가량 되었다. 김학규가 이끄는 제3지대는 일본군과 싸우는 전선에 자리 잡았고 150명가량 되었다.

임천을 출발한 광복군 젊은이들이 호북湖北(후베이)성 노하구老河口(라오허커우)에 이르렀을 때, 제1지대 대원 3명이 이들을 맞았다. 그리고 중경으로 가는 대신 제1지대에 합류해서 그곳에 머물라고 권유했다. 그러나 장준하와 김준엽은 그들이 공산주의자들임을 깨닫고 거절했다. 두 사람은 일본군 부대를 탈출한 뒤 중국 정부군에 구조되었는데, 그 정부군 부대가 중공군의 공격으로 궤멸되어 죽을 뻔했었다. 그들은 중공군이 일본군과 싸우기보다 정부군을 공격해서 세력을 넓히는 데 주력하는 모습을 체험한 것이었다. 그래서 제1지대 대원들의 공작에 넘어간 동료들을 설득해서 끝내 중경을 찾아온 것이었다.

중경에선 내무부장 신익희가 그들을 포섭하려 시도했다. 임시정부 청사에 머물던 젊은이들은 교포들이 많이 사는 토교(투차오)로 나와서 토교대土橋隊라는 부대로 조직되었다. 신익희는 은밀히 그들을 한 사람씩 임시정부 청사로 불러서 자신의 휘하로 들어오라고 설득했다. 신익희는 내무부 산하에 '경위대'라는 조직을 만들고 토교대의 젊은 병사들을 대원들로 삼아서 자신의 정치적 기반으로 삼으려는 생각이었다.

신익희는 정치적 능력이 뛰어났지만 이념과 행적은 불투명했던 독립운동가였다. 1919년에 3·1 독립운동이 일어난 뒤 독립운동가들이 상해에 모여들어 독립운동의 방향을 논의하기 시작했을 때, 상해에 일찍 온 신익희도 그 논의에 참가했다. 그리고 대한민국 임시정부가 구성되어 이승만이 수반인 국무총리로 선임되었을 때 신익희는 내무차장에 선임되었다. 1919년 5월 상해에 도착한 안창호가 내무총장으로 국무총리 대리를 겸직해서 임시정부를 주도하기 시작했을 때 신익희는 법무차장이 되었고, 헌법 개정에서 큰 역할을 했다. 1920년 9월엔 외무총장 대리차장이 되었다. 이어 1921년 5월엔 요직인 국무원 비서장이 되었다.

이 과정에서 기호파에 속한 신익희는 신규식, 이동녕, 이시영 등 이승만 지지자들과 함께 행동했고 이승만의 신임을 얻었다. 그러나 서북파와 공산주의자들이 연합해서 이승만을 대통령직에서 몰아내는 과정에선 이승만을 탄핵했다. 그 뒤로 신익희는 임시정부에서 발을 빼어 남경을 근거로 삼았다.

1939년 중일전쟁이 격화되자, 장개석은 이념적으로 나뉜 한국 독립운동 세력의 통합을 강력히 요구했다. 우익을 대표한 김구나 좌익을 대표한 김원봉이나 중국 국민당 정부의 지원에 의존해서 생존하는 터라서, 양 진영은 선뜻 협상에 나섰다. 1939년 8월 중국 정부의 주선으로 '한국 혁명운동 통일 7단체 회의'가 열렸을 때, 신익희는 좌파 '민족전선연맹'의 일원인 '조선전위동맹'의 대표로 참석했다. 우파에서 좌파로 이념적 전향을 한 것이다. 이 좌우합작의 시도가 실패하고 임시정부가 중경으로 옮겨온 뒤에도 신익희는 임시정부에 참여하지 않았다.

1942년에 중국 정부의 압력으로 좌우합작 정부가 구성되었을 때, 비로소 신익희는 좌파 세력의 일원으로 외무차장에 임명되었다. 그리고 좌파의 정권 장악 시도로 촉발된 긴 분란이 끝난 뒤 1944년 5월에 연립정부가 섰을 때 내무부장이 되었다. 신익희는 줄곧 '청년당' 대표를 표방했지만, 오랫동안 임시정부에서 멀어졌던 터라서 그에겐 추종자가 없었다. 일본군에서 탈출한 젊은이들을 자신의 정치적 기반으로 삼고 싶은 생각은 그로선 당연히 컸다.

그러나 토교대의 광복군 대원들을 빼가는 것은 정당화될 수 없는 행동이었다. 이미 내무부 산하에 '경무국'이 있었고 중국 경찰이 임시정부 청사를 경비하고 있어서 따로 '경위대'를 만들 필요가 전혀 없었다. 전선에 나가 일본군과 싸울 준비를 해야 하는 토교대의 병사들을 쓸데없는 일로 돌리는 것은 광복군에도 임시정부에도 독립운동에도 해로운 짓이었다.

이미 임시정부 정파들 사이의 끊임없는 다툼에 실망이 컸던 장준하와 김준엽은 신익희의 행태에 분개했다. 경위대로 가겠다는 동료들을 만류하는 데 실패하자, 두 사람은 신익희의 행태와 임시정부에 해로운 행동을 하는 정파들을 비판하는 전단을 만들었다. 그리고 20여 명의 동료들과 함께 몽둥이를 들고 임시정부 청사를 찾아갔다. 그들은 임시정부 청사에서 "경위대를 해체하라!", "젊은이는 전선에 나가 죽게 하라!"라는 구호들을 외치고 전단을 사람들에게 나누어 주었다. 그들은 신익희를 찾았지만, 그들이 몰려온다는 얘기를 들은 신익희가 몸을 피해서 만나지 못했다.

이들의 비판과 항의에도 불구하고 경위대는 존속되었고, 토교대 대원 8명이 거기 합류했다. 김구로서는 신익희의 시도를 막을 힘이 없었다.

무엇보다도, 경위대에 합류한 사람들의 집단적 반발에 대응할 길이 마땅치 않았다. 가까스로 구성된 연립내각이 무너질 위험도 있었다. 모처럼 좌우합작을 성공시켰다고 중국 사람들의 축하를 받은 터에 분란이 생기는 것은 임시정부의 위상을 크게 훼손할 터였다. 그래도 토교대 대원들 대부분이 임시정부를 지지하고 자기 이익만을 챙기려는 정파들에게 경고한 것은 임시정부의 안정에 큰 도움이 되었다.

독수리 사업

탈출 학도지원병들의 합류는 한국광복군의 능력도 크게 향상시켰다. 대학에 다니다가 일본군에 끌려 나온 젊은이들이라서 이들의 능력은 당연히 뛰어났다. 덕분에 미국 전략사무국(OSS)이 추진하던 한반도 침투작전에 광복군이 참여할 인적 자원이 마련되었다.

1945년 1월 광복군 제2지대장 이범석은 OSS 중국본부 특수첩보과의 클라이드 사전트(Clyde B. Sargent) 대위를 제2지대 본부로 초청했다. 사전트 대위는 '청산리 전투'에서 일본군에 크게 이긴 이범석에게서 좋은 인상을 받았다. 그리고 광복군 제2지대가 병사들의 능력과 사기에서 뛰어난 부대이며 OSS 작전에 적합하다고 평가했다.

1945년 2월 OSS 중국본부는 「한국으로의 비밀첩보 침투를 위한 독수리 사업(The Eagle Project for SI Penetration of Korea)」 계획서를 작성했다. 이 계획서는 OSS 워싱턴 본부 기획단이 작성한 「비밀정보 목적을 위한 일본 내부 지역으로의 요원 침투를 위한 특별계획(Special Program for Agent Penetration of Japan's Inner Zone for Secret Intelligence Purposes)」을 중국

전구의 실정에 맞춰 조정한 것이었는데, 이범석의 조언을 받아 사전트가 작성한 초안에 바탕을 두었다. '독수리 사업'의 내용은 1) 탈출 학도 지원병들과 제2지대 병력의 120여 명 가운데서 공작요원 60명을 뽑아 3개월 동안 첩보와 통신을 훈련시키고, 2) 훈련을 마친 사람들 가운데 적격자 45명을 요원들로 선발해서, 3) 1945년 초여름 즈음에 한반도의 전략적 지점들인 청진, 신의주, 부산, 평양, 서울로 침투시켜서, 4) 해군 기지, 비행장, 병참선, 항만 시설, 산업 시설 및 교통망에 관한 정보를 수집하고, 5) 지하운동의 규모와 활동에 대한 정보들과 연합군의 한반도 상륙에 도움이 될 만한 정보들을 수집하도록 하며, 6) 연합군의 상륙에 맞춰 대중 봉기를 돕는다는 것이었다. 이 계획서는 3월에 OSS 최고지휘부와 중국 전구 사령부의 최종 승인을 얻었다.

임천에 있던 광복군 제3지대장 김학규도 OSS와 협력하기 위해 열정적으로 움직였다. 1945년 1월에 임천의 중국군 제10전구 전방지휘소에 연락장교로 파견된 김우전金祐銓은 김학규의 지시에 따라 미군 14항공대 소속 존 버치(John M. Birch) 대위에게 제3지대 요원들이 OSS의 무전 교육을 받을 수 있도록 해 달라고 요청했다. 버치 대위는 OSS와의 협력을 위해 임천에 파견된 장교였다. 김우전의 요청을 받자 버치는 선뜻 승낙했다. 김학규는 김우전과 다른 대원 4명이 무선 교육을 받도록 주선했다. 그러나 이 계획은 중국 군사위원회의 견제로 실현되지 못했다. 김학규가 안타까워하자, 광복군의 열망에 감복한 버치는 김학규가 14항공대 사령관 클레어 셰놀트(Clare L. Chennault) 소장을 만날 수 있도록 주선했다.

셰놀트 소장은 미국 공군의 선구자들 가운데 하나였다. 1937년 육군항공대(Army Air Corps)에서 대위로 예편하자, 그는 중국으로 건너가서 중국 공군의 양성에 참여했다. 중일전쟁이 일어나고 중국 항공대가 우세한 일본군에 괴멸되자, 그는 장개석 총통의 항공자문관이 되어 중국 항공대의 재건 임무를 맡았다. 미국 정부가 중국의 항공대 육성을 지원하기로 결정하자, 셰놀트는 미국인 조종사들과 정비사들을 모집해서 1미국지원병부대(First American Volunteer Group)를 만들었다. 중국을 도우려는 이상주의자들, 모험가들 및 용병들이 뒤섞인 이 부대를 셰놀트는 뛰어난 지도력으로 정예 공군 부대로 만들었다. 이들이 우세한 일본 항공기들에 성공적으로 맞서면서 1미국지원병부대는 '나는 호랑이들(Flying Tigers)'이라 불리게 되었다. 태평양전쟁이 일어나자 1942년 7월에 '나는 호랑이들'은 미국 육군으로 편입되어 23전투기부대가 되었고, 셰놀트는 현역으로 복귀해서 대령이 되었다. 규모가 커지면서 이 부대는 14항공대로 발전했다.

마침 버치 대위는 셰놀트 소장이 직접 장교로 발탁한 인물이어서 그런 주선을 할 수 있었다. 버치는 미국 선교사의 아들로 인도에서 태어났고 자신도 선교사였다. 1940년 그는 침례교단에 의해 중국으로 파견되어 일본군이 점령한 상해와 항주(항저우)에서 선교 활동을 폈다. 1942년 4월 미국 항공모함 호넷(Hornet)호에서 발진한 육군 항공대 B-25 폭격기 편대가 도쿄를 공습한 '둘리틀(Doolittle) 습격'이 성공한 뒤, 제임스 둘리틀(James Doolittle) 중령이 이끈 폭격기 편대는 중국 동해안에 비상착륙을 했다. 둘리틀과 승무원들은 중국인들의 도움을 받아 중경으로 탈출했는데, 버치 선교사가 우연히 이들 미군 조종사들의 구출에 참여하게 되었다. 버치의 과감한 지도력, 유창한 중국어 그리고 중국인들과의 친교는 구출작전의 성공에 크게 기여했다. 셰놀트를 만나자 둘리틀은 버치의 능력과 활약을 설명하고 그를 정보장교로 천거했다. 그래서 버치는 대위로 발탁되었고, 중국인들로 효과적인 정보망을 만들어 운영하면서 OSS와 협력해 온 터였다.

[1945년 8월 15일 제2차 세계대전이 끝나자 중국에선 오히려 긴장이 높아졌다. 그동안 일본과 싸우기 위해 공식적으로 연합전선을 펴 온 국민당 정부와 공산당이 드러내 놓고 충돌하기 시작했다. 미국이 공식적으로 국민당 정부를 지지했으므로 중공군은 자연히 미군에 적대적이었다. 1945년 8월 25일 버치 대위는 강소江蘇(장쑤)성 서주徐州(쉬저우)에서 미군, 중국 정부군 및 한국광복군의 OSS 요원 11명으로 이루어진 정찰대를 이끌고 정보 수집에 나섰다. 그들은 근처의 작은 도시에서 중공군에 의해 제지되었다. 중공군은 OSS 정찰대의 무장을 해제하려 했고, 버치 대위가 응하지 않자 그를 사살하고 시신을 총검으로 훼손했다. 중국 정부군 부관은 총격을 받아 부상했으나 살아남았다. 나머지 대원들은 두 달 뒤에 풀려났다. 모택동(마오쩌둥)은 중국 주둔 미군 사령관 앨버트 웨더마이어(Albert C. Wedemeyer) 중장에게 이 사건이 "매우 불행한" 오해에서 비롯했다고 사과했다. 그러나 웨더마이어는 그것이 중공군의 의도적 도발이라고 워싱턴에 보고했다. 미군이 그 사건으로 중공군을 공격하도록 만들어서 미국 국내 여론이 미군의 중국 주둔에 부정적이 되도록 획책한다는 얘기였다.

버치 대위의 비극적 죽음은 곧 잊혔지만, 공산주의 정권들의 정체가 차츰 드러나고 냉전이 이어지면서 버치는 미국에서 '냉전의 첫 희생자'로 꼽히게 되었다. 1958년 미국 반공주의자들이 공산주의의 확산에 대처하는 단체를 만들었을 때, 그들은 자신들의 단체에 '존 버치 협회(John Birch Society)'라는 이름을 붙였다.]

3월 13일 김학규는 운남雲南(윈난)성 곤명昆明(쿤밍)의 14항공대 본부에서 셰놀트 소장을 만났다. 버치 대위의 적극적 추천 덕분에 셰놀트는 한국광복군의 훈련에 호의적이었다. 그래서 이틀 동안의 협의를 거쳐 제3지대 요원들의 훈련 계획이 확정되었다. 김학규는 곧바로 중경으로 가서 이청천 총사령에게 교섭 경과를 보고하고 훈련 계획의 재가를 받았다.

제3지대의 OSS 훈련을 담당한 교관은 클래런스 윔스(Clarens N. Weems Jr) 대위였다. 그는 1909년에 미국 남감리회가 조선에 파견한 클래런스 윔스(Clarens N. Weems) 선교사의 차남이었다. 윔스 목사가 개성과 원산에서 일했으므로 윔스 대위는 삶의 대부분을 조선에서 보냈고, 그의 동생 둘은 조선에서 태어났다. 버치 대위의 적극적 지원과 조선어가 모국어나 마찬가지인 윔스 대위의 지도 덕분에 제3지대 요원들의 훈련은 빠르게 나아갔다. 훈련을 마친 요원들은 버치 대위가 이끄는 OSS 작전들에 참가했다.

[종전 뒤 윔스 대위는 존 하지 중장이 이끄는 24군에 배속되어 미 군정청 고문관으로 한국에서 근무했다. 1947년에 태어나서 곧 죽은 그의 아들과 한국에서 줄곧 활동한 셋째 동생은 양화진 외국인묘지에 묻혔다.]

'독수리 사업'이 확정되자, 3월 30일 사전트 대위는 이범석과 함께 중경으로 가서 임시정부 지도자들을 만났다. 4월 1일의 회담엔 이청천, 김학규, 민필호 및 정환범鄭桓範이 참석했다. 사전트는 '독수리 사업'이 한국광복군과 OSS의 합동작전이므로 임시정부와 한국인들의 전폭적 지지가 있어야 성공할 수 있다고 강조했다. 이청천은 사전트의 발언에 동의하고 "이범석의 판단은 김구 주석과 총사령인 자신의 뜻으로 보아 달라"고 대답했다. 사전트는 이범석이 주석과 총사령의 절대적 신임과 지지를 받는다는 것을 확인하고 고무되었다.

사전트는 4월 3일 오전에 김구를 만났다. 이 자리엔 이청천, 이범석, 김학규도 배석했고 외무차장을 지낸 정환범이 통역을 맡았다. 김구는

4월 1일의 모임엔 몸이 불편해서 참석하지 못했다고 말했다. 실은 김구는 3월 30일에 맏아들 인仁의 장례를 치른 것이었다. 김인은 아버지를 모시면서 위험한 임무들을 수행해 왔는데, 분지인 중경의 나쁜 공기로 폐병이 악화되었다.

사전트는 김구에게서 깊은 인상을 받았다. "70세의 나이에도 불구하고 그는 외모나 태도에서 완벽해 보였고, 스스로 겸손과 신사도로 단련된 위엄과 침착성을 지니고 있어서 그가 25년 전에 테러리스트였고 애국적인 살인을 했다는 전력과는 전혀 어울리지 않아 보였다"고 그는 비망록에 기술했다. 장성한 자식을 갑자기 잃은 슬픔을 가슴속에 눌러 두고 어려운 공무들을 처리하는 데 전념하는 독립운동가에게 후광처럼 어리는 비극적 위엄은 사전트에게 특히 인상적이었을 것이다.

김구는 사전트의 계획에 전적으로 찬동했다. 그리고 일본군에서 탈출한 학도지원병들을 포함해서 유능한 사람들이 OSS 작전에 참여하도록 하겠다고 말했다. 아울러, 사전트와 이범석이 합의한 사항들을 그대로 승인하겠다고 약속해서 이범석에게 힘을 실어 주었다. 이어 맥아더가 필리핀에 상륙할 때 세르히오 오스메냐(Sergio Osmeña) 대통령을 비롯한 필리핀 망명정부 요인들과 함께 물속을 걸어서 레이티 해변에 상륙한 일이 필리핀 국민들을 크게 고무했다는 사실을 지적하면서, 연합군이 한반도에 진공할 때 임시정부 요인들이 동행하면 좋은 효과를 낼 수 있으리라는 희망을 밝혔다.

'독수리 사업'에 대해 김구의 승인을 받자, 사전트는 곧바로 탈출 학도지원병들이 머무는 토교로 갔다. 이청천, 이범석, 김학규 및 정환범이 동행했다. 그들은 토교의 기독교청년회관에서 '한국광복군 토교대' 소속 광복군 병사들을 만났다. 이범석은 광복군이 OSS와 합동작전을 하게 되었다는 것을 간략하게 설명했다. 그리고 자신이 앞장설 터이니 '독수리 사업'에 참여해 달라고 말했다. 이어 사전트가 간략하게 사업 내용을 설명했다. 이범석과 사전트의 얘기를 듣자, 젊은 광복군들은 물론 고무되어 모두 참여하겠다고 나섰다.

그들의 열정적 반응은 사전트에게 깊은 인상을 남겼다. 그는 그들에 대한 평가를 비망록에 남겼다.

"이들 모두가 지적이고 기민하고 빈틈이 없었다. 내가 본 군인 집단 가운데 가장 지적인 집단이었다. 내가 생각하기에 그들의 능력은 어떤 미국 청년 장교들과 비교해도 손색이 없었다."

OSS 지휘부에서도 일본군에서 탈출한 학도지원병이 한반도 침투작전에 가장 적합하다고 판단했다. 최근에 한반도에서 나왔으므로 한반도 사정을 잘 알고, 일본군에서 복무했으므로 일본군 사정도 잘 알고, 일본군에서 탈출했다는 사실이 일본에 대한 적개심을 증명하며, 대학생들이라 지적 수준도 가장 높다고 판단한 것이었다. 지휘부의 판단과 자신의 판단이 같았으므로, 사전트는 그들을 서안으로 데려가서 '독수리 작전'의 훈련 과정을 밟도록 하자고 이범석에게 제안했다.

OSS와의 교섭은 잘 진행되어서, 1945년 4월 29일 아침 장준하, 김준엽, 노능서魯能瑞 등 30여 명이 OSS 훈련을 받으러 서안으로 떠났다. 신익희가 조직한 '경위대'에 지원한 사람들과 OSS 작전에 대한 두려움에서 중경에 남기로 한 사람들이 빠진 것이었다.

떠나는 젊은이들은 석 달 전 임시정부를 처음 찾았을 때처럼 청사 앞에 줄을 지어 섰다. 무기력한 일상에서 벗어나려는 젊은 혈기와 조국의 독립을 위해 전선으로 향한다는 자부심이 가슴을 채워서 그들은 얼굴이 밝고 몸짓은 기운찼다. 그러나 그들을 바라보는 임시정부 요인들의 얼굴마다 대견함에 슬픔과 근심도 함께 어렸다. OSS 훈련을 마치고 국내로 진공하면 과연 몇이나 살아남을지 모르는 것이었다. 임시정부 요인들로선 대견한 손주들을 사지死地로 보내는 심정이었다.

일찍이 여러 젊은이들에게 위험한 임무들을 주어 사지로 보낸 김구는 특히 감회가 깊었다. 그는 속에서 치미는 슬픔을 가까스로 억누른 목소리로 젊은이들에게 작별 인사를 했다. 그리고 자신의 심경을 밝혔다.

"여러분의 젊음이 부럽소. 젊음이. 반드시 훈련이 끝나기 전에 한번 서안에 가 볼 생각이오…."

김구는 주먹으로 눈물을 훔쳤다. 눈물 줄기가 그의 큰 주먹을 타고 흘러내렸다. 그는 두루마기 안주머니에서 회중시계를 꺼내서 앞에 선 젊은이들에게 쳐들어 보였다.

"여러분, 오늘 4월 29일은 내가 윤봉길 군을 죽을 곳에 보내던 날이오. 또 지금이 바로 그 시각이오. 여러분도 다 알 것이오. 상해 홍구(훙커우)공원에서 폭탄을 던져 백천白川(시라가와) 대장을 죽이던 그날의 의사 봉길 군이 나와 시계를 바꿔 차고 떠나던 날이오. 내가 가졌던 허름한 시계를 대신 차고 내게는 이 회중시계를 주고 떠나가던 윤 군의 모습을 생각하며, 바로 같은 날인 오늘 앞으로 윤 의사와 꼭 같은 임무를 담당할 여러분을 또 떠나보내는 내 심중이 괴롭기 한이 없구려."

당시 일을 떠올린 노쇠한 임시정부 요인들이 주먹으로 눈물을 훔쳤다. 꼿꼿이 선 젊은이들의 눈에서도 눈물이 흘러내렸다.

"'선생님, 제 시계와 바꿔 찹시다. 제가 가진 것은 선생님 것보다 나을 것입니다. 어차피 저는 시계가 필요없어질 것이지만, 제 일이 성공하기 위해선 시계가 아주 없어서는 안 되겠지요' 하던 윤 의사 눈망울이 이

제 여러분의 눈동자로 빛나고 있기 때문이오…. 이것은 우연이 아니고 반드시 하늘이 정한 뜻인가 보오."

임시정부 요인들과 악수하고 작별 인사를 한 뒤, 이들은 이범석의 인솔로 미군 트럭 4대에 나누어 타고 중경비행장으로 향했다. 그리고 세 시간의 비행 끝에 서안비행장에 내렸다.

광복군이 OSS 작전에 참여하는 과정에서 군무부장 김원봉은 소외되었다. 김원봉은 자신의 직할부대인 제1지대가 참여하기를 강력히 희망했다. 그러나 그동안 공산주의자들의 행태에서 철저한 교훈을 얻은 우파 지도자들은 다시 속지 않았다. 특히 김학규가 이 문제에 관해서 강경했으니, 그는 "미군과의 합동작전에 조선민족혁명당 계열의 제1지대가 참가하도록 하면 국내로 진공했을 때 조선 민중이 사상적으로 갈라져서 동족상잔이 일어날 것이 분명하므로 제1지대를 참가시켜선 안 된다"고 이청천에게 진언했다. 현실적으로, 미국이 중국 정부와 국민당군을 우선적으로 지원하고 중공군에 대해선 경계하는 상황에서, 실질적으로 중공군의 일부가 된 제1지대를 OSS 작전에 참가시키는 것은 '독수리 사업' 자체를 위태롭게 만들 위험도 컸다. 그래서 김구는 '독수리 사업'에 관한 정보를 자신에게도 알려달라는 김원봉의 당연한 요구조차 거절했다.

OSS 작전에 지원한 광복군 요원들은 5월 1일부터 일주일 동안 예비훈련을 받았다. 그리고 각자의 자질과 적성에 따라 업무와 훈련 내용이 결정되었다. 5월 11일 사전트 대위가 '독수리 사업'의 야전사령관에 공식적으로 취임함으로써 광복군 요원들의 훈련은 궤도에 올랐다. 훈련을 지도하는 교관들과 그들을 돕는 OSS 요원들도 속속 도착했다. 그들 요원들 가운데엔 비서로 이승만을 충실히 보좌한 정운수鄭雲樹도 있었다.

'독수리 사업' 훈련을 마친 광복군 요원들은 8월 20일 안에 국내에 침투하기로 결정되었다. 연합군의 일원으로 국내로 진공하는 모습을 그리면서 모두 꿈에 부풀었다.

그는 이승만의 권유로 미군에 입대해서 육군 소위가 된 터였다.

토교에서 온 광복군 병사들을 포함한 50명이 제1기 훈련생들로 뽑혔다. 이들은 첩보훈련반과 통신반으로 나뉘어 5월 21일부터 훈련을 받았다. 주로 침투작전을 수행하는 OSS의 특성 상 훈련은 힘들고 엄격했다. 하루 8시간 교육을 하고, 매주 시험을 쳐서 성적이 처지면 부적격 판정을 내려서 내보냈다. 보안도 철저해서, 우편 검열을 실시했고 대원들의 서안시내 출입도 엄격히 제한되었다.

제1기 훈련은 1945년 8월 4일에 끝났다. 훈련생 50명 가운데 38명이 수료했다. 훈련을 마친 대원들은 네댓 명씩 조를 짜서 8개 공작조로 만들어졌다. 그들은 8월 20일 안에 국내에 침투하기로 결정되었다. 위험한 임무를 띤 대원들의 사기를 높이기 위해 이범석은 모든 대원들을 대위로 발령했다.

아울러 8월 13일에 제2기 훈련을 시작해서 9월 말에 마치기로 계획되었다. 제2기 훈련엔 토교대에 머물렀던 탈출 학도지원병들 여럿이 참여했다. 미군이 물자가 풍부해서 훈련생들의 대우가 좋고 훈련 내용도 알차다는 것이 알려지자 용기를 낸 것이었다.

김학규가 이끄는 제3지대의 OSS 훈련은 7월 초순에 제2지대 근처의 훈련소에서 시작되었다. 22명의 훈련생들은 3개월 과정의 훈련에서 국내 침투와 파괴 활동에 필요한 기술들을 익히기로 되었다.

전황이 빠르게 밝아지면서, '독수리 작전'은 현실성을 점점 짙게 띠어 갔다. 국내 침투 훈련을 받는 광복군 대원들의 사기는 높았고, 열정과 자질이 뛰어난 그들에 대한 OSS의 미군 교관들의 기대도 커졌다. 이처럼 활기찬 서안과 임천의 광복군의 분위기는 중경의 임시정부도 활기차게 만들었다. 연합군의 일원이 된 광복군을 앞세우고 국내로 진공하는 임시정부의 모습을 그리면서 모두 꿈에 부풀었다.

물로 씌어진 이름 - 이승만과 그의 시대

제1부 광복 ③

펴낸날 초판 1쇄 2023년 7월 3일
초판 3쇄 2023년 8월 22일

지은이 복거일
그림 조이스 진
펴낸이 김광숙
펴낸곳 백년동안
출판등록 2014년 3월 25일 제406-2014-000031호

주소 경기도 파주시 광인사길 22
전화 031-941-8988
팩스 070-8884-8988
이메일 on100years@gmail.com

ISBN 979-11-981610-4-8 04810
979-11-981610-1-7 04810 (세트)

※ 값은 뒤표지에 있습니다.
※ 잘못 만들어진 책은 구입하신 서점에서 바꾸어 드립니다.